中世文学研究は日本文化を解明できるか

【中世文学会創設50周年】
記念シンポジウム
「中世文学研究の過去・現在・未来」の記録

中世文学会［編］

笠間書院刊

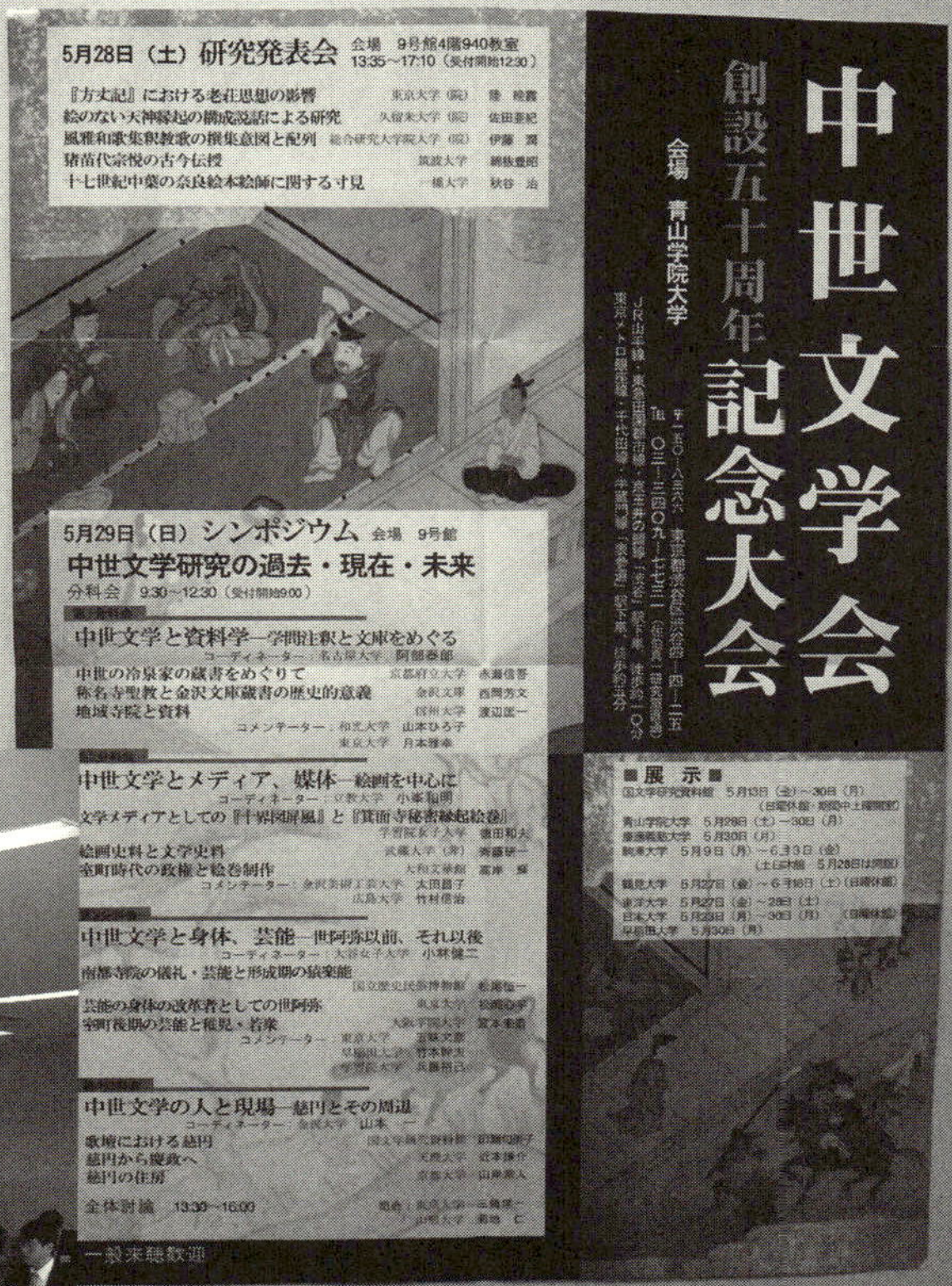
中世文学会
創設五十周年記念大会
会場　青山学院大学
5月28日（土）研究発表会　会場　9号館4階940教室
13:35〜17:10
『方丈記』における老荘思想の影響
5月29日（日）シンポジウム　会場　9号館
中世文学研究の過去・現在・未来
分科会　9:30〜12:30
中世文学と資料学―学問注釈と文庫をめぐる
中世文学とメディア、媒体―絵画を中心に
中世文学と身体、芸能―世阿弥以前、それ以後
中世文学の人と現場―聡円とその周辺
全体討論　13:30〜16:00
展示

中世文学会創設50周年記念大会

2005年5月28日（土）〜30日（月）
於：青山学院大学

序●

中世文学研究の未来に向けて

佐伯真一（青山学院大学文学部教授・前中世文学会事務局）

昭和三十年（一九五五）に創設された中世文学会は、平成十七年（二〇〇五）に学会創設五十周年を迎え、記念企画として、五月二十九日（日）に青山学院大学でシンポジウム「中世文学研究の過去・現在・未来」を行った。本書はその記録を中心としつつ、さらに、中世文学会に寄せる声として、会員・非会員の諸氏の原稿をもいただいて、五十周年を記念する書として中世文学会事務局が編集し、出版するものである。

五十周年記念企画として何を行うかについては、常任委員会において四、五年前から議論された。中世文学会では、昭和六十年（一九八五）に三十周年企画として、それまでの中世文学研究を総括・展望する『中世文学研究の三十年』（非売品）を刊行していたので、当初はその続編という発想から出発したのだが、文学研究の危機が叫ばれる現在、単なる専門分野ごとの総括に終わらず、より前向きに未来を切り開こうとする企画を立てるべきではないかとの声が次第に強まった。アンケートなどで会員全体の意見を聞きつつ、常任委員会を中心に議論を繰り返すうちに、「中世文学と資料学―学問注釈と文庫をめぐる」、「中世文学とメディア・媒体―絵画を中心に」、「中世文学と身体、芸能―世阿弥以前、それ以後」、「中世文学の人と現場―慈円とその周辺」という四つの分科会に分かれての議論を、午後の全体討論で総括するという形へと、企画は次第に固まっていった。各分科会におけるパネリストの人選や討議の進め方などについては、各分科会のコーディネーターが中心となって工夫を凝らし、各々のテーマにふさわしい形を作っていった。そして、大会当日には、中世文学会としては空前の六百名を超える参加者（多数の非会員を含む）があり、各会場で熱気にあふれたシンポジウムが展開されたのである。もっとも、筆者は裏方を務めたので当日の議論を直接にはほとんど聞いていない。また、事務局は大会終了後すぐに立教大学小峯研究室に移り、本書の編集はすべて小峯和明氏の手になる。従って筆者は、本書の詳しい内容を把握してきたわけではないのだが、諸氏の原稿を手に取れば、たちどころに当日の熱気がよみがえる。

各分科会のテーマや、発言者の顔ぶれを御覧いただけばおわかりのように、このシンポジウムにおける議論の対象は、狭い意味での「中世文学」ではない。日本語学や歴史学、宗教史・美術史・芸能史・建築史など、およそ中世日本の文化を扱う人文学のあらゆる領域に関連する議論が展開されたといっても過言ではあるまい。日本文学研究は、時代別の学会を中心的な舞台として展開されているが、その中でも、ここ二十年ほどの中世文学会は、「文学研究」を狭い領域や固定的方法に限定せず、周辺の諸学・諸分野との関わりを強く意識しながら活動してきたといえるだろう。本書はその基盤の上に立って、「文学研究」という学問の可能性を探るものであるといってもよい。「文学」という、人間の理性や感情のすべてに関わる表現行為を対象とした議論によって、中世日本の精神文化は、どのような姿を私たちの前に現すのか。人文学の最前線ともいうべき地点からの眺望を読者と共有できるならば、企画に関わった者としてそれにまさる喜びはない。

目次

第3分科会

身体・芸能——世阿弥以前、それ以後……コーディネーター◉小林健二 178ページ

第4分科会

人と現場——慈円とその周辺……コーディネーター◉山本一 246ページ

全体討論を終えて

第II部 中世文学会、50周年に寄せて

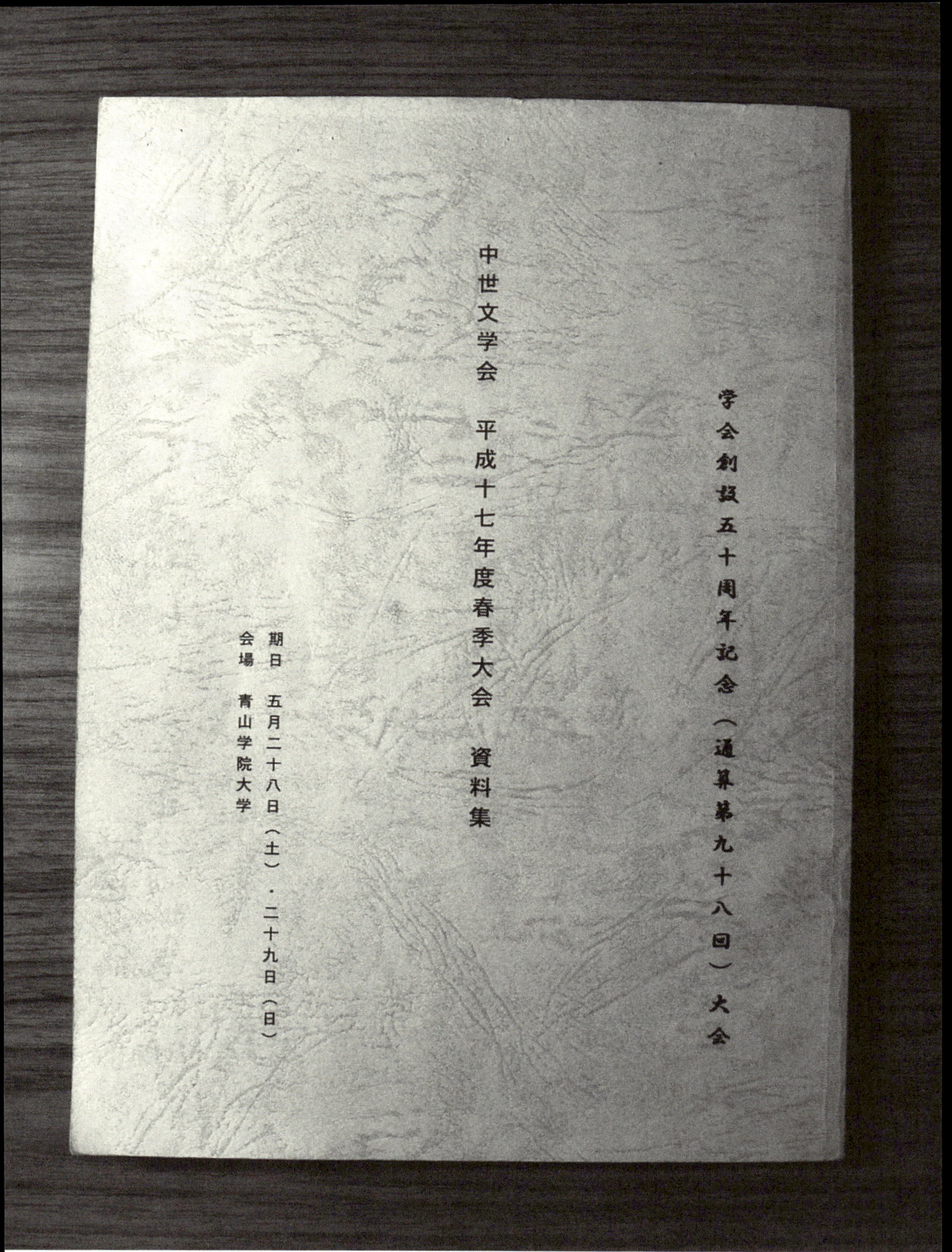
学会創設五十周年記念（通算第九十八回）大会
中世文学会　平成十七年度春季大会　資料集
期日　五月二十八日（土）・二十九日（日）
会場　青山学院大学

【発表当日の資料集】
中世文学会 平成十七年度春季大会 資料集
B5 判・116 ページ

【中世文学会創設50周年】
記念シンポジウム
「中世文学研究の過去・現在・未来」の記録

第Ⅰ部●

コーディネーター

●阿部泰郎（あべやすろう）

1953年、横浜生れ。大谷大学大学院博士課程満期退学、文学修士。現在、名古屋大学大学院文学研究科教授。
主著：『湯屋の皇后』、『聖者の推参』（共に名古屋大学出版会）、『守覚法親王と仁和寺御流の文献学的研究』（勉誠社）など。

企画趣意

いったい「資料」学とは何か。それは、普遍的な文献学一般に属しながら、基盤となる書誌学の次元に支えられ、ひいては本来の意味での目録学の地平――つまり、書物（テクスト）の世界を悉く網羅し認識し再構成しようとする〈知〉の営み――を目指すものといえよう。一方、現在の人文学全体を取り巻く動きの中では、文化「資源」ないし「資産」学と称してその可能性を探っている。また、従来の文化行政では、「文化財」として制度化され保護されるべき文物の対象の一つでもある。「資料」として捉えようとする対象も、その下位水準に分類され、文書や記録と並んで、典籍として扱われるものが、およそそれにあたろう。その典籍は、さらに漢籍／国書に分類され、なお下位分類される。従来の国文学では、その国書のうち、和歌や物語を中心とする狭い範囲がその対象となって、「国文学資料」として研究者の領分だった。

こうした状況は、この五十年で大きく変わった。殊に近年は研究の対象となる「資料」の範疇が拡大を続けている。それは中世文学の研究を成り立たせる枠組みの根本的な変化とも言いうる。それが如何なる様相を呈しているかを認識し、どう位置付けるかが、この場での議論の前提であろう。

中世文学の基盤というべき諸領域を新たに見出すことになった研究の展開は、その形成主体である、テクストが作られ、読まれ、収集保管される場そのものを、あらたな探究の対象として設定し直し

◎ 第1分科会

資料学

学問注釈と文庫をめぐって

【発表者】

中世の冷泉家の蔵著をめぐって―「歌の家」の形成・確立と、典籍の移動●赤瀬信吾

称名寺聖教と金沢文庫蔵書の歴史的意義●西岡芳文

地域寺院と資料学―地域アイデンティティーの確立へ●渡辺匡一

［コメンテーター］月本雅幸・山本ひろ子

た。たとえば守覚法親王の許にも、〈蓮花王院の宝蔵に連なるような〉そうした場が形成され、そこから更なる体系化とテクストが生み出される。それは寺家に限らず、公家・世俗の古典学の家でも同様であった。定家の確立した歌学の典籍および記録等を今に伝える冷泉家の文庫が先ずは注目されるべき場である。更に中世に至って、寺家と公家に分けもたれていた「資料（テクスト）」は、新たに登場した第三の権門というべき武家の許にも移転し、再編成された。鎌倉幕府の〈知〉のセンターというべき金沢文庫は、称名寺と一体となって諸法流の聖教と共に真俗両領域を兼ね備えた拠点であった。寺院の経蔵は一貫して〈知〉の拠点であり続け、文学研究が主体となってその全貌を調査・研究されたのが高山寺経蔵である。更に中央の大寺院の経蔵にとどまらず、称名寺のように中世後期には法流の展開と共に地方へと〈知〉の体系はそのテクストと共に爆発的に伸張していく。真福寺はその好例であるが、全国の諸地域・寺院に伝存する「資料」の調査・研究によって、その様相が解明され、それら「資料」の意味が次第に明らかになりつつある。

この分科会では、実際にそうした「資料」の場において調査・研究に携わっている研究者に、その経験をふまえて「資料」の意義を説き明かしてもらうと同時に、あらたな〈知〉の地平を目指す研究の可能性を語り合っていただくことを希っている。

阿部■私からの趣旨説明は冒頭に（10ページ）書いたとおりです。既にお目通しいただいていると思いますので、繰り返すことはいたしません。

その上であえて提起したいのは、資料学の〝場〟ということについてです。具体的に申し上げるなら、近代の国文学や国史学という学問の制度や枠組の形成過程において全国的規模で作り上げられていった、歴史的な文献調査や収集事業であります。それこそが資料学の現場であったでしょう。それを跡づけ、その成果がいかなるものであったかを簡潔にふりかえってみたいと思います。

それは大きく二つに分けられると思います。一つはいわゆる国文学の領域での漢籍を含んださまざまな典籍資料の調査、われわれの文学研究のまさに基盤といえるものです。それはむろん文学の領域の資料調査です。

もう一つは、いわゆる古文書を中心にした、たとえば寺院の聖教など経典も含んだ歴史学ないしは宗教学の側の、特に歴史研究として行われている文献調査の流れであります。

文学についていては、戦後に国文学研究資料館が作られました。そこで文献収集事業という、国文学研究者の多くの方々が関わり連なっておられる大事業が目下進行中です。その営みのなかでは単に図書館や文庫、個人の蔵書といったいわゆる国文学の書物の範囲にとどまらず、自ずから対象が拡大していき、文学関係の書籍だけを扱うのではなくて、トータルに蔵書の全容を調査収集していこうという動きもその中で出てきております。この国文研が「史料館」を部門のひとつとして含むことが象徴するように、それがおのずから他の、特に歴史学などの史料調査の動きと連動してくるという動向も、多くの方々がご承知だと思います。

そして歴史学の側では、東京大学史料編纂所を中心とする大日本史料編纂の為の史料の収集が、これは明治から国家事業の一環として継続して行われて現在に至っております。これもいうまでもなく、ひとつの大きな拠点であります。

そういう二つの大きな流れ、これがそれぞれ分立し、時には競合しながら展開してきております。その中で特に文学の側では、ことに中央の、京都・奈良の資料の宝庫を対象として、主体的に調査に取り組んできました。その代表的な場が高山寺の経蔵でありました。

その前提にはいくつもの流れがあり、国史学において、東京帝国大学の黒板勝美博士が真福寺の経蔵を調査し、次いで醍醐寺の経蔵を調査し、これは今に至ってなお継続しているのですが、そういう中から高山寺という新たな対象が戦後に取り組まれ、それが『高山寺資料叢書』という大きな成果に結実したことは、周知のとおりであります。それは狭い意味の国文学の範囲にとどまらない、むしろ仏典聖教中心の経蔵ですが、しかし明恵という実に興味深い学僧の世界を通して中世の諸学が拓かれる、そうした資料の〝場〟でありました。

それは中央の寺院という、まさに資料の宝庫ですが、その資料の世界の解明を通して、われわれは大きな恩恵を蒙りました。更には、その調査団の方々が関わる形で中央の大寺院、それは東寺観智院であり、青蓮院であり、三千院であり、石山寺や仁和寺など天台真言の顕密寺院の経蔵がつぎつぎと調査の対象になってまいりました。そういった古代から中世に至る基幹となるような中央の顕密寺院の経蔵の調査が資料学をつくりあげる一つの大きな流れであり、核になっていると思います。

一方、その中でも、中央ではなくて、あえて地方と言わせていただきますが、本日のパネリストのお一人である西岡芳文さんの〝場〟としておられる金沢文庫、称名寺という、鎌倉という新たな権門のなかで築かれた文庫のように、あらたな資料の〝場〟が中世には更に出現しております。この金沢文庫も戦前から調査が継続され、その詳細はあとでご報告いただくわけですが、その場も特に中世文学にとっては無視できない一つの宝庫であり、そこから各ジャンルの研究がいわば展開していく母胎となって、これも大きな拠点になっております。

いま申し上げたような京都、鎌倉の二つの資料の場、これを軸として中世後期には更に各地の経蔵に展開していきます。この資料の〝場〟について調査に取り組んだ先学同行によって、単なる新資料の発掘ばかりか、文学史の上であらたな問題が提起されていきます。その動きが、特に寺院の聖教資料等を対象にして、極めて活発に展開しているのが目下の現状であります。またそれは中世という時代や、宗教的領域に限定されたものでなく、国文学研究者が積極的に他の分野の領域の人たちと協同して活発に調査を展開している、その所産としてもたらされたものであることは、みなさんも様々な〝場〟において想起されることでしょう。

そういう経過と動向の中で、資料は、単にそれぞれの研究にとって興味深い対象として存在しただけではありません。往々にして、閉ざされた自分の関心のもとでのみ有用で貴重な宝物を発見しようとするという、いわば宝探しが行われてきました。あえて告白しますと、私もかつてはそういう宝探しに浮身をやつしてまいりました。しかし、それがこういう資料の場に関わって調査研究を行うにつれて、その〝場〟を断片的ではなくトータルにとらえようということになってくると、自ずから全体像に目をやり、しかもその成立や伝来、その体系や相互の交流なども含めたすべてに視野を開いていかないといけない。単にそれを回顧し、その成果を総括するだけに終らず、この機会に問うてみたいのは、そういった営みのなかで見えてきたものが、いったいどういうものであるのかということです。あるいは、それが何をもたらすか、それが様々な中世文学研究の目下の新たな問題意識、問題領域ということにそれぞれ関わってきております。それらは、例えば学問、注釈というタームにおいてとらえることもなされてきました。しかしなお、それはそういう範囲のみに限らない、もっと大きな、さまざまな問題に関わってくるだろうと予測されます。その点で、私の思っているところを少々付け加えるなら、いわゆる中世文学の世界の基盤をなし、しかもそういう資料の宗教的な場の生成とも連動するところとしては、やはり秘事口伝的な、言説のあり方というものが、非常に大きな位置を占め、しかも普遍的にどの領域においても立ち働いているようにみえます。そういう要素が、こういった資料の世界を、その〝場〟のありようから改めて全体として流れを押さえるときには、欠かせない一つの問題意識になってくるのではないかと思っています。

これ以上の前説は控えて、これからはできるだけパネリストの発題をいただき、それをふまえて皆さんに問いかけていくという形で、さっそくご報告をお願いしたいと思います。

最初は赤瀬信吾さんにお願いしました。資料の場としてもまさしく国文学の中心的な場である冷泉家の文庫の調査に携わっておられます。まさに中央そのものと言っていいところなのですが、和歌の家としての冷泉家が歴史のなかでサバイバルしながら資料を受け継いでいったその全貌解明には、冷泉家時雨亭叢書の刊行を目的とした調査団が組織され、その活動において大きな役割を果たされておられます。この過程で、御承知のように冷泉家蔵書の謎はしだいに解明されているところでございます。そのご報告を、まず最初に赤瀬先生にお願いいたしました。

第一分科会
「中世文学と資料学
――学問注釈と文庫をめぐる」
921教室（2階）

中世の冷泉家の蔵書をめぐって

◉「歌の家」の形成・確立と、典籍の移動

パネリスト■赤瀬信吾

■要旨

冷泉家時雨亭文庫に収められる典籍は、藤本孝一氏の指摘されるように、藤原為家から冷泉為相に相伝されたものばかりではなく、本来は二条家（もしくは二条家和歌所）に蔵されていたものも多く、また三井寺や興福寺西南院からもたらされた典籍をも含んでいて、複雑な伝来の経路をたどったものが少なくない。一方、冷泉家から流出した典籍もかなり知られている。また、初代為相の時代から長い期間をへて、冷泉家が歌の家として確立されてゆく過程において、必要とはされなくなった典籍もあった。室町時代後期ころの典籍のうち、必要とは見なされなくなった典籍の一部が、たとえば『朝議諸次第』などの裏打ち紙に用いられている。そうした、いわば廃棄されたものをも含めて、中世の冷泉家の蔵書の全体像を想定してみる必要がある。中世の資料は、どのような家や寺社に収蔵されるものでも、伝来の経路などの全体的な検証なくして考察することはできない。

赤瀬信吾（あかせ　しんご）■1953年、長崎県長崎市生れ。京都大学大学院博士後期課程修了。現在、京都府立大学文学部教授。
主著：新日本古典文学大系11『新古今和歌集』（共著。岩波書店）、『京都冷泉家の八百年 和歌の心を伝える』（共著。冷泉為人編。NHK出版）、『冷泉家　歌の家の人々』（共著。冷泉為人監修。書肆フローラ）など。

1■はじめに

赤瀬■わたくしの役割は、冷泉家時雨亭文庫について述べることです。現在、冷泉家時雨亭文庫で二つの仕事に従事しています。ひとつは冷泉家時雨亭文庫の蔵書や古文書を継続的に調査すること、もうひとつは、蔵書や古文書を朝日新聞社の冷泉家時雨亭叢書として刊行することによって、公表することです。

さて、どのような文庫についても見られることなのですが、ひとつの文庫が形成されるにあたっては、まず文庫の基礎となる蔵書の蒐集が行なわれ、継続的に収蔵、蓄積され、あるいは流出や流入ということがあって、現在のかたちに至ります。

たとえば、現在は滋賀県大津市の坂本にある叡山文庫のうち、真如蔵の場合には、比叡山延暦寺の僧坊のひとつでありました実蔵坊に蓄積されてきた蔵書が基本となっています。実蔵坊の蔵書のかなり多くは、織田信長による叡山焼き討ちをまぬがれたものと思われます。さらに、江戸時代の初期に実蔵坊再興第二世の浄教房実俊という人物が出てまいります。実俊は、寛文五年（一六六五年）に叡山の探題にまでなった人物ですが、天海による叡山復興事業のひとつとしての天台教学を中心とした書物の蒐集活動を受け継ぎまして、多くの古写本や新旧の版本を集めるとともに、多くの書物の書写活動につとめました。実俊のお弟子さんの実観も、実蔵坊の蔵書の充実につとめています。

そうした人々の努力の結果が、現在の真如蔵というすばらしいコレクションに結実しているわけですが、真如蔵が実蔵坊から現在の叡山文庫に移転される以前に、たいへんに残念なことなのですが、京都のある古書店を通して、国文学関係の蔵書のうちかなりの部分が流出しています。天理大学附属天理図書館ですとか京都大学などに真如蔵の書物が見られますのは、そうした事情があったからで、京都大学文学部の文学科閲覧室に多くの真如蔵旧蔵の連歌関係の書物が収められていることは、皆さんもよくご存じのことと思います。京都大学附属図書館の原簿などを調べますと、真如蔵旧蔵本がいつごろどのような経緯で受け入れられたのかがわかります。買い入れたのがどの先生であったのかもわかってしまいますから、怖い話です。

2■蔵書の流出

こうした蔵書の流出ということは、蔵書の本体となる寺院ですとか、あるいは家ですとかを存続させるためには仕方のないことと考えています。たとえば現在でも、昨今の経済的な不況のためにいくつかのコレクションが危機に瀕していることは、皆さんもよく聞き知っていらっしゃることと存じます。

冷泉家時雨亭文庫のように千年近い歴史を持っている文庫の場合には、何回も何回も流出の危機にみまわれています。古くは冷泉家第二代為秀の没後、冷泉家の蔵書は一時佐々木高秀つまり京極高秀が保管することとなりました。それで藤原定家筆の『土佐日記』ですとか定家筆の『僻案抄』といった書物が、冷泉家から流出してしまったことは、すでに戦前に堀部正二氏が『中古日本文学の研究―資料と実証―』で論じられていますから、よく知られていると存じます。一三〇〇年代後半のことです。

室町時代初期の冷泉家の蔵書目録であります、『家伝書籍古目録少々二通』ですとか『家蔵書籍目録』は、一四〇〇年代初頭ころに、どのような書物が冷泉家に収蔵されていたのかという問題について考える上に、とても参考になるものです。どちらも冷泉家時雨亭叢書第四十巻の『中世歌学集　書目集』に収められています。そうした目録を見ますと、すでに定家筆の『土佐日記』ですとか定家筆の『僻案抄』が冷泉家から流出していたことが知られます。

　それ以外にも、一四〇〇年代の初頭には冷泉家に伝わっていたけれども、その後に流出した書物について知ることができます。資料①をごらん下さい。

　有名なのは定家筆の『更級日記』です。定家筆『更級日記』は、江戸時代初期ころの冷泉家の蔵書目録『冷泉家蔵書目録　龍曲蔵』を見ますと、江戸時代初期くらいまで冷泉家の所有となっていたのですが、やがて冷泉家から流出して後西天皇の御物となりました。定家筆の『金槐和歌集』も、江戸時代初期ころまでは冷泉家に収蔵されていたのですが、やがて加賀の前田家が所有するところとなり、さらに明治三年六月に前田家の手を離れて、同じ金沢の松岡忠良（ただよし）という人物の所有するところとなりました。『安元御賀日記』などは徳川家康に献上されたものです。

資料①仕方なく流出するもの……『家伝書籍古目録少々二通』『家蔵書籍目録』（冷泉家時雨亭叢書第四十巻『中世歌学集　書目集』）による。

同（京極殿）更級日記　一帖　↓　後西天皇御物（笠間影印叢刊二ほか）

京極殿　金槐和哥集　↓　松岡忠良（藤原定家所伝本『金槐和歌集』）

同（京極殿御自筆）拾遺集　↓　安藤積産合資会社（汲古書院『藤原定家筆　拾遺和歌集』）

中院殿　新勅撰　↓　穂久邇文庫（日本古典文学影印叢刊十三『新勅撰和歌集』）

京極殿　物語百番哥合　一帖　↓　穂久邇文庫（日本古典文学影印叢刊十四『物語二百番歌合』）

同（京極殿）千穎集　↓　穂久邇文庫（日本古典文学影印叢刊八『平安私家集』）

京極殿　奥義抄余　一帖　↓　天理大学附属天理図書館（天理図書館善本叢書三十五『平安時代歌論集』）

中院殿　僻案抄　一帖　↓　天理大学附属天理図書館（同右）

同（京極殿）安元御賀日記　一帖　↓　徳川黎明會（徳川美術館）（徳川黎明會叢書・古筆手鑑篇五『古筆聚成』）

同（京極殿）奥入　↓　大橋寛治（日本古典文学影印叢刊十九『奥入　原中最秘抄』ほか）

　また、定家筆の『拾遺和歌集』などは戦後に冷泉家から流出したものです。冷泉家は大納言を極官とする納言家、つまり中流のお公家さんでしたから、家計はあまり豊かなものではありませんでした。権力者の求めに応じて蔵書を手離さなければならないことも何度もありましたし、家計が苦しい場合には、家を存続させるために蔵書を手離さざるを得なかったこともありました。冷泉家に伝わっている古写本の大半は、金襴緞子の表紙や金箔の見返しといったような贅沢な装丁を施したものではありません。質素な飾りを施した表紙で、料紙もごく普通の楮紙の打ち紙といった書物がほとんどです。そのような貧しさに耐えながら、現在まで多くの書物を伝えてくれた冷泉家の歴代の努力には、本当に頭のさがる思いが致します。

ところで、『家伝書籍古目録少々二通』や『家蔵書籍目録』に見られる書物で、現在では冷泉家に伝わっていない書物は少なくないのですが、藤谷殿（ふじがやつどの）、冷泉家初代の為相の筆になるものとして、『和歌会次第』という書物が『家伝書籍古目録少々二通』などに見えます。『和歌会次第』は藤原定家の著作で、少し以前に『冷泉家の至宝展』（平成九年〜十年）を催しました折に、藤谷家に伝えられていました冷泉家第二代為秀の筆の『和歌会次第』をお借り致しまして、展示に加えさせていただきました。為秀筆の『和歌会次第』は、その後、小倉嘉夫さんが『しくれてい』の第八十八号で報告していますように、藤谷家から冷泉家へと寄贈されたのですが、為秀の父の為相筆『和歌会次第』のほうは、現在の冷泉家時雨亭文庫には伝えられていないようで、面白いことと存じています。もっとも、いつどこからどんな書物が出てきても不思議でないほど、冷泉家時雨亭文庫の奥は深いのですから、お家のどこかでひっそりと眠っているのかもしれませんね。

資料②をごらん下さい。家の存続のために仕方なく流出してしまう書物がある一方で、冷泉家の当主の手によって、意識的に自覚的に廃棄されてしまった書物もあります。

『朝儀諸次第』というものが冷泉家時雨亭叢書に収められています。朝廷儀式に実際に用いられた一群の書物で、ほとんどが冷泉家時雨亭文庫に伝わっていますが、一部には「記録切」などと称して古筆切となっているものもあります。冷泉家時雨亭文庫に伝わっている『朝儀諸次第』には、冷泉家第十四代の為久によって裏打ちがほどこされています。その裏打ちに用いられたのが、室町時代後期から江戸時代初期ころにかけて書写された、歌書や漢籍や抄物などでした。実は、冷泉家時雨亭叢書第十一巻の『為広詠草集』にも、冷泉為久によって修理された際の、たくさんの裏打ち紙が見られるのですが、こちらは袋綴じの本で、綴じられているものですから不充分な調査しかできませんでした。『朝儀諸次第』の方はほとんどが折本ですので、簡単に調査できました。

裏打ち紙に用いられているのは、冷泉為久にとって不要となった書物と考えられます。なにしろ「歌の家」冷泉家ですから歌書が多いのは当然ですが、これらの歌書は、上巻だけとか下巻だけとか、端本になったものが裏打ち紙に用いられたようです。

資料②廃棄されたもの……『朝儀諸次第』（冷泉家時雨亭叢書第五十二巻～第五十五巻）裏打ち紙

○歌書……『新勅撰和歌集』『新倭漢朗詠集』（『新撰朗詠集』の異本）上、前稿本系『和歌題林抄』下、『建保内裏名所百首』藤原定家詠、『拾遺愚草』、『姉小路済継集』、『三十六人歌合』（異本）、真名本『詠歌大概』（二種）、『詠歌大概』秀歌躰大略、『百人一首』、再稿本系『僻案抄』、『瀟湘八景歌』、『竹園抄』、『勅撰名所和歌抄出』、名所歌集（書名など未詳）、『訳和和歌集』（？）。

○歌書以外の国書……古本系『源氏小鏡』、『長秋記』などの日記目録、『皇代略』、『公武大体略記』。

○漢籍……『毛詩鄭箋』大雅、『史記』滑稽列伝（淳于髡伝あり）、一韓智翃『山谷抄』、漢籍（書名など未詳）。

○仏典など……内容分類体『句双紙』（わずかに注あり）、禅籍の抄物（書名など未詳）、呪咀護符書。

3■「歌の家」へ

興味ぶかいのは、漢籍のうちに、一韓智翃が一五〇〇年代の初頭くらいに、黄庭堅つまり黄山谷の詩について講じた『山谷抄』のような抄物ですとか、あるいは『句双紙』のような禅宗に関連する書物が見られるということです。書名はわかりませんけれども、禅籍の抄物も見られます。こうした書物が冷泉家に存在していたということは、『しくれてい』の第八十九号で橋本正俊君が指摘していますように、応仁の乱から戦国時代にわたる戦乱の時代に生き、歌道の家「冷泉家」を守り抜いた冷泉家の当主、具体的には第五代為富、第六代為広、第七代為和、第八代為益といった人々が、京都を離れて地方に下向し、京都から来た知識人として生きてゆく際に、和歌や物語のみならず、漢詩や史書や経書といった多岐にわたる知識を仕入れようとして、努力していたことの一端を示すものと見てよいと思われます。冷泉為広や、その息子の為和の持っていた漢詩文の素養などにつきましては、冷泉家時雨亭叢書の第五十巻として刊行される『為広・為和歌合集』の歌合の判詞からも知られるものと期待しています。

それはともあれ、江戸時代中期の為久の時代くらいになりますと、冷泉家は「歌の家」としてある程度安定した状態を得てきます。「歌の家」に特化してゆくものですから、『山谷抄』のような抄物や禅籍はもう必要としなくなり、廃棄されて裏打ち紙にも用いるようになったと考えられます。「歌の家」に特化してゆくためには、歌に直接かかわることのない書物は、廃棄される運命をたどったと考えられるのです。

さて、『朝儀諸次第』の裏打ち紙のなかでさらに興味ぶかいのは、『毛詩』つまり『詩経』に鄭玄が注を付けました、いわゆる『毛詩鄭箋』の大雅の部分と、司馬遷の『史記』の滑稽列伝の存在とでありました。資料②には傍線を付けておきました。癖のある定家様で書かれた『史記』の滑稽列伝を目の前にした時には、一体これは何なんだろうと首をかしげたことでした。

けれども、答えは案外わかりやすい所にありました。『毛詩』が『古今和歌集』の仮名序の六義に関連するものであることは、すぐに理解することができました。問題は『史記』の滑稽伝ですが、こちらは古今伝授の「誹諧歌」についての伝授、いわゆる「誹諧相伝」と関わるものと思われます。資料③④として、川平ひとしさんが調査され翻刻された資料を示しておきました。川平さんによりますと、藤沢遊行寺の時宗の人々のもとには、冷泉家第七代為和が深く関与していた古今伝授の切紙が伝えられていたらしく、そのなかには冷泉家流の切紙もあれば、二条家流のうちの尭恵流の切紙もあり、さらにまた諸流が混在しているように見える切紙もあって、興味は尽きないのですが、三番目の諸流混在の切紙のうち、たとえば資料③の正親町家本の『永禄切紙』、永禄十三年（西暦一五七〇年）の五月に相伝したという日付を持ちます「誹諧相伝」という切紙を読んでみますと、

資料③正親町家本『永禄切紙』の「誹諧相伝」（川平ひとし「資料紹介　正親町家本『永禄切紙』――藤沢における古今伝授関係資料について――」、『跡見学園女子大学紀要』第二十五号、平成四年三月）

一　誹諧

是ハ史記滑稽伝ニ在、滑ハ乱也、稽ハ□也、優旃ハ秦ノ倡(ウタウタヒニ)シテ咲言ヲ善ス、然ドモ大道ニ合ト有、滑稽ハ利口ノ義也、優旃、秦ノ始皇ノ時ノ者也、其利口内証ニ真実ノ正理アリ、

資料④『古今和歌集藤沢相伝』の「誹諧相伝」（川平ひとし「冷泉為和相伝の切紙ならびに古今和歌集藤沢相伝について」、『跡見学園女子大学紀要』第二十四号、平成三年三月）

一　誹諧

是ハ史(記)、滑稽伝在、滑ハ乱也、稽ハ同也、優旃ハ秦ノ倡(ウタウタヒニ)シ

テ咲言ヲ善ス、就大道ニ合ト、滑稽ハ利口義也、優旃、秦ノ始皇ノ時ノ者也、其利口内証、真実ノ正理也、

こうした、『古今和歌集』の「誹諧歌」を『史記』の滑稽列伝と重ねて理解するという方法は、早い例として、二条家流の『古今和歌集』注釈書である行乗の『六巻抄』に見えます。資料⑤として示しておきました。一三〇〇年代初頭に定為や二条為世の説をまとめたものです。『六巻抄』では、藤原基俊が「誹諧」を『史記』滑稽伝に結びつけて考えていたこと、藤原清輔も同じような意見であったと述べて、清輔の説をかいつまんで紹介しています。

資料⑤行乗『六巻抄』の「誹諧」（東山御文庫本。片桐洋一『中世古今集注釈書解題』三、昭和五十六年八月、赤尾照文堂）

或人云、基俊云、誹諧事、史記滑稽伝ニ委見エタリ。其趣清輔ノ説ニ大略同云々。清輔説ト云ハ、誹諧ノ字ヲバ漢ニハワザゴト、ヨメリ。是ヲモテ人皆タハブレ事トオモヘリ。誹諧ハ非道ニシテ、シカモ正道也。又、正道ニ非ズシテ妙義ヲアラハサル、也。喩バ奇説アル□ノザレタハブル、ガ如シ。

その内容は、「誹諧」の文字を「わざごと」と読むのだが、誰もが皆それを「たはぶれごと」と思っている。けれども本当はそうではなくて、「誹諧」は「正道」ではない、つまり「非道」ではあるけれども、それでも「正道」にかなっている。「正道」とは言えないのだが、それでも「妙義」を表わしているのだ、といった説です。単なる「たはぶれごと」のように見えても、本当は鋭い人間観察や社会批判を含んでいるものこそ、「誹諧」なのだと言いたいものであろうと推測されます。

実際に藤原清輔の『奥義抄』にも、『六巻抄』と似た記述が見られるのです。資料⑥として、藤原定家筆の天理図書館蔵『奥義抄』下巻余の「誹諧」に関する項目を示しました。「誹諧の字は、わざごとと読むなり。これによりて、みな人ひとへに戯言と思へり。かならずしも、しからざるか。今案に、滑稽のやからは正道にあらずして、しかも道をなす者なり」ですとか、「あるいは狂言にして、しかも妙義をあらはす」などと記されています。これは大切なことなのですが、『奥義抄』下巻余の藤原定家筆本には、日本歌学大系本などには見られない藤原基俊の説も上書として引用されています。また、『史記』滑稽列伝の、優旃（ゆうせん）ですとか淳于髡（じゅんうこん）などについても取り上げられています。

資料⑥藤原清輔『奥義抄』下巻余の「誹諧」（天理図書館善本叢書三十五『平安時代歌論集』、昭和五十二年五月、八木書店）

十九　問云、誹諧歌、委趣如何。

答云、漢書云、誹諧者滑稽也〈滑妙義也。稽詞不尽也〉。史記滑稽伝考物云、滑稽酒器也。…（中略）… 優旃者善為咲言、合於大道。淳于髡、滑稽多弁。…（中略）…誹諧の字ハ、わざごとゝよむ也。これによりて、皆人偏に戯言とおもへり。かならずしも不然歟。今案ニ滑稽の輩ハ非正道して、しかも成道者也。これを准滑稽。其趣、弁舌弁口（コウ）あるものゝ如言語。火をも水にいひなす也。或ハ狂言にして、しかも妙義をあらはす。このなか又心にこめ詞にあらはれたるあるべし。

前（上書）金吾基俊云、古式云、誹諧述才理不労詞云々。…（中略）…優旃者、秦倡侏儒也。善為咲言、然合（ヘリ）於大道。始皇時、置酒而天雨（フル）。階楯者皆沾（ウルヒコリタリ）寒。優旃見而哀之、謂之曰、（下略）。

『朝儀諸次第』の裏打ち紙のなかには、『史記』滑稽列伝のうち淳于髡の伝が記されているものもありました。くり返しますが、『朝儀諸次第』の裏打ち紙に見られる『史記』滑稽列伝の断簡は、古今伝授の「誹諧歌」と関わるものであったと思われます。そうした『史記』滑稽列伝が裏打ち紙にされ、廃棄されてしまった背景には、冷泉為久の生きた江戸時代中期において、公家社会における古今伝授が、天皇を中心とした御所伝授を頂点としたものに変化してしまって、冷泉家の古今伝授を特別なものとして持ち出す必要がなくなってしまったという経緯があったと考えられます。冷泉家第十四代の為久や第十五代為村の時代になると、冷泉家は、いわば「歌の家」として、近現代の短歌結社の先駆的な活動を展開するようになってきます。おそらく、そうした「歌の家」にとって、古今伝授という時代遅れのものは必要とされなくなっていったということが想定されると考えています。

4 二条家本の流入

仕方なく流出せざるを得ない書物もあれば、一方では「歌の家」として特化して行くうえで、時代の要請には適さなくなって廃棄されてしまう書物もありました。けれども、それ以上に重要なのは、冷泉家時雨亭文庫が形成されてゆく過程で二条家や様ざまな寺院から流入してきた書物の存在です。

まず江戸時代について見てみましょう。江戸時代には冷泉家の門弟組織が全国的に展開します。どこから流入したということがわかるものもあれば、わからないものもあります。

資料⑦江戸時代における流入や還流

a、文永四年(一二六七)七月藤原為家自筆奥書、貞応二年(一二二三) 七月本『古今和歌集』(冷泉家時雨亭叢書第二巻

『古今和歌集　嘉禄二年本　古今和歌集　貞応二年本』）
……兎雲形織文緑地金襴包み表紙。黒漆塗箱入り。
b、建長五年（一二五三）十一月藤原為家奥書『古今金玉集』（冷泉家時雨亭叢書第七巻『平安中世私撰集』）……識語「右一巻〈墨付八枚、哥数五十八首〉、数年散在他方之所、元文二年冬再復当家、仰而収書庫畢、従二位藤原為久」、箱蓋裏書「此一巻、元来当家伝来、中比散在他方、元文二年十二月感得、再復当家了」。

たとえば、直接の流入もとは判然としないのですが、二条家を中心に用いられていた定家本の『古今和歌集』、貞応二年七月本の『古今和歌集』の中でも最善本で、藤原為家の息子と見られる覚尊が書写し、文永四年七月に藤原為家が校合したという奥書を持つ、貞応二年七月本の『古今和歌集』が、冷泉家時雨亭文庫に収められていまして、その影印本が冷泉家時雨亭叢書第二巻として刊行されています。この本は黒漆の塗り箱に入っていまして、しかも金襴の包み表紙という豪華な装丁の本です。冷泉家時雨亭文庫に収められている他の本とは、装丁が全く違っています。『冷泉家蔵書目録龍曲蔵』には「古今、二条家本也。一冊」という記事も見られます。けれども、冷泉家時雨亭叢書の『古今和歌集』の解題を担当された片桐洋一先生は、「これは、冷泉家伝来の本ではなく、他家に伝来していたものが、江戸時代中期以降に冷泉家に納められたのではなかったかと思われてくるのである」と指摘していらっしゃいます。

また、建長五年十一月の藤原為家の奥書を持っていますよりも冷泉家に帰ってきた、いわば還流した書物です。『古今金玉集』は、江戸時代中期に冷泉家に流入した、という『金玉集』の書名は『家伝書籍古目録少々二通』などにも載っています。それが、いつの間にか冷泉家から流出してしまったようです。『家伝書籍古目録少々二通』の裏打ち紙には、元文二年（一七三七年）十二月に感得した、うれしいことに思いがけなくも入手したという記事が書き付けられています。冷泉家第十五代の為村の書き付けによると、霊元院の崩御の後に買い求めたもののようです。冷泉家から流出したものが還流して、冷泉家に帰ってくるといった例も見られるのです。

江戸時代には個々の書物の流入は見られるのですが、それは大がかりなものではありませんでした。それに対して室町時代には、現在の冷泉家時雨亭文庫について考えるうえに重大なきわめて大がかりな書物の流入がありました。この問題については、この春まで文化庁につとめていらっしゃいました藤本孝一先生に多くの業績がございます。憂うべきだと思うのは、冷泉家時雨亭文庫の蔵書になんらかの興味を持っている方々であっても、藤本孝一先生の論文などに目を通していない方々が非常に多いという、学界の現状です。

現在、冷泉家時雨亭文庫に収蔵されている蔵書は、必ずしも冷泉家初代の為相の時代から、ずーっと継続して冷泉家に伝えられてきたものばかりではありません。安直に「冷泉家本」などとおっしゃっている論文を、目にすることが少なくありません。冷泉家時雨亭文庫のかなりの部分を占めているのは、二条家ですとか、義峯寺の往生院いわゆる三鈷寺や、三井寺理覚院などから流入した書物です。ですから、冷泉為相の時代から冷泉家に伝来していることが明確な書物以外、伝来の明確な書物のほかについては、「冷泉家時雨亭文庫蔵本」として示すのがまだしも妥当なのです。呉々も「冷泉家本」という語を用いることのないようご注意なさって下さい。

具体的に、藤本先生のお考えの骨格に当たることがらについて見ていきましょう。資料⑧をごらん下さい。藤本先生のお考えは、十五年ほど前の『しくれてい』の第三十四号で基本的なことがらは示されています。それを詳細にした論考「冷泉家時雨亭文庫蔵本の書誌学」が、冷泉家時雨亭叢書の『月報』の五十七号から連載されています。現在も連載中です。そうした論考の中で、これは二条家から流入したものであると藤本先生の指摘していらっしゃるものを、そこに並べてみました。

資料⑧二条家本の流入……藤本孝一「冷泉家と二条家本」(『しくれてい』第三十四号、平成二年九月)、同「冷泉家時雨亭文庫蔵本の書誌学」(『冷泉家時雨亭叢書月報』五十七号、二〇〇三年八月〜、連載中)に指摘される二条家本
○二条為氏自筆『為氏卿記』(冷泉家時雨亭叢書第六十一巻『古記録集』) ○延慶二年(一三〇九)十一月、二条為藤筆『詠歌大概』(同叢書第三十七巻『五代簡要 定家歌学』) ○至徳二年(一三八七)正月、二条為右筆『新後拾遺和歌集』(同叢書第十三巻『中世勅撰集』) ○定為法印本『袖中抄』(同叢書第三十六巻『袖中抄』) ○永仁六年(一二九八)五月、藤原資経筆『万葉集抄』(同叢書第三十九巻『金沢文庫本万葉集巻第十八 中世万葉学』) ○弘安十一年(一二八八)正月、定為筆『万葉集註釈』(同上) ○藤原資経筆『資経本私家集』(同叢書第六十五巻〜第六十八巻) ○永仁五年(一二九七)二月写『豊後国風土記』(同叢書第四十七巻『豊後国風土記 公卿補任』) ○『正中二年七夕御会和歌懐紙』(同叢書第三十四巻『中世百首歌 七夕御会和歌懐紙 中世私撰集』) ○『元徳二年七夕御会三首和歌懐紙』(同上) ○『嘉元百首』(同上) ○『永徳百首』(同上) ○『文保百首』(同叢書第三十五

巻『大嘗会和歌　文保百首　宝治百首六条知家』）
（参考）『擬定家本私家集』（冷泉家時雨亭叢書第七十三巻）。同叢書『第六期内容見本』に、「この一連の私家集は、定家書写本を所持していなかった二条家などにおいて、定家監督書写本に擬して書き写されたものであろう」と指摘されている。なお同叢書第七十二巻『素寂本私家集　西山本私家集』など参照。

藤本先生は、ひとくくりに二条家本とは言わないで、二条家のうち為明の相伝本などと、二条家の本家に当たる為衡の相伝本とは、一応区別をして考えるという立場を取っていらっしゃいます。また、二条家の蔵書が冷泉家の所蔵となった経緯に、和歌所の所領である小野荘の相伝の問題が深く結びついていると主張されています。詳細は藤本先生の論考をごらん下さい。

二条家から冷泉家の所蔵に移った書物には、二条為氏自筆の『為氏卿記』や、定為法印本『袖中抄』など、枚挙にいとまがありません。ひとつひとつ取り上げることはここでは致しませんが、『文保百首』には冷泉為相の百首も含まれています。確実に為相自筆と認定される数少ないもののひとつでありますが、この『文保百首』は、もともと冷泉家に伝わっていたものではないわけです。『文保百首』は、二条為世が撰者となった『続千載和歌集』のために撰集資料として召された応制百首です。そのことからすれば、本来は二条家に収蔵されていたはずで、それが二条家から冷泉家の所蔵になったと考えるのが自然でしょう。資料⑧（参考）として示しました『擬定家本私家集』なども、もともとは二条家の蔵書であったらしく、『擬定家本私家集』は冷泉家時雨亭叢書の一冊として今年十一月に刊行される予定です。ただし擬定家本私家集の一部には、すでに刊行されているものもあります。

ここで気をつけておく必要があるのは、二条家の蔵書が冷泉家の所有になったからといって、二条家と冷泉家との仲がよかったなどという、とんでもない誤解をしてはならないということです。二条家と冷泉家とは、荘園の所有権をめぐって争論を繰り返していたのですから、仲のよいはずがないのです。二条家の蔵書が冷泉家の所有になっていく様子は、今後の藤本先生の論考に、おそらく生々しい側面をも含めて描かれてゆくと思いますが、たとえば、何回も取り上げています室町時代初期の冷泉家の蔵書目録である『家伝書籍古目録少々二通』ですとか『家蔵書籍目録』には、二条家から流入したと考えられる書物の名前がいっさい見られないということなども、問題になるかも知れないと考えています。『家伝書籍古目録少々二通』や『家蔵書籍目録』が二条家の蔵書が流入する以前に作られたものであったのか、それとも二条家の蔵書が流入した後でありながら、わざと二条家本の存在を表さなかったのか、判然としたことは知られませんけれども、こうした蔵書目録ひとつをとっても問題は深刻なものを抱えています。

5■典籍の移動が伝えようとしていること

二条家本と関わるのですが、浄土宗西山派の三鈷寺の蔵書、特に第五世長老をつとめた承空のものを中心とした蔵書が冷泉家に流入していることも考えておく必要があると思われます。藤原定家と親しく、定家の息子である為家の義理の父親に当たる宇都宮氏の第五代頼綱（法名は蓮生）という人物が、承空の祖父に当たります。承空自身および承空の周辺の人々によって書写されたのが、『承空本私家集』と呼ばれる一群の私家集です。藤本先生によりますと、『承空本私家集』の中には二条家の蔵書であった『資経本私家集』を親本にして書写したものもあるということで、承空と二条家との親しさがうかがわれます。『秋風和歌集』や『柿本人麿集』の表紙に名前を記している義空も、承空の周囲にいた僧侶と思われます。また、『範宗家集』を書写している恵空という人物は、承空より少し年上の人物と思われますが、恵空書写本『範宗家集』と『承空本私家集』とが近い関係にあったことは、どちらも洛西に位置します善峯寺の北尾の往生院、つまり同じく三鈷寺で書写されていることから推測されます。

資料⑨西山本の流入

○『承空本私家集』（冷泉家時雨亭叢書第六十九巻～第七十一巻）　義空本『秋風和歌集』（同叢書第七巻『平安中世私撰集』）　○義空本『柿本人麿集』（同叢書第七十二巻『素寂本私家集　西山本私家集』）　○文永十年（一二七三）五月、恵空筆『範宗家集』（同上）

実導仁空の著した『西山上人縁起』によると、南北朝時代に浄土宗西山派の内部に混乱が生じた様子です。文和二年（一三五三年）六月には、南朝の山名時氏と室町幕府の高師詮とが善峯寺で合戦をし、善峯寺の多くの建物が焼失していいます。三鈷寺がほとんど灰燼に帰するのは応仁の乱の時であったようですが、こうした内外の混乱によって、承空の住持していた僧坊が危機に瀕するということがあったのではないか、そのために承空の手許にあった蔵書を二条家が所有することとなり、やがて二条家本と一緒に冷泉家が所有することになったのではないか、そのような方向で藤本先生は考えていらっしゃるものと思います。

もとは冷泉家になかったのに三井寺の理覚院から流入した書物についても、藤本先生は言及されています。三井寺の理覚院から流入した書物の中には、反御子左派として知られる真観（葉室光俊）の書写した『在良朝臣集』や『範永朝臣集』などがあります。『源氏物語』の注釈書である『紫明抄』の著者として有名な素寂の筆になる『業平朝臣集』などや、清誉筆『人麿集』なども、理覚院から流入した書物と考えられています。これは、冷泉家第六代の為広の息子であった応猷という人物が、理覚院の院主をつとめていて、その関係から冷泉家に流入することになったものと考えられています。その経緯などについては、そのうちに藤本先生が述べられると思いますので、それを待つことに致しましょう。ちなみに、ごく一部分だけですが『在良朝臣集』や『範永朝臣集』の写真は、朝日新聞社の『冷泉家の秘籍』に収められています。

資料⑩三井寺理覚院本の流入
○藤本孝一「冷泉家時雨亭文庫蔵本の書誌学　その三」（『冷泉家時雨亭叢書月報』五十九号、二〇〇四年二月）に、「平等院の本寺である三井寺の子院理覚院の院主が冷泉家六代為広（一四五〇―一五二六）の子息応猷であった関係からである。のちにこの文書群が、御文庫の真観書写本伝来の解明に結びついていくことになる」と指摘されている。詳細は、同月報において後日に公表される予定。
○真観筆『在良朝臣集』（冷泉家時雨亭文庫編『冷泉家の秘籍』）　○建長六年（一二五四）二月、真観筆『範永朝臣集』（同上）　（参考）文永十二年（一二七五）四月、素寂筆『業平朝臣集』ほか、正嘉元年（一二五七）三月、清誉筆『人麿集』（冷泉家時雨亭叢書第七十二巻『素寂本私家集　西山本私家集』）。

最後に、興福寺の西南院から冷泉家に流入した書物について考えてみます。資料⑪をごらん下さい。⑪のaとして示しましたのは、冷泉家時雨亭叢書の第三八巻『和歌初学抄　口伝和歌釈抄』として今年の七月に刊行する予定の書物に収録される、『和歌色葉』の奥書です。実は、この『口伝和歌釈抄』という歌学書が一一〇〇年前後に成立した新出の歌学書でとても興味ぶかいものなのですが、それは刊行されてからのお楽しみとして、ここで問題としますのは『和歌色葉』の奥書です。この奥書は二つの部分からなっています。

資料⑪興福寺西南院本の流入
a、冷泉家時雨亭文庫蔵『和歌色葉』（冷泉家時雨亭叢書第38巻『和歌初学抄　口伝和歌釈抄』）の奥書
写本云、嘉暦三季（一三二八）十月八日、於菩提寺常光院、以法道房本、書写之了。不可有外見者也。

于時永徳第二之暦（一三八二）中春上旬之天、於西南院中部屋、書写之了。写本、不審これをゝし。今定又あやまりあるべし。可斗薮修行之時、為令随身之、わざと小字にこれを書也。　淳家（花押）

最初の奥書に「菩提寺」という寺の名前が見えます。菩提寺を名乗る寺は、明日香の橘寺や丹波国桑田郡の穴太寺（あのおじ）など多いのですが、この菩提寺は大和国・添上郡の菩提山寺、一般には正暦寺、菩提山竜華樹院と号する寺と考えていますす。正暦三年（九九二年）の創建で、治承四年、平重衡の南都焼打ちのために焼失したのですが、鎌倉時代の初めの建保年間に興福寺の信円が再興し、その後は興福寺の別院となっていました（注）。二番目の奥書に見える「西南院」についても、東大寺や高野山などにも西南院という名前の子院があったのですが、興福寺の子院の西南院と考えています。

二番目の奥書に見える淳家が、冷泉家時雨亭文庫蔵『和歌色葉』を書写した人物です。淳家についての詳細は未詳ですが、二条為遠そして二条為重と二条家出身者が撰者となった最後の勅撰集、『新後拾遺和歌集』の雑春歌六三二番に、淳家法師として一首が入集しています。淳家が興福寺の西南院で『和歌色葉』を書写した時より七十年ほど以前、京極為兼の土佐配流の原因のひとつとなった、正和四年（一三一五年）四月二十八日の『詠法華経唯識論和歌』が行なわれています。その歌会に、西南院僧正の実聡が参加しています。実聡は二条為氏の息子で、正和四年十二月には興福寺の別当に任命されています。さらにまた、二条為遠の兄弟である覚家も西南院の僧であり、興福寺の別当となっています。ちなみに、二条為重の兄弟である覚専は、なんと菩提山寺の住持でした。こうして見ると、二条家と興福寺の西南院との間に深い関係があって、西南院の蔵書がまずは二条家の所有となり、ついで二条家本や承空本などとともに冷泉家に流入することとなったと考えることもできます。

ただしそうではなくて、興福寺の西南院の蔵書が直接に冷泉家に流入した可能性もあるのです。資料⑪のbは、冷泉家第六代の為広が西南院の権少僧都にあてて書いた歌道入門誓状です。二条家が滅亡したあと、冷泉家第五代の為富は一条家の家礼として一条兼良に献身的に仕え、為富の妹は兼良の息子の一条教房に嫁いでいます。こうした縁戚関係もあって、冷泉家は一条家と親密な関係を持つこととなるのですが、一条兼良の息子の尋尊が興福寺大乗院の門跡となった関係からでしょうか、冷泉為富も為広も『大乗院寺社雑事記』によく登場します。資料⑪のbの歌道入門誓状が存在することから、少なくとも為広の時期には冷泉家と興福寺西南院との間に関係ができていて、その関係から西南院の蔵書が冷泉家に流入することになったと考えることもできるのです。

資料⑪興福寺西南院本の流入

b、宗清（冷泉為広）歌道入門誓状（冷泉家時雨亭叢書第五十一巻『冷泉家古文書』）

自今日、為謌道門弟子、諸篇於無御等閑者、住吉・玉津嶋大明神御照覧、不可有疎略候、仍執達如件、

永正拾四年（一五一七）八月七日　民部卿入道 宗清（花押）

西南院権少僧都　御房

最後は判然としない話で終わりまして、まことに申し訳ございません。今回、最も強調しておきたかったのは、冷泉家の蔵書が冷泉家初代の為相の時代からずーっと引き続いて存続していたのではなく、流入や流出といったことが何回も何回も繰り返し起こっていたということです。特に藤本孝一先生の提唱されている二条家本などの流入という問題は、冷泉家時雨亭文庫について考える上に重要です。これを「中世における資料のダイナミズム」などといった一般化した物言いで捉えてしまうと、ひどくつまらないものに見えて仕方がありません。ひとつひとつの現象の把握から、より普遍性の高いものへと考察を進めて行くのは、学問の基本的なあり方ですけれども、資料は丹念に扱うべきものです。ひとつひとつの資料が伝えようとしていることに静かに耳をかたむけ、細かな解釈をこころみ、その上で個々の資料が、その文庫のなかでどのように位置づけられるのかを検討し、文庫の全体像をできる限り解明することに努力する、というのが基本であろうと存じています。そんなことを言っていたら、一生涯「資料学」なんてものには縁がないのかも知れませんね。終わります。

（注）当日の第4分科会「中世文学の人と現場─慈円とその周辺」において発表された、近本謙介氏「慈円から慶政へ」の資料のうち、『九条家文庫文書目録』正応六年（一二九三）とされるものに、「十五合　南都」に続いて「一合　菩提山」と見え、興味ぶかい。

※なお当日の発表は、健康上の理由により、赤瀬に代わり、京都大学非常勤講師の橋本正俊氏が代役をつとめました。

称名寺聖教と金沢文庫蔵書の歴史的意義◉

パネリスト■西岡芳文

■要旨

称名寺聖教と金沢文庫本を含む金沢文庫資料については、近年、単発的な資料紹介はあるものの、総体的に論じた仕事は少ない。その要因は、外部の研究者が金沢文庫資料の全貌を把握しにくいという現実的問題もさることながら、中世の鎌倉で成立したほとんど現存唯一の資料群であり、中世後期以降、死蔵に近い状態で伝来してきたため、比較しうる材料が乏しく、これを正当に評価する方法がなかったことに求められよう。

ところが近年、畿内の有力寺院の中世聖教群や、大須真福寺聖教などの地方伝来の聖教群に対する悉皆調査が始まったことによって、中世の知的ネットワークの中の一環としての金沢文庫資料の歴史的位置を同定するためのとば口が開かれつつある。

本報告では、現在進行中の悉皆調査の中間報告をかねて、金沢文庫資料の形成と展開、その歴史的意義について、最近の私見の一端を開陳したい。

西岡芳文（にしおか　よしふみ）■1957年、東京都生れ。慶應義塾大学大学院博士課程中退。現在、神奈川県立金沢文庫学芸課長。
主編著：『蒙古襲来と鎌倉仏教』『六浦瀬戸橋』（以上金沢文庫展示図録）、『日本中世史研究事典』（共編、東京堂出版）など。

西岡■この学会での報告について最初にご依頼を受けましたときは、阿部先生のお話にちょっとコメントを加えてほしいというようなことでしたから気安くお引き受けしたのですが、いつのまにか主客転倒しておりまして、それほどの用意もない状態ですので、御海容いただきたいと思います。

私も金沢文庫にかれこれ十七、八年いることになります。文庫のようなところにこもっておりますと、外の世界の常識と非常識というものの区別がつかなくなって、金沢文庫について、どこまでが学界の常識であり、どこからが知られていないことなのかということが、なかなか自分で認識することが難しい立場でもあります。そんなことで、すでにみなさんご存知のことも多々あるかも知れません。

現在の神奈川県立金沢文庫は昭和五年に復興された新しい組織です。新しいといっても七五年経つわけですけれども、最初のころに関靖、それから熊原政男という非常に有能な人が文庫におりまして、その人たちが昭和五年からだいたい二十年の間にやったことの大きさは、私も同じくらい文庫にいたことになるのですけれども、比較して何というか、ずいぶん違うなという、昔の人の偉さをいまごろ噛み締めているところです。

金沢文庫についての全体的なお話は、実はこれは歴史のほうなのですが、歴史学研究会の大会がありまして、そこで一九九八年に報告したことがありまして、事実認識という点につきましては、その段階からそれほど進歩していないのでありまます。ですから今日のレジュメ集のなかに入れました資料にしても、その時からほとんど変わっていないものばかりであります。ただ、こういう文庫とか情報、知識、そういうテーマが数年間、歴研大会でも続いたのですが、なかなか一般的な歴史学の議論にはなりにくいと感じたわけです。テキストの問題とか書かれているものの中の話ということになりますと、一般的な歴史をやっている人間のテーマとは重ならないことが多いようです。

そのあと、文学系の学会ですと、一九九九年に仏教文学会を金沢文庫で開催したときに、「弁暁草」という、東大寺の弁暁という人の説草をテーマにして報告したことがございます。また二〇〇四年の説話文学会でも金沢文庫の勧進関係の資料をご紹介したことがあります。実はその原稿の仕事が一週間前にようやく手を離れたばかりの状態でございまして、頭の中はからっぽなのですが、今日のお話のテーマは、金沢文庫、あるいは称名寺というものそのものの成り立ちとか、意義とか、そういう話と、もうひとつおそらく阿部先生の中では文庫の資料調査の現状がどうなっているのかと、そういう問題関心がおありなのではないかと思います。文庫の資料調査というのはここ数年ずっと取りかかっているのですが、まだ完全に終わっておらず、総括的にものをいえる段階ではないので、ちょっと時期尚早かなと思っているのですが、とりあえず今言えることをお話しするということで、ご理解いただきたいと思います。

1■金沢文庫をめぐる四つの研究史

さて、学問さまざまな分野がある中で、まず一般に金沢文庫というものに対して、違った側面からそれぞれ別個に研究されております。通常「金沢文庫」という場合に、教科書的、辞書的な考え方でいえば、つまり金沢文庫本という図書の来歴に関する研究、これはいわゆる書誌学をはじめとして、さまざまな学問分野の基礎として書物の研究が行われるわけです。しかし漢籍にしても和書にしても、それぞれの学問領域の中での基礎作業として行われているわけですから、それ全体を並べたところで、金沢文庫というものの全体像がイメージできるわけではありません。律令の研究から始まって、特殊な漢籍まで、それぞれ非常に分化し、深化した分野を束ねるということは、とても個人の力量でできることではないのです。ただ、ある時期、鎌倉の一隅の金沢という場所にこれらの本がまとまってあったのだという事実から何か言えるだろうかというくらいが、金沢文庫本を金沢文庫の側から見たときの研究なり記述になるのだろうと思います。

次に美術史の方では肖像画の歴史とかあるいは唐物としての陶磁器の研究とか、そういう方面から美術工芸品の研究があるわけです。こちらは一般的にはきらびやかな金沢北条氏の栄華という形でとらえられています。このへんが一般的な金沢文庫のイメージではないでしょうか。

ところが、実は現在の県立金沢文庫の収蔵品の中核を占めておりますのは、称名寺から移管された聖教群なわけです。これについては、仏教史、あるいは特に中世文学、国文学の方面からいろいろとアプローチされています。ただテーマは細分化され、個別的に取り組まれておりますので、その全体像を見通すことは、ほかの分野以上に難しいだろうと思います。

最後に、歴史学の方からは金沢文庫文書という多量の文書群が研究されています。鎌倉時代後半の重要な一次資料であるということで、県立金沢文庫が発足して以来、着々と整理・翻刻され、学界の共有財産となっているわけです。ただ、いかんせん大半が紙背文書なので、裏面の仏典・聖教まである程度理解できないと歴史の資料として使えないのです。中世史の専門家には、仏典の知識に疎い人が多いものですから、表裏を両方見て合わせて資料として使うということが難しいので、金沢文庫文書を使った研究というのは最近では低調であるとは言えるでしょう。

ざっと金沢文庫に関する四つの側面からのイメージをご紹介しましたが、これが統合されないまま、それぞれの分野で微妙にずれた金沢文庫像を描き出しているということが言えるかと思うのです。

2■県立金沢文庫の復興

そこで、金沢文庫の資料ということを考えるときに、そもそもこういう資料がどうやって世にあらわれて使われるようになったのかということからお話を始めないといけないかと思うので、初めにそんなお話をしたいと思います。

昭和五年の夏に県立金沢文庫が発足いたします。金沢文庫というものは、何となく中世から蜿蜒と続いているようなイメージが出来上がっているかと思うのですが、実は昭和五年に出来た金沢文庫という建物は、これは単なる社会教育施設だったのです。それまで称名寺にあった仏具、仏像、絵画などの文化財は知られていたわけですけれども、金沢文庫本はほとんど失われていた。そういう状態で神奈川県立金沢文庫がスタートしたわけです。ですから昭和に出来た金沢文庫は、窓ばかりで冷暖房も空調設備もない、そういう建物だったことを覚えていらっしゃる方もあるかと思います。あれはもともと神奈川県下の自治体をになう青少年を育成するための「昭和塾」という研修施設に付属する講堂と図書室を兼ねた建物だったのです。現在で言えば、各自治体が何とか地方自治研究センターなどと称する施設をもっておりますけれども、そういう一種の地方自治の研修施設のはしりだったのです。その片隅に、称名寺の仏像などを置く部屋をひとつ設けて、金沢文庫の遺跡を顕彰しようという、そのくらいの動機からスタートした施設なのです。

ところがその建物ができたあとで、称名寺の塔頭であった光明院の須弥壇の下からいく棹かの長持が見出されました。中には古い書物の残骸がぎっしりと詰め込まれておりましたので、早速新しい金沢文庫に運び込まれたというわけです。とにかく古いものであるから整理しなければいけないということで、初代文庫長になりました関靖、それから司書だった熊原政男という方が、ばらばらになった古書の残骸をつなぎ合わせる作業を始めました。

最初は本を復元しようとしたようですが、作業するうちに、それらの聖教類の裏面に紙背文書がたくさんあることが分かりました。紙背文書を復元してみると、金沢貞顕の手紙などが何百通も出てきた。それで大変喜んで、紙背のある聖教はほとんど文書の方を表にして整理したというのが、戦前の金沢文庫の古書の整理作業だったわけです。金沢文庫の中ではもっぱら古文書というものを中心として整理が行われていたわけですけれども、それにあわせて関さんは東奔西走いたしまして、金沢文庫のハンコが押してある書物を探して全国的に追跡調査をされた。その成果がいろいろな形で発表され、最終的には『金沢文庫の研究』（昭二十六、講談社）という本にまとめられました。

こうして戦前から戦後にかけて、金沢文庫の中にある聖教の残骸や古文書、そして外部にある金沢文庫本の研究がまとめられてきたわけですが、しかしそのころの時代的な制約というのでしょうか、あまりにも図書館というものに対する意識が強すぎて、どうしても公共図書館の源流としての金沢文庫というとらえ方をしようとしている。そのために実際の中世の文庫というもののあり方、寺院の聖教についても実態とはずれた認識をもつことになったわけです。

それからもうひとつは書誌学的な、学問的なやり方、方法論としてなのですが、金沢文庫の資料を扱うときに、書誌学的なやり方というのが、和書・漢籍についてはそれまでにある程度確立していましたから、金沢文庫本については、それにのっとった研究や整理がされたのですが、文庫に運びこまれた中世の聖教については、そういう形の調査がされませんでした。書誌学の先達である川瀬一馬とか、長沢規矩也というような方々の研究対象の中には仏典というものがほとんど入っていなかったのです。ですから頼るべき仏教書誌学というものがなかった。

川瀬さんは口の悪い方ですから、私の貸した資料を全部関靖が自己流に公表してしまった、あれは認められないということをしばしば言及されておりますし、これは直接川瀬さんの造語ではないですけれども、「金沢文庫書誌学」という、あたかも主流から外れた異端の書誌学があるのだというような言われ方をするわけです。それは結局のところ、その当時の書誌学にこのような中世の聖教を扱うというノウハウがなかった、そこを苦労しながら関さんなんかは整理していたわけですが、結局明快な形での分類整理という形にはなっていなかった。そのへんのところを皮肉ってつけられた言葉だろうと思います。それにしてもこういう形での聖教調査というものは、その当時でもまだ日本中で積極的に行われていない時代ですので、先駆者の苦労が偲ばれます。

戦前の金沢文庫の資料の研究は、内部にいる数名の人だけではなくて、外部からの研究者が大勢来ていたというところに特徴があると思います。例えば新しく発見された金沢文庫古文書というものにしても、これは史料編纂所の相田二郎、その門下にあたる佐藤進一さん、そういうような方々が、史料編纂所で『大日本古文書』を編纂するのと同じ方法で、翻刻出版の作業をされました。金沢文庫から戦前に出版された『金沢文庫古文書』という分厚い活字本は、しかし実際には研究資料としてすぐには使えないのです。というのは、ほとんどが年号が書いていない紙背文書ばかりなのに、それに対してどれとどれがもともと一緒の聖教であったかが全然書かれていない。ですから下手すれば十年も二十年もずれていってしまうような史料を、歴史の素材としてすぐにそのまま使うということは、たいへんな冒険になってしまうわけです。

そんなことで、とりあえず刊行はされたものの、それをどう使うかということについては、まだ世間的な認知がないまま出版活動が行われた。金沢文庫本というものについては、関さんが中心でありますけれども、これは江戸時代の近藤正斎あたりから、いろんなところに散らばっている金沢文庫本というものに興味が芽ばえ、明治になっても徳富蘇峰をはじめ、いろんな方が調査されて、それを県立金沢文庫で集約するという形でまとまった調査になっているということが言えるかと思います。

昭和五年に県立金沢文庫ができてから五年ぐらいのうちに、貴重な資料がたくさんあるということがだんだん諸学界に知られてきたようです。たまたま金沢文庫に戦前の蔵書閲覧票というものが残っておりまして、この間それをパラパラと見ておりましたら、昭和十年代に金沢文庫に聖教を見にきた研究者には、その当時の大物もいるし、そのあと有名な学者になった方もたくさんおられることが分かりました。大正大学などを中心にして、その当時仏教を研究していたおよそあらゆる大学や研究機関から見学に来ているということがわかりました。それぞれ宗派の枠のなかで成り立っている組織ですので、浄土教ならば浄土教の新しい史料が出た、というような形でピックアップしながら注目されていったわけです。文庫の中にいる人間は、仏典の詳しいことについてはそこまでは調査研究ができなかったので、外部の研究者による紹介がされていったのでしょう。

そうやって戦前から昭和三十年くらいまでの間の研究成果というものが続々とまとめられたものが、関靖さんの金沢文庫の研究をはじめとするいくつかの研究業績ということになると思うのですが、特に聖教類、密教典籍ということになりますと、圧倒的に櫛田良洪という方の研究が中心になっていると言えるかと思うのです。

3■戦後の金沢文庫資料の研究

戦後の混乱が一段落した昭和三十年代から、第二世代とも呼ぶべき金沢文庫の内部の研究者があらわれてまいります。納富常天さん、前田元重さん、このあたりを中心として多彩な研究が続けられます。そのころの金沢文庫の活動というのは、もっぱら金沢文庫古文書という活字本を十数年にわたって出し続けるという作業がメインになっていたようで、それが昭和三十年代の終りに完結したところで、次の世代に引き継がれることになったのだと思うのです。それからだんだん外まかせであった、資料紹介、研究というものが金沢文庫の内部でできるようになってくる。金沢文庫発行の『金沢文庫研究』という月刊誌とか、『金沢文庫研究紀要』『金沢文庫資料全書』などに多彩な研究・翻刻がなされるたわけですが、その反面、しだいに金沢文庫の資料に対する外からのアプローチが難しくなってきたという側面があろうかと思います。

戦前の金沢文庫の閲覧規定によりますと、閲覧料なにがしかを払えば、図書館のように中世の資料をちゃんと出し入れして見せてくれていた。ところがだんだん文化財としての意識が強くなり、簡単に閲覧できなくなっていったという事情もあるようです。そういう昭和の時代のあと、平成になって現在の金沢文庫の建物ができます。これはもっぱら博物館としての活動になりますので、とにかく二ケ月おきに展示をまるごと入れ換えて、次々に新しい展示をしていかなきゃならないという、一種の「興行」的側面のほうが強くなっていく。そうなりますと、地道な研究というようなことができにくくなる。そのかわり、テーマにあわせてふつうの博物館ではちょっとやらないような形の資料展示が行われ、それが図録の形で残るというわけです。それで金沢文庫の資料というものは、研究者が直接自由に触りながら調査していた時代、翻刻や研究が盛んに行われた時代を経て、今は収蔵資料の五分の三くらいですけれども、マイクロ写真本が公開されておりますので、一般の方はそういう複製か展示によって金沢文庫の資料にふれるという時代に移り変わっているわけです。

ところで、戦後の諸学界では、書物に対する研究は個別分散化していくわけですけれども、金沢文庫にある資料をある程度まとめて調査して、その成果を世に出さなければいけないという気運が昭和の終りごろからあらわれてきました。そのうちまず真っ先に行われたのが金沢文庫文書の調査でした。すでに整理されてきれいに引き出しに収まっているものをいまさら調査するというのも奇妙な感じがしますけれども、戦前に、もともと書物の形であったものを、いわば壊して崩して、その裏側を集めて「金沢文庫古文書」という形で整理してしまったものですから、古文書の裏側に何が書いてあり、本来はどれとどれがいっしょに伝わったのかという詳しい調査が必要だったわけです。前田元重さんと福島金治さんを中心に進められた、そのような調査の成果が、文書が一括して重要文化財に指定されたときの目録に載っておりまして、これによって金沢文庫文書が安心して歴史の材料として使えるようになったのです。ただその目録は、指定のための内部資料なものですから、一般に普及しておりませんので、金沢文庫文書の正しい使い方は専門家の間でも明確に理解されていない側面があろうかと思います。

そのあと、宋版一切経の調査が行われました。これはこの種の調査としてはいちばん詳しいやり方で行われました。それによって、北条実時が大陸から輸入した最も素性の確かな宋版一切経の基準例として位置づけられることになったのです。古文書や一切経は、比較的形式の整ったいわば「規格品」でありますので、それらの目録づくりは時間と人手さえあれば、比較的容易だっただろうと思います。ところが、それ以外に膨大な聖教が一万点以上残されている。その扱いについては長い間の金沢文庫の懸案だったのです。いずれも中世に書かれたものばかりでありますし、とりあえず収納箱には入れてありますが、保存状態が悪くてばらばらになったものがまだ大量に残っている。それをまとめてなんとか文化財として認めてもらいたいというのが現在の金沢文庫の懸案事項なのです。

古文書と一切経を重文に指定したあとは、文化庁でも金沢文庫にそれほど膨大な聖教が残っているということは、認識されていなかったといいますか、忘れられていたらしいのです。そんなことで、金沢文庫の聖教類の存在をアピールするためになんとかしなければいけないわけですが、目録をとるにしても、どういう方法で目録をとるのか、試行錯誤を重ねながら作業を進めているのが現状です。

金沢文庫の資料が出現し、世に受け入れられてきた経緯は以上の通りです。中世の鎌倉に対する研究はいろいろありましたが、金沢文庫の研究はそれとは距離をおいて、孤立していたような傾向があったように思います。ところが昭和四〇年代以後、金沢文庫と称名寺の裏山が宅地開発で削られそうになり、遺跡保存運動によってかろうじて最低限の保存ができた。周囲でそういう事件が相次いでおこりまして、金沢文庫・称名寺が立地する地域の歴史を考えなければいけないという気運が盛り上がってきました。それまでは金沢というところは、鎌倉とは別な地域であるというように見られていたものが、金沢・六浦が鎌倉の重要な一部を構成していると認識されるようになってきたと思うのです。

金沢という場所の地域的な重要性、そこに刻まれたいろいろ意味深長な歴史、それを考え合わせたとき、改めて金沢文庫の資料の個性が浮かび上がってくるのではないかというふうに思います。

さらに追い風になりますのは、近年、中世の律宗というものに対する研究が盛んになり、そういう中でこの称名寺の聖教類を見直すきっかけが出てきたということになろうかと思います。

4■金沢文庫創建の謎

金沢文庫に対する研究の経緯をあらましご紹介いたしましたが、現在の研究水準で金沢文庫とその資料がどのように認識されているのかということについて、私なりに思っていることをかいつまんでこれからお話し申し上げます。

一般的には金沢文庫というのは、金沢北条氏の初代、北条実時という人がたてた文庫と言われています。北条実時が蒙古襲来のさなか体を悪くして金沢の別荘に引退した頃、自分の大事な本を称名寺の隣に文庫をたてて入れたのではないかと、一般には認識されていると思います。

確かにそういうことはあっただろうとは思うのですけれども、その時点から金沢文庫というものが確実に組織的に運営されてきたとか、書物が立派に管理されてきたかというと、そこは確かなことはいえないのです。というのも、実時の跡継ぎの北条顕時が、安達家の娘を正室にしていたため、弘安八年(一二八五)、霜月騒動のときに連座して逼塞を余儀なくされる。一族滅亡までには至らなかったものの、永仁元年(一二九三)に平頼綱が滅ぼされるまでは、鎌倉から金沢北条氏は姿を消している、そういう時期に金沢文庫が存続できたのかどうか。そのへんについても疑問が残るわけでありまず。

最近、中世史の筧雅博さんが真隅田家本『赤城山年代記』という記録の正和五年(一三一六)の記事に「今年鎌倉より同国金沢に岳の文庫建つ、日本国中の書籍をおさむ。北条実時建つ、北条越後守実時・その子越後守顕時・その子越後守貞顕、三代居住す。ゆえに金沢をもって家苗とす、金沢は武蔵の国なり」とあることを紹介されました(『金沢文庫資料図録―書状編1』一一五号文書解説。神奈川県立金沢文庫、一九九二年)。この年代記そのものは近世の写本ですが、他の記事も検討しますと、江戸時代になってから誰かが面白おかしく書いたものではなさそうです。たとえば『吾妻鏡』に赤城山が噴火したという記述がありますが、それは山火事だったのではないかと今まで言われていたものが、この年代記を見ますと、赤城山のどこから焼け石が噴出したということが書いてある。そんな珍しい記録も含まれているので、正和五年の記事も何か根拠があるに違いない。おそらく筧さんはそういうことを見通して言及されていると思うのですが、この正和五年は、長い間六波羅探題として京都に行っていた金沢貞顕が鎌倉に帰って連署に就任し、いちだんと羽振りのよくなった時点にあたるわけです。

そういうことを考えますと、金沢貞顕が京都から鎌倉に帰ってきたときに、京都で収集した膨大な書物をまとめて文庫に収め、組織的に管理するということが行われた可能性が高い。そのへんからいわゆる「金沢文庫」というものがスタートするのではないか。金沢文庫本というものも定義そのものが非常に揺れるところがありまして、確かに中世に金沢にあった本で、金沢文庫というハンコがおしてあればこれは確かである。それから、実時とか貞顕とかそういう金沢北条氏一門の識語・手沢者の記銘があれば、もとは金沢文庫にあったのだろうということが言えるわけです。それ以外に称名寺の坊さんや関係者が写した本、これは仏典ならばいいわけですが、外典もかなりある。そういうようなものを金沢文庫本として扱っていいのかどうか、非常に微妙なところがあるわけです。

5■金沢文庫印と金沢文庫本のゆくえ

金沢文庫本の指標となる金沢文庫の蔵書印についても、これがいつ捺されたのか、明確な結論は出ていません。ただ漠然とではありますが、金沢北条氏の時代のものではないのではないかという、そういう疑問が長い間くすぶっているわけです。一言でいえば、「金沢文庫」というのは外部からみた呼び名になるからです。例えば、蓬左文庫にあります尾張徳川家の蔵書を見ますと、自分の殿様の蔵書についてはただ「御本」と書いたハンコが捺されています。「蓬左文庫」という名前ができたのは、明治維新によって尾張藩がなくなった後、新たに旧蔵書を整理する過程で名付けられたのです。そういう事例と対比したとき、わざわざ金沢文庫と刻んだハンコを捺すというのは、金沢北条氏が滅びた後、つまり南北朝時代以後ではないだろうかという見方があり得るわけです。

太田晶二郎氏がずいぶん昔に紹介された、『関東禅林詩文等抄録』という鎌倉建長寺の禅僧であった玉隠英璵の草稿と見られる写本（東大史料編纂所所蔵）の中に、金沢文庫について書かれた文章があります（「金沢文庫に関する一史料」『太田晶二郎著作集』第二冊、吉川弘文館、一九九一年。初出一九五一年）。一四九一年に「上陽総管長長尾平五」という人が「藤公副元帥」の命を受けて金沢文庫を検査したとき、玉隠英璵も加えられたようです。「福・鹿」つまり建長寺・円覚寺の鎌倉五山の禅僧とともに称名寺に入った。文庫はすでに朽ち果てて、称名寺のお堂の傍らに移されていた。何日かずっと本の点検作業をして、「緘而題封」したものが二四〇箱あったと、そういう記述があるのです。このときの「緘」印にあたるのが「金沢文庫印」であったのかも知れません。

太田さんは長尾平五・藤公副元帥についてはふれられていないのですけれども、この時代で人名を比定しますと、上野国総社の長尾定明、関東管領の山内（上杉）顕定にあたると考えられます。当時、山内上杉氏は扇谷上杉氏との抗争に負けて、鎌倉から追い出され、上野の総社というところに拠点を持っていました。その人たちがなぜか金沢文庫の点検を坊さんに命じてやらせたということになります。この記事によって、この時代まだ金沢文庫として認識されるかなり多量の蔵書があったということがわかると同時に、その管理がどうなっていたのか、所有権がどうなっていたのか、ということに対するヒントになるかと思うのです。

金沢北条氏が滅亡した後、当然金沢文庫の蔵書というのは所蔵者のいない状態になります。その後、没収されてしかるべきなのですが、実はそのあと天下をとった足利尊氏、足利家というものは金沢北条氏と姻戚関係でした。足利貞氏の嫡子であった足利高義は北条顕時の外孫にあたります。高義が早死したために、別腹の次男・尊氏が足利家の継嗣になることができたのです。山家浩樹さんの無外如大に関する論文（「無外如大と無着」『金沢文庫研究』三〇一、一九九八年）でも引かれていますけれども、京都の東山に金沢貞顕が建てた常在光院というお寺を、それまで京都に拠点のなかった足利氏が天下をとった直後、よく宿所として利用したそうです。それどころか、足利尊氏の死後、法名をつけるときに、常在光院という名前をつけようとしたけれど、敵方になって滅ぼされた金沢貞顕の建てた寺院の名前をつけるのはどうかという意見があって別の名前になった、そんないきさつもあるようです。つまりある意味でいえば、金沢文庫の蔵書の所有権というのは、鎌倉時代の姻戚関係を通じて、合法的に足利氏に移る条件にはあったと言えるかと思います。

鎌倉幕府滅亡後、新政権の使者が金沢文庫の蔵書を点検したことはあったようですが、政変が打ち続いたため、金沢文庫の本を丸ごと接収して、どこかに持っていくというようなことはついにされずに、称名寺に預け置かれるという形になったのかと思うのです。ただ、金沢文庫本は外典ばかりであったため、称名寺では比較的冷淡に扱っていたように思われます。例えば片仮名本の古今和歌集が残っておりますが、実は仏典の紙背として伝わった残巻なのです。またきれいな筆跡で写された源氏物語系図の一部が最近見つかりましたが、もともと長い巻物であったものを、すっぱりと半分に切って、裏側に唱導の廻向表白を乱雑に書いて枡形の折本に改変しています。さらに驚いたのは、『法曹類林』という信西入道が作った法律の古典が、ずたずたに切られて、弘法大師の『性霊集』の江戸時代の版本の表紙の裏打紙として使われているのが見つかったことです。この本には金沢文庫印も、貞顕の自筆の奥書もちゃんと残っていたのに、それに対する認識もなくて、要するにただの古紙と同じように使われていたのです。そんな状況ですから、上杉憲実から始まって金沢文庫本はどんどん持ち出されていったという流出の歴史は、確かにそのとおりだと思うのですが、お寺としても、決して金沢文庫の本を大事に保存していたというわけでもなかったのではないかという一面が伺われるわけです。

そうなりますと金沢文庫本の来歴を探るためには、称名寺がどういう風に本を管理してきたのかということを知ることが必要になります。中世の称名寺については、すでに福島金治さんが、沿革や歴代の変遷、内部事情などについて成果をまとめられているので、そちらに譲りたいと思います（『金沢北条氏と称名寺』吉川弘文館、一九九七年）が、称名寺に集められた聖教というもの、これは称名寺の宗教活動の軌跡でもあるわけですが、それがどういうものであったのかというところが、問題になってくるだろうと思うのです。さらにその前提として、称名寺が位置した六浦という場所、そこがどういう歴史的条件にあったのかということが称名寺の存立を考える上で重要であろうと思います。

6■中世の六浦と称名寺・金沢文庫

ひと言でいえば、六浦庄というのは鎌倉に直結する一番大きな港（六浦津）に作られた都市です。流通上も防衛上も鎌倉にとってはたいへん重要な拠点であり、そういうところに金沢北条氏が配備されたということになります。ここまではすでに知られていたことなのですが、近年わかってきたのは、北条実時の時代までは、六浦庄、つまり今の横浜市金沢区全域は、仁和寺の勝宝院の所領であったということです。実時が死去してからまる一年たった建治三年（一二七七）十一月に、仁和寺勝宝院は、備中国巨勢庄を替え地としてもらって、六浦庄を手放すのです。そこで初めて鎌倉幕府あるいは金沢北条氏は六浦庄の完全な支配者となったのでした。

横浜市金沢区というところは、現在でも関東では珍しく、仁和寺末の真言宗御室派の寺院が多いところです。金沢の御室派の中心は称名寺の近くにある龍華寺というお寺ですが、その前身にあたる金沢光徳寺は、鎌倉幕府が滅んですぐに足利尊氏によって安堵されており、鎌倉時代から続く真言宗寺院であったことは明らかです（『龍華寺・武州金沢の秘められた古刹』金沢文庫展示図録、二〇〇〇年)。

そうすると、律院である称名寺と仁和寺の関係が気になってまいります。六浦庄の領主であった勝宝院は、仁和寺の中でも個性のある院家でありまして、源頼朝の隠し子の貞暁が入ったお寺で、その跡は西園寺家の子どもが院主を継承します。しかも、この院家は、華蔵院流という東密の法流の拠点でもありました。最近、忍性がこの法流を受けたことを示す血脈も発見されましたので、鎌倉極楽寺もこの流れを汲むことになります。

実は貞暁が勝宝院主であったときには、華蔵院流の法脈は分裂して、主流が伊勢の教王山内證院に移っていたのです。貞暁の後継者となった道勝(西園寺実氏の子)がわざわざ伊勢まで出向いて行って頭を下げて所領を寄進し、ようやく法流を取り戻したという経緯がございます。京都・伊勢・鎌倉とつながる、そういう特異な院家が六浦という場所に関わっていたわけです。

鎌倉時代の終わりに、称名寺の二代長老であった釼阿が、鎌倉に下向してきた益性法親王(亀山上皇皇子)から、門外不出の仁和寺御流を伝授されたということが最近注目されております。そのことと、仁和寺がかつて六浦庄の本家であったということを、どうからめて考えたらいいのか、今後の大きな研究課題になろうかと思います。

7 蒙古襲来以後の鎌倉密教と聖教の動き

鎌倉時代の律宗と称名寺との関係について、蒙古襲来の影というのが非常に大きいということがわかってまいりました。称名寺の聖教をくわしく見てみますと、金沢北条氏と姻戚関係にあった安達氏が、非常に大規模な宗教的な活動を企てていたような形跡が出てきます。その一例が、蒙古襲来の直前に室生寺から掘り出された舎利を鎌倉にもってきて、それを安達氏の菩提寺の甘縄無量寿院に安置したということです。安達泰盛の滅亡後、舎利の一部は称名寺の三重塔に安置されたようです。無量寿院と称名寺・極楽寺は僧侶の交流がたいへん盛んであったようです。それから無量寿院の院主を務めていた法爾房(覚仁)という律僧がいるのですが、この人が非常に精力的に活動している。

鎌倉における東密の流れをみるときに、禅遍宏教という僧が鎌倉に下向して来る。そのあたりから本格的な鎌倉に対する密教の蓄積というものが始まっていくわけです。宏教の後継者の能禅は、創立間もない称名寺で伝法灌頂を挙行します。それから無量寿院の法爾は能禅の血脈を継いだといわれます。能禅は、晩年に上洛しますが、その前にいちばん大事な西ノ院流の聖教を一括して安達泰盛の無量寿院に預けたのです。能禅が京都で世を去ったあと、安達氏が霜月騒動で滅ぼされて、無量寿院もその巻き添えを食って断絶し、聖教の行方がわからなくなってしまう。法爾も京都近郊に潜伏しながら亡命生活を送ります。平禅門の乱によって永仁元年（一二九三）、安達氏の宿敵であった平頼綱が滅びたため、法爾は鎌倉に戻ります。しかし外護者を失った法爾は能禅の正嫡とは認められなかったようで、金沢の浜辺の庵室に籠もり、称名寺の釼阿や極楽寺の順忍に秘かに法を伝授して、再び脚光を浴びることなく一生を終えたようです（拙稿『蒙古襲来と鎌倉仏教』金沢文庫展示図録、二〇〇一年）。

京都の東密の正統派からすると、禅遍宏教という人からして、なにか師匠の許可を受けないで大事な聖教を不法に写し取って関東に逃げたというように見られていたようです。法爾が受け継いだ聖教についても、称名寺の資料のなかに「盗み書きの体也」と記したものがございます（高橋秀榮編「平安・鎌倉仏教要文集」第一八五項「厚雙子事」『駒沢大学仏教学部研究紀要』五〇）。京都からみますと、大事に留まっていなければならない密教の法流が鎌倉にどんどん流れていく。それを快く思わない人が沢山いた。そういう感情がエスカレートすると、盗み書きの上にさらに「立川流」だ、などと指弾されるのです（『野沢血脈集』巻第三「西院流、宏教・能禅・亮禅」の項。『真言宗全書』三九巻四三六頁）。

西ノ院流だけではなくて、例えば醍醐系の地蔵院流というものの流転を考えても、京都に西八条遍照心院（大通寺）という、源実朝の未亡人が余生を過ごした邸宅から発展したお寺があるのですが、そこを基地として、地蔵院流を吸収して行こうという流れがあるようです。

親玄という醍醐寺系の高僧が永仁年間に鎌倉に下向したのですが、そのときに地蔵院流の根本聖教類を極楽寺に預け置いたそうです。鎌倉が滅亡したとき、大事な聖教が行方不明になって大騒ぎになり、戦乱が小康状態ににになったときに、京都から返却を求められるのですが、極楽寺はこれを拒否し、鎌倉公方の政治的な働きかけによってようやく京都に戻ったという経緯があります（『頼印僧正行状絵詞』）。

西八条遍照心院は、もともと安達氏を外護者として創建された寺ですが、江戸時代の終わりまで、地蔵院流の根本聖教がここにあったということがわかりました（『正嫡相承秘書』）。遍照心院は東寺の裏門の前、宝菩提院の斜め向かいにあったお寺なのですが、東寺の支配には属さず、むしろ境内地をめぐって長い間相論をおこしていたような関係です。もしかすると、中国が香港を吸収するため、隣接地に深圳を作ったように、東寺の支配をねらって隣につくった関東の出先寺院という位置づけであったのかも知れません。称名寺聖教の奥書を見ますと、関東の密教僧・律僧が上洛したとき、ここを基地にして動くことが多かったように見えます。

　ともかく、中世の律宗寺院の聖教というものは、称名寺ほどまとまったものは日本中に残っていないものですから、醍醐寺、東寺、高野山というような東密寺院の聖教と同列に比較しては論じられませんが、外典に限らず、鎌倉に古典を集積していくというダイナミックな動きのなかで、個別具体的にどういうものが移っていったのかというようなことを調べることが、金沢文庫の資料を把握するためには重要であろうと思っております。

　称名寺そのものは、パトロンであった金沢北条氏が滅んだあと、政治的・経済的もろもろの要因によって、南北朝時代の終わりにほぼ独自の活動を止めてしまいます。そういう意味では未完に終わったある宗教運動の遺産、それ以後はただ崩れながら封印されて伝わってきた聖教群であるということができようかと思います。

　大ざっぱな話ばかりで、こういう学会の場にはふさわしくないかと思いますが、金沢文庫の資料というものについて、現在私が考えていることのあらましについてお話申し上げました。

金沢北条氏・称名寺に関する重要事項年表

西暦	和暦	月日	金沢北条氏関係	称名寺関係	主要事件
一二〇八	承元2		北条実泰誕生。一条実有と一腹兄弟説あり		一二二八～三六豊原奉重【白氏文集】と【類聚三代格】書写
一二二四	元仁元		北条実時誕生		
一二三〇	寛喜2	3・4	実泰、小侍所別当に就く		
一二三二	貞永元	8			御成敗式目制定
一二三三	天福元	12・29	実時、北条泰時亭にて元服		
一二三四	文暦元	6・30	実泰、小侍所別当辞任、実時が後継となる		
一二四〇	仁治元	11・30	幕府、六浦道の開削工事		
一二四一	仁治2	9	清原教隆、鎌倉に滞在		

西暦	和暦	月日	金沢北条氏関係	称名寺関係	主要事件
一二四七	宝治元	1・3	実時の鎌倉亭、焼失		
		3・9	実時、教隆より【古文孝経】を伝受		⑥宝治合戦（三浦氏滅亡）
一二四八	宝治2		北条顕時誕生		
一二五二	建長4	4・30	実時・教隆、引付衆に加わる		
一二五三	建長5	2	実時、評定衆に加わる。	この頃、下野薬師寺において審海、慈猛より諸血脈を伝受	
			実時、教隆より【群書治要】【春秋経伝集解】を伝受⇩教隆の没年まで		
一二五七	正嘉元		実時、教隆より【律】を伝受		
一二五八	正嘉2	5・6	実時、【源氏物語】を書写。教隆より【令義解】を伝受⇩教隆の没年まで	金沢別業において灌頂あり	
一二六二	弘長2	2	実時、叡尊を鎌倉に招く	関東往還記に称名寺の初見。別当乗台	
			貞舜、実時の依頼で【宋版一切経】を将来	実時、【宋版一切経】を称名寺に施入	
一二六五	文永2	8・18	清原教隆、京都において死去		
		4	実時、左京兆俊国に【群書治要】の加点を誂える		
一二六七	文永4	9		審海、称名寺に入山。律院として中興	⑨蒙古国書到来
一二六八	文永5		清原俊隆・直隆、篤時に【春秋経伝集解】を伝授		
一二六九	文永6		経尊【名語記】を実時に献上。実時【令集解】を読む		
一二七〇	文永7	12	鎌倉の実時亭焼失。蔵書を焼く		
一二七二	文永9		実時【本朝続文粋】を書写校合		③室生舎利盗掘事件
一二七三	文永10		実時、清原俊隆より【律】を伝受	円種【涅槃経疏三徳指帰】に加点	
		3・29	実時、世戸堤内海殺生禁断令布告		
一二七四	文永11		実時【斉民要術】を書写校合		⑪文永蒙古襲来
一二七五	建治元		経尊【名語記】を再び献上。実時退隠		

一二七六	建治2		実時、顕時に【施氏七書講義】を写させる	称名寺本尊弥勒菩薩像造立を始める	
		10・23	実時死去		
一二七八	弘安元		顕時、評定衆に加わる。貞顕誕生。顕時、清原俊隆より【春秋経伝集解】を伝受		
一二七九	弘安2				②南宋滅亡
一二八〇	弘安3			釼阿、宗明より室生舎利を拝受	
一二八一	弘安4				⑤弘安蒙古襲来
一二八三	弘安6		顕時、大休正念【伝心法要】の開板に施財		
一二八四	弘安7	2		審海、称名寺五箇条規式（寺法）を制定	
		6		円種【弘決外典鈔】を書写、一切経加点	
一二八五	弘安8	5〜8		釼阿、甘縄無量寿院で釈摩訶衍論を受講	⑪霜月騒動（安達氏討伐）
		11	顕時、霜月騒動に縁座し下総埴生庄に追放		
一二八七	弘安10			称名寺で談義が開催	
一二九一	正応4	9・24		称名寺三重塔落慶供養	
一二九三	永仁元		顕時、赦免により鎌倉復帰	称名寺寺用以下事書（寺法）制定	④平頼綱一門討伐
一二九四	永仁2		貞顕、左衛門尉に任官		
一二九七	永仁5			宝篋印塔（舎利殿）金銅製愛染明王像造立	
一二九八	永仁6		貞顕、清原直隆より【古文孝経】を伝受		
一三〇一	正安3		顕時死去	称名寺梵鐘改鋳（円種・慈洪ら銘）	
一三〇二	正安4	7	貞顕、六波羅南方に就任、上洛	称名寺で【列子】を談義	
		9	玉峰潜奇、顕時開板の【伝心法要】を再版		
一三〇三	嘉元1		貞顕【たまきはる】書写	円種【尚書正義】加点	
一三〇四	嘉元2		貞顕【百錬鈔】【法曹類林】書写	称名寺審海寂。上洛中の釼阿、急ぎ下向。跡を尊定房禅恵が継承するも寺内紛糾。仁和寺益性法親王、佐々目遺身院に下向	

西暦	和暦	月日	金沢北条氏関係	称名寺関係	主要事件
一三〇五	嘉元3		貞顕、清原宗尚・良枝に【春秋経伝集解】 菅原在輔より【文選】を伝受	この頃称名寺渡唐船派遣 釼阿、再び上洛	瀬戸橋造営完成 ④北条時村誅殺事件
一三〇六	徳治元		貞顕【群書治要】【侍中群要】を書写	釼阿【日本書紀（神代巻）】書写	
一三〇八	延慶元		貞顕【菅蠡抄】書写	清涼寺式釈迦如来像造立	
一三〇九	延慶2	1	兼好法師、金沢来訪 貞顕、一時鎌倉下向	釼阿、称名寺二代長老に就任 釼阿、以後益性より御流聖教を次々に受法	
一三一〇	延慶3	6	貞顕、再び上洛	釼阿・源阿、法爾寄進の室生山舎利を安置	
一三一一	応長元	3	金沢瀬戸内海殺生禁断令	金沢浜庵室で釼阿？法爾より室生口決伝受	
一三一二	正和元		【唐柳先生集】奥書に「金沢学校」と記載	建長寺で書写の【大宋高僧伝】を施入	
一三一三	正和2				
一三一四	正和3		貞顕、鎌倉下向		
一三一五	正和4		貞顕、連署となる		
一三一六	正和5	11・13		称名寺授与灌頂初度（——記）	
一三一八	文保2	5・21		益性法親王帰洛。釼阿、伝受の起請を立つ 北条高時、釼阿に蝦夷静謐祈祷の感状伝達	
一三二〇	元応2	1・29		称名寺授与灌頂二度（——記）	
一三二二	元亨2			称名寺講堂上棟	
		11・28		称名寺授与灌頂三度（——記）	
一三二三	元亨3			称名寺結界作法	
一三二四	正中元	11	貞将、六波羅南方として上洛		⑨正中の変、後醍醐天皇の倒幕計画発覚
一三二六	嘉暦元	3	貞顕執権に推されるも、10日で辞職、出家		
		10〜12		称名寺授与灌頂四・六度（——記）	
一三三〇	元徳2	閏6	貞将、六波羅を辞し、鎌倉下向		

		9・26		称名寺授与灌頂七度（――記）	
一三三一	元弘元	4・23	鶴岡社務顕弁（貞顕兄）死去。金沢に埋葬		⑧後醍醐、笠置逃亡
一三三三	元弘3	5	鎌倉幕府・金沢北条氏滅亡		
		6・15		勅願寺として安堵	建武政権発足
		6・25	新政権？称名寺の内外典和漢書召進を命ず		
一三三四	建武元	3		亮順・熙允【古語拾遺】を書写	
一三三五	建武2	7		湛睿、鎌倉動乱の中、称名寺で講義を続行	⑦中先代の乱
一三三六	延元元				⑪室町幕府開創
一三三八	暦応元	5・4		称名寺授与灌頂八度（――記）	
		11		称名寺釼阿寂。湛睿が三代長老に就任	
一三四一	暦応5	2・28		称名寺授与灌頂九度（――記）導師湛睿	
一三四五	康永4	4・28	中山日祐、所持の聖教を金沢寺へ預託	称名寺授与灌頂十度（――記）導師湛睿	
一三四六	貞和2	11		称名寺湛睿寂。実真が四代長老就任	
一三五〇	貞和6	1・25	海岸尼寺の三千仏図、勧進により製作		
一三五二	観応3	3	頼印、尊氏より金沢光徳寺の寄進を受く		①尊氏、鎌倉入府（観応の擾乱）
一三五三	文和2	4・27		実真、瀬戸橋再興供養。本願廻向を兼修	
一三五四	文和3	7・1		称名寺実真寂。什尊＝熙允が五代長老就任	
一三五五	文和4	4		幕府・鎌倉府、天下静謐の祈祷を命ず	
一三五九	延文4	9・28		什尊、辰狐王菩薩に称名寺の復興を祈願	
一三六七	貞治6	9	関東公方（氏満）の命を受け、義堂周信ら五山僧、金沢庫書を点検に来訪		
一三七三	応安6		幕命により中諦観中・義堂、金沢本を点検	称名寺什尊寂	

称名寺・金沢北条氏歴代とその人脈

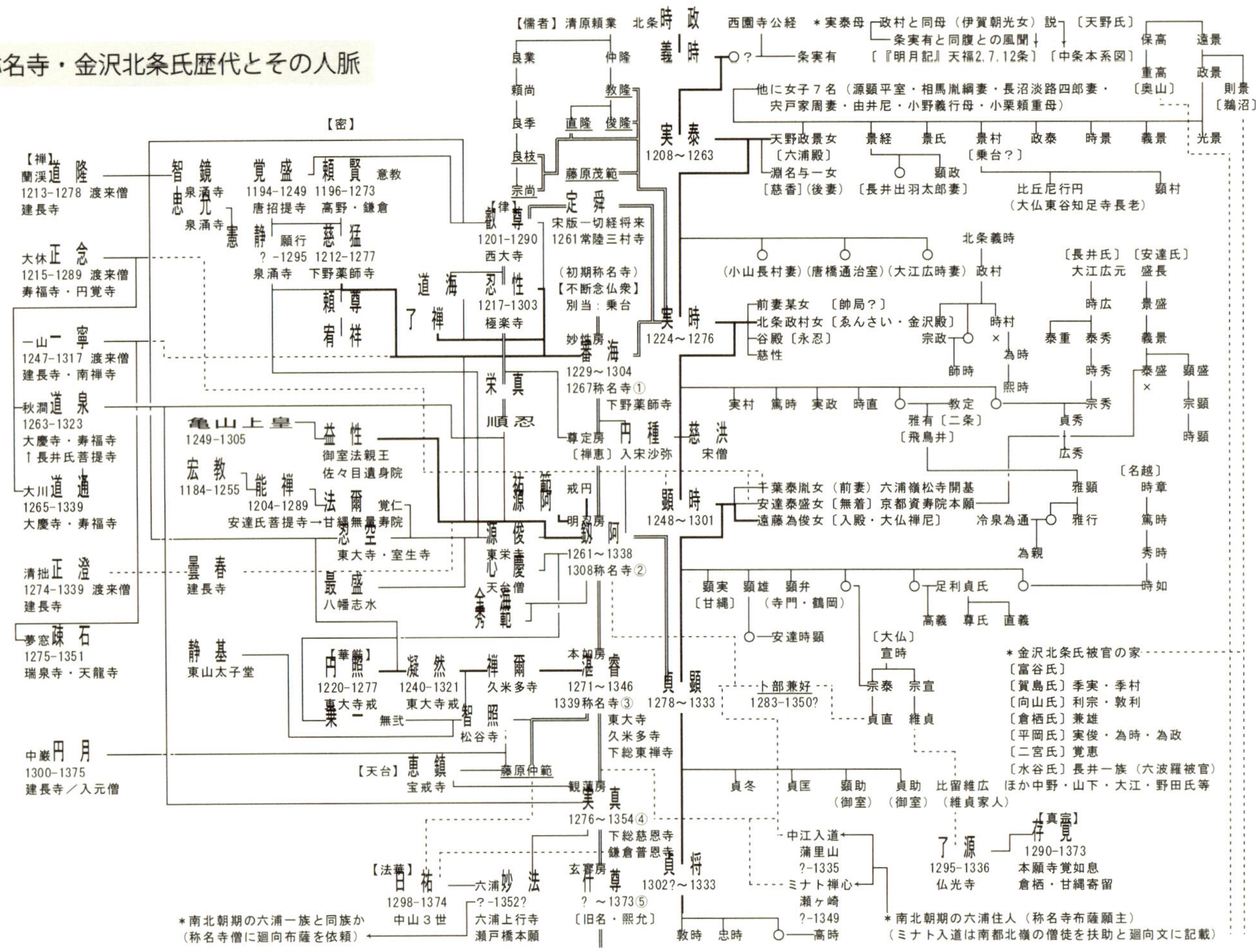

地域寺院と資料学

◉地域アイデンティティーの確立へ

パネリスト■渡辺匡一

■要旨

福島県いわき市所在の浄土宗名越派の本山、如来寺には、南北朝時代以来の千五百余点の典籍が所蔵される。『三語集』は、戦国時代末期、当寺の住侶の編纂した説草集で、所載話からは、岩城における浄土僧の知識の水準がうかがえる。

また、長野県諏訪地方における真言宗の灌頂道場、仏法紹隆寺には、室町時代後期からの二千余点の典籍が所蔵される。醍醐寺や高野山などから典籍が運び込まれる一方で、核をなす永正年間写の典籍群は、実は下野国で写されたものであり、岩城の寺院との交流も見い出せる。当時の知識の伝播は、中央から地方へという一方的なものではなかったのである。

私たちは、地域寺院の資料調査を通じて様々な知見を得ることができる。しかし、同時に果たすべき役割もあるだろう。それは、蔵書整理にとどまらず、地域のアイデンティティー確立への提案など、文庫自体のプロデュースである。寺院の資料調査の可能性について提案してみたい。

（参考文献）渡辺匡一「如来寺松峯文庫蔵『三語集』について――浄土宗名越派の説草集――」（『説話文学研究』第三七号　二〇〇二年六月）、「仏法紹隆寺覚え書き」（『内陸文化研究』三号　二〇〇四年二月）

渡辺匡一（わたなべ　きょういち）■1962年、東京都生れ。早稲田大学大学院博士課程満期退学、文学修士。現在、信州大学人文学部助教授。
主著：『続神道大系』習合神道（神道大系編纂会）、『日本古典偽書叢刊』第一巻（現代思潮新社）、「蛇神キンマモン」（『文学』9-3、1998年7月、岩波書店）

1■はじめに

渡辺■信州大学の渡辺でございます。「地域寺院と資料学」というタイトルで発表させていただきます。よろしくお願いいたします。

今から八年前、一九九七年のことになりますが、説話文学会が福島県のいわき明星大学で行われました。いわき（岩城、磐城）とは、福島県の海沿いの一番南、勿来の関を越えた所です。その時のシンポジウムのテーマは「説話文学と東国」というものでした。学会が行われましたのが「いわき」という、東北地方の入り口ともいうべき場所であったこともあり、シンポジウムでの討議の基調には、東国、あるいは東北地方、今はあえて「地方」という言葉を使わせていただきますが、東北地方＝「周縁」もしくは「辺境」という認識があったように思います。

「地方史研究」という諸地域の資料調査・研究の成果を基盤に持つ日本史学とは異なり、日本文学の研究は、たとえば最近の文学史などを見ても、まだまだ「京都」という、中央の文学、あるいは文化活動を中心に据えており、地方の価値は、中央との距離感、すなわち「都には劣るけど、なかなかのものだよ」といった意味でしか見出しにくいといった問題があるように思われます。都を中心とするヒエラルキーの中からいかに脱却するかが、日本文学、中世文学における「地域研究」の大きな課題であると、個人的には考えております。

さて以前には「中世の資料なんて地方にはない」といった声がよく聞かれました。今でもおっしゃる方がいて驚くこともありますが、近年の資料発掘の成果を見ていますと、決してそんなことはないということがわかります。もちろん、平安時代や鎌倉時代のものがボコボコとでてくる、というわけではありませんが、様々な発見がなされております。多くは仏教関係の資料になりますので、既存の文学ジャンルや研究で対応できる資料ばかりではありません。そこは研究方法も含めて工夫が必要ということになります。しかし、これはこれで楽しいものだとも思います。手垢にまみれていない資料の中から、自らの手で問題を見つけ出していけるということでもあるからです。

2■知識の享受・蓄積1
―奥州岩城における浄土宗寺院―

説話のシンポジウムが行われました翌年、縁あっていわき明星大学に赴任することになりました。私はもともと『神道集』や『琉球神道記』を研究していたこともあり、浄土宗名越派の寺院には特別な思いを持っておりました。『神道集』の最古本、旧赤木文庫本は浄土宗名越派の円通寺（栃木県益子町）で書写されておりますし、『琉球神道記』の著者である袋中は、岩城出身の浄土宗名越派の学僧だったからです。赴任してからしばらくして、地元の郷土史家の方たちのお宅にお邪魔するようになり、また名越派の本山であった如来寺との関係もできまして、学生たちと蔵書の調査に入ることになりました。

如来寺は浄土宗名越派の三世である良山の建立によるもので、寺伝によれば、元亨二年（一三二二）の創建とされます。名越派の本山として、また談義所として、専称寺、成徳寺、円通寺とともに、名越派の中心寺院として勢力を誇りました。

浄土宗は、宗祖法然から数えて三代目、良忠の後に六派に分かれます。六派のうち、現在も浄土宗の中心勢力である白旗派に対峙する有力な一派として、名越派は活躍します。派祖良弁が鎌倉名越谷に派を起こし、二祖良慶は信濃国善光寺に居を構え、三祖良山に至って、奥州岩城の地に如来寺が建立されました。名越派の本山であった如来寺には、名越派の秘伝書を納めた「月形箱」をはじめとして、南北朝期、一三五〇年代から明治三十年代まで、約六百年をかけて蓄えられた典籍、約千五百点が所蔵されています［1］。

如来寺の聖教調査についてですが、調査は、一九九九年四月より始めました。地元の郷土史家であり、いわき市の文化財審議委員をされている方々と、門屋温氏（いわき明星大学）、いわき明星大学の学生たちとの悉皆調査です［2］。聖教は二度の水害に遭っており、長く放置された状態でしたので、まず、半年間の虫干し作業を行い、その後、書誌カード取りを始めました。現在は、書誌カードを取り終わり、見直し作業を経て、パソコンへの打ち込み作業を行っています。今後は、データベースの構築、目録作成、資料集の編集という順に進んでいく予定です。

さて、奥州岩城の地、言うなれば辺境の地にあって、知識はどのようにもたらされ、蓄積されたのか、その一例として、如来寺の聖教から発見した『三語集』についてお話したいと思います。

浄土宗名越派の説草集ともいうべき『三語集』は、現存しますのは上巻（九十九話）のみですが、もともとは上・下二巻、もしくは上・中・下三巻であったと思われます。編者は如来寺十三世、天蓮社良要、成立は慶長元年（一五九六）です。良要は、『琉球神道記』の著者袋中の叔父にあたります。『三語集』の序には、法談の助けのために編んだと記されています。現存の九十九話は、天竺・震旦・本朝の順に、三話一組で配列され、各話の書き出しも、「梵に云く…」「漢に云く…」「和に云く…」の定型句を用いるなど、共通話も含めて『三国伝記』に酷似した体裁を持ちます。

出典文献としては『三国伝記』八話、『私聚百因縁集』八話、『宝物集』八話、『元亨釈書』七話、『古事談』二話、『徒然草』一話などが確認できます。『三語集』と、『三国伝記』や『私聚百因縁集』が深い関係が見られることは、湯谷祐三氏の論考からもうかがえるように、これらの説草類が浄土宗内で行き交っていたことを推測させます［3］。

さらに興味深いのは、『古事談』、『徒然草』といった書物の享受が、奥州岩城の地に成立した『三語集』に見えることです。現在、信州大学の学生たちと演習で『三語集』を読んでおり、以下の成果は、学生たちの研究成果とも言うべきものですが、【資料1】は『三語集』第四十二話「玄賓僧都」と、その出典と思われる『古事談』第三の「玄賓為渡守事」です。玄賓の話は様々な説話集等に引かれますが、『三語集』の玄賓話は、もっとも『古事談』所収話に近い文章を持ちます［4］。

【資料1】『三語集』第四十二話「玄賓僧都」

倭曰、玄賓僧都ハ南都第一ノ碩徳、天下無双之智者也。然シテ遁世ノ志深シテ、不レ好ニ山科寺ノ交一ヲ。只三輪河ノ邊ニ纔ニ結ニヒ草庵一ヲ隠居ス。然ニ桓武皇帝依レ施喚ニ、時々雖レ従ニ公請一ニ、猶非本意ニ乎、平城天子ノ御時、雖レ被レ補ニ僧都一ニ固辞ノ一首、

三輪河ノ清キ流ニス丶ギテシ　衣ノ色ヲ猶ヲヤケガサン［中略］

『古事談』第三「玄賓為渡守事」（国史大系）

玄賓僧都者。南都第一碩徳。天下無双之智者也。然遁世志深シテ。不好山科寺之交。只三輪河ノ邊纔結草庵隠居云々。而桓武天皇依強喚。時々雖従公請。猶本意存ケルニヤ。平城御時。雖被補大僧都自辞。献一首和歌。

三輪河ノキヨキナガレニス丶ギテシ衣ノ袖ヲ又ヤケガサン［中略］

また、【資料2】は『三語集』二十九話に見られる『徒然草』の引用部分と、該当する『徒然草』百四十段です。『三語集』本文の傍線部「吉田ノ神主兼孝法師ノ云ケル詞ニ」との文言に続いて、『徒然草』百四十段の文章が引かれます。『三語集』は漢字片仮名交じりの表記ですが、文章は『徒然草』に一致します。『三語集』の成立が慶長元年（一五九六）ですので、『徒然草』の享受としては早い時期のものとして特筆されます。また『徒然草』が、浄土宗内で説草として受容されていたこともわかります。すでに戦国時代には、奥州において『徒然草』が享受されていたと言えるでしょう［5］。

【資料2】『三語集』二十九話「荘子本指」

漢云、荘子曰、「凡夫云人ハ、恒ニ下有レ限之身ヲ上求ニ無レキ限之物一ヲ。意ロ常ニ不レ定ニ」。和ニ加レ倭ヲ云、吉田ノ神主兼孝法師ノ云ケル詞ニ、「身死テ財ヲ残ル事ハ智者ノセザル也。不好者貯ヘ置タルモ拙ク、吉物ハ心留トメケント無シ墓一。コチタシ多ル、マシテ口惜シ。我コソエメナド云者共、有リテ跡ニ争ヒタル、最サマアシ後ハ誰ニト心サス物アラハ、生内ニゾ可レ譲ル。朝夕無テ不レ叶ハコソアラメ、其外ハ何モ持タテ、アラマホホシキ。」

『徒然草』第百四十段（正徹本）

身死にて財残る事は、智者のせざるなり。よからぬ物貯え置きたるもつたなく、よき物は心とめけんと、はかなし。こちたく多かる、ましてくちをし。「我こそ得め」な

ど言ふ者どもありて、跡に争ひたる、いと様悪し。後は誰にと心ざす物あらば、生けらんうちにぞ譲るべき。朝夕なくて叶はざらん物こそあらめ、その他は何も持たでぞあらまほしき。

【資料3】は『三語集』九十九話「忍性」です。『元亨釈書』の忍性話を適宜抜き書きし、病人への施行を中心にした話として再構成されています。

【資料3】『三語集』九十九話「忍性」

和曰、極楽寺ノ忍性ハ和ノ磯城嶋ノ人也。好㆓戒学㆒。寛元ノ初ニ集㆓テ五機ノ癩人万余㆒ヲ、施コト食㆒ヲ、一日夜為㆓ス母氏㆒。奈良坂ノ癩者手足繚戻(レイ)シテ難㆓ム于行丐㆒ニ。以故ヲ数日不ㇾ食セ之有矣。時ニ性在㆓西大寺㆒。憐ㇾ之暁至㆓坂宅㆒。負ㇾテ癩ヲ置㆓鄽(テン)市㆒。夕負テ帰㆓ス旧舎㆒ニ。如ㇾ此者ノ数祀シ、隔日㆒ヲ而往ク。雖㆓風雨寒暑㆒ト、不ㇾ缺。癩ノ亡ニ誓テ曰、我必ス又生ㇾ此、為㆓テ師ノ役㆒ト、酬ㇾ徳㆒ヲ。而面ニ留㆓テ一ノ瘡㆒ヲ、為信(シル)ヘシト耳。徒ノ中ニ、有㆓額ニ瘡㆒于者ノ善㆓シ供給㆒ニ。性詣㆓テ四天王寺㆒ニ、聞㆓テ豊聡太子ノ四院（施薬。療病。悲田。敬田。）事、志慕ス焉。永仁二年、奉ㇾ勅管㆓ス天王之主務㆒ヲ、捨㆓俸餘㆒ヲ、答㆓悲敬ノ二院㆒ニ。此ノ寺ノ大門之外ニ、有㆓衛門㆒（俗曰。鳥居）。鉅木宏材、歳久シテ朽頽(タイ)ス。性出㆓シテ新意㆒ヲ、以石㆒ヲ新ㇾニハ之。高サ二丈五尺、堅確(タイ)瑩滑ナリ。國人拭ㇾ目ヲ。嘉元元年六月病ス。七月十二日逝ス。八十七。伽藍八十三、塔婆、大蔵、諸州河橋一百八十九ヶ所云々。只書明戒人師也。

戦国時代から江戸時代初期にかけての浄土宗名越派の大学僧である袋中は、琉球から日本へと戻り、京都三条の檀王法林寺を中興して以降、多くの著作を残します。その中には『釈書少略頌』、『釈書抜書』、『元亨釈書難字所少分抄』といった『元亨釈書』の抜き書きがあり、その他、『琉球神道記』などにも『元亨釈書』の引用が見えます。袋中の執筆活動は、京都に移ってからのものではありますが、『徒然草』や『元亨釈書』を出典話として持つ『三語集』の存在を考えますと、袋中の執筆活動を支えていた知識自体は、京都ではなく奥州岩城での修行時代に培われたように思われます。岩城の地には、おそらくは浄土宗内のネットワークによって多くの説草、知識が運び込まれて集積されており、袋中という学僧によって、再び京都へと還流したといえるでしょう［6］。

戦国時代、奥州岩城の地には、浄土宗内のネットワークにより、次々と知識が集積されていったと思われるのですが、それでは、他宗派ではどうだったのでしょうか。次に真言宗寺院の動きについて考えていきたいと思います。

3■知識の享受・蓄積2
——奥州岩城における真言宗寺院——

実は、いわき市という所は、現在寺院の七割が真言宗寺院という大真言王国なのです。数ある真言宗寺院の中で、いわき市西小川に所在する宝聚院の聖教調査を、如来寺調査と同様のメンバーで行ってきました。宝聚院は、寺伝によれば、建久三年（一一九二）、宥尊の開山とされ、中世以来、岩城地方の真言宗の道場として、数多の学僧を輩出し続けました。現在、宝聚院には千点を超える典籍が残されており、その中には、印融著『二十四帖並後記』（元亀二年（一五七一）宥性写）や、薬王寺八世純瑜著『糸玉抄』（室町時代末期写）、醍醐寺報恩院十六世寛済筆『秘抄』（寛永三年写）の他、御流神道の口伝を集成した『御流神道口説』（近世後期写）などの貴重書が確認できます。調査の方は、如来寺と同様に、パソコンへの打ち込み作業を行ってる状況です。

中世における岩城地方の真言宗寺院というと、薬王寺が有名でして、金沢文庫に所蔵される『宝寿鈔』などからも薬王寺のことを知ることができます。大同年間（八〇六〜八〇九）、徳一の開山とされる薬王寺は、岩城における真言宗の中心寺院として、戦国時代から江戸時代を通じ、岩城の領主の庇護を受けました。一五〇〇年代に住持であった深瑜、宥堅、純瑜（鏡算）は、それぞれ学僧として有名です。残念ながら、薬王寺は何度も火災にあっていまして、現在は、わずかな印信を残すのみといった状態です。したがって、宝聚院の所蔵する聖教は、中世における岩城地方の状況を知ることのできる貴重な資料ということになるのです。

中世における岩城地方の真言宗寺院には、どのように知識が伝えられたのか、という問題を考える際に、醍醐寺無量寿院の院主である俊聡、尭雅（一五一一〜一五九二）による、無量寿院流（松橋流）の東国伝播を見逃すことはできません。坂本正仁氏、藤井雅子氏の論文から、必要と思われる箇所だけを選んで【資料4】の表にいたしました［7］。

俊聡、尭雅は、付法のために、たびたび東国を訪れます。例えば、薬王寺六世の深瑜は、天文八年（一五三九）に醍醐寺で俊聡に印可を受けますが、天文十九年には尭雅を薬王寺へ迎え、薬王寺の次の住持となる宥堅、宝聚院の宥鏡とともに、総勢五十三人もの僧侶が無量寿院流の印可を受けます。この五十三人という数は、醍醐寺の俊聡、尭雅が一度に印可を授与した数としては突出しており、岩城において、いかに真言宗が盛んであったかをうかがうことができます。俊聡や

【資料4】俊聡・堯雅による無量寿院流（松橋流）の東国伝播

年月日	執行寺院	受者
天文2年(1533)6月12日	仏法紹隆寺	俊聡→俊円
8月15日	能延寺	俊聡→俊照（25人）
天文8年(1539)4月8日	醍醐寺	俊聡→深瑜
天文19年(1550)8月3日	薬王寺	堯雅→深瑜（53人）
		宥堅
		宥鏡（宝聚院）
永禄3年(1560)3月20日	仏法紹隆寺	堯雅→俊応（12人）
		宥尊
8月8日	薬王寺	堯雅→宥誉（15人）
元亀1年(1570)7月27日	長命寺	堯雅→尊朝
元亀2年(1571)6月20日	薬王寺	堯雅→純瑜
天正3年(1575)3月9日	仏法紹隆寺	堯雅→尊朝（39人）
天正5年(1577)3月4日	薬王寺	堯雅→純瑜
天正12年(1584)3月14日	醍醐寺	堯雅→乗信（能延寺）
天正16年(1592)7月12日	醍醐寺	堯雅→尊朝

※仏法紹隆寺(信濃国諏訪)、能延寺(下野国氏家)、長命寺(信濃国佐久)

堯雅をたびたび迎えるなど、中央の知識を盛んに集積していった岩城の地は、やがて純瑜という、大学僧を生み出すことになるのです。

純瑜（一五二一～一五八二）は、岩城で生まれ薬王寺で出家、根来寺、高野山、醍醐寺などでの修学の後、薬王寺に帰山し、薬王寺第八世となります。代表的な著作としては、醍醐寺報恩院流と松橋流に関わる四度加行の注釈書である『糸玉鈔』があります。

【資料5】をご覧ください。宝聚院に所蔵される『糸玉鈔』の奥書です。これによりますと、「元亀二年孟春の頃、八茎山の閑所において書き記した」とありますので、純瑜が『糸玉鈔』を著したのは元亀二年（一五七一）の一月ということになります。八茎山は、薬王寺の隠居寺であったと言われています。

【資料5】宝聚院蔵『糸玉鈔』奥書

于時元亀二年孟春之比、於八莖山閑処集記之。／予去弘治年中、醍醐山登之日、報恩院前長者源／雅大僧正受御口決。其後江州下着之砌、於神照寺一(テ)／付彼本流草案之一。然而今又当寺流為資助、付／此流書改之一。雖然三宝院通用之条、大体無相／違故源御口備之。但於報松異曲者分其旨一書／之。又以一一非愚推集諸抄認之。当寺(薬王)可為／後資之至要者歟／一右私非入室印可受法之輩者、不可授与之一。若背／此旨、自由披見シ書写之者、両部三宝八大祖師可／蒙治罰者也。堅可守此掟(ヲ)一。堅可守此掟。／鏡算記之(春秋五十一 夏臈三十四)

『国書総目録』の『糸玉鈔』の項には、大谷大学、高野山三宝院（寛文五年写）、高野山真別所（元禄九年写）に所蔵されていることが確認できますが、国文学研究資料館による善通寺（香川県）調査においても、所蔵を確認できました。また長野県諏訪市にあります仏法紹隆寺にも、近世の写本で、それも薬王寺で写された奥書を持つ本が存在いたします。今後も各地で存在が確認される可能性は非常に高いと思われます。岩城という地場のもとに集積されていった真言宗の知識が、『糸玉鈔』という形で結実し、各地へと伝播していった、ということになると思われます。

ちなみに、【資料4】の表を見ますと、純瑜は『糸玉鈔』を書いた五ケ月後の元亀二年六月に、堯雅から無量寿院流（松橋流）の伝授を受け、さらにその六年後、天正五年にも再び伝授を受けるなど、『糸玉鈔』を書いた後も学問修養に励んでいたようです。特に天正五年の伝授は、純瑜の格別の願いにより出かけたと、堯雅が記しています。

純瑜の後も、薬王寺には、後に京都智積院の二世となります祐宜が入寺するなどしており、岩城の真言宗寺院は、当時の「はやり」とされた知識を集積し続けていたということになります。岩城地方における浄土宗寺院や真言宗寺院の調査からは、当時の知識を集積し続け、繁栄を誇った仏教国岩城の姿が浮かびあがってくるのです。

さらに、ということになりますが、【資料6】をご覧ください。実は、知識を集積し続けていたのは、浄土宗と真言宗だけではなかったようです。比叡山叡山文庫真如蔵に所蔵される『教誡儀鈔物』という真言律宗の書物の奥書には、元亀四年（一五七三）ですから、先ほどお話しました純瑜が『糸玉鈔』を書いたのと同じ頃になりますが、岩城国の長福寺に、宇都宮本勝寺の祐順房なる僧侶が遠路はるばる訪れて、書写したことが記されています。長福寺は、岩城地方における真言律宗の中心寺院であったといわれています。現在、典籍類は所蔵されていないとのことですので、これ以上のことはわからないのですが、浄土宗、真言宗とともに、真言律宗においても、知識の集積がされており、長福寺は東北地方の一大拠点として、多くの僧侶を集めていたのではないかと推測されます。

【資料6】 叡山文庫真如蔵『教誡儀抄物』奥書（元亀四年）

元亀四年（一五七三）癸酉五月二十八日奥州岩城国小川於長福寺書写之／雖悪筆以当用間書之。後見之方一返可願廻向者也／下野宇都宮本勝律寺祐順房通四夏二十三才

中世において、岩城の各宗派の寺院がこれだけの知識を蓄え、繁栄していく背景には、戦国大名岩城氏の存在があると思われますが、この点については、現在のところ資料等の積

み重ねができておりませんので、可能性を提言するだけとさせていただきます。

4■地域間の交流1 ——諏訪から岩城へ——

中世において、東北岩城の地へと知識が集積されていったことは、今お話したとおりですが、それでは、どんなルートで岩城へと知識がもたらされたのかと考えますと、先ほど【資料4】で見ました、俊聡、堯雅が東国を巡業したルートが重要であると考えられます。

【資料4】の表の内、執行寺院の項目をご覧ください。最初にあげました仏法紹隆寺は、長野県諏訪市にあります。次にあげました能延寺は、栃木県宇都宮市の北、氏家の地にありました。そして薬王寺です。少なくとも、真言宗における知識は、東山道を抜け、宇都宮を通り、白河を経て岩城へ、というルートが存在したようです。

このルートの上で起きたことだと思いますが、調査を進めていくうちに、岩城と長野県の諏訪の結びつきに思いあたりました。

【資料7】をご覧ください。岩城宝聚院に残されています縁起によりますと、一五〇〇年代後半のこと、宝聚院の住職に宥性という学僧がいました。この人は、大和国の生まれで、初めは天台宗の僧侶ですが、後に西大寺へ赴き、叡尊の著書を見て密教の道へ進み、諸国を遍歴します。宝聚院へ来る前は、諏訪の神宮寺に住していたと記されています。

【資料7】『宝聚院縁起並代々略記』「宥性」
鏡（宥鏡）（永禄四年寂）伝ニ宥性一ニ。々ハ和州ノ人、見テ二霜露ノ忽ニ消一ヲ
自ラ出家ス。初メ帰ニスル天台一ニ。学ニブ教ヲ叡山一ニ。而シテ謂ク、
「教ハ只々教也。不レト如カ就レ行ニ也」。還ニテ南都一ニ勤ニ毘尼
ヲ於西大一ニ。洎テ閲スルニ二菩薩ノ之（興正）遺書一ヲ、深ク入ニル真言一ニ
亦　謂ク沙門以ニテ雲水ヲ一称ス。当サニベシ不住ヲ為レト行一ト。古聖
ノ力游スル三国如ニ比隣一ノ。寧ロ絶繋シテ俟レンヤ日ノ傾一ヲ乎。遍
歴シテ不レ輟ニ。寓ニシテ信州諏訪ノ神宮寺一ニシテ登壇散華ス。
稍々得ニタリ好相一ヲ。下ニテ当国一ニ（因縁別有）、受ニ葉ヲ於鏡一ニ。縄錐不レ
怠、薪汲惟レ勤ム。鏡有ニリ起弔ノ之歎一矣。余力且ッ属レス文
墨書慕ニフ古風一ヲ。就レ中細真佳也。嘗テ界ニ書ス融師ノ之二十
四重一シテ重レスルニ之朱ニ書ス深義一ヲ。以テ為ニ寺鎮一[8]。

岩城地方には、とにかく諏訪神社が多く、各地区に一社といっても過言ではありません。また、『諏訪の本地』や諏訪神社にまつわる秘伝書も多く残されています[9]。いわきの地に諏訪の影響を見ることは、さほど難しいことではないのです。

5■地域間の交流2 ―岩城から諏訪へ―

一方、諏訪ではどうでしょうか。【資料8】は、天文九年、岩城薬王寺の六世である深瑜から宥尊という僧へ授与された印信です。この資料は現在、諏訪市の仏法紹隆寺に所蔵されており、宥尊が岩城から仏法紹隆寺へと移ってきたことを示しています。

【資料8】仏法紹隆寺蔵『深瑜両部印可許可』奥書
右於奥州岩城薬王寺道場両部密印奉授也／天文九年庚子（一五四〇）霜月六日／伝授大阿闍梨権大僧都法印深瑜

たびたび申し訳ありませんが、今一度【資料4】に戻ってください。【資料4】で、永禄三年のところ、仏法紹隆寺で堯雅が印可を授与した際の受者の中に、宥尊の名が見えます。

続いて【資料9】をご覧ください。【資料9】も【資料8】と同様に、天文九年に深瑜から宥誉という僧へ授与された印信です。

【資料9】仏法紹隆寺蔵『深瑜印可』奥書
右於奥州岩城薬王寺道場両部密印奉授也／天文九年庚子霜月六日／伝授大阿闍梨権大僧都法印深瑜

先ほども申しましたように、諏訪の仏法紹隆寺には、近世のものですが、岩城の八茎山で書写された『糸玉鈔』も確認できます。近世に至っても、岩城から諏訪へと移り住んだ僧侶がいたということになります。後ほどお話をさせていただきますが、諏訪の仏法紹隆寺も岩城の薬王寺と同様に地域の真言宗寺院の拠点だったと考えられます。調査によって浮かび上がってくる岩城の寺院と諏訪の寺院の結びつきは、寺院間の知識の交流を示していますが、さらに言えば、たとえば諏訪信仰の岩城への定着といった局面にまで発展していると考えられるのではないでしょうか。

6■知識ネットワークの醸成 ―仏法紹隆寺聖教調査から―

いわき明星大学に赴任しまして、いわきの寺院調査を進めるうちに、徐々に諏訪との関わりが気になりだしていたところ、また「縁がありまして」というしかないのですが、信州大学に赴任することになりました。早速、仏法紹隆寺へお邪魔してお願いをし、調査をさせていただくお許しをいただきました。

仏法紹隆寺（諏訪市四賀桑原）は、寺伝では坂上田村麻呂開基、空海開山とされる古刹です。中世以降、諏訪地方における真言宗の灌頂道場・談義所であり、江戸時代には諏訪高島藩の祈祷寺でした。所蔵される典籍は、早くに櫛田良洪氏や清水宥聖氏などによって注目され、一部の典籍が紹介されています［10］。

調査は、二〇〇三年から始めました。門屋温氏、信州大学の学生たちとともに行っています。現在のところ、約八〇〇点の書誌カードを取り終えたところです［11］。調査はまだ始まったばかりですので、現時点でわかっている範囲での報告ということになりますが、仏法紹隆寺の聖教は、永正年間、一五〇〇年代初頭の書写本群を土台にして構築されています［12］。その立役者は俊円という僧侶です。俊円は、現在確認できる仏法紹隆寺のごく初期の住持でして、天文二年（一五三三）には、仏法紹隆寺において醍醐寺俊聡から無量寿院流（松橋流）の伝受を受けています。このことは【資料4】の表の最初にもあげておきました。仏法紹隆寺において、醍醐寺俊聡が俊円に印可を与えているので、俊円の学問も醍醐寺の俊聡によるのだと、普通は考えそうですが、俊円の書写本を調査すると、面白いことがわかりました。仏法紹隆寺の住持である俊円の書写本は、醍醐寺の俊聡から印可を受ける以前に、下野国氏家の能延寺の住持である俊尊から伝受を受け、書写したものが大半を占めているのです。能延寺は、俊聡や堯雅が無量寿院流（松橋流）の印可授与の法会を執行した寺院でもあるのですが、仏法紹隆寺の俊円が能延寺で伝受を受け、書写活動を行ったのは、醍醐寺俊聡が、能延寺で無量寿院流の印可を授与するよりも前のことなのです。【資料10】は、仏法紹隆寺所蔵の『秘抄』巻八の奥書です。俊聡が能延寺で無量寿院の印可を授与するよりも二十年近く前の永正十二年の段階で、能延寺において俊円が伝受を受けたことが記されています。つまり、醍醐寺の法流ではあるが、その学問を醍醐寺で受けるのではなく、あくまでも下野国という東国の地で受けているのです。

【資料10】『秘鈔』巻八奥書

御本記之／建久九年（一一九八）十一月十五日奉伝授遍智院／律師御房記範賢／成賢／建保四年七月十二日伝得此書了／同九月十日奉伝受僧正御房了／沙門憲深（生年二十五）／正嘉元年十一月十二日於報恩院／以上件御本書写之畢／金剛仏子俊誉（生二十二）／同二年八月八日於報恩院奉受于僧正御房了／沙門俊―（生年二十三）／永仁元年十一月十三日以御本書写之了／同二年五月二十三日奉伝授于師主法印御房了／権律師義俊／文亀二年（一五〇二）夏伝受了同三年四月二日於行樹院書之了／金剛仏子俊尊／永正十二年（一五一五）丙子卯月二十九日玉生

於能延寺書之金剛仏子俊円

さて仏法紹隆寺住持の俊円は、醍醐寺無量寿院俊聡の法流を、醍醐寺ではなく、下野国能延寺で学びますが、同様のことは他の仏法紹隆寺の住持についても確認できます。

尊朝は、仏法紹隆寺の戦国時代の住持です。元亀元年（一五七〇）には、信濃国佐久の長命寺において、次に天正三年（一五七五）には仏法紹隆寺において、醍醐寺の堯雅から伝授を受けています。さらに天正十六年には直接醍醐寺に上り、三度堯雅から伝授を受けています。しかし、その他の多くの学問は、やはり下野国の寺院で受けているのです。

【資料11】をご覧ください。これは尊朝が下野国密奥寺で伝授を受けた時の印信です。伝授阿闍梨であった尊済は、能延寺で学んだ僧侶でした[13]。

【資料11】『尊済印可』天文十四年（一五四五）
右於野州田原郷密奥寺道場授両部灌頂畢／天文十四年〔歳次乙巳〕／伝授大阿闍梨権少僧都大和尚位尊済

【資料12】の『御遺告』の奥書には、下野能延寺の俊尊の名が見えます。つまり能延寺俊尊の法脈のもとに、尊朝も位置づけられていることが確認できます。

【資料12】『御遺告』天文二十三年（一五五四）
応永二十二年（一四一五）乙未二月二十八日日於上醍醐慈心院禅室以光明心院法印大和尚弘鑁御秘〔弘済自筆〕御令書写了／俊海／応永三十二年乙未九月二日法印俊禅／文明三年〔辛卯〕（一四七一）十月二十六日従遍照寺俊宗伝之宝寿寺住金／資長賢／文明十三年〔辛丑〕三月二十一日書之同寺住金剛仏子俊尊／永正元年〔乙丑〕（一五〇四）四月四日書之同寺住尊祐／永正十一年〔乙亥〕七月十一日書之證尊／天分二十年〔辛亥〕五月二十一日書之尊順／天文二十三年〔甲寅〕八月二十二日尊朝

諏訪の仏法紹隆寺は、内陸地方に位置しますが、仏法紹隆寺の住持であった俊円や尊朝は、自らの学問を、中央の京都ではなく、もっぱら地方の下野国の寺院で身につけています。このことは、すでに一五〇〇年代には、下野国の談義所である寺院に、真言宗の拠点が形成されていたことを意味するのでしょう。能延寺で学問修養した俊円は、諏訪仏法紹隆寺の住持となってから、醍醐寺の俊聡を迎えます。この頃から、仏法紹隆寺は諏訪地方における真言宗の有力寺院として発展していったと考えております。ちょうど同じ頃、遠く岩城の地でも、薬王寺を中心に真言宗の教学が盛り上がりを見せ始めていました。次第に諏訪、下野、岩城をつなぐ知のネットワークが形成されるようになり、醍醐寺の俊聡や堯雅の東国来訪によって、さらに強固なものとなっていったのではないか、ということが現在の仏法紹隆寺の聖教調査から推測できると考えています。

強調しておきたいことは、この知のネットワークが、中央から地方への一方的なものではないということです。それぞれの地域がそれぞれの求心力を持ち、また、新たな知識が中央から地方へではなく、地方から中央へと往還したりする、そういうものであったと考えられるということなのです。

7■資料調査・研究と文庫のプロデュース
──目録作成・論文執筆と併せて──

ここまでのところで、地域資料の可能性とでもいうべき点について述べてきました。ここで角度を変えまして、地域資料の調査の課題について目を向けたいと思います。資料調査の目的に、目録の作成や論文の執筆があるのは言うまでもないことです。目録によって文化財指定の可能性が出てきますし、論文の執筆によって資料の価値が広く世に知られるきっかけともなります。しかし、実際に地域の寺院の調査を行っていて実感するのは、資料の保存・管理についても積極的に関わる必要に迫られることです。

【資料13】【資料14】【資料15】は、それぞれの寺院について、私が今まで行ってきた活動を列挙してみました。資料の保存のためには、収蔵する箱の制作や修補がどうしても必要となりますが、いずれの寺院の場合も、金銭的な面で行き詰まってしまいます。その問題を解決し、後々までよい形で資料を残してゆくためには、檀家の方々の理解、さらには地域の理解が必要となります。

【資料13】 如来寺

①目録作成、論文執筆
②収蔵箱制作の相談
③修補の相談
④檀家の関心を促す
施餓鬼会（八月十七日）、開山忌（十二月十三日）でのお話
⑤地域の関心を促す
大学公開講座（二〇〇一年）、中学校総合学習の講師（いわき市立藤間中学校二〇〇四年九月）、公民館での講演（夏井公民館　二〇〇四年十月）
⑥如来寺展（二〇〇一年十月二十七・二十八日　いわき明星大学祭）［14］
⑦松峯文庫設立（二〇〇一年十二月十五日）［15］
⑧いわき市指定文化財追加指定（二〇〇三年四月二十五

日）により、ほぼ全ての聖教が指定となる。［16］

【資料14】宝聚院

①寺誌作成、論文執筆
②収蔵箱制作の相談
③修補の相談
④檀家の関心を促す
大般若会（一月最終日曜日）でのお話［17］
⑤地域の関心を促す
いわき市市民講座講師（二〇〇三年三月）
⑥いわき市指定文化財申請準備

【資料15】仏法紹隆寺

①寺誌作成、論文執筆
②収蔵箱制作の相談
③修補の相談
④檀家の関心を促す
仏法紹隆寺研究会講師（二〇〇三年十月）
⑤地域の関心を促す
大学公開講座（二〇〇三年一月）、諏訪市公民館講座講師（二〇〇四年九月）、ラジオ番組講師（二〇〇四年二月、二〇〇五年二月）

例えば如来寺では、施餓鬼会や開山忌の時に、資料についてお話をさせていただいてきました（④）。宝聚院でも、大般若会の後にお話をさせていただいています（④）。仏法紹隆寺でも一年に一回ですが、研究会の形でお話をさせていただいています（④）。お寺は、住職の意志ばかりで動くのではなく、檀家によって支えられているので、檀家の方々に理解していただくことがとても重要になるのです。

また、檀家の方々だけではなく地域の方たちにも寺院の資料を、地域の貴重な歴史として理解していただき、檀家の方たちとともに守っていただく必要があります。如来寺では⑤・⑥、宝聚院、仏法紹隆寺では⑤になりますが、これまで、公開講座、中学校の総合学習、公民館での講師やラジオ番組などを通して広くお話をさせていただきました。中学校の総合学習での講師は、将来の理解者・協力者、あわよくば後継者を育む、いわば「種をまく」ために行いました。新聞社の記者の方々にも趣旨を説明し、協力を要請しました。幸いなことに、如来寺では、二〇〇三年四月二十五日に、蔵書のほぼ全てが市の指定文化財となりました（⑧）。現在、続いて宝聚院の蔵書も文化財指定申請のための準備をしております。

このように、もともとは、資料の保存・管理のためにと行ってきた活動ではありますが、理解を得るためにと地域に向けて情報を発信していく中で、それぞれの蔵書、聖教自体の持つ歴史自体が、地域アイデンティティーを支える有効な手段であるという思いを、今は強く持つようになりました。岩城や諏訪で、それぞれの求心力のもとで構築されていった蔵書、すなわち知識の体系は、中央に隷属するものではなく、地域の価値そのものであるということです。いまだ調査は継続中で、今日の発表は中間報告のようなものですので、残念ながら今のところ、知識の体系の具体的な姿は、現時点で「このようなものです」と明確にお話はできませんが、徐々に明らかにしていければと思っております。

8■おわりに

地域の大学に勤めておりますと、地域貢献ということがとても重要な問題とされます。信州大学では、人文学部内に地域連携センターが設立され、学部による地域貢献の具体的な形として、長野県下の資料調査が日本史・日本文学の教員を中心に行われています。現在、仏法紹隆寺の調査もその一つとして組み入れられました。

逆に考えますと、資料学の可能性の一つは、こうした地域貢献にあるとも言えます。地域の時代と呼ばれる現在、各地の資料調査・研究により、地域のアイデンティティーの確立に寄与していくことこそ、資料学の未来を切り開いていくのではないでしょうか。以上、地域寺院の調査を通じて考えた、地域の資料学の可能性と課題を述べさせていただきました。

これで、発表を終わらせていただきます。ご批正を賜れば幸いに存じます。

1『如来寺史』（如来寺　一九九六年九月）

2佐藤孝徳（いわき市文化財保護審議会委員）、小野一雄（いわき市文化財保護審議会委員）、斉藤理子（自由の森学園）、鈴木陽（いわき明星大学大学院卒業生）、酒井英美（いわき明星大学大学院卒業生）、鈴木三恵（東北大学大学院）、目黒将史（立教大学大学院）、島崎綾子（いわき明星大学卒業生）、堀江智人（同）、島崎圭介（同）、袴塚瑞子（同）、藤田琴江（同）、小野若菜（同）、上村佳恵子（同）、鈴木悠（同）他が調査を担当している。

3拙稿「如来寺松峯文庫蔵『三語集』について─浄土宗名越派の説草集─」（『説話文学研究』三七　二〇〇二年六月）、湯谷祐三「『私聚百因縁集』と檀王法林寺蔵『枕中書』について」（『名古屋大学国語国文学』八四　一九九九年）、同「養寿寺蔵『三国伝記』について」（『説話文学研究』三三

一九九九年七月）

4佐藤三千恵の報告による。

5小野美香の報告による。『三語集』の編者、良要の甥にあたる袋中の著書、『枕中書』にも、『徒然草』が引用される。

6拙稿「袋中の本箱」（『説話文学研究』三八　二〇〇三年六月）。袋中は、実際に『三語集』を自著に引用している（『南北二京霊地集』下・三九「愛宕山」）。小峯和明「怨霊から愛の亡者へ」補注（『説話の森』岩波現代文庫）

7藤井雅子「『尭雅僧正関東下向印可授与記』」（『醍醐寺文化財研究所研究紀要』一九　二〇〇二年十二月）、坂本正仁「醍醐寺所蔵「授与引付俊聡」、「授与引付天文二年六月十二日俊聡」」（『空海の思想と文化』二〇〇四年一月）

8拙稿「宝聚院蔵『宝聚院縁記代々略記』紹介・翻刻」（『むろまち』六集　二〇〇二年三月）

9拙稿「小野一雄氏蔵『諏訪明神二十五箇条事』紹介と翻刻」（『むろまち』五集　二〇〇一年三月）、鈴木三恵「未公開『信州諏訪大明神御本地由来記』―翻刻と考察」（『日本思想史研究』三五　二〇〇三年三月）

10櫛田良洪『専誉の研究』（山喜房仏書林　一九七六年五月）、清水宥聖「仏法寺本『沙石集』について」（『大正大学大学院研究論集』二　一九七八年二月）、小峯和明『『野馬台詩』の謎』（岩波書店　二〇〇三年十一月）

11小林崇仁（大正大学総合佛教研究所研究員）、藤澤美希（信州大学卒業生）、嶋崎さや香（名古屋大学大学院生）、関島広祥（同）、千葉軒士（名古屋大学大学院生）、磯谷風太（信州大学卒業生）、清水葵（信州大学学部生）、小野美香（同）、河内聡子（同）、幸喜真帆（同）、小林ゆかり（同）、樋口はるか（同）、城倉美和子（同）他が調査を担当している。

12拙稿「仏法紹隆寺覚え書き」（『内陸文化研究』三　二〇〇四年二月）

13「小僧数年之間尽求法之誠幸随能延寺法印大和尚位具支灌頂印可」（『尊済印可』）

14産経新聞（十／二十、十一／四）、河北新報（十一／十五）、福島民友新聞（十一／二十六）いわき民報

15河北新報（十一／十五）、いわき民報（十二／十四）、福島民報（十二／十七）

16いわき民報（四／二十五）

17福島民報（二〇〇一／一／二十六）、いわき民報（二〇〇一／一／二十八）

パネリストの発表を受けて

阿部■ありがとうございました。

赤瀬さんの報告は、大きく三つの内容に分けることができると思います。

基本は、冷泉家を中心にした文庫の形成と伝来をめぐる問題でありますが、それを三つの側面から捉えられました。一つは家の存続のため、歌の家としてのサバイバルのための書物の移転。それから二つめは、歌の家として確立するためにいわば廃棄されたもの、捨てられたものの中から逆に豊かな過程、内実が見えて来るということ。最後に三つめは、一番大きな問題として、この冷泉家蔵書なるものが、決して一元的なものではなく、何次にも渡る流入によって重層的に重なり合って、その上で形成されてきたものであるということを明らかにしていただきました。

西岡さんは、近代における金沢文庫の成立から説き起こされ、その活動の内実を詳しくお話いただくと同時に、金沢文庫本なるものが歴史的に如何に形成されてきたか、そして外典を含めた聖教のあり方が、きわめて重層的な動向の中で捉えられる必要があるということ、またそれは鎌倉時代の政治と宗教の絡み合いの中で把握できるということを、詳しくご報告いただいたと思います。

その中でたとえば金沢文庫の資料の調査、研究ということが、実は現在の文庫自体のあり方として、金沢、六浦というこの地域の再認識につながっていく、そのきっかけになっているというような、切実な現代社会の要請に即した文庫としての存続の意義についてお触れになった。これは、渡辺さんの報告につながる問題だと思います。

渡辺先生は地域寺院の調査の現場から模索された、研究の社会的貢献の可能性を語っていただきました。そのなかで、私が一番最初に申し上げた中央における資料の、特に寺院の資料調査から地方へという構図というのは、実は極めて一元的、一方的なものであるということが渡辺さんの報告で批判された、そういうふうに今、私自身は受けとめております。

それでは後半コメンテーターの御二人から順次コメントを頂きたいと思います。三本の報告それぞれがかなり具体的な、各自が携わっておられる文庫の調査研究に基づいて、あるいは資料の場、その中から伝来や資料のそれぞれの性質、位相、そして、そういうものに対するまなざしといいますか、我々の拠って立つ研究の様々な分野からの認識というもののあり方を逆にとらえ返していただきました。また、そういう調査の可能性がどういうところにあるのか、という課題を示してくださったのですが、それについては最後の渡辺さんの報告がひとつの具体的なケースワークとして示唆をいただいたようにも思います。それをそれぞれ違う立場のコメンテーターからどのように捉えていただけるか、あるいは可能性を語っていただけるでしょうか。

最初に月本先生から、ご発言いただきます。先生のご専門は日本語学とりわけ訓点語研究でありますが、訓点語学の分野は周知のごとく、先ほど冒頭に言及しました高山寺をはじめとする畿内の寺院を中心にする資料、特に聖教の調査を領導しておられる。その中でたとえば月本先生も仁和寺を対象にされた真言宗寺院の資料の総合的な研究に取り組まれておられるのですが、そういったお立場から今回のこういう議論、あるいは問題についてどのようなコメントを頂けるかが期待されます。よろしくお願いいたします。

月本■ただいまご紹介いただきました月本でございます。中世文学の先生方から見れば門外漢でございまして、どれだけお役に立てるかわからないのですが、私なりに感じたこと、考えたことを申し上げることにいたします。今、コーディネーターの阿部先生の方から持ち時間は七分であるという厳しいお言葉を頂きましたので、それを厳守いたします。本日赤瀬先生には急なご病気とのことでお目に掛れず大変残念で

月本雅幸（つきもと　まさゆき）
1954年、福岡市生れ。東京大学大学院博士課程中退。現在、東京大学大学院人文社会系研究科教授。
主著：『宮内庁書陵部蔵本宝物集総索引』（汲古書院、共編）、『日本語の歴史』（東京大学出版会、共著）、『訓点語辞典』（東京堂出版、共編）など。

ございましたが、代読していただだいた橋本先生のお話をうかがいまして大変に感銘を受けました。これは単なるご挨拶ではございません。どういうことかと申しますと、寺院経蔵であってもそうでなくても同じでありますが、悉皆調査に従事いたしますとそれに先立ってきっとこういうものがあるだろうというような期待や予断がどうしてもあるわけです。悉皆調査が終わってみますと、非常にしばしばその期待や予断が裏切られまして、あるはずのものがないのですね。逆にこんなものがあるはずがないと思ったものがあるのですね。それは、赤瀬先生のご報告にあった経蔵、あるいは文庫に対する典籍の流入や流出ということと深く関わりがあります。つまり悉皆調査が終わってみたら、今これだけありますよということですけれども、それでは足りないので、一〇〇年前はどれだけあったのだ、二〇〇年前はどうだ、八〇〇年前はどうだったのだというそれぞれの時点におけるトータルな姿を見て行かなければならないのだということに気付かされるわけです。ところがこの研究にはなかなか難しいものがございまして、新たに加わったものは大変結構ですねと言えますけれども、流出した物についてはその文庫乃至経蔵を管理される方々、あるいはその関係者に対して、そんなつもりは毛頭ないのでございますけれども、なぜお宅にはこれが今ないのですかという、そういうような質問を投げかけることになりかねない。そういう研究をするためにはよほど現在の所有者、あるいはそれに連なる方々と良い関係を持たなければならない。つまり、文庫調査の最大の眼目は所蔵者との良い関係であるということだと私は思います。その点において赤瀬先生ならびに橋本先生をはじめとする調査関係者の方々は大変に麗しい関係を所蔵者、あるいは関係の方々との間にお持ちであるということを私は痛切に感じまして感動した次第であります。

次に西岡先生のご報告に関してでございますけれども、非常に有名な、誰でも知っている金沢文庫、そしてもうちょっと知っている人には分かっている称名寺という関係について、私も知っているつもりでいて実はあまり知らなかったというのがよく分かりまして、大変に勉強させていただきました。それから渡辺先生のお話を伺いましてこれまた大変に感銘を受けました。私も中央の寺院だけではなくて多少の地域寺院の悉皆調査の経験がないわけではないのですが、大変でございます。ご住職から経箱がないのですが、どうしましょうかとか、実はお蔵が雨漏りしておりましてとかご相談を受けたりする、場合によっては御出掛けになるご住職のお留守を調査がてらお守りするというような、最後に渡辺先生がおっしゃっておられた地域貢献の、あるいは所蔵者側や、あるいは檀家総代との面談とか、そういうものに割かれるエネルギーの方が、実際の中世文学研究よりもはるかに大きく、大変なものであろうと私は想像致します。そういうご苦労を払われながら、中央と地方の相互交流の実例をこういう形ではっきりと見せてくださったことを誠に有難いと思っております。

こういうお三方の先生のご報告、ご研究の実情を私なりに総体的に捉えてみますと、こういうことになります。一つにはあちこちで時代も違い、調査開始の時期も違い、現状もさまざまでありますが、たくさんの文庫調査、あるいは経蔵聖教調査などが行われておりますけれども、実のところ、どこでどれだけ行われているかということはよく分からないのでございます。最近では地域の、あるいは自治体の側からの文化財保護の観点からの調査の委嘱というのがございまして、さまざまな調査がなされ、また報告書も出されておりますが、例えば県が主体でありますと県の中の文化財関係者、人文系の学者たちはよく知っているけれども、県境を過ぎると誰も知らない、そしてまた、県の文化財の調査報告書の入手方法も分からないというようなことも、稀ではないのです。そういう相互のまさにネットワークのようなものが、必要なのではないか。それはいろんなところですでに提唱され、また考えられているようでもございまして、日本歴史学会では雑誌「日本歴史」の来年の一月号にそういう特集を組まれる(「日本歴史」二〇〇六年一月号「共同研究の成果とゆくえ」、同二月号「共同研究の成果とゆくえ　続編」)というようなこともちょっと伺っておりますけれども、そういうことも必要ではないかと思います。

もう一つは、何と申しましても、今日ここに発表されている先生方、それから私を含めてですが、そういう現物を苦労しながらも手にして見ることができる者は幸せ者であるということであります。それに加えて近年の大学や研究機関の実情を見ますと、本を見に行くという時間というものを持てるだけ幸せである。そしてあるいは所蔵者側のご都合に合わせて指定の時間に伺うために、授業を時々ちょっと休むということができる立場にいるならばそれはもっと幸せであると言わなければなりません。そういう大変に幸せな者たちはその成果をそれほどそういう機会に恵まれていらっしゃらない方、あるいはまた、別の立場から研究されていらっしゃる方に対して公開の義務を持つのではないかと、私はそれを痛切に感じております。しかし、これが存外難しい。つまり最近では単発のものはともかくとして、継続的な何々資料叢書というものの継続的な刊行が出版情勢の関係で難しくなっています。ならば新しいメディアである電子的な公開というのはどうなのかと申しますと、かえってなかなか難しい問題が発生しておりまして、DVDに何枚か画像集を作ったけれども配布は難しいということも耳にしたりいたします。そうしますとメディアは発達するのだけれども、公開の方は実はそれに比例して広がっては行かないという難しい問題が出て来るのです。

さらにもう一つだけ付け加えさせていただきますと、私どもが調査をしていますと調査の下敷きとなる三〇年前、五〇年前、あるいは場合によっては一〇〇年前、二〇〇年前の古い目録が出て参ります。そのような目録があるかないかでは大いに違います。どんなものであってもそれはある方が役に立ちます。つまり我々の調査が今あるのは先人の調査のおかげである、逆に申しますと近年の我々の調査は先人の調査を乗り越えようとしているのです。ということになりますと、今、我々が実施している調査も、他の先生方には恐縮ですが、やがて乗り越えられるものである。そういうものとして現物を目の前に置いて虚心になって仕事をし続けなければならないと改めて感じたという次第であります。失礼いたしました。

阿部■ありがとうございました。実際に調査研究において、月本先生ご自身も悉皆調査に携わっていらっしゃる。そういうお立場からそれぞれの発題を受けとめていただいて、その困難な課題をあきらかにするとともに、具体的な提言および可能性を示していただいたと思います。

次には山本ひろ子さんにお願いいたします。今更山本さんのお仕事をあらためてご紹介する必要はないかと思いますけれども、中世のさまざまな隠れた世界、特に宗教的な領域、神仏の世界を、単なる資料についてだけではなくて、祭祀儀礼とかさまざまな神話、物語を横断的に探られ、その中から中世の、普通我々がなかなか見出せないような秘された異貌の存在を明かされておられます。そういったお仕事の視線、思考から、中世の文学にかかわる、そういう資料学のあり方、あるいはその可能性、そういったものをどのようにご覧になられるかを伺いたいと思います。

山本■山本ひろ子です。よろしくお願いします。

私は中世文学の世界とは無縁の人間でして、コメンターをつとめる柄ではないのですが……。以前は山王関係の資料を捜して叡山文庫に通いましたし、ほかに神宮文庫やお寺の文献調査を個人的にしたこともあったのですけれども、この十年以上、まったくといっていいほど離れてしまいました。今

山本ひろ子（やまもと　ひろこ）
1946年、市川市生れ。早稲田大学第一文学部史学科中退。現在、和光大学表現学部教授。『変成譜』（1993年、春秋社）『中世神話』（岩波書店、1998年）『異神』（平凡社、1998年、→2002年にちくま学芸文庫に上下巻で収録）

回、阿部泰郎氏からお声がかかったとき、はてどうしたものかと……。ほとんど義理と人情といいますか、昔のよしみで引き受けたというな次第なので、いったい何を話したらいいのかということを悩みつつ、皆さんの報告を聞いておりました。したがってお三方の報告に関して個別に私がコメントをする材料も持ち合わせていませんので、全体的といいますか、阿部氏が第一分科会のテーマとして、あるいは意図として設定したものに引きよせて、「外部」から思いつきの話を少しさせていただきたいと思います。

　配布資料の冒頭にある阿部氏の趣旨は、〝資料の学〟としての中世文学研究とはどのように展開してきたかというような書き出しになっています。一つは、資料の範疇が拡大しつづけている、ということ。これは阿部氏の方から、特に歴史学との交流といいますか、接近といいますか、重なり合いといいますか、そんなことが話されました。もう一つは、〝資料が生成されてくる場所〟への着目で、収集保管される場を新たな探求の対象として設定し直していく中に今の中世文学の営みがある、だから形成主体自体が問われていかなければならないという指摘。そういった問題領域の研究は、この十年の間に大変な成果を上げているようです。外部にいる私自身はその恩恵に浴していないので、内容的になぞることはできないのですけれども。

　ただ今日のお三方のお話というのが、家、地域、ネットワークなど資料を生成させる場そのものが、実は運動として形成されていくといった流れにある報告と理解はできます。

　さて私ですが、前者の問題、つまり資料の範疇が拡大を続けている、それが今の中世文学の世界の状況であるという点に少しコミットできるかな、と思いました。これは資料をどう読むかという方法の問題とも絡んできます。ただ今日はあまりそういった話は出なかったのですが、私にとっては一番関心のあるテーマなので。

ではどういう風に読むのかといいますと、とてもみなさんのような悉皆調査もやっておりませんし、資料の精緻な解読もやっていないのですが、ふと思いついたのは、イタリアの有名な歴史学者カルロ・ギンズブルクの仕事でした。比較的最近の著作が『歴史を逆なでに読む』という本でして、この「逆なでに読む」というタイトルには、ギンズブルク自身のこだわりがありました。

そのヒントを、彼はヴォルター・ベンヤミンの歴史哲学テーゼ「歴史の概念について」から得ています。「歴史の概念について」は、一九四〇年代、ベンヤミンがナチスに追われながら書いた、まさに彼の思想的遺言というべき断章で、その中にちらっと「歴史を逆なでに読む」という言い回しが出てくる。それに示唆を受けたギンズブルクは、アナール派のマルク・ブロックなども引き寄せ、彼自身の用語として「歴史を逆なでに読む」ことを提起した。そのやり方で最初の大きな著作『ベナンダンティ』という本を書いたのだと『歴史を逆なでに読む』の中で語っています。

『ベナンダンティ』はご承知のように、一六、七世紀の北イタリアのフリーウリ地方で実際にあった魔女裁判を扱った考察です。厖大な五〇何種類の裁判記録を、ギンズブルクはまさに〝逆なでに読む〟ことによって、それまで魔女として一括されていた民衆の中から、作物の豊穣をかけて悪魔と闘うベナンダンティという一セクトの運動を引き出してみせた。裁判記録は、異端審問官なり法律家なり、さまざまな人たちの用途と意図によって組み立てられているわけですが、その記録を逆なでに読むことで、言ってみればテクストの中から〝他者の声〟を探し求め、聞き出してゆく営みといえそうです。とすればギンズブルクによる「歴史を逆なでに読む」方法は、「資料を逆なでに読む」と読み替えられてもよいのではないか。そんなことを思いました。

今日の皆さんのような厖大で精緻な文字の体系としての資料収集を見せつけられますと、あまのじゃくなものですから、沈黙する資料、あるいは沈黙のテクストというものを定位していきたい衝動に駆られるのですね。たとえば網野善彦さんと石井進さんと福田豊彦さんが座談した『沈黙の中世』という本があります。常に饒舌な文献資料に対して考古資料というのは沈黙を特色としているというのがお三方の立脚点、その中で網野さんは、沈黙の資料は考古資料だけではないとして、文献資料に出てくるものと出てこないものという区分けをした。特にたたら師たちによるたたら製鉄の製鉄法や焼き物の資料というのは、まずほとんど文献には出てきていない。財産にならないと記録には出てこないのだと言うのですね。財産になる場合は譲り状とか争論関係、そういう文書が必要になってくる。しかしわざの世界では対応年数の短さから、文書を通して相伝する必要がなかったという事情もあって文書に出てこないのです。逆にいいますと、文字・文献の世界の背後にうずくまっている、見えない沈黙の資料とどう向き合い、どう捉え返すのか——。こうした問題意識が立ちあがってきます。

先ほど冒頭にギンズブルクの話をしましたが、三年くらい前に岩波の「歴史を問う」というシリーズの編集に携わったことがあります。フランス中世を中心としたフランス歴史学の二宮宏之さん、イタリアのヴイーコやギンズブルク、アガンベンなど思想史家の上村忠男さん、オリエント学の月本昭男さん、聖書学の大貫隆さんと日本思想・文化の山本ひろ子の5人で6冊の本を作りました。その中で記録できなかったもの・記録されなかったものや、最終的には歴史はどう書き直されるべきかというテーマをめぐり議論したのがとても有益でした。

そこでふたたび沈黙資料ですが、書かれたものでも沈黙している資料があること、それを覚醒させていくという視座と方法についてふれ、終りにすることにします。たとえば中世神道のテクストには、有名な『麗気記』を始め、『天地霊覚秘書』など不思議な名前を持った書物が少なくありません。この「麗気」とか「霊覚」という用語は、いったい何を指し示しているのか、ずっと気になってしかたがなかった。あるときふっと、これらはテクストの制作者・関与者が神仏との交感を言葉として表現したものではないか、と思いついたのです。するとこれらのテキストは、まったく異なる位相で私の前に姿を晒すようになった。さらに、これも私の勝手な憶測なのですが、神祇書の成立は、文字や文献から始まるのではなく、一種の霊的な曼荼羅体験・神秘体験としてあり、神や仏との交感をイメージとして映し出し、感得するのが最初だった。それを相伝のために、二次的に文字にしていったものが、最初の神祇書ではないかと考えています。

いうなればこれらの神祇書も一種の沈黙資料なのですね。そのままの字面を追うのでは当然読むことができないし、ましてテクストの身体にふれることはできません。そのためには儀礼的思考を紡ぎ、儀礼言語を定立し、それをなかだちに向き合っていく必要がある。宗教体験や宗教思想をいかに言説化してゆくかという試みのひとつの可能性をひらくものではないでしょうか。

まったくの門外漢の、外側からの発言ですけれども、私のコメントは以上です。

阿部■ありがとうございます。わざわざ外部からとことわっていただきましたが、ある意味で我々がそれこそ暗黙裡のうちに設定してしまう資料学の範囲を見事に相対化してくれる、それを沈黙のテクストという形で表現していただきました。それは実際には非常に具体的な、中世のテクストをいかに読むか、認識するかということに関わる問題でありますし、それは単にテクスト上の問題ではなくて、儀礼、祭式、それから図像、その他いろんな要素が豊かに絡み合って存在しているということを、改めて認識せざるを得ないと、私も受けとめさせていただきました。それぞれのご報告をふまえて、さらにお二方のコメントをいただいた上で、我々が今取り組んでいる資料学ということ、ないし文献調査研究という営みの現在と、そしてそこから我々が何ができるか、現場で取り組むこと、あるいは、資料と言うテクストを読むということがいったいどういうことなのか、その問いの輪郭がおぼろげながら姿を垣間みせてくれているように感じますし、確かに我々もこの場でその問いは共有していると思います。それをいかにまた実際のそれぞれの場に帰って活かしていくか、ひいては相互の理解なり、共有を図っていくのか、そういう大きな仕事が待っていると存じます。その一つの中間点としてこの場をしめくくりたいと思います。

それでは三人のパネリストの方、それから御二人のコメンテーターのかた、どうもご苦労さまでした。ありがとうございます。

コーディネーター

●小峯和明（こみねかずあき）

1947年、静岡県熱海市生れ。早稲田大学大学院博士課程修了、文学博士。現在、立教大学文学部教授。
主著：『今昔物語集の世界』（岩波ジュニア新書）、『『野馬台詩』の謎―歴史叙述としての未来記』（岩波書店）、『院政期文学論』（笠間書院）など。

企画趣意

今日の情報社会において、情報伝達としてのメディアや表現媒体は人文学や社会学における必須のテーマとなっており、近年の文学研究でも種々問題視されるようになった。文学がいかなる媒体によって生成、享受され、変容、再生をとげ、どのようにひろまり、受け継がれていったのか。文学は文字や書物としてだけではなく、音声、身体、絵画、映像、造型等々、さまざまな媒体を通して表出されていることが共通認識となってきた。なかでも絵画は伝統的な国文学研究でも、屏風絵と和歌、絵巻や絵本と物語・説話などからつとに着目され、研究が蓄積されている。媒体論から最も対象にしやすい分野といえる。八〇年代に脚光を浴びた絵解き研究などもその代表例であるが、ややもすれば文学と絵画が二元論的な枠組みの一方向からとらえられがちであり、表現媒体やメディアに焦点をすえ、一元的に双方向から論ずる方法論は、まだ充分開拓されていないのではないだろうか。

絵画研究は美術史や美学専有のものではありえない。これも八〇年代あたりから急速に歴史学がせり出してきて、今や絵画史料論は歴史学の一分野として確立したかの感があり、その進展に美術史研究もおおきな影響を受け、文学研究はその速度に追いつけなかった印象がある。絵画はたんに静的に「見る」ものではなく、動的に「読む」ものへと変貌をとげた。絵の置かれた場所をはじめ、絵画を

◎ 第2分科会

メディア・媒体

絵画を中心に

【発表者】

文学メディアとしての『十界図屏風』と『箕面寺秘密縁起絵巻』●徳田和夫

絵画史料と文学史料―酒呑童子物語研究の可能性●斉藤研一

室町時代の政権と絵巻制作―『清水寺縁起絵巻』と足利義稙の関係を中心に●髙岸輝

［コメンテーター］ 太田昌子・竹村信治

とりまくさまざまな領域が解明すべき問題群として俎上に上がってくるようになった。絵画は美術、歴史、宗教、民俗等々、多様な分野が乗りあい、競合しあう草刈り場的なフィールドになった。各分野の解析が相互にどうかさなり、どうずれるのか、読みの多層化ないし多重化が招来される、そうした競合の状況にあって文学研究の位相はどうであるのか、今後どうあるべきかが問われるであろう。

もはや「イメージとテキスト」はあらゆる分野で共有しあえる普遍的テーマであり、絵解きや絵巻・絵本研究の蓄積を有する中世文学研究にとって、絶好の対象領域といえる。中世文学の生成、享受、受容、再生、変容といった諸相と絵画との有機的連関を従前の研究はいかにとらえてきたか、また今後どのような方位をめざせばよいかを議論の焦点にすえたいと考える。同時に絵画と文芸の資料学、身体芸能や語り物、儀礼と交差するメディアミックス、絵画の生成する現場など、他の分科会との通路も視野に入れつつ、検討していきたい。

本シンポジウムでは、上記のごとき研究動向をふまえて、歴史学・美術史の専門家にも参加していただき、積極的かつ活発な議論の展開を期したい。

小峯■前半はお三人の講師の方々に二十五分をめどに報告をしていただきます。特にスライドやOHCを使いますので、ちょっと時間が延びる可能性がありますけれども、延びそうな場合には司会の権限でチェックを入れますので、あまり間延びしないようにします。休憩をとりまして、後半にコメンテーターの方に加わっていただいて、意見を述べていただき、それから時間があればフロアの方からもいろいろ御意見をうかがうという形で進めたいと思います。

まず今日の担当の方々の紹介をいたします。私はコーディネーターの立教大学の小峯です。よろしくお願いします。なるべくさんづけでいきますのでご了承下さい。お三人の講師は、発表順で、私の隣から、学習院女子大の徳田和夫さんです。あらためて紹介するまでもありませんが、お伽草子研究の第一人者、かつ絵解き研究その他多方面で活躍されていますが、とりわけ平凡社のイメージリーディング叢書の『絵語りと物語り』などで社寺参詣曼荼羅を中心に絵画と文学の領域を開拓されている方です。それから武蔵大学非常勤の斉藤研一さん。中世史のご専門で『こどもの中世史』(吉川弘文館)という本を二年前に出されました。歴史学が、欧米のアナール学派に代表される社会史研究の影響をうけて、網野善彦さんを中心とする研究が注目されるようになりました。文書中心の研究から、さまざまな表現媒体を研究対象にする、その一環として絵画史料論が活発になっています。黒田日出男さんに代表される一連の研究がありますが、その一翼を担う若手の注目される研究者のお一人です。それから三番手は美術史の大和文華館の高岸輝さんです(現、東工大)。高岸さんはごく最近、『室町王権と絵画』(京都大学学術出版会)という大著を出版されまして、室町殿コレクションという極めて斬新な視点から絵画と権力の問題を分析されております。中世美術史のホープとして活躍されている方です。以上のお三人の報告を中心に展開したいと思いますが、最初に私の方からこのシンポジウムの主旨についてご説明させていただきます。

かつて『中世文学研究の三十年』という本が、学会三十周年を記念して、一九八五年に刊行されました。非売品の形で会員にだけ配られましたので、若い方はあまりご存知ないかと思います。その時はジャンル別中心に三十年の研究史を振り返る形でまとめられたわけです。その本を見ますと、今回の文学と絵画に関するテーマは立項されていません。亡くなられましたが、松本隆信さんの「物語、草子研究、私見」という論に、唯一お伽草子や奈良絵本の問題が報告されています。それから私が「説話文学研究の三十年」を担当しまして、絵解きに言及いたしました。その程度でしかなかった。それが近年、特に八〇年代から九〇年代にかけて絵画と文学、歴史学の絵画史料論をはじめ美術史、歴史学、民俗学や宗教学など、さまざまな分野から絵画が論じられるようになりまして、絵画論は人文社会学の草狩り場的なフィールドになってきました。いろいろな角度から読み解かれるべき新しい研究領域になってきているわけです。日本文学の場合、従来から例えば『源氏物語絵巻』や『伴大納言絵巻』など一二世紀を代表する絵巻研究が一貫して行われてきていますし、あるいは、平安文学では屏風絵と和歌の関係、中世ではお伽草子の、いわゆる奈良絵本…奈良絵本という言葉はちょっと問題があって、いたずらに古本屋を儲けさせているだけなのではないかという気がしまして、あまり使いたくないのですが…お伽草子や語り物の絵巻や絵本、さらには近世の版本のさし絵などの分野から研究が蓄積されてきております。

文学と絵画をめぐる中世のフィールドで象徴的なものとしては、一九七八年から数年間、アメリカのコロンビア大学のバーバラ・ルーシュ教授を中心とした奈良絵本国際会議が推進されました。これは報告が出ていますので、ご承知の方が多いと思いますが、文学、美術研究を中心に新しい学際的な協同研究の場が構築されたわけです。これをひきつぐかたちで二〇〇三年から慶應大学の石川透氏を中心として、新たな奈良絵本・絵巻国際会議が始まりまして、今年（二〇〇五）もまた夏に予定されております。この二十年以上の間で著しい研究の変貌をとげたことが今申し上げた事例でよくお分りと思います。さらに八〇年代に林雅彦氏や講師の徳田さんを中心にした絵解き研究がにわかに脚光を浴びて、これも様々な新しい研究分野を開拓したわけです。特に参詣曼荼羅や寺社縁起、それから今日ご発表のテーマになりますが、十界図など、絵巻や絵本に限られていたものが、掛幅図や屏風絵といった非常に大きい絵画も文学研究の対象になってきたことがあげられます。あるいは岡見正雄さんや佐竹昭広さんによります『標注洛中洛外図屏風』ですね。洛中洛外図も現在は歴史学が中心に担っておりますが、実は文学研究からすでに上杉本の洛中洛外図屏風の研究が八三年に岩波書店から刊行されておりまして、まさしくこれは絵画を〈読む〉ことを宣言した注釈的な研究の一大成果であったわけです。

ということで、本日は文学、美術史、歴史学他、多方面の分野からいろいろな方に参加していただいて、文学と絵画の問題をどう捉えていくかを中心に議論していただければと思っております。

昨日の研究発表でもたまたま絵画に関わる発表が二つあり

まして、一つは『天神縁起』、絵巻でありながら絵をいっさい排除した、テキストだけで分析するという方法でした。もう一方は逆に室町物語の絵を扱いながら、物語はいっさい捨象して絵画の図だけをとりあげられた、いわゆるイコノロジー研究。思い切って悪口を言ってしまえば、あまり方法論がなくて、どこを目指しているのか分りにくかったのですが、いずれにしても期せずしてテキストとイメージにまたがる両極の研究が昨日発表されたわけで、この両方をどうつなげ重ね合わせていくのか、まさしく今日の課題になるのではという感じがいたしました。私は発表するわけではありませんので(笑)、このくらいにしておきます。それでは最初に徳田和夫さんからご報告いただきたいと思います。

大学
九号館
中世文学会
創設五十周年記念大会
五月二十八日(土)二十九日(日)三十日(月)
会場 九号館・展示 総研ビル十階

文学メディアとしての『十界図屏風』と『箕面寺秘密縁起絵巻』

パネリスト■徳田和夫

■要旨

当麻寺奥院蔵『十界図屏風』（「じっかいず」とも。六曲一双。十四世紀末期）は、文学作品として論じて然るべき絵画だといえよう。各扇に二枚ずつ、計二十四枚の色紙形が貼られ、そこに経文、和歌、唱導文などが記されているからである。絵はこの言語叙述と対応しており、仏教文学・説話文学そして和歌史の視点からアプローチがなされてよい。既に絵画史の面から諸論があり、特に近年の高岸輝氏の論考（『室町王権と絵画―初期土佐派研究―』所収、二〇〇四年二月、京都大学学術出版会）は委曲を尽くす。その成果に立って文学史の操作を施すならば、なお補うものがあるやに思われる。さらに、物語や芸能の場面を絵画化したものとして、瀧安寺蔵『箕面寺秘密縁起絵巻』を取り上げる。これは、説話伝承をめぐる文献情報の不備を、絵がカバーするという一例である。彼此もって、絵画を文学作品として読むことの可能性や、作品媒体としていかに把握すべきかを考えてみたい。

（参考文献）徳田和夫「絵画と唱導芸能―和泉式部の熊野詣で説話をめぐって―」（講座日本の伝承文学6『芸能伝承の世界』三弥井書店、一九九九年）。同「伝承文芸と図像―中世説話、お伽草子、近世絵画―」（『伝承文化の展望―日本の民俗・古典・芸能』三弥井書店、二〇〇三年）。同「孝子説話をめぐる唱導と絵解き―宗教文化研究と説話の場―」（『説話文学研究』39、二〇〇四年）。同「南会津の『熊野の本地』絵巻　附・翻刻」（『伝承文学研究』54、二〇〇四年）。

徳田和夫（とくだ　かずお）■1948年、群馬県前橋市生れ。國學院大学大学院博士課程中退。現在、学習院女子大学国際文化交流学部教授。
主著：『お伽草子研究』（三弥井書店）、『絵語りと物語り』（平凡社イメージリーディング叢書）、『寺社縁起の文化学』（共編著、森話社）など。

徳田■学習院女子大学の徳田と申します。皆さんを前にして、文学と絵画という二つの異なる表現の関わり合いについてお話しできるほどのものは持ってはおりません。それでも、若い頃から絵巻や奈良絵本、掛幅絵を多少あつかってまいりまして、物語を絵画化する意味やその様相に関心を寄せてきました。なお、ここで使う「物語」とは、いわゆる説話に当たるものも含んだ物言いです。そして、そうした絵をことばで説明する形態、すなわち絵解きの文芸性を論じてきましたので、いくらかは発言することをお許し願えるかと思う次第です。もっとも好きな時代は室町から江戸初期のそれですが、今日は特に二つの作品にしぼっていきたいと思います。

一つは、奈良県の当麻寺奥院に蔵される『十界図屏風』（88・90頁）です。後ほどスライドもお見せいたします。他一つは、兵庫県の箕面寺―箕面山瀧安寺に伝わる『箕面寺秘密縁起絵巻』です。もし時間に余裕があれば、もう一つと欲張っているのですが、たぶん時間はなくなってしまうでしょう。

当麻寺奥院蔵『十界図屏風』　右隻

色1
色2
日輪

三途川
業秤・業鏡
衣領樹(衣が掛かる)
獄卒(業秤や業鏡で亡者の罪業を測る)
奪衣婆・亡者(緋の衣)

【地獄道】
冥官
火車
閻魔王(座屏(著色棕櫚図・竹図・笹図)
獄卒(火車で亡者を運ぶ)
机、文房具)
地獄門・刀林・隔壁
(閻魔王庁)
冥宮
(阿鼻地獄)
銅狗・大蛇・鳥カ
獄卒・亡者
釜
獄卒・亡者

色3
色4

(衆合地獄)
刀葉林
婦女(唐服)・亡者

色5
色6

【餓鬼道】
餓鬼(四体、腹が膨れる・髪が燃える・飯が燃える)

馬・鳥・牛の親子
龍・虎…
【畜生道】
鬼・猟師
みみず・蛙・蛇・猪
牛と農夫
犬の親子

【人道】
[無常]
男(老若二人)

色7
色8

【人道】
[愛別離苦・怨憎会苦]
武士(鎧・兜)・馬・従者
盾・旗(紋入り)
鼠・猫・鶏・鼬
蝶・蜻蛉・蝉(蜘蛛巣上)

【阿修羅道】
阿修羅
帝釈天
四天王
蔵(錦・衣装箱を納める)
(享楽)
男衆(酒盛り)
【人道】
米俵・臼

色9
色10

武士(鎧、兜)・馬・従者
[五盛陰苦・求不徳苦]
俵作り・牛(俵を運ぶ)
女・赤子
陣・逆茂木・盾・旗(紋入り)
女たち(着物を奪い合う)
武士(鎧・兜)・馬・従者
(蓄財)
反物、酒、金、雑、兎、魚
など
男(調べ、記録する)

色11
色12

右隻　河田昌之氏作成「奥院本『十界図屏風』主要モティーフ一覧」(研究論文⑥)

当麻寺奥院蔵『十界図屏風』　左隻

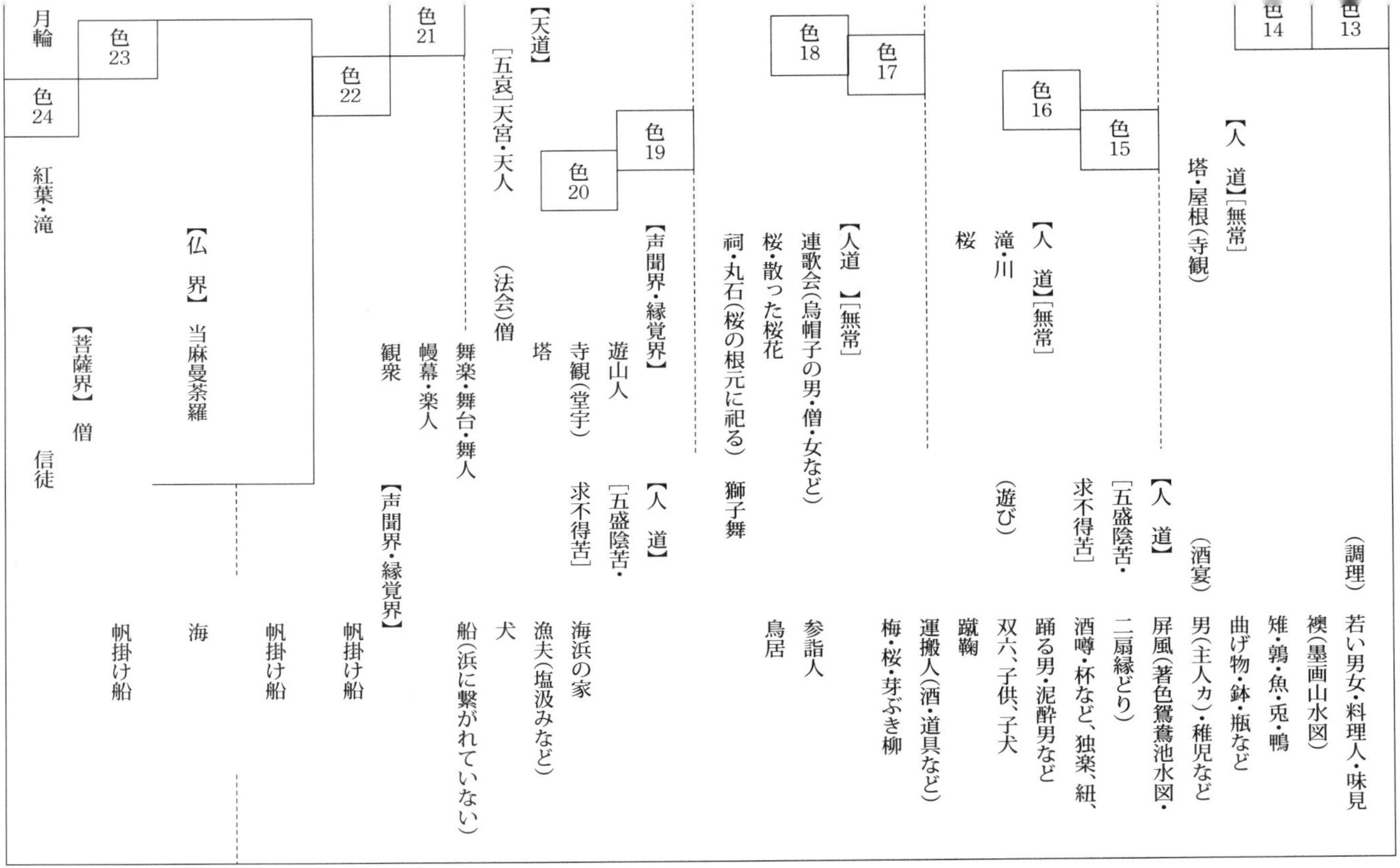

左隻　河田昌之氏作成「奥院本『十界図屏風』主要モティーフ一覧」（研究論文⑥）

なお、追加資料が一枚あります。『箕面寺秘密縁起絵巻』に関する資料（168頁に掲載）で、両面刷りです。この絵巻作品は国文学界では取り上げられることがほとんどありません。しかし、そこで語られる役行者と葛城山の一言主神の岩橋説話は、能の『葛城』における前シテと後シテの女体説を考える際に不可欠なものと考えています。一言主神は、これを男とする言説が通常なのですが、女ないし女神とするものもあって、それは別の絵画作品でも歴然と表れています。

さて十界とは、これは仏教の教理でいうところの、地獄、餓鬼、畜生、修羅、人道、天道の六道と、これに声聞、縁覚、菩薩、仏界の四世界を加えたものです。すなわち、亡くなった者はこの十界を輪廻転生していくというわけです。そうした十界を描き出した絵画類は地獄絵の一種と理解されてもいますが、六道絵とともに、基本的には『往生要集』に乗っ取った教理を絵画化したものです。数多くの作例があり、また形態も様々ですが、そこにあって当麻寺奥院蔵の『十界図屏風』は古いほうのものとして、また内容が極めて特異なものです。この六曲一双の画面は、言うならば文学性を露わにしており、古典文学史を多面で体現しているとしても過言ではありません。

現在の美術史あるいは絵画史の分野で、この『十界図屏風』はおよそ十四世紀の末期、くだっても十五世紀の初め頃の制作であろうとされています。私もかつて調査、撮影をしたことがあり、拙い目ではありますが、室町中期にはくだらないであろうと判断しております。この屏風絵についてはすでにたくさんの論文があります。「一『十界図屏風』の唱導性と物語性」のところの「I　研究論文」に、①から⑥まで主だったものをあげておきました（100頁）。大串純夫氏の「十界図考」（一九四一年）から始まりまして、近年の河田昌之氏の「『十界図屏風』（当麻寺奥院所蔵）の主題典拠」（一九九八年）までの論考が重要なものであろうかと思われます。

特に④の、ここにお見えの髙岸輝さんの「当麻寺奥院所蔵『十界図屏風』の研究（上）（下）」（一九九七年。『室町王権と絵画』二〇〇四年）は、精緻を極めたもので、現在の水準を示しているものであろうかと思います。それと連動するものとして、⑥の河田論文は『十界絵図屏風』の主題典拠を『宝物集』と関連させて分析するもので注目されます。これも示唆に富むものであり、国文学により近づいた論文となっています。私がこれからお話しいたしますことは、その髙岸論文と河田論文の落穂拾いのようなものです。

なお、⑤の鶴崎博雄氏の「当麻寺奥院蔵『十界図屏風』と連歌会図・花の下連歌」は、論題の通り、かかる図像の指摘とその史的意義を論じたものです。これももちろん中世文学の研究そのものとなっているものです。後でふれますが、画中には文学史的な観点からも、言語による文芸表象の観点から見ても、面白い図像にあふれています。

まず、この『十界図屏風』において注目すべき点は、十の世界を大和絵の技法で丁寧に描き出していることはもちろんでありますが、その右隻（うせき）と左隻（させき）の十二曲（十二扇）のそれぞれに二枚ずつ、計二十四枚の色紙形（しきしがた）が貼られていることです。色紙形は、それが貼られている箇所には絵が描かれておらず、あるいは地の絵具しか塗られていないということから、当初からその位置が策定されており、作品完成時には既に在ったと見なされます。そこに記された詞章（銘文）は経文・漢詩文あり、和歌ありで、これ自体が文学テキストたる性格を有しています。そうしてここには、ことばと絵の連動、一体化が果たされており、絵巻に例えれば、詞書と絵による「段」がかたち作られているわけです。

いわゆる地獄絵にあっては、色紙形を配して、その中に言葉を書き入れるという方法は古くから行われてきたことでして、資料の※印のところに、そうした作品の著名なものをあげておきました。「個人蔵『十界図屏風』」は、現在では出光美術館の所蔵となっています。それぞれについて、色紙形にどのような文章を書き付けているか、その出典等も（）内に書いておきました。やはりというか、『地蔵菩薩十王経』が、あるいは『往生要集』あたりを用いるのが通常であったようです。『目連救母経』の本文も使われています。これは、地獄絵が輪廻転生を諭すと同時に、現世人に施餓鬼供養を勧めることを目的としており、必然、目連尊者の地獄冥界巡り譚や救母（ぐぼ）説話の図像化の要請とその絵解きが期されたところからです。

さて、当該の『十界図屏風』の二十四枚の色紙形には、どのようなことが書かれてあるのでしょうか。「Ⅱ 色紙形 本文」のところに、右隻、左隻の第一から六曲（扇）までの各紙のそれを掲げておきました。漢数字が曲を、算用数字が色紙形の貼付けの順番です。なおプリントのナンバー2に河田氏作成の略図を利用して貼っておきました（本稿、前出）。これをも御参照下さい。

ここで、特徴といいますか、独自な達成と評すべき事柄は、各曲すなわち各界の上部に二紙が貼られ、それが漢文と和文の対（ペア）となって記されていることです。言うならば和漢の競演、喩えるならば和漢朗詠という形式です。一方が他方の内意を裏打ちし、そうして絵の内容を説き、対のことばで集約化しているのです。こうした事例が他の絵画にあるのか。管見の限り、知りません。
後ほどスライドでお見せしますが、例えば右隻の第一曲——向かって右端ですが、そこの色紙形（「右一1」）には、

人作五逆罪聞六字名火車自然去花臺即来迎

とあります。以下、順に色紙形の各詞章はそこにお示しした通りです。これはすでに河田氏及び髙岸さんのお二人によって詳しく典拠等が考証されてきておりますが、私なりにその注釈や補説を、「注（和歌の詞書、同文・類似の偈句、参考例など）」にて試みた次第で、新たに加えた文献もあります（103頁）。

この偈の趣旨は浄土系の仏書や仏教説話集などに見出されるものです。つまり、現世での五つの大罪であり、それを戒める重要かつ基本的な要文を掲げて、絵画の意味を説明し、強調しています。法然の作とされている『往生浄土用心』を始めとして、『孝養集』、『宝物集』、『三国伝記』にも類似の一節が見られます。また、お伽草子の『毘沙門の本地』にて、主人公の金色太子が恋人の玉姫を捜し求めて地獄道や天道を廻っていく場面にも使われており、「造作五逆罪」が、一種の呪文、真言として使われています。色紙形の下方には、燃え盛る火車を鬼が引いていています。閻魔王宮も描かれており、観者はこの第一曲から、あの世を感得し始め、亡者はここから冥土の旅を始めていくのです。

そして、色紙形（「右一2」）には、

すきに（き）ける世々にやつみをかさねけ［む］むくひかなしききのふけふかな

という歌が記されています。これは、『続後拾遺和歌集』巻十九の釈教部、後京極摂政前太政大臣の歌でして、初句が「すきにける」とあるものです。この『十界図屛風』には全十二首が掲げられているわけですが、そのうちの三首が『続後拾遺集』からのものです。『続後拾遺集』の成立は嘉暦元年（一三二六）でありまして、色紙形の歌をここから取ってきたとするならば、それは嘉暦元年以降ということになり、屛風絵の制作期の上限はここに置くことができます。

時間の関係で一つ一つふれることはできませんが、いまだ典拠、出典を確定できないものが二点あります。一つは、先ほどの「一1」の「人作五逆罪、云々」です。既に述べたように極似詞章は散見しますが、完全な一致となると現在のところ見出せません。もっとも、こうした基本的な要文は時や場に応じて字句を少々替えることもしたはずです。

もう一つは左隻の第三曲のものでして、「左三18」の、

世間春来夢榮花何實人身水上漚浮生誰留

です。「世間ニ春来リテ、夢ノ栄華何ゾ実（まこと）ヤラン、人身ハ水上

ノ漚（あわ）ニシテ、浮生ヲ誰カ留メン」とのように訓めばよいのでしょう。一読、世の無常を表わしたものと知れまして、右隣「左三17」の、

はなよりも人こそあたになりにけり いつれをさきに
想ゐ（こひん）とかみし（『古今和歌集』巻十六哀傷、紀茂行）

と対応していることは明らかです。なお下句は、『古今集』では「いつれをさきにこひんとかみし」とあります。この色紙形は人道の絵の終わりに貼られています。この『十界図屏風』の特徴の一つは、人道を他に比べて大きく描き出しています。右隻の第五曲の下部から始まって、それは左隻の第三曲に及んでいます。人道を以って両隻をバインディングしてます。その様ざまな生活風景はこれじたいで風俗資料として貴重なものでして、鶴崎氏の指摘する花の下連歌もここに描かれています。また、生病老死の四苦も描出されてます。そうした現世を右の漢詩と和歌で締めくくっているわけです。その漢詩の「世間ニ春来リテ、云々」は、「注」に記したように、色々な聖教、唱導書類や漢詩文に当たってみると、やや似たものは見出せませんでした。しかし、ずばり一致するものはいまだ見出せません。

この絵画作品は色紙銘に限定してみても、多方面の学問が参画して分析すべきです。まずは文学史研究と絵画史研究はまっさきに手を組むべきです。

それから和歌について、取りあえず『新編国歌大観』等で対照しますと、部分において異同を見るものが五首あります。先の「右一2」「左三17」もそうでしたが、例えば、右隻第四曲の「右四7」の、

けふもまたむまのかひふねふきつなれ ひつしのあゆみ
ちかつきにけり

は、『千載和歌集』巻十八雑部の赤染衛門の歌ですが、原典では傍線部が「むまのかひこそ」「ちかつきぬらむ」となっています。また、左隻第一曲の「左一14」には、

世のなかにさらぬわかれのなくもかな 千代もといのる
人の子のため（『古今和歌集』巻十七・雑上、在原業平）

とありますが、これは諸本には「千代もとなけく」とあります。さらに、「左六24」の「阿彌陀佛ととなふる聲に夢さめて西へかたふく月をこそみれ」（『金葉和歌集』巻十雑上、選子内親王）は「西へなかるる」となっています。なお、「右五10」の第二句「夢の餘波の」は、『続後拾遺和歌集』では「夢の名残の」です（巻十七雑下、読人しらず）。「餘波」で「なごり」と訓んだと思われます。

ちなみに、十二首はすべて勅撰和歌集に見出せます。その内訳は、『古今集』二首、『金葉集』三首、『千載集』三首、

『新古今集』一首、『続後拾遺集』三首です。まずは、勅撰和歌集を典拠としているとすべきです。さらに、十二首の部立を確認しておきますと、釈教歌が三首、哀傷歌が二首、雑歌が七首です。その上で、五首に異同が見られることを特に問題視するならば、十二首は各勅撰集から個別に取ってきたとするよりは、その五首を有する別種の歌集の存在を想定してみることも許されるでしょう。それは、来世や地獄を詠んだ歌や、無常観を詠みあげた歌を集めたテキストと見なされるのですが、いかがでしょうか。

「右三6」の、

あさましやつるきのゑたのたはむまて こはなにの身のなれるなるらむ

は『金葉集』巻十雑下に和泉式部の作と見え、その詞書に「地獄絵に剣の枝に人の貫かれたるを見て」とあります。この歌は『宝物集』二（第二種七巻本、「地獄の屏風を見て」）や西誉聖聡編の談義書『厭穢欣浄集』巻上（応永二八・一四二一年）に小異を見せて載っています。また、「熊野の絵」と呼ばれて、室町末期から熊野比丘尼が絵解いてきた「観心十界曼荼羅」は、名称の通り十界を描き出したものですが、その佐渡郷土博物館寄託本（江戸前期）には、「和泉式部見地獄変相絵感因果詠和歌／浅ましや剣の枝のたわむまで何のこの身のなれるなるらん」との貼紙があります。先の「右四7」は、

佐渡郷土博物館寄託本『熊野観心十界曼荼羅』

死に向かって必ず歩むことを意味する「羊の歩み」を用いた著名歌ですが、これと下句が一致する類歌があって、融舜上人作『観経厭欣抄』(永正三・一五〇六年)は「新後拾遺和歌集ニ證(ママ)阿上人の歌とて」として、

終に行道も今はの時なれは　ひつしのあゆみ身にそ近つく(『新後拾遺集』十七雑下、託阿上人。詞書「無常のうたに」)

を引いています。さらに右の『観心十界曼荼羅』にもこの歌を記す紙片が貼られています。こういった現象は、地獄や無常を詠う著名歌の繰り返しの使用が行われていたということであり、談義唱導において、また地獄絵において不可欠な歌があったということです。それを可能にしたのも、かかる歌で以って一書とした歌集が流通していたからだと推察するのです。

ここでまた、漢文体で以って経文を掲げる色紙形に話をもどせば、その出典も一番多いのは『往生要集』です。右隻の第三曲のそれ(「右三5」)はその一つです。その引用の仕方については、一種、独自な方法が見られます。資料において、(　)書きにして組み込んだ(傍線を引いておいた)箇所は、『往生要集』餓鬼道の原文にあたります。逆にいえば、銘文は『往生要集』の十八字分を省略しています。これはつまり、色紙形の銘文を作るにあたって、まず紙面に適った字数を按配し、かつ絵画テーマを端的に表明するための作意と捉えてよいでしょう。こうした方法は、「右六12」「左一13」での『無量寿経』や、「左六23」での『観無量寿経』にも指摘できます。

さて、残り時間が少ないのですが、この『十界図屏風』の画面構成や、部分の絵についてふれておきます。

全体的に私が注目することは、絵画内容に物語性があるということです。右隻第一曲の上部に日輪を、左隻第六曲の上部には月輪を配しており、日月を以って表わす永遠なる世界を、人が死後に六道巡りをしていき、最終的には、左隻の末尾(第五、六曲)に大きく描かれた当麻曼荼羅によって象徴される浄土に赴くというものです。仏界が浄土変相図によって表わされており、これがまた他の地獄絵、十王図には見られない、当作品の独自性です。左隻の第四曲は上部に天道の天人五衰を配し、中央に大きく寺院を描いています。当麻寺とは断定はできません。舞楽が行われていますから、四天王寺と見ることも可能ですが、これは仏教の法会を表わしている見てよいでしょう。すなわち、六道の旅の最終段階で、十界転生の最後で、この法会によって、魂は浄土へ赴くとしていると考えられます。

総じて両隻には冥界訪問の旅を段階的に表しており、換言

右隻第三局・四局部分

すれば時間的な展開があります。各曲は、順々に経ていく場面の画面化、その連なりということであり、そこに物語性が表出しています。およそ、亡者供養の唱導において、浄土系、真宗系の教団で、また民間巫覡によって〔六道祭文〕〔十王讃嘆〕といったものがたくさん作られています。それを聴聞する者は、亡者の道行きを見守り、さらに自己の将来を投影していく。絵画でいえば、その画面上に自分を見るわけです。そうしたことは、かつて論じた次第です（「『〈一盛長者の鳥の由来〉』祭文をめぐって」『国語国文論集』二七、「孝子説話をめぐる唱導と絵解き」『説話文学研究』三九）。

そして、あちこちに説話や譬喩を絵画化したものがあり、すなわちこの物語図像や寓話図像によっても、物語性を露わにしているとしてよいでしょう。これまで絵画史研究においては論及されてこなかったようですから、いくつかふれておきます。

「Ⅲ　畜生道の物語・寓話図像①」を御覧下さい（105頁）。右隻の第三、四曲の下部には畜生道が展開しています。そこに、虫（ミミズ）を食べている蛙、蛙を飲み込もうとする蛇、蛇を狙っている猪、猪を射殺そうとしている猟師と描かれています。『往生要集』畜生道での、「別論ニ、三十四億種類有リ、是ノ如キノ類、強弱相害ス」に相当します。そして、猟師の背後には赤鬼が控えています。この図は、民間説話の呼称では「せんぐり食い」あるいは「廻りもちの運命」と呼ばれるものです。おおもとは『荘子』外篇・山木篇二〇に求められる寓話でして、『今昔物語集』(十・第十三)や『五常内義抄』(智・第三)等に展開しますが、図像としては十三世紀からの地獄絵によく見るものです。しかし、鬼を描くのは国宝の聖衆来迎寺蔵『六道絵』(全十五幅)の第七幅〈畜生道〉ぐらいです。鬼が必ず配置されるのは、十四世紀以降のようです。極楽寺蔵『六道絵』や延暦寺蔵『光明真言功徳絵詞』、そしてこの『十界図屏風』です。人間の殺生を、鬼が見ているように具現化して、その罪障を強調するのです。

ところで、この「せんぐり食い」説話に鬼の登場を明記した文献は、どこまで遡れるのでしょうと。絵画以前に言説があったはずですが、管見の限りですと、古いものがなかなか見つかりません。十七世紀初~前期の仮名草子まで待たなくてはなりません。唱導関連の文献では、「B」の『六道絵相略縁起』に、「又ﾀ後ﾛヨリ鬼有テ、鑓ヲ以テ彼人ヲツカントスルヲ知ラサル也」と出てきます。これは先の聖衆来迎寺蔵『六道絵』の絵解き台本でして、畜生道を説明する箇所です。ただ、このテキストは明治二十九年の写本でして、遡っても江戸後期といったところでしょう。となると、画面から引き起こされた絵解きの文言かと推測されるわけです。これは「ことばと絵」あるいは「絵とことば」の相関を示唆する面白い事例ともなるのですが、さてその〈畜生道〉幅を検してみると、案の定、樹上で矢を射かけんとする男の後ろに、長い鑓を刺しかける赤鬼がいます。

次に、資料の「②〔龍と虎〕〔無常の虎〕」について、時間がありませんので簡単にふれます。この右隻第四曲には、他の六道絵や十界図に見ない、龍と虎の絵が描かれています。注意深く対処しないと、見落としてしまうほどの小さな図像です。これは「無常の虎」といって、浄土宗においてよく用いられた無常の教理の図像化だと思われます。資料に、その言説を引く談義聖教類を挙げておきました。「虎ト云ハ無常也。常、無常ノ虎ト云是也」、「虎とは老なり。無常の虎と云ふ是ﾚなり」などとあります。これにはまた、小峯さんもお書きになっておいでの、いわゆる「月日(日月)の鼠」説話が付着しているのです。

ついては、特に鎌倉・光明寺蔵の『浄土五祖絵伝』が示唆するところは重要です。これは細田あやこ氏が指摘されていますが、その第四段の絵には詞書には見えない「月日の鼠」説話が描いてあり、それは男が龍と虎に追われて走っている姿から始まっています。『宝物集』三の「五盛陰苦」に「三界火宅の上、龍の鬚をなづるがごとし。五趣輪廻のさかひ、虎の尾を踏むに似たり」とあって、龍虎は人生における危険、恐怖の象徴となっていました。ともかくも、浄土教団では、その教えと絵画制作において、「日月の鼠」説話と、それにちなんだ「無常の虎」の比喩を重んじていたことが知られます。この『十界図屏風』は、些細な図像であっても分析することによって、その宗教史的な位置づけが可能となります。

なお、この龍虎のペアは別の観点からも注目されます。能の『竜虎』にも語られるとおり、同類のものはそれぞれのかたちで感応し合うという喩えに「龍吟ずれば雲起こり、虎嘯けば風生ず」があります。古代中国からよく使われた要文でして、日本中世文学では『句双紙(禅林句集)』にも散見し、『閑吟集』の真名序や室町物語の『弁慶物語』の冒頭にも巧みに使われているところです。同類感応の思想をも用いて描き出したのではないかとも推測しております。詳しくは、資料を御参照下さい。

（以下、スライド上映とその説明。省略）

いただいた時間を超過してしまいました。簡単にまとめておきます。追加資料の、「二一『箕面寺秘密縁起絵巻』にみる信仰伝承―能『葛城』、春日曼荼羅における女体としての一言主神―」は後で補足説明いたします（後述。168頁）。

この『十界図屏風』は、大きく捉えるならば、唱導と物語と言うキーワードで押さえることができると思うのです。さして目新しい結論ではないかもしれません。しかし、現在、中世文学におきましては唱導の研究が目覚しく進展してまいりまして、さまざまな聖教類を含めた唱導文献が紹介され、その歴史的位置づけや、文学作品とのつながりが明らかにされてきています。そういった流れに即して、この絵画テキストを組み込んで分析していくことが可能となりました。それをさらに進めていくことが肝要かと思います。換言すれば、こうした芸術的に優れた絵画に、美術史研究サイドで押さえるべきことは押さえて、さらに仏教文学や物語史の知見を導入すべきだと考えます。ここでは、そうした面を絵画構成、色紙形の銘文、物語図像といった大小の視点から試みた次第です。

一　『十界図屏風』（十四～五世紀、六曲一双、当麻寺奥院蔵）の唱導性と物語性

Ⅰ　**研究論文**

①大串純夫「十界図考」（『美術研究』一一九・一二〇、一九四一年）→『来迎芸術』（一九八三年三月、法蔵館）

②有賀祥隆「十界図解説」（大和古寺大観2『当麻寺』一九

七八年十二月、岩波書店）
③河田昌之「『十界図屏風』（当麻寺奥院所蔵）の主題と構成について―色紙形を手がかりに―（『美術史を楽しむ―多彩な視点』一九九六年五月、思文閣出版）
④高岸　輝「當麻寺奥院所藏『十界圖屏風』の研究（上）（下）」（『國華』一二二四、五　一九九七年十、十一月）↓『室町王権と絵画―初期土佐派研究―』（二〇〇四年二月、京都大学学術出版会）
⑤鶴崎裕雄「当麻寺奥院蔵『十界図屏風』と連歌会図・花の下連歌」（『芸能史研究』一四一、一九九八年四月）
⑥河田昌之「『十界図屏風』（当麻寺奥院所蔵）の主題典拠について―『宝物集』との関連を中心に―」（説話論集八『絵巻・室町物語と説話』一九九八年八月、清文堂出版）
※画面貼付の色紙形とその記文例　聖衆来迎寺蔵『六道絵（模本）』（『往生要集』『地蔵菩薩発心因縁十王経』本文）、極楽寺蔵『六道絵』（三幅、十四世紀、『目連救母経』本文）個人蔵『十界図』（十四世紀、『往生要集』本文）等。真保亨『地獄絵』一九七六年、毎日新聞社）、中野玄三『六道絵の研究』一九八九年二月、淡交社）、他。
Ⅱ　色紙形　**本文**（ゴチック。□箇所は推定判読。傍記、傍線部は原典詞章）

右隻（第一～六扇）

一1　人作五逆罪聞六字名火車自然去花臺即来迎　（〈後注〉）

2　すきに（き）ける世々にやつみをかさねけむむくひかなしきのふけふかな
（『続後拾遺和歌集』十九・釈教歌1282後京極摂政前太政大臣）

二3　化閻羅王大聲告勅癡人獄種汝在世時不孝父母邪慢無道汝今生處名阿鼻獄
（⑥『観仏三昧海経』。④『転経行道願往生浄土法事讃』上）

4　てらすなる三世のほとけのあさひにはふるゆきよりやつみ（も）やきゆらむ　（『千載和歌集』十九・釈教1221仁和寺覚性）

三5　飢渇常急身躰枯竭適望清流走行趣彼（有大力鬼以杖逆打）**或変作火或悉枯涸**（或有依内障不得食鬼謂）**口如針孔腸（腹）如大山**　（『往生要集』餓鬼道）

6　あさましやつるきのゑたのたはむまてこはなにの身のなれるなるらむ　（『金葉和歌集』十・雑下644和泉式部）

四7　けふもまたむまのかひふねふき（こそ）つなれひつしのあゆみちかつきにけり（ぬらむ）　（『千載和歌集』十八・雑1200赤染衛門）

8　畜生道者其住處有二根本住大海支末雑人天別論有三十四億種類（惣論不出三一者禽類二者獣類三者虫類）**如是等類強弱相害**　（『往生要集』畜生道）

五9　常為諸天（之）**所侵害或破身躰或夭其命又日々三時苦**

具自来逼害種々憂不可勝説　（『往生要集』修羅道）

10 如何にねし夢の餘波(名残)のさめやらてなをなかきよにまよふなるらむ　（『続後拾遺和歌集』十七・雑下1219読人不知）

六11 有幾新津見古無世波左天毛伊賀尓曽登古々論丹登飛天故多盈閑年怒留

（うきしつみこむよはさてもいかにそとこゝろにとひてこたゑかねぬる）（『新古今和歌集』十八雑下1765摂政太政大臣）

12 愛欲交亂坐起不安　（貪意守惜但欲唐得眄睞細色邪態外逸自妻厭憎私妄入出）費損家財事為非法　（交結衆会）興師相伐攻劫殺戮　（強奪不道悪心在外不自修業窃盗趣得欲繫成事恐熱迫愶帰給妻子）恣心快意極身作楽

（『無量寿経』巻下・五悪第三）

左隻（第一～六扇）

一13 生死常道轉相嗣立或父哭子或子哭父　（兄弟夫婦更相哭泣）顛倒上下無常根本皆當過去不可常保

（『無量寿経』巻下・三毒段）

14 世のなかにさらぬわかれのなくもかな千代もといのる(なけく)人の子のため

（④『古今和歌集』十七・雑上901在原業平、⑥『伊勢物語』84段）

二15 人の世はなかれてはやき山かはのいはまにめくるあはれいつまて

（『続後拾遺和歌集』十八・哀傷歌1228中務卿宗尊親王）

16 人名不停過於山水今日雖存明亦難保云何縱心令住悪法

（『往生要集』人道無常相）

三17 はなよりも人こそあたになりにけりいつれをさきに想(こひん)ゐとかみし

（『古今和歌集』十六・哀傷850紀茂行）

18 世間春来夢榮花何實人身水上漚浮生誰留　（後注）

四19 咸然奏天樂暢發和雅音歌歎最勝尊供養彌陀佛

（⑥『無量寿経』巻下、第四句「～無量覚」。④『往生礼讃偈』）

20 はることになけきしものをのりの庭ちるかうれしき花もありけり　（『千載和歌集』十九・釈教1239藤原伊綱）

五21 此輪王之位七寶不久天上之樂五衰早来

（『往生要集』快楽無退楽）

22 むかしにもあらぬすかたになりゆけとなけきのみこそおもかはりせね　（『金葉和歌集』九・雑上585源雅光）

六23 無量壽佛有八萬四千相　（一々相各有八萬四千随形好一々好復有八萬四千）光明一々光明遍照十方世界念佛衆生攝(取)受不捨　（『観無量寿経』正説）

24 阿彌陀佛止登那婦留聲爾夢佐免亭西邊賀堂布久月遠古曽見禮

（阿彌陀佛ととなふる聲に夢さめて西へかたふく(なかるる)月をこそみれ）（『金葉和歌集』十・雑上630選子内親王）

注（各和歌の詞書、同文・類似の偈句、参考例など）

1　同文、類似の偈

『**往生浄土用心**』「五逆なんどはいかにもつくるまじき事にて候也。それに五逆の罪人、念仏十念にて往生をとげ候時に、宿善のなきにもより候まじく候。されば経に、若人造多罪、得聞六字名　火車自然去　花台即来迎、極重悪人無他方便、唯念仏得生極楽、若有重罪障無生浄土因、乗弥陀願力、必生安楽国」（昭和新修法然上人全集）。（『**法然上人行状図絵**（四十八巻本）』巻二三、『**拾遺黒谷和語燈録**』巻下（和語燈録）、等にも同様にある）

『**孝養集**』巻下「経に曰、若作二五逆罪一、得レ聞二六字名一火車自然去　花台即来迎、文の意は若し五逆をつくるといへ共、終る時、南無阿弥陀仏と云六字を聞事あらば、地獄の迎へ去て、極楽の迎へ可レ来と云り」（左記書、脚注）。

『**宝物集**』（第二種七巻本、新大系。以下同じ）二・帰依仏「造作五逆罪　常念地蔵尊　遊戯諸地獄　決定代受苦」、七・善知識「たゞ今、何の相を見る。罪人こたへて云、火車轅を返して、蓮花台来りてむかへんとすとぞ申ける。火車自然去、蓮台即来迎とゝくは是也」。

『**三国伝記**』九・十五「造作五逆罪　得聞六字名　火車自然去　花台即来迎」（「善智識ノ依レテ勧メニ遂二往生一ヲ事」、〈中世の文学〉）。

『**毘沙門の本地**』「六道四生に赴く始め、…西に向かひておはしまさば、南に当たり、ゆゝしき道の侍らんに、…誠に世界も広く、清らかに見えて、美しき尼、女房多くありて、これこそめでたきところにて侍るとて招き候共、ゆめ〳〵わたらせ候まじ。造作五逆罪なんど念じておはしませ。この女房、尼は皆恐ろしき物なり」。（金色太子の地獄めぐり↑六道の唱導と物語）

2　詞書「十如是の心をよみ侍りける中に、如是報」

4　詞書「御返事」。1220「冬頃、後入道法親王高野に籠り侍りけるに、おくり給うける　崇徳院御製／降る雪は谷のとぼそをうづむとも三世の仏の日や照らすらん」。『覚性法親王御集』所収。

6　詞書「地獄絵に剣の枝に人の貫かれたるを見てよめる」（『和泉式部集』同）。『**宝物集**』（第二種七巻本）二・地獄103「地獄の屏風を見て」、四句「こやつみのみの」。応永二八年・西誉聖聡『**厭穢欣浄集**』（大谷大学図書館本）上「（衆合地獄）邪婬　アチキナヤ釼ノ枝ノタハムマテコハナニノ身ノナレルナルラン　泉式部」。

『**観心十界曼荼羅**』（近世前期、後藤近吾氏蔵、佐渡博物館寄託）貼紙、「和泉式部見地獄変相絵感因果詠和歌／浅まし

や剣の枝のたわむまで何のこの身のなれるなるらん」。（この絵画には、他に和歌十首と六道・十界銘等を記載した貼紙あり。萩原龍雄『巫女と仏教史』一九八三年六月、吉川弘文館）。

7 詞書「山寺にまうでたりける時、貝吹けるを聞きてよめる」。『**宝物集**』三・愛別離苦「時雨の雨に袖をぬらし、夕べの炭窯のけぶりこゝろぼそく、冬もくれにければ、月の鼠、羊の歩みおもひしられて、除夜の歌もおほく侍るめり」。（後掲Ⅱ②〔龍と虎〕〔無常の虎〕）

（参考）『**観経厭欣鈔**』（融舜上人作、永正三年）巻下・正宗分散善義「（「月の鼠説話」）…笠置山般若院解脱上人の無常の詞に…無常の虎の声、耳にちかき事覚へす。雪山の鳥も鳴きて巣を出ぬれは速にわするると、云。…新後拾遺集ニ證（ママ）阿上人の歌とて　終に行道も今はの時なれはひつしのあゆみ身にそ近つく　…羊ノ歩ミは光陰運転して、速カに移ルの喩なり）。『**観心十界曼荼羅**』（前出）貼紙「つゐに行道も今はの時なれやひつしのあゆみ身にそ近つく　託阿上人」（『新後拾遺和歌集』十七・雑下1465託阿上人、詞書「無常のうたに」）。

10 詞書「世のつねなき事を思ひてよめる」

11 詞書「千五百番歌合に」。

14 詞書「返し」。900「業平朝臣の母皇女（みこ）、長岡に住み侍りける時に、業平宮仕へすとて、時々も、えまかり訪はず侍りければ、師走許（ばかり）に…とみの事とて文を持てまうできたり、開けて見れば、詞はなくて、ありける歌／老いぬればさらぬ別れもありと言へばいよ〳〵見まくほしき君かな」。

15 詞書「題不知」

17 詞書「桜植ゑてありけるに、やうやく花咲きぬべき時に、かの植ゑける人、身まかりにければ、その花を見て、よめる」。

18 類似の句

『**澄憲作文集**』第四十無常「夫尋生死無常一者法華経云世皆不牢固如水沫泡焰汝等感応当悉厭離心云云爰以大唐ノ開シ栄花於一生之春林一ニ忽ニ随無常之風一ニ」。

『**言泉集**』「遁世／…」「当山住侶者皆棄テ世ノ名利一止ム身ノ希望ヲ一欣テ蘭若之幽居ヲ一厭フ人間ノ囂塵ヲ之倫也男ハ則抽簪ヲ脱キ朝衣剃頭ヲ一思フ夕死ヲ一之輩ラ女ハ則栄花ノ春夢忽ニ醒メ蕙能ノ昔勤永抛タル之類也難シテ出テ一既ニ出ッ家ヲ一易シテ修一尽メ修セ道一ヲ　大原大念仏結願」（『安居院唱導集』上、角川書店）。

『同』「亡息句／…」・「為亡息惣无常」「夫風ノ前ニ挑ク燈一ヲ暫ク保コト実ニ難シ波上浮フ舩ヲ遂ニ　沈コト太ハタ易シ人之身危

キコト物之命脆キコト取喩如此一觸類ニ可シ悟一ヌ無常風前五陰ノ燈難シ保チ有為ノ波ノ上ニ一葉命易レシ溺レ故法華云世皆不牢固如水沫泡焔又般若云一切有為法如夢幻泡影云々大聖説如此一愚者ノ情常惑ヘリ　前上総守為康為亡息女修善」(同)。『同』「老人出家／装(壮)年出家／依病出家／老女出家／出家尺」・「装(壮)年出家俗」「人ハ憂ルコトハ多ク樂フコトハ希ナリ見ニ權臣ノ一族ノ須臾ニ滅ヲ一、見ルニ二猛将ノ大軍ノ刹那ニ敗ル、ヲ一如シ秋空ノ雲ノ一如シ水ノ上ノ沫ノ一誰留メン二心於此ノ世ニ一、誰愛セン二栄ヲ於我朝ニ二」(同)。

『**釋門秘鑰**』「小児夭亡釋復生母哭愛子」「此草者、故中山内府、為最愛小児被修善次注之。夫水上之ノ泡、滅コト不レ論久近一、空中之ノ月、隠コト不依戯盈、有意之法、无常之理、取レ喩同レ之。」(阿部泰郎「仁和寺蔵『釋門秘鑰』翻刻と解題」『調査研究報告』一七、一九九六年三月、国文学研究資料館文献資料部)。

『**白氏文集**』十八律詩「野行」「浮生短ニ於夢一夢裏莫ニ営営一」(李白『春夜宴従弟桃李園序』「浮生者如レシ夢ノ為レ歓事幾何一」)。

能『**歌占**』「昨日もいたづらに過ぎ、今日も空しく暮れなんとす。無常の虎の声肝に銘じ。雪山の鳥啼いて思ひを傷ましむ。一生はただ夢のごとし。誰か百年の齢を期せん。万事は皆空し。何れか常住の思ひをなさん。命は水上の泡。風にしたがつて廻るがごとし」。(注7『観経厭欣鈔』参照)

20 詞書「法華経序品の心をよめる」。

22 詞書「上陽ノ人苦ムコト最モ多シ、少(わか)クシテ苦ミ、老イテ亦苦ムといふことをよめる」。『宝物集』二・怨憎会苦「唐にも…上陽人まいりし時は十六、今は六十。紅顔暗に老て白髪あらたなり。窓うつ雨に眼をさまして、宮の鶯ひとりきくなど申たるは、それも楊貴妃にねたまれて…。上陽人の事、歌にもよみて侍るめり」。161三句「なりゆくを」。「上陽人苦最多少苦老亦苦」(白楽天・新楽府)。

23『**宝物集**』七・称念弥陀「西方をそむくべからず。遊びたはぶれの中といふとも、弥陀を忘れ奉る事なかれとなり。光明遍照十方世界　念仏衆生摂取不捨と申ためれば、弥陀を念じ奉らん物、摂取の光明にてらされて無死生死の罪障きえうせて安養浄刹にむまれん…」。他、多数。

24 詞書「八月ばかりの月明かゝりける夜、阿弥陀の聖の通りけるを呼びよせさせて、里なりける女房のもとへ言ひつかはしける」。『宝物集』四・帰依僧、二句「とのふる声に」、四句「西へながるゝ」

Ⅲ　畜生道(右隻・第三、四扇下部)の物語・寓話図像

①〔せんぐり食い(廻りもちの運命)〕説話　鬼→猟師→猪→

蛇↓蛙↓（虫）

『北野天神縁起絵』承久本（九巻、十三世紀）巻七絵（日蔵六道巡り）〈鬼ナシ〉

『六道絵』（六道十五幅、十三世紀、聖衆来迎寺蔵）第七幅・畜生道〈鬼ナシ〉

『十界図』（二幅、十四世紀前期、禅林寺蔵）阿弥陀幅〈鬼ナシ〉

『六道十王図』（二幅、十四世紀、水尾弥勒堂蔵）右幅〈鬼ナシ〉

『六道絵』（三幅、十四世紀、極楽寺蔵）左幅（鬼）

『光明真言功徳絵詞』（三巻、十四世紀末期、延暦寺蔵）巻中第三段絵（鬼）詞「第三に畜生道は、そのかたち千品にして大小あひまじはり、たがひに噉食して、さらにしるところなし。…飛蛾は火の色にふけりて身をほろぼし、蚊虻は蛛網にかゝりて命をすつ。…」

『六道絵』（六幅、十六世紀、出光美術館蔵）第六幅（畜生・人・天道）〈鬼ナシ〉

（参考）**『矢田地蔵寺縁起絵』**（二巻、十四世紀、矢田寺蔵）下巻絵二（鬼ナシ）詞「武者所康成申もの有き。…まゝ父を殺害せんと企程に、あやまちて母を害畢。はからざるほかの五逆罪くゐて餘あり。武者所、本より狩、漁りを業とし、物の命をたつ。この果報によりて母を害す。昔の阿闍世王のごとし」。

A **『往生要集』**畜生道「畜生道者、其住処有二、根本住大海、支末雑人天、別論有三十四億種類、如是類強弱相害」。**『宝物集』**（第二種七巻本）巻二「大象の地にたける、いまだ獅子王の恐れをまぬかれず。毒竜の海にわだかまる、なを金翅鳥の難をえはなれがたし。雉は鷹のためにとられ、蛙は蛇のためにのまる。鵜のさきの鮎、猫のまへの鼠、いずれか残害をまぬかるゝはある。長きは短きをのみ、大なるは小をくらふ。…」。**『教化集**（六道教化集）』（真宗談義本集成）も同旨。

B **『六道絵相略縁起』**（明治二十九年写本）「常ニ互ニ強者ハ弱キ者ヲソコナイ、弱ハ常ニ強キ者ノ為ニ害レ、惣シテ蛇ガ来リテ蛙ヲ呑トスレハ、猪ノ来リ、又タ其ノ蛇ヲ食ハントス。狩人ハ弓ヲ以テ其ノ猪ヲ射ントス。又タ後ロヨリ鬼有テ、鑓ヲ以テ彼人ヲツカントスルヲ知ラサル也。斯ノ如ク因果ノ道理ニテ、我カ身ヲ養ハン為ニ身ヲ存スルコトヲ知らす。是ヲ自業自得ト云」（『絵解き台本集』三弥井書店）。参考・真保亨「資料紹介『六道絵相略縁起』」（『日本仏教』二六、一九六七年五月）。

C **『荘子』**外篇・山木篇二〇。**『今昔物語集』**巻十第十三

（類話『百詠和歌』十一、『明文抄』三）、『**五常内義抄**』（智・第三）、『**宿直草**』巻一第二「七命ほろびし因果の事」）、『**曾呂利物語**』（改題本『御伽物語』）巻五第六話「万上々の有る事」、落語「あとに心」、民間説話「廻りもちの運命」（以上、鬼ナシ）。

（山本則之「六道絵と『曾呂利物語』巻五第六話」『説話文学研究』二七、一九九二年六月。徳田和夫「孝子説話をめぐる唱導と絵解き―宗教文化研究と説話の場」『説話文学研究』三九、二〇〇四年六月）。

②〔**龍と虎**〕〔**無常の虎**〕

〔**逸名談義書**〕（浄土宗鎮西派、室町前期写）「老ヒテ死スル事勿論也。然則生死心急之上、老少不定之悲ミハ人々目前之有様候。…サレハ一切事ハ免ル丶事アレ共、死ノ一ツハ無遁、常ニ此事不忘、何不起厭離穢土之思乎。就之、昔、大唐（「日月の鼠説話」略）是レハコレ喩ヘ也。先キニ虎ト云ハ無常也。常無常ノ虎ト云是也。藤根者命緒也。黒白鼠ト者月日也。天竺ニハ上ミ十五日ヲハ白月ト云ヒ、下十五日ヲハ黒月ト云。然ハ此日月少シツヽ立ツト思エトモ漸々年月積ツテ命ノ玉ノ緒切ル丶也。淵ト者即奈梨地獄也。一切衆生月日鼠命切、終地獄奈梨底沈ンテ、馬頭牛頭阿防ラ刹手ニワタリ承レ責、無限」。徳田和夫「三心談義と説話」（『日本文学史の新研究』一九八四年一月、三弥井書店）。

『**観経厭欣鈔**』巻下・正宗分散善義「（「日月の鼠説話」略）虎とは老なり。無常の虎と云ふ是レなり。（以下、前とほぼ同文）」。

能『**愛宕空也**』「昨日も徒らに暮らさず口に名号を唱へ。…心に極楽を願ふ。無常の虎の声近づくにも。臨終の夕べの唯今ならん事をよろこぶ。」。

『**浄土五祖絵伝**』（光明寺蔵、一巻、十四世紀）第四段（善導『観経疏』の本朝伝来）。その絵には、説話内容とは別に、善導の屠児宝蔵への教化譚、「日月の鼠説話」モチーフが描かれる。後者は、竜と虎に追われた男。その男が樹木の枝をつたって絶壁を登ろうとする。その枝を鼠がかじる様相。男は善導に向かって合掌し、柳の樹上から落下するが、阿弥陀三尊が来迎する。（細田あや子「『井戸の中の男』・『一角獣と男』・『日月の鼠』の図像伝承に関する一考察」『新潟大学人文科学研究』一〇九、二〇〇二年）。

『**宝物集**』巻三・五盛陰苦「五盛陰苦といふは、よろづの事につけてもの丶おそろしく、あやうきを申なり。君は仏天をおそれたまひ、天変地震あればあやしみをなし、臣は竜顔におそれたてまつる。…海をわたるものは悪風海賊にあはじとおもひ、山をありく人、落馬山立ちをつゝしむ。…

三界火宅の上、竜の鬚をなづるがごとし。五趣輪廻のさかひ、虎の尾をふむににたり」。

能『龍虎』「なほ〳〵龍虎の戦ひの有様委しく御物語り候へ。…然れば金龍雲を穿ち。猛虎深山に風を起こす。…龍吟ずれば雲起こり。虎嘯けば風生ず、と。…あれ〳〵嶺より雲起こり。〳〵。俄に降りくる雨の音。鳴神稲妻天地に輝く光の中に。現れ出る金龍の勢ひ。…竹林巌洞にこもれる虎の。現れ出づれば岩屋の内より悪風を吹き出し。一方に雲を吹き返し。敵を追風にいきほひ勇む」。

（参考）『易経』文言、『淮南子』天文訓、『古文孝経』序、『句双紙（『禅林句集』）』六言575、八言890、五言対1071、『閑吟集』真名序、お伽草子（室町物語）『弁慶物語』冒頭、等。

二　『箕面寺秘密縁起絵巻』（十六～七世紀、三巻、瀧安寺蔵）にみる信仰伝承　能『葛城』―女体としての一言主の神―

（別紙）

春日曼荼羅が描く一言主神とその姿形（同）

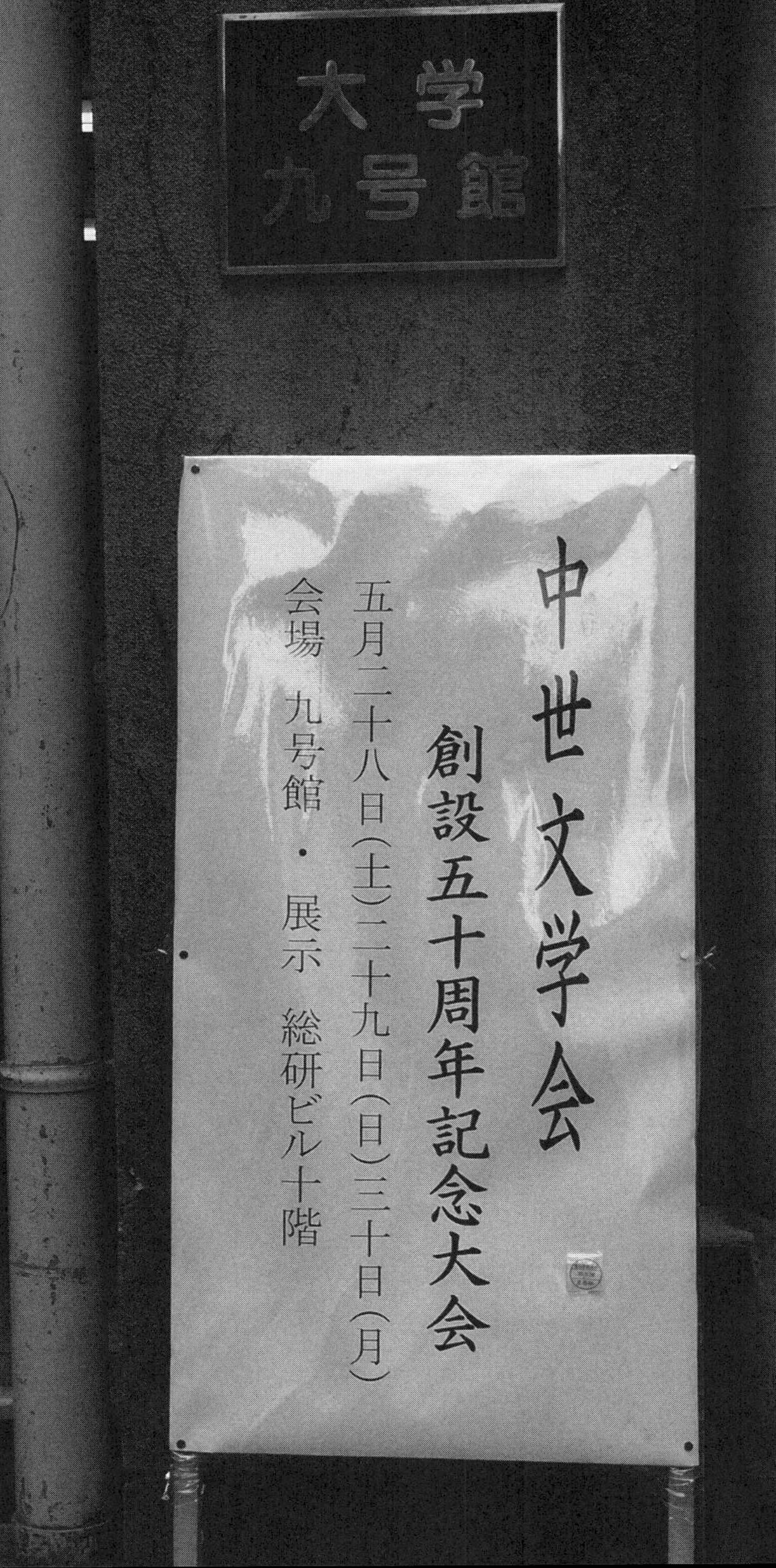
大学
九号館
中世文学会
創設五十周年記念大会
五月二十八日(土)二十九日(日)三十日(月)
会場 九号館・展示 総研ビル十階

絵画史料と文学史料

◉酒呑童子物語研究の可能性

パネリスト■斉藤研一

一九六六年、東京都生れ。東京大学大学院博士課程修了、文学博士（日本史）。現在、武蔵大学・東京女子大学非常勤講師。
著書『子どもの中世史』（吉川弘文館、二〇〇三年）
共著『チェスター・ビーティー・ライブラリィ　絵巻絵本解題目録』（勉誠出版、二〇〇二年）

■要旨

歴史学研究の立場から言えば、絵画と文学を歴史の研究材料＝史料として利用する（絵画と文学から歴史的事実を読み取る）ことは、もはや特別視されるといった研究状況にはない。

具体的に酒呑童子物語を取り上げて考えてみるとともに、今後の酒呑童子物語研究の可能性についても言及してみたい。

斉藤■「絵画史料と文学史料」というタイトルをつけましたが、この分科会の主旨を聞く前にタイトルの締切が来てしまいまして、ちょっと今日の私の報告とタイトルが似つかわしくないことを自覚していますし、皆さんにも申し訳なかったと思っております。

小峯さんからは、「それぞれ文学と歴史と美術の研究者が、絵、つまりイメージ史料をどう扱うか、その差がクリアーになるといいのだけれども」というようなお話しを伺っております。「歴史の研究者、文学の研究者が絵を扱っている手法に対して、どんな違和感を持っているかなどについて話してくれるといい」ということでしたので、今日は、ちょっと生意気なことを言うかもしれませんが、よい機会ですので、私が普段思っていることを発言したいと思っております。

今日は、五つのトピックスについてお話しします。会場は国文学の研究者の方が中心だと思うので、知識の共通理解があったほうがよいかと思い、題材として酒呑童子物語を選びました。結果的には、そんな色気を出したことが失敗になったところもあるのですが、酒呑童子絵巻をもとに話をします。

■酒呑童子物語諸本の分類見直し

まず、一番目の、諸本の分類の見直しというところです。史料1を見てください（以下、本文中でふれる史料1～10は、128頁以降に掲載）。これは、松本隆信さんが作られたもので、一般的には、横に書きました「増訂室町時代物語類現存本簡明目録」というものがありますが、酒呑童子物語に関しては、『続日本絵巻大成・月報』に、増補した形でこのような分類が載せられています。今回はそちらのほうから、引用してきました。

これも訂正しなければならないところがあるようで、例えば、大江山系の最初の「東洋大学本・絵巻二巻」とあるのは、「詞書二巻」ではないかと思われるほか、伊吹山系（二）の、中野荘次氏の個人本も、今は大谷女子大に入っているという噂を聞きました。確認し、訂正していかなければなりません。

さて、皆さんご承知のとおり、酒呑童子物語は、酒呑童子の住処が大江山であるか伊吹山であるかによって、大江山系と伊吹山系とに分けられます。この点について、分類を見直してはどうかということを提言したいと思います。

最近、といっても九八年ですが、池田敬子さんという方が、慶応義塾図書館本について、大きな絵巻三軸の作品なのですが、論文を書かれました（「「しゅてん童子」の説話」『説話論集・第八集』）。池田さんの趣旨は、酒呑童子物語には、大江山系と伊吹山系があるけれども、内容的には実際にはほとんど相違がない。慶応義塾図書館本というのは、住処を大江山としているけれども、実質本文は伊吹山系である。それから、伊吹山系でありながら、住処を大江山とするといった伝本については、松本さんの分類でいうと大江山系の（三）というところにあたりますが、そんなところに分類するのではなくて、伊吹山系に分類すべきではないか、というようなことを述べられています。

池田さんの提案として、新たにA、B、C、D、と四つの分類方法を提案されています。Aというのは、酒呑童子の住処を大江山とする古本、つまり逸翁美術館本です。それからBとして、酒呑童子の住処を伊吹山とする諸本、いわゆるサントリー本系の諸本です。それからCとして、サントリー本系でありながら、住処を大江山として再編集したもの、慶応義塾図書館本、名波本、渋川本などがあります。それからDは、サントリー本をもとにしながら、住処を伊吹山のまま大幅に増補したもの、例えば曼殊院本です。以上、この四つに分けたらどうかというようなことを提案されています。

一方、もう一つ注目できるのが、松本さんもこの分類目録の中で述べているのですが、大江山系の（七）に分類されているスペンサー・コレクション本と、チェスター・ビーティー本です。

実は、チェスター・ビーティー本については、私が解題を書く機会がありまして、作品の位置付けがある程度はっきりしました。チェスター・ビーティー本というのは、酒呑童子が住んでいるところがどこかという点を、とりあえず置いておき、本文に注目してみると、伊吹山系の（二）に属するものです。特に強いてあげるならば、静嘉堂の松井文庫本に近く、かといって異なる部分もあり、その部分はサントリー本の影響も受けているという作品です。

直接的には、伊吹山系（二）の一番最後に書かれている、根津美術館本の残欠一巻という作品がありますが、これは、（二）の大東急記念文庫本や龍門文庫本などと比べると、かなり異文が多く、一緒に分類するというよりは、下位分類、若干枝分かれして、下に分類されるべきような作品だと思います。その根津美術館の残欠一巻と、チェスター・ビーティー本が、ほぼ同じものだということがわかりました。

そのほか、大江山系（七）のチェスター・ビーティー本と一緒に分類されているスペンサー・コレクション本というのも、私は実見してはおりませんが、一図だけ見ると、チェスター・ビーティー本と構図がよく似ています。ひょっとしたら、スペンサー・コレクション本と、チェスター・ビーティー本、それから根津美術館の残欠一巻、少なくともこの三作品は、伊吹山系（二）の下位分類として一括りにできるものではないかと判断しました。

結局何が言いたいのかというと、従来までの大江山系、伊吹山系という分類方法に、いったいどんな意味があるのかということです。

例えば、栗東歴史民俗博物館の『童・大童』という展覧会図録がありまして、大阪青山短期大学本が紹介されています。それを読みますと、本書は酒呑童子の住処を大江山とするにもかかわらず、本文は伊吹山系の岩瀬文庫本とほぼ同文であることが注目され、大江山系と伊吹山系の諸本を考えるうえで貴重なものである、というような説明がされています。これではやはり諸本分類の意味がないわけでして、一つの語句の違いに注目して分類するのではなく、本文全体がどうであるかということの方を中心に考えなくてはならないはずです。つまり、今の解説でいうならば、大阪青山短期大学本というのは、サントリー美術館本系であり、酒呑童子の住処が伊吹山であるはずのところが大江山になっている、ところのように分類すべきではないかと考えるわけです。

酒呑童子の住処が大江山だから大江山系、ではなくて、やはり全体の本文がどのような系統に分類されるのか、その結果、サントリー美術館本が一番古いわけですから、サントリー美術館本系というような呼び方に改め、考えるべきではないかと思うのです。

その点を、国文学の研究者の方々はどのように思っていらっしゃるのかということを、後で是非お聞かせくだされば幸いだと思っております。

■絵による系統分類の必要性

二つ目の話題として、もう一つ私が普段思っていることですが、勝俣隆さんが、絵と詞書の関係についていろいろな研究をされていて、多くの論考を発表されています。特に酒呑童子についてもたくさんの論考を書かれておりまして、「御伽草子『酒呑童子』の一場面における二系統成立に関する考察―挿絵と本文を通して―」とか、「御伽草子『酒呑童子』の一挿絵と本文について―酒呑童子登場の場面の変遷をめぐって―」などです。あるいは勝俣さんのお弟子さんでしょうか、井上知己さんという方が、「お伽草子『酒呑童子』の挿絵と本文について―鬼退治を命じられる場面の登場人物を中心に―」といった論文を書かれています。

結論的なことは、『説話論集・第八集』に所収される「室町物語に於ける挿絵と本文の関係について」という御論文にまとめられていて（本書135ページ参照）、勝俣さんが、挿絵と本文の関係について十六の分類、指摘、提言をされています。

国文学の研究者の方々は、どうしてもテキスト中心になって研究をされていらっしゃいます。もちろん最近はだいぶ変わったという印象を私は持っているのですが、そうした中にあって勝俣さんは、この論文の中で挿絵の重要性ということについて説いています。勝俣さんは、挿絵と本文の重要性については、一般常識として定着した感があると述べられているのですが、私としては、まだまだかなというように思っています。

例えば、先ほど諸本の分類のところで述べました、慶応義塾大学の絵巻の特徴について分析された池田さんも、テキストについてしか検討されていません。絵のことについては、論文の中で全く触れていません。

やはり作品論を語る場合には、そんなことわかっているよと言われるかもしれませんが、作品は絵と言葉によって成り立っているわけですし、勝俣さんの指摘にあるように、挿絵いかんによって、本文の内容も変わるといった状況もあるわけです。そのようなことが明らかになっている以上、テキストだけ、本文だけの分析で、言葉が過ぎるかもしれませんが、論文を書いてしまってよいものか、私には抵抗があります。絵と本文の密接な関係をふまえるならば、絵の分析もする必要が絶対にあるはずです。

そこで提言したいのは、本文による系統分類があるように、絵による系統分類を試みる価値もあるのではないかということです。絵については、いろいろな改変や省略等があるのですが、絵だけに注目しても、松本さんがなされたような諸本分類が可能なのではないでしょうか。松本さんがされたテキストによる諸本分類の、絵によるものができるのではないかと思います。

その結果、つまり絵による系統分類ができた結果、どこの誰が描いた絵かはわかりませんが、絵師や工房についての情報が明らかになる可能性もあるのではないでしょうか。それをふまえた上で、テキストによる系統分類と、絵による系統分類とを照らし合わせてみて、そこで何か一致する点があるかもしれないし、違うところがあるかもしれないし、あるいは、より複雑になってしまうかもしれませんが、それはそれで、絵とテキストの系統分類を照らし合わせることによって、何かが見えてくることもあるのではないかというような気がします。絵草子屋の問題など、その辺りに関わる情報が、明らかになる可能性があるのではないかと思うのです。

残念なことに、美術史のほうでも近世の絵巻を扱う研究がほとんどなされていません。酒呑童子物語に関していえば、今のところ、中世の作品は、逸翁美術館本とサントリー美術館本だけです。ほとんどの作品が、近世のものです。もちろん稚拙なものもありますが、幸いにも絵巻というメディアで残っている作品が多く、美術史の方にとっても、研究対象になるのではないかと思います。

これまでは、美術史でも近世の絵巻が研究対象になっていない、それから国文学においても、絵についてはほとんど研究がされてこなかった、そんなところがあるのではないかと思います。

結論的には当り前のことになってしまうのですが、やはり、カラー図版と詞書の影印が求められます。翻刻は後回しでもいいかと思います。図版と詞書の影印がセットになった出版という形が、研究上望まれると思います。

歴史学のほうでも、絵画史料論がある程度進展した理由の一つとして、黒田日出男さんなどが述べられていますが、『日本絵巻大成』をはじめとしたカラー図版が出版されたことがあげられます。個人で持つのはなかなか大変ですが、図書館に行けば、誰もがカラー図版の絵巻を見ることができるようになりました。そういう研究環境になって、絵画史料論というのが歴史学の分野でも進展してきたわけです。

やはり文学の研究環境としても、作品のカラー図版と影印、翻刻ではなくて影印とするのは、最近、石川透さんが精力的になされているように、筆跡によって、どこの誰かはわからないけれども、同一人物が書いた作品であるというようなことが判明するという成果が報告されています。そのようなことを発見できるのは、翻刻して活字にしてしまっては判らないわけでして、影印という形の方がよいだろうと思いますので、やはりカラー図版と詞書の影印がセットになったものを、状況は厳しいかもしれませんが出版していただいて、研究条件・環境を整備していく体制が求められるのではないでしょうか。

『室町時代物語大成』（角川書店）が、当初は図版編が刊行される予定だったのが頓挫したままになっているという状況は、国文学研究における絵の扱われ方を、やはり象徴的に表しているのではないかと思います。

ここまで二つの提言をしましたが、そんなことはわかっている、そんなことを言うならお前がやれ、と言われてしまうのかもしれませんが、一応素直に私が思っていることを述べてみました。

■イメージ史料を歴史研究者はどう読むか

三つ目の話題にいきます。では、具体的には、イメージ史料を歴史学の研究者はどのように「読む」のかということで実践してみたいと思い、酒呑童子物語の最後の場面、源頼光たちが酒呑童子の首を取って凱旋してくる場面を選んでみました。ただ、結果的にはなかなかうまくいきませんで、見通しというか、試み程度の意見になってしまうのですが、申し訳ありませんが御容赦下さい。

まず、図1、2、3、4を比較してみて下さい（118・119頁）。図1は、ご承知のように、逸翁美術館本です。これは南北朝時代、一四世紀頃の成立とされています。テキストとしても絵としても、やはりちょっと別枠という感じの作品です。図2、3、4というのは、幸いにも狩野派の絵師たちが描いたものを並べることができます。図2のサントリー美術館本は元信、図3は、東京国立博物館の所蔵となっている伝孝信筆、それから探幽が描いた図4があります。狩野正信、元信、その後、松栄、永徳、孝信、探幽と続きますので、元信と孝信との間には、二世代入ることになりますが、狩野派の作品として三つを並べることができます。

ちなみに、図3の伝孝信筆の作品名は『大江山絵詞』となっていますが、本文では酒呑童子の住処は伊吹山で、詞書も一部を見た限りにおいては、最初の松本さんによる分類にあてはめるならば、龍谷大学本に近いかなという印象を持っています。全部を翻刻したわけではないので、正確なところはわかりませんが。

それではまず、図2のサントリー本と、図4の探幽本を見て下さい。ほぼ同じ図様です。ここに描写されている状況のモデルになったシチュエーションは何かということについて、最初に触れてみたいと思います。

一つ考えられるのは、やはり首を持ってきたということで、「大路渡し」が考えられます。謀反人の首を切って洛中に持ってきて、四条河原であったり三条河原であったりするのですが、そこで検非違使に朝敵の首を渡します。受け渡された首を持って、検非違使たち一行は、獄舎まで洛中をデモンストレーションします。それが「大路渡し」と呼ばれるものです。

ただ「大路渡し」というのは、固有名詞ではなくて、「大路を渡す」という語りで史料の中に出てくるものなので、他の名称というか、「大路を渡す」という言葉が出てこなくても同じ状況はあったかと思いますが、史料的に確認することがなかなか難しいのです。

この場面は、その「大路渡し」、あるいは室町後期の将軍や大名の行列などを想定できるのではないかと思います。

この場面については、黒田日出男さんが、短い文章ですが書かれています。『『酒伝童子絵巻』の少年』という文章です。つまり黒田さんは、この図2のほぼ中央に描かれている三人の少年、童に注目されたわけです。逸翁美術館本『大江山絵詞』や、あるいは有名な信西の首が描かれる『平治物語絵巻』の場面には、こういった少年の姿が描かれていません。おそらく、室町後期の行列にふさわしい姿として少年たちをここに描き込んだのだろうと、黒田さんは指摘されています。

黒田さんは、おそらく「小姓」などが想定されるだろう、さらに元服前ということになれば「小々姓」というようなものがふさわしいのではないか。信長のそばに仕えた森蘭丸・力丸といった人たちの前史を示すイメージであれば面白い。あるいはここから、桃太郎なども想起される、と書いています。桃太郎までいってしまうのはどうかとも私は思うのですが、このようなことを指摘されています。

私なりにこの場面について少し言及してみようということで、拡大した図版が、図5と図6になります（120頁）。少し脱線しますが、実は意外に思うかもしれませんが、サントリー美術館本の図版というのは、良いものがありません。ましてカラー図版ともなると、全場面はありません。いろいろな美術全集に載っていますが、大抵みな同じ場面で、適当な図版がないのです。

図5がサントリー美術館本、それから図6が伝孝信本に描かれている三人の姿です。伝孝信本のほうを見て、どのような姿をしているか確認しますと、露頂で後頭部にたぼをつくる束髪姿です。それから、一番上に着ているものが、図版が不鮮明で申し訳ないのですが、袖無しの衣服で左右の襟を直垂のように深く合せて着流しています。つまり、下の袴の中に裾を入れずに、外にひらひら流していて、その上から帯をしています。袖の下には小袖をもう一枚着ているようです。それから、膝丈の袴に、脚絆をつけています。

そして足袋を履き、腰刀か、あるいは小刀をさしています。向かって左側の一番奥の人物は、右手に閉じた扇を持っています。中央の人物は右手に太刀を持っています。一番手前、行列でいえば左端の人物は、何も持っておらず、両手を腰の前で握りしめています。若干、サントリー本の少年たちとは

図1　『大江山絵詞』（逸翁美術館蔵）

図2　『酒伝童子絵巻』（サントリー美術館蔵）狩野元信筆

図3　『大江山絵詞』（東京国立博物館蔵）伝狩野孝信筆

図4　『伊吹山絵巻』（逸翁美術館蔵）狩野探幽筆の模本

(『続日本の絵巻26』中央公論社、一九八四年より)

(『大日本史料』第九編之二十、東京大学出版会一九九四年より)

(重要文化財　Image:TNM Image Archives Source:http://Tnm Archives. JP/)

(国文学研究資料館マイクロフィルムより)

違っています。サントリー本のほうでは、下に鎧を着込めているようにも見えます。これはちょっとはっきりしません。このいでたちが、どんなことを示すのかということを問題にしたいと思います。

比較する材料として一つあげたのは、一六世紀の半ば頃に作られた『足利将軍若宮八幡宮参詣絵巻』というものです。図7、8です（122頁）。図7で、先頭を歩いている六人の人物のすぐ後ろに、立烏帽子を被っているのが将軍です。その前を歩いている六人の人物の一人をクローズアップしたのが、図8です。束髪姿をしています。要人、この場合だと将軍ですが、将軍の前を歩く人物の姿です。格好についてあらためて細かくは言いませんが、このような姿をしているのです。

それからもう一つ、図9の『清水寺縁起絵巻』です（122頁）。これも完成が一六世紀の前半、一五一二年のものですが、鎌倉の武士が京都で大番役を終えて、鎌倉に帰るところです。こちらの人物は、弓袋と太刀を持っているのですが、束髪姿で、やはり同じように後頭部にたぼを作っています。そして、行列の先頭を歩いているという状況が同じです。

次に、これは黒田さんも指摘しているのですが、図10の『上杉本洛中洛外図屏風』です（123頁）。これは、上杉本の制作背

図5　狩野元信筆（サントリー美術館蔵）

図6　伝狩野孝信筆（東京国立博物館蔵）

景を知るための一つのキー場面だと指摘される行列の描写ですが、○印をつけた人物が、先頭の馬の後ろに二人います。真ん中に△印をつけた「坊」と呼ばれる人、それから、ここに掲載したのは行列全部ではないのですが、後ろの方、やはり○印をつけた人物が両側にいて、長刀をもった「坊」がいて、一番後に騎馬の武士がいる、といった構成になっています。

このように、比較的似た姿をした人物を、同じ時期の絵画史料の中に見ることができるわけです。

では、文献史料で確かめるとどうなるかというと、故実書を見ることになります。史料9にずらりとあげたものが、それになります。『故実叢書』に収められている『武家名目抄』の「小者」という項目を引くと、史料がピックアップされているので、てっとり早く調べることができるのですが、詳しくは読みません。

つまり、公方さまの御行列には、「御走衆」「御供衆」「御小者」という人たちがいるわけです。「御小者」というのは、公方様の場合には六人います。この六人という数字は、先ほど見た図7の『若宮八幡宮参詣絵巻』と一致してくるわけです。いちいち読みませんが、史料9にあげたものを見てみますと、どうやら行列の先頭を歩いている者として、「小者」という人物が記されています。

最後に『供立之日記』という史料をのせましたが、この場合は将軍ではなく、「御供衆」が外出する時の行列の形態を表しています。「社参馬上の次第主人の事」とあります。この「馬上」の人物が、「御供衆」になるわけですが、そうすると、前方で「坊」、さきほど『上杉本洛中洛外図屏風』で見たような「坊」が、長刀を持っています。その前方に五人の「小者」を従えます。それから「小者の事、五人までは苦しからず、六人のことは斟酌あるべし」と書かれています。少人数で出立する場合には、前方に弓袋を持った者がいて、そのやや前の左右に二人の「小者」がいます。それから遠路の場合には、やはり行列がちょっと長くなります。おそらく傍線部から左側は後ろにつなげて理解すべき史料なのでしょうが、そうすると、一番先頭の「小者」は、左側の人物は打刀を持っていて、右側の者は「扇風」を持ち、これは扇のことという注釈があります。

史料9の前の方にあげた『天正年中御対面記』という史料を見ますと、「扇のこと、細川殿の御出頭の時、必ず中ひろに小者に持たせ、先にはしらかされ候」とあります。「小者」が扇を持つこともあったということをふまえると、先ほどのサントリー美術館本、あるいは伝孝信本の酒呑童子絵巻に描か

図７　『足利将軍若宮八幡宮参詣絵巻』（京都・若宮八幡宮蔵。『足利将軍若宮八幡宮参詣絵巻』国際日本文化研究センター、1995年より）

図８

図９　『清水寺縁起絵巻下巻』（東京国立博物館蔵。『続々日本絵巻大成５』中央公論社、1994年より）

図10 『上杉本洛中洛外図屏風』 左隻第四扇（『洛中洛外図大観・上杉本』小学館、1987年より）

れていた少年たちの一番右の人物が、扇を持っていたことも納得できるわけです。

それから注目すべきところでは、『朝倉亭御成記』という史料に、「御小者、右の先」、つまり、右前方に歩いているのは、熊若と鶴若で、左前方に歩いているのは、梅若と千若で、以上の四人が同行する、という史料があります。名前が、熊若、鶴若、梅若、千若ということになると、いわゆる童形、童の姿をした人物が「小者」であるということも見えてきます。そうするとやはり、先ほどの酒呑童子絵巻で見た三人の少年隊が、どうやらこれら「小者」と一致してくるということがわかってきます。

彼等三人の童の一番特徴的なところは、上の小袖を外に着流しているという点です。実際に、これらの文献史料で「小者」と呼ばれる人たちが、どのような姿をしていたのかということは確認できませんので、この三人が「小者」だと断定するところまではいかないのですが、イメージ（図像）としては、「小者」を想定した描写であると考えます。

もう一つ注目したいのは、四番目の話題として、酒呑童子の首の運搬方法についてです。さきほど図1、2、3、4とあげましたが、図1の逸翁美術館本では、首をいわゆる輿に乗せて運んでいます。元信のサントリー本（図2）と探幽の模本（図4）では、首を桶の中に入れて運んでいます。伝孝信本（図3）は、いわゆる荷車に乗せています。その荷車も、牛が二頭、並列で引いているような、かなり大きなものです。

ここで突然、荷車のイメージが出てきたり、あるいは最初の逸翁美術館本で輿で運んでいるというのも、なんらかの事実性をふまえての描写ではないかと考え、その可能性を探ってみました。

酒呑童子の首の運搬方法には、今あげました輿で運ぶ方法と、結桶で運ぶ場合と、荷車で運ぶ場合と、それから盥桶で運ぶ場合と、網のような籠にいれて運ぶというように、少なくとも五通りの描写を確認しています。

最初の輿による運搬方法についてなのですが、やはり「大路渡し」という状況が想定されます。「大路渡し」というのは、今のところ十二例しか確認されておらず、基本的には院政期の事例です。建仁元年（一二〇一）の城長茂という人物が十番目の事例で、次は約一〇〇年とんで新田義貞、そしてまた一〇〇年とんで嘉吉の乱の時の赤松満祐の例、以上が「大路渡し」の事例として今のところ確認されています。

史料7を御覧下さい。『建内記』の嘉吉元年（一四四一）の記事で、これは赤松満祐の首を持ってきたときの史料です。傍線部のところですが、「今日、大路を渡され、獄門の樹に懸けらるるなり」とあります。次の傍線部のところ、「賊首、満祐法師の首なり、かねて手輿に乗せ、その東辺」、四条河原で首の受け渡しをするのですが、その「東辺に舁居せしむ」というように読むのでしょうか。

ちょっと訂正というか、私のミスなのですが、「手」という字、「手輿（たごし）」のところです。「手」とあるのは、内閣文庫本という伝本だけでありまして、一般的には「予」、「予め」という字の方が普通なのだそうです。私がワープロを打つ時に、注にあった「手」の方を打ってしまってミスしました。つまり、「賊首、かねて予め輿に乗せ、その東辺に舁居せしむ」となりますでしょうか。「手」という字はカッコでくり、予定の「予」という字を充てて下さい。「手輿」にしたほうが、字面的にはしっくりくるのですが、いずれにしても意味としてはあまり変わりはありません。（＊史料7の8行目の傍線部。本書においては、訂正して掲載した。）

ただし、ここでは輿に首を乗せて「大路渡し」をしたとは書いてありません。あくまで検非違使に、この史料でいうと、佐々木大夫判官教久と姉小路大夫判官明定に預け渡す段階で首を輿に乗せて渡したという意味であって、必ずしも逸翁美術館本の描写と一致するわけではないのですが、首を輿に乗せていた、という状況を確認できる唯一の事例です。

次に、荷車の件ですが、突然、伝孝信本（図3）において荷車で運ぶという描写がなされたことになります。この描写のモデル・ケースがないかという視点で探してみますと、天正一六年（一五八八）の聚楽第行幸の際における、牛車の復活という事例が問題になってきます。

以下のことは、二木謙一さんの論文に多くを依拠することになるのですが、簡単に言いますと、室町の後半になると、牛車を使用することはほとんどなくなり、全く使われなくなってしまいます。もっぱら輿による移動になります。ところが、秀吉が、聚楽第行幸の際に牛車を復活させたのです。そのことに関しては、史料10としてあげました。どうやら、わりと大きなものであったことがわかります。

また、最後の『家忠日記』によると、前田邸への御成りに際しては、牛三頭で引かせたとあります。牛三頭で引かせたということが、必ずしも牛三頭横に並べたということにはなりません。二頭で引かせる場合、普通は縦列です。縦に二匹並べて牛車を引かせます。ちなみに伝孝信本では、横に二頭です。

荷車は、鎌倉時代から一般的にあるものでして、大型のものを作るということは、技術的には十分可能なはずです。図3において突然、その描写が現れてくる理由として、荷車の使用が活発になったから、ということではないと思います。そうではなく、当時の中世の人々にとって印象的な出来事として、巨大な牛車が久しぶりに現れ、その印象的な車輪の大きさというようなイメージが、この伝孝信本の描写に反映されているのではないかと思うわけです。結局そこまでで、結論的なことには何もたどり着けなかったことが、たいへん申し訳ないところです。そんなことを考えてみました。

ちなみに、慶應義塾図書館本も、酒呑童子の首は荷車で運ばれています。図11になります。史料6の詞書を見てみますと、傍線を引いたところですが、「さうくるまに載せて引くる」とあります。この「さうくるま」に、どういう漢字を充てたらいいのかがわからないのですが、酒呑童子の首を運んだ車が「さうくるま」と書かれています。

ちょっと脱線しますが、史料6の終わりのところ、「その後、頼光以下の人々、騎馬にて色々の水干、立烏帽子にて通り給う」となっていますが、図5を見てみると、実際には、ちょっと違うわけです。頼光は狩衣姿です。ここで、頼光の凱旋姿にも、いろいろなバージョンがあることを指摘しておきたいと思います。つまり、山伏姿であったり、甲冑を着ていたり、あるいはこのような狩衣姿であったりというのがあります。

最後に、五つ目の話題に少し触れて、終わりにしたいと思います。史料2になります。

酒呑童子にさらわれた堀江の中書の娘は、結局、生きて都に帰ることができませんでした。史料2の最後の傍線部ですが、「さる間、朱雀に御堂をたて、橋を渡し、諸仏教法のいとなみより外はなしとそきこえける」とあります。朱雀に御堂を建てて、そこで供養をしたということなのですが、「しゅさく（朱雀）」と読む

図11　しゅてん童子絵巻（慶應義塾図書館蔵）

そうです。そこには、朱雀権現堂があります。それについて有名なところでは、『さんせう太夫』に登場します。史料3です。それから近世の地誌類については、史料4で列挙してみました。

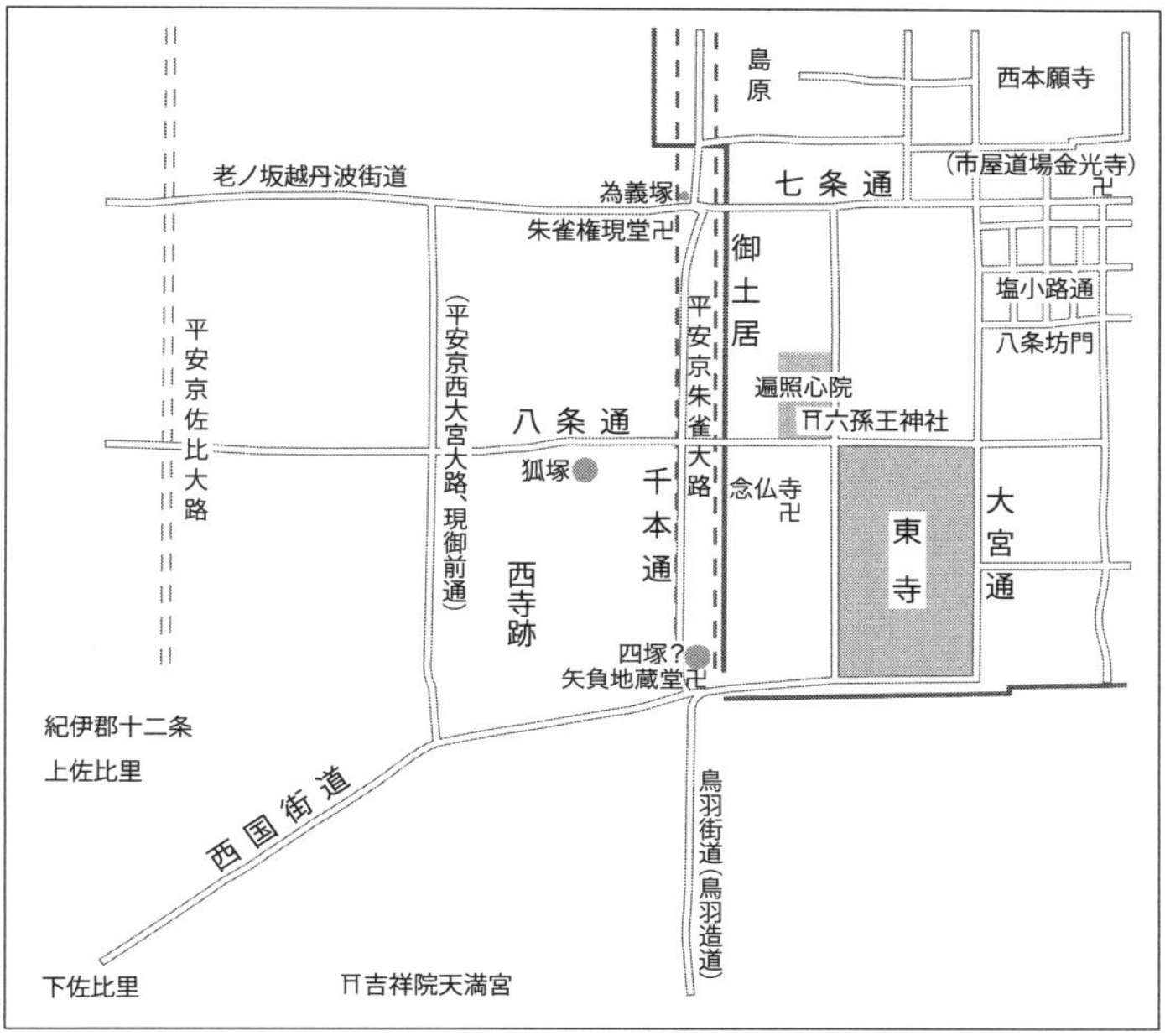

図12　四塚付近図（勝田至「「京師五三昧」考」より作図）

ここで、朱雀権現堂がある地が、洛中と洛外の境界地域であるということは周知のことなのですが、歴史の研究者が見ると、こんな指摘ができますよということを、一つ紹介したかったのです。つまり、勝田至さんが言われていることをふまえると、どうやらここは、葬送の地であった可能性があるということです。

図12の地図になりますが、この朱雀大路というのは、当時の洛中の西の端になります。かつて羅生門があった四塚という場所のあたりには、矢負いの地蔵、やはり地蔵堂があって、そこは葬送の地でした。そうすると、同じように朱雀権現堂があって地蔵堂があり、また、近くには為義が首を切られた場所という伝承も残っているのです。サントリー美術館本の詞書にある、この場所で供養するというのも、ここが葬送の地であった可能性を示す、一つの傍証になるのではないかと思うわけです。

申し訳ありませんが、これで話を終わらせていただきます。

〔付記1〕 活字化するにあたって、語尾の表現を改めただけでなく、前後の文章の意味が通るように言葉を補ったり、一部、話の順序を組み換えたところもあるが、御了承願いたい。なお、酒呑童子絵巻に描かれた少年の服飾については、佐多芳彦氏から助言を頂いた。

〔付記2〕 シンポジウム後、酒呑童子物語に関して、以下の論考が管見に入った。

・岡本麻美「酒呑童子説話と土地の記憶―逸翁美術館所蔵「大江山絵詞」をめぐって―」（第五十八回美術史学会全国大会口頭発表、二〇〇五年五月）。

・亀井若菜「女性表象から見えてくる男たちの関係―狩野元信筆「酒伝童子絵巻」解釈の新たな試み―」（鈴木杜幾子ほか編著『交差する視線―美術とジェンダー2―ブリュッケ、二〇〇五年一一月。初出は二〇〇四年四月）。

・島津忠夫「大東急記念文庫蔵『大江山絵詞』をめぐって」（『国語国文』七四―一二、二〇〇五年十二月）。

・長谷川端「酒呑童子絵巻　翻刻・略解題」（『中京大学図書館学紀要』二六、二〇〇五年五月）。

とくに島津論文は、大江山・伊吹山系に関わらない諸本分類を試みており、今後の酒呑童子物語研究において重要な論考であると考える。なお、亀井・島津両論文ともに、サントリー美術館蔵本『酒伝童子絵巻』について、『日本美術協会報告』一七六（一九〇四年）、一七七（同）所収の翻刻に依拠して考察しているが、『大日本史料』第九編之二十（東京大学出版会、一九九四年）にも翻刻が所収されていることを、ここで改めて明記しておく。

【史料1】 松本隆信「御伽草子『酒呑童子』の諸本について」（『続日本絵巻大成・月報』一八、一九八四年）

＊「増訂室町時代物語類現存本簡明目録」（奈良絵本国際研究会編『御伽草子の世界』三省堂、一九八二年）

◆大江山系

（一）東洋大学本（伝尊純法親王筆絵巻二巻）

（二）大東急記念文庫本（絵巻三巻）

（三）慶応大学本（絵巻三巻、『室町時代物語大成』三所収）

（四）麻生家本（詞書写本六巻、『室町時代物語大成』三所収）

（五）赤木文庫旧蔵本（絵巻三巻、『古浄瑠璃正本集』一付録所収

（六）東北大学狩野文庫本（詞書写本一冊）

（七）スペンサーコレクション本（絵巻三巻）

チェスタービーティ図書館本（絵巻三巻）

（八）舞鶴西図書館本（奈良絵本三冊）

東大国文学研究室本（奈良絵本三帖

名波家本（絵巻三巻）

寛永頃無刊記絵入本（舞鶴西図書館に下巻のみ存）

渋川版御伽草子本（日本民芸館に渋川版より古い丹緑横本が

存）

◆伊吹山系

（一）サントリー美術館本（伝狩野元信画絵巻三巻）
島原公民館松平文庫本（詞書写本一冊）
東京国立博物館本（絵巻三巻）
宮内庁書陵部本（絵巻三巻）
西尾市立図書館岩瀬文庫本（絵巻五巻、『室町時代物語大成』二所収）
スペンサーコレクション本（絵巻三巻）
東大国文学研究室本（詞書写本一冊）
舞鶴西図書館糸井文庫本（正徳四年詞書写本一冊）

（二）大東急記念文庫本（奈良絵本三帖、『室町時代物語大成』二所収）
龍門文庫本（奈良絵本三冊）
天理図書館本（絵巻五巻、目録題「大江山絵巻」）
中野荘次氏本（絵巻五巻）
天理図書館別本（絵巻三巻）
舞鶴西図書館本（詞書写本一冊）
龍谷大学本（詞書写本一冊、龍大国文学会出版叢書第四輯所収）
静嘉堂文庫本（詞書写本一冊）
根津美術館本（絵巻残欠一巻）

（三）曼殊院本（絵巻三巻）

（四）九州大学国文学研究室本（奈良絵本三帖）

（五）舞鶴西図書館本（文政六年詞書写本一冊、外題「丹州大江山」）

【史料2】『酒伝童子絵巻』（サントリー美術館蔵）

さて岩屋もつくし、眷属共かありかもみな破却して、生取の鬼とも少々切捨、童子か頸、又はむねとの者共か頸、四天王のひと〳〵、山の中をかつきつれてそ出たりける。卅余人の女房は、我も〳〵と悦て皆々出けるか、ほり江のむすめの死たるを人〳〵歎て、ひんのかみを少切て、父母にみせたてまつらんとて持て、千町か嶽をも越しかは、あらぬ世界に出たる心ちしてこそありけれ。

［絵］

都には、頼光・保昌、鬼の頸もたせて上り給ときこえしかは、郎等共ハ申に及はす、聞をよふ程の人々ハ皆迎に参ぬハなし。大名達は申に及はす、都人は一万騎とそ聞えし。天子をハしめまいらせて、万民にいたるまて、今にハしめぬ事なれ共、此度国土の大事、万民の歎をやめ、君の御いきとをりもやすめ奉るのみならす、其身の高名たとへを取にならひなしと、ほめぬ人こそなかりけれ。京入の時は、四条河原より三条の大路まて、輿・車、貴賤上下、いく千万と云数をしらす、「上代にも末代にも、ためし有へからす」とそ申ける。池田の中納言国方卿のむすめ帰洛と聞えけれは、父母・めのとに至るまて悦事限なし。迎の人々引つくろひて待たりける。其ほか三十余人のなかに、ほりえのなにかしのむすめも帰京ときこえしかは、各にたつねけるに、或女はう「むなしくなり給ぬ」と申されけれは、むかひのひと〳〵なく〳〵かへりにけり。いまさら歎の色もふかくなりにけんかし。〔絵〕

かくて、堀江の中書ハ、其なかにしたしき女房を請して問給ひけれは、有し事共、始より終にいたるまて委語て後に、護とひんの髪とを取出して奉る。これを見給て、「日来は、失ぬれと、もしや帰来事もやと、憑ことも有つるに、形見こそいまはよしなけれ。年暮日重共、夢ならてハいかてかみるへき」とて、もたへこかれ給事かきりなし。さる間、朱雀に御堂をたて、橋を渡し、諸仏教法のいとなみより外はなしとそきこえける。〔絵〕

【史料3】『さんせう太夫』（天下一説経与七郎正本、天理大学附属天理図書館蔵）（寛永末年頃刊）

丹後の国を立ち出て、（中略）沓掛峠を打ち過ぎて、桂の川を打ち渡り、川勝寺、八町畷を打ち過ぎて、お急ぎあれば程はなし、都の西に聞こへたる西の七条朱雀権現堂にもお着きある。権現堂にも着きしかば、皮籠を下ろし、蓋を明けて見てあれば、皮籠の内の窮屈やらん、まつた雪焼ともなし、腰が立たせ給はざれば、お聖此由御覧じて、「某が都へ参り、安堵の御判を申受け参らせたうは御座あるが、出家の上ではいのらぬ（ならぬ）事、これからお暇申」との御諚也。あらいたはしやな、つし王殿は、「命の親のお聖様は、丹後の国へお戻りあるか、けなりやな。物憂ひも丹後の国、姉御一人御座あれば、又恋しいも丹後也。命の親のお聖様に、何がな形見を参らすべし。地蔵菩薩を参らせうか、守刀を参らせうか」。お聖此由きこしめし、「さて今度の命をば、此聖が助けたとおぼしめさるゝか。膚の守の地蔵菩薩のお助けあつて御座あるぞ。良きに信じてお掛けあれ。それ侍と申するは、守刀をば、七歳よりも差すと聞く。出家の上の刃物には、剃刀ならではいらぬ也。まつこと形見が給りたくは、鬢の髪を賜れや。聖の方の形見には、衣の片袖参らすべし」とて、鬢の髪を一房生やいてお取りあり、衣の片袖参らせて、お聖は涙と共に丹後の国へぞお戻りある。〔絵〕

あらいたはしや、つし王殿は、朱雀権現堂に御座あるが、朱雀七村の童共は集まりて、「いざや育み申さん」と、一日二日は育むが、重ねて育む物もなければ、「いざや土車を作つて、都の城へ引いて取らせん」とて宿送村送して、南北天王寺へぞ引いたりけり。（後略）

【史料4】

◇『京雀』巻六（寛文五年・一六六五）

七条通り（前略）尼寺の西、朱雀のすゑに朱雀権現の社あり。その北にあたりて、島原傾城町一構あり。

◇『京羽二重織留』巻三（元禄二年・一六八九）

権現堂　七条の南朱雀にあり、祇陀林寺と号す。文徳天皇の御宇和州元興寺に有所の勝軍地蔵の像を此寺に遷して一宇の堂に安置す。これより世に権現堂と云。

◇『堀河の水』巻下（元禄七年・一六九四）

祇陀林藤　此寺は七条朱雀に有。いにしへは歓喜寺と号し、或は広幡院といふ。そのかみ広幡中納言庶明公の遺跡にして、左大臣顕光公の家也。顕光つゐに家を捨て、寺となし、釈迦仏を本尊とす。（中略）祇陀林寺と号す。元天台宗也。故に恵心僧都しばらく此寺に住給ふ。今は浄土宗となり。知恩院の末寺たり。（下略）

◇『山城名勝志』巻七（正徳元年・一七一一）

朱雀地蔵堂〈今七条南朱雀西有権現堂、本尊勝軍地蔵、権現疑此堂乎〉（下略）

◇『山州名跡志』巻十一（正徳元年・一七一一）

権現寺　在七条朱雀通西角、門〈在東北〉、宗旨浄土属知恩院、堂〈東向〉、本尊　阿弥陀仏〈坐像二尺余〉、作　慧心僧都、

権現堂　在北門内南向、勧請スル所権現ノ本尊将軍地蔵〈立像一尺余〉、作　聖徳太子安厨子、脇壇　左　地蔵〈都子王丸本尊〉、右　聖徳太子ノ影〈自作、共小像安厨子〉、当寺始歓喜寺ト号ス。其地今在ル處ノ東洛外封疆ノ東旧跡ニ古木アリ。歓喜寺森ト号ス。其乾二十間許ニ塚アリ。権現社ノ跡ト云フ。今ノ如キハ秀吉公ノ代ニ移セリ。権現始メ南京元興寺ニ安ス。文徳天皇御帰依ニ由テ、此ノ地ニ移玉フトナリ。

◇『山城名跡巡行志』第四（宝暦四年・一七五四）

朱雀〈村名〉在西七条村東〈七条通西封疆之外〉丹波街道也。此所旅籠・煮売・茶店等多シ。朱雀ハ古へ長安洛陽ノ中央ノ通ノ名、今千本通也。此地即七条朱雀也。今封疆ノ外トナリ、洛外トス。

権現寺　在同所東〈七条千本角〉、一名祇陀林寺。（下略）

権現堂　在北門傍。所祭権現本地勝軍地蔵也〈太子作〉、（中略）

伝云、

当寺始歓喜寺広幡院ト号ス。（下略）

◇『都名所図会』巻四（安永九年・一七八〇）

権現堂ハ七条千本通にあり。本尊ハ勝軍地蔵にして聖徳太子の御作也〈愛宕権現の本地仏なり〉。脇壇にハ聖徳太子の像〈御自作なり〉。又対王丸の守本尊地蔵を安置す〈むかし対王丸、人商人に拘引されて行道より逃帰り、此寺を頼ければ、住僧、人商人の追ひ来たる事を恐れて、葛籠に隠して天井につる。果して尋きたりて葛籠をあやしみ開き見れば、此本尊身代となりて、此難を救ひ給ふとなり〉。当寺ハ権現寺と号し、浄土宗なり。本尊阿弥陀仏ハ恵心の作なり〈むかしハ歓喜寿院といふ。洛中封疆藪の中、七条通の南に歓喜寺の森とて旧跡あり。又嶋原西口の字を堂の口といふ。往古ハ此辺境内にして真言宗なり。旧寺の図、当寺にあり〉。

【史料5】『大江山絵詞』付属詞書（逸翁美術館蔵）

二人の大将軍は其すかたをあらためす、柿の衣の上に鎧をき、或は頭巾を眉半に責入て、かふとをのけ、ひたいにきなして、都へそ入られける。道々、所々、山々、関々に是をみるもの、数をし

らすそ有ける。今日既に摂津守頼光・丹後守保昌、鬼王の頸を随身して都へ入由、聞へしかは、彼郎等共馳来て、両将軍の軍兵大勢也。見物の道俗男女、幾千万といふ数をしらす。人は踵をそはたて、車は轅をめくらす事をえす。「弓箭の家に生れ、武勇の道に入て芸をあらはし、名をあくる事、勝計するに及はねとも、魔王・鬼神を随ふる事、田村・利仁の外は珎事なり」と、声々口々にさゝめきあへり。毒鬼を大内へ入るゝ事有へからすとて、大路をわたされけれは、主上・々皇より始奉て、摂政・関白以下にいたるまて、車を飛てゑいらん有けり。鬼王の頸といひ、将軍の気色といひ、誠に耳目を驚かしけり。事の由を奏しけれは、不思議の由、宣下有て、彼頸をは宇治の宝蔵にそ納られける。

【史料6】『しゅてん童子』（慶應義塾図書館蔵）（＊私的に漢字を宛てた）

さる程に、未の刻に至りて、酒呑童子か頸、入洛する。その面、四尺はかりにて、色赤く、赤鉄のことくなる毛、ひしと生ひ、牙鋭にして、頭に古木のやうなる角、生ひてありしを、さうくるまに載せて引くる。死したる面を見るさへ恐ろしきに、まして生きたる顔、さこそはいふせくあるらめと思ひやるさへ、身の毛もよたつて恐ろし。その次に、眷属ともか頸と思しくて、酒呑童子か頸ほとにこそなけれ、これも夥しく見えたる。頸とも、あまた人夫とも担ふて通る。その次に、石熊、金熊、二人の生捕りを、黒鉄の縄にて強くいましめ、大力のつわもの二三十人はかりして引き、前後左右をうち囲みて出で来たる。見物の諸人、これを見て肝魂を失ひ、泣き叫び、方々逃げ散る族も多かりけり。その後、頼光以下の人々、騎馬にて色々の水干、立烏帽子にて通り給ふ。まことに華やかなる装ひにて、数万の軍勢にうち囲まれ都へ入らせ給ふ有様、いかめしくそ見えにける。

【史料7】『建内記』嘉吉元年（一四四一）九月二十一日条

賊首〈赤松大膳大夫満祐法師并安積《実名可尋》両人首也、安積事兼無其沙汰歟、漏仰詞了〉、今日被渡大路被［懸］獄門樹也、上卿日野大納言〈忠秀卿〉着陣座、職事左少弁俊秀仰々詞、其詞云、遣検非違使於河原、令請取満祐法師首〈此詞、建武経季朝臣仰詞之趣如此、仍指南了〉、（中略）教久具甲冑士、明定臨期之間不及其儀云々、於四条河原〈四条道場東河原云々〉、山名伯耆守護〈実名可尋〉代官〈実名可尋〉、折烏帽子・直垂乗馬、在南辺〈橋以北〉、賊首〈満祐法師首也〉兼乗予（手）輿令舁居其東辺、於其所取出付長刀、又安積首同付長刀、各令持立烏帽子〈引入テ着之、鬢髪不理之〉・香水干袴〈其色忘却〉者〈是清目丸歟〉、北面列之、其艮方佐々木大夫判官教久〈朱紱布袴〉乗馬〈赤鞦〉列之〈向西云々〉、其乾方姉小路大夫判官明定〈朱紱布袴〉乗馬〈赤鞦〉列之〈向ヽ〉、次清目丸〈装束同上〉二人請取賊首、次山名其代官退散、次賊首渡大路、

【史料8】『大江山絵詞』（東京国立博物館蔵）（伝狩野孝信筆）

去程に、頼光、保昌、鬼をこと〳〵くほろほして、くひ共もた

せ、上洛し給ふときこえしかハ、其門葉家風の人々ハ、不及申、きゝおよふ、大名、小名、我も〳〵と向に参候ぬ、されハ都入、一万余騎とそきこえし、君を初め奉り、上下、男女、近國、他國のたうそく、残らす道に出て見物す、今にはしめぬ事なれと、此度、天下の大事、万民のなけきを、やすめ給ひぬる事、猶末代の世まても名を上給ふ事＊て申あひける、三条川原より、四条河原まて、こしくるま、たうそくなんによ、たゝ稲麻竹葦のことし、かゝるためし、上代にも末代にも有へし共覚えす、（中略）扨も、頼光、保昌ハ、彼山中にてのすかたを、あらためすして京入すへしとの、せんしを下されけれハ、山伏のすかたにてそ、入洛せられける、きたいの見物也、中にも、ほり江のなかつかさときこえしむすめを、とられて三年になりぬ、是もさためて、かへり上らんとて、むかひのこしを、いそきつかハしけり、めん〳〵むかへの人々行あひ、悦をなし、やかて、のり物をさしよせ〳〵、のする＊＊有、てに手を取て、行もありけり、ほり江のむかひの者共、彼人々にとひけれハ、ちかきこれまて、いのちなからへておハせしを、さかなにとて、むなしくなしたてまつりぬ、あまりに、心うく、いたハしく存候て、ひんのかみ、こ＊て、もちてまいりたりとて、女房、取いたしわたされけれは、むかいの人々、こゑをたてゝそかなしみける、ちゝはゝに、此よし申けれは、日比のおもひハ、物のかすならす、いのちなからへてもよしなしと、天にあふき、ちにふして、なけき給ふことハりなり、（＊印は、未読）

【史料9】（『武家名目抄』職名部録附二十三、「小者」の項、参照）

◇『故実聞書』

公方様の御はしり衆は六人、又小者も同六人にて候、其したくの人は、小者は三人四人の間、しかる義なり、但、しんたいにより、五人はかりもくるしからす候歟、

◇『御供故実』

・御小者も御こしの左あがり候、御じやうり持候ハ御小者の内にても久被召仕候者、ちと年寄たる者持しと也、

・公方様の御小者ハ、六人に相定候、六人より外は有まじく候間、御法にてハ候ハねども、小者五人より外ハ不可然候、只二人三人の間可然候、

◇『天正年中御対面記』

扇の事、細川殿御出頭之時、必中ひろに小者に持せ、先にはしらかされ候、平人は無之事にて候、

◇『宗五大双紙』

同御小者六人宛番におりて走り申候、左候程に大名衆ハ四五人程迄も過候由、故人には被申たるとて候、当時大名のこしの先へハ十人あまりも走候、又大方の人ハ小者二三人に、房可然候し、惣じてハ人のぶげんによりて召つれ候、人数はさだまらず候よし申候、

◇『朝倉亭御成記』

御小者、右のさき、熊若、鶴若、左のさき、梅若、千若、以上

四人参也、

◇『延徳二年将軍宣下記』

未刻両之御所御出于管領亭、(中略) 同朋 立阿、歳阿、走衆十二人、童六人、

◇『供立之日記』

社参馬上之次第主人の事。

　小者　弓袋　雑色　中間　中間
小者　長刀持房　馬上　厩者　笠持
小者　中間　中間　中間　中間
小者

一社参の当日ハ。裏打にて候ハゞ。房に長刀を持せられ間敷候。然ば黒太刀を可レ被レ持也。

一小者の事。五人迄ハ不レ苦。六人の事ハ斟酌有べし。

一やまとうつぼの事。遠路へハ用心のために候間。走衆のまた小者に持せらるべし。

一少人数の供の次第。

　小者　中間　中間　中間
　弓袋　馬上　厩者　笠持
打刀持小者　太刀持中間　中間　中間

一遠路へ馬上自身如レ此次第。

センフウモチ是ハ扇ノ事。太刀持ニ限る事也。

扇風持小者　小者　走衆　此走衆御太刀をも不レ帯。五十人三十人も如レ此。　同同同同
打刀持小者　小者　走衆　　同同同同
走衆　弓袋　雑色　又小者
　　　　　　又小者
馬上　厩者　笠持　以下
走衆　半太刀持中間　小太刀持中間　又小者
　　　　　　　　　　又小者
太刀二振持せられ候ハゞ如レ此有べし。

【史料10】

◇『聚楽第行幸記』天正十六年(一五八八)

鳳輦牛車そのほか諸役以下も久しくすたれたる事なれば、おぼつかなしといへども、民部卿法印玄以奉行として、諸家のふるき記録故実など尋さぐり相勤らる、

◇『言経卿記』(慶長元年五月、秀吉の参内)

御車に太閤・若君・前田大納言・御乳人御局、以上御同車也、

◇『家忠日記』(文禄三年四月、秀吉の前田邸御成)

御車うし三ツにて御ひかせ候

《参考文献》

・生嶋輝美「中世後期における「斬られた首」の取り扱い―首実

検と梟首を素材として―」（『文化史学』五〇、一九九四年）
・池田敬子「「しゆてん童子」の説話」（『説話論集・第八集　絵巻・室町物語と説話』清文堂出版、一九九八年）
・岩崎武夫「権現堂と土車」（『続さんせう太夫考』平凡社、一九七八年）
・大村拓生「中世前期における路と京」（『ヒストリア』一二九、一九九〇年）
・勝田至「「京師五三昧」考」（『日本中世の墓と葬送』吉川弘文館、二〇〇六年）
・勝俣隆「室町物語に於ける挿絵と本文の関係について」（『説話論集・第八集　絵巻・室町物語と説話』清文堂出版、一九九八年）
・加藤友康「日本古代の牛車と荷車」（『東京大学公開講座68・車』東京大学出版会、一九九九年）
・神榮江利「中世の刑罰形態について―「大路渡し」を中心に―」（『神女大史学』二一、二〇〇四年）
・菊地暁「〈大路渡〉とその周辺―生首をめぐる儀礼と信仰―」（『待兼山論叢（日本学篇）』二七、一九九三年）
・黒田日出男「『酒伝童子絵巻』の少年―桃太郎の登場へ―」（『歴史としての御伽草子』ぺりかん社、一九九六年）
・黒田日出男「首を懸ける」（『月刊百科』三一〇、一九八八年）
・黒田日出男「図像の歴史学」（『増補　姿としぐさの中世史』平凡社ライブラリー、二〇〇二年）
・佐多芳彦「「足利将軍若宮八幡宮参詣絵巻」の作期―服装史における中・近世移行期の資料として―」（『東京大学史料編纂所研究紀要』一二、二〇〇二年）
・佐多芳彦「車から駕籠へ―乗物者の意識変化―」（『古代交通研究』一三、二〇〇四年）
・酒向伸行「説経節系山椒太夫伝説の成立」（『山椒太夫伝説の研究』名著出版、一九九二年）
・下坂守「『足利将軍若宮八幡宮参詣絵巻』の図像と画面構成」（『描かれた日本の中世―絵図分析論』法蔵館、二〇〇三年）
・菅村亨「酒呑童子絵巻―白鶴美術館本をめぐって―」（『古美術』六三、一九八二年）
・二木謙一「武家奉公の作法」（『中世武家の作法』吉川弘文館、一九九九年
・二木謙一「足利将軍の出行と乗物」（『武家儀礼格式の研究』吉川弘文館、二〇〇三年）
・国文学研究資料館、チェスター・ビーティー・ライブラリィ共編『チェスター・ビーティー・ライブラリィ　絵巻絵本解題目録』（勉誠出版、二〇〇二年）

室町時代の政権と絵巻制作◉

『清水寺縁起絵巻』と足利義稙の関係を中心に

パネリスト■髙岸　輝

■要旨

歴代の足利将軍は絵巻の制作と蒐集に積極的であった。初代尊氏は自らを源頼朝に重ねる『泰衡征伐絵』を制作、第三代義満はコレクション充実を目指し、第四代義持は父義満の追善を目的とした『融通念仏縁起絵巻』（清凉寺蔵）の制作に関与している。本発表ではこうした流れをふまえ、『清水寺縁起絵巻』（東京国立博物館蔵）の制作契機を考えたい。本絵巻、上・中巻は坂上田村麻呂の蝦夷征討と清水寺建立を主題とし、下巻に本尊の霊験を連ねる。絵は土佐光信・光茂が描き、詞書には近衛尚通・中御門宣胤・三条実香・甘露寺元長・三条西実隆が参加、筆者不明の下巻後半は尚通弟の興福寺一乗院良誉が染筆したと考えられる。この時期に近衛家の主導で伝説の征夷大将軍・田村麻呂を主人公とする絵巻が制作されたのは、同家と近い姻戚関係で結ばれながらも流浪の将軍であった足利義稙を田村麻呂に重ね、その政権安定を祈願する目的があったと推定される。

（参考文献）　髙岸輝『室町王権と絵画――初期土佐派研究――』（京都大学学術出版会、二〇〇四年）

高岸　輝（たかぎし　あきら）■1971年、アメリカ合衆国イリノイ州生れ。東京藝術大学大学院博士後期課程修了、博士（美術）。現在、東京工業大学大学院社会理工学研究科助教授。
主著：『室町王権と絵画—初期土佐派研究—』（京都大学学術出版会）、『摂津尼崎大覚寺史料（一）』（月峯山大覚寺）、「室町殿絵巻コレクションの形成」（『美術史』155）など。

高岸■本日は、室町時代の絵巻に注目し、その成立と政権の関係について考えてみたいと思います。先ほどの徳田さんのお話は、絵画作品の「色紙形」や「詞書」という文字情報に着目されて、文学史的、あるいは書誌学的な分析の俎上に載せようというお話だったと思います。また、斉藤さんのお話は、絵画作品に描かれた歴史的情報と文字資料を車の両輪のように用いる方法論の提示であったように思います。いずれもこれまでは美術史の研究者がほぼ独占的に分析の対象にしてきた絵画作品の「中」にある情報に美術史以外の分野からアプローチされているということになります。このような研究傾向は、特に一九七〇年代から八〇年代にかけて、絵巻を全巻カラーで掲載した中央公論社の『日本絵巻大成』シリーズの刊行など、写真資料へのアクセスが飛躍的に容易になったことと大きく関係しております。

では、美術史は何をしてきたのか。これまで美術館や博物館などにおいて、優先的、あるいは独占的に作品にアクセスできた美術史研究者の場合、絵画への関心はそれを描いた絵師の問題、流派の問題、あるいは技法や様式の変遷の問題に集中し、作品がどのような歴史的背景から出てきたものであるかという視点は弱かったように思われます。近年の日本史学における絵画史料論の流行などを受けて、ようやく絵画作品そのものの存在意義を歴史的に位置づけ、そこから絵師や流派の議論へと進める方向性が見えてきたといえます。こうした前提で、室町時代の絵巻について、やや長い時間的スパンから個々の作品が制作された背景、すなわち、絵の中の情報と絵の外側を取り巻いていた状況とを併せて考えてみたいと思います。

『清水寺縁起絵巻』（東京国立博物館蔵、以下、東博本と略称）は、京都・清水寺の草創縁起と本尊観世音菩薩の霊験を描いた三巻三十三段の絵巻で、室町後期、永正十四年から十七年（一五一七～二〇）頃に制作されました。『宣胤卿記』『実隆公記』等の同時代史料から、詞書は中御門宣胤や三条西実隆らが記し、絵は時の絵所預・土佐光信が描いたものとわかります。発表の後半では、この絵巻が室町幕府第十代将軍足利義稙（一四六六～一五二三）と深い関係にあることを指摘しますが、その前提として、まずは室町幕府が成立した南北朝時代以降の絵巻制作と政権の関係について概観してみます。そこからは、足利将軍家による文化政策が明瞭に浮かび上がるように思われるからです。

■絵巻制作と足利将軍家

足利将軍家と絵巻の関係を考える上で、『泰衡征伐絵』は注目すべき作例です。この絵巻は現存していませんが、その内容は室町幕府そのものの目指す理想の政治体制を描き、詞書の起草や清書に関与したのは幕府草創期の重要人物たちでした。

『看聞日記』永享十年（一四三八）六月八日条によれば、この日、伏見宮貞成親王は、第六代将軍足利義教の所蔵していた『九郎判官義経奥州泰衡等被征伐絵』十巻を鑑賞しています。詞書は世尊寺行忠の筆、絵を藤原行光が描き、『看聞日記』翌日条によれば絵の銘には『泰衡征伐絵』とあったことがわかります。詞と絵の筆者の活躍年代から南北朝時代の成立と推定されますが、近衛道嗣の日記、『後深心院関白記』延文四年（一三五九）五月十五日条によれば、この日、道嗣は二代将軍足利義詮から遣わされた絵巻を見ています。完成したばかりの絵巻は『鎌倉右幕下征伐泰衡之絵』と称するもので、道嗣はかつて醍醐寺三宝院の賢俊から詞書の起草を依頼されていました。つまり、この絵巻は足利尊氏と、その政治顧問的立場にあった賢俊の周辺で企画され、両者の没後、義詮のものとで完成したと推察されます。そして絵巻は足利将軍家に代々秘蔵され、少なくとも六代将軍義教まで伝えられています。

次に『泰衡征伐絵』の内容ですが、その詞書内容を伝えると思われる『泰衡征伐物語』（『続群書類従』合戦部ほか所収）によれば、奥州藤原氏三代の栄華から文治五年（一一八九）四月の衣川の戦、同年七月に始まる源頼朝の奥州泰衡征伐から十月の鎌倉凱旋までを描くものだったようです。頼朝にとって奥州合戦は、先祖・源頼義の前九年合戦を再現し、東国の覇者としての鎌倉幕府の正統性を強く主張する目的で行われたものですが、足利尊氏周辺でこの主題の絵巻が企画・制作されたのは、源氏将軍に連なる室町幕府のアイデンティティーを表現する目的があったためと思われます。

このように、足利家周辺で制作、蒐集、秘蔵されてきた絵巻を、足利将軍家の家督の呼称である「室町殿（むろまちどの）」にちなんで「室町殿コレクション」と仮に称しておきたいと思います【資料1】。室町殿コレクションに関して、最も詳細な情報を与えてくれるのが『看聞日記』です。永享年間、足利義教は貞成の子である後花園天皇のもとへ頻繁に絵巻を貸し出しています。天皇はしばしばその絵巻を父の貞成のもとへと遣わしました。『室町殿御絵』などと称されるこれら一群の絵巻について、主題や奥書を写したと思われる文字などに着目すると、足利尊氏・義詮・義満の三代にわたる絵巻コレクションの形成過程が判明するとともに、それぞれの信仰や理想の政治体制などが明らかになります。たとえば、義詮の周辺で制作された『地蔵験記絵』は、尊氏以来の足利家の地蔵信仰を物語るものですし、『貞任宗任討伐絵』は前九年合戦を、『平家絵』は源平合戦を、鎌倉時代の『和田左衛門尉義盛絵』は和田合戦を描くもので、これらの合戦絵は源氏将軍の正統性や足利家の先祖の活躍を基調とし、祖先以来の勝利の連鎖によって打ち立てられた室町幕府の武門としてのアイデンティティーを象徴する作品群であったといえます。また義満期になると『鹿苑院殿東大寺受戒絵』という奇妙な絵巻も出現します。これは、義満が自らを上皇に擬して東大寺で受戒したことを記念して制作させたもので、きわめて直接的に絵巻と権力が結びついた例といえるでしょう。

さらに、このような室町殿の絵巻制作に関して注目すべき一連の作例として『融通念仏縁起絵巻』が挙げられます【資料2】。これは融通念仏の開祖良忍の伝記と念仏の功徳を描いた絵巻で、正和三年（一三一四）に成立したと考えられ、その後、南北朝から室町時代に転写が繰り返されました。そのなかで南北朝時代末の明徳二年（一三九一）頃に制作された版本、通称明徳版本（大念佛寺ほか蔵）は、上下二巻全十九段にわたる絵巻の絵と詞書を全て木版刷りで表現するという異色の作例で、後の『融通念仏縁起絵巻』転写本の祖本となった重要なものです。詞書の版下文字の染筆には法親王や公家、僧侶らおよそ十五名が参加していますが、詞書の筆者に二条家の関係者が多いことなどから、内田啓一氏は「融通念仏縁起明徳版本の成立背景とその意図」（『仏教芸術』二三一、一九九七年）において、絵巻成立の三年前に没した二条良基の追善を制作目的とする見解を提出しています。しかしながら、詞書の書写が始まった年月日が足利義詮（一三三〇～六七）の二十三回忌の祥月命日にあたることに注目すれば、私はこの明徳版本は義詮の追善のため、息子の義満の周辺で制作されたと考えるのが妥当であると考えています。義満という空前絶後の政権担当者の出現と、異例の大プロジェクトである絵巻の版画による出版という事業は、密接な関係があると思われます。そもそも、南北朝時代の『融通念仏縁起絵巻』の量産は、「蝦夷が島から硫黄が島まで」全国六十六ヶ国に少なくとも一本ずつこの絵巻を広めることを企図したものでした。このような壮大な計画と、諸国守護大名に対する圧迫（土岐氏の乱、明徳の乱）や南北朝合一を強行した明徳年間の義満の政権構想は軌を一にするものといえるでしょう。

応永十五年（一四〇八）五月六日、義満は没します。それから丸六年が経過した応永二十一年（一四一四）頃、室町絵巻の金字塔、清凉寺本『融通念仏縁起絵巻』が制作されます。清凉寺本は後小松上皇・将軍足利義持という公武の頂点を筆頭に、関白以下の公卿、有力守護大名、門跡クラスの高僧などが詞書を染筆し、絵は土佐派の絵師など当代きっての六名が描いたものでした。詞書の染筆年月日は応永二十一年五月六日前後に集中しており、これが義満の祥月命日にあたることから、その七回忌追善のために制作されたと推定されます。清凉寺本の後も室町殿追善を目的とした『融通念仏縁起絵巻』の制作は続き、文安二年（一四四五）の文安本（現存せず）、寛正六年（一四六五）の禅林寺本はともに嘉吉の変で暗殺された足利義教追善を目的とするものです。このように、明徳版本以降、室町時代の『融通念仏縁起絵巻』は足利将軍家の家督である室町殿が、亡くなった父の室町殿の年忌供養を目的として制作したという点で共通します。

■変わりゆく絵巻制作の主体

以上のように、室町殿を中心に絵巻の制作とコレクションの事情を見てきましたが、応仁・文明の乱を経て足利将軍家の権力が低下すると、絵巻制作の主体もこれに従って変化していきます。そのことが端的にわかるのは、明応四年（一四九五）に制作された『槻峯寺建立修行縁起絵巻』です。現在、絵巻は米国ワシントンDCのフリーア美術館に所蔵されていますが、もともとは、槻峯寺こと、摂津国能勢郡（現在の大阪府豊能郡能勢町）の月峯寺に所蔵されていました。この寺は、室町時代当時においてもさほど有名ではなかったようですが、絵巻は詞書を橋本公夏（一四五四～一五三八）が記し、絵を土佐光信が描いたきわめて正統的な作品です。公夏は三条西実隆と同時代に活躍し、その学識においても決して実隆に引けを取らない人物です。また土佐光信は、土佐派本流の五世代目にあたる絵師で、応仁・文明の乱後における混乱の中で朝廷の絵画制作を担当する絵所預の座を半世紀にわたって占め続け、将軍家の周辺でも活躍するなど、土佐派中興の祖というにふさわしい人物でした。このような錚々たるメンバーがなぜマイナーな寺院の縁起を制作したのかが問題となります。そこで、本絵巻の内容を見ると、修験の色合いがきわめて強く、月峯寺が摂津と丹波の国境の山中に位置する修験寺院であったことが注目されます。

　絵巻が成立した二年前、明応の政変というクーデターが勃発します。これは管領細川政元（一四六六～一五〇七）が時の将軍足利義稙の河内出陣に乗じてこれを攻撃、将軍の座から引き摺り下ろし、足利義澄を第十一代将軍に擁立した事件でした。臣下による将軍の廃立は、下剋上のさきがけであり、これによって政元は幕府の実権を掌握するのです。政元の畿内近国における政権基盤は、その領国であった摂津と丹波であり、よく知られるように政元は修験道に深く傾倒していました。つまり、月峯寺は政元領国にまたがり、修験の拠点でもあったため、政元の篤い信仰を受け、その縁起である『槻峯寺建立修行縁起絵巻』が制作されたと推定されるわけです。

　政元の養子で、政元暗殺後に政権を握った細川高国（一四八四～一五三一）も、やはり絵巻を制作させています。『鞍馬蓋寺縁起絵巻』は現存しませんが、模本の奥書によれば永正十年（一五一三）に奉納されています。その四年後、制作が開始されたのが、東博本『清水寺縁起絵巻』（全巻カラー図版は『続々日本絵巻大成』五、中央公論社、一九九四年、参照）です。

■『清水寺縁起絵巻』の制作契機を考える

清水寺の草創縁起のテキストとしては、平安中期、藤原明衡（九八九？〜一〇六六）による「清水寺縁起」（『続群書類従』二四所収）、鎌倉中期までに成立したとされる『清水寺縁起』（『続群書類従』二六下所収）などがあり、東博本は後者をもとに、『今昔物語』等から観音霊験譚を増補して成立したと考えられます。絵巻各巻の巻末にある江戸後期の古筆了伴（一七九〇〜一八五三）が記した詞書筆者の極書によれば、上巻第一段から第六段が近衛尚通（ひさみち）、第七段から第十一段が中御門宣胤、中巻第一段から第六段が三条実香（さねよし）、第七段から第十一段が甘露寺元長、下巻第一段から第五段が三条西実隆、第六段から第十一段と奥書が足利義政（一四三六〜九〇）の染筆とされています。このうち足利義政を除く五名の筆者鑑定については筆跡の比較から認めることができますが、義政については筆跡や活躍年代が異なります。また、東博本に附属する筆者目録には、義政が本絵巻を清水寺に奉納したことが記されていますが、これも同様に否定されます。下巻後半の詞書筆者については、すでに『大日本史料』第九篇之六において興福寺一乗院良誉とする見解が示されています。このことは、『守光公記』永正十四年（一五一七）四月十九日条に良誉が本絵巻詞書に後柏原天皇の宸筆を請うている事実とも併せ、近年の研究でも支持されています。島谷弘幸氏は『清水寺縁起』の詞書をめぐって」（『古筆学叢林』四、八木書店、一九九四年）において、近衛尚通と良誉が異母兄弟で両者が絵巻の企画者であるという推定に基づき、近衛家と足利将軍家との近しい関係から本絵巻の寄進者が足利義植（一四六六

図１　「清水寺縁起絵巻」上巻第六段
（土佐光信・光茂筆、東京国立博物館蔵、重要文化財）

～一五二三）ではないかと指摘しており、注目されます。

次に、東博本の内容を見ておきたいと思います【資料3】。絵巻は三巻三十三段からなり、上巻は大和国子島寺の賢心（後の延鎮）が山城国愛宕郡の山中に坂上田村麻呂の助力を得て清水寺を建立にいたる過程、延暦十四年（七九五）に征夷大将軍となった田村麻呂の蝦夷征討を描きます。中巻は田村麻呂の戦勝と凱旋、延暦十七年（七九八）の清水寺改築、そして田村麻呂の死までを描き、下巻は清水寺の観音によるさまざまな霊験譚を連ねています。ここで、主要な絵巻の場面を取り上げて見てみたいと思います。

上巻第二段　賢心、黄金の水流に導かれ淀川を遡上し、山城国八坂郷に着く。
第五段　宝亀十一年（七八〇）、賢心、鹿狩りに来た田村麻呂と出会う。
第六段　清水寺の寺地整備を鹿が手伝う。（図1）
第八段　延暦十四年（七九五）、桓武天皇、田村麻呂を征夷大将軍に任じ蝦夷に派遣。
第九段　田村麻呂、東国へ進発。（図2）
第十一段　田村麻呂、蝦夷と戦う。老僧と老翁、加勢する。
中巻第一段　田村麻呂、老僧と老翁に礼拝する。雷電神の加護により蝦夷に善戦。
第二段　田村麻呂、蝦夷の軍勢に追い討ちをかける。
第三段　田村麻呂、京都に凱旋。延鎮に謝意を示す。
第五段　延暦十七年（七九八）、田村麻呂、清水寺を改築する。（図3）

図2　同　上巻第九段

第九段　田村麻呂の葬送。

第十段　田村麻呂の木像を祀る。

図3　同　中巻第五段

下巻第二段　永万元年（一一六五）、二条天皇崩御。興福寺と延暦寺の抗争（額打ち論）。

第三段　延暦寺僧、清水寺を攻撃し本堂を焼く。本尊は自ら飛行し老松に止まる。

第五段　盛久、観音の加護により刑場で刀が折れ、赦免される。

第七段　奥州へ嫁入りした女、京の伯母を訪ねる。

第九段　女、母が転生した馬と対面。馬の頭を首にかけ孝養を尽くす。

第十一段　本堂東には釈迦堂と阿弥陀堂、奥に多宝塔など清水寺の伽藍の様子。

以上のように、本絵巻は、清水寺の草創と観音の霊験を主題とする点では、通常の社寺縁起絵巻と変わるところはないのですが、実のところ、前半部は坂上田村麻呂による蝦夷征討を中心に話が展開し、合戦の画面は特に長大です。つまり一種の合戦絵巻ともいえるわけです。田村麻呂による蝦夷征討は、中央政権による周縁地域支配の正当性を訴え、文字通りの「征夷大将軍」としての姿を写しているのです。また注目しておきたいのは、上巻第九段に描かれた、威風堂々と軍勢を率いる馬上の田村麻呂の姿です。ここのみ顔貌が丁寧に描きこまれています（図2）。

こうした画面から得られた情報をもとに、絵巻が制作された前後の時期、永正十一年から十七年頃における、「征夷大将軍」足利義稙と、絵巻企画者と目される近衛尚通・興福寺一乗院良誉の関係を確認しておきたいと思います【資料４・５・６】。

永正十一年（一五一四）
四月二十日　近衛尚通の子、興福寺一乗院良誉の附弟となる（『権官中雑々記』）。
永正十三年（一五一六）
四月二十七日　近衛尚通の女（足利義稙猶子、宝鏡寺南御所）、得度（『尚通公記』）。
五月十日　近衛尚通、足利義稙の願いにより、家蔵の足利家系図を写して贈る（同）。
六月十日　興福寺の衆徒、一乗院良誉と対立し、同院に投石。良誉、尚通を通じ幕府に訴える。尚通、細川高国らに善処を依頼（同）。
十一月二日　良誉、飛礫事件に対する幕府の成敗に対し謝礼のため上洛し、足利義稙に対面（同）。
永正十四年（一五一七）
正月四日　足利義稙、近衛尚通に物を贈る（同）。
三月十七日　良誉、法務となったことを謝すため、朝廷・幕府を訪れる（同）。
四月十九日　良誉、「清水寺縁起絵巻」詞書に後柏原天皇の宸筆を請う。天皇、「誓願寺縁起絵巻」に染筆しなかった先例に従い、これを却下（『守光公記』）。
五月二十七日　甘露寺元長、中御門宣胤を訪れ「清水寺縁起絵巻」詞書執筆を依頼（『宣胤卿記』）。
九月十七日　中御門宣胤、「清水寺縁起絵巻」三十三段のうち五段分の染筆を終え、甘露寺元長に遣わす（同）。
永正十七年（一五二〇）
四月二十四日　三条西実隆、「清水寺縁起絵巻」端五段分の染筆を終え、甘露寺元長に遣わす（『実隆公記』）。

このように近衛家と義稙の姻戚関係は、義稙が尚通の女や、尚通の子で一乗院良誉の附弟となった覚誉を猶子とするなど、深いものがありました。それだけでなく、興福寺で発生した飛礫事件の善処などを通じて義稙との密着の度を深めており、絵巻制作の契機として義稙の存在は大きかったと想像されます。

足利義稙は義政の弟義視の子として生まれ、義政の子義尚没後、延徳二年（一四九〇）第十代将軍に擁立されます。初め義材（よしき）、明応七年（一四九八）に義尹（よしただ）、永正十年（一五一三）

に義稙と名を改めます。前将軍義尚の遺志を受け、義稙は近江六角氏征討や河内畠山氏の内紛など積極的に軍事介入し、武力による政権基盤の安定と将軍権威の向上を目指しました。ところが明応二年（一四九三）、細川政元は義稙に叛旗を翻し足利義澄を第十一代将軍に擁立します。先ほど述べた、この明応の政変と称されるクーデターによって義稙は北陸に落ち、朝倉氏などの庇護を受けながら、再起の機会をうかがいます。その後、周防山口に下り、大内氏を頼ります。そして細川氏の内紛に乗じ、大内義興に擁されて上洛、永正五年（一五〇八）将軍に復し、細川高国を管領としました。東博本成立当時の義稙は大内氏・細川氏連合政権に推戴される存在でしたが、一方で独自の権力強化にも取り組んだため両氏と対立、大永元年（一五二一）には将軍を廃され、のち阿波に没します。このような義稙をめぐる状況を、近い姻戚関係で結ばれた近衛家からみれば、伝説の将軍である田村麻呂と重ね、その政権の安定を祈念することは十分にありえたのではないでしょうか。その場合、上巻第九段の田村麻呂の姿（図2）は、実は義稙の容貌を写したものである可能性も高いと思います。

実際に絵巻制作の資金がどこから拠出されたのか、制作主体は近衛家なのか興福寺なのか、あるいは義稙自身によるのか、また、この三者のうちいずれが清水寺に奉納したのか、より詳細な検討が求められます。しかし、この絵巻が足利尊氏の『泰衡征伐絵』などの室町殿コレクション、あるいは、一連の『融通念仏縁起絵巻』の流れの上にあり、足利将軍の権威を荘厳する存在として機能していたことは明らかであると思われます。こうした潮流は、都落ちした第十二代将軍足利義晴が、近江六角氏の庇護のもと仮寓していた桑実寺で享禄五年（一五三二）に制作させた『桑実寺縁起絵巻』（桑実寺蔵）まで続くことになります。

室町時代の絵巻群を巨大な山脈とすると、本日取り上げた絵巻はその稜線を形成する最も正統的な作例といえます。そして裾野には、小絵と呼ばれる絵巻や御伽草子系の絵巻などが豊かに広がっています。こうした山脈の鳥瞰図を描くためにも、まずは頂点となる作品の位置づけを確定させ、稜線を縦走してみることが必要であると思われます。しかるべき後に、稜線から伸びる尾根筋や渓谷に分け入ってみたい。現状ではそのように考えております。ありがとうございました。

※図1～3
Image：TNM Image Archives
Source：http://Tnm Archives.jp/

【資料1】 室町殿コレクションの絵巻（足利尊氏〜義教期）

絵巻名・巻数	『看聞日記』の記事　〈 〉内割注、〔 〕内傍注	備考　〈 〉内割注
『粉河観音縁起絵』七局	永享六年五月二十五日条「自内裏粉河観音縁起絵三局且被下、畏悦殊勝之絵也、自室町殿被進云々、」、同二十六日条「自内裏御絵之残四局給、粉河縁起七巻有卅三段、利生掲焉殊勝也、」、嘉吉元年五月二十六日条「内裏粉河縁起絵一合〔七局〕〈沈金筥、〉被下、殊勝也、公方被進彼御絵歟、」	「粉河観音縁起絵詞〈和長卿筆歟〉一冊」（『禁裡御蔵書目録』）
『地蔵験記絵』六局	永享九年八月二十九日条「自禁裏地蔵絵六局給、拝見殊勝也、」、永享十年六月七日「抑内裏より、地蔵験記絵一合〈六巻、〉給、室町殿御絵云々、此間御不予本復御養性之間、御つれ〳〵なくさめニ絵有御尋、是へも奉、雖相尋未出来、室町殿へ被申間被進云云、此絵奥書云、外題参議正二位行侍従藤原朝臣〈行忠卿〉清書散位従四位上藤原朝臣業清　絵々所散位従四位上藤原朝臣行光　但大進法眼善祐書之云々　貞治〈丁未〉孟秋上澣　権中納言藤原朝臣為秀　殊勝絵也、地蔵験記流普絵ニハ聊替所あり、同事もあり、」、同八日条「地蔵御絵返献、」	
『十二神絵』	永享十年六月八日条「又十二神絵〔畜類歌合〕被下、電覧則返進、又九郎判官義経奥州泰衡等被討伐絵十巻給、室町殿被進絵也、殊更殊勝握翫無極、詞参議拾遺行忠卿、絵所従四位藤原朝臣行光筆也、男共祇候覧之、行豊朝臣読詞、」、同九日条「絵覧之慰徒然、絵銘泰衡征伐絵也、大事之御絵之間忩返進」、嘉吉元年四月四日条「自内裏十二神絵給、室町殿被進云々、」	『綱光公記』宝徳元年九月六日条
『泰衡征伐絵』十巻		『後深心院関白記』延文四年五月十五日条、『康富記』嘉吉二年十二月三日条、『綱光公記』宝徳元年九月六日条、「泰衡征伐物語〈宣秀卿筆〉一冊」（『禁裡御蔵書目録』）

『目連尊者絵』三局	永享十年六月十日条「内裏より又目連尊者絵三局、〈奥書云筆者長官前大蔵権少輔従五位下藤原光益、嘉慶二年六月　日〉給之、殊勝絵也、〈絹ニ書、詞筆者不載、殊勝筆跡也、〉又和田左衛門尉平義盛絵七局〈浅井三郎義秀幕府住所門破事、〉同給、是等皆自室町殿被進云々、殊勝絵也、握翫無極」	「目連尊者絵詞〈元長卿筆〉一冊」（『禁裡御蔵書目録』）
『和田左衛門尉義盛絵』七局		『御湯殿上日記』大永六年九月十一日条
『平家絵』十巻	永享十年六月十三日条「内裏より平家絵十巻給、是も自公方被進云々、（中略）平家詞、源中納言、行豊朝臣読之、」、同十六日条「平家絵内裏返進、」	
『清少納言枕双子絵』二巻	永享十年十二月三日条「抑自室町殿御絵二巻給、此詞伏見院宸筆云々、実否御不審定可存知歟、見て可申之由、女中より内々承、清少納言枕双子絵也、殊勝也〔墨絵也〕、宸筆雖相似不分明、御筆とハ不存、源中納言同前申、若萩原殿進子内親王御筆歟、絵も同前歟、其も不分明之間、宸筆とハ慥不拝見之由御返事申、御絵聽返進了、禁裏より御絵一巻給、むくさい房絵也、新写也、是も室町殿被入見参云々、」	
『むくさい房絵』一巻		
『三寺談話絵』五巻	嘉吉元年四月六日条「三寺談話絵五巻内裏被下、室町殿被新調絵云々、太殊勝也〔くほ田筆也〕、」	
『太神宮法楽寺絵』五局	嘉吉元年五月二十七日条「又太神宮法楽寺絵〈五局、〉被下、自室町殿被進云々、（中略）又自内裏貞任宗任討伐絵三巻被下、電覧慰徒然、」	
『貞任宗任討伐絵』三巻		
『稲荷縁起絵』八巻	嘉吉三年四月九日条「室町殿御絵三合、〈稲荷縁起絵八巻、鹿苑院殿東大寺受戒絵五局、赤松円心合戦絵十一巻、〉被出、宮御方内々依被申借給、〈上臈申次、〉為悦、則内裏入見参、」、同十日条「稲荷絵詞男共令写、」	
『鹿苑院殿東大寺受戒絵』五局		『康富記』嘉吉四年閏六月十一日条、『御湯殿上日記』明応三年七月二十七日条
『赤松円心合戦絵』十一巻		

【資料2】室町時代の政権と絵巻制作

和暦	西暦	月日	絵巻名（太字は現存）	出典・所蔵	絵師	詞書筆者	注文主
延文四年	一三五九	五月九日	泰衡征伐絵十巻	『後深心院関白記』同日条、『看聞日記』永享十年六月八日条	藤原行光	世尊寺行忠	足利尊氏、足利義詮、三宝院賢俊
貞治六年	一三六七	七月上旬	地蔵験記絵六巻	『看聞日記』永享十年六月七日条	藤原行光、善祐	世尊寺行忠（外題）、藤原業清（詞書）、冷泉為秀（奥書）	足利義詮か
永徳三年	一三八三	二月	北野天神縁起絵巻	『北野文叢』	藤原光増（六角寂済）		足利義満か
嘉慶二年	一三八八	六月	目連尊者絵三巻	『看聞日記』永享十年六月十日条	藤原光益（六角寂済）		足利義満か
明徳二年	一三九一	四月二十七日	**融通念仏縁起絵巻（明徳版本）二巻**	奥書、詞書年記（大念佛寺蔵、個人蔵）		尊道法親王、覚増法親王、尭仁法親王、二条師嗣ほか	足利義満か
応永二十一年	一四一四	五月六日頃	**融通念仏縁起絵巻（清凉寺本）二巻**	奥書、詞書年記（清凉寺蔵）	六角寂済、藤原光国、土佐行広、藤原行秀、永春、粟田口隆光	後小松上皇、足利義持、二条持基、青蓮院義円ほか	足利義持か
永享五年	一四三三	四月二十一日	**誉田宗廟縁起絵巻三巻**	奥書（誉田八幡宮蔵）	粟田口隆光か		足利義教
永享五年	一四三三	四月二十一日	**神功皇后縁起絵巻二巻**	奥書（誉田八幡宮蔵）			足利義教
文安二年	一四四五		融通念仏縁起絵巻（文安本）	『融通念仏縁起絵詞』		後花園天皇、二条持基、貞成親王ほか	足利義教後室瑞春院
寛正六年	一四六五		**融通念仏縁起絵巻（禅林寺本）二巻**	詞書年記（禅林寺蔵）	六角益継か、土佐広周か	後花園天皇、足利義政ほか	足利義政か
明応四年	一四九五	七月下旬	**槻峯寺建立修行縁起絵巻二巻**	奥書（フリーア美術館蔵）	土佐光信	橋本公夏	細川政元
永正十年	一五一三	六月	鞍馬蓋寺縁起絵巻三巻	模本奥書	狩野元信	細川高国（奥書）	細川高国
永正十四年	一五一七	九月二十七日	**清水寺縁起絵巻三巻**	『宣胤卿記』同日条（東京国立博物館蔵）	土佐光信、土佐光茂	近衛尚通、一乗院良誉、三条西実隆ほか	近衛尚通、一乗院良誉、（足利義稙）
享禄五年	一五三二	八月十七日	**桑実寺縁起絵巻二巻**	奥書（桑実寺蔵）	土佐光茂	後奈良天皇、尊鎮法親王、三条西実隆	足利義晴

【資料3】『清水寺縁起絵巻』（東京国立博物館蔵）の内容

巻	段	内容	詞書筆者
上	一	大和国子島寺賢心（後の延鎮）の仏道修行。	近衛尚通
	二	賢心、子島寺を出、淀川の金色の水流に沿い東へ向かう。	〃
	三	賢心、山城国愛宕郡八坂郷の山中で行叡に出会う。	〃
	四	賢心、東方へ修行に出た行叡を発見できず、牛尾峰でその沓を拾う。	〃
	五	宝亀十一年（七八〇）夏、鹿狩りに来た坂上田村麻呂、賢心に出会う。	〃
	六	田村麻呂、寺院建立を決意、鹿が寺地整備を助ける。	〃
	七	田村麻呂夫人高子、金色八尺の千手観音を安置。賢心、延鎮と改名。	中御門宣胤
	八	延暦十四年（七九五）、桓武天皇、田村麻呂を征夷大将軍に任じ蝦夷に派遣。	〃
	九	田村麻呂、東国へ進発。	〃
	一〇	延鎮、田村麻呂の戦勝のため昼夜祈祷する。	〃
	一一	田村麻呂、蝦夷と戦う。老僧と老翁、加勢する。	〃
中	一	田村麻呂、老僧と老翁に礼す。雷電神の加護により蝦夷に善戦。	三条実香
	二	田村麻呂、蝦夷の軍勢に追い討ちをかける。	〃
	三	田村麻呂、京都に凱旋。延鎮に謝意を示す。	〃
	四	田村麻呂、天皇に戦勝を報告。延鎮、内供奉十禅師に補される。	〃
	五	延暦十七年（七九八）、田村麻呂、清水寺を改築する。	〃
	六	田村麻呂、除災法会の施物として邸内の建物を清水寺に寄進。	〃
	七	田村麻呂、大納言へ昇進。弘仁二年（八一一）、田村麻呂没。	甘露寺元長
	八	田村麻呂に二位を追贈。	〃
	九	田村麻呂の葬送。	〃
	一〇	田村麻呂の偉丈夫ぶりをたたえる。	〃
	一一	三重塔（子安塔）は嵯峨天皇の皇子誕生祈願の験として葛井親王が創建。	〃
下	一	信濃国で修行中、大蛇に巻かれた兼慶、門に二天安置を発願し難を逃れる。	三条西実隆
	二	永万元年（一一六五）、二条天皇崩御。興福寺と延暦寺の抗争（額打ち論）。	〃
	三	延暦寺僧、清水寺を攻撃し本堂を焼く。本尊は自ら飛行し老松に止まる。	〃
	四	平家滅亡により囚われた盛久、日頃の信仰により夢中に観音の化現に会う。	〃
	五	盛久、観音の加護により刑場で刀が折れ、赦免される。	〃
	六	清水寺に参籠した女、五条で出会った武士とともに東国へ下る。	（一乗院良誉）
	七	奥州へ嫁入りした女、京の伯母を訪ねる。	〃
	八	清水寺に参籠した女、亡母が馬に転生したことを知る。	〃
	九	女、近江国四十九院で死んだ馬と対面。馬の頭を首にかけ孝養を尽くす。	〃
	一〇	鎮守社鳥居西の本願院は行叡・田村麻呂・高子・延鎮らを祀る。	〃
	一一	本堂東には釈迦堂と阿弥陀堂、奥に多宝寺など清水寺の伽藍の様子。	〃
奥書		清水の地の清浄なることを説く。	（一乗院良誉）

【資料4】『清水寺縁起絵巻』関係史料

①『守光公記』永正十四年（一五一七）四月十九日条

「一乗院殿、今夕、以北大路、被仰下云、清水寺縁起絵詞、被染震（ママ）筆可被畏申、至奥、摂家各可有助筆之由被申、内々令披露処、今度誓願寺縁起、陽明以下各被染筆、震（ママ）翰四条執申、殊先皇異于他御信仰之間、如何様□被染度雖思召、一向御事不遊間、清水寺為同前、可然様為意得可申云々、則翌朝申此子細、今返上縁起者也、」

②『宣胤卿記』永正十四年五月二十三日条

「新亜相被来、清水寺縁起絵詞、余清書事懇望、」

③『宣胤卿記』永正十四年九月十七日条

「清水寺縁起絵詞、余清書五段分（三十三段内）、遣甘亜相、依彼卿伝達也、絵者土佐刑部大輔光信朝臣書之、云々、」

④『宣胤卿記』永正十四年紙背文書

「昨日高札時分、祇候御会、入夜拝見申候、絵詞給候、祝着、寺家定可為快然候、只今所用事候て、登山候事候間、不能一二候、恐惶謹言、

九月十八日　花押（元長）

中御門殿」

⑤『実隆公記』永正十七年（一五二〇）四月二十四日条

「入夜深雨、甘露寺入来、清水寺縁起絵詞端五段今日染筆、遣甘露寺了、」

【資料5】足利将軍家略系図

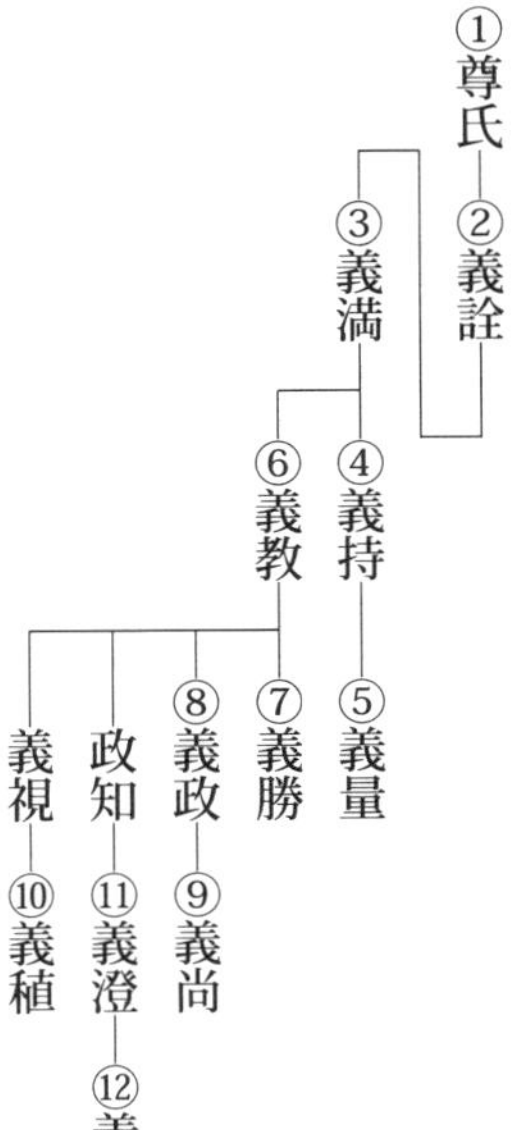

【資料6】『清水寺縁起絵巻』関係年表

和暦	西暦	月日	内容
永正十一年	一五一四	二月十七日	興福寺、清水寺法華堂（朝倉堂）落慶供養の導師を延暦寺僧が勤めること阻む（『公条公記』）。
		四月二十日	近衛尚通の子、興福寺一乗院良誉の附弟となる（『権官中雑々記』）。
		八月十二日	関白近衛尚通、太政大臣に任ぜられる（『公卿補任』他）。
		八月二十四日	近衛尚通、関白を辞す（『公卿補任』他）。
永正十三年	一五一六	四月十二日	興福寺一乗院良誉、大僧正となる（『尚通公記』他）。
		四月二十七日	近衛尚通の女（足利義稙猶子、宝鏡寺南御所）、得度（『尚通公記』）。
		五月十日	近衛尚通、足利義稙の願いにより、家蔵の足利家系図を写して贈る（『尚通公記』）。
		六月十日	興福寺の衆徒、一乗院良誉と対立し、同院に投石。良誉、尚通を通じ幕府に訴える。尚通、細川高国らに善処を依頼。（『尚通公記』）。
		十一月二日	良誉、飛礫事件に対する幕府の成敗に対し謝礼のため上洛し足利義稙に対面（『尚通公記』）。
		十二月二十七日	近衛尚通、太政大臣を辞す（『尚通公記』他）。
永正十四年	一五一七	一月四日	足利義稙、近衛尚通に物を贈る（『尚通公記』）。
		三月十七日	良誉、法務となったことを謝すため、朝廷・幕府を訪れる（『尚通公記』）。
		四月十九日	良誉、「清水寺縁起絵巻」詞書に後柏原天皇の宸筆を請う。「誓願寺縁起絵巻」に染筆しなかった先例に従い、これを却下（『守光公記』）。
		五月二十七日	甘露寺元長、中御門宣胤を訪れ「清水寺縁起絵巻」詞書執筆を依頼（『宣胤卿記』）。
		九月十七日	中御門宣胤、「清水寺縁起絵巻」三十三段のうち、五段分の染筆を終え甘露寺元長に遣わす（『宣胤卿記』）。
永正十七年	一五二〇	四月二十四日	三条西実隆、「清水寺縁起絵巻」端五段分の染筆を終え、甘露寺元長に遣わす（『実隆公記』）。

（主要参考文献）

中村直勝「清水寺仮名縁起の草稿に就いて」（『宝雲』二三、一九三八年）
湯川敏治「中世公家家族の一側面―『尚通公記』の生見玉行事を中心に―」（『ヒストリア』九一、一九八一年）
逵日出典「大学頭明衡筆『清水寺縁起』と『扶桑略記』所引清水寺縁起」（『日本仏教史学』二一、一九八七年）
設楽　薫「足利義材の没落と将軍直臣団」（『日本史研究』三〇一、一九八七年）
柴田真一「近衛尚通とその家族」（中世公家日記研究会編『戦国期公家社会の諸様相』、和泉書院、一九九二年）
島谷弘幸「『清水寺縁起』の詞書をめぐって」（『古筆学叢林』四、八木書店、一九九四年）
榊原　悟「『清水寺縁起』私見」（『続々日本絵巻大成』五、一九九四年）
末柄　豊「足利義稙の肖像画」（『日本歴史』六二二、二〇〇〇年）
今岡典和「足利義稙政権と大内義興」（上横手雅敬編『中世公武権力の構造と展開』、吉川弘文館、二〇〇一年）
久留島典子『一揆と戦国大名』（『日本の歴史』一三、講談社、二〇〇一年）
鈴木善幸「縁起・伝承をめぐる寺社と民衆の葛藤―『清水寺縁起絵巻』における田村麻呂伝承の展開を中心に―」（大桑斉編『論集仏教土着』、法藏館、二〇〇三年）
高岸　輝『室町王権と絵画―初期土佐派研究―』（京都大学学術出版会、二〇〇四年）

パネリストの発表を受けて

小峯■ありがとうございました。

徳田さんは、『十界図屏風』絵画を対象に物語、説話、あるいは和歌をも含めた一体化された表現の総体をどう読みとくか、近年の唱導研究もまじえての注釈的な方向でのご報告だったと思います。

斉藤さんは、『酒呑童子絵巻』を中心にしたご報告で、前半は諸本分類の再検証が必要ではないかという提言で私も全く同感です。後半は具体的に『酒呑童子絵巻』の結末の凱旋場面をもとに、その意味するものをどのように史料類から解読し補強していくかを報告していただきました。

高岸さんの報告は、室町王権と言っていいのでしょうか、今谷明さん辺りから注目されている問題ですが、近年では三田村雅子さんの『源氏物語絵巻』論とか、あるいは兵藤裕己さんの『平家物語』論などと緊密につながってくる、室町殿と王権の象徴たるべき絵巻の多くは過去の源氏の故事を神話化したもので、文化の記憶にもかかわる問題について具体的に論じていただきました。

それでは後半に移りたいと思います。中身の濃い報告をいただきましたが、とにかく時間が限られておりまして、いろいろ議論したいと思うのですが、ちょっと余裕がないのが残念です。お三人の報告を聞いてのコメントを、今日、二人のコメンテーターをお招きしておりますので、まずお二人からうかがって、徳田さんは特にまだ話し足りなさそうなので、補足的なことを後からお話しいただければと思います。

最初にご紹介いたしますが、美術史の金沢美術工芸大の太田昌子さんです。屏風絵をはじめさまざまな美術研究を精力的に推進されておりまして、特に朝日百科の「国宝の旅」の別冊で大西広さんとお二人で展開された絵の居場所シリーズはたいへんに刺激的な研究であります。ぜひご本にしていただきたいと思っていますが、特に我々どうしても絵というと美術館や博物館に展示されているイメージが刷り込まれていますので、そうではなくて、本来あった絵の場所からあらためて絵を見つめなおす必要があることを再認識させられます。これは自ずとメディア論にもなっていくわけですが、そういう観点からご意見をうかがえるかと思います。

それからもうお一人は、広島大学の竹村信治さんで、中世古代を中心とする説話研究で皆さんよくご存知かと思います。説話の言述論として、方法意識の極点をいくような説話論を展開されております。それでは太田さんからお願いいたします

太田昌子（おおた　しょうこ）
1944年、東京都練馬区生れ。東京大学大学院博士課程修了。文学修士。現在、金沢美術工芸大学美術工芸学部教授。主著:『俵屋宗達筆松島図屏風』（絵は語る９、平凡社）、『禅林画賛―中世水墨画を読む』（共著、毎日新聞社）、「花鳥の居場所―西本願寺書院襖絵を中心に」（日本美術史講座４『場の造形』東大出版会）など。

太田■いまご紹介にあずかりました、日本絵画史を専門とする金沢美術工芸大学の太田でございます。どうぞ宜しく。

昨日から発表を幾つか聞かせていただきました。今日のこの第二分科会でも三人の方の発表を聞きました。そこでまず思ったのは、私の属しております美術史学会でも是非お話をしていただきたいということでした。つまり研究対象が同じでも専門分野が異なると、先端の研究成果・手法が共有しにくいという弊害を少しでも取り除きたいという思いがあります。とくに今日の発表者のうち、髙岸さんはもともと美術史専門ですが、他の徳田さん、斉藤さんはそれぞれ文学、あるいは歴史というふうに専門が異なりますから、早急に美術史学会などの場においてその成果を共有できる機会が訪れることを望みます。

中世文学会は今回で五十周年九十八回を数える、大変に歴史も永く、また水準も高い学会と聞いておりますが、実はちょうどこの同じ時期に第五十八回目の美術史学会の全国大会が大阪で開催されております。もし会期がずれていたら、この会場の席では足りなかったことでしょう。というのも、この第二分科会のテーマ、「中世文学とメディア・媒体――絵画を中心に」に強い関心を持つ美術史研究者は少なくないからです。しかも、そのなかには方法論も含めて、かなり先鋭

な意識の研究者たちが大勢おります。こうした事情からも重ねて今日の成果を共有できる機会を期待しております。

さて、ご紹介いただきましたように、私の関心は、従来の美術史研究の主流であります、様式史や鑑定的な作者・制作年代に関する研究とは多少異なるところがあります。ひとくちで言えば「絵の居場所」ということについて大西広と少しまとめたものがあります（「絵の居場所」『朝日百科　国宝と歴史の旅』二〇〇〇〜二〇〇二）ので、これからの意見や質問もおのずとそれとの関連ということになります。いま申しました「絵の居場所」とは、絵がつくられたはじめの場所、つまり本来の居場所に戻してみて、そこでの機能や享受の様態を考察することを第一歩とするという立場であり、そのことはとりもなおさずメディアの問題と関連してゆくことになります。

まず、さきほど髙岸さんの御発表にもありましたが、美術史はその研究対象がやはりハイ・アート中心であり、それがいまも主流です。なおかつそのなかでも様式研究が、その問題点を指摘されながらも、やはり主流であることに変わりありません。また、斉藤研一さんは、もはや歴史学、文学において、絵画史料の研究は異例なことではないというふうに、その著『子どもの中世史』で書いています。これが事実ならば大変うれしいことでありますが、今日の発表では冒頭で必ずしも楽観はできないというふうに若干訂正なさいました。いまのところまだ、絵画史料を美術史学は歴史学や文学などとどのように共有できるのか、その方法論すら明確にはなっていないように見えます。漸く第二段階に進みはじめたところといえるぐらいのところでしょうか。

こうした美術史の研究状況は私自身の研究テーマ、あるいは対象の変遷とも密接に関わっています。はじめ私の研究テーマは、室町水墨画という、ハイ・アートのなかのハイ・アートというべきものでした。具体的には水墨画と漢詩がセットになっている掛け軸が多いのですが、そこには山水のなかに書斎などが描かれています。当時の禅僧たちの理想郷を描きだしてそれに自分たちで詩を付けたというものです。詩と絵の関係など補完的であったりして面白いのですが、大変難解な、いわば水墨画のなかの水墨画ともいえるものです。学生時代はそうした研究分野のヒエラルヒーという幻影に目くらましをくらって、水墨画から入り、とにかく十八年ほど前に仲間と『禅林画賛―中世水墨画を読む』（毎日新聞社一九八七）を刊行することが出来ました。ところが一段落してみると、ハイ・アートとしての水墨画研究からはどうやら上の方、禅僧の生活環境とか、将軍との関係とか、また大陸や半島との文化交流も見えてきます。なにしろ禅僧のトップはいまでいえば外務省の高官のような役割を果たしていたわけですから、そうした面もわかってきます。ところがもう少し下というか、さっき髙岸さんもおっしゃった裾野のところがわかりにくいという思いがつのってきまして、そこである意味では対極ともいえる庶民に絵解き勧進したような中世縁起絵に関心を持ちました。この研究過程で、ここにいらっしゃる小峯さんや徳田さん、そして絵解き研究会の方々にお教えいただくことが多くなりました。とくにこの十五年ほどは、一四世紀前半につくられた志度寺縁起絵やその後現代にまで続く善光寺縁起絵を研究の中心に据えてよろよろと歩んできております。

志度寺といえば、ご存じの方も多いと思いますが、その縁起文は謡曲の「海人」とも密接な関係があります。この「海人」の主人公である藤原鎌足は、また幸若舞曲「大織冠」の主人公としてさらに展開してゆくというふうに、いわば中世神話とも関わるわけですが、研究の過程で一群の大織冠絵の存在も浮かびあがってきました。大織冠絵については日本の美術史ではあまりまだ明確に認識されていませんが、むしろドイツの気鋭の美術史家、メラニー・トレーデさんが最先端の研究成果を一年ほど前に英文で出版しています。メラニーさんのその博士論文は、主として近世の大織冠屏風を中心にしたものです。そうした成果も含めて大織冠絵を「絵の居場所」、メディアという観点からざっと大観してみれば、中世には縁起絵として掛幅になり、近世初頭には絵巻や屏風に描かれ、大名などの道具として広がり、やがては婚礼道具のひとつとして押絵貼屏風となり、さらには浮世絵や絵馬にも描かれ、なんと刺青や祭りの幔幕などにもなります。こうなると物語全体ではなくクライマックスの「玉取り」の場面が専らとなります。メディアが変われば表現も変わってゆきます。刺青になった「玉取」は男性の背中にあってその命を守るものとしてよろこばれたのでしょう。いまでも三大彫り物のひとつに数えられているようです。イメージはこんなふうにある時は絵巻の詞書や縁起文といった文字と関連しながら、あるときはイメージだけが多様なメディアにのって展開してゆきます。

ついでに一言、今日のこの分科会の題についてですが、「中世文学と、メディア、媒体—絵画を中心に」のなかの「メディア」と「媒体」は同義語というふうにもいえます。これをなんとか理解するには、「メディア」の方は「情報メディア」、あとのは「表現媒体」という言葉の省略語とすればよいのだと納得して参りました。もしこの解釈が間違っていたらご指摘ください。

さて、美術のなかの絵画に限っても、いまざっと大織冠絵で述べましたように、メディア、ここでは画面形式という意味ですが、それは多様にあり、主題や機能なども関連しながら歴史的にも変化してゆきます。さきほど徳田さんがご発表で紹介されたのは屏風絵でした。髙岸さん、斉藤さんはもっぱら絵巻形式の作品をとりあげました。今日のご発表ではどの方もそれらの表現媒体自体のもっている、いわばメディア自体が内包している表現への規定性などについての考察はなかったかと思います。さらにはそれらのメディアが持っていた居場所、たとえば寺社に奉納されたとか、あるいは天皇のために制作・献上されたとかといった当初の居場所というものがまずあるわけですが、こうした居場所も変遷します。いわゆる伝来にかかわるところですが、居場所がかわると絵画作品、つまりイメージの浸透力やさらには意味あいまでも相伴って変化するのではないでしょうか。

たとえば髙岸さんに教えていただきたいのですが、大江山絵巻がつくられて奉納され、あるいは鑑賞されて、そのあとどのようにイメージ浸透力を持っていったのか、どんなメディアにのっていくことになったのか、これについてお考えがあればお教えください。ご提示の一覧表によれば、ほとんど屏風には描かれなかったようにみえますね。大江山の物語は近世以降の絵馬などには頻出するわけですが、それはいったいなにを意味しているのでしょうか。

竹村■失礼いたします。竹村です。時間がないということですので、さっそくコメントに入らせていただきます。

私は、今日お話をお聞かせいただいた方々のように、絵をいろいろ見ているわけではありません。全く見ていないといってよろしいし、歴史についても深く考えたことがないのですが、今から十八年ほど前、何かの用事でたまたま上京し、小峯さんの研究室を訪ねましたら、「今晩、早稲田で、黒田日出男さんが参詣曼荼羅について発表されるから、一緒に行こう」と誘っていただきまして、それをうかがいに参りました。一九八七年の六月一日のことですので、まるまる十八年ほど前ということになります。

その時の黒田さんのご発表は「寺社参詣曼荼羅の『解釈』をめぐって——西山克氏の批判に応えて——」(於早稲田大学文学部第一会議室)と題するものでしたが、配布された資料がたまたま部屋に残っておりまして、ここに持ってきました。そのころ、黒田さんは参詣曼荼羅の読み方をめぐって西山克さんと論争をなさっていて、黒田さんは、参詣曼荼羅を読むときには個別にそれぞれの参詣曼荼羅を丁寧に読み解いていきたい、とのお立場、一方の西山さんは、むしろ類型学、こちらを志向すべきだということをおっしゃって、両者の間で議論がなされていたのです。私は、〝参詣曼荼羅を読む〟といったことにこの研究会ではじめて出会いまして、ずいぶんと衝撃をうけました。こんな研究の分野があるのだということで、目を開かれた気持ちになりました。その折の黒田さんのお話では、個別にそれぞれの参詣曼荼羅を丁寧に読むとはいっても、しかし一義的な決定はむずかしいので、それぞれの研究者が、あるいは読み手はその画像の中のさまざまな要素の関係性を読み解き、一次的な読みの試案を出して、お互いにそれらを交流させて修正していく、それしかないだろう、とにかく大事なのは一つの絵をどう読むのか、それぞれの個別の形象、絵巻の場合は言葉も含めてですが、参詣曼荼羅の場合ではそれぞれの図像をどう関係づけていくのか、そのところを試みてゆくのだ、とおっしゃって、これも、そのころ説話集所収の説話間の関係を読み取ることに熱中していた私にとってはずいぶん刺激的でした。そのあと、自分でも『伴大納言絵巻』や『信貴山縁起』などでやってみたことがあります。但し、これは黒田さんから批判されました。三年ほど前のことです。

この時の黒田さんのご発表では、絵をどういうふうに読むのか、参詣曼荼羅を読むときの分析の方法ということなのですが、これについての提案がなされました（「②参詣曼荼羅読解・分析の方法」）。冒頭に「どこが問題なのか」と記して、六項目に「問題」が列挙されていまして（A「絵画史料の性格をどのように考えるか」、B「研究計画のレベル」、C「人物図像の類型学について」、D「客観的な根拠論＝証明の問題、読解主体の問題＋一義的解釈の問題」、E「意味論的統辞法の原則＝他人の借り物について」、F「寺社参詣曼荼羅の研究と『絵解き』」）、それぞれのご指摘は十八年後の今日でもなお活かされるべき提案かと思いますが、本日のシンポジウム

竹村信治（たけむら　しんじ）
1955年、兵庫県生野町出身。広島大学大学院博士課程後期中退、博士（文学）。現在、広島大学大学院教育学研究科教授。
主著：『言述論（discours）for説話集論』（笠間書院）など。

にかかわる範囲で、ここではAの「絵画史料の性格をどのように考えるか」だけをご紹介します。

A「絵画史料の性格をどのように考えるか」、この課題を、黒田さんは三つの視点から論じられました。一つめは「作品論として」。その統一性、享受の仕方を視野に収めながら個別の作品としていかに生き生きと読み取れるのか、の問題。二つめは「史料論として」。どのように史料として利用できるか、の問題。そして三つ目は「絵画の特質論として」。汲み尽くせない＝読解しつくせない絵画の、その多様な読解の可能性を認めた上で、多様性・多義性と分析の階層性をどのように理解・把握していくか、そして解釈の統一性をどのような深みから実現していくか、の問題。こういったことを、問題点、あるいは方法論上の課題として出していらっしゃいます。

これらは現在でも注意を払うべき問題かと思いますし、今日のご発表も、この、作品としてどう読むのか、また史料としていかに扱うのか、絵画の特質としてどう統一的に理解・把握するのかといった線に即してのご議論ではなかったかと思います。むしろ、黒田さんのご提案をより発展させ、ふくらませる方向でのご発表ではなかったかというふうに、うかがったわけです。たとえば、徳田さんのご発表の場合で申しますと、黒田さんは、この時の発表のなかで、「③累積する歴史と絵画史料読解」と題して、図像に累積しているさまざまな歴史の問題を話題にされ、これらをどう取り出しながら読んでいくのかが絵画史料読解においては重要だと指摘されています。そこでは「さまざまな累積」との項目のもとにA「地誌的累積」、B「文芸的累積」、C「民俗的累積」の三つが取り上げられていますが（さらに、「地誌的・文芸的な累積を読むとは？」として「それが事実であるか否かという読み・解釈を踏まえて」「しかし、各時代の解釈・付会を読み取っていくことで、絵の解釈に歴史的パースペクティブをもたらす試み。一枚の絵をその解釈の累積の中で変貌させていくこと。」「それを経過して、絵の動かざる構図・意味作用をも浮かび上がらせる。」との解説もある）、今日の徳田さんのご発表をうかがっていますと、これらの地誌的、文芸的、あるいは民俗的のいずれにも入らない、むしろ宗教的な言語世界の累積とでもいいましょうか、そこを丁寧に掘り起こされたご発表で、いかに大きな累積をもった世界で絵画が描かれているかということに、目を開かされたわけです。近年は、地誌的でも、文芸的でも、あるいは民俗的でもない、それらを全部含み複合させたものかもしれませんけれども、宗教的な世界でのネットワークを通じてさまざまな教義、論説、さらに多くのジャンルの言説、言表が混淆し、その坩堝のなかで新たな言表が産出、生成されていく事態に注目が集まっていますが、そこで見出だされた「累積」に関係づけた読解をお示しいただいたわけで、それは黒田さんのご指摘を一歩前進させて、より中世の時空間の文化的累積に関係づけた絵画の読解の実際をお聞かせいただいたのではないかと思います。

また、斉藤さんのご発表では京都の地誌にかかわる事例も取り上げられていましたけれども、これは、黒田さんご指摘の「地誌的累積」に注目し、その具体的な相を絵に確認していくということですから、これも黒田さんご提案の延長線上にあるものかと拝聴しました。

さて、こうして、一九八七年ですから、十八年前に、絵をどう読むのか、あるいは「文芸的累積」に限っていえば、絵と文芸をどうリンクさせていくのかといった点が問題化されていまして、以来、今日にいたるまで、この絵画の読解・分析の方法論的開拓が「累積」そのものの発掘とともに深められてきているということが理解できると思うのですけれども、このような歴史学、文学、思想研究など、ここではそれらをあわせて人文学と呼びますが、こうした人文学の動きに連動して現れた美術史研究の一例に、今橋理子さんの『江戸絵画と文学──〈描写〉と〈ことば〉の江戸文化史──』（東京大学出版会）があります。

今橋さんのご本では、近世後期において博物学が非常に広範に行われてさまざまな分野での考証学が充実していく、そのような動きのなかでどのような絵が描かれるのか、あるいはいかなる造園が行われるのか、そういった問題が取り上げられています。この本は一九九九年に出ています。収録されているご論考は一九九六年から一九九七年の間のものですが、そうしますと、黒田さんのご発表が一九八七年ですから、早いものではその数年後にこのテーマでの研究をおはじめになったものと推測されます。今橋さんは、ご本の前書きや後書きのところで、自分がこういうテーマ、すなわち絵画と文学の連関を考えようと思ったのは、黒田さんをはじめとする歴史学の分野での絵画史料へのあらたなアプローチ、そこでは徳田さんのご本の名もあがっていますが、その動向をうけて、美術史でもあらたに文学との関係を掘り下げていくべきだ、自分は江戸時代のものについてそれをしたい、とおっしゃっています。そんなふうに、絵画、美術史研究の方でも、黒田さん、徳田さんのご提案が受け入れられ、広げられ、美術史研究の方からいえばそういう研究は昔から行われていたといった事もあるかもしれませんが、今橋さんの言葉によれば、人文学の研究動向に啓発されて目が開かれていったということのようです。

ところで、このようにして、一九八〇年代の人文学の研究動向は諸領域に大きな影響を与え、深められているわけですが、ただ、ここで問題にしてみたいのは、そういった黒田さん、今橋さんがやられていることが何をめざしてのことなのか、絵画史（資）料を取り上げながら、あるいは、絵画と文芸との関わりを取り上げながら何が考えられようとしているのか、そこの問題です。

今橋さんは、戦後の研究史を振り返って、美術史研究がこれまで、さきほど髙岸さんからご紹介がありましたけれども、作品の制作年代、様式のことを問題にして歴史的な時間軸のなかにそのテキストを配置していく、あるいは、その作品群のなかからより価値あるものを探し出して鑑識鑑定の軸、指標を確定していくことを目的としてきた、といったことを述べ、ご自分は、そうした研究ではなく、先にご紹介したような人文学の研究動向の影響をうけ、まさにテキストが生成する要因、過程、場をもっと動的にとらえ、そこに身を置きながら美術作品を読み解きたいと考えるようになったとおっしゃっています。つまり、時代の文化環境（「累積」）をもっときちんと押さえ、探求するかたちで絵の語る歴史、物語を読み解く、そのことを通して文字資料では読み解けない、社会的、民俗的、民衆史的な世界、それぞれの時代を生きた人の心性、想像力を読み解くこと、それを通じて一々の絵画テキストを価値づけ、美術史を再構築すること、そういったことがそこでは目指されているのだと思います。今橋さんのご論考はその目的を十分に果たしたもので、江戸後期の時空間をとてもリアルに伝えています。今日のご発表をうかがっていても、何だかものすごくリアルに時代の様相がみえたという感じ、これはフロアの皆さんも感じられたことと思いますが、まさに時代の時空間というものを目の当たりにするような感動があるわけで、今橋さんもそこを目指して絵画の分析を進める、絵画を読むのだというようにおっしゃっているわけです。

ただし、確かにおっしゃるとおりで、私自身もそこに共感できるのですけれども、このたびのテーマでありますメディア論の立場から考えていくというときには、絵を見て時代の時空間をリアルに実感する、あるは文字で書かれていて具体的にイメージがわかないものを絵で確認していくという、そのことがメディアとしての絵画、あるいは文芸との関係を探ることになるのかどうか、それでは「メディア」の語をテーマに掲げた意義といいますか、その視点が十分に活かされていないのではないかという印象を持つわけです。その時代に生きた人の心性、想像力を探るというときに、その心性や想像力の位相まできちんと探っているのか。むしろ、心性、想像力に出会って感動してそこで終わる、あるいは文字で書かれたものを博捜して、それらの宗教的な言語世界の言葉が絵画に反映されているのを確かめてそこで終わるという、そういうことになっているとすれば、私は不勉強で何もしていませんから、好き放題言って叱られるかもしれませんけれども、それはメディア論でも何でもなくて、「言葉」が「絵画化」されている、もしくは「言葉」の世界と「絵画」の世界がつながっている、それを確認したことにすぎず、メディア論として論ずる場合には別の視角が用意されてしかるべきではないか、ということを思うわけです。

さきほどの太田さんのご発言のなかに、「絵画の居場所、その浸透力」という言葉がありましたが、これはまさしくメディアの問題だと思います。そういうことも含めて、絵画をメディア論としてどう扱っていくかには、もう少し議論をふかめておく必要を感じますけれども、しかし、絵画をメディア論としてどう論ずるかの議論に参加する以前に、われわれ(中世)文芸にかかわっているものには、中世文芸そのものをメディア論としてきちんと論じたことがあるのかと、そういう問題が横たわっていると思います。そして、私自身は、中世文学はメディア論の観点からきちんと論じられてはいない(髙岸氏の発表後に小峯氏が取り上げられた兵藤裕己氏、三田村雅子氏の研究は数少ない実践例)、絵画だけではなく言葉の世界でもメディア論として論じてきていないのではないか、というふうに見ています。メディアの素材として言葉がある、言葉で書いたものがある。その他、これに対していえば、声がある、身体がある、絵画がある、建築がある……、それらの媒体そのものに目がいって、その媒体の異なりだけを前景化し、あるいは媒体によって表された内容の表層的な相同や差異だけを問題にして、たとえば言葉を媒体とした表現の全体(=コミュニケーション過程)をメディア論のもとできちんと分析したことがないとすれば、絵画をとりあげて両者を俎上にのせたとしても、それぞれの表現位相も連携も関係もよく見えてこないのではないかと、そういうことも思います。

では、メディア論の視点からの中世文学研究というとき、どのようなことが具体的に取り上げられるか、これにはさまざまなことがあるでしょうが、私は、これまで文学研究で前提とされたジャンル論、さきほど冒頭で小峯さんが『中世文学研究の三十年』を話題にされてその構成がジャンル別になっていると指摘されましたが、この従来の研究の枠組みであったジャンル論のその一つ一つのジャンルをメディアとしてみなす、そういうこともありうるだろうと考えています。ジャンルと言葉と内容との紐帯が強まる中世文芸においては、とくに有効かと。たとえば和歌の場合、このジャンルでの表現は、言語においては「詞」として、内容においては「心」として、それぞれ「和歌」にふさわしいものが選ばれ規定され規範化されていく、もしくはそれが目指されていく。それらの「詞」や「心」を踏まえない表現は歌ではないということになると、和歌というのは「和歌」ジャンルにふさわしい言葉で「和歌」ジャンルにふさわしい内容が伝達されるわけですから、「和歌」ジャンルは一つのメディアです。「和歌」の王朝的な雅に背をむける「誹諧」は「和歌」とは異なる「詞」と「心」をもってジャンルを形成するのでしょうが、これもひとつのメディアとして作用します。同様のことは、物語、軍記など、これまでジャンルとして区分された言表群の一々にいうことができるのではないでしょうか。

今日の髙岸さんのご発表で、室町王権が足利氏の源氏としての正統性（源氏将軍に連なる室町将軍、足利将軍家のアイデンティティ）を標示するために合戦絵巻が数多く制作されたと、まさしくメディア論からの考察が示されましたが、足利氏のこうした企画（プロジェクト）も、「軍記（合戦）物」がある特有の言葉と内容をもってジャンルを形成し、特有の意味やイメージ、観念の伝達、また享受者への作用を及ぼすものとしてメディア化していなければ、十分にその目的を果たすことはできなかったでしょう。

メディアとしてのジャンル、とは、やや奇矯なものいいですが、このようにひとまず捉え、これまでの中世文学研究の成果と連接させながら、それぞれのジャンルのメディア性がどう機能したのか、つまり、それぞれのジャンルのテキストがいかなる意味、イメージ、観念を伝達し、メディアとしてどう人に、社会に作用したのか、あるいは、各ジャンルが相互の接触や交渉を通じて複合、変形するなかで、メディア性はどう複合したり変形したりしていったのかといった議論を試みることが必要ではないでしょうか。具体的には、この度のシンポジウムの各分科会テーマにかかわらせていえば、各ジャンルのテキストがいかなるネットワークのもとでどのように流通していたのか、その流通過程での他ジャンルテキストとの交渉はどうだったかなどを資料学として精査することで、メディアとしての作用やそれぞれのメディア性の変容を考察したり、また、各ジャンルにかかわる言葉と内容がどのような場で出会い、それらの複合を通じていかなるジャンルがあらたに産み出され、それがどのようなメディア性を帯びることになったのかを、たとえば注釈や芸能のテキストで検証したり、あるいは、さまざまなジャンルのテキストと接し、それらに取り巻かれながら生きていた一個人において、彼はそれらのメディア性とどう向き合いどんな知を形づくっていったのかといった問題を、たとえば慈円にさぐり、慈円の向き合い方や知が同時代的にはいかなる位相にあったのかを明らかにするなど、こうした作業を通じて議論をもう少し煮詰めていくことがあってもよいと思います。そして、それと並行して、声、身体、絵画、造形、建築、等々を媒体とする表象がそのメディア性をどのように担っていたのかを視野におさめること。視野におさめて、たとえば絵画なら絵画のメディア性と言葉のそれとの領分がそれぞれどのようなこととしてあり、両者がどう重なったりずれたりしているのか、あるいは連携したり反発し合ったりしているのかを議論すること、そういったかたちで議論をしないことには、「中世文学とメディア」という題目での議論はなかなか深まらないのではないでしょうか。

いずれにしても、メディア論として論ずる場合には、媒体としてのメディアだけではなく、それが媒介する意味やイメージ、観念の問題、さらにはそれが人や社会のうちに形成していく意味、イメージ、観念の問題こそが俎上にのせられるべきでしょう。私は、文学研究を含めた人文学研究の課題の一つに、ある事象とその表象の分析をとおして、そこで人間に経験されたこと、そこでの認識上の経験をあきらかにして、現代のわれわれの参照項とするといったことがあると考え、そこに関心をよせていますが、そうした見方からすると、中世の文学研究、絵画研究、歴史研究においても、事象の確認、表象の発掘だけではなくて、その事象をめぐって経験されたことが表象の読解を通じて問われなければならないと思っています。そして、その際には、事象を表象する行為に中世なら中世のメディア環境がどのような作用を及ぼしたのか、その事象がいかなる媒体にどう媒介されて誰にどのように表象されているのか、逆にいえば、中世のメディア環境のなかでそれぞれのテキストがこれとどう向き合い、いかなる事象を誰にどんな媒体を用いてどのように表象したのかを検証すること、そうしたコミュニケーション過程への目配りが必要です。メディア論の視座は、この意味においてもきわめて有効だし重要なものと考えますが、私自身をふくめてまだ十分に注意が払われていないように思います。そのあたりの問題をどのようにお考えか、お尋ねしたい。もう少し考えてきたこともありますが（中世のメディア環境に生成するテキストのハイパー・テキスト性、など）、時間がありませんのでここで終わりにします。

小峯■ありがとうございます。メディアとしてのジャンルをはじめ研究のスタンスの根源的な問題を提起していただきました。太田さんからは、表現媒体論としてどうなのか、特に絵の居場所の問題も合わせて提言いただきました。そのあたりいろいろご意見をうかがいたいと思います。

髙岸■　太田さんのご質問は絵巻の居場所の問題、鑑賞の問題ということになると思います。竹村さんの質問とも合わせてお答えいたします。

今回扱った室町の絵巻の中でも、特に頂点の作品群を考える時に、いちばん注意しなければいけないのが、実際に絵巻というのを作って、見たのかどうかということです。読んだのか、見たのか、どれくらいの頻度でこういう物を見ることが同時代的にできたのかということですね。その時に最も参考になるのが、さきほどの『看聞日記』ですとか、『実隆公記』ということになります。ここに時々絵巻を鑑賞した記事が出てまいります。ただこういったことが日常的であったかというと、私は逆だというふうに考えておりまして、よっぽどのことがない限り見られないから、わざわざ日記に書いたのだろうと。例えば今日挙げたような絵巻というのは、これはそう簡単に見ることができないものであっただろう、少なくとも中世においてはそうであっただろうというふうに思っております。そして、そこから御伽草子系のものでありますとか、あるいは一連の小絵とよばれる（これは室町将軍家の周辺でも作られます）同じ絵巻の形をしていますけれども、見るために作ったものが分岐していくような、今のところそういう感触を得ております。やはり絵巻というのは非常に特殊なメディアでして、そう簡単に見ることはできないし、大勢で一度に鑑賞するというタイプのものでもないわけです。後白河院の蓮華王院宝蔵を巡る議論も含めて、むしろ見せないというのが、本来的な絵巻の役割だったのかなということすら考えたりもするわけです。そうすると我々美術史の人間にとっては、見せないのにどうしてこんなに素晴らしいものを作ってしまうのかと。あるいは今日は土佐光信の話で、作品を描くときのさまざまな工夫であるとか、芸術性の問題に触れたと思いますが、こういった問題も、見るためじゃないのに、じゃあどうしてここまでやるのか。どうしてこういう様式がこの時代に選択されたのか。どういう事情を持って転写されていったのか。イメージの浸透力の問題ですね。そういった問題も合わせて、絵巻というものを、さらに長いスパンで、平安時代から（先ほど斉藤さんの方からも美術史の人間は近世の絵巻をやらないというふうに言われていますけれども、江戸の物まで）含めて、見たのか、見ないのかというか問題をもう一度考える時期に来ているのではないかと思っています。

斉藤■やはり答えになっていないのですが、メディアということで言うと、私の場合は中世史ですが、もう五、六年前になりますか、歴史学会でメディアがテーマになった全国大会がありました。いわゆる情報伝達というのがやはり中世史の中でも大きなテーマになっています。その場合に、絵巻というものは、今めったに見ないという話をしていましたけれども、中世社会においてはごく一部の人間のメディア論の話になるわけです。ちょっと中世史においてメディア論というのは、意外と歴史学の人間は考えていないといいますか、難しい問題なのかなという印象を、今少し思いました。

徳田■　竹村さんのおっしゃるメディアとしての意義や太田先生の絵画の居場所ということにちなんで話をしておきます。

これまで、私はどちらかと言えば、既成の古典文学研究に反発してきて、あまり省みられなかったお伽草子の絵巻や本地物を、また寺社縁起とその絵画作品、さらに民間の伝承と芸能、地域の語り物、巫覡の宗教祭文などと向かい合ってきました。また、その古テキストを好んで集めてきました。もちろん、それは既成の文学史と対照しながら進めているのでして、いわゆる「優品」も視野に入れてのことです。何故かと問われれば、そうしたお伽草子や寺社縁起等にも文芸的に優れたものがあり、それを求める心意がダイレクトに反映しているからです。ここで注意すべきは、それらの作品は、人びとにとって「文学」として存在しているわけではありません。一言で申せば、信仰の維持に必要な言語体、視覚体として不可欠なものです。娯楽としての面もあるのですが、それが貴庶の切実の要求に対応して、信仰空間を形成している。共同体を作り上げています。人心をなごませる極めて強力なメディアというわけです。それがようやく文学研究の対象になったと言えるでしょうか。

それから、本日あつかった『十界図屏風』は本尊画、礼拝画としての機能は当然有しております。この屏風に関する付属文書や絵解き的な古テキストがあれば、竹村さんもきっとお調べになられているはずと思いますが、残念ながら存在していないようです。在れば、もっと面白く料理できますよね。そして基本的には、当麻寺は女人往生説話の典型である中将姫説話の本場であること、その中将姫が織りなしたと伝える当麻曼荼羅、浄土曼荼羅を祀る空間であること。そこにこの屏風絵が伝存してきて、その内意を発揮しえているということに、おそらく太田さんがおっしゃる絵画の居場所を考えるヒントがあると考えています。

小峯■私も言いたいことがたくさんあるのですが、予定の時間が過ぎてしまいました。これから議論が始まるのですよね（笑）。非常に残念ですが打ちきらざるを得ません。フロアからもいろいろ意見をおっしゃりたい方がたくさんおられると思いますが、美術史の方面からお一人だけこちらから勝手に指名させていただいて、ご意見をいただきたいと思います。文学研究の方からは意見をうかがう機会や場がありますが、なかなかこういう場でご一緒する機会がございませんので、恐縮ですが、大西広（武蔵大学人文学部教授）さんにご発言いただければと思います。

大西■髙岸さんのお話を聞いて、ぼくが考えたことを、具体的に一つだけ申します。それと関連しますが、今の竹村さんのおっしゃられたことは、まったく賛成です。メディアというものは、必ず説話集とか注釈書、また絵巻とか屏風というように、物質となって流通する。そしてジャンルをなして受け手に作用を及ぼす。どこで、どういう社会集団に、どういう働きを及ぼすかがポイントだと思う。

そこで一点だけですが、髙岸さんの、さきほどの「見せる」「見せない」という問題は、僕も興味を持っております。絵巻というのは通常は奉納物であって、鑑賞するものではない。仏像の秘仏の場合のように、まさに見せないということが一つの働きであるということは確かにあると思います。その上で提示いただいた史料の中で、『看聞日記』から一連の引用をされました。これからもうかがえるのですが、内容を一つずつ検討していきますと、内裏から借りた、内裏から下された、そしてまことに殊勝な絵である。さらに、つれづれをなぐさむ等々と書いてあります。これはまさにメディアに触れている人間の発言なのです。髙岸さんのこの間のご研究が、われわれがほとんど注意を向けていなかった室町の絵巻の成立の背景、しかも将軍家との結びつきをいろんな形で明らかにされた。それによって考えの出発点をいただいた気持がしているのですが、将軍家と結びつくということは、将軍権力と絵巻が結びついていると同時に、これが寺に奉納される、そして天皇に差し上げられる。さらには天皇の内府に入ったものがこのように貞成のもとにしばしば貸し出される。貞成というのは大変興味津々の男で、いろんなところから絵を取り寄せて見ている。そうしますと、将軍が作らせたというならば、そのパワーはどう発現したか、どう作用したかというと、まさにこのように、天皇、親王たち、公家寺社と、そういう狭い領域ではあるけれども、いわゆる権門社会を作っていて、まさにそこで権力がちゃんと機能している。したがってこの権力は将軍権力だけでなくて、まさに歴史上で多々論じられてきておりますように、寺社と武家と公家という権力サークルの構造で論じていけるのではないかと思います。

ちなみに、髙岸さん、竹村さんがともに指摘していますが、美術史は様式論、鑑識論しかやってこなかったというのは誤りです。意味論探究の長い歴史があります。批判の対象を矮小化して、ワラ人形を叩くのでは困る。問題は意味論が精神史に拡散したこと、だからこそメディアが、そして作用論が必要なんだと思う。

小峯■ありがとうございました。では徳田さんがどうしてもということですので、一分だけ。

徳田■少々時間を頂戴します。追加資料は、これまで知られていた古典作品・芸能の内質が、寺社縁起絵巻や仏教絵画を援用することによって、いっそう明らかになるという事例です（172頁）。

周知のごとく、役行者と、葛城山の一言主神との岩橋説話はいろいろな説話集や文献に見えています。『箕面寺秘密縁起絵巻』は近世極初期のテキストなのですが、それを箕面寺を本拠地とする修験道の立場からものがたっています。能の『葛城』はその説話によって仕立てあげられたものです。そこでは興味深いことに、一言主神は女体、女神として設定され

瀧安寺蔵『箕面寺秘密縁起絵巻』部分

ております。通例の説話や、例えばお伽草子（室町物語）の『役行者絵巻』等ではそうしたかたちにはなっていません。平安時代には、例えば清少納言の周辺では一言主神は容貌が醜かったとの世間話的なものがあるのですが、女性であったかどうかを述べたものはないようです。ただし『蜻蛉日記』に、宮中女房の物忌み明けを天照大御神の天岩戸伝承に引き付けた一説があり、葛城山に天岩戸があることからも、葛城の神が女性らしきことにふれています。この女体説の形成について、伊藤正義氏や田中貴子氏も論じていますが、もっと決定的な資料が欲しいところです。

　そこにあって、『箕面寺秘密縁起絵巻』の当該場面（巻三第八段）を読んでみますと、一言主神を明らかに女性として登場させているので

宝山寺蔵『春日本迹曼荼羅』（鎌倉時代）

静嘉堂美術館蔵『春日曼荼羅図』（鎌倉時代）

す。それも罪障ある女という設定です。その絵を見てみましょう。役行者に従う諸神が集っています。そして上部の空中に、両端から岩が突き出ています。これは一言主神が岩橋

MOA美術館蔵『春日宮曼荼羅』部分。（鎌倉時代）

を作ろうとしたのですが、昼間は働かなかったので未完成に終わったということを現わしているようです。

その下の中央では、右側に役行者が、そして左側に一言主神があい対しています。一言主神は女体です。一言主神が両手で持っている白い布は顔を覆って隠すためのものであろうと思われます。その顔には皺がきざまれています。老醜です。足元を見ますと、鱗のある尾が出ています。このような一言主神の姿は、これまでの文学史上では抽出されていなかった。しかし、役行者を祭祀し信仰する箕面修験においては、これを強く伝承していたというわけです。

「二①」のところで、傍線を引いておきました九条家本『箕面寺縁起』は、九条家に伝わって、公家社会で規範となったテキストです。これは端本なのですが、実はこの九条家本と、『箕面寺秘密縁起絵巻』とは詞章がほぼ一致しているところが多いのです。つまり、両者間に緊密な関係があったと考えられます。換言すれば、『箕面寺秘密縁起絵巻』の内容は、一地域、一寺院にとどまるものではなく、中央まで聞こえていたものであったということです。この絵巻にも、役行者が一言主神を最終的に縛して、その荒ぶる霊を鎮撫したという話があるわけです。

この女体説について気にかけていたところ、総研大の大学

院生の伊藤潤君から、研究会の席上でヒントをいただきました。それは、春日曼荼羅の図像でして、いよいよ信仰と文芸、そしてその絵画世界の広がりが出てきました。春日本迹曼荼羅（かすがほんじゃくまんだら）に一言主神が描かれております。私もこういった仏画や曼荼羅はよく見ているほうなので、急いで確認してみました。資料には、静嘉堂本、宝山寺本、そして、ＭＯＡ美術館本の三本を掲げておきました。その春日十宮の図において、下部の右端に、はたして一言主神が描かれています。本迹曼荼羅ですから、本地仏の不動明王と一言主神が対になって描かれています。静嘉堂本は、「一言主」との記載がかろうじて読めます。垂迹神は明らかに女体です。彼女は扇で顔を隠しています。宝山寺本は、同じ位置に、同じ形姿の女人がいます。その書付は摩耗しており、判読できません。ＭＯＡ美術館本では、それらしきは下段のやはり右端に描かれ、ここには「手力男／本地不動」とあります。こちらは一言主神ではなく、いわゆる天岩戸を押し開けたという手力雄命になっています。抹消して書き直したもののようです。その理由は、春日社における「手力男」の本地仏は不動明王でして（資料参照）、図中の不動明王像に引き付けて、意図的に、あるいは誤って書き直したようです。ともかくも、やはり女体の神は扇で顔を覆っています。これは自分の容貌の醜さを恥ずかしがって、昼間は姿を見せなかった一言主神という、その物語の図像化としてよいでしょう。

幸いなことに、この曼荼羅の図像は文献面から立証できるのです。「⑤　春日社における一言主宮の本地仏と姿形」に、春日社側の古記録を並べておきました。特に『春日御正躰事』は大変面白い資料です。その中に、このような記述があります。「一言主　不動尊／女躰　御装束如吉祥天女、キヌカフリシテ、ウチワニテ御顔ヲサシカクシテマシマス」と。これは、中世前期の記録です。このように一言主神を造形し、祀りあげ、絵画化する動向が南都において行われていたわけです。

もとにもどりまして、能『葛城』は、中世の畿内の宗教動向、それも修験道文化圏と切り離せない作品であることがここに確認できるのです。今後は、葛城修験や箕面修験がいかに春日社あるいは興福寺に取り入れられてきたかを綿密に探って、裏付けを取っていくべきです。

ということでありまして、絵画を文学史の中に置いて見て、その絵の成り立ちを探っていくと、これまではっきりしなかったものが、文字通り具体的に立ち現われてくるというケースを紹介しました。

追加資料

二 『箕面寺秘密縁起絵巻』（十七世紀初期、三巻、瀧安寺蔵）にみる信仰伝承—能『葛城』、春日曼荼羅における女体としての一言主神—

① 役行者と一言主の「岩橋説話（葛城伝説）」

『続日本記』（文武天皇条）、『日本霊異記』（上28）、『三宝絵』（中2）、『本朝神仙伝』（3）、『今昔物語集』（十一・3）、『諸山縁起』（九条家本、圖書寮叢刊『諸寺縁起集』一九七〇年三月、明治書院）、九条家本『箕面寺縁起』（同、鎌倉期写）、『源平盛衰記』（二八）、『私聚百因縁集』（八・1）、『元亨釈書』（15）、『真言伝』（四・1）、『類聚既験抄』、『当麻曼荼羅疏』（六）、『塵添壒嚢鈔』（十二・28）、能「葛城」、「舟橋」、お伽草子（室町物語）『役行者絵巻』等。

（歌学書系）『俊頼髄脳』、『奥義抄』、『色葉和難抄』等。

高橋伸幸「巻八第一話『役行者事』」（北海道説話文学研究会編『私聚百因縁集の研究・本朝篇　上』一九九〇年八月、和泉書院）。

「香積仙人伝記役小角」（文亀二年元奥書、大谷大学蔵）。

宮家準『役行者と修験道の歴史』（二〇〇〇年七月、吉川弘文館）。　圷美奈子「『宮にはじめてまゐりたるころ』段—葛城の神をめぐって—」（『新しい枕草子論』二〇〇四年四月、新典社）。

② 能『葛城』「〔歌〕地　葛城山の岩橋の　夜なれど月雪のさもいちじるき神体の　見苦しき顔ばせの　神姿は恥づかしや　よしや吉野の山葛　かけて通へや岩橋の　高天の原はこれなれや、（略）」「〔問答〕シテ　さなきだに女は五障の罪深きに　法の咎めの呪詛を負ひ　この山の名にし負ふ蔦葛にて身を縛しめて　なほ三熱の苦しみあり、（略）」「〔掛ケ合〕ワキ　不思議やな（略）女体の神とおぼしくて玉の簪玉葛の　なほ懸け添へて蔦葛の　這ひ纏はるる小忌衣」

伊藤正義「葛城—高天の原の岩戸の舞」（『謡曲雑記』一九八九年四月、和泉書院）。、「女神考—神のジェンダーをめぐって」（『聖なる女』一九九六年四月、人文書院）

田中貴子「作品研究〈葛城〉」（『観世』六九・一一、二〇〇二年十一月）。

③ 箕面寺（箕面山瀧安寺）について

『箕面市史』一（箕面市史編集委員会編、一九六四年十二月、同市役所）、「女神考——神のジェンダーをめぐって」（『聖なる女』一九九六年四月、人文書院）。

十巻本『伊呂波字類抄』「見諸寺」（略）

『梁塵秘抄』二「僧歌十三首」

297 聖の住所はどこどこぞ　箕面よ勝尾よ　播磨なる書写の

山　出雲の鰐淵や　日の御崎　南は熊野の那智とかや

298 聖の住所はどこどこぞ　大峰葛城石の槌　箕面よ勝尾よ
播磨なる書写の山　南は熊野の那智の新宮

醍醐寺本**菅芥集**「**箕面寺常行堂供養願文**（治承三年十月日箕面寺大衆敬白）」（『仏教修法と文学的表現に関する文献学的考察』科学研究費補助金・研究成果報告書、研究代表者・大阪大学荒木浩、担当・中川真弓、二〇〇五年三月）。（略）

④　『箕面寺秘密縁起絵巻』（巻三、第八～十六）の詞と絵

〔翻刻〕箕面市史編集委員会編『箕面市史・史料編三』（一九六九年三月、同市役所）。五来重編『修験道史料集Ⅱ・西日本編』（山岳宗教史研究叢書、一九八四年十二月、名著出版）。

〔図版〕石川知彦・小澤弘編『役行者―修験道と役行者絵巻』（ふくろうの本、二〇〇〇年八月、河出書房新社）。以下、小澤氏御提供の写真版に拠って、私に翻刻した（句読点を打ち、誤写誤記と思われる箇所は九条家本にて補訂した）。

〔第八〕持統天皇御宇、朱鳥八年歳甲午春正月八日、登二金剛山一。構二種々支度一、致二精誠興隆一、就中金峯山與二金剛山一為二両山行通一、召二集メ諸国神一擬ルレ令メントレ造二渡石橋一之時、葛木一言主明神行者白言、自形極醜故、夜作ン言フ。行者迫ツテ言ク、只晝可作云云。〔**絵**〕（後掲①。本稿にては省略）

〔第九〕時、明神以為ク、不レ勝二験力ニハ一、不レ若シ下為レ支シテ二重ル一責ヲ一成スニ中障乱ヲ上、（一言主は、役行者を逆徒の者と讒言する。行者の母が捕らえられる。行者は王宮を呪う。）

〔第十～十四〕大化九年、行者は伊豆に配流され、昼は母に孝養をつくし、夜は富士山にて修行する。一言主の再度の讒言によって、勅使が行者を殺害しようとするが、剣に富士明神の表文が現われる。博士の表文解析によって、天皇は行者を都に呼び戻す。

〔第十五〕行者聞二得メ於一言主讒言ナリト一忽チ含二怨心一、早放二咒力一欲レ縛ント二明神一、以二所レ持両咒一七般放レ咒。高聲ニ責テ云、唵テ下遅ク中責ト今時口ヨリ吐二猛火ヲ一大鬼王ニ上、繫二縛於明神一。将來鬼神與二明神一現レ形。感涙與二悲涙一難レ抑へ。爰行者閉テレ口ヲ睨ミレ横ヲ作レ色居ヘリ。誠天下口ノ験者也。容意曰豈ニ謬乎。哀哉、明神二熱燃靡无レ扇、悲埃縮メ埋无レ指。嘗レ舌无レ味、扣テレ尾ヲ无レ術。戰テ不レ助、聾不レ聞。乃行者強ニ抽テ二敵對之心一、偏ニ捨ツ二慈悲之神一。

〔**絵**〕（後掲②。同前）

〔第十六〕幾ク誓テ宣ク、若有ハ二持來験力一之聖者出來ルコト一、應ニレ解ク二今縛一、若无ハ二權者慈力普護之聖人一慈尊應シテレ解ク二今縛一。竟ニ遥冥兮、投二入于谷底一。今ニ在二金剛山ノ東面ニ一、爾二一言主谷一是也。然後語ツテ二于左右一宣ク、是非レ報スルニ二當時ノ忽瞋之誠ヲ一。兼テ亦タ為スレ掟テトセンカ二持來人

倫之隠(ヲン)二而已。是則明神之心、去(トテ)モ就(カツテ)モ不用ナレハ、遮(コラシ)テン一
省(カヘリ)ミルレ萬者也。件(クダン)ノ谷底ヲ伺(ウカヽイ)見レハ、有二長二丈餘ノ黒虵一。
最(イト)、衰(ヲトロ)ヘ媒(カタハシ)ク殺幹タル之形チ、喔伊(ヲクイ)ト俛(ウツマ)キ二臥于地二。若有二雨
氣一、日ハ高放ツ二荷蹕聲ヲ一、如レ吹二暖風ヲ一。朝ニハ彌愍(カナシ)ム二熱
惱苦一、見レ虵之人必蒙二凶事一、聞レ音之輩定致シ二不祥ヲ一、仍
チ神民尚慎(ツヽシ)ムレ祭ヲレ之。況外人哉。敢専不レ會ワ哉。今行者
言ク、拙(ツタナ)キ哉。爾(シカル)二汝已追(シイ)テ而刎レ恨(ウラ)ムコト。生ミレ神魏々(タマシイギヽ)タル
トモ无二神通一。不スレ鑿ミ二今日諫(イサミ)ヲ一、嬰(カヽハ)ツテレ苦二綿々タルモ、有
ハ二道力一。不レ隔(ヘタ)テ二龍花會ヲ一。先悔テ後二喜ナカランヤ矣。〔絵〕
（後掲②。同前）

⑤　春日社における一言主宮の本地仏と姿形

『中臣祐賢春日御社縁起注進文』（文永十二（一二七五）年三月。『神道大系
神社篇　春日』）「一　外院」「西十二町去座　一言主明神
興（福脱）寺廻垣内　坤(ヒツシサル)也」。
「一　外院少神」「…自御寶殿十一町去テ西座　一言主明神
…」

『春日社私記』（永仁二（一二九四）年写。同）「御本地事」「五所御本地
ハ解脱房上人の本地講式によりてこれをしるしたてまつ
る。…太力雄(タチカラヲノ)大明神　不動明王」。なお、貞慶上人作の一連
の『春日（権現）講式』類は、一言主神に触れない。
「一　諸神事」の「外院」「一言主社　興福寺南円堂南座」。

『春日神社記改正』（宝永元（一七〇四）年跋。同）「一言主神社」
「一前　一言主神／社司注進状曰、自二御寶殿一西十町去座
一言主明神、興福寺廻垣内坤也、舊事紀地祇本紀曰、葛
木一言主神座倭國葛上郡、是素戔嗚尊神子也、古事記曰、
吾者雖二悪事一而一言、雖二善事一而一言、而一言離之神、葛
木一言主之大神者也」。

『春夜神記』（永享九（一四三七）年写。同）「一　山内々外小神事」
「自御殿ノ十一町去テ坐ス一言主明神、本地不動尊、或ハ文殊
ト形ヲ現シ、如吉祥天女ノ二」。

『春日御正躰事』（十三世紀末期～十四世紀初期。（「春日神社
記録」『春日神社文書』七一六。『古写記断簡』所収、『神道大系
神社篇　春日』一九八五年三月　神道大系編纂会）
一宮御本地　不空羂索観音　或尺迦如来云々　垂迹鹿島武
甕雷尊／俗形老躰　六十許　御座、冠オイカケ、タレヲナ
シ、持笏、コマヌキテ大刀ハキ、ヒラヲ（チ）サシテ、アサキ踏（沓）、
ツルハミノ袍(ウワキヌ)也、
二宮御本地　弥勒如来或薬師如來　垂迹香取斎主尊(カトリイワキヌシノミコト)／
俗形老躰六十許　ヒケナカク、ツルハミノ袍ニ帯剣シ給へ
リ　ヒラヲ（チ）サシテ、冠ノオイカケナシ、左御手ニ持笏、右
手ニテ笏ノサキヲカヽヘテ、アサキ踏也、
三宮御本地　地蔵菩薩　垂迹天兒屋根尊(アマコヤネ)／僧形コマヌキテ

法服、納袈裟、草鞋ヲ用給ヘリ、
四宮　十一面観音或大日如来　垂迹相殿姫大神（アイトノヒメノオカミ）／御形如吉祥天女、カサリタル寶冠シテ、コマヌキテ御座、
若宮　聖観音、或文殊　垂迹童子形／御クシハカタニカヽリテ、ヒンツラニテ御座ス、コシカケヲタテマツリタリ／童子形ヒンツラニテ合掌　コシカケ用ヰ給ヘリ、
率川　釈迦如來／俗形（略）
水屋　薬師如來／形如毘沙門（略）
氷室　陳那菩薩／俗形廿許（略）
一言主　不動尊／女躰　御装束如吉祥天女、キヌカフリシテ、ウチワニテ御顔ヲサシカクシテマシマス、
榎本　毘沙門／老躰形（略）

⑥　春日本迹曼荼羅における一言主神

静嘉堂本　[一言主]　不動明王と女体神。
宝山寺本　記載なし（磨耗か）。同右。
MOA美術館本　[手力王／本地／不動]（抹消、書き直しか）。同右。
景山春樹『神道美術　その諸相と展開』（一九七三年八月、雄山閣出版）。
阿部泰郎「神道曼荼羅の構造と象徴」（大系仏教と日本人『神と仏』一九八五年十一月、春秋社）。他（略）

小峯■ありがとうございます。時間を大幅に超過してしまいまして、司会の不手際で申し訳ありません。中世文学会でも一九九七年に黒田日出男さんと、美術史の榊原悟さん、御伽草子の石川透さんとでシンポジウムをやったことがあります。少しずつですが、そういう形で美術、歴史、文学をはじめ、いろいろな分野の人たちが集まって研究する環境がずいぶん開かれてきているのが最近の動向だと思います。この傾向はますます広がり深まっていくはずで、このシンポジウムもその一つのきっかけになればと願っております。

特にかねがね思っていますことは、さきほど太田さんがいわれたことにもかかわるのですが、方法論をそれぞれの分野でいかに共有しあうかということと、それから資料の対象ですね、たとえば今日、髙岸さんや太田さんが指摘されたように、美術史の方々はだいたいハイ・アートのものに行ってしまって、末流のものは目にとめない、その結果として御伽草子系のジャンルは美術史では放置されてきたという経緯があるわけです。

絵巻・絵本の問題では、模写本をこれから再評価しなければいけないだろうと思います。あまりにも不当におとしめられてきているわけで、しかし模写もひとつの表現行為なのですね。これをいかに再評価するかということ、古書店ではま

だ模写本が少し安く買えますので、立教大学でも集めはじめたところです。

それからもう一つは中世だから中世しかやらないという時代ではないということです。今日の斉藤さんの『酒呑童子絵巻』などは、中世よりむしろ近世にたくさん作られているわけで、安原真琴さんがやっている『扇の草子』にしても、まさしく中世から近世にまたがったところで集中して作られていたわけですから、そういう時代割自体が意味をなさなくなりつつあるのではないか。そうすると中世文学会のアイデンティティはどうなるのだということにもなりますが、今までジャンルとか時代とか作家とかで切ってきた切り口を変えていかなければ新しい方向を打ち出せないだろうと感じております。

その意味でも今日のテーマになりましたメディアとか媒体は、すでに各方面で問題にされていますが、ひとつの有効な切り口になると思います。太田さんの指摘がありましたが、メディアということばは表現媒体や情報伝達など多義的であり、美術や文学は前者にかかわりやすいものの、歴史学は後者に力点がおかれるので、あえて厳密な概念規定をしないまま提起しました。竹村さんのご指摘のようにメディア論そのものの追究がまだまだ不十分であることを痛感させられます。

今回は全くふれる余裕がありませんでしたが、『常民生活絵引』のような仕事がより重要だと個人的には思います。あれは先駆的だったわけですけれども、いかにも絵巻の数が少い。情報量が圧倒的に不足しており、これをいかに増広し、学際的な形で注解をつけているかが問われていると思います。そのためにも各分野の共同研究の体制作りが必要だと考えています。

いろいろ刺激的なお話をうかがいましたが、中途半端な形で終わらざるをえないので、お手元にコメント票がございましたら、ぜひ今日のシンポをお聞きになっての感想やご意見を自由にお書きいただいて、受付に出していただければと思います。それではシンポジウムを終わりにいたします。どうもありがとうございました。

シンポジウム
全体討論
質問票
（この中にお入れ下さい）

コーディネーター

●小林健二（こばやしけんじ）

1953年、東京都生れ。國學院大学大学院修士課程修了、博士（文学）。現在、大阪大谷大学文学部教授。
主著：『中世劇文学の研究―能と幸若舞曲―』（三弥井書店）、『沼名前神社神事能の研究』（和泉書院）など。

企画趣意

中世における身体表現・芸能の歴史を見渡したとき、いくつかの大きなうねりが認められるが、最大のエポックが世阿弥による能楽の大成にあることに異論はないであろう。能楽はそれまでの芸能（田楽・曲舞・平家など）の諸要素を吸収して形成されたが、その大成は世阿弥によってなされたのであり、それ以降の芸能における影響は、まことに大きなものがあった。

また、世阿弥はパフォーマー（芸能者）としても、現在にまで継承される身体表現の方法を作り上げた。これは能楽の演技論だけでなく、作劇法にも影響を及ぼすなど、身体表現史上における画期的な達成であると言えよう。

本分科会では、これまでの能楽研究を踏まえて、今後の中世の身体・芸能分野における研究のあり方を、世阿弥を一つの座標軸として展望することを目的とする。すなわち、世阿弥が出現する以前と、世阿弥が能楽を大成した時期、そしてそれ以後に分けて、通史的に身体表現・芸能の展開を俯瞰し、現時点での研究の達成と可能性を確認し、広く問題提起をはかりたい。それぞれの報告者と狙いは次の通りである。

まず、世阿弥以前であるが、世阿弥が芸能史に出現するには、それなりの文化史的な成熟があったと考えられ、登場するに至った文化的・社会的な必然性を、寺社の儀礼・行事という視点から松尾恒

◎ 第3分科会

身体・芸能

世阿弥以前、それ以後

【発表者】

南都寺院の諸儀礼と芸能―世阿弥以前の身体を考える●松尾恒一

芸能の身体の改革者としての世阿弥●松岡心平

室町後期の芸能と稚児・若衆●宮本圭造

［コメンテーター］ 五味文彦・竹本幹夫・兵藤裕己

一氏に報告していただく。寺社の芸能（延年・風流など）と能楽との関係は早くから説かれているが、さらに寺社の儀礼・行事の場に踏み込んで、芸能的身体表現が生まれる土壌を考えてみたいのである。

次に、松岡心平氏に世阿弥が身体表現として能楽をどのように完成させたか、また文芸との関わりでどのような達成をなし得たかについて、さらにそれを継承した者（元雅・禅竹）がどう展開させていったかについてを報告していただく。

最後に、能楽が大成した以降、応仁の乱を境として芸能の担い手は道の芸能から手の芸能へとかわっていくが、その変化の必然性を女芸能者や稚児芸能者の隆盛とともに考えてみたい。この問題は芸能史研究の立場から宮本圭造氏にご担当いただく。世阿弥が能楽を大成して以降の芸能（猿楽・曲舞）が、女人や少年の芸能者によってどのように展開していくか、それが文芸とどう関わってくるかは、身体表現の問題とも関わってくると考えるからである。

小林■中世文学会五十周年記念シンポジウム「中世文学研究の五十年—過去・現在・未来—」の第三分科会では「身体・芸能と中世文学」をテーマとして、有意義な議論がなされましたが、ここではその内容の紹介に入る前に、前置きとして「中世文学研究の五十年」という全体テーマに即して「身体・芸能」に関する過去の研究を簡単に振り返り、また、現状についてを述べてみることにいたします。

研究史の回顧といっても五十年間を振り返る余裕はありません。二十年前に中世文学会が三十周年を迎えた折に、『中世文学研究の三十年』という研究史が学会により編まれておりますので、それを承けるかたちでその後の二十年間をざっと振り返ります。

1■能楽研究、ここ二十年の回顧

『中世文学研究の三十年』には、「身体」とか「芸能」という項目は見あたりません。それに該当するものとして、能楽（竹本幹夫氏の担当）、狂言（橋本朝生氏の担当）、幸若舞曲と語り物（徳江元正氏の担当）の項目が設けられております。各報告で等しく述べられているのは、芸能という一見して国文学研究と結びつきづらいジャンルが、実は実証的な考証に基づいた歴史学・国文学の研究によって進められ、その成果が着実に積み上げられてきたことです。そして、その方法はその後の二十年も基本的にはかわりありません。

能・狂言研究のこの二十年の大きな動きとしては、それまで研究を推進されてきた横道萬里雄・表章・伊藤正義の三氏に続く世代の研究者が次々と研究成果をまとめて公にされたことが上げられます。竹本幹夫・天野文雄・橋本朝生という、月曜会をベースに活躍されていた方々です。月曜会は昭和四十年代半ばに創設された若手を中心とした能楽の研究会で、私がその会にはじめて顔を出したのは大学院生の時でした。昭和五十年代の前半と記憶してますが、その頃、名前をあげたお三方に小田幸子氏を含めた四人を中心に会は運営され、実に活発な活動をしていました。その成果のあらましは会誌『能　研究と評論』（一九七二年に創刊。一九九八年の二十二号まで発刊）により知ることができます。続く世代の三宅晶子・松岡心平・山中玲子や、さらに次の世代の岩崎雅彦・高桑いづみ・落合博志・表きよし・高橋好美・石井倫子・重田みちといった諸氏も月曜会で研鑽を積んで学会デビューを果たし、現在第一線で活躍されている研究者です。

一方、関西では伊藤正義氏を中心に中世文学研究会（後に神戸古典研究会）・六麓会が営まれ、そこから関屋俊彦・大谷節子・樹下文隆・稲田秀雄の各氏が輩出しました。東西での研究交流も盛んに行われており、現在の能楽研究はこれら新世代の研究者によってリードされているといってよいでしょう。

ジャンル別に目に付いた成果を上げますと、能楽史研究の分野では、天野文雄氏の『翁猿楽研究』（一九九五年、和泉書院）が、翁猿楽の成立と変遷やその座に関する論文をまとめたもので、能勢朝次氏以降あまりなされていなかった研究を一段と進めたものでした。最新のものを二点紹介しますと、表章氏の『大和猿楽史参究』（二〇〇五年、岩波書店）は猿楽の座の概念を一新させた画期的な業績の集成で、出版が待望されていたものでした。また、本シンポジウムのパネリストをお願いしている宮本圭造氏の『上方能楽史の研究』（二〇〇四年、和泉書院）は、実証的な考証の積み重ねによる重厚な成果で、近年の歴史的研究の高いレベルを物語る一冊となっています。

ところで、ここ二十年でもっとも進展したのは、能の作者・作品研究でしょう。本シンポジウムのコメンテーターをお願いしている竹本幹夫氏の『観阿弥・世阿弥時代の能楽』（一九九九年、明治書院）や、三宅晶子氏の『歌舞能の確立と展開』（二〇〇一年、ぺりかん社）は、観阿弥や世阿弥によって歌舞能が成立していく過程を明らかにされ、さらに元雅・禅竹と展開していく様相を論じられました。これは、オーソドックスな文学的方法に演劇学的方法を加味して論証されたもので、新しい方法を示したものと言えるでしょう。他にも、西村聡氏の『能の主題と役造型』（一九九九年、三弥井書店）は、独自の読み込みが刺激的な作品研究であり、味方健氏『能の理念と作品』（一九九九、和泉書院）は演者の立場からの作品論として示唆に富むものです。

演出論、技法論からアプローチしたものとしては、山中玲子氏の『能の演出―その形成と変容―』（一九九八年、若草書房）や高桑いづみ氏の『能の囃子と演出』（二〇〇三年、音楽之友社）があり、この方面から研究することの可能性を示しています。同音と地謡の変遷についてを音楽学から迫った藤田隆則氏の『能の多人数合唱』（二〇〇〇年、ひつじ書房）もあげておきたい一本です。このように、能を今までの国文学研究の方面からだけでなく、演劇として扱うようになったのが、近年の傾向と言えましょうか。そこから今回のテーマである身体そのものや身体表現への興味も広がってきたのです。

一方、狂言研究の成果としては、橋本朝生氏の『狂言の形成と展開』（一九九六年、みづき書房）と『中世史劇としての狂言』(一九九七年、若草書房)がまず上げられます。前者は狂言の作品史により狂言史を構築しようと試みたもので、後者は作品研究を中心に文学史・中世史との関わりを探求したものです。また、田口和夫氏の『能・狂言研究―中世文芸論考―』(一九九七年、三弥井書店)は、能と狂言を並べて対象化することによって狂言の位置付けをはかり、作品論としては説話から狂言の成立を方法論として確立させたものです。両者の業績はともに今後の研究史で必ず取り上げられるものとなるでしょう。この他に、関屋俊彦氏の『狂言史の基礎的研究』(一九九四年、和泉書院)は狂言史の文献研究の成果をまとめた手堅いものであり、永井猛氏の『狂言変遷考』(平成十四年、三弥井書店)は歴史的研究や作品論など新しい視点に富んだもので、近年の狂言研究の成果を示したものと言えます。

また、新日本古典文学大系『狂言記』(一九九六年、岩波書店)が土井洋一・橋本朝生氏によって刊行されたことも特筆されます。これは今まで優良なテキストがなかった『狂言記』五十番『狂言記外五十番』の百番に校訂本文を掲載して注を付し、さらに附録として『続狂言記』『狂言記拾遺』の百番の校訂本文を添えたもので、今後の研究に益するものとなるでしょう。有り難いのはすべての挿絵を掲載していることで、近年、盛んに成りつつある画証による研究にも寄与すること大であると言えます。他に、和泉流の古本である天理本狂言六義を翻刻して注を付した『天理本狂言六義上下』(一九九五年、三弥井書店)が、北川忠彦・田口和夫・関屋俊彦・橋本朝生・永井猛・稲田秀雄氏により刊行されました。このような共同作業による成果の刊行も近年の傾向です。

2■新資料の発見とその意義

研究方法が多様になったと言っても、やはり能楽研究の中心は資料考証を軸とした文献学と言えましょう。明治四十二年に吉田東吾氏により『能楽古典世阿弥十六部集』が刊行されてから、近代的な能楽研究が始まりましたが、それから約百年経ってもいまだに、能楽研究に有効な新資料の発見はあるのです。

近年、学界で注目を浴びた新資料としては、「応永三十四年演能番組」がまずあげられるでしょう。これは、八島幸子氏が「北の丸―国立公文書館報―」三二号(一九九九年十月)に取り上げ、その後『観世』(二〇〇〇年八月)に紹介されたものですが、現存する能番組では最古のもので、しかも世阿弥が生きていた時代の詳しい番組として、学界では大きな驚きを持って受け止められました。そこには十五番の曲目だけでなく、それを上演した元雅・元重、そして傍系の十二次郎の名前が記されていました。能の歴史や作品研究にとって重要な資料なのです。研究者にとって特に驚きだったのは、「曽我虎（虎送りか）」「酒天童子」「猩々」「忠信」「松山（松山鏡か）」などの、世阿弥の時代よりもかなり遅れて成立したと思われていた能が入っていたことでした。表章氏が「世阿弥出家直後の観世座―応永三十四年演能記録をめぐって―」（『観世』平成十二年十月号）でその重要性を述べられ、能楽学会でも、平成十四年の「世阿弥忌セミナー」で取り上げ、田口和夫氏を司会に、落合博志・山中玲子・竹本幹夫の各氏によりシンポジウムが行われました。その内容は、学会誌『能と狂言』の創刊号に「テーマ研究」として載せられましたが、四氏それぞれにサプライズがあったことが述べられています。この資料が猿楽の上演形態や能の作品研究などに投げかける問題は、極めて大きいと言えましょう。いや、単に能楽研究にとどまりません。「酒天童子」はお伽草子研究と関わってきますし、「忠信」は『義経記』や幸若舞曲の研究とも関わってくると思われます。

金春禅竹の自筆伝書が出現したのも驚きでした。樹下文隆氏によって報告された『五音之次第』『五音三曲集』『六輪一露之記』『歌舞髄脳記』の四点がそれで、一九九七年に『金春禅竹自筆能楽伝書』（国文学研究資料館影印叢書二。汲古書院）として写真版と校訂本文、解説付きという行き届いた体裁で刊行されました。これらは江戸初期に転写された金春八左衛門本によって本文は知られていましたが、原本の出現によりかなりの誤写や改変を有することが判明し、自筆本の出現により正しい読みが出来るようになったのです。さらに貴重だったのは『六輪一露之記』の紙背に『歌舞髄脳記』の草稿が記されていたことです。この草稿本から知られていた精選本への移行を辿ることによって、禅竹の思想の深まりに迫ることが期待されます。

もう一つ、能楽論研究の上で重要と思われる発見を取り上げます。竹本幹夫氏が報告された吉田文庫蔵の「三道」がそれです。これは吉田東吾氏により明治四十二年に刊行された『能楽古典世阿弥十六部集』の底本となった松廼舎文庫本を、吉田東吾氏が筆工に影写させた「三道」で、「吉田文庫蔵新出本『三道』について」（『演劇研究センター紀要Ⅲ』早稲田大学21世紀COEプログラム〈演劇の総合的研究と演劇学の確立〉、二〇〇四年一月）で詳しい解説とともにカラー写真版で紹介され、研究者の目を引きました。この資料の原本は関東大震災で被災し、写真も残っていませんが、吉田氏が翻刻された本文と今回発見の影写本とでは幾つかの異同が存し、翻刻された吉田本の史料性に対してより正確な理解を進めるものと成り得るのです。『能楽古典世阿弥十六部集』所収の他の世阿弥伝書の校訂方針なども推し量られるようで、転写本の発見は単に『三道』の新研究に留まらない意義を有すると言えましょう。

3■近年の能楽研究の動向

これまで述べて来たように、実証に裏付けられた文献学的な方法が能楽研究において大きな成果をあげてきたことは間違いありません。しかし、言うまでもなく能楽は身体芸能であり、舞台芸術として演劇や音楽の要素も重要ですので、総合的な研究が必要となってきました。平成二年に「楽劇学会」が創設されたのも、そのような流れの中からのことです。これは、雅楽・田楽・延年・声明・能・狂言・歌舞伎・人形浄瑠璃・邦楽・日本舞踊・組踊・琉踊・民俗芸能を包括した総合的な芸能学会で、その誕生は、演劇・芸能を学際的に研究する必要を時代が感じるようになったからに他ありません。

その十年後の平成十二年六月には「能楽学会」が設立されるに至りました。「開かれた学会」を目標とし、実際に舞台に立つ演奏者と研究者が連帯して運営していくことを理想とした学会です。現在約五百名の会員が入会していますが、研究者ばかりでなく、会員の約一割は能や狂言の実技に関わる演者であり、一般の能・狂言の愛好者も入っています。

前に述べましたように、能や狂言は演劇であるので、文献学的方法だけでなく、演劇学・音楽学・哲学など、そのアプローチの仕方はさまざまです。いろいろな方法で研究されるべきでありますし、またその場も必要となって来たわけです。「能楽学会」では、第二回大会に演劇学の毛利三弥氏（演劇学会会長）と渡辺守章氏を、第三回大会には芸能史研究の山路興造氏（芸能史研究会代表）と小笠原恭子氏に講演を依頼するなど、他の領域の学会との交流をはかっています。学会誌である『能と狂言』も三号を数えました。

一方、共同研究という形で進んでいる大型のプロジェクトもあります。謡本のテキストは古典文学の叢書中の一篇として入れられる場合が多く、その場合は現行曲など著名な曲に限られてきます。しかし、室町期の能は約五百番くらいあり、多くは番外曲となっているのです。その番外曲も含めて室町期の能のテキストを最善の形で提供しようというプロジェクトが、科学研究費の共同研究として現在進行中です。また佐成謙太郎氏の『謡曲大観』は昭和初年に刊行された現在でも利用価値が高い総合的な謡曲集ですが、それに替るものとして『現代謡曲集成』という新しいテキスト集を編む企画もスタートしています。これは現行全曲に最新の研究情報を盛り込んだ解題と注釈、それに現代語訳を施し、さらに古謡本との校異を付した総合的な謡曲のテキスト集ですが、もはやこのような大型の企画は個人の力ではなし得ることは無理で、先ほど紹介した月曜会世代を中心とした研究者が結集し、共同作業として行われているものです。

4■幸若舞曲研究などの語り物研究

ここで、能・狂言から幸若舞曲や説経・古浄瑠璃などの語り物文芸の研究に視点を移してみましょう。

幸若舞曲の研究としては、一九七九年より刊行された『幸若舞曲研究』(三弥井書店)全十巻が平成十年に完結し、さらに別巻「事典・総索引」が二〇〇四年に刊行されました。これは伝承文学研究会関西例会が長年行ってきた輪読や研究の成果で、幸若舞曲全曲の注釈や、未翻刻テキストの翻刻や新しいテキストの発掘と紹介、作品研究や種々の論文などが掲載され、幸若舞曲研究をリードしてきたものでした。

また、語り物の文体や表現の研究として、山本吉左右氏の『くつわの音がざざめいて―語りの文芸考』(一九八八年、平凡社)、村上學氏の『語り物文学の表現構造―軍記物語・幸若舞・古浄瑠璃を通じて―』(二〇〇〇年、風間書房)、服部幸造氏の『語り物文芸叢説―聞く語り・読む語り―』(二〇〇一年、三弥井書店)など、すぐれた研究書が次々に出版されました。『幸若舞曲研究』の完結とこれら語り物の文体・表現に関する論考の刊行によって、幸若舞曲研究は一息ついた感があります。

また、どの文学作品もそうですが、作品を読み込むには優良なテキストが必須になってきます。幸若舞曲は、この二十年間で越前幸若系・大頭系ともに揃いの正本はほぼ翻刻がすんだと言ってよいでしょう。特筆すべきは、麻原美子氏の担当で、新日本古典文学大系に『舞の本』(一九九四年、岩波書店)が所収されたことです。これは刊本「舞の本」三十六番を翻刻・校訂し注釈が施されたもので、幸若舞曲が古典文学の一つとして認識された証であり、今後の研究の進展を約束するものとなりました。また、挿絵をすべて所収しており、幸若舞曲の絵画的展開を研究する上でたいへん便利になりました。これに関しては、幸若舞曲が語り物ではなく読み物として享受されたことを、絵入り本の流布を通じて述べたことがありますが、語り物の絵画化は美術史の方面からも興味を持たれ、最近そちらからの発言も出てきています。

文芸研究としては、幸若舞曲を単独で扱うのではなく、語り物文芸の変遷の中でどのように捉えるかが注目されるようになってきました。たとえば能との関係や、古浄瑠璃との関係などです。藝能史研究會の二〇〇四年大会では、「語り物の流れ」というテーマでシンポジウムがなされ、川崎剛志氏が芸能集団としての幸若大夫の動向について述べ、私が芸態の上から能操りと古浄瑠璃の関係を示唆し、阪口弘之氏が古浄瑠璃詞章の展開と定着を論じましたが、このようにテキストの問題だけでなく、芸能集団としての組織や運営、芸態、そして環境など、多面的にアプローチすることが有効になってくるのではないでしょうか。ちなみに、このシンポジウムの内容は『藝能史研究』一六七号に掲載されていますのでご参照下さい。

文芸史の大きな流れの中で語り物をいかに捉えるか、それが問題となってくるのですが、その答えの一つとして紹介しておきたいのが、佐谷眞木人氏の『平家物語から浄瑠璃へ―敦盛説話の変容』(二〇〇二年、慶応義塾大学出版会)です。これは、「平家物語」や幸若舞曲・説経・古浄瑠璃さらに謡曲・お伽草子まで視野を広げて説話の変容を追求したもので、これからの研究の在り方の一つを示したものと言えます。

前に幸若舞曲研究は一息ついた感があると述べましたが、諸本間の異同はもちろん古浄瑠璃などとの比較研究から作品論を展開しておられた須田悦夫氏や、構造論から作品分析されていた三沢裕子氏など、すぐれた研究をまだまとめていない方もいらっしゃいます。一日も早い研究書の上梓が待たれます。

以上、前置きとして、駆け足で二十年間の研究史を振り返りました。

※ここまでの研究史の部分は、シンポジウム後に付け加えたものであることを明記します。

5 シンポジウムのテーマ

さて、今回のシンポジウムですが、「中世文学と身体、芸能」という大きなテーマが委員会より与えられました。これは今までの研究史で述べたように、研究方法が多様化しているという現状から鑑みて、当然の設定だと思われます。ここでは、それに「世阿弥以前、それ以後」というサブ・テーマを設けることにいたしました。

中世文学に限らず、身体、または身体表現という視点から古典文学が論じられるようになったのは、ここ二十年くらいのことと思われます。『源氏物語』研究ではこの十年ほどに身体のことが盛んに論じられるようになっていますが、その対象とするものは作中人物の身体に関してのことです。それに対して、中世文学研究における身体・身体表現は、文学作品中に描かれる身体を対象にしたものではなく、多様なメディアの一つとしてとらえ、中世文芸との関係が論じられるようになったものです。従来の文芸研究は文字媒体による作品・作家研究が主体でしたが、音声や身体を媒介として表現される文芸行為もあることから、その関係が論じられるようになったのは、ごく自然な流れであったと言えます。

文字以外の文芸表現のメディアとしては歌謡・平曲・語り物など、音声を媒体とするものや、曲舞・田楽・猿楽などの身体を媒介とする芸能など、実に多種多様であります。しかし、中世人として己の肉体と対峙し、その表現を真摯に追求した人物として猿楽の世阿弥をあげることに異論はないでしょう。世阿弥がその身体を媒介として文芸的な表現を可能にしたことは、残された作品からも頷けるところでありますし、その多くの伝書によって身体表現の可能性を追求したことが窺われます。そして、自身の身体を抑制することによって理想の表現方法を体得いたしました。この表現の獲得こそが今日まで能が生き続ける基の一つとなっています。

この世阿弥が身体表現を獲得するについては、様々な要因が考えられます。そもそも猿楽の能が世阿弥によって大成されるのは、世阿弥という天才の登場によるものですが、世阿弥一個の力によって達成されたものではなく、世阿弥がそれをなし得た環境があったと思われます。いわば世阿弥の登場は歴史における偶然ではなく、社会的・文化的に必然の要因があったと見なされ、その一つに宗教的な環境があったと考えられるのです。

猿楽の成立に寺社における芸能である延年の風流や連事があったことや、大寺院で行われる修正会・修二会の呪師から翁猿楽が起こったことは今日までの研究史で指摘されてまいりました。その他にも、寺社の法会・儀礼が猿楽者の芸態に影響を及ぼしたこと、またその儀礼が芸能的身体の形成に作用したことが窺えるのであります。こうした文化的・社会的な熟成の中で猿楽は完成したのであり、猿楽者の身体を考える上でそうした場を考え併せるのは重要な問題と言えます。

ところで、世阿弥がその身体表現を完成させたのと同時期に、女猿楽や稚児の曲舞が世間の評判を得ていました。『看聞日記』の永享四年（一四三二）には、西国から上京した女猿楽の一行が「音声殊勝、観世などにも劣らず、猿楽の体神妙なり」と記されますし、同じころに都に進出した声聞師の曲舞は、稚児を伴った芸能者が多かったことが知られていま す。このように、室町後期から江戸初期を通じて猿楽・曲舞では稚児・女性の芸能者が多く登場いたします。身体表現と言った場合に、その肉体や口跡・歌声が持つ魅力により、観衆を引き付けると言う戦略は有り得るわけで、その場合は身体そのものが表現方法であり、稚児・若衆・または女体それ自身が芸能的身体であり、表現媒体となるのです。

身体をメディアの一つとして認識した場合に、その表現がなされる場と享受者のことも考えなければなりません。室町期に享受者層が拡大して芸能が近世的な興行形態に移行していく中で、文芸の身体的表現がいかに展開していったかという問題も、中世文芸史の中では見捨ててはならない問題だと考えます。このような問題意識から世阿弥が能楽を大成する以前とその時期、そしてそれ以後に分けて、それぞれ三人のパネリストにより通史的に中世における身体表現・芸能がどうのように展開してきたかを俯瞰し、現時点での研究の達成と問題提起をしていただきます。さらにコメンテーターのコメントを通して身体表現研究の可能性を探っていく、と言うのが本分科会のコンセプトになります。

6■パネリストとコメンテーターの紹介

それでは、パネリストを報告の順番に従ってご紹介いたします。まずお一人目は松尾恒一氏です。松尾氏は昭和三十八年生まれ、東京都のご出身です。國學院大學をご卒業の後、同大学院を終了され、現在国立歴史民俗博物館民俗研究部の助教授でいらっしゃいます。ご専攻は民俗宗教・儀礼・芸能史で、特に寺社の芸能を専門に研究をされております。主な業績としては阿部泰郎氏と共編で『守覚法親王の儀礼世界―仁和寺紺表紙小双紙の研究―』(一九九五年、勉誠社)を出されております。また今回のテーマに即したものとしては、『延年の芸能史的研究』(一九九七年、岩田書院)を出されております。これは延年の発生と成立を寺社の場に即して儀礼構造論的視座より考察されたもので、本田安次氏が先鞭をつけて以来の延年研究を進展されたものとして高い評価を得ています。

次に松岡心平氏をご紹介いたします。松岡氏は昭和二十九年生まれ、岡山県のご出身です。東京大学をご卒業の後、同大学院を修了され、現在東京大学大学院総合文化研究科の助教授でいらっしゃいます。ご専攻は能を中心とする日本の中世文学研究であります。松岡氏の業績はたいへん多くて紹介し切れないのですが、今回のテーマに即したものを上げますと、ご自身がレジュメの中にも記されている『宴の身体─婆娑羅から世阿弥へ─』というご著書がございます。また、「橋の会」という演能活動のプロデュースを長年手がけられて、演劇としての能と接してこられました。その視点からの考察は刺激に溢れており、今回、能および世阿弥と身体の関わりを論じる上で最適な方であります。

次に、宮本圭造氏をご紹介いたします。宮本氏は昭和四十六年のお生まれ、大阪府のご出身です。岩手大学をご卒業の後に大阪大学の大学院を修了されて、現在は大阪学院大学国際学部の専任講師でいらっしゃいます。ご専攻は芸能史研究、特に能の歴史を専攻されています。お仕事としては、京都造形芸術大学の補助教材として二〇〇四年に出された『日本芸能の環境』というなかなかよく出来た芸能史のテキストがありますが、その中世芸能の部分を担当されており、これにより宮本氏の複眼的な芸能史観がわかります。また前に取り上げたように、今年二月に『上方能楽史の研究』という大部なご著書を出されたばかりの少壮の研究者です。

パネリストは以上の三人にお願いしております。宮本氏が三十代、松尾氏が四十代、松岡氏が五十代ということで、バランスのとれた、しかも清新な講師陣になったと自負しております。

次にコメンテーターの皆さんをご紹介いたします。

まず、五味文彦氏です。五味氏は昭和二十一年のお生まれで、山梨県のご出身です。東京大学を卒業後、同大学院を修了されまして、現在は東京大学大学院人文社会系研究科の文学部教授でいらっしゃいます。五味氏については、あらためてご紹介する必要がないくらい有名な日本の中世史研究の第一人者であります。ご著書もたいへん多くあるのですが、今回のテーマに即したものとしましては、編著書として『芸能の中世』（二〇〇〇年、吉川弘文館）がございます。またご論文としましては、『世阿弥─中世の芸術と文化─』（二〇〇二年、森話社）、これはパネリストの松岡氏が編集した雑誌ですが、その中で「永仁の前奏曲、世阿弥の時代へ」という興味深いご論文を書かれています。

次に竹本幹夫氏であります。竹本氏は昭和二十三年生まれ、東京都のご出身です。早稲田大学をご卒業の後に同大学院を修了され、現在は早稲田大学文学部教授、ならびに早稲田大学演劇博物館の館長を兼務されております。また、能楽学会の代表でもいらっしゃいます。竹本氏もあらためてご説明する必要がないほど能楽研究の分野では有名な方です。ご著書も多くあるのですが、ここでは二点紹介いたしますと、表章氏と共編で岩波講座「能・狂言」第二巻『能の伝書と芸論』(一九九八年)を出されております。また論文集としては、前に取り上げた『観阿弥・世阿弥時代の能楽』がございます。

三人目は兵藤裕己氏です。兵藤氏は昭和二十五年のお生まれ、愛知県のご出身です。京都大学をご卒業の後に東京大学大学院を修了されております。現在は学習院大学の文学部教授でいらっしゃいます。兵藤氏のご専攻は日本の中世文学・芸能を幅広くカバーされています。『平家物語』や語り物の研究者として有名ですが、今回のテーマに即したものとして、身体表現や芸能に関する論文・著書も多くございます。最近のものを二点ご紹介すると、岩波講座「文学」五『演劇とパフォーマンス』(二〇〇四年)に「演劇なるもの、メディアとしての身体」というご論文があります。またこの二月に『演じられた近代、国民の身体とパフォーマンス』(岩波書店)というご本も出版されております。

以上、パネリスト三人とコメンテーター三人、という豪華メンバーでこのシンポジウムを進めてまいります。

1

南都寺院の諸儀礼と芸能
◉世阿弥以前の身体を考える

パネリスト■松尾恒一

■要旨

古代・中世、南都の寺僧の組織は、学侶・衆徒と、堂衆とに大きく分けられる。前者が主として教学に関する研学を行う学問僧であったのに対し、後者は修験的な活動をも行う密教僧であり、顕・密、対照的な仏教活動をする集団であった。寺院においては彼等、寺僧や児はまた盛んに芸能を演じたが、その芸能はそれぞれの寺僧の仏教活動・儀礼との関連において理解し得るような特質を有していた。

寺院においてはまた神職や僧侶の神事・仏事等に奉仕する「禰宜」と呼ばれる神人集団がおり、その一部は「神楽男」として巫女の神楽に拍子役として奉仕するなど、芸能的な活動をも行った。彼らの芸能は、寺院における延年を越え、初期かぶきにまで影響を与えた。

本報告においては、世阿弥以前の形成期の猿楽能を理解するための一考察として、大和猿楽の興行の場として重要な役割を果たした南都社寺における芸能の特色と、相互の影響、関連等について考えてみたい。

松尾恒一（まつお　こういち）　■昭和38年、東京生れ。國學院大學大学院博士課程修了、博士（文学）。現在、国立歴史民俗博物館研究部助教授、総合研究大学院大学助教授（併任）。
主著：『延年の芸能史的研究』（岩田書院）、編著『儀礼を読み解く（歴史研究の最前線vol.7）』所収、論文「修正会・修二会を読み解く―王権と民俗―」（吉川弘文館）、「奄美の大工・船大工の祭儀と呪文―建築・造船儀礼をめぐって」（『自然と文化そしてことば』一号）

1■除魔の時空

興福寺修二会、手水屋儀礼の呪師から猿楽へ

松尾■古代後期~中世にかけて大和猿楽は大和諸社寺を興行の重要な場所としましたが、特に大和の守護職的な地位にあった興福寺と、これと一体化していた春日社への参勤は座としての義務でもありました。

興福寺への参勤は、一つは大和の一宮的な地位にあった春日社の行事の一つ、春日若宮御祭り、もう一つは興福寺の二月の行事、修二会の折です。

この中、生成期の猿楽能との関わりで注目されるのは、興福寺修二会への参勤です。

それは、興福寺修二会が、単なる演能の機会であったのみならず、猿楽能において最神聖曲とされる式三番の形成に深く関与した形跡が見られるからです。

興福寺修二会における猿楽座の参勤について、猿楽座、寺院側の双方にそのあり方や意義につい

て伝えられています。

　猿楽座の成立以降、興福寺の西・東金堂、南大門、さらに春日の神前において演じられるのが例となりました。これについて猿楽座側では資料1のように伝承されています。

【資料1】『円満井座法式』（『金春十七部集』所収）

・（中略）すなはち、祇園精舎の吉例なり。然れば、大和国、春日興福寺神事行ひとは、二月二日、同五日、宮寺に於ひて、四座の申楽、一年中の御神事始めなり。天下泰平の御祈祷也。（『風姿花伝』第四『神儀云』）

・南都薪の神事猿楽、二月の行、西金堂の手水屋の薪に付たる御神事法会也、二月二日の夜、西金堂より初む、同く三日夜、東金堂、五日は春日四所の御神前にて四の座の長、式三番を仕る、同き六日、衆徒の興行として、南大門にて猿楽仕る、それより時の寺務、一乗院・大乗院にて仕る、然ば、一七日の所作也、

　特にここで注目したいのは春日神前においては式三番が演じられたことですが、というのも、寺院側の伝承では、この春日神前での式三番が「呪師走り」といった、他に例のない呼称が与えられているからです。

【資料2】『大乗院寺社雑事記』文明十六年（一四八四）二月六日

一薪猿楽初之、金春・金剛・法性三座参申云々、（中略）今日三座而六番仕御了、二月一日衆中集会より、西金堂司方へ如前々可有之由、遣書状、自堂方古年頭一﨟ニ仰之、四座長方ニ相触之、可参申之由、御請之旨、古年頭衆中沙汰衆辺ニ返事書上之、二月五日、於大宮殿拝屋辺、四座長共色（ママ）三番之儀有之、号呪師走也、今日六日大門ニ参申、

　資料2がその一例ですが、「呪師走り」とは本来、修二会における一作法の呼称で、呪師と呼ばれる修二会中の所役による、儀礼の会場となる堂の結界を目的とする密教に基づく行法です。

　興福寺の修二会における演能は、行において用いられる薪の余残を焚いて行われることより「薪猿楽」と呼ばれました。これが、わが国における薪能の濫觴なのですが、「呪師走り」と呼ばれた理由を考える上でさらに看過できないのは、寺院側の伝承では、猿楽者によって演じられる以前は実際に呪師が芸能を演じていた、と伝えられていることです。『大乗院寺社雑事記』文明七年（一四七五）二月九日条には次のようにあり（資料3）、

【資料3】『大乗院寺社雑事記』文明七年（一四七五）二月九日

金剛令参社（中略）、昨日大門能衆中并両堂分早出初之、六

方・学侶無出仕以前也、云々、惣而、元来為翫新堂童子、咒師一人、於手水屋登廊、夜々、令炬薪、致芸能術、号薪、一向堂衆致奉行事也、粮米別事則堂方下行、（中略）於南大門始行事、自中古儀也、両堂衆就芸能事、及確執事在之、自衆中令折中於南大門修之、然已来為定例也云々、大門正面一間衆中、西一間西金堂衆、東一間東金堂衆也、学道輩ハ相交彼衆令見物計也、三輩為見物也、
謂三輩衆徒・堂衆・学道此内ニ老者云学侶、若衆云六方、咒師猿楽術道ハ、法城（成）寺・法勝寺等修正ニモ在之、当寺同前事也、

行に奉仕する新堂童子の就任の祝いとして呪師が薪のもとで演じたのが始まりであると伝えています。

薪猿楽における新堂童子の関わりについては、能勢朝次によって紹介された次の資料4も著名なものでありますが、

【資料4】『衆徒記鑑古今一濫』

号薪之能事者、修二月行法之間、四座猿楽芸能者、於修中、相勤之、芸能入夜、則新堂童子、手水屋之薪柴以余残、用篝火、勤之者也、因之、薪猿楽芸能と云也、

（能勢朝次『能楽源流考』所引）

これらの資料について、能勢以来の研究においては、呪師とともに新堂童子が演じたと解釈されてきました。しかしながら、次のように修二会において新堂童子就任の公的な祝宴が催されていたことを考えても誤読というべきで、ここに述べたように、新堂童子の就任の祝いとして呪師が演じたと考えるべきでしょう（資料5）。

【資料5】一乗院『延慶三年記』二月

四日雨下、但昼程止了、今日新堂童子、被饗應被飯并酒肴等、澄寛法橋越後、蒙仰、沙汰進了、十一前用意云々、至菓子沙汰了、

さて、猿楽座による演能は、この呪師の芸能を継承したわけですが、注目されるのは、修二会における猿楽の奏演は、呪師の除魔の密教行法を芸能として演出したものと興福寺衆徒が伝えていることです（資料6）。

【資料6】『衆徒記鑑古今一濫』

一、西金堂修二会行者（中略）、
一、咒師（シュシハシリ）法者、興福寺賢憬僧都之製作也、軍荼利明王法之行法也、就修二月之行法執行、払魔障、生吉祥之密伝也、此法者、限西金堂、行之、秘密之行事也、
一説者、咒師法者、為外相、毎年二月五日、西金堂修二月行者等、行之事也、自其比、此表示預猿楽等、所令行之也、其以来、就修二月之行法退転、而猿楽之芸能者、依難捨去之、咒師法者、二月五日、春日之於社頭、至于今、猿楽等

勤之者也、
一、四座猿楽
是等者、為西金堂修二月行法之間寄人、而従毎年中春朔日、至同十四日、所遂行之也、令安泰天下国土、擁護仏法、寺社堅固之為規則、因此而練行之衆等、以咒師十二天大刀、払悪魔之為表示、以此為外相、猿楽等表出外相、而相勤咒(シュ)師庭(シハシリ)也、
（『能楽源流考』所引）

「呪師走り」と呼ばれる式三番は、呪師の行法を受け継ぎ、これを「外相」として、すなわち芸能的に演じたものなのである、と主張されています。

ちなみに、江戸初期の能の小鼓方幸流の口伝書『幸正能口伝書』「翁之悉曲口伝」には「其内ニ蓬莱之会ノ云儀有、四方堅メ有」という一節があります。大和猿楽座の側に、翁についてどの程度、呪師との関係性が意識されていたか充分に明らかにできませんが、かたや〝四方堅め〟、かたや修正会・修二会において咒師の作法――、ともに聖域たる会場・舞台を祓う、除魔のための結界作法である点、共通する性格を認めることができます。

では、薪猿楽以前の呪師の芸能とはいかなる性格、特質を有するものであったのでしょうか。

そこで注目したいのは、春日社や南大門で演じられるようになる以前に芸能の場となっていた「手水屋」なる空間です。

東西金堂に付属する手水屋については、その行事の詳細について別に考察したことがありますので、ここでは要点のみを記すことにします。

手水屋は主として修二会において食事と湯による潔斎を司る堂舎で、寺僧の任命される「手水所」と呼ばれる組織によって運営されました。手水屋において、本尊となるのは賓頭盧尊者で「聖僧」の名でも呼ばれましたが、禅衆・律衆と呼ばれる僧侶による小乗的な儀礼が手水屋における行事ということができます。

ところで、「お水取り」の名で呼ばれる東大寺の修二会は、南都の悔過儀礼のもっとも大きいものですが、湯屋での入浴や、中臣祓による自身の祓除等々、潔斎を目的とする多くの作法、行事を見ることができます。入浴は湯屋で、食事は湯屋と向かい合って建つ食堂で行われますが、そのいずれもが「聖僧」が本尊となり、こうした点で、興福寺修二会における手水屋は、東大寺修二会における湯屋と食堂をあわせた機能を有する空間であった、ということができます。

東大寺修二会の会場となるのは二月堂ですが、さらに食堂に注目したいのは、単に練行衆の食事の場であっただけでな

く、呪師による祭儀が行われた点です。「天狗寄せ」と呼ばれる作法がこれで、食堂前で「大中臣祓」を読み、散米を行うのが主たる内容です。二月一日（現在は三月一日）の行法の開始に先立つ直前に、行法を妨げる怖れのある天狗をはじめとする諸精霊を呼び集め供養するのが「天狗寄せ」であったと考えられます。

　この「天狗寄せ」に関連して、また注目したいのは呪師の装束・威儀の様子を「天狗のかたち」とする伝承があることで、資料7ではさらに呪師の行法を天狗が降臨して守護したとも伝えています。

【資料7】 延宝六年（一六七八）『奈良名所八重桜』二（『日本名所風俗図会』九所収）

（中略）この行ひには、大導師〔神名帳をよむ〕・導師〔過去帳をよむ〕・和尚〔貝をふき〕・咒師〔真言宗なり〕右の四人あらざれば、この行ひつとまりがたし、この内、咒師にて内陣において、かたちを天狗のごとくにし、松明をふり、さまざまのわざをなす、いにしへ弘法大師、東大寺別当たりし時、こもりたまふて咒師をつとめられしに、杉本房（すぎもとぼう）など云ふ天狗八人きたり、行ひのうち御堂を守護す、このゆらいにより、今のよまで咒師のやく、真言宗の伝授とし、他宗よりつとめがたし、

式三番の前身となったとされる興福寺修二会における手水屋での呪師の芸能を類推する資料として、現在に伝承される東大寺修二会における天狗寄せは大いに参考になるでしょう。

　ところで、主として院政時代、六勝寺の修正会で猿楽者とともに奏演した散楽系の芸能者である呪師がおりましたが、この呪師の芸能もやはり「走り」と呼ばれました。『釈氏往来』は咒師の走について「体は、飛ぶ鳥の軽きがごとし。態は、増犬の妙をさみす。」と記しております。また呪師の走りではありませんが、寺僧による芸能の催し「延年」で行われた「走り物」について、「鳥獣飛び走る」と表現する記事を見ることができます（『蔭涼軒日録』寛正六年（一四六五）九月二十三日条、興福寺延年の記事、風流における走物）。

　こうした例より推測しますと、式三番の前身とされる、除魔を目的とした呪師の芸能は、鳥獣の飛翔・跳躍を思わせる運動によって、祓う者と祓われるモノ（精霊）とが相互に置換可能な、天狗のごときイメージにおいて演じられる舞踊ではなかったかと考えられるのであります。

維摩会儀礼と猿楽

　興福寺維摩会は古代以来、南都最大規模の仏教儀礼であ

鎌倉期、維摩会延年開催の日時・場所

	年	日時	場所	備考
①	嘉禎元年	十三日夜	金堂前	(経) 金堂前仮屋で催される。
②		十四日夜	金堂前	
③		結　夜	別当房	(三)
④	嘉禎三年	十三日夜	金堂前	(経)
⑤		十四日夜	金堂前	
⑥		？　？	講師房	(大) 講師房大坊第六室を芸延年所とする。
⑦	延応元年	？　？	講師房	(三)「講房延年之間、定親法印、相具数輩舞童。下向、乃十六夜重於食堂前舞之」。
⑧		結　夜	食堂前	
⑨	寛元三年	十四日？	？	(三)「十四日延年、十六日夜半有之、依大衆之責也」。
⑩	宝治元年	結　夜	？	
⑪		十五日昼	講師房	(三)「会以後之講師房昼延年」。
⑫	建長二年	十二日夜	講師房	(三) 建長三年条に記載、開催予定の講師房内延年が中止となる。
⑬	建長三年	？　昼	(講師房)	(三) 講師の師である円憲法印の逝去のため中止される。
⑭	建長四年	十二日？	(講師房)	(三)「(前略) 十二日内延年両頭不及其沙汰、講師房訴有之、大衆沙汰也」。
⑮	文永二年	十三日夜	(講師房)	(三)「西方所三間仮屋、為侍屋」
⑯		十四日夜	(講師房)	(祐)
⑰		十五日夜	(講師房)	
⑱	文永三年	？　？	？	(三)「今年依訴訟、学道同中止延年了、但威儀僧等在之」。
⑲	文永四年	？　？	講師房	(大) 講師房大坊第六室を芸延年所とする。
⑳	建治元年	結　夜	大乗院 (講師住房)	(祐)「禅定院僧都大乗院慈信御房今年御講師、仍今日参賀、代祐代、今夜大乗院ニテ延命在之」。
㉑	建治二年	？　？	講師房	(大) 講師房大坊第六室を芸延年所とする。

㉒	弘安元年	？	？	金堂前	（三）金堂前東の仮屋で行う。（祐）「延年者、於金堂前在之」。
㉓	弘安二年	結	夜	？	（三）「今年東金堂塔合立仮屋西向、中夜雨降之間、延引之処、衆徒重相催、仍十六日之夜、又延年在之」。
㉔	永仁六年	？	昼	講師房	（三）十一日より始行。「依大会延引、講師房昼延年、十六日風流又日夜有之」。
㉕		十六日昼夜		？	
㉖	正安三年	？	夜	？	（三）「依猪熊殿御事八廿五、昼延年被止之、建治九条殿薨去之時、被略之為例云々、十五日依甚夜之間、延年無之、十七日夜三方延年群参、大乗院七大寺分四人共悉参了、但長寿殿薬師寺分称風気不出仕」。
㉗		十六日昼		？	
㉘		十七日夜			
㉙	乾元元年	？	？	（講師房）	（三）「今林准后、去一日薨去間、延年事被止候処、衆徒臨期又催促、自十一日、触催之間、内延年無之、講師坊昼延年又無之、衆徒厳密沙汰都不得其意（以下略）」。
㉚		？	昼	講師房	
㉛	嘉元元年	？	？	講師房	（三）「就中内延年之風流、尽善尽美、延年之田楽究妙（中略）、宗雅僧都、依為御房中、召具遊僧、内延年・昼延年両度共参講師坊、先規昼延年、令参歟、今度之儀、頗不審、其上召具若者、不存先規歟、雖為七大寺分、弘安二相伴、云々」。
㉜		？	？	講師房	
㉝	嘉元二年	？	？	（講師房）	（三）「延年事、去七月十六日、後深草院崩御之間被止之、講師定遺恨歟」。

・典拠資料は次の略号を用い、備考欄に記す。
三＝『三会定一記』　経＝『経光卿維摩会参向記』　大＝『大会日記』　祐＝『中臣祐賢記』
・日時欄の「結」は十六日結願日を示す。日の不明のものは、結願日の後に置く。
・場所欄の（ ）は推定によるもの。　・？は不明のもの。

り、平安後期より室町期にかけて、主に衆徒が主催する「延年」行事が恒例化しておりました。

延年は民俗芸能として地方に伝承される諸例が注目される一方、芸能史研究においては特に猿楽能の形成との関わりにおいて関心が集められました。これは延年で演じられた「風流」が対話様式を有していたからで、猿楽が劇様式に展開する過程を考察する上での有力な手がかりと目されたのです。

延年は興福寺のみならず、東大寺・法隆寺、延暦寺・園城寺等諸大寺において開催されましたが、世阿弥は、三世紀を超える長期にわたって恒例行事化していた興福寺維摩会延年に言及して、猿楽能との関係を暗示しております。
次の資料は『風姿花伝』第四「神儀云」の次の一節ですが、重要な点で、興福寺維摩会延年の史実としての実態と齟齬しております。

【資料8】『風姿花伝』第四「神儀云」

当代に於ひて、南都興福寺の維摩会に、講堂にて、法味を行ひ給ふ折節、食堂にて、舞延年あり。外道を和らげ、魔縁を鎮む。その間に、食堂前にて、彼御経を講じ給ふ。すなはち、祇園精舎の吉例なり。然れば、大和国、春日興福寺神事行ひとは、二月二日、同五日、宮寺に於ひて、四座の申楽、一年中の御神事始めなり。天下泰平の御祈祷也。

興福寺維摩会における延年は、維摩会において仏事の主役となる講師の控所としてつくられた講師坊、あるいは門跡の住坊別当坊を会場とするのが通例で、食堂において演じられる例はほとんどありません。
また世阿弥は延年の目的について「外道を和らげ、魔縁を鎮む」と説いておりますが、風流、児の白拍子等の歌舞、寺僧による開口・当弁等、延年芸の多くは娯楽的な祝福芸で、密教的な呪師芸とは相反する性格を有するものといえます。
しかしながら、大和猿楽座と興福寺との関わりより考えても、世阿弥の言説は単なる誤伝として看過できるものではなく、ここに何らかの意図を読み取らなくてはならないと考えます。
そこで注目したいのは維摩会の延年を「祇園精舎の吉例なり」と説いている点です。この祇園精舎の例については、同第四「神儀云」に次のように述べており（資料9）、

【資料9】『風姿花伝』第四「神儀云」

仏在所には、須達長者、祇園精舎を建てゝ、供養の時、釋迦如来、御説法ありしに、提婆一万人の外道を伴ひ、木の枝・篠の葉に幣を付て、踊り叫めば、御供養述べ難かりしに、仏、舎利弗に御目を加へ給へば、仏力を受け、御後戸にて鼓・唱歌をとゝのへ、阿難の才覚・舎利弗の智恵・富楼那の弁説にて、六十六番の物まねをし給へば、外道、笛・鼓の音を聞きて、後戸に集り、是を見て静まりぬ。其隙に、如来供養を述べ給へり。それより、天竺に此道は始まるなり。

釈尊が祇園精舎での説法の際に、これを妨げようとして提婆が率いてきた外道を封ずるために、釈尊の弟子たちがその後戸にて、「六十六番の物まね」を演じ、寄せ集め鎮めたのだ、と説いているのです。
興福寺の維摩会における延年はこの祇園精舎の例に倣ったものというのですが、とすれば、食堂がこの祇園精舎の場合

における後戸に相当する空間であることを主張しようとしたとみることができるでしょう。

　では、興福寺の食堂を後戸とみなして芸能の場として主張することに、いかなる意図があったのでしょうか。

　先に述べたように、興福寺の食堂も東大寺のそれと同様、賓頭留尊者の祀られる空間でした（資料10）。

【資料10】菅家本『諸寺縁起集』「興福寺」

　食堂（中略）

本尊丈六千手観音也、在本尊左厨子、云賓頭留尊者、座像也、口伝云、此尊者東大寺本尊也、及度々両寺相諍云々、又神木入都之時、此尊者必奉入都云々、

　このことよりすれば、興福寺の食堂は、特に堂衆（禅衆・律衆）との結びつきの強い空間であったと考えられます。前節では、東大寺の修二会における食堂に関わる儀礼について見ましたが、行中においては練行衆の食事が行われた後、これにつづいて食堂外においては餓鬼供養として動物への飯食の施しが行われます。

　『風姿花伝』で維摩会について説く一節（第四「神儀云」）において史実と認められるのは、修二会における参勤についてのみです。「然れば」とあるように、修二会における芸能と南都随一の大会維摩会における芸能とを関連づけようとする意図が感じられますが、その両者、維摩会の芸能と修二会の芸能との結節のために食堂が要請され、祇園精舎の例までを持ち出して主張しようとしたものと推測されるのです。

　修正会や修二会における猿楽者と呪師との数世紀にわたる共同活動の歴史をも踏まえ、世阿弥は、猿楽能の生成の上で、仏教儀礼との関わりとしては、寺院運営における主導的立場にあった学侶・衆徒よりも、密教に基づく呪術的な儀礼・作法を行っていた堂衆との関わりにおいて理解しようとしていたものといえましょう。

2 ■ 憑依の身体

神楽と祈禱

　『風姿花伝』は、申楽の起源を、神代、天の岩戸に隠れた天照を呼び出すために奏されたアメノウズメの神楽に求めています（資料11）。

【資料11】『風姿花伝』「神儀」

一、申楽、神代の始まりと云つば、天照太神、天の岩戸に籠り給ひし時、天下、常闇に成りしに、八百万の神達、天の香具山に集り、大神の御心をとらんとて、神楽を奏し、細男を始め給ふ。中にも、天の鈿女尊進み出で給ひて、榊の

枝に幣を付けて、聲を上げ、火處焼き、踏み轟かし、神憑りすと、謡ひ舞ひ奏で給ふ。その御聲、ひそかに聞えければ、大神、岩戸を少し開き給ふ。国土又明白たり。神達の御面白かりけり。其時の御遊び、申楽の始めと、云云。

また次のように、聖徳太子の時代、秦の始皇帝の再誕という秦河勝の「六十六番の物まね」について、実は神楽なのであり、これによって天下が静謐となったといい、物部守屋の討伐は、この河勝の「神通方便」の力によって実現したとも説いております(資料12)。これは神楽たる申楽の祈禱としての力を訴えようとしたものと見做すことができましょう。

【資料12】『風姿花伝』

一、日本国においては、欽明天皇の御宇に、大和の国泊瀬の河に洪水の折節、河上より一つの壷流れ下る。三輪の杉の鳥居のほとりにて、雲客この壷を取る。中にみどり子あり。かたち柔和にして玉のごとし。これ、降人なるがゆゑに、内裏に奏聞す。その夜、御門の御夢にみどり子の云はく、「我はこれ、大国秦の始皇の再誕なり。日或に機縁ありて今、現在す」と云ふ。御門、奇特に思し召めし、殿上に召さる。成人に従ひて、才智、人に越えば、年十五にて大臣の位に上り、秦の姓を下さるる。「秦」といふ文字「はだ」なるがゆゑに、秦の河勝、これなり。上宮太子、天下少し障りありし時、神代・仏在所の吉例にまかせて、六十六番の物まねをかの河勝に仰せて、同じく六十六番の面を御作にて、すなはち河勝に与へ給ふ。橘の内裏紫宸殿にてこれを勤ず。天下治まり、国静かなり。上宮太子、末代のため、神楽なりしを、「神」といふ文字の偏を除けて、旁を残し給ふ。これ、日暦の「申」なるがゆゑに、「申楽」と名づく。すなはち、楽しみを申すによりてなり。または神楽を分くればなり。(中略)

上宮太子、守屋の逆臣を平らげ給ひし時も、かの河勝が神通方便の手にかかりて守屋は失せぬと、云々。

猿楽能のシテには植物や生霊・死霊等の神霊を数多く見ることができますが、基本的にはこれらが単独で出現することはなく、その呼び出し役として僧侶、山伏、巫女、禰宜等のワキが登場します。

ほぼ同じ時代、実際の神楽に目を転じれば、霊を憑依させて託宣を行う祈禱としての神楽が盛んに行われておりました。資料13は、大和申楽が身近に見知っていたはずである春日巫女の神楽の様子ですが、個人の依頼に対して憑依して託宣を行う際の、激しい身体の変化が描かれています。猿楽能として昇華される以前の「抑制されない身体」、「狂い」の実像を伝えるものといえましょう。

【資料13】フロイス『日本史』3（東洋文庫）、第六十章、アルメイダの書簡

誰かが健康・富・安産・勝利、あるいは紛失物を再び取得することを願うとき、この神子のところへ行って、自分のために神楽をあげてもらうのです。そうすると、数人の社人が太鼓やその他の楽器を持って現れ、神子たちのうちの一人が、幣を手に持って、神像の前で舞うのです。彼女は地獄の叫喚と絶え間ない咆哮のように思われるほどの激烈さをもって、また、音楽の伴奏につれてそれほど熱情的に急速に舞いまくって、ついに失神したように地上に倒れてしまうのです。その時、神の霊が彼女に乗り移るのだといいます。それから、彼女は起き上がると、頼みに来たことに対して答えます。

憑依の身体より道化の身体へ——神人の芸能と糸綸歌の展開

この巫女の憑依の記事においてまた注目したいのは、「太鼓やその他の楽器を持って現れ」る「数人の社人」、すなわち春日の神人です。

春日社の諸神事における雑務を本務とした春日の神人は、また「禰宜」とも呼ばれましたが、巫女の神楽においては「神楽男」として、拍子役に奉仕しました。

注目されるのは、神人の芸能活動はこれのみにとどまらず、興福寺においては早くより延年にも関わっていたことです。これを伝えるのが、資料14の記事ですが、興味深いのは、児の白拍子の鼓役に奉仕している点です。

【資料14】『古今著聞集』巻十六「建長四年（一二五二）維摩会の延年に春日社の神人季綱を鼓打に召す事」

同四年の維摩会の延年に、児白拍子のれうに、春日の社の神人季綱〔号黒禰宜〕を、鼓打にめしぐしたりけり。近ごろより男の鼓打あしとて、大衆うつことになりける時、件のくろねぎ大便をもよをしければ、頭をつゝみながら猿沢の池のはたにゆきて、尻をかきあげてかまへけるを、衆徒見て、「大衆のいかにかゝる見苦しきふるまひする。希有也。しや、かしらはげ」といらてける時に、「季綱にて候」と名のりたりければ、「さる大衆の名のりやうや侍べき。奇怪なり」といへば、手をすりて、かしらをむきて、こもとゞりをさゝげて、「鼓打にて候ぞ」といひければ、笑ひてのきにけり。

すでに見たフロイス『日本史』には、神人の拍子として特に太鼓が印象深く記されておりました。ちなみに、資料15のように巫女への神楽の伝習のために鼓役の神楽男が召されて

いる例を見ることができ、当時、巫女の神楽の伝習は（巫女から巫女へ、ではなく）神楽男によって行われていたのです。

【資料15】『春日大明神御託宣記』（大日本仏教全書一二四巻）
楽ヲ五番執行可レ申ス之旨、御託宣之間、即五番舞レ之、神楽ホド面白ハナシト宣フ、重而六番舞レ之、已上十一番也、其間数刻アリ、神楽之間ハ、サノミ余事ヲ宣フ事無(シ)レ之、彼舞巫女之中ニ、一人舞衣ヲモ不レ着、舞ハントテ、既ニ臨其席、何トテ舞衣ヲル不レ着ソト宣フニ、巫女申テ云、上座ヨリ御衣不レ渡申セバ、汝詞ハ無ク、早乞出シ着シテ舞給ヘト宣之間、則着シテ舞ヒ畢、次ニ末座ノ巫女小鶴、乱拍子一向不レ可レ然、神楽男ヲ召テ、稽古セヨト宣フ、是レ難レ有事也、于レ時鼓ノ役人、若宮宗秀ノ常住代、

ところで室町期の延年においては、児の重要な歌舞に「糸(いと)綸(より)」なる曲がありました。特徴的なのは「舞催(ぶもよおし)」なる役の「ヲコツリ」という所作によって児を楽屋より呼び導いたことです（資料16）。

【資料16】『室町殿南都下向事』寛正六年（一四六五）九月二十六日、（将軍義政が興福寺に下向した際にもてなしとして行われた延年記録）
ヲコツリノ時、山ナル裏頭ノ中ヨリ自延年ノ時ノ遊僧二人走出テ、感ニ堪タル由ヲ云テ共ニオコツル、風流ハ花鳥相論之所也〔ホウワウト云鳥ニ児一人ノセテ出ス、菊ヲウヘタル山ニ児一人ノセテ床ノ左右ニ向フ〕、花鳥ノ面白キ由ヲ云テ後、鳥ニノリ山ニアリシ児ヲリテ馬頭ヲ舞フ、仮屋ヨリ児二人出テ、糸ヨリ一番〔二人シテ舞〕、又カリ屋ヨリ児二人出ツ、四人シテ乱拍子一番被舞ル、千秋面白ト云、

この時の小鼓役のはやし言葉として、資料17のように「ヤサツサ〱」という声を掛けるとの口伝があったことも知られますが、舞催より以前、鎌倉期においては児の呼び出しは「狂僧」なる役によって行われておりました。

【資料17】『維摩会延年日記』
糸ヲヨルヲモ、ヨルトイフ　日ノ暮ル、ヲモ、ヨルトイフ
ヨル〱人ノ、クルマヲマツゾ、イトナガキ
児舞ノ内掛声、ヤサツサ〱　小鼓口伝

このように見てくれば、ヲコツリの「ヲコ」とは一義的には、神霊を呼び導くための、ばかばかしい滑稽な所作、といえましょうが、本源としては（アメノウズメが天照大神を岩戸より呼び出す舞踊がごとき）、「狂う」ことによって、より高次の神霊を降臨させることにあったといえるでしょう。

狂僧や舞催役の行っていたこの児の導き役を、春日の禰宜が行うことがあったことが確認できるわけですが、禰宜が巫女を拍子――特に鼓の音・リズム――によって憑霊させる神

楽男を勤めていたことを考えれば、極めて自然な展開と見ることができるでしょう。

　室町後期には、禰宜は狂言を得意芸とし、春日・興福寺にとどまらず、畿内一円はもとより九州にまで足を運んでおりました。その滑稽芸と、巫女や児の舞いにおける拍子とは不可分の関係にあったのではないかと考えられるのです。憑依を導く呪術性の強い奏楽それ自体に、ヲコの要素が胚胎しており、狂言芸へと展開していったものと推測されるのです。

　さて、延年の糸綸芸に注目したのは、本歌舞が初期のかぶき舞踊に取り入れられたこと、しかも、これを介したのが春日神人であった形跡が濃厚であるからです。

　「猿若」は、お国時代のかぶきにおける道化役として知られておりますが、そのはじまりは「伝助」による猿楽だといい（資料18）、また「糸綸」を得意としたとも伝えられています（資料19）。

【資料18】『扁額軌範』

又是に伝助といふ。風戯者（おどけもの）。於国が歌舞を助く。此者、性魯鈍にして人を笑はしむ。是を猿若とも伝助がさるがふとも云。是よりして狂言に猿若あり。是、皆仮に伝助がさるがふを似するものなり。

【資料19】『東海道名所記』

昔々、京に歌舞妓の始まりしは、出雲の神子にお国といへる者、五條の東の橋詰にて、やや子踊といふ事を致せり。（中略）かくて三十郎といへる狂言師を夫にまうけ、伝助といふ者をかたらひて、三條縄手の東の方、祇園の町のうしろに舞台を立て、さまざまに舞踊る。三十郎が狂言、伝助が絲よりとて、京中これに浮かされて見物するほどに（以下略）、

　また、猿若伝助と同一人物と推測される、お国の芸能を継承した「日本伝助」なる狂言師が「餅業平大小」なる曲を得意としたとの伝承があります（資料20）。

【資料20】『舞曲扇林』十「十六番小舞の始まり」

大坂に餅業平大小の上手といひし日本伝助といふ狂言仕、是は竹嶋幸左衛門親也、角助右の書を伝助に遣しけるにお郡ふうりうの日記音信の一巻写し遣し侍るといひやりける。

　この「大小」とは、女装の若衆によるセクシャルな所作で人気を博した「大小舞い」のことですが、その起源とされる「大小狂言」は奈良禰宜——春日神人——が創始したと、大蔵虎明の『童子草』が伝えています（資料21）。

【資料21】大蔵虎明『童子草』（笹野堅編『古本能狂言集』）

わきくにて後々も作りたる狂言は我家にはもちゐず。たぬ

きのはらつゞみは、ならねぎとつぱと云者作りはじめしと也。大小の狂言は同ねぎ宗介と云者仕はじめし也。作者別人も他の事なれば知らず。ここかしこにて致し候は是両人也。

決定的な資料は見出せないものの、こうした状況より考えると、お国時代に猿若伝助の演じた「糸綸」は、後の若衆かぶきによる大小舞いに展開する以前のセクシャルかつ滑稽な舞踊ではなかったかと、また、そこには、奈良禰宜（春日神人）の関与があったものと推測されるのです。

寺院において演じられた、神霊を呼び降ろすための「ヲコ」の芸能は、春日神人を介して、中世を越え、近世的な猿若芸にまで展開し得る、呪術と芸能の両方の性格をあわせ有するワザであったということができましょう。

芸能の身体の改革者としての世阿弥

パネリスト■松岡心平

■要旨

世阿弥が行った、舞台上の役者の身体の大改革について考えたい。世阿弥は、能の新しい身体を「動十分心　動七分身」（『花鏡』）という言葉で表現している。この身体の成立は、日本芸能の身体の歴史に、コペルニクス的転回をもたらした、と私は考えている。

まず、世阿弥の能楽論や能の作品をたどりながら、どのようなプロセスを経て、「動十分心　動七分身」という新しい能の身体が獲得されたか、を検証したい。

次に、積極的抑制演技がなされる身体がうみ出されるに至った要因を、

一、面の演技術
二、禅の影響
三、天女の舞を舞う犬王の身体の影響
四、能の身体と和歌・連歌の想像力

という、四つのファクターから考えたい。

中世文学会という場なので、特に4を中心に述べたいと思う。

（参考文献）松岡心平『宴の身体―バサラから世阿弥へ―』（岩波現代文庫）、「風の世阿弥」（表象のディスクール3『身体―皮膚の修辞学』所収、東京大学出版会、二〇〇〇年）

松岡心平（まつおか　しんぺい）■1954年、岡山市生れ。東京大学大学院博士課程修了。現在、東京大学大学院総合文化研究科教授。
主著：『宴の身体』（岩波現代文庫）、『能―中世からの響き―』（角川叢書）、『世阿弥を語れば』（岩波書店）など。

松岡■松岡でございます。今日の話は、要旨とは若干ずれますが、現段階の考えを述べたいと思います。

松尾さんのほうから大変面白いご発表をいただきました。興福寺の修二会のあたりの呪術的な身体、それから憑依の身体、道化の身体という3つのトピックスだったと思います。このシンポジウムのテーマは「世阿弥以前、それ以後」ですが、こうした枠組を設定すること自体の良し悪しは、また考え直さなくてはならない問題なのですが、それは一応問わないこととして、わたしは世阿弥について話します。

1■祝祭的身体の抑制

今の松尾さんのお話を踏まえて言うと、世阿弥という人は呪術的な身体、憑依の身体、道化的な狂言の身体といった祝祭的な身体を、どちらかというと抑圧したというふうに言っていいのではないかと思います。わたしの資料の中で、『申楽談義』を出しておきました。その『申楽談義』の冒頭に、遊楽の道はいっさい物まねなのだけれども、舞歌二曲を以て本風とすると言っています。

遊楽の道は、一切物まね也といへ共、中楽とは神楽なれば、舞歌二曲を以て本風と申すべし。

そして中楽の舞の根本は翁の舞だといい、中楽の謡の根本は翁の神楽歌だと言っています。翁の舞と謡をここで持ち出すわけですが、世阿弥は翁のことを芸道の主流に位置づけてきたかというとそうでもありません。むしろ晩年になって翁とか鬼に彼が回帰してくるときに、はじめてこういう言説を持ち出すわけです。金春禅竹の場合は、翁の世界を秘伝とはいえ、『明宿集』という形で正面に出してくるわけですが、世阿弥はそんなに出さない、もちろんその世界に足をつけていることは確かですけれども、そういう翁的な呪術的身体を意識しつつ、表面には出さないというようなところがあると思います。

それから憑依の身体にしてもやはりこれは有名な話ですが、世阿弥は物狂いの中で憑物の物狂いよりも、思いゆえの物狂い、つまり人間的な心理、人間的な思いが物狂いになっていくという面を重視します。人間主義が打ち出されるわけです。それからもう一つ、世阿弥は狂言の笑いをけっこう抑圧しているのではないか。彼は『習道書』や『中楽談儀』の中で野卑な笑いを排除しようとします。もちろん世阿弥の中にも道化的な身体の引き受けはあると思うのですが、それを極力押さえていこうとする、そういう流れの中に世阿弥という人はいるのではないかと思います。

その世阿弥が展開していく能役者の身体のあり様を、これから少し具体的にお話したいと思います。

2 物まねと舞

まず世阿弥が能役者の身体というのをどうやってつかまえていたかというようなお話をしたいわけですけれども、世阿弥の論書を見ていきますと、前期の『風姿花伝』に比べ、後期の『花鏡』という書物では身体についての記述というのが非常に精妙になってくるということがあると思います。しかもその精妙さというのが、外から役者を見るのではなくて、役者の中、役者の身体の中で起こっていることに注意を向けて、そこを記述していこうというふうな態度になってきます。その身体論というのは非常な豊かさを持っており、また演劇の役者の身体について書かれた本というのは世界的に見ても一番早いし、その上精妙さにおいてもトップクラスのものだと私は思っています。そのトップクラスのテキストからどういうふうなことが読み解けるかということをお話してみたいと思います。

具体的には『至花道』ですとか、『二曲三体人形図』『花鏡』といった世阿弥の六十歳前後に書かれたテキストを自分なりに再構成してみるという話になります。

世阿弥が能役者の身体のあり方を突き詰めていくときに、二つの回路があったと思われます。物まねの演技と舞の演技の二つです。特に大和猿楽が物まね芸の系譜を引いているということがよく言われるわけで、世阿弥もそういう自覚を持っているわけです。その物まね芸が『二曲三体人形図』のあたりになると、つまり世阿弥の後年になると「三体」という形でまとめられてきます。『風姿花伝』の巻二「物学条々」ではいくつか物まねの対象が挙げられていて、それらを写実的な演技というか、外側から似せていこうとしますが、後年の「三体」論になると内側から捉えられた本質的、基本的な三つの身体のタイプが設定され、それを役者がつかむというところに根本がおかれます。二つの間のギャップ、あるいは後年の「三体論」へのジャンプというのは非常に大きなものがありますが、ともあれそういう物まね芸の煮詰め方の中で出てきた世阿弥の役者の身体のつかまえ方というのがひとつ大きなものとしてあります。

ただし今日主としてお話しようと思っているのは、舞の演技の方からの身体のつきつめ方です。世阿弥は、天女の舞という犬王の専売特許の舞を大和猿楽の中に導入するわけですけれども、これが大きなポイントです。天女の舞の導入についてはここにいらっしゃる竹本幹夫さんが素晴らしい論文をお書きになっています（「天女の舞の研究」『観阿弥・世阿弥時代の能楽』所収）。それが世阿弥の能の歌舞劇化を促進し、能のテキストそのものをも大きく変えていったというのが竹本さんの論の中で詳しく述べられているわけです。私の立場は、それに対して、天女の舞の導入は、世阿弥にとって能役者の身体を捉え直す大きな契機となり、後期世阿弥における能役者の新しい身体の獲得という事態そのものを引き起こしたと捉えるものであります。

ただそこに行く前に一つ、ことわっておくことがあります。物まねという場合に、これも竹本さんが「謡舞の形成」（同書所収）という論文でおっしゃっていることですけれども、大和猿楽の物まねというのは、登場人物に扮して何かを演じるというふうな一面もあるけれども、それより、文字にあたる風情というか、謡の詞章に合わせてそれにふさわしい物まね的な所作、写実的な動作をしていく、そういう物まねが中心であることです。

そうしますと、世阿弥が演技体系として後年「二曲三体」という形でまとめていくわけですけれども、その場合の二曲は歌と舞なわけですが、その舞というのは二種類あって、一つは天女の舞のような器楽伴奏による純粋な舞い事、もう一つは、謡に合わせて演じていくような曲舞ですとか、段歌のような音曲舞があるわけです。そして物まね演技における身体というのはじつは音曲舞である場合が多いのです。そうした状況の中に、純粋な舞い事としての犬王の天女の舞が入ってきて、大きな攪乱要因となるわけです。

さきほどの「二曲三体」の二曲（歌と舞）を担うのが稚児になります。稚児の時代に二曲を集中的にマスターしてその姿を成長後の大人の役者の体に残していくべきだというようなことを世阿弥が言います。この稚児のテーマは、たぶん宮本圭造さんの報告に問題としては流れていくかと思います。

3■アウラの演技

身体技法を生み出す原理

犬王に話を戻します。さきほど天女の舞が攪乱要因と言いましたが、天女の舞は犬王芸の極致であって、じつは犬王的身体そのものが重要なのかもしれません。

世阿弥は『申楽談儀』で、近江猿楽の芸風ことに犬王の芸風について、「近江のかかりは、立ち止まりて『あつ』と言はする所をば露ほども心にかけず、たぶたぶと、かかりをのみ本にせしなり」と述べています。瞬間的に目を引く芸ではなく、ある持続の中で情趣あふれる纏綿たる雰囲気が役者から漂ってくるような美しさ、それが犬王芸の本質だと言っています。金春禅竹になりますとさらにはっきりと「（犬王大夫）大に匂ひ・かげありけるなり」（『歌舞髄脳記』）と捉えています。つまり、今の言葉に言い換えますと、世阿弥の「かかり」、禅竹の「匂ひ・かげ」は、舞台上の役者から発散されるアウラ（オーラ）と考えていいでしょう。そのようなアウラの演技の最たるものが、天女の舞における犬王の身体だったのです。

仏像の光背にあたるような何ものか、造形的に表現できず、舞台上にあってはつねに「匂ひ・かげ」としてしか捉えられない流動的な何ものかが役者のまわりに生じてくる秘密を、世阿弥は後期の能楽論でほぼ解明していると思います。それが『花鏡』の「万能を一心にてつなぐ感力」であり、「動十分心、動七分身」です。

『花鏡』の「万能を一心に綰ぐ事」の条を見てみましょう。

まづ、二曲をはじめとして、立はたらき・物まねの色々、

> ことごとくみな身になす態なり。せぬ所と申すは、その隙なり。このせぬ隙はなにとて面白きぞと見る所、これは、油断なく心をつなぐ性根なり。舞を舞ひ止む隙、音曲を謡ひ止む所、そのほか、言葉・物まね、あらゆる品々の隙々に、心を捨てずして、用心を持つ内心なり。この内心の感、外に匂ひて面白きなり。

「油断なく心をつなぐ性根」や「心を捨てずして、用心を持つ内心」を持つ役者の身体はいわば「心的エネルギー体」となっており、そのような役者によってはじめて「内心の感、外に匂ひて面白きなり」というアウラ演技が可能になるのです。この条には続きがあります。世阿弥はさらに、役者の「心的エネルギー」が外に見えてしまってはまずい、と言っています。

> かやうなれども、この内心ありと、よそに見えては悪かるべし。もし見えば、それは態になるべし。せぬにてはあるべからず。無心の位にて、わが心をわれにも隠す安心にて、せぬ隙の前後をつなぐべし。これすなはち、万能を一心にてつなぐ感力なり。

ここに至って、「万能を一心にてつなぐ感力なり」という言葉が出てきます。「心」に対して、「感力」つまり「力」のイメージが付加されるのです。こうなると、役者の内なる心的エネルギーを、内的集中力と現代風に言い換えることもできそうです。役者の内的集中力は、決して観客に気づかれてはいけないものだが、その内的集中力が外に出ていって観客を巻き込んでいく事態こそがアウラ演技であると、世阿弥はじつに明解に捉えていると思います。

もとより世阿弥の時代には、この内的集中力を持つ身体、心的エネルギー体を外から保証する「構え」といった身体技法は、まだ発明されていなかったでしょう。しかし、そのような身体技法を生み出す原理が、世阿弥によって明確につかまえられているのです。

そのような身体の原理の発見というのが、日本の芸能史に対して非常に大きな影響を与えた、と私は見ております。日本芸能の身体史上のコペルニクス的転回だったと思っております。世阿弥が発見した心的エネルギー体のその後の展開と、他への影響をきっちり見ていく作業が、今後の芸能史構築の大きな柱の一つとなると思われます。

いっぽう『花鏡』の第二条「動十分心、動七分身」の方は次のように語られます。

> 「心を十分に動かして身を七分に動かせ」とは、習ふ所の、手を指し、足を動かす事、師の教へのままに動かして、その分をよくよくし極めて後、指し引く手を、ちちと、心ほ

どには動かさで、心より内に控(ひか)ふるなり。これは、かならず、舞・はたらきに限るべからず。立ふるまふ身づかひまでも、心よりは身を惜しみて立ちはたらけば、身は体(たい)になり、心は用(ゆう)になりて、面白き感あるべし

　ここでは、心的エネルギー全開の「動十分心」に対して、「動七分身」という、動作の抑制の要素が入ってきます。心的エネルギーを「十」つまり目いっぱい充満させ、同時に、それに見合う動作を行うのでなく、動作の方を「七」に抑制する、すると、心的エネルギーの余りの「三」がアウラとなって役者から発せられ、観客を巻き込む、そこまで世阿弥は明示してはいませんが、世阿弥が言おうとしていることはそのような事態です。その世阿弥なりの要約が末尾の一文、「身は体になり、心は用(ゆう)になりて、面白き感あるべし」であり、「心」が「用」つまり見えない部分となって漂い、「面白き感」を生じさせる、というアウラ演技がここでもはっきり打ち出されています。

　『二曲三体人形図』の「天女舞」図で、ダイナミックに舞う天女のまわりに、桜の花びらが四方に飛散するような形で書き込まれているのは、犬王的アウラ演技についての世阿弥なりの図像表現と見ていいのではないでしょうか。

　『花鏡』の「動十分心、動七分身」での重要なポイントは、

『二曲三体人形図』「天女舞」図

そこで積極的、意識的な演技の抑制ということが述べられていることです。もちろん、単独で抑制的演技が打ち出されているわけではなく、心的エネルギー体とセットとなることが重要なのですが、とにかくここで抑制的身体演技が積極的に提唱された意義は大きく、現在に至る、能の身体のあり方が先取りされているといえるでしょう。

4■心的エネルギー体の獲得

　それでは、そういう心的エネルギー体がどのようにして獲得されたかということについて考えてみます。四つくらいの要素で考えてみましょう。一つは、謡の身体の問題です。『花鏡』の第一項は、謡についての注意である「一調二機三声」で始まっています。そこでの「機」ということばは『音曲口伝』とか、ほかの論書を見ますと、内的な気合いというニュアンスが強いと思われます。もちろんチャンス、時機という意味合いも強いのですが、気合いの意味も強い。とすれば、謡を歌い出すときの内的な集中というものがここでは当然捉えられていると考えられます。現在の能役者ですと、謡を歌うことによって能的な身体が組織されるわけでして、そのような身体の先取りが、「一調二機三声」が『花鏡』の冒頭に置かれる意味だろうと思われます。謡の身体の問題は非常に大きいとは思いますが、世阿弥はそれについてはっきりとは触れていません。二番目は、これは世阿弥は全く触れていませんけれども、面をつける身体であるということが重要だろうと思われます。面をつけた体は受動的状態におちいってしまう、それを押し返すような形で心的なエネルギーの充実が求められるという流れは当然あり得るでしょう。ですから、面をつける身体というのは非常に重要だとは思いますが、これも世阿弥の直接の言及はないので、ここではあまり考えないことにします。

　三番目は、物まね演技における身体からのつきつめ、ということです。外見的物まね演技が語られる『風姿花伝』第二「物学条々（ものまね）」の段階から物まね演技が突き詰められる中で、基本的な身体のあり方が三つにしぼられて、三体とする成立します。そのプロセスの中で演者の心のあり方や、身体内部の力のあり方みたいなものに目が向けられていくということがあると思います。身体内部の力のあり方に自覚的になる流れの中で、犬王の天女の舞の身体のあり方というのが世阿弥の中で大きな問題として設定されて、新たな身体のあり方というものがつかまえられていったのではないかと思います。

　四番目が、その天女の舞の身体です。特徴的なのは女舞と比べると面白いのですが、天女の舞には「五体に心力を入満して」という記述が見られます。それに対して女体の項には、標語として「体心捨力」がかかげられ、それが女舞の項では「心体力捨」ともいいかえられますが、心を体にして力を捨てる、という体のありかたが示されます。それを、男性としての力を捨てると解釈する仕方もありうるかとも思いますが、私はやはり女性のなよなよとした力のない体を物まね風に演技していくと解釈したいと思います。ここの心と力をどういうふうに解釈するのかというのは難しい問題ではありますが、力を捨てた女性のなよなよした体を外見的に物まねしていくと考えますと、女体・女舞のところにはまだ物まねの要素が濃厚に残っているということになります。

ところが天女はそうではありません。天女というのは神的な存在でありますけれども、やはり女性であるわけで、普通だと女性の体として演じていけばいいはずなのだけれども、そうではなく「五体に心力を入満」して、と捉えられます。体の隅々にまでエネルギーや、力が浸透している一種のエネルギー体、そういうイメージで捉えられる天女の舞が描かれています。

この天女の舞の導入によって能のテキストまで変わってくる、ということはあるのですが、能楽論の世界でも用語の風景が変わってきます。天女の舞のまわりにたとえば風というイメージですとか、力というふうな言葉が多く出てきます。たとえば『二曲三体人形図』「天女舞」には、「皮肉骨を万体に風合連曲すべし」という言い方が出てきます。この「万体」は、吉田本では「一力体」となっており、そちらが正しいかもしれない、という表章氏の説があります。

私も「一力体」の線で考えたいと思います。そうすると世阿弥は、「天女舞」の項で、「五体に心力を入満して」「皮肉骨を一力体に風合連曲すべし」「五体心身を残さず、正力体を以て曲風を成す遊風なれば」と三カ所にわたって「力」を強調していることになります。

女性の舞を舞うのに、女性っぽいなよなよとした物まね的な身体をつくって舞うのでなく、身体内部の力、心的な力を入満させて、心的エネルギー体となり、リアルな演技体ではなく虚構の身体をつくりあげて、その身体をベースとして舞っていくという、新しい能の身体が、ここに誕生したと考えられます。

それはまさに『花鏡』で唱えられる、「万能を一心にてつなぐ感力」に満ちた身体と重なるものでしょう。

そして『花鏡』での「アウラ」は、『二曲三体人形図』「天女舞」では、言葉としては「風」と捉えられます。天女舞は、「心力を入満して」舞われますが、それは「花鳥の春風に飛随するがごとく」に舞われなければなりません。心的エネルギーに満ちた役者の身体は、風のような流動体となって舞台上にあらわれなければならないのです。心的エネルギーのかたまりとなった身体が、安く美しくきわまって流動体となる姿が「風姿」です。

「皮肉骨を一力体に風合連曲すべし」というのは、このことを言っている、と解することができます。

世阿弥は、犬王的な身体、ことに犬王が天女の舞を舞うときの身体に大きなヒントを得て、心的エネルギー体としての能役者の新たな身体を獲得した、というのが今日の私の結論であります。

室町後期の芸能と稚児・若衆

パネリスト■宮本圭造

■要旨

室町中期から後期にかけて、風流能と呼ばれる場面重視主義の華やかな能が次々に作られ、世阿弥・禅竹以後の能作の歴史は新たな展開を見せる。信光・禅鳳・長俊らがそうした新風の能作の担い手であり、その特徴に子方を多用する傾向が見られることは、すでに諸先学の指摘する通りである。子方重視の作能が、当時の観客の嗜好を反映したものであったことは、同時代の日記類に稚児・若衆の芸能の記録が数多く見られることからも容易に推察されるところであるが、そうした観客の嗜好はそもそもいかなる時代背景の中で生まれてきたのか。そこで、室町後期の芸能を取り巻く環境、すなわち手猿楽の盛行により、武家の若党、町衆の稚児が芸能の担い手として浮上してきた当時の時代相に注目する。民俗における若者組・子供組、各地の祭礼に残る稚児舞の山車などにも触れて、それが室町後期の時代相を伝えている可能性を示唆し、また能作の歴史にも逆照射したい。

宮本圭造（みやもと　けいぞう）　■1971年、大阪府東大阪市生れ。大阪大学大学院博士課程修了、文学博士。現在、大阪学院大学国際学部助教授。
著書・主要論文：『上方能楽史の研究』（和泉書院）、「檜書店創業のころ」（『観世』平成15年２月～４月）、「物真似の芸能史」（『演劇学論叢』第７号、平成16年12月）

宮本■よろしくお願いします。芸能史の方から言いますと、世阿弥以後、音阿弥の頃になりますと、女性の芸能者、すなわち女猿楽の一座が大いに活躍をいたします。そして、女猿楽から少し遅れて、応仁の乱前後から稚児の芸能の記録が頻繁に見られるようになります。今回は前者の女猿楽についてはおそらく触れることが出来ないかと思いますが、後者の稚児・若衆の芸能、そしてそれを取り巻く当時の時代環境、さらにその稚児・若衆の芸能が具体的にどういったものであったのか、それを身体という側面から見ていきたいというふうに考えております。

1■一過性の魅力

さて、室町後期、稚児・若衆の猿楽――年齢的にはだいたい六歳くらいから十六、七歳の役者を想定していただければ結構かと思いますが――、そのような子供による演能の記録が頻出いたします。例えば、「内々のおとこたち申さた（中略）おさなきものにさるかくさせらるゝ、いたゐけにおもしろし」（『お湯殿の上日記』文明十四年（一四八二）正月二十六日条）ですとか、「去十七日、於禁裏手猿楽在之、京中若者共両座立合」（『大乗院寺社雑事記』文明十四年二月二十三日条）、あるいは「今日下京手猿楽（中略）八才小児等尽其能、神也、妙也」（『実隆公記』文明十五年正月十二日条）など、「若者」や「小児」による演能の記録が実に枚挙に暇のないほど当時の史料に数多く現われてまいります。そうした稚児・若衆の芸能は一体どのようなものであったのか。その具体的な考察に入る前に、シェイクスピアの『ハムレット』第二幕第二場の一場面、ハムレットとローゼンクランツのやり取りに着目してみたいと思います。このやり取りの中に、若衆の芸能の基本的な特質といいますか、本質というものが窺えると思うからです。そこには次のようにあります。

・**ローゼンクランツ**　最近、若衆芝居の一座が現れまして、ま、鷹の雛みたいなものでございますが、この連中が、きいきい声でわめきちらし、すっかり大向うの人気をさらってしまいました。それが当節大流行、いままでの芝居を並みの芝居などと申して、かたはしからやっつけます。（中略）

・**ハムレット**　なに、若衆ばかりで？　一座のやりくりは誰がやっているのだ？　報酬はもらっているのか？　そのきいきい声で歌えなくなったら、役者を廃業するつもりかな？　その連中にしても、いずれは年をとって、普通の役者になるのだろうが（福田恒存氏訳）

ヨーロッパにおける若衆芝居というものがどういうものであったのか、私はまったくそちらの方は不勉強ですのでよく知りませんけれども、若衆芝居というのはおそらく洋の東西を問わず、「きいきい声」つまり変声期前の子供の声、ボーイソプラノ的な魅力を持ったものとして人々の人気を集めていた。ところがそうした魅力というのはあくまで一過性のものであって、年齢を経るとそのような魅力は失われていくわけです。では成長した後に若衆の役者たちはどうなってしまうのか。世阿弥は「時分の花」といってそれを表現しておりますけれども、役者を専業としている者にとっては、その一過性の魅力にあまりに頼りすぎることは、結局役者生命を短くしてしまう。そういうジレンマを持っているわけです。では、室町後期の稚児・若衆の役者というのはどうだったのか。実は彼らの多くはおそらく成長してからも演能を続ける必然性がなかった。専業の役者ではなく素人役者であったために、若い時期には役者として大変な活躍をいたしますが、ある年齢に達しますと、能の世界から足を洗い、戻るべき場所があった。そういう人々が、この時代の稚児・若衆の芸能を担っていたのではないかというのが、今回の発表の趣旨です。

2■大和猿楽四座と子方

ところで、室町後期の稚児・若衆の芸能の大流行は、大和猿楽四座の活動にも大きな影響を与えました。観世弥次郎長俊、金春八郎禅鳳といった能作者の作品に、子方を多用する傾向が見られることは、これまでも指摘されている通りです。まず金春禅鳳について言えば、〈初雪〉という作品があります。これは子方の役である初雪の霊が登場して舞を舞うというもので、子方に重きを置いた作能がなされています。また、〈生田敦盛〉では敦盛の遺児が子方として登場し、やはり重要な役どころを担っています。

一方、観世長俊の能でも、〈親任〉という作品には花菊・千満という二人の少年が登場しますし、〈河水〉という作品では、作り物の太鼓の中から太鼓の精——子方が演じたものと思われます——が登場するといった場面が見られます。もちろんこうした子方の登場人物というのは世阿弥時代に全くなかったというわけではないのですが、応仁の乱以後になって子方の多用が、より一層顕著になったのは確かだと思います。ただ、このような禅鳳や長俊の作能における子方の多用というのは、具体的にある特定の演者を念頭において作られたのではないかと思われるフシがあります。例えば、〈初雪〉という作品は禅鳳の孫安蓮の初舞台のために作られたものであろうと考えられていますし、また、長俊の能について言えば、『細川十部伝書』の一つ『能口伝聞書』という伝書の中に、海老屋法泉という人物の談話が見えています。『能口伝聞書』の注記によりますと、この海老屋法泉は京都の町人で「長俊若衆」であったと書かれております。「長俊若衆」というのが具体的にどういうことなのか、よく分かりませんが、長俊の周辺には京都町衆の若衆役者が多数いた。そういう具体的な役者の存在をイメージして、長俊は自作の能の中に子方を多用する場面を作り上げていったのだろうと思います。

大和猿楽四座における稚児・若衆の多用は、作能だけではなく、当時の演能活動にもはっきりと現われています。例えば、次の記事。

> 勧進猿楽見物了、五条烏丸歟、老年可愧々々、雖然当大夫観世祐玄孫未見之、仍罷出者也、中院同道也、座衆美麗也、脇観世弥次郎、大鼓大倉九郎、小鼓宮増弥左衛門、笛彦四郎、右各無双之上手共也（『二水記』享禄三年（一五三〇）五月三日条）

これは観世祐賢の孫、後の観世宗節が五条烏丸あたりで勧進猿楽を行なった時の記録ですが、大夫が少年であるばかりでなく、「座衆美麗也」と記されていて、少年の役者が多数一座に参加しての催しだったようです。また、次に引用する南都春日若宮社での神事能の記録には、金剛大夫の当時わずか六歳の子供が〈西王母〉〈天鼓〉〈猩々〉を舞い、その器用さを見物客が称賛したという記事が見えますし、同じ年の宝生座の演能、天文十年（一五四一）の観世座の演能にも「童部」すなわち子供の役者がシテを勤めたとあります。観世座の「童部」は年が十二、三歳。〈自然居士〉〈猩々〉の二曲を舞っています。

後日能見物了、大夫分之物一人モ無之、散々事也、金剛カ子当年六才ニテ、始テ西王母・天子・しやうしやう、合三番沙汰了、器用無計トテ諸人称美了（中略）宝生カ代少童部沙汰了（『多聞院日記』天文八年十一月二十八日条）

後日能在之（中略）四、観世代十二三童部自然居士（中略）十二、観世代童部醒々（『多聞院日記』天文十年十一月二十八日条）

このように四座の演能においても子方の役者が重要な位置を占めていたわけですが、ただ注意をしておきたいのは、四座の演能ではその子方が演じる役どころ、あるいはレパートリーといったものが限られていたということです。例えば先に見たいくつかの記録では、子供がその役を演じるのが相応しい、あるいは必然的な曲目を演じていることが多い。つまり、子供や少年の役を子方が演じるという年齢的な一致関係が見られる。例えば〈猩々〉はまさに子供が演じるに相応しい演目ですし、〈自然居士〉もそう。〈天鼓〉は前シテが王伯という老翁。阿瘤尉という尉の面をつけます。後ジテが天鼓という子供の霊で、その前シテ・後ジテを一人の役者が演じるのが現在の形ですが、天文八年、金剛大夫の六歳の子供が舞った際には、その後ジテだけを演じたのかは、はっきりしません。ともかく年齢的なギャップのあまりない役を演じるという傾向が一つ特徴として挙げられます。ところが、室町後期に流行した稚児・若衆の一座においては、そういった傾向が実はあまり見られないのです。

3■小猿楽の稚児・若衆役者

さて、四座以外の稚児・若衆役者の一座は当時の記録の中で「小猿楽」と呼ばれていますが、その「小猿楽」が具体的にどういうものだったのかということは、これまであまりまとまった研究がなされておりません。当時の断片的な記録によって類推するしか仕方がないのですけれども、次に挙げたのは、参考になると思われるいくつかの資料です。

かめたゆふかたう、あまたまいりてうたふ、入はなともする、かめ千代もまいる（『お湯殿の上日記』長享三年（一四八九）七月十日条）

及晩参内（中略）密々有地下之小美声等（『実隆公記』同日条）

小御所にて、かめちよまいり、入はなとさせらる〻（『お湯殿の上日記』延徳二年（一四九〇）十月十四日条）

しふやにうたはせらる〻、入はをもする（『お湯殿の上日記』明応八年（一四九九）七月十日条）

地下音曲有興、八才小児施音曲、仍入場五番翻袖、頗神妙（『実隆公記』文亀二年（一五〇二）五月二日条）

地下ニ手猿楽衆参、ウタワセラルヽ、晩景ヨリ小者共五番計猿楽仕也（中略）小者十計在之、大夫七歳云々、ワキ十四五者也、其外各七計者共也（『言国卿記』同日条）

今日禁裏申沙汰也（中略）小猿楽、入破等七番、七八才児打鼓大、其所作絶妙、人々驚耳了（『実隆公記』文亀三年正月十三日条）

これらの記事によると、小猿楽では能以上に「音曲」ですとか「入場」「入は」——おそらく能の後場だけを部分的に演じたのだと思われますが——といった部分演奏がきわめて多く演じられていたという特徴が窺えます。

また、その芸能集団の構成についてみると、右に挙げた『言国卿記』に「大夫七歳云々、ワキ十四五者也、其外各七計者共也」とありますから、大夫だけでなく、脇方や囃子方も若衆によって占められていた。そこが先に見た四座の演能一座との大きな違いです。

さらに部分演奏がきわめて多く見られるということでいえば、例えば「音曲」。つまり謡のことだと思われますが、先ほど言いました「きいきい声」、ボーイソプラノとしての魅力によって人気を集めていた。あるいは「入場」。能の後場は大抵、舞事が演技の中心になるわけですが、小猿楽ではそうしたボーイソプラノとしての謡、あるいは少年の美しい舞といった、稚児・若衆の身体性を前面に打ち出した表現方法をとっていたということが言えるかと思います。ただ、こうした小猿楽の一座は部分演奏ばかりをしていたのかというと、決してそうではなく、完曲の能ももちろん演じておりました。例えば、『蔭凉軒日録』延徳元年十月五日条には中西六郎という美男の小猿楽の大夫が五条高倉で「能八番」を演じたという記事が見えています。

また、『言国卿記』明応七年正月二十六日条には、「ウタヒ衆中西六郎者十人計参（中略）入破共十番余仕也、メン、御所ヨリ被出也、装束、藤兵衛督永康朝臣被借召畢、猿楽近頃見事也」ともあります。中西六郎が御所で「入破」を舞った際、「メン」――その後に「装束」のことが記されていますから、能面のことを指しているのだと思われます――を賜ったという記事です。女猿楽や稚児・若衆の演能では、その美貌を見せるために能面を用いないケースもあったと想像されますが、この記事による限り、小猿楽においても能面が用いられていたことがわかります。

続いて、小猿楽のレパートリーについて見ておきますと、例えば、『お湯殿の上日記』に「かめたゆふちこ」が「おもに」（〈恋重荷〉）を演じたという記録（文明十九年（一四八七）三月二日条）、『二水記』に「大夫下京小童」が〈翁〉〈高砂〉〈八嶋〉を演じた記録（永正十六年（一五一九）正月二十六日条）があります。また、『言継卿記』に見える近江の小猿楽による演能記録には「今日申沙汰有之、猿楽江州之小猿楽共也（中略）今日能、難波梅・兼平・野宮・是害・桜太鼓・とう永・竹生島・羽衣・融・熊坂・高砂入破」（天文十七年（一五四八）二月十六日条）とあり、同じく近江の小猿楽の奈良での記録には、「大夫二三人在之、何も十四五之若衆也、音声勝レ所作又勝タリ、狂言十一二ノ者也、是又見事也、雨降カヽル間四番在之也、脇白ヒケ・二ヽ兼平・三ヽ御悩ヤウキヒ・四ヽ乞能現在熊坂」（『多聞院日記』天文十九年三月二十七日条）とあって、これらの記録には、小猿楽が演じた曲として〈恋重荷〉〈高砂〉〈八嶋〉〈難波梅〉〈白髭〉といった曲目が挙がっていますが、これらは必ずしも稚児・若衆むきの曲というわけではありません。もちろん、能というのは必ず脇能に始まって切能で終るという演目構成が決まっていますから、すべてのシテを稚児・若衆がつとめる小猿楽の演能では、四座の場合とは異なり、年齢的なギャップをともなう演目であっても当然、稚児・若衆が演じることになります。したがって、十歳そこそこの少年が〈翁〉や〈白髭〉を舞うという奇妙な現象が見られることになるわけです。

もっとも、観客の関心はあくまで稚児・若衆の美麗な身体による「音曲」や「舞」にあったのだということを、あらためて指摘しておきたいと思います。例えば、「美麗驚目了」（『多聞院日記』天文十九年三月十五日条）、「何も十四五之若衆也、音声勝レ所作又勝タリ」（『多聞院日記』天文十九年三月二十七日条）とかいった記事からも窺えるように、人々の関心の目はあくまで美麗な稚児・若衆の身体に注がれていたのであって、そこでは能の演劇性はほとんど無視されていたと言えるかも知れません。

4■小猿楽の素性

さて、それではこうした小猿楽は一体どういった歴史的背景でもって誕生するのか、また彼らの一座はどういう素性、あるいは身分の役者であったのか。まず、先にも登場した中西六郎という小猿楽の大夫、彼は幼名を千世寿といいましたが、その千世寿に関する記録を見ておきたいと思います。まず、『後法興院記』文明十九年五月十六日条の「手猿楽千世寿来、有鞠興、入夜有盃酌、及乱舞、有其興、聞暁鐘」。これは千世寿が鞠の遊興に同席し、その後の酒宴の席で乱舞を披露したという記事。また、同じく『後法興院記』文明十九年五月十七日条の「鷹司前関白被来、依招引也、有鞠興、次有酒宴、及乱舞、初夜以後被帰、千世寿種々尽能畢」。これも鞠の遊興にともなう酒宴・乱舞の記事で、その席で千世寿が「種々尽能」とあります。右に挙げた二つの記録がともに「鞠興」にともなうものであること、また「種々尽能」といった記事からは、千世寿が単に能役者として活動しただけでなく、蹴鞠にも堪能であったのではないかと思われます。それは、世阿弥が鞠や連歌にも堪能だったことを連想させるわけですが、千世寿という稚児役者にはこうした前代の「稚児」と共通する面が見られます。『実隆公記』文明十九年十一月一日条には、「千世寿少年舞歌也、当時元服号六郎、□被賞之者也、竹園御最愛也、仍諸人崇敬之、不可説事也々々」ともあって、公家の寵童としての千世寿の側面が窺えますが、こうした性格が当時の小猿楽に一般化できるかというとそうではなく、この千世寿は当時の小猿楽のあり方から見ると、むしろ特異な存在ではなかったかと思われます。

室町後期の小猿楽、稚児・若衆役者の身分を考える上で注目したいのは、『証如上人日記』の次の記事です。

> 於生玉社、就遷宮之儀、今日六町衆、能二番宛、合十二番有之、見物数万人云々、能之仕手者何モ幼者也（天文十五年六月七日条）
>
> 六町幼者共、生玉遷宮之能（中略）翁・清水町、寝覚・北町、愛寿・清水、舟弁慶・南町、皇帝・北町（以下略）（天文十五年六月九日条）

これは大坂生玉社の遷宮能で、北町・清水町・南町といった六町の町衆がそれぞれに子供たちをシテとする一座を組織したという記事。小猿楽が地域共同体を背景とする一座によって構成されていたことを示しています。この他、『実隆公記』延徳三年三月四日条の「今日近臣申沙汰也（中略）室町辺之小猿楽施舞曲、甚有感者也」、『鹿苑日録』天文十二年八月二十六日条の「北鹿神事能有之、指樽・饅頭廿持参、地下若衆共為大夫矣」とある記事なども、地域共同体が一座を組織した例と言えるかと思います。特に後者は「地下若衆」とあって、共同体における若衆組との関わりが窺えます。

また、室町後期には武家の小猿楽の記録も多く見られます。例えば『言継卿記』天文十四年三月二十一日条の次の記事。

> 今日内々申沙汰也、巳初刻参内（中略）大夫細川右京兆内高畠神九郎子、兄十才、弟八才、沙汰候、座衆各馬まはり衆也、近頃あいらしき事也、右近・八島・胡蝶・たちほ・大会・七騎落・紅葉狩・楼太鼓・二人静・岩船等也

また、『言継卿記』天文二十三年三月八日の次の記事。

> 猿楽大夫河州遊佐内安見之子野尻万五郎十四歳也、小生卅人計、座衆四十人計有之、天気晴陰、但一番うら島仕之

これらは武家における若者集団が能の一座を組織した例で、前者の記録には「座衆各馬まはり衆也」とあります。こうした町衆や武家における年齢階梯組織としての若者集団。それが室町後期の稚児・若衆芸能の主要な担い手であった可能性が考えられるのではないでしょうか。

5■舞車・山車と稚児の芸能

室町後期、稚児・若衆の芸能が流行する。それは単に当時

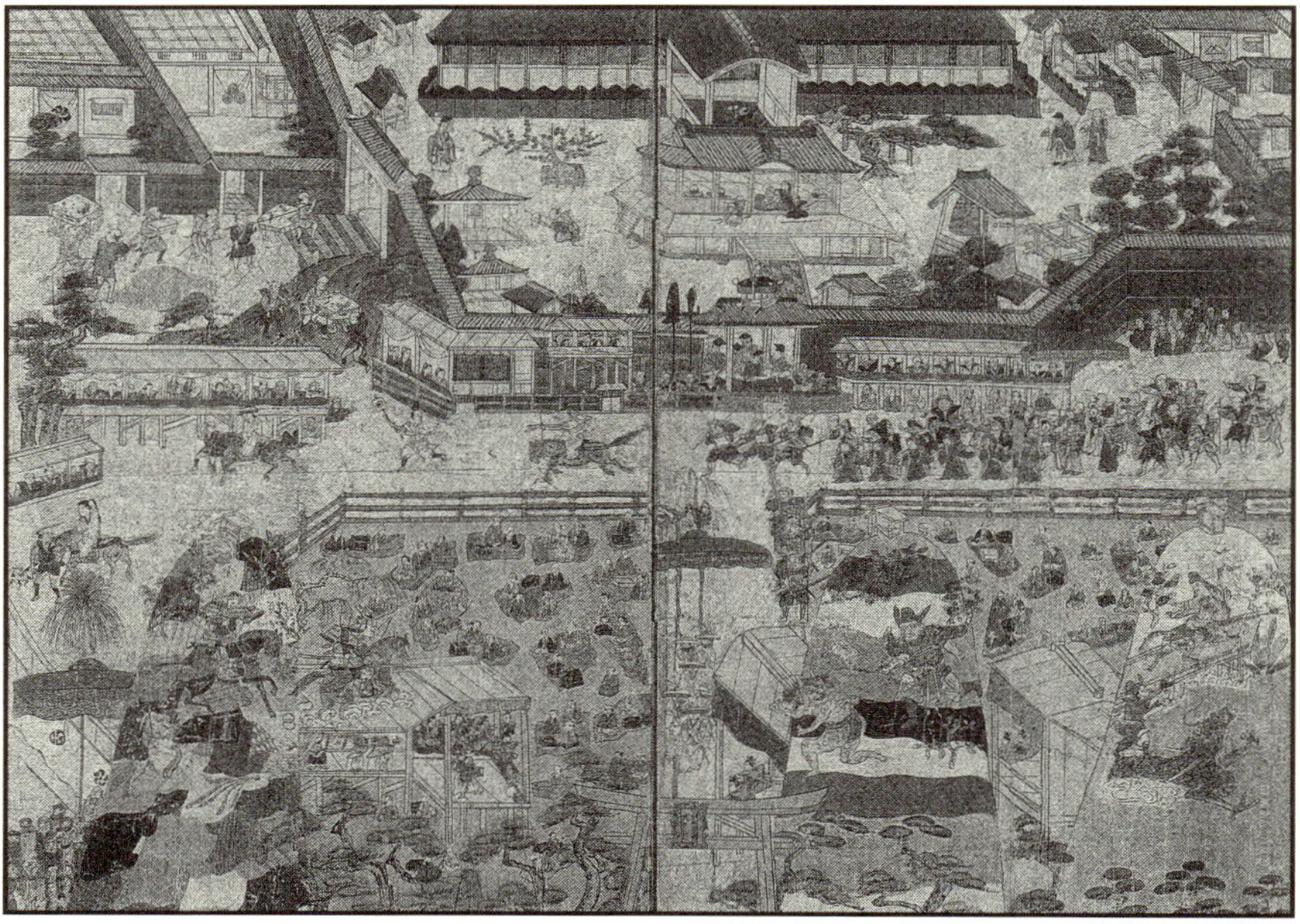

『播磨国総社三ツ山祭礼図屏風』（『上方能楽史の研究』、和泉書院より）

『播州名所巡覧図絵』（版本地誌大系・八、臨川書店より）

の観客の嗜好を反映したものではなく、日本史の分野で指摘されているような、中世後期の惣村などにおける若衆と大人衆・老衆との対立、若衆の勢力の台頭といった時代相と深く関わっているのではないか。そうした若衆層の台頭・浮上にともなって、彼らが芸能集団としてのし上がっていくといいますか、クローズアップされてくるのが室町後期であって、この時代の稚児・若衆芸能の流行も、当時の社会環境と密接に関わっているのではないかと考えております。

それとの関連で見ておきたいのが、舞車・山車と稚児の芸能です。民俗芸能には、町あるいは村の若者が中心となって山車の芸能を行なう例がたくさんあります。その中で稚児による鞨鼓の舞が行なわれるケースが多く見られますが、そうした山車における稚児の芸能の中には、子供たちが能を演じる例というのもいくつか見出せます。例えば、姫路の播磨総社における三ツ山祭り。この祭りは古くは山車の祭りでしたが、大永二年に置山の形態に変わったもので、天文二年になって播磨守護赤松政村の命によって二十一年に一度の祭りと定められたとされています。その祭りの中で、大きな作り物の山を楽屋とし、そこに能舞台を付設して、その舞台の上で町の子供たちが演能するという伝統が昭和初め頃まで伝えられていました。江戸時代の記録がいくつか残されていますが、それによると、東の山、中の山、西の山という三つの山があって、町毎にそれぞれ分かれて、その山の舞台でシテ・ツレ・ワキと町内の子供たちが能を演じていたことが分かります。おそらく、こうした祭礼における子供の演能は室町後期の稚児・若衆芸能の流行と関係があるだろうと思われます。

能の中に〈舞車〉という廃曲があって、これは平成元年に国立能楽堂で復曲されましたけれども、その中にも東坂・西坂という二つの地区がそれぞれに舞車を出し、その上で男性と女性――この二人が実は夫婦だったという展開になるのですが――がそれぞれ舞を舞うという設定になっております。その詞章の中に「いかに東坂のおとなへ申候。やう〳〵車をわたす時分に成て候。急て御出あらふするにて候」といった文句が見え、ここにも大人衆の前で若衆が舞車の芸能を披露するという年齢階梯組織を見ることが出来ます。

室町後期に流行を見た稚児・若衆の能。それは四座の演能とはまったく違う身体表現でもって人々に受け入れられていくわけですが、それは室町後期の若衆層の台頭と深く関わっているのではないかということを指摘して、私の報告を終らせていただきます。

パネリストの発表を受けて

小林■パネリストの皆様、ありがとうございました。これよりコメントを頂くわけですけれども、その進め方ですが、コメンテーターの方に約十分くらいで、それぞれのパネリストに対するコメントを頂きます。コメントを頂いたあと、それに対してパネリストから応答をしていただく、そういう形で進めていきたいと思います。それではまず始めの松尾恒一さんのご報告からまとめていきたいと思います。

松尾さんのご報告は、南都の寺院における芸能に関して、儀礼、祭礼というのが一つの大和猿楽の母胎になるであろうこと。その中で修正会、修二会の場というところに注目をされ、手水所という所で行われた呪師の芸、それが猿楽の芸態、または身体と関係あるのではないかというご報告でした。それから『風姿花伝』の第四「神儀云」の中にも記されています、維摩絵の芸能との関連、それについてのご報告。さらに憑依の身体ということで、猿楽の芸能、芸態、身体芸の中にはものまね芸、特に憑きものの物まね芸という重要なジャンルがあるわけですけれども、それには南都における芸能の影響があるのではないかということを御指摘下さいました。特に南都の巫女、神楽、神人の芸能というのが、関係してくるのではないか、その流れが狂言や初期歌舞伎にまで続いていくというようなお話であったとうかがいました。それでは五味先生コメントをお願いいたします。

五味■五味です。よろしくお願いします。私は中世文学の門外漢でございまして、こうした場で何が言えるのかよくわからなかったので、少し簡単なレジュメを作ってお見せします。歴史学のほうからもし身体という問題を考えたら、どういうふうな問題があるのだろうかということを、若干考えたものです。それに触れながら松尾さんのコメントにも関わりたいと考えております。

歴史学では、どちらかというと身体論というのはあまり注目されていない分野であります。そのために私も当初は空間の問題を考えてきたのですけれども、さらに芸能など考えているうちに、やはり身体という問題を徹底的に考えていかなければならないのではないかと思うようになりました。ただ世阿弥について考えてゆくなかで、だいたい鎌倉末期ぐらいから、かなり身体に対する感覚が非常に中世人の間に鋭くなってきている。まず宗教者と身体という問題が最初に出てきました。宗教者、これは一遍の踊念仏は言うまでもないのですが、禅宗にしろ律宗にしろ、それから生身仏ですね、生き身の仏様という信仰のあり方、あるいは例の立川流の性、セックスの問題、セクシャリティの問題、さまざまな面からとってみても、身体に対する関心が深まり、それから身体に対する芸能、及び自分の体の中から発して物事を獲得しようとする傾向は、こういう動きが非常に強くなってきたように思うのです。ですから、中世社会の展開を考える時は、以前はどちらかというと古代的な枠組の中に中世的な要素が入りこんでゆく、そのため空間をどちらがどう取り込むかという、空間の時代だったであろう。ところが古代的な枠組がある程度壊れていくと、相互乗り入れになりまして、中世的な枠組がつくられ、中世の社会がどう展開していくか、そこに身体論が登場したのではないかと、そういうふうに考えます。ですから、『徒然草』なんかを見ても、武芸への関心、医療への関心、料理への関心、さまざまな身体への関心に基づく章段が見えるわけです。

　それから梶原性全の『頓医抄』とか、『万安方』といった、いわば身体に基づく百科医書がこの時期に作られている。『頓医抄』には、五臓六腑の図が描かれています。それから身体の作法としては、宴の身体を、松岡さんが指摘された一揆のあり方とか、あるいは談義とか、あるいは古今伝授とか、そういう中にも認められるのではないかと思います。

　歴史学でもう少し違う形でとらえたらどうなるかといいま

五味文彦（ごみ　ふみひこ）
1946年、山梨県甲府市生れ。東京大学大学院博士課程中退、博士（文学）。現在、放送大学教養学部教授。
主著：『院政期社会の研究』（山川出版社）、『書物の中世史』（みすず書房）、『中世の身体』（角川学芸出版）

すと、文書も身体論として扱うべきなのではないかと考えています。今までの文書論は例えば武家の文書、寺院の文書、公家の文書というように空間に基づいて分類しているのですけれども、文書そのものが身体論的なとらえ方というのが、鎌倉後期ぐらいに出てくるように思います。文書に加持祈祷をしたり、焼いてしまったり、それを再生させたり、偽文書を作ったりする。そういうさまざまな動きが出てくるように思っております。それらは絵巻の中にも描かれているのですね。踊り念仏とかさまざまな芸能の姿が描かれている。しかしそれだけではなくて、文書も絵巻のなかで非常に重要な手がかりとして描かれておりまして、それが生き生きとしているのです。そういう意味でのいわば身体への全面的な傾倒、傾注、関心、それが鎌倉後期から明確に見えてきておりまして、それが世阿弥にまで広く及んでいったのではないかと思います。

さて松尾さんからは非常におもしろい問題が提起されております。特にそこでは空間と身体という問題が提起されているのですけれども、身体の芸能のあり方の中でいきますと、なかでも食堂における堂衆のあり方を言われました。それからその次に、憑依の芸能の中では祢宜の存在が重要だったのではないかと思います。この堂衆や祢宜というあり方なのですが、あまり固定的に捉えるのはどうかなと思います。『古今著聞集』の中で神人の季綱という男が鼓打ちになるのですが、そのところに「近頃より男の鼓打ちあしとて大衆うときなりけり」とありますので、季綱のような男の鼓うちが悪いというので、鎌倉中期には大衆がこれを打つようにというふうにいわれているわけです。しかしまた男の鼓打ちになっているように、互換性を持っているのです。大衆がダメだったら、男の鼓打ちになる、男の子の鼓打ちがダメだったら、大衆がなる。一方ではその先ほどの堂衆の場合もおそらく大衆にかわって堂衆がなる。また堂衆にかわる。おそらくこうした芸能は、ある時期になってくると互換性を持つようになって、それぞれの持っている芸能がお互いに作用しつつ、その中で、身体性が深まっていった。そしてそれがあるところで、どこかに定着すると、空間に固定されてきた。一方、興福寺の講堂でやっていたものが、食堂になる。その場も移り変わることによって、新たな芸能が獲得されていく。そういうふうなことがいえるのではないかと思いました。

決して松尾さんの説に異を唱えるわけではないのですけれども、そんなふうなある種の互換性の中でもって、それぞれが持っていたものが継承されていくということは、非常に興味深いことだったと思います。

それから最後の宮本さんの話の中で、童、若衆の話が出てきましたが、この問題は院政期にすでに見えています、童舞とか、馬長の童とか、童の存在がこの時期に突出してくる。それがいったん底流に降りまして、また再び戦国期に童が浮上してくる。このように芸能というのは、いったん廃れたかのように見えても、やや形をかえて出て来るという意味で非常に興味深く思いました。以上で終わらせていただきます。

小林■どうもありがとうございました。五味氏からは身体ということ自体について、身体的な関心や興味が鎌倉時代後期から起こってくるのではないか。それが中世への転換、脱却というようなものとつながるのではないかという大きな視点からご指摘をいただきました。たとえば文書についても身体性があるという、言わば文書の身体的な展開です。これは大変興味がある問題なのですが、今日の趣旨とはちょっとずれるかもしれませんので、またあとでフロアのほうからご質問があったら、議論していきたいと思います。そういうことを踏まえまして、松尾氏の南都における寺社の空間から起こってきた芸能という指摘に対して、その空間をあまり固定しないほうがいいのではないか、たとえば衆徒、学僧、堂衆などの担い手、または場所にしても互換性があって、それが芸能的なのではないかというご意見だったと思います。それについて、松尾さんにお答えを頂きます。

松尾■五味さんのコメントに対する回答ですが、先の報告において、充分に触れられなかった資料にも言及しながら、お答えしたいと思います。

寺院内の僧侶の階層間の互換性、すなわち学侶・衆徒と、堂衆との互換性を考えていくべきだという指摘ですが、確かに一つの寺院で行われている活動であり、相互に関連し合う部分を考える必要性はあるでしょう。特に南都の修二会の場合、東大寺にしても興福寺にしても、中世においては学侶と堂衆とが役を分担して協調して行法を行っており、それぞれの階層の相互関係をも考慮しながら、猿楽座やその芸能との関係性を考える必要があるでしょう。

ただ、現在までの能楽研究においては、猿楽座と寺院との関係性は、座とその活動を承認・保障する本所としての寺院といった側面として、学侶・衆徒との結びつきが特に注目されてきました。その一方で、堂衆との関りはほとんど注目されてこなかったのではないかと感じます。というより、能楽研究においては、概して、関係する寺院の、その内部組織までには関心が持たれなかったといってよいでしょう。

芸能そのものの特質やその生成について考える場合、特に寺院といった、祈願・祈禱等の宗教活動が大きな位置を占める場における芸能を考える場合、その宗教活動の内容との関りにも注目する必要性があるでしょう。

たとえば、寺院における延年ですが、ここで行われた芸能は、児による白拍子等の歌舞のほかは、簡単なものながら劇形式を持つ風流や、問答様式の当弁などです。これを主として行ったのは、研学のための論義や講問、竪義等を盛んに行っていた学侶・衆徒であり、彼らの論義や講問等が、芸能へある程度の影響を——発話・対話・言葉の形式はもとより、節にまで——与えたことはまちがいないでしょう。

今回、本報告で取り上げた興福寺の薪猿楽は、もともと当寺の修二会という儀礼において、仏事の後に行われていた猿楽です。その猿楽は、「呪師走り」の名で呼ばれましたが——現在でも、興福寺薪能の一環として春日大宮神前にて奉納される翁はこの「呪師走り」の名で呼ばれます——、寺伝によれば、もともと実際に呪師が行ったものであり、しかも修験・密教僧的な性格の強い堂衆による、密教的な作法として実践された呪師の行法それ自体がもとになったらしい。

さらに、この呪師の芸能が演じられた「手水屋」なる空間ですが、精進潔斎と食事を司る場で、いずれにしても釜に湯を沸かすことが必要となりますが、湯を立てること、それ自体が、呪術的な作法でした。

次の資料は、いずれも『大乗院寺社雑事記』中の資料ですが、興福寺修正会において、呪詛のために手水屋の釜の中に人の名を記したものが投げ込まれた、という〝事件〟が起こっています。

・朝倉数影名字、於修正手水所釜内咒咀之由、昨日、自学侶、両堂司ニ仰之了、（寛正五年（一四六四）六月二十四日条）

・就十市事、六方於四恩院神水集会在之、先日干京都訴申入、可有御退治之由、申入之、此事猶々及評定云々、以外次第也、十市名書之、而両堂修正御手水釜ニ入之、呪咀云々、希代事哉、（寛正三年（一四六二）五月二日条）

札などに人の名を記したものを、湯を立てた釜の中に投げ込んだのでしょう。湯を立てるということは、これを応用して呪詛を行い得るような——修二会行法の目的のもとに立てられる湯として、いっそう強力な呪力が期待されていたとも考えられますが——、呪術的な行為であったのです。

古代寺院において、湯を立てることが宗教的な営みであったことは、『三宝絵詞』（下、正月「温室」）の記事によっても知られます。

仏の御弟子の賓頭盧は末の世の功徳を増さむとて、涅槃に入らずして永く魔黎山（まれいせん）にまします。もし僧のために湯を沸かさむには、まず暁に湯を調へて賓頭盧を請ぜよ。花を敷きて座とし、戸を閉ぢ、程を経よ。後に聞いてみるに、ある時には湯を使へるさまを示し現す、と云へれば、天竺にはみなこのことをす。この国にも然する人あり。

入浴のために湯をたてる際には、まず賓頭盧を勧請すること、その賓頭盧の座として浴室に花を敷くことなどが述べられていますが、そうしておくと不思議なことに、ときに賓頭盧の「湯を使えるさま」が現れるのだ、ということが説かれています。

興福寺の修二会においては、立てた手水（湯）の様子を書き記して報告するといった作法がありました。現在、民間に伝承される湯立ての神楽においては、釜の中に沸き立つ湯の変化を見て神意を判ずるような事例もありますが、手水屋は単なる潔斎、食事の場であるのみならず、神々・精霊と交流、交感する空間であり、ここでの呪師の芸能は、修二会行法中の作法とも関係性の強い、辟邪のための呪術的なものであったわけです。

『風姿花伝』等に見られる世阿弥の言説では、現実にはなかった、維摩会での食堂における外道鎮め的な芸能を、祇園精舎における芸能による外道鎮圧と関連づけて説明しますが、修二会における食事の空間でもあった手水屋で芸能が行われたこと、そこでの芸能が、延年におけるような祝福芸的なものではなく、辟邪のための呪術的なものであったことを考えれば、こうした身近に知っていたであろう、興福寺手水屋における芸能が想定されていた、あるいは念頭にあったことが充分に考えられるのであり、史実と齟齬する伝承として一蹴することはできないわけです。

今回、中世芸能の身体性という問題において、春日神人が巫女を憑依へと導く拍子（ワザ）等についても触れましたが、憑霊との関連でまた挙げたいのは、『春日験記』の中で描かれている一つの説話です。女性が本当に神憑っているのかどうか確認するために、人々が彼女の足の指をしゃぶるのですが、そうすると甘い味がする。これによって、確かに神が憑いていることを人々が認識する、といった話です。

芸能の身体性というより、神霊と交感する身体の問題ですが、こうした状況下にある身体を、他者がどのように認識し、受け止めたか。見る側の人々、時空を共有する人々についても、身体はもとより、五感全てを検討の対象として考察してゆく必要性があるのではないかと思います。

小林■今の松尾さんの回答に対してさらに質問したい要素も出てきたかと思うのですけれど、先を進めさせていただきます。宮本さんについての回答も後ほどということにいたします。それでは御二人目ということで、松岡心平氏のほうに移ります。

松岡さんは現在でも行われている能の身体、それを作り上げた世阿弥の身体的な達成というのを心的エネルギー体の達成獲得であるとの御報告でした。それを獲得するに至った大きな要因に天女の舞の導入があり、これは世阿弥にとって、かなり画期的なことであって、当然身体的なものから、世阿弥の思想的なものまで大きな転換があったのではないかと。たとえば風ですが、これは「花伝」から、「風姿花伝」への展開とも関わってくるかと思います。そのような身体の確立というのが今の日本の芸能、特に舞を中心とする舞踊、舞踏の基となったのではないか、というようなお見通しもされてのご発表とお聞きしました。これに対しては竹本さんにコメントを頂きたいと思います。よろしくお願い致します。

竹本幹夫（たけもと　みきお）
1948年、東京都生れ。早稲田大学大学院文学研究科博士課程単位満了退学。博士（文学）。現在、早稲田大学文学部教授、同大学演劇博物館長。
主著：『観阿弥・世阿弥時代の能楽』（明治書院）、『早稲田大学演劇博物館所蔵特別資料目録5、貴重書能・狂言』など。

竹本■竹本です。松岡さんのお話は、いわゆる物まねを本義とする猿楽の芸態から、世阿弥時代に歌舞の芸に軸足を移すことによって、演技が全体的に舞踊的なものに変貌して行く経過があり、それが例えば、観世寿夫がかつて言った存在感というような、舞台上における役者の身体の美しさ、もしくはエネルギーというようなものの理論的な源になっているのではないか、というようなお話であったかと理解致しました。実は松岡さんの前後にお話くださった両先生と、松岡さんのお話というのは、なかなか結びつけ方が難しくて、それらをどう統合していくのかということが、今日のお話の基本線になっていくと思います。私なりの認識を述べますと、松尾さんのお話というのは身体論という点から見ますと、松岡さんの提起された問題とは若干違うところにあるのですね。と申しますのは、翁猿楽の系譜にまつわる歴史的な認識ということが松尾先生のお話の主要なテーマであったかと私は考えました。中世の猿楽では、猿楽の芸は大きく三つに分かれておりました。翁を演じるもの、能を演じるもの、狂言を演じるもの、というふうにはっきり三分割されておりまして、能と狂言については一座においてそれを行う。翁についてはそれとは別の座で行うというのが基本的なスタンスであったわけです。それが世阿弥の頃に京都における演能とかそういうところでは、能や狂言の役者たちが合同で翁を演じるような簡略な形が出てきたというふうに理解するのが通説と思われます。その翁の芸というのが、世阿弥における身体性とどう関わるのかというお話は、もっぱら世阿弥の身体性を論じた松岡さんのお話から、抽出しにくい部分だったのであろうと思います。翁の中の一芸である三番猿楽の芸というのは、現代の演技を見るかぎりは、たとえば揉之段という非常にエネルギッシュな舞を見ますと、感覚的には『徒然草』の百七十五段、酒を無理強いすることの狂態ぶりを述べる段の中で出て来る宴会芸の叙述であるとか、『宇治拾遺物語』の、こぶとりの翁が鬼の前で舞う舞であるとかが、そういうものとの関連性を思わせる。いずれも乱舞の芸が、ある程度共通の要素として流れ込んでいるということの一つの痕跡なのだと思いますけれども、そういうような芸のあり方というものと、世阿弥の考えた身体とがどう関わるのかというのが大きな問題になるわけです。それから、宮本さんのお話は稚児、若衆のお話ですけれども、稚児、若衆が能の中心になるという事実は、歴史的には存在しなかったようで、能はあくまで大人の芸ということになっておりました。世阿弥自身も稚児の芸について積極的に評価する発言というのは、「年来稽古条々」の七歳と十二三歳あたりのところで述べているのみという、非常にわずかなものであります。ただ一方で、例えば『初若の能』、それから「こは子にてなきといふ猿楽」、「笠間の能」、「春栄」といったような、稚児が主人公であるべきような、もしくはそれに類する能というのが世阿弥時代からずっと作りつづけられていた、それ以前からもずっとあったというのは、確かなことであります。例えば軍記物語を本説にする能であるとか、仇討ちの能などの類いは、番外曲も含めて調査しますと稚児が必ず出て来る、必須条件が稚児であるということがあります。今日の宮本先生のお話というのはそういうものの中から現在の民俗芸能につながってくるような、稚児若衆の能のあり方というのを想定される非常に刺激的な論でありますけれども、松岡さんのお話の中で出て来る稚児のとらえ方というものとは若干の位相のずれがあって、世阿弥の身体論における稚児のあり方というのと、室町後期から現代にまで至る稚児の芸というものの日本の芸能史における位置というのとは、若干の違いがあるということを私自身は認識致しましたので、あとで司会の方にそのへんをおまとめていただければと思います。

さて松岡さんのお話ですが、わたし自身思いますに、例えば「動十分心、動七分身」という、『花鏡』の説のこのあたり、題目の第二条から第五条まで、第一条が、「一調二機三声」、第二条が「動十分心、動七分身」、第三条が「強身動宥足踏強足踏宥身動」、第四条が「先聞後見」、第五条が「先能其物成去能其態似」、第六条が「無声為根」、という題目六ケ条のうちの真ん中の四ケ条分ですね、第一条と第六条を除く分というのは、基本的にはわたしは物まね論だと思うのです。その「動十分心、動七分身」ですが、舞や働きの部分のみに限らず、あらゆる動作において、心を十分にする分、身を七分に動かせというのは、一見すると現代における抑制された演技のあり方というものと共通するように見えるのですけれども、世阿弥がここでいう心というのは、いったい何なのかという具体性が問題だと私は思っております。この「心」というのは「意味」なのだと思います。「意味」とは何かといいますと、詞章のことではなかろうか。つまり文字にあたる風情からずっと展開してきた世阿弥の理論の中で、謡の言葉に応じて動作とするというのが物まねの基本的なスタンスであった。具体的な意味に応じて動作をするときに、自分でイメージしている動作よりは控えめに動かすことによって生じる余韻というものを観客に体感させようというのが、「動十分心、動七分身」だと思うのです。舞・働きといっているから、言葉ではないじゃないか、意味がない動作じゃないかと思われるかもしれませんけれども、世阿弥時代の舞とか働きというのはその前後に挟まれた詞章によって、明確に意味付けがなされております。従いましてあるテーマがはっきりと存在するわけで、意味もなく舞いを舞ったり働くわけではない。そういう中で抑制された演技といいますか、自分が思い描いているテーマ性よりは身体性を控えめにするというコツなのだろう。これが物まねにおいて、どういう効果を生んでくるのかというのは、ちょっと私自身はまだはっきり認識していないのですけれども、物まね論としてあるのだろうと思います。それに対して「舞声為根」あたりからの世阿弥の論というのは、舞踊論という立場なのだろうと思うのです。世阿弥の物まね論というのは「物学条々」から始まっていると言っていいのだろうと思いますが、「物学条々」というのは一種の身体論ですけれども、これはいわば扮装論です。「装束付である」、というやや思い切った言い方をかつてされていたこともありますけれども、むしろ扮装論というべきである。「物学条々」における扮装論というのは、猿楽が基本的な形質としてもっていた何かに扮するということのあり方を最も洗練された形で論じたものだと思います。当初の猿楽というのは、たとえば平安初期の「才の男」における問われて自らの職能を言葉で説明するという芸あたりから出発しているのだと思うのですけれども、もうすでに平安中期から後期の段階で、『雲州消息』に出てくるような、例えば猿楽者が老翁と若い女に扮して「かまけ技」を見せるというような形で、扮装がすでに行われていたということを示す例もありますから、扮装するということ自体はすでに世阿弥以前からあったわけです。それを舞台における表現として定着させていくということをはっきりと理論の上で主張したのは、世阿弥が最初なのだろうと思います。そういうようなところから始まって、さらに身体の奥深くへと論を進めていったというのは松岡さんのおっしゃるとおりであって、世阿弥の思想的な進化の過程で物まね論が高度化してくるのですけれども、それじゃあ、それが舞踊論に飛躍したときに、どう物まね論を統合していったか、というのが、非常に難しいところではないかと思うのです。『花鏡』の段階というのは実はまだ物まね論的な発想の身体論と舞踊的な発想の身体論とがまだ融合されきっていないというような部分があるのではないかと思います。

「万能を一心につなぐこと」という条は、実は物まね論的なものとも舞踊論的なものとも違うのではないか、平たく言ってしまえば舞台の上でお行儀をよくしていろというようなことだと私は考えております。要するにその能の中である見せ場がある。見せ場が終わってしまうとふっと気を抜いて、次の見せ場まで演技する肉体ではなくなってしまうような局面を見せる役者がしばしばいたのではないか、そういうような演技のあり方というものを規制したのが、万能を一心につなぐということで、これは確かに現代の能の舞台における心得とも一致するような面があります。でもそれは演劇であればどのような演劇であっても、このような心得はあるでしょうし、当然していた、と思います。つまり「見世物」から「演劇」というところへ飛躍するための心得として、「万能を一心につなぐこと」というのはあったのだと思います。

　ちょっと問題提起だけで私自身の考えというのはそれほどまとまったものではありませんけれども、この辺で私のコメントを終わらせていただきます。どうもありがとうございました。

小林■ありがとうございました。それでは松岡さんからご回答を頂きたいと思います。

松岡■世阿弥の論をきわめて散文的に解釈すると竹本さんのような解釈になるかと思います。「万能を一心につなぐこと」を、竹本さんのようにお行儀というか、舞台に立つ役者の心得というふうな形にまで小さくはしたくはないなという感じがいたします。「此内心の感、外に匂ひて面白きなり。」「内心の感」が観客まで巻き込んで感応させるような局面までを世阿弥は考えているわけですから、それをお行儀の問題というふうに矮小化するのはどうでしょうか。ただこの世阿弥の身体のとらえ方、心とか力とか、そういうものは非常に難しくていろんな解釈の幅があって、いろいろ解釈できるので、どれが正解だとはなかなか言えないというところは非常にあるかとは思います。それから『花鏡』の第二条から第五条までを竹本さんは物まね論であると捉えるわけですが、私にはそうは考えられません。『花鏡』の第一条が謡に関する、つまり声についての全般的注意であるのに対し、第二条が、物まねの身体も含めた、身体全般についての注意であると考えます。第三条も、足を踏むという動作におけるパラドクシカルな身体のあり方への言及であって、それは物まねのときの身体だけに限定されるものではないでしょう。もちろん、第四条、第五条が物まね論であることには異論はありませんが。

重要なのは、逆に物まね論におさまり切らない身体のあり方がここで問題として設定されていることではないでしょうか。

小林■もちろん竹本さんも今の回答に対してさらに質問を続けたいでしょうが、時間の関係で三人目の宮本さんの報告のほうに移りたいと思います。宮本さんは室町後期の芸能と稚児と若衆というタイトルでわかりやすい発表でしたが、その中で、小猿楽と呼ばれている稚児・若衆の猿楽、この芸能集団、また芸態についての解明というのが今まで行われていなかったのを、資料を博捜されて、大変明確に出してくださいました。あきらかにそれは四座の猿楽が稚児を引き立てるものとは違った芸能集団であり、子供・若衆による芸能集団であるとの御指摘など、いろいろと面白い報告内容でした。それらをまとめていると、時間がありませんので先を進めますと、そのような芸能集団がなぜ起こってきたのかということを、当時の社会性や枠組の中で、若衆組とか子供組と呼ばれるもの、または町衆の台頭、そういうようなものがあって、若衆集団の中から猿楽の座が組まれたり、または町衆の祭礼の座衆の中から、稚児、奉納芸能というのが行われたり、それが一つのブームを起こして行ったのだという背景を明らかにしていただきました。では、これに関しましては兵藤さんにコメントをお願いしたいと思います。よろしくお願いします。

兵藤■このシンポジウムは、身体がテーマですけれども、現に生きられてある身体というのは、対象化・言語化すること

兵藤裕己（ひょうどう　ひろみ）
1950年、名古屋市生れ。東京大学大学院博士課程終了。文学博士。現在、学習院大学文学部教授。
主著:『演じられた近代』（岩波書店）、『〈声〉の国民国家』（NHKブックス）、『太平記〈よみ〉の可能性』（講談社学術文庫）など。

ができない直接性そのものとしてあるわけで、じつに捉えようのないものです。私たちはふつう、身体について論じているつもりでも、それはイメージ化された身体、身体に関するイメージに過ぎなかったりするわけです。世阿弥という人は、そうした困難を十分に承知のうえで、でも能役者として身体そのものを論じたいという、そういう欲望に取り憑かれていた人のように思えます。それがあの、けっして読みやすくはない、難解な思弁になったのだと思いますが、もちろんその場合、世阿弥もさまざまな比喩やメタファーを駆使して、イメージとしての身体を論じるしかなかったわけです。

宮本さんのご発表は、室町時代の後期、応仁の乱前後につくられたいわゆる風流能で、子方の存在がクローズアップされたこと、またこの時期には、少年や若衆による小猿楽や稚児の曲舞が流行したことを指摘されて、そうした少年や若衆による芸能興行が流行した背景として、中・近世の移行期における若衆の勢力の台頭という社会的な要因を指摘されたと思います。

応仁の乱から安土桃山期にかけて盛んになる風流の芸能で、元服前の若衆や少年の身体がクローズアップされたことには、宮本さんが指摘されたような、この時代の歴史的、社会的な背景があったと思います。が、それと同時に、少年の身体をめぐる古くからのイメージ、神話的な観念や共同の幻想があったことにも注意したいと思います。

たとえば、音阿弥の子の観世信光がつくったとされる能に、『安宅』や『船弁慶』があります。まさに風流能の時代の能ですが、『安宅』や『船弁慶』では、源義経が子方によって演じられます。元服をとうに済ませたはずの義経が、子方によって演じられるわけでして、義経には、元服後も両性具有的な美少年、牛若のイメージがつきまとったわけです。

『安宅』や『船弁慶』と前後する時代に作られた能に、『夜討曾我』などの曾我物があります。曽我兄弟物の主役は、兄の十郎よりも弟の五郎ですが、その場合、義経が少年の身体によって表象されたように、元服を済ませた曾我五郎時宗にも、若くてたけだけしい御霊若宮、少年としての箱王のイメージがつきまとうわけです。

宮本さんのレジュメには、稚児の曲舞に関する資料が終わりのほうに載っています。時間の都合からそれには言及されていませんでしたけれども、室町後期にさかんに行われた稚児の曲舞の演目はどのようなものだったのでしょうか。戦国期に流行した曲舞、幸若舞では、義経物・牛若物とともに曾我物が大きな比重を占めていることは、よく知られているとおりです。なぜ、義経＝牛若丸と、曾我五郎＝箱王が人気を集めたかということは、軍記物語の『曾我物語』や『義経記』がこの時代に流通した問題ともかかわるでしょう。応仁の乱前後の、社会の枠組みが大きく揺らいでゆく時代、そのような時代に沸き起こる風流の祝祭的な芸能空間の中心には、悲劇的イメージをまとった美少年の身体が、いわば祝祭のニエとして必要とされるというような、民俗の記憶の古層にかかわる神話的な思惟があったように思われます。

たとえば、曾我五郎の御霊若宮のイメージは、江戸歌舞伎の曾我物の世界に引きつがれていくわけですが、室町後期の風流が、近世に引き継がれて、たとえば松尾恒一さんが少し話題にされていた出雲の阿国の歌舞伎踊りになっていきます。阿国歌舞伎には、名古屋山三郎という有名なかぶき者が登場します。阿国が扮する名古屋山三郎は茶屋通いを演じてみせますが、それはちょうど、歌舞伎の『助六』の花川戸助六じつは曾我五郎のような設定です。実在した名古屋山三郎は三十七歳まで生きて非業の死をとげたわけですが、阿国歌舞伎の絵画資料などを見ますと、名古屋山三郎は元服前の美少年、若衆姿で描かれます。

それから近世の風流の芸能と、美少年・若衆との関わりということでいいますと、ちょっと話が飛んでしまうかもしれませんが、岩波新書に『「おかげまいり」と「ええじゃないか」』という本がありまして、そのなかで、著者の藤谷敏雄さんは、おかげ参りを引き起こすきっかけをつくったのが、しばしば少年たちの抜け参りだったことを指摘しています。おかげ参りというのは、近世にくりかえされた伊勢神宮への集団参宮ですが、参宮者たちは、さまざまな風流の装いをこらして、足拍子をとって踊りながら伊勢をめざしたわけです。わずか二、三ヶ月の間に、全国から数百万の人々が伊勢神宮に集団参詣したといいますが、そのおかげ参りに付随したおかげ踊りは、近世社会において最も大規模に展開した風流だったといえます。そうしたおかげ参り・おかげ踊りの祝祭的な熱狂も、まさに少年がイニシアチブをとるかたちで引き起こされたという事実は大変興味ぶかいと思います。

近世のおかげ参り・おかげ踊りには、しばしば強訴や一揆、打ちこわしが付随したわけですけれども、近世後期に続発する一揆や打ちこわしの中心にも、しばしば美少年の存在があったということは、近世文学研究者の松田修さんが『闇のユートピア』という本のなかで注目しています。たとえば、島原の乱の天草四郎をはじめとして、叛乱の祝祭的熱狂の中心には、つねに両性具有的な美少年の身体がニエとして必要とされたということですが、その背景にも、美少年の身体をめぐる根深い神話的な思惟があったと思われます。

室町後期の応仁の乱前後の時代は、土一揆から国一揆、一向一揆などが続発した時代でもあります。既存の社会の枠組が大きく揺らいでゆく室町後期にあって、義経＝牛若や曾我五郎＝箱王に一つの典型がみられる、美少年を芸能空間に呼び入れる風流の芸能が流行したということ。社会の倫理的な規範に組み込まれる以前の、少年や若衆の両性具有的な美しい身体が、いわば祝祭のニエとして必要とされたということでしょうけれども、そのような美少年の身体をめぐる神話的なイメージが、風流能における子方や稚児曲舞というかたちで、室町後期という時代に噴出したという面もあったのではないでしょうか。

今日のシンポジウムテーマに即していえば、そうした美少年の身体、風流能を演じた子方の身体がどういうものだったのか、ということが、問題になると思います。世阿弥によって提示された能の身体イメージについては、松岡さんの卓抜な論がありまして、問題の輪郭は松岡さんのご本でほぼ尽くされているように思いますが、でも室町後期の風流能に登場するような子方の身体は、いったいどのようなものだったのでしょうか。

松岡さんがいわれた、「動十分心、動七分身」というような抑制的な身体、今日はそれを「心的エネルギー体」という言葉で説明されていましたけれども、そういった身体イメージが、世阿弥によって提示された規範的な能役者の身体イメージだったとすれば、応仁の乱前後の風流能の時代にあっては、美少年の身体を起点として、能役者の身体が世阿弥以前のそれへ揺り戻しを受けていたというようなこともあったんじゃないでしょうか。世阿弥以前の身体というのは、祝祭のニエとしての身体ですし、松尾恒一さんのご発表にあった言葉で言うのでしたら「憑依の身体」ですけれども、そうした始原的な演劇の身体へ向けて、能の身体がもう一度揺り戻しを受けていたというのが、応仁の乱前後の風流能であり、その中核となる美少年の身体だったのではないでしょうか。

室町後期の風流能で子方の身体がクローズアップされたことは、この時期に、牛若＝義経や、箱王＝曽我五郎が盛んに舞台空間に呼び起こされていた事実と連動する問題だと思います。牛若や箱王として表象される美少年の身体は、当時においてどのようなものだったのか。私は能の専門家ではありませんのでよくわかりませんが、現在行なわれている能を見ていると、子方も、基本的に成人男性の能役者の身体を模倣しているように思います。でも、はたして中世ではどうだったのか。稚児の曲舞などの隣接芸能とも関連して、中世における子方や稚児の演劇的・舞踊的な身体について、宮本さんにお考えをうかがえればと思います。

小林■どうもありがとうございました。稚児の持っている身体における神話性というか、そういう共同幻想がその背景にあるのではないかということなどのご質問です。では宮本さんに回答をお願いいします。

宮本■いろいろ問題をご指摘いただきまして、そのすべてにお答えすることはできないのですけれども、まずその『おかげまいり』ですとか、あるいは一揆などにおける子供の存在というのは確かにおっしゃるとおりだと思います。中世においても子どもたちによる石の礫打ちなどの例をあげるまでもなく、そういう役割というのを確かに子供は持っていたのだろうと思います。また、室町後期の子供役者への注視が、世阿弥以前への揺り戻しではないかというのも、おっしゃるとおりだと思います。世阿弥以前、世阿弥以後と世阿弥とが結びつかないというのは、世阿弥がそれだけ特異だったのであろうと私は考えております。もちろん世阿弥時代も先ほど竹本先生が言われたように、子供が活躍する能がたくさん作られている。それがその底辺に脈々と流れていて、再び室町後期に花開いたのが、私が今日取り上げたような作品へと展開していくのだろうと思います。

芸能というのは基本的に世阿弥の分類で言いますと、物まねと歌舞という二極対立というのがありまして、その間を揺れ動いているというように私は考えております。

女性とか稚児の芸能者というのは基本的には物まねと歌舞でいうと、歌舞のほうに重点があるわけです。近世芸能でいいますと、若衆歌舞伎の時代もそうでして、若衆の踊りというのがその中心にありました。その若衆歌舞伎が否定されて野郎歌舞伎の時代になるとそこで物まね的展開を示していく。若衆の魅力というのは、基本的には物まねとある意味対極的なところに位置づけることができるのではないかと考えております。

では応仁の乱以後の流れというのはどうかというと、基本的には歌舞への志向を持ちつつ、しかも物まね的な演技を主体とする「能」の中に稚児の活躍の場があったというのが、ある意味特異なのではないかというふうに考えております。この時代、曽我物、あるいは義経物の題材が舞曲の中に盛んに取り入れられていく。それと当時の稚児の曲舞とどう関わるのか。これについては私もちゃんとした考えを持っておりません。

もう一つ、信光の作品である〈舟弁慶〉、あるいは、〈安宅〉の中の義経が子方として登場する問題、これに関しては能のほうでいくつか研究がありまして、あれはもともと子方ではなくて、青年の役者が演じたのであろうとの指摘があります。それが事実とすれば本来から子方の身体というのを念頭において作られていたかどうかということは疑問ではありますけれども、年齢のギャップを承知しつつ、子方に義経役を演じさせるというのは、あるいは応仁の乱以降の稚児・若衆能流行の影響もあるのではないかと考えております。すべての問題、質問にお答えできませんでしたけれども、とりあえずこのあたりで。

小林■ありがとうございます。

以上、各パネリストの報告に対して、コメンテーターよりコメントをいただきました。

この分科会でのシンポジウムは、冒頭でも述べましたように、中世の文学・芸能における身体とその表現の問題を、世阿弥を軸としてその前後を通史的にとらえてみようとしたものでした。欲張った問題設定のためか、やや散漫な内容になったかもしれません。しかし、この試みは結論めいたものを求めているわけではありません。明解な結論などはどだい無理なことで、ここでは中世文芸の領域における身体論の可能性についての問題意識を、会場内で少しでも共有できればと思います。その意味でこのシンポジウムは意義があったと言えるでしょう。

もえるゴミ
もえないゴミ

コーディネーター

●山本 一（やまもと はじめ）

1952年、京都市生れ。大阪大学大学院博士後期課程単位取得退学、博士（文学）（大阪大学）。現在、金沢大学教育学部教授。
主著：『慈円の和歌と思想』（和泉書院）。

企画趣意

慈円は、その実際の活動が今日で言う文学・宗教・政治の領域にまたがることはもちろん、その名前が、中世の文学・文化のさまざまな場面に見え隠れするという意味でも、いわば彼の存在自体が「ジャンル横断的・時代縦断的」である。今回のシンポジウムにおいて、分科会のテーマのひとつが慈円に関わって設定されたのは、今後の慈円研究に求められる視野の拡大・深化が、中世文学研究の全体に求められているものと重なるとの判断からであろう。

中世文学の他の分野と同様、慈円の研究も過去半世紀ないし四半世紀に多くの進展をみせた。また、思想史、仏教史などの分野での研究も大きく進展している。しかし、研究の諸分野にはそれぞれ独自の方法論と問題意識があり、互いの成果がつねに有効に共有されているわけではない。文学研究の範囲でも、たとえば和歌研究と軍記研究とでは慈円を見る観点が質的に異なっていて、無造作に交流しようとすれば混乱を招きかねない。

この分科会は、上述のような状況をいささかでも克服する任務を負うが、限られた時間で多くを望むことは出来ない。今回は、慈円の活動に関わった人間関係と場所のいくつかについて、慈円自身と彼の死後しばらくの時間の幅で検討を試み、その限定のもとにパネリストとフロアの方々の関心の「相互乗り入れ」を図るという方法を選んだ。メインテーマを「中世文学の人と現場」とした。「現場」と

◎ 第4分科会

人と現場

慈円とその周辺

【発表者】

歌壇における慈円●田渕句美子

慈円から慶政へ―九条家の信仰と文学における継承と展開●近本謙介

慈円の住房●山岸常人

いう語はすこし奇異に感じられるかもしれないが、手垢のついた「場」という表現を使わないためという程度に理解していただきたい。近時の中世文学研究では「なになにの場」「なになに圏」「何々の周辺」といった便利な空間的表象が、やや安易に使用される傾向がある。サブテーマにはやむを得ず「周辺」を使ったが、この分科会の狙いは、こうした空間的表象を、実証的な方法論によって把握しなおすことを含むものである。

上記の意図のもとに、三人の方々にパネリストをお願いした。和歌文学、仏教文学、建築史の各分野で緻密な実証的研究を積み上げてこられ、かつ中世文化全般への幅広い視野と関心を備えた方々である。お三方とも今まで特に慈円を対象とした発言はされていないが、それだけに新鮮な視点から問題提起をしていただけるはずである。それを承けて、フロアの皆様からも活発なご発言がいただけるものと期待している。

山本■本日は中世文学会五十周年記念シンポジウム、「中世文学研究の過去・現在・未来」午前の部、分科会「中世文学の人と現場――慈円とその周辺」にお集りいただきまして大変ありがとうございます。ただいまより会を始めたいと思います。私は、分科会のコーディネーターと司会を命じられました山本でございます。なにとぞよろしくお願いいたします。では、分科会の進行予定を申し上げます。はじめに三人のパネリストのみなさまに三十分前後ずつお話をいただき、少し休憩を挟んでから質疑応答、討議を行います。よろしくご協力くださいますようお願いいします。

それからこれはちょっと余計なことですが、他の分科会も大変充実しておりまして、どんなのだろうと気になるかたもあるかと思います。ただ私どもとしては、できましたらこの分科会に最後までおつきあいいただければと思っております。

では本題に入ります。はじめにコーディネーターのほうから趣旨説明をいたします。なるべく簡単にしたいと思います。まず、全体テーマとの関係についてです。

昭和後半以降の中世文学研究というものを考えていきますと、一つには実証的な研究の進化、細分化があり、一つには文学研究自体の視野の拡大、他研究分野との交流の拡大、言いかえれば文学資料と非文学資料の境界や、文学研究とそれ以外の研究との境界の相対化ということがあるかと思いまず。実証的な研究の深化、細分化と、他面での相対化があるというように考えます。このことは中世文学研究の全体を視野に収めることを難しくしております。そのことが一方でより分野間の交流や全体的展望を要請もしているわけです。この問題を慈円という一人の人物の研究の上に重ねて見る時、さまざまな学問分野からの研究、あるいは国文学研究の中でもジャンルや方法論の違う諸分野が、いかにして交流し、総合的な視野を開くことができるかという課題が浮かび上がります。この課題の一端を本分科会では「場」とか「周辺」とかいった、空間的なイメージを検証しなおすことを通して追究したいと思います。

問題を具体化するために、慈円という固有名詞を枕にふっておりますけれども、もとより慈円に関して取り上げるべき視点は非常に多くありまして、本分科会でそれらを網羅することは不可能であります。慈円についての網羅的な検討がここでのねらいではないことをまずご理解いただきたいと思います。

そこで次に分科会そのもののねらいをなるべく具体的にお話したいと思います。これは今日壇上に来ていただいている三人の方々に、私がなぜパネリストをお願いしたのかという動機のほうからお話をするのが、近道かと思われます。ちょっと横着なやり方かもしれませんが、パネリストの方々のご紹介をかねてご説明したいと思います。勝手な思い入れを含んでおりますので、ご業績の公平な紹介としては不十分なところも生じるかと思いますが、お許しいただきたいと思います。

では、席の近いほうからご紹介していきます。和歌研究の分野です。戦後の中世和歌の研究において目覚ましく進展したのが実証的な手堅い歌壇史の研究、あるいは歌人伝の研究であり、また同じく実証的な書誌学、伝本論、本文研究に立脚した文献学的研究であります。今後の中世文学研究がどのような方向に向かうにせよ、これらの成果を正当に継承するということは極めて重要であります。こうした実証的な和歌研究の継承者の中から、本日は、田渕句美子さんをお迎えいたしました。田渕さんは、ご著書『中世初期歌人の研究』（笠間書院）で、緻密な歌人伝研究をまとめられておられます。また阿仏尼についてのご著書があります。さらに、国史学をはじめとした学際的な研究会である「明月記研究会」に属されて『明月記』の読解を進めておられます。和歌史を中心に日記文学や説話集のジャンルを視野に入れ、また歴史学の資料解読の方法も踏まえて、鎌倉初期の文化の様子を総合的に描き出すことを目指しておられる研究者です。本日は歌壇史的な視点から見た慈円についてお話をお願いしました。

慈円の和歌については、多賀宗隼氏、間中冨士子氏らの先学の研究を承けながら、近年石川一氏により包括的な研究がまとめられております。一方、慈円時代の新古今歌壇の動きについては、藤平春男氏、久保田淳氏らの仕事を承けて新しい研究が次々に進められている現状であります。しかし、「歌壇史から見た慈円」と「慈円から見た歌壇史」とが、どう交わるかということは、まだ今一つ鮮明になっていないように思われます。これは一つには資料上の制約その他がありますけれども、歌壇史研究と歌人研究の関係の難しさといった、普遍的な方法論の問題にも関係するかと思われます。本日のお話からこのあたりのことについて考えるヒントをいただけたらというふうに思っている次第です。

次に仏教文学を中心とした宗教文学の分野からです。かつての仏教文学研究は、仏教教理に詳しい学者がその知識を背景に説話文学や法語文学を論じるというスタイルが中心でしたが、ご承知のようにこの四半世紀の間に大きく変化しまして、寺院や神社に関連する膨大な文献資料群と、社寺における多様な文化的活動へと視野が飛躍的に広がっております。現在ではこの分野が中世文学研究の最も重要な柱の一つになるに至っております。本日お招きした近本謙介さんは、説話集から研究を始められ、鎌倉期の南都の文芸研究へと関心を広げて、『春日権現験記絵』に関連する問題をはじめ、権門と寺院を結ぶ人脈、法脈と、書物や伝承のネットワークについてさまざまに論じてこられました。本日は九条道家と慶政の活動についてのご知見を踏まえつつ慈円に言及していただくようにとお願いしております。

慶政は仏教説話集『閑居友』の著者として知られておりますけれども、そうしたことにとどまらない非常に広汎な宗教的文化的活動の担い手でした。約一世代くらい前になる慈円の活動とどこが重なり、どこが重ならないのか、慈円という存在を広い視野から捉えなおすヒントをいただけたらと思っております。

三人目のパネリストとして国文学研究以外の分野から山岸常人さんにお越しをいただきました。山岸さんは建築史がご専門で、一九九〇年に『中世寺院社会と仏堂』（塙書房）、昨年二〇〇四年に『中世寺院の僧団・法会・文書』（東京大学出版会）を出版されております。山岸さんは寺院建築の形態的な変遷のみを逐うのではなくて、寺院に属する人間の集団が社会的な営みを繰り広げていく場、空間を論じてこられました。最近のご著書の序章ではその研究内容を「寺院社会生活史」という言葉で表されておりまして、その概念を「寺院内外での僧団及び社会的関わりのある俗人達の宗教的活動及び世俗的諸活動、即ち生活の実態とその意義を解明すること」と定義され、さまざまな関連分野の総合によって成り立つこうした研究の建築史学的観点からのアプローチとして、ご自身の研究を位置づけられております。ご著書では指図や記録といった建築史の資料の実証的分析はもちろんですが、歴史学、仏教史学、仏教学、文化史学など関連諸学の広汎な成果が参照され、中世寺院の具体的な姿が解明されております。本日は慈円の活動の主要な場であった三条白河房、及び吉水房についてお話をいただきます。国文学の分野ではご承知のように、大懺法院と『平家物語』の関係というところに突出した関心が先行しておりまして、私の偏見かもしれませんが、慈円のいた場所と活動についての基本的な目配りがやや不十分であったように思います。この点について私どもが認識を深める手がかりを与えていただけたらと考えております。

以上、パネリストの方々をご紹介しつつ、本分科会のねらいを説明してきました。これから三人の方々にお話をいただくのですが、その前にもうひとつだけ私から付け加えさせていただきます。それは本日三人の方にお願いした今説明しましたテーマが、どれもかなり実は無理難題ではないかということです。というのは、実証的な研究を信条とされている方々に、たいへん資料的に限定された点の多い、論じにくい問題について発言をお願いしているからです。フロアの皆さんはその点もお汲み取りの上、ご傾聴いただきまして、後半の質疑討議につなげていただければと思います。

歌壇における慈円

パネリスト■田渕句美子

■要旨

鎌倉前期における慈円の存在は、宗教界・政界のみならず、和歌界においても巨大である。歌人としての慈円については、これまでに多くの先学の研究があり、研究が進展しているが、後鳥羽院時代の歌壇史における慈円については、まだ考究すべきことが残されているように思われる。本報告では、正治・建仁期以降、承久の乱までの新古今時代における慈円の和歌活動や歌壇における位置を考えるために、いくつかの点からの考察を試みた。慈円は後鳥羽院の護持僧として院に深く強く密着しており、その関係性が、後鳥羽院歌壇の始発から最後まで、歌壇の内外における位置や和歌、意識に反映されており、天台座主としても歌人としても、逸脱した特異な位置にあることなどを明らかにした。

田渕句美子（たぶち　くみこ）　■1957年、東京都生まれ。お茶の水女子大学大学院博士課程修了、博士（人文科学）。現在、国文学研究資料館文学資源研究系教授。
主著：『中世初期歌人の研究』（笠間書院）、『阿仏尼とその時代―『うたたね』が語る中世―』（臨川書店）、『十六夜日記』（山川出版社）など。

田渕■田渕でございます。ただ今、山本先生のお話にありましたように、中世文学における「人と現場」というテーマを、慈円周辺に焦点を当てて、私は歌壇史の側から考えたいと思います。しかし慈円は巨大で、複雑な、多面的な人物であり、歌壇史からみた歌人研究といっても、ほかの歌人とは同列には考えられないような部分が多くあり、大変むずかしい研究対象の歌人の一人と思われます。先学のご研究から多くの学恩を受けながら、考察してまいりたいと思います。和歌・歌人研究では、司会の山本先生（『慈円の和歌と思想』和泉書院、一九九九年）や、石川一氏（『慈円和歌論考』笠間書院、一九九八年）、久保田淳氏（『新古今歌人の研究』東京大学出版会、一九七三年。『中世和歌史の研究』明治書院、一九九三年）の御著書をはじめ、ほかにも多くの諸論があり、また歴史・仏教の方では、多賀宗隼氏（『校本拾玉集』吉川弘文館、一九七一年。『慈圓の研究』吉川弘文館、一九八〇年）をはじめとする、多彩かつ多数の研究があるのは、皆様ご存じの通りです。ここでは、慈円の後鳥羽院歌壇における位置を見直した時に、気付いたことを少々述べてみたいと思いますが、当然それは慈円と後鳥羽院との関係に及ぶことになります。「現場」というのは、ここでは広く概念的に言えば歌壇というように捉えました。また、当初は承元期から承久期くらいまでを中心に述べるつもりでおりましたが、そのためにはさかのぼって承元期以前における位置を考えなければならず、結局、正治・建仁期以降の後鳥羽院歌壇における慈円ということを、ややおおまかになりますが報告したく思います。

1■和歌所寄人としての慈円

慈円が後鳥羽院歌壇の和歌所寄人であったことは良く知られていますが、和歌所という場における、寄人としての慈円とは、いったいどのような存在であったのでしょうか。

【資料1】『源家長日記』

建仁、今年は和哥所とて始め置かる。二条殿の弘御所作り改む。二間を落ち板敷きになして殿上人の座とす。平板敷きを敷きて地下の座とす。寄人とて定め置かる。

摂政左大臣　内大臣通　有家朝臣　通具朝臣　家隆
定家朝臣　具親　雅経　沙弥寂蓮　沙弥釈阿

（中略）始めはこの人数也。後に隆信朝臣、地下に鴨長明・藤原秀能、召し具せらる。

これは家長が『源家長日記』で和歌所寄人任命について記述する記事ですが、和歌所の開闔であり、和歌所を熟知していた家長のこの日記には、実は慈円の名前がありません。

【資料2】『明月記』建仁元年七月二十六日

此間右中弁奉書到来、明日可被始和歌所事、為寄人、酉刻可令参仕給、……聞人々説、寄人十一人云々、左大臣殿、内大臣、座主、三位入道殿、頭中将、有家朝臣、予、家隆朝臣、雅経、具親、寂蓮云々、

藤原定家の日記『明月記』で、寄人の名を列挙する部分では、定家は伝聞ですが、「座主」（＝天台座主慈円）と書いています。この部分の定家自筆本は現存しておらず、確実ではありませんが、これも含めて「十一人」ですから、慈円がこの時点で、和歌所寄人を任命されたらしいことは認めなくてはなりません。そして『明月記』同年十一月三日には「左中弁奉書、上古以後和歌可撰進者、此事被仰所寄人云々、」とあり、「所」（＝和歌所のこと）の寄人に勅撰集のため和歌を撰進せよという院宣がありました。

寄人のうち高位の三人、すなわち良経、通親、慈円は、みな名目的な寄人であったとする考えもあるかもしれませんが、そうとも言えないようです。通親は、翌建仁二年に没し

ており、寄人としての役割を果たしたことは殆ど見られません。しかし良経は、深く『新古今集』の撰集に関わっており、ある意味では『新古今集』撰者を超えるような役割を果たしていたと、私は考えています。それに対して、あとで『明月記』における慈円を見ますが、慈円が撰集・編纂に直接関わっている様子は見られません。撰者・寄人による編纂実務が進んでいくときに、慈円が和歌所にいたことは殆どなかったと思われます。というのは、定家にとっては慈円は主家である九条家の人であり、どこであれ、慈円や良経がそこにいたときには原則としてそれを記していると考えられるのですが、慈円が編纂に直接携わっていたことは『明月記』には全く見られないからです。

そうしてみると、『源家長日記』の寄人の記事に慈円の名が記されないことは、やはり無視できないように思われます。もし慈円が正規に寄人としての位置にあったならば、身分的に、家長が慈円を書き落とすことは殆ど考えられませんし、『源家長日記』のほかの部分では、慈円を非常に重要視して書いています。『明月記』における任命時はともかく、和歌所の帰趨をずっとみてきた家長から見て、その後の活動からは、慈円はやはり寄人の範疇にはやや入りにくい、客員的な存在であったのではないかと想像されます。

和歌所というのは、『古今集』『後撰集』にはありましたが、その後は『新古今集』まで設置されなかったようです。

【資料3】

『袋草紙』故撰集子細

延喜五年四月十八日、令友則・貫之・躬恒・忠峯等撰之云々。

撰和歌所、内御書所也。

『西宮記』巻八

内御書所〈在承香殿東片庇、延喜始、依勅有仰事、有別当開闔衆等、…〉

『八雲御抄』巻二作法部

後撰 …蔵人少将伊尹為和歌所別当。和歌所根源是也。

『古今集』撰者紀貫之は御書所の預であり、和歌所というのは、もともとは内御書所の一部であったようで、少なくとも『袋草紙』の頃にはそう考えられていたと思われます。その御書所の寄人は、本来はその庶務や執筆を担う下級官人です。

『後撰集』では蔵人少将伊尹が梨壺の和歌所別当となっていて、『古今集』より上昇していますが、これらに対して後鳥羽院の任命した和歌所寄人は、摂政左大臣、内大臣、天台座主という最高身分の貴顕をいれてしまうという、きわめて破天荒なものでした。摂政左大臣良経は『千五百番歌合』の判詞を付けるにあたって、序文を書いていますが、その中で、「和歌所之月前、再見天暦之先跡」と言祝いでいて、言うまでもなく良経自身和歌所寄人でありましたが、一方、良経が自身の家集などでそのことに触れることは全くありません。

ところで、和歌所は、後鳥羽院歌壇のいつ頃まで、どのような位置づけを保ちつつ存在したのでしょうか。周知のように、『新古今集』編纂時期は定家らが和歌所で日々編纂実務を行っていますが、承元四年（一二一〇）九月が和歌切出の最終とされています。和歌所での催しも、承元三年（一二〇九）以降暫く行われていないのですが、建保元年（一二一三）以降また和歌所での催しが散見されるようになります。あとで述べますように、この建保期には順徳天皇の内裏で頻繁に歌合・歌会が行われていて、おそらく順徳天皇は勅撰集下命ということを念頭において歌壇を形成していたと想像されますが、「和歌所」自体は依然後鳥羽院の御所にあって、機能していたのです。

さてこの時期の和歌所を語る資料として注目されるのが、次に掲げる記事です。

【資料4】『後鳥羽院宸記』　建保二年九月十四日
（宮内庁書陵部蔵天明三年書写）

戌剋、前太相国補和哥所権長者始着座、長者余也、権長者未補、仍所補也、参議定家、宮内卿家隆、左近中将雅経、散位行能、前但馬守頼資、備前守家長候、次第置和歌、頭資作序、浅臈奉此事、為家為道尤可謂面目、次第置之、相国申講師何人哉之由、仰云、以雅経可為講師、雅経参進居円座、相国次第見位階置之、序最前置之、（後略）

平林盛得「後鳥羽天皇宸記切と宸記逸文」（『国書漢籍論集』汲古書院、一九九一年）参照

これは宸筆の原本はなく、写本しかないのですが、この中で、「前太相国補和哥所権長者始着座、長者余也、権長者未補、仍所補也、」とあるのは大変面白いと思います。この月の『明月記』はないのですが、この建保二年（一二一四）九月十四日の時点で後鳥羽院は前太政大臣頼実を「和歌所権長者」に任命しているのです。しかも長者は自分であると言っています。この大炊御門頼実は、正治元年～元久元年と承元二年～三年に太政大臣であり、卿二位の再婚相手として知られています。『千載集』に四首、『新古今集』にも五首しかなく、歌壇実績の上では正治二年から承元四年までの歌壇に四回、建暦・建保期の歌壇に三回（建暦二年の順徳天皇内裏歌壇・建保四年の後鳥羽院百首・同五年の後鳥羽院庚申和歌会）出詠し、『新古今集』竟宴で読師を勤めていますが（読師は権門がやることが多い）、でも歌人として和歌所権長者となるほどの実績はないのです。後鳥羽院に密着している卿二位の夫

で、本人も院に非常に近い前太政大臣という人、それをあえて和歌所権長者にするという、いかにも後鳥羽院らしいやり方であり、ある意味では擬制的な、ある意味では政治的な人選です。ちなみに、この時の和歌会に出席した定家の歌が、『拾遺愚草』二四八八にありますが、題意に沿って御代の長久を言祝いでいる歌です。

　建保二年九月十四日和歌所、月契千秋

　君が代の月と秋とのありかずにおくや木草のよもの白露

当日の『明月記』はないので、頼実を嫌っている定家がどう思ったかはわかりません。

　長者と言えば、後鳥羽院は蹴鞠に熱中し、承元二年（一二〇八）四月、この頼実の邸において、後鳥羽院が蹴鞠の名足の三人から「この道の長者」の称号を送られたことを祝う祝宴が行われています（『承元御鞠記』）。また、連歌では、『明月記』建永元年（一二〇六）八月十一日条に有心無心連歌の記事があり、そこで「長房卿〈其名長者〉、光親〈権長者〉」と言われていますが、これは遊戯的要素がきわめて強い連歌の場でのことです。もちろんこれらと同列には言えませんが、しかしどうもこの時期の和歌所は、かつての新古今撰集期における秀歌への強烈な指向性に比べると、かなり変質しているように感じられます。

　さて、建保期の和歌所はこの後も、少なくとも建保五年までは和歌所で歌合や詩歌会などが行われており（『如願法師集』三八四ほか）、『道助法親王五十首和歌』に付載された建保六年八月二十二日の後鳥羽院の勅書には「家長ハ和歌所預也」という記述も見られますから、おそらく存続していたのでしょう。

　さて、『拾玉集』のいわゆる第五帖の和歌論と呼ばれるもの（五七三二の後に位置するもの）、これは山本先生が「恋百首歌合」の跋文と呼んでおられますが、その長大な和歌論の署名に、「前和歌所寄人桑門慈―」と記してあるのは面白いことです。もちろん『拾玉集』は自撰ではないのですが、後人がこのような署名をわざわざ入れることは考えにくいので、もとは自署の可能性が高いのではないでしょうか。

【資料5】『拾玉集』第五帖所載の和歌論

　それやまとことばといふはわが国のことわざとしてさかんなるものなり、五七五七々にていつつの句あり、五大五行を表するなるべし、真俗これをはなれたる物なし、真諦には五大をはなれたる物なし、仏身より非情草木にいたる、俗諦に又五行をはなれたる事なし、天地よりうみ山におよぶ、これによりておほやまとひたかみのくにはとよあしはらをうちはらひてひらけはじめしより、神々のおほんことばをつたへきたれる、このほかにさらにさきとする詞あるべからず、（中略）わが国のことわざなれば、たゞうたのみちにて仏道をもなりぬべし、又国をもをさめらるゝ事なり、此道理にまよひつゝ、和歌といひつればあさか山のやまの井よりもあさく、夏の木ずゑのせみの衣よりもうすくおもへり、これはことはりにもそむきまことにもたがふ事にて侍るぞかし、これもし、ひが思にて侍らば、そのよしをつぶさにうけたまはらばや、（中略）

事のついでをよろこびて申出侍るなり、たつ田のもみぢ、よしのゝ花の事を申とて思いで侍にけり、和歌所の人々こそこれをもめにはたてられ侍らむずらめ、ついでには申おこなはれもせよかしとてなん、ふるかりし物のかたることとありき、和歌の会の座は披講之後なごりもなきやうに侍なり、それに講師読師本座にのがれてのち、かの古今序に貫之がかきて侍る、秋の夕たつた河にながるるもみぢはみかどの御めににしきと見え、春のあしたよしのゝ山のさくらは人丸がこゝろに雲かとなんおぼえけるを、朗詠にこゑ〳〵あはせつゝ、二三度ばかりして其座をたつが、めでたき事にて侍なり、此ことばを朗詠にする音曲ならひつたへて侍と申し人のありしに、いま〳〵と思てえつたへずなりにし、くちおしう侍り、ただし今も心えたらむ人はやすく其音曲などはおこしたてられぬべしとかたり侍りき、此ことのいみじうおぼえ侍なり、新古今の具におこしたてられて、すゑのよにとゞめ侍らばや

前和歌所寄人桑門慈―

この跋文自体の内容については山本先生が詳しく書いておられますので、それにより要約しますと、慈円はここで仏法と王法とが同じ比重で和歌に関わり得るという理念を主張しており、まず和歌の歴史的位置、仏道との関係を叙述し、恋歌で厭離穢土を表現する試みを行い、それを番えて歌合としたことを述べます。

その後にいわば付けたりとして、「事のついでをよろこびて申出侍るなり」以下のことを記すのですが、そこでは今の「和歌所の人々」に対して、「古かりし者」が語ったという言を紹介し、和歌会の披講の後は、講師や読師が座に戻ってから『古今集』序のこの部分を、皆が声をあわせて二、三度朗詠してから散会するのが良いという、朗詠・音曲の興隆を提唱する形で終わっています。

それにしてもこれは随分奇妙な署名です。「和歌所の何々」というような署名は、『新古今集』家長本に付されていた家長奥書に、「和歌所開闔」という源家長による署名があるのが思い出されます。また時代が下ると、例えば、『日本書蹟大鑑』

第五巻所収　和歌懐紙11、

元日同詠寄松祝言和歌　　和歌所別当柿下臣喬

さかへつゝよろづ代ふべき君のみやまつの千とせをかぞへてもみん

このような例や、あるいは「和歌所法印尭孝」などと本の奥書に書くというような例がいくつか見えてくるのですが、ここでは「前和歌所寄人」とあるのは不可思議です。これについては改めて考えたいと思いますが、やや韜晦したような性格を含む署名なのでしょうか。この跋自体もパロディ的部分があり、『新古今集』を強く念頭に置きながら、かつて和歌所の寄人であった老僧のたわごとであるというような装いを凝らしているのかもしれません。なお『拾玉集』の『四季題百首』とその跋文も、かなり『新古今集』を意識した表現であることを、久保田淳氏、石川一氏が指摘しておられて、重要であると思います。

2■後鳥羽院歌壇における慈円

では後鳥羽院歌壇における慈円のありかたについて、いくつか資料をみておきたいと思います。まず、『明月記』から、慈円関係の記事をいくつか掲げます。慈円のところには傍線を付しました。

【資料6】『明月記』

〈〉内は割書。小字の（）内はここで私に付した注。

①正治二年（一二〇〇）二月二十五日　…有和歌、題待華日暮、春夜増恋、読上了退下、…歌人〈十題歌合〉左方、中将殿〈実殿下御歌〉、隆信朝臣、保季朝臣、宗隆（家）、寂蓮、業清、右方、資家〈実大臣殿〉、能季朝臣〈実僧正御房〉、…

②建仁元年（一二〇一）三月二十八日　天晴、午時許大臣殿御共参院、今日被撰左右和歌、申時許出御、依仰各撰方歌、左方於弘御所之簾中〈下簾〉被撰云々、大臣殿、内府、寂蓮、家隆朝臣云々、右方於御所〈北面〉被撰、座主候御前給、大弐読之、予雅経少将等祗候、隠作者〈一巻ニ書連〉、…

③同年四月二十六日　…先令参北殿給〈前駈六人〉、小時更自東川原路令参鳥羽給、北殿也、入勝光明院門、令参簾中給了〈座主又自昼祗候給、和歌事被仰合歟、近日無双相物ニ御座〉、歌人伶人等少々参入、…

④同年八月十四日　今日可撰定和歌云々、…右方可撰云々、予読之、座主、内府評定給、雅経具親被召加、先三十首云々、重左方歌殊宜、五十首可撰出之由有仰事、仍又撰之、…

⑤建仁二年（一二〇二）五月二十六日　…日入之間御供参鳥

羽〈于時漸秉燭〉、御城南寺云々、良久亥時許出御、…、左
大臣殿、内府、座主、隆房、公継、兼宗卿、通具朝臣、隆
信、有家、予、家隆、寂蓮、具親、依仰通具朝臣勧坏影前、
具親取瓶子訖、召予講師、内府読師、〈左大臣殿、如此交衆、
内々大令痛給、殆無前蹤、雖見苦只随仰之由被仰〉、

⑥同年七月二十七日　日出以後出京帰参、即参上御所〈＝水無瀬御所に〉、小時出御、…、前座主参給〈又不知何事故〉、

⑦同年九月十三日…左大臣殿可有御早参云々、午終許着布衣、頻被相待彼御参、以遊女宿屋為彼御休息所、時刻漸移、申始許御参云々、僧正御房先参給、次大臣殿〈御車〉、有家、資家御共、直令参弘御所給、入道殿早可参給由有仰事、頻申此由、御参之後出御、被講十五首恋歌合、予如例読之、

⑧建仁三年（一二〇三）二月二十三日　…小時出御弘御所、…今夜有別議〔儀〕、各二人相替可評定勝負云々、著座了、召予、影勧盃云々、具親瓶子〈毎度〉、進寄置坏、退在本所、公卿被下判者番文、各披見、一番〈摂政、大僧正〉、二番〈前中納言、春宮権大夫〉、…七番〈雅経、具親〉、次殿上人依召著座、戎心在一座、次召頭弁、為講師読上和哥、殿下大僧正御判、次隆房・公継両卿、著円座〈在講師後、二枚〉、又読上、不及難陳〈只如猿楽〉、次第相替、

⑨元久二年（一二〇五）二月二十五日　…巳時許参所〈＝和歌所〉、…大僧正参給、与大府卿見切継、暮了切継雑下〈総州見之〉、

⑩同年三月十四日　…今日前大僧正御書到来〈表書大蔵卿〉、但祇候人可見由御使法師称之、仍披見、委細状極難申、還御以後付家長奏之、天気頗不宜〈御弟子僧共歌事也〉、又有御書、又奏聞、今日出仕甚無由、晩退出、

⑪同年三月二十九日　…次参殿下、僧正御房参給、撰歌之間事頻被召問、又仮名序御草賜見之、殊勝々々、尤可被忩進覧由計申給、愚意又以同、仮名筆、云古云今、殊尋常難有事歟、此御文章真実不可思議、無比類者也、終日在御前、夕家長持参新古今和歌集、先経御覧、紕繆等可被直由申之、信定取之持参、両三度有被尋仰事等、又相副狼藉目六進上、家長退出、秉燭以後退下、…

⑫同年四月二十日　巳時参上、小時家長持来長歌〈大僧正詠進給云々〉、此歌可和進之由有仰事、長歌曽未詠之、卒爾勿論歟、但出御已後退出、即終篇如文不加点如形清書、又持参付家長内々経御覧、可直者可直進之由申之、還来云、神妙也者、如此事早速還似不渋、為道雖不当依沈思不可得風情、依早速頗可表堪能之由所相励也、不被返下、以之為悦、

⑬建永元年（一二〇六）七月二十五日　…参上於和歌所新古今沙汰如昨日、夕退出、又帰参、大僧正参給、戌終許歌合

評定、公卿左衛門督一人候〈僧正御坐〉、出御如例、予講師、殿上人候講師後、評定了有当座会、又歌合結了、於御前読上、評定、臨暁入御、退出、侍興遊之座、加評定之詞、緇素尊卑万事同旧日、所欠只一人、君臣相顧、誰無恋慕之心、

⑭同年八月十七日　…参鳥羽殿、…大僧正参給、和歌沙汰云々、但退出給了、出御、

⑮同年十一月二十八日　…一昨日和歌所輩少々相伴可向吉水大僧正御房由、有長房卿奉書、仍自一昨日触人々、報恩会昼可講歌由、有本所御命、未時扶病束帯参彼御房、儀式厳重、依召公卿殿上人、著堂中座、…

⑯承元元年（一二〇七）五月五日　…御障子歌今日清範奉行賦之、僧正、新大納言〈通光〉、源中納言〈通具〉、有家朝臣、予、家隆朝臣、雅経朝臣、具親、藤原秀能、女房〈押小路〉、御製可被加小々由有仰事、夕退出、

⑰承元二年（一二〇八）二月七日　…依大風不能参上（＝水無瀬御所に）、入夜参依番也、吉水僧正御房参給、戌時許入御、

⑱建暦二年（一二一二）正月十六日　…巳時許参吉水大僧正御房〈依熾盛光法自去九日自西山出給〉見参、一昨日参院直可還補之由被仰、偏可存公平、非汝之（者カ）無其人由被仰之上、無可申披方退出、此事猶不案得者也、明日可宜下云々、是只山磨滅不便之故、漸々可興立由思食之故云々、

⑲同年十二月二十八日　巳時着直衣参座主御房、被修大法会、為院御沙汰、可被催公卿殿上人之役、此両三日被申云々、又可為毎年之儀云々、

ここにあげたのは『明月記』に見える慈円の記事のごく一部です。いくつか見てみましょう。良く知られている記事ですが、③建仁元年四月二十六日の後鳥羽院の和歌会で、「座主又自昼祗候給、和歌事被仰合歟、近日無双相物ニ御座」とあるのは、「相物」は「愛物」の宛字と思われ、後鳥羽院と慈円の非常な親近を描く記事です。⑥建仁二年七月二十七日、水無瀬御所で定家は「前座主参給〈又不知何事故〉」と何故か慈円が参上しているとやや驚き、⑦の九月十三日条でも慈円は先に水無瀬御所に参上しています。⑧建仁三年二月二十三日では、後鳥羽院の意向で代わる代わる全員が判者を勤めていますが、慈円はここで良経と並んで判をしています。⑨元久二年二月二十五日では和歌所に慈円が来たこと、⑩三月十四日条では和歌所に慈円の書状が来て弟子の僧の入集を求めたことがありました。⑪三月二十九日条では定家が良経のもとに参じたとき慈円が来ており、しきりに撰歌のことを尋ねられ、またここで定家と慈円は良経からその仮名序草稿を見せられて感歎しています。⑬建永元年八月十七日には鳥羽殿に慈円が参上したことが見え、⑮十一月二十八日には院の命

で、和歌所の輩が吉水の慈円の報恩会に参じています。このあたりの『明月記』をみますと、建仁、元久、建永ごろには、慈円が後鳥羽院近辺に常にいたことがよくわかります。⑰承元二年二月七日は水無瀬殿に慈円が参じたこと、⑱建暦二年正月十六日は、有名な記事ですが、慈円が三度目に天台座主に補せられたときの院の言葉は、お前以外にはいないのだ、というものでした。それから、ここには挙げていませんが、定家は、承元、建暦、建保始めにかけて、始終吉水の慈円のもとへ参って、種々のことを話し合っています。これは良経生前には見られなかったことです。良経生前には定家は良経のもとへ始終参じ、そこに慈円も来合わせる形ですが、良経亡き後は定家が慈円を九条家の中心として仰ぎ、さまざまなことを相談し、指示を受けていたことを窺わせます。慈円の自伝草稿『一期思惟』に、承元元年に西山に移住し五年をそこで過ごしたとあることから、承元元年~建暦二年は西山隠棲期といわれますが、実際には、始終吉水と行き来し、院との関係も保っています。西山に隠棲とは言っても、すべて山中に籠居していたわけではないことは、山本先生も指摘されています。隠棲期と括るのは注意が必要でしょう。

そしてこの後にあたる建保期においては、『明月記』は建保期があまり残っていないということもありますが、後鳥羽院と慈円の直接関係を示す記事は『明月記』には見出されません。やはりこのあたりから後鳥羽院との関係は変質していることが、『明月記』だけからも読み取れます。

以上のように、歌壇における慈円という観点で見ますと、後鳥羽院時代前半期の慈円は、定家がやや驚くほどに後鳥羽院に密着しています。後鳥羽院の歌壇の形成の仕方というのは、院自身の主導で、また摂政や大臣までも意のままに歌壇に参加させるという、異例づくめのやり方で行っていますから、すべて逸脱しているとも言えるのですが、天台座主という位置にある高僧までもが院の歌合に常に連なり、院の命によりしばしば見えるように、和歌所のみならず水無瀬殿や鳥羽殿の和歌行事にも参ずるというのは、天台座主としては非常に逸脱した姿と言えましょう。

一方、良経は前例を無視していく院のやり方に、後鳥羽院の仰せであるから従ってはいるけれども、やや違和感を表明していることが、⑤建仁二年五月二十六日条などに見えます。良経も長生きすれば後鳥羽院と距離を生ずることになったかもしれないと思わせる部分です。さまざまな点で慈円と良経と対照させることで、慈円の院への関わり方の特質、異質性が見えるようにも思われます。

この時期の慈円は、内面はどうあれ、後鳥羽院に非常に積極的に寄り添う形で、その一員としての地位を自ら確保しています。一方、和歌所寄人としては、撰歌の進行状況を定家に尋ねたり、また和歌所に弟子の僧の入集を願う手紙を送ったりしていることから、撰歌自体には全く関わっていないのでしょう。『明月記』にはしばしば「和歌所の輩」というような表現がでてきますが、もちろんその中に良経や慈円は含まれません。

さて次に、慈円自身がどのような言葉で後鳥羽院歌壇を表現しているか、その言説をいくつか掲げてみましょう。

【資料7】

『拾玉集』所収『老若五十首歌合』跋（五七八三の後）

今度撰定十人被召五十首云々、叡感已過分也云々、忭悦不少く

我立杣老比丘慈―為後日記之

『慈鎮和尚自歌合』跋

（前略）上皇令加和歌之道給之間、仁和寺御室守覚親王等、被詠進百首、其中荐有和歌召、又予余命及七旬之間、詠百首法楽諸社、剰上皇令撰新古今給之時、予所詠之歌、被撰入八十余首、之現存之人無此例歟、其新古今後、所詠之百首七箇度、其中歌定勝於昔詠歟、仍各申請弥重清書等納神殿者也、三十余年之後、承久三年五月雨之比、記置之畢、于時天下不静歟、後人勿嘲哢努努

『拾玉集』

新古今集被終其篇、是萬春之佳遊也、感悦之余聊述早懐而已

むかし今のあらたになれる(ムスフ)和歌のうらは浪をさむるししなりけり（五六三五）

うれしくも春のやよひの花のころちることのはは末ぞはるけき（五六三六）

愚老拙歌甚多罷入候云々、恐与悦已計会候歟

山川のあだに思しうたかたを(の本イ)きえぬかず(ヒロハスハイ)こそあやしとはきけ(く本)（五六三七）

しきしまややまとことわざ君が世にあらたに(サカユル春ノイ)なれるめぐ(あと)みをぞしる(ぞうれしきイ)（五六三八）

かさねをくうらのはまゆふ伊勢の海や神代のかみもうれしとやみん（五六三九）

建仁元年『老若五十首歌合』の跋で「叡感已過分也云々、忭悦不少」と喜び、院の御意を得たことを喜びます。『自歌合』跋では、この跋は後年の承久三年（一二二一）に書かれたものですが、「上皇令加和歌之道給之間、仁和寺御室守覚親王等、被詠進百首、其中荐有和歌召」と、後鳥羽院が歌道に参

加されるようになり、『正治初度百首』を守覚らが詠進して、院はしきりに和歌を詠進させるようになったと回顧し、『新古今集』については「剰上皇令撰新古今給之時、予所詠之歌、被撰入八十余首」（実はこれは九十二首なのですが）「之現存之人無此例歟」と、誇らしげに記します。さらには、『拾玉集』五六三五～五六三九は、元久二年に『新古今集』が一応完成したときの歌ですが、「感悦之余聊述早懐而已」「愚老拙歌甚多罷入候云々、恐与悦已計会候歟」と実に率直にその喜びを語り、『新古今集』竟宴を行うことについても、「剰被行其宴候了云々、我国之風俗尤可謂遇境者歟」と詞書に書き、その歌では、今ここに和歌の集が完成したことを言祝ぎたたえていて、定家のように竟宴を批判することなどは一切ありません。慈円は、僧であるゆえでしょうか、竟宴には出ていませんので、これらは竟宴和歌に出詠するかわりに詠んだ歌であると思われ、その内容から、おそらく慈円から後鳥羽院に送られたのではないかと推定されます。

しかしこの後、院との間にはしだいに距離が生じ、それがいつからかはここでは立ち入りませんが、ちょうど十年後、建保三年（一二一五）七月の歌を掲げてみます。

【資料8】『拾玉集』（建保三年七月）

達拙什之風於射山之聴、待徳政之月於学空之観和歌十首

法のかどにふかくいれてし身なればや其みのりゆへいでうかるらん（四六五六）

いかにせんみち有かたはみちもなしさあらむよをばいかが行べき（四六五七）

いかにせむみそぢつかへてなみだ川きのふ今日なる人にわかるる（四六五九）

君に猶たがふ心は露もなしただ涙こそたもとにはちれ（四六六二）

おもはなんわがみちならぬ和歌のうらをけふ行までも誰ゆへぞさは（四六六四）

をしかへし君をぞたのむしるべせよゆきとまるかたやいづくなるらん（四六六五）

これは有名な十首歌群で、多くの研究者が言及していますが、「達拙什之風於射山之聴、待徳政之月於学空之観和歌十首」は、梶井門跡との対立などから生じた院との疎隔を嘆きながら、「君に猶たがふ心は露もなし」「をしかへし君をぞたのむ」のように、繰り返し「君」への忠誠を詠じます。

【資料9】

『続古今和歌集』巻十九・雑下

建保四年たてまつりける百首歌に　慈鎮大僧正

身ばかりは猶もうきよをそむかばや心はながくきみにたがはで（一八二六）

『愚管抄』巻六
サル程ニ、ツネニ院ノ御所ニハ和歌会・詩会ナドニ、通親モ良経モ左大臣・内大臣トテ、水無瀬殿ナドニテ行キアヒ〳〵シツツ、正治二年ノ程ハスギケルニ、コノ年ノ七月十三日ニ左府ノ北方ハウセニケリ。（中略）後京極殿ハ、院モイミジキ関白摂政カナト、ヨニ御心ニカナイテ、ヨキ事シタリト、ヒシトヲボシメシテアリケリ。山ノ座主慈円僧正ト云人アリケルハ、九条殿ノヲトゝ也。ウケラレヌ事ナレド、マメヤカノ歌ヨミニテアリケレバ、摂政トヲナジ身ナルヤウナル人ニテ、「必マイリアヘ」ト御気色モアリケレバ、ツネニ候ケリ。院ノ護持僧ニハ昔ヨリタグヒナクタノミオボシメシタル人ト聞ヘキ。

建保四年の『後鳥羽院百首』においても、「心は長く君にたがはで」というように後鳥羽院を正面において詠われます。しかしこれらの表現は、既に院との亀裂があるからこそ、院への忠誠を繰り返すと捉えられましょう。なおこの百首については、先月石川一氏が『「建保四年仙洞百首」考』（『国語国文』二〇〇五年四月）を発表されましたが、その中で僧正行意が作者に追加されたことを指摘しておられます。あとで触れますが、このことに少し注意しておきたいと思います。

一方、『愚管抄』の中では、後鳥羽院歌壇についてどう書いているかというと、かつて慈円自身、言葉を尽くして言祝いだ歌壇の隆盛についての記述は非常に少なくて、「ツネニ院ノ御所ニハ和歌会・詩会ナドニ…」以下の一文だけです。自身については「ウケラレヌ事ナレド、」以下で、歌壇への参加は、本来「ウケラレヌ事」であったけれども、それでもそこに加わったのは、摂政良経と同様に、参加することを上皇自身が強く望んだゆえである、ということを言っています。この表現は、前掲『拾玉集』四六六四の「おもはなんわがみちならぬ和歌のうらをけふ行くまでも誰ゆへぞさは」と通底する言辞であり、本来自分にとって「和歌の浦」即ち歌壇に加わるのは我が道ではないが、上皇の命ゆえなのだ、という同じ意識の表明です。そして『愚管抄』では、「院ノ護持僧ニハ昔ヨリタグヒナクタノミオボシメシタル人ト聞ヘキ」と、護持僧としての存在性を強調する形で、院歌壇における自分を短く描写しています。結局これが、慈円の歌人としての位置を、最も端的に表しているものと思われます。

3■後鳥羽院と慈円

後鳥羽院と慈円について、もう一つ付け加えておきたいのは、さかのぼりますが、後鳥羽院歌壇の始発期に行われた正治二年『正治後度百首』についてです。『正治百首』全体については山崎桂子氏の『正治百首の研究』（勉誠出版、二〇〇〇年）があり、慈円の和歌については石川一氏の詳しい分析があります。この百首の作者を列挙してみましょう。

後鳥羽院　藤原範光　藤原雅経　源具親　藤原隆実（＝信実）　源家長　鴨長明　賀茂季保　宮内卿　越前　神主康業（＝慈円）

私が気になりますのは、『正治初度百首』の作者と、この『正治後度百首』の作者を較べたとき、その両方に出詠しているのは、後鳥羽院を除くと、慈円と範光だけであるということです。良経や俊成、定家が出詠していないのに、慈円が両方に出詠しているのはなぜなのか、大きな問題のように思われます。

これは、もう一人の範光は後鳥羽院の近臣中の近臣であり、『正治後度百首』で中心的役割を果たしていることや、『正治後度百首』は基本的に、院に近い近臣たち、及び院自身が見出した新進女房歌人がメンバーであること、『正治後度百首』では慈円は「神主康業」という架空の作名（後鳥羽院近臣藤原康業の「康業」に、任意の「神主」を付けたものであることが、田村柳壹氏により論証されています）を用いていて、『応製百首』であるにもかかわらず、慈円という名を使っていないこと（初度では「前大僧正慈円」としている）などから、慈円が『正治後度百首』に詠進しているのは、やはり、近臣ではないけれども、あたかもそれを装うがごとき、極めて院に個人的に密着している立場ゆえであったかと推量されるのですが、いかがでしょうか。

【資料10】『源家長日記』後鳥羽院と慈円の贈答

①そのころ（＝元久元年の尾張の死の後）前大僧正のもとにたてまつられし哥侍き。

なにとなくなぐさむやとてきたれども時雨ぞまさる冬のやまざと

（以下院から慈円へ十首送られ、慈円の返歌十首あり。翌元久二年にも尾張の死をめぐり、院から慈円へ八首送られ、慈円の返歌あり）

②この程（＝建永元年の良経の死の後）、前大僧正御もとに申させ給御せいども、あまたはべり。大僧正御房より、

つの国のなにはもあしの身をつくしこやうき事のしるし

なるらん　（以下、計二十二組・四十四首の贈答あり）
③かくて僧正御よをのがれん心こよなくなりもてゆくをきこしめして、これよりおほせらる。
つの国のなにはも夢の世中にいとゞすみうき風のをと哉
（以下計十三組・二十六首の贈答。ただし錯簡あり。中略）
僧正、
君が代をさしもおもはぬ身なりせばすこしもよそにおもはざらまし
もろともに野べの露とやきえなまし君がめぐみの春にあはずは
君がとふそのことのはにかゝりてぞうき身の露はきえのこりぬる
けふまでもうきをみるべき我身かはこともをろかにきみをたのまば　（中略）
僧正、
君がためみやこの山にやすらひてなぐさめかねつ春のよのゆめ
御かへし、
これもさぞなぐさめかねしこの春はいまさらしなの月やすみけん

『源家長日記』は、後鳥羽院と慈円との間に、何度も、多くの複数贈答歌がかわされたことを繰り返し記しています。これらの歌群は院から慈円へ、あるいは慈円から院へ読みかけられていて、『源家長日記』の描き方は、全体に、君臣ならぬ、帝王と護持僧の緊密さに彩られていて、尋常ではないほどであり、少なくとも家長がそのように院と慈円の関係を捉えていたことが知られます。これは『源家長日記』だけではなく、前掲『明月記』⑫の元久二年四月二十日条でも、慈円から院へ長歌を詠進し、院の命でその返しの長歌を定家が詠んだという記事があり、これは『拾遺愚草』や『拾玉集』にもありますが、こうしたことはかなりあったと想像されます。そしてこの『源家長日記』の慈円の歌でも、目に付くのは、「君」への過剰なまでの意識です。このうちの、良経の突然の死とそれにまつわる隠遁願望を述べる哀傷歌群でも、「君」即ち後鳥羽院の存在だけが、慈円の隠遁をひきとめるものであることが、繰り返し詠われています。

このような複数贈答歌はこの時期流行し、西行、慈円、良経、定家、公経などの間で互いにやっていますが、後鳥羽院に対しては、院の信頼厚い良経でもやった痕跡はありません。そもそも君臣の間でかわされる贈答歌は、臣下同士のように自由に行われたわけではなく、院・天皇・将軍などが臣下に歌を詠みかける時は、相手を何らか試す要素があったり強い親愛の表現の表明であったりする場合が多いようで、逆に臣下が院などに（あるいはその側近の女房に託す形で）歌を奉る時は、述懐の訴えや祝意、あるいは自身の出家等の報告など、いくつかの場合があると思いますが、誰でもいつでも奉ることができるわけではありませんし、院などの女房が代わりに返歌する時も多くあります。これほど多数の和歌を、院と慈円が双方向から、直接に交わし合うのは、かなり特異であると言えましょう。そのような点からも、慈円の特異性が浮かび上がるように思います。

もちろん多作で速詠の慈円は、色々な人とこのような複数の贈答をやっていて、そうした詠歌志向が慈円自身にあるのですが、ここで院と対置的な関係性を示していることに注目したいと思います。対等というわけではないけれども、例えば臣下が主君に、何らかの恩顧を求めて述懐歌などを奉る場合のような、純然たる上下関係ではないと思われます。歌壇における慈円のあり方、また後鳥羽院との関係のあり方を見ますと、慈円はより個人的に後鳥羽院に結びついている感じがあります。近臣に近いような、とは言っても、従属的な関係ではないので、当然通常の近臣・廷臣とははっきり違います。

そのことは、慈円と、後鳥羽院歌壇における連歌との関わりからも窺えます。慈円自身の連歌は『菟玖波集』に一首入集ありますが（巻第十九・一九〇一）、これは後鳥羽院歌壇で一時期頻繁に行われた有心無心連歌の会のものではありません。慈円はおそらくこうした速詠は非常に得意であったと思われますが、後鳥羽院歌壇の連歌会には、『明月記』によれば一度も出席していません。『井蛙抄』には慈円が後鳥羽院の有心無心連歌に出席したとありますが、これは出席していないと思われる良経も出ていたとあり、かなりあやしい記事です。基本的に、後鳥羽院の有心無心連歌会のメンバーは、和歌所寄人の雅経、有家、定家、秀能、通具、家隆、具親、家長、ほかに定通、通光、公経、実氏などの近臣、およびやや身分の低い近臣たちです。もっとも、僧は加わっていません。摂関家からも加わっていません。良経は既に没し、道家は幼いとはいえ、やはり摂関家は別扱いのように思われます。当然のことですが、慈円は単なる近臣とははっきりと弁別される存在であって、有心無心連歌に加わっていないということは、後鳥羽院歌壇における位置と相似形を描くもののように思われます。

【資料11】『後鳥羽院御口伝』

近き世になりては、大炊御門前斎院・故中御門の摂政・吉水前大僧正、これら殊勝なり。斎院は、殊にもみもみとあるやうに詠まれき。故摂政は、たけをむねとして、諸方をかねたりき。（中略）大僧正は、おほやう西行がふりなり。すぐれたる哥、いづれの上手にも劣らず、むねと珍しき様を好まれき。そのふりに、多く人の口にある哥あり。（後略）

この『後鳥羽院御口伝』では、式子内親王・良経・慈円の三人に対しては部分的に敬意表現を使って記述しています。この筆致などを見ても、ある意味で対置的な関係でもあると思いますが、慈円は、護持僧として院にとっての精神的拠り処であり、院に密着する立場にあり、それがそのまま歌壇における位置にも反映していて、その点では、天台座主という公的立場を持ちつつも、公卿・廷臣の歌人達とは異質な部分が非常に強いように思われます。そのことを、建永以降の歌壇活動から窺ってみたいと思います。

4■建永～承久期の歌壇における慈円の活動

これは、建永元年から承久三年までの、慈円が加わった歌壇行事の一覧です。傍線は歌合伝本があるものです。

【資料12】
○建永元年（一二〇六）七月二十五日　卿相侍臣歌合に出詠。後鳥羽院・通具・家隆・定家ら。慈円は左方卿相、内大臣の後。
○承元元年（一二〇七）三月七日　鴨御祖社歌合・賀茂別雷社歌合に出詠。後鳥羽院・通光・通具・家隆・定家・雅経ら。
○同年六月　最勝四天王院障子和歌に詠進。後鳥羽院・通光・定家・家隆・雅経ら。慈円は十首で最多の採歌。
○承元二年（一二〇八）二月二十三日　後鳥羽院に和歌一首を奉り、御返歌五首あり（『拾玉集』）。
○同年五月二十九日　住吉社歌合に出詠（『拾玉集』『後鳥羽院御集』『壬二集』『明日香井集』等）。
○承元三年（一二〇九）（三月二十三日　良経女立子、東宮（順徳）の御息所となる。）
○承元四年（一二一〇）九月二十二日　粟田宮歌合に出詠（『拾玉集』『後鳥羽院御集』『拾遺愚草』『明日香井集』等）。
○建暦二年（一二一二）五月十一日　順徳の内裏詩歌合に出詠（『拾玉集』『拾遺愚草』『紫禁和歌草』『範宗集』等）。
○建保元年（一二一三）七月十七日　松尾社歌合に出詠（『拾玉集』『後鳥羽院御集』『拾遺愚草』『明日香井集』等）。
○建保三年（一二一五）六月二日　四十五番歌合に出詠。後鳥羽院・通光・実氏・定家・家隆・行意・家長ら。

○同年七月　後鳥羽院に「達拙什之風於射山之聴、待徳政之月於学空之観、和歌十首」を奉る（『拾玉集』）。
○同年九月十三日　内大臣道家家百首に出詠（『拾玉集』『拾遺愚草』『壬二集』等）。九条家の家百首。実氏・定家ら十八人。
○建保四年（一二一六）二月頃成立の後鳥羽院百首に詠進。
○建保五年（一二一七）四月十四日　庚申和歌会・連歌会（『拾玉集』『後鳥羽院御集』）。慈円は出席せず歌を詠進。
○同年八月十五日　右大将通光家歌合に出詠。通光・公経・行意・定家・家隆・雅経・秀能。慈円は行意と番。
○建保六年（一二一八）（十月十日　立子、懐成親王（仲恭天皇）を生む。十一月二十六日立坊、道家東宮傅となる。）
○承久二年（一二二〇）九月十三日　失意の定家より十首送られ、十首返歌（『拾遺愚草』）。
○承久三年（一二二一）（四月　道家摂政太政大臣となる。五月九日　仲恭天皇践祚。五月十四日　承久の乱始まる）

ここで最も注目されるのは、建暦期以降行われた順徳天皇の内裏歌壇に対しては、『拾玉集』の、「建暦二年五月十五日、内裏にて詩に歌を合せられし三首　山居春曙」（四一七二）以下に見える内裏詩歌合に一度出詠したのみで、基本的に加わっていないことです。順徳天皇近臣を中心とする比較的小さな歌合だけではなく、建保三年十月の『内裏名所百首』や翌四年の『内裏百番歌合』のような大きな催しにも、まったく出詠していません。なぜ慈円が順徳天皇歌壇に加わっていないかということは、慈円の歌人としてのありようを読み解く一つの鍵になるかと思われます。順徳天皇が次なる勅撰集を志向して歌壇を形成していく中で、慈円はそのメンバーにはなっていなかったのです。隠遁への志向ゆえとも言われていますが、平行して活性化していた建保期の後鳥羽院歌壇や、建保三年の九条家の『道家家百首』には出詠しているので、もう少しなにかの要因を考えた方が良さそうです。

順徳天皇と慈円の関係はどうなのでしょうか。『順徳院御記』と順徳天皇の家集『紫禁和歌草』には慈円のことはなく、また『八雲御抄』用意部で順徳は多くの歌人について言及していますが（寂蓮、定家、家隆、良経、雅経、有家、西行など）、なぜか慈円への言及はありませんので、順徳天皇から慈円への歌人的評価がどうであったかはよくわかりません。

護持僧という点で言えば、後鳥羽院の護持僧は慈円、承仁法親王などであり、土御門院の護持僧は行意、承円、慈円など、順徳天皇の護持僧は承円、行意などですから、慈円は後鳥羽院と土御門院の護持僧であり、順徳の護持僧にはなっていません。とはいえ、高僧として、順徳周辺の御祈、例えば順徳自身の誕生（母は修明門院）や御悩の御祈、順徳の皇太子懐成親王（仲恭天皇）誕生の御祈（母は中宮立子・良経女）や懐成親王のための御祈などは、承久期まで当然行っています。順徳との関係が悪かったというわけでもないと思われます。

おそらくその理由の一つには、行意という歌人の存在が考えられます。行意については藤田百合子氏の論がありますが、松殿基房男で、天台座主承円の異母兄です。承円と行意とは、前述のように順徳天皇の護持僧で、承円が天台座主になった翌年に、行意は園城寺長吏となり、兄弟並び立ちました。行意は、順徳天皇歌壇には建保二年～五年に『内裏名所百首』など九回出詠していますが、建保五年十一月に急逝しました。当時、慈円と承円らとは激しい対立関係にあったことが知られています。一方で、順徳天皇歌壇における行意は、あたかも後鳥羽院歌壇における慈円のように位置づけられていたところがあり、その順徳天皇歌壇には、慈円は入りにくかったということがあったかもしれません。さきほど建保四年の『後鳥羽院百首』に、この行意が追加されたという石川一氏の指摘があることを述べましたが、おそらくこれは後鳥羽院の意志によるものであり、行意の取り立てには後鳥羽院の意志が反映していたことを思わせます。

慈円が順徳天皇歌壇に加わっていない理由として、もう一つは、やはり先に述べたような慈円自身の歌人としての位置、後鳥羽院に想像以上に密着した位置に起因すると考えられます。周知のように、順徳天皇歌壇には、定家、家隆、雅経らは指導者的歌人として出詠していますが、和歌所寄人のうち、後鳥羽院側近歌人の枠内にある秀能や家長は、全く出ていません。秀能や家長というような後鳥羽院近臣歌人の場合は、これは当然のことと考えられていますが、慈円についても、後鳥羽院との関係の強さから、これに準じて考えられる面があるように思うのですが、いかがでしょうか。ちなみに、建保三年の『院四十五番歌合』は、後鳥羽院が順徳天皇歌壇の歌人も包摂する形で行っている歌合ですが、そのような歌合には慈円らも出詠しています。

まったくの想像ですが、もし承久の乱がなく、順徳天皇のもとで勅撰集ができていたら、そこでの位置というのは、定家や良経、家隆、雅経などはさほど変わらなかったでしょうが、慈円は『新古今集』で得たほどの突出した地位を占めることはなかったのではないかと想像しております。

このように慈円は、後鳥羽院の構築した型破りの秩序の中で、天台座主でありながら『新古今集』の和歌所寄人を任命されましたが、良経とは異なって、実際に『新古今集』編纂に関与するようなことはなく、やや距離をおいた客員的立場であったと考えられますが、一方では『新古今集』への強い意識があり、のちには「前和歌所寄人」というやや韜晦したような、奇妙な自署もあります。後鳥羽院歌壇において、慈円は非常に後鳥羽院に密着し、自ら積極的に寄り添っていったことが歌壇活動や言辞から知られますが、それは天台座主たる歌人としては非常に逸脱した姿です。そもそも後鳥羽院歌壇そのものがこれまでにない逸脱性、異質性に満ちていて、歌道家として定家はそれと衝突し、摂関家として良経も時には院のやり方に違和感を表明していますが、慈円には当初はその面での批判的言辞はなく、むしろ院の近臣にも似るような、時には自らそれを装うような部分も仄見え、結局は、院の精神的支柱である護持僧として、後鳥羽院と深く強く密着した関係が、歌壇の内外における位置や和歌にも反映されています。もちろんそれは従属的な関係ではなく、ある意味では対置的な関係性も見て取れますが、いずれにしてもその関係性は特異で、むしろそれゆえに歌人としては定家などとは異質な面が多く、廷臣を中心とする歌壇の歌人とはおのずと相違していると言えましょう。建保期になると、院と慈円との間には亀裂が生じており、直接関係は薄れています。あわせて和歌所自体の性格も建保期にはかなり変質していることが知られます。それでも慈円は建保期の後鳥羽院歌壇には参加していますが、順徳天皇歌壇には出詠しておらず、その点からも、院との関係に直結したような、慈円の歌壇における位置を窺い知ることができます。しかしこうした歌壇活動とそこでの位置、そしてその逸脱性は、後年の慈円自身の言によれば、それは本来あるべき姿ではなく、上皇ゆえ、また護持僧ゆえであったと総括しているのです。

雑駁な話をお聞きくださり、誠にありがとうございました。

※『拾玉集』本文は『校本拾玉集』に、番号は『新編国歌大観』によった。『明月記』は『冷泉家時雨亭叢書』所収の自筆本影印、又は国書刊行会本に、『源家長日記』は『冷泉家時雨亭叢書』により、漢字・清濁等の表記は一部私意によった。他は通行の本文に拠った。

慈円から慶政へ◉九条家の信仰と文学における継承と展開

パネリスト■近本謙介

■要旨

中世前期の思想・文化形成に占める九条家の位置は小さなものではない。就中、仏法との関わりから、兼実と慈円、道家と慶政の問題を考えることは、歴史の大きなうねりの中で権門の家が如何にその立場を保持・再生せんとしたかを問う学際的テーマと言い得るものである。兼実から道家、慈円から慶政へといった「人」の系譜を、時代の「現場」に置いて見据えたときに、それを文学研究の立場からどのような姿として提示できるかが試みられなければならないであろう。兼実と慈円を中心とした信仰活動とそれに関わって生み出される文芸の問題については研究の蓄積も厚いが、それらを「遺産」として受け継いだ道家と慶政の連繫については、諸領域の研究成果を統合しつつ、その実態について検討する必要があるように思われる。これを、寺院の修造等の現場に関わる唱導や縁起の問題、太子信仰の問題等を通して浮かび上がらせながら、継承と展開の相として位置づけてみたい。

近本謙介（ちかもと　けんすけ）　■1964年、福岡県北九州市生れ。大阪大学大学院博士後期課程修了、博士（文学）。現在、筑波大学大学院人文社会科学研究科助教授。
主要論文：「廃滅からの再生—南都における中世の到来—」（『日本文学』49−565）、「『春日権現験記絵』と貞慶—『春日権現験記絵』所収貞慶話の注釈的考察—」（『春日権現験記絵 注解』所収　和泉書院）、「文治から建久へ—東大寺衆徒伊勢参詣と西行—」（『巡礼記研究』第三集）など。

1■はじめに

近本■慈円が中世の文化を考えるうえで、「知の巨人」として屹立する存在であることは、論を俟たないでありましょう。慈円が九条家を出自として、兼実との連繫のもと、権門の家が遭遇した未曾有の困難な時代における舵取りを、仏法の側から担う立場に置かれたことは、必然的に『愚管抄』を初めとする著述を成す契機ともなったのであります。慈円に関しては、歌人・天台座主などの立場から、時代の「現場」に即した研究が比較的積み重ねられてきていますが、鎌倉時代初期の兼実と慈円とによる九条家の信仰と文学を、「遺産」として受け継いだ道家と慶政の連繫については、あまり視野に入れられてきませんでしたし、ましてや、「慈円から慶政へ」といった問題設定は為されてこなかったように思われます。

今回のシンポジウムの「慈円とその周辺」という課題に即して言えば、本報告は「その周辺」にあたるものでありますが、報告者個人の関心の広がり方の順から申しますと、慶政について考えているうちに、やはり慈円との距離感をつかむ必要に迫られてきたというのが正直なところであります。それは、慶政が、文学の領域からすぐに想起される、説話集『閑居友』の編者というにとどまらない大きさを有した存在である点を認識し始めたことから生じたものでもあります。

2■九条家と慶政

「慶政とは如何なる人か」という問いかけに対する隣接した研究領域の方の反応には、興味深いものがあります。従来の文学研究の立場からは『閑居友』編纂や往生伝の書写がすぐさま浮かぶわけですが、歴史学ではむしろ法隆寺と関わりが深い人であり、美術史においては絵画資料との関わりが指摘され、仏教史では園城寺僧としての側面が表に出てくるといった具合なのであります。

猪熊本『比良山古人霊託』勘注において、九条良経の息で、道家の兄とされる慶政の人物像はかなり多様であり、立体的であるわけです。

【九条家関連略系図】

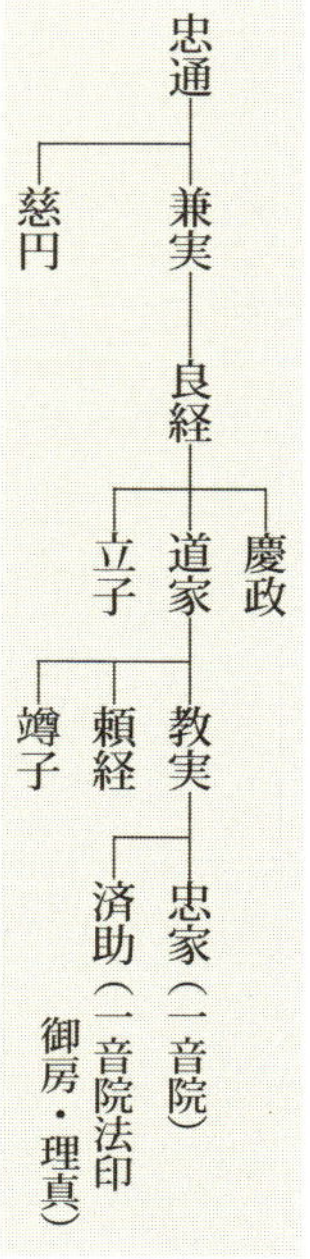

【著述・書写を中心とした慶政の主要事績年譜】

文治五年（一一八九）		生誕。
承元二年（一二〇八）		西山隠棲。
建保四年（一二一六）		『閑居友』起筆。
建保五年（一二一七）		宋泉州より明恵に書状（波斯文書）。
建保七年（一二一九）	正月	西山の草庵で『続本朝往生伝』・『拾遺往生伝』書写。
承久二年（一二二〇）	秋	西山の草庵で『後拾遺往生伝』・『三外往生伝』書写。
承久四年（一二二二）	正月三日	西山の草庵で明恵『華厳仏光観秘宝蔵』・『華厳仏光観法門略次第』書写。

三月　『閑居友』脱稿。

貞応元年（一二二二）六月四日　西山の草庵で『本朝新修往生伝』書写。

貞応二年（一二二三）夏　『書写山真言書』書写。

貞応三年（一二二四）二月十五日　高山寺涅槃会不参の由を明恵に告げる和歌の贈答。

九月十一日・十三日　師慶範より授けられた『辟鬼珠法』・『伝屍病口伝』書写。（後に理真に伝授）

嘉禄元年（一二二五）　法華山寺創建に着手。

嘉禄三年（一二二七）　『法華山寺縁起』執筆。

寛喜元年（一二二九）十月十五日　書写山常行堂修造供養導師。

十六日　書写山に於いて実報寺主仏如房と対面し、慶政『渡宋記』を書写せしむ。

寛喜四年（一二三二）　明恵没後百ヶ日供養の導師を勤める。

文暦二年（一二三五）三月二十七日　九条教実の臨終作法勤仕。

嘉禎元年（一二三五）正月十三日　道家に授戒。

嘉禎四年（一二三八）二月二十四日　九条道家に授戒。

四月二十五日　道家出家の戒師。

八月十一日　道家の法性寺における法隆寺の太子舎利および宝物拝観の仲介。

延応元年（一二三九）五月　九条道家病中の祈祷および『比良山古人霊託』筆記。

寛元二年（一二四四）九月二十八日　『漂到琉球国記』著。

弘長三年（一二六三）　式乾門院利子の十三回忌のため法華山寺で唐本一切経供養。

文永二年（一二六五）十一月二十三日・二十四日　『書写山真言書』を理真に伝授。

文永四年（一二六七）　『金堂本仏修治記』著。

文永五年（一二六八）十月六日　入滅。

【主要人物生没年表】
兼実　久安五年（一一四九）～承元元年（一二〇七）
慈円　久寿二年（一一五五）～嘉禄元年（一二二五）
慶政　文治五年（一一八九）～文永五年（一二六八）
道家　建久四年（一一九三）～建長四年（一二五二）

前頁から掲げてきた、九条家関連略系図および著述・書写を中心とした慶政の主要事績年譜と主要人物生没年表を踏まえながら、慶政の事績を九条家のうごきの中で捉え直し、そこから慈円との距離、ひいては慈円そのものの相対化をも目指してみたいと思います。

慶政と慈円との関わりは、年譜中、承元二年（一二〇八）の西山隠棲が、慈円の西山隠棲を意識したものであろうことが、山本一氏によって指摘されており、生没年表からもわかりますように、慈円の入滅の年、嘉禄元年（一二二五）に、慶政は隠棲先の西山で法華山寺創建に着手する点についても、従来見過ごされてきましたが、後に法華山寺が一切経書写や施入に関わる重要な場となったらしきことなどを考慮すると、慈円入滅の年を期して法華山寺が本格的に建設されていくというごきは、慈円から慶政への流れを考える上で重要でありましょう。

続いて、慶政の主要事績年譜の嘉禎年間に見られるように、九条道家と慶政との関わりは深く、授戒や法隆寺宝物拝観を通じてその交流は深められており、その直後の延応元年（一二三九）の道家病悩に際しての、比良山古人による託宣の問者であり記手となったのが慶政である点は、『比良山古人霊託』が後鳥羽院の隠岐での崩御の年に行われた託宣であるという従来指摘されてきた点と同様に、重要なファクターであるように思われます。

3■九条家の文庫目録

さて、慶政のうごきを九条家の内側に置いてみたときに、いかなる姿が見えてくるでありましょうか。

ここでは、九条家に伝わった文庫目録に、まず注目してみたいと思います。これは、現在第一分科会で進められている、文庫を通した資料学の議論とも通底する問題であると考えられます。

書陵部蔵九条家文書の中には、建長八年（一二五六）の『九条家重書目録』と、正応六年（一二九三）の『九条家文庫文書目録』が見えますが、前者に付された九条忠教筆奥書には、この目録が皮子に籠められ、永仁年間に目録と典籍との照合が行われ、保存状況に相違なかったことが記されてお

【九条家の文庫に見る家系の継承】

『九条家重書目録』建長八年（一二五六）〔抄出〕

一通　式講事　一通　仏経目六　二通　同（仮名）案文（後白川院　建春門院）

建長八年八月廿五日　権小僧都信遍（上）

〔九条忠教筆奥書〕

此目録、故殿御時、信遍書進之、永仁二年十月十六日取出件皮子、合目録之処、無相違者也、同十八日返納了。

『九条家文庫文書目録』正応六年（一二九三）〔抄出〕

一合　秋津島物語　一合　唐鏡十帖（已下）　一合　延暦寺講堂供養部類記（已下）一合　御灌頂并高野詣　一合　御春日詣　一合　東福寺上棟　十五合　南都（此内　一合午京　一合神木　一合維摩　□（喰カ）識）　一合　菩提山　一合　勧修寺

一合　最勝金剛院　一合　法花山寺　一合　縁起

摺本文集一部宿納一音院経蔵

御文庫文書目録

一合　興福寺供養　二結　興福寺造営　一合（彼杵　小豆嶋　若山　末次　大野　生嶋　日根　小松　井上　船木田　備後

勅旨（若菜御厨有子細去了）　久米田寺

り、この文庫・文書が厳重に管理されていたものであることを窺わせます。また後者からは、『秋津島物語』を初め、興味深い書名や箱分類項目（部類）をいくらも見いだすことができます。それらのうち、まずここで注目しておきたいのは、「法花山寺」函一合といった、慶政によって創建された法華山寺の箱が独立して保管されることであり、周辺に見られる「東福寺」・「南都」・「菩提山」・「勧修寺」・「最勝金剛院」などとともに、この目録そのものが、九条家と仏法との関わりを知るうえで重要な位置を占めた「現場」に関する典籍・文書の集合体をかたちづくっていることが窺える点です。

また後述するように、慶政は縁起との関わりが密接であるため、「縁起」函一合の存在も注目されるところであります。「一合」として部類する以上、相応の分量の聖教・典籍が伝わっていたものと思われ、こうした、法華山寺と縁起を支える背景が九条家のうちにみられることは、法華山寺上人慶政の背後にある九条家という権門の家の存在を再認識させるのです。これらの目録においては、「式講」や「目録」、「供養」や「造営」など、法会や勧進・修造に関するものが多くを占める点も見逃せません。

『秋津島物語』が九条家という権門の家に伝えられる書であったことを明確に示す点からも、九条家の文庫目録は重要な意義を有するであありましょう。『秋津島物語』に関しては、設定された建保六年（一二一八）という年に、順徳天皇妃立子（九条良経の娘）に皇子懐成親王が誕生した年である点との一致を見いだし位置づける阿部泰郎氏の論があります。建保六年は、九条道家が左大臣に転じた年でもあり、九条家にとっては慶事が重なった年でもありました。

のちに、慈円と太子信仰に関わる主な事例としてふれる、建保四年（一二一六）一月の太子の夢告（その内容は後に貞応三年に至って「聖徳太子願文」に記されるところとなる）が、やがて訪れる九条家隆盛の予言と見なされ、これが建保六年の四天王寺空印への太子の夢告と併せ位置づけられ、さらには尾崎勇氏が近著で述べられるように、承久二年（一二二〇）の霊告を経て、翌年の霊告の現実との符合が『愚管抄』の成立に結びついたとする見解を考慮しますと、同じく九条家に伝えられた『秋津島物語』に、『愚管抄』とのある種姉妹関係のような「歴史語り」の姿を認めることもできるのではないでしょうか。

4■慶政と縁起
―縁起伝承からたどる鎌倉時代初期から中期への連関―

慶政の作成・書写になる縁起類を中心とした一群の典籍が、以下に示すように、九条家旧蔵本として宮内庁書陵部に伝わることは著名でありますが、これらの縁起類には、類本が認められないものも多く、慶政による新たな縁起作成の形跡も認められます。「五、法華山寺縁起」などはその様相を窺うに足る資料であり、九条家本諸寺縁起集には、「一九、薗城寺縁起」・「二〇、三井寺興乗院等事」など三井寺僧慶政との関わりが窺えるものや、「一六、敬田院縁起（御朱印縁起）」・「一七、天王寺事」「二五、中宮寺縁起」・「三四、橘寺本願推古天皇御託宣」など、太子信仰との関わりが深いものが存在する点には注意しておきたいと思います。

ここでは、いくつかの縁起類を取り上げ、縁起伝承からたどる連関に目を移していきたいと思います。

九条家本諸寺縁起集には、少なからぬ南都諸寺院の縁起が見出せますが、これらのうち、「振鈴寺縁起」や「金堂本佛修治記」合綴「笠置寺異相等事」には、解脱房貞慶とその周辺

【九条家本諸寺縁起集と慶政】

一、六波羅蜜寺縁起　二、因幡堂旧事縁起　三、泉涌寺殿堂房寮色目（慶政写）　四、仁和寺流記　五、法華山寺縁起（慶政自筆草稿）　六、世尊寺縁起（慶政奥書）　七、醍醐寺縁起　八、海龍王寺縁起　九、當麻寺流記（慶政識語）　一〇、和州久米寺流記　一一、和州虚空蔵寺事　一二、振鈴寺縁起（慶政筆・裏文書は「戒如下知状」）　一三、佛龍寺本願沙門堅恵記（慶政写・識語）　一四、百済寺本縁起（興福寺僧静縁記）　一五、七寳瀧寺縁起　一六、敬田院縁起（御朱印縁起）　一七、天王寺事　一八、箕面寺縁起（「當麻寺流記」慶政識語に「箕面寺縁起」からの引用あり）　一九、薗城寺縁起　二〇、三井寺興乗院等事（慶政置文案。慶政記・自筆）　二一、石山寺流記　二二、阿波国大瀧寺縁起　二三、金堂本佛修治記（慶政記筆）　二四、諸山縁起（慶政所持本）　二五、中宮寺縁起（信如による天寿国繍帳発見と解読の経緯）　二六、高野三股記（慶政写・識語）　二七、渡宋記（慶政識語）　二八、漂到琉球国記（慶政筆・聞書）　二九、高野詣次第（道家参詣次第書）　三〇、大原巡礼記　三一、叡山巡礼記草　三二、雑　三三、比良山古人霊託（慶政記・草案）　三四、橘寺本願推古天皇御託宣　三五、千観八ヶ条起請（慶政写）　三六、日王苑寺十二箇条起請

との連関をたどり得る記事が含まれており、これは、鎌倉時代初頭に九条兼実と貞慶周辺との間に結ばれた関係が、のちに慶政とその周辺にも引き継がれたことを意味している点において重要であります。

前者に見える戒如は、貞慶の入滅をも看取った高弟のひとりであり、『春日権現験記絵』の形成にも関わったと思われる尊遍の領に関する記述や、泉涌寺領との関わりが見出される点なども、九条家本諸寺縁起集において、慶政周辺に泉涌寺に関する情報が見いだされることや、泉涌寺俊芿への道家の帰依の問題からも重要な情報であろうと思われます。

後者によれば、慶政は、貞慶自筆の笠置寺所蔵本を借覧、書写するルートをも有していたことが知られます。

慶政と、貞慶の後継の人々との間に結ばれた関係は、明恵との間にも、より直接的に窺うことができます。それは、『新千載和歌集』巻九・釈教歌・八七四、八七五に慶政と明恵の贈答歌が見え、寛喜四年（一二三二）明恵の没後百箇日供養の導師を慶政が勤仕していること、『続古今和歌集』巻十六・哀傷歌・一四八二に、

月の夜高弁上人もとにまかりて、発心のはじめのことなどたがひに申して侍りけるに、みまかりてのち、そのかみのものがたりおもひいでて、かの月ひにあたりける時よみ侍りける　　慶政上人

めぐりあふむかしがたりの秋のつきなぐさめかぬるわが
　こころかな

のように、明恵を偲んで詠じた慶政の哀傷歌が見えていることなどによりますが、さらには、『明月記』嘉禎元年（一二三五）三月二十七日条に、九条道家の子、摂政藤原教実の臨終の伴僧として、松尾の「澄（證）月房」（慶政）とともに、民部卿入道慈心房覚真の名が見えることは重要であります。慈心房覚真は貞慶のあとを襲って海住山寺第二世となりましたが、民部卿藤原長房の時代から兼実のもとにあり、明恵の高山寺開山にも役割を果たしたと目されております。また、寛元四年（一二四六）の「九条道家願文」には、明恵が蒙った春日大明神の霊託に示された「神の御めぐみあつかるべき三人」に入っているとの喜びが記され、道家の明恵に対する帰依が窺われます。

春日大明神から明恵への託宣が記される『春日明神託宣記』には、

解脱上人語テ云ク、此舎利ハ西（ママ）龍寺ノ御舎利ナリ。鑑真和尚傳来ノ招提舎利ト同舎利ナリ。月ノ輪ノ禅定殿下ヨリ此ヲ給ル云々。

のように、解脱房貞慶から明恵に語られた、九条兼実と貞慶・明恵との間に結ばれた舎利の授受をめぐる繋脈が記されますが、貞慶や明恵といった鎌倉時代初頭を考える上で重要な位置を占めた人々との繋脈は、さきに掲げたいくつかの事例からも確認されるように、確かに九条道家と慶政の時代にも引き継がれていたわけであります。これは、同時に鎌倉時代初頭から中期への推移を、人的交流の面から具体的にとらえる営みに通じています。

延応元年（一二三九）の道家病悩の際に、聖徳太子の時代の仁をかたり、太子と物部守屋の合戦の様も目撃したという比良山古人によって下された霊託を、慶政が聞者となって記しとどめた『比良山古人霊託』における慶政の発問中に、兼実や慈円とともに、貞慶や明恵が現れる点なども、こうした文脈の中に捉えられなければならないと考えるものであります。

5 慶政と太子信仰

つぎにここでは、『比良山古人霊託』を太子信仰の側面からながめることにより、慶政と聖徳太子信仰との問題について考えていきたいと思います。

報告の半ばに至っていま一度確認しておきたいのですが、本報告は慶政の問題を考えていく中で、慈円をも照射してみ

【慶政と法隆寺修造】


承久元年（一二一九）二月　法隆寺舎利堂造営。

寛喜二年（一二三〇）四～五月　尊円と共に勧進して、法隆寺夢殿修造。

天福二年（一二三四）十一月　尼信如と共に大願主となり、上宮王院に太子御影を安置。導師璋円。

文暦二年（一二三五）四月　願主となり、上宮王院正堂石壇を修理。

同　年　七月　願主となり、法隆寺三経院に法相宗祖師曼陀羅并太子御影を安置。

嘉禎二年（一二三六）四月　発願して、上宮王院舎利堂前にて法華経転読。

嘉禎三年（一二三七）四月～　法隆寺万燈会并五百七十坏供養に際して、上宮王院礼堂・回廊等の瓦および塔下石壇造立に宛てるため、九条道家北政所とともに勧進捧物。

同　年　願主となり、法隆寺塔下北方涅槃像并脇仕等修理。

仁治元年（一二四〇）　法隆寺聖霊会供養。


たいという意図を有していますので、報告後半の主題である太子信仰との関わりにおいては、慈円との共通点・相違点を意識しながら議論を進めることにしたいと考えております。『比良山古人霊託』には、「太子の御旧跡を随分に修補し奉る人は、何様に申さるるや」と、太子遺跡修補への評価を伺う問いかけがあります。

　承久元年から仁治元年に至る慶政と関わる法隆寺修造記事を掲げましたが、これに『比良山古人霊託』の成立時期延応元年（一二三九）を重ね合わせますと、それは、慶政の一連の法隆寺修造事業が終わりを迎えようとしていた時期と重なるのであります。まさに『比良山古人霊託』における「太子の御旧跡を随分に修補し奉る人は、何様に申さるるや」との慶政の問いかけは、自らの営みに対する判断を仰ぐものでもありました。それが、太子と守屋合戦を目の当たりにした者（太子との縁を有する者）に問いかけられている構図を重視しておきたいと思います。

　ところで、慶政による法隆寺修造の完成期は、主に嘉禎年間となるわけですが、これを、さきに掲げた【著述・書写を中心とした慶政の主要事績年譜】（276～277頁）と重ね合わせてご覧ください。慶政にとっての嘉禎年間は、同時に九条道家への授戒、出家戒師などと期を一にしているのであり、嘉禎四年の、法性寺における道家の法隆寺太子宝物拝観の仲介は、慶政による法隆寺修造の完成を画期として執り行われた可能性が極めて高いのであります。

しかしながらそれも、ひとり慶政のみの行いとして続けられた修造事業の完成にあたってのイベントというとらえ方は誤りであります。『法隆寺別当次第』には、嘉禎三年（一二三七）四月の「万灯会并五百七十坏供養」が「九条道家北政所御沙汰」と「慶政勧進」によって執り行われたものであったことが記されており、一連の慶政による法隆寺勧進・修造事業の背後に、九条家の影が認められるのであります。同時に、そこでは供養奉行として尼僧である成阿弥陀仏、講師として貞慶の弟子であり中宮寺信如の父でもある璋円の名が見えている点も見逃せません。嘉禎三年四月の「万灯会并五百七十坏供養」は、慶政によって束ねられた勧進集団の結集したものといった様相をも呈しているのであります。

他の資料からも、勧進比丘尼成阿弥陀仏や中宮寺信如と慶政とは、法隆寺勧進・修造事業に当たって堅い連繫を保っていることが知られるのですが、これらの問題についてはすでに発表の機会を持ちましたので、話題が錯綜することを避けて詳細は別稿に譲りたいと思います。

叡尊『法華寺舎利縁起』文永七年（一二七〇）正月に、

　大般若者、尼成阿弥陀仏既致其営、於舎利者、我以方便、
　令安置当寺。

と見えるように、成阿弥陀仏は、西大寺僧叡尊とも関わる尼寺法華寺ゆかりの者でありました。歴史学を中心に研究が進められる、西大寺叡尊・忍性に統率される律僧集団による修造事業の問題と関わってくるわけでありますが、そうしたうごきのうち、太子信仰の主要な場である法隆寺における勧進・修造事業が、慶政という権門の家を背後に戴く出自の僧侶を中核として推し進められているという実態は、その意味を問い直してみる必要のあることのように思われます。

『沙石集』の慶政関連記事といえば、慶政が三井寺の法流に連なることを示す記事が常に引用されてきましたが、『沙石集』巻四第九話には、「松尾證月房ノ上人寺」すなわち法華山寺での昼食時の「南都ノ或律僧」とのやりとりが記されています。戒律を保つべき律僧たるがゆえに意識せざるを得なかった、慶政の弊衣粗食を重んじるべき文言に、食事の興さめて退出したという本話は、主題はどうであれ、西山法華山寺を訪ねる律僧の姿を描き残しております。慶政と律宗、さらには法華山寺という場の有する性格についても考えさせられる説話であり、従来見過ごされてきた説話ではあります

【叡尊と太子信仰―慶政生存時を中心として―】

建長四年（一二五二）二月	河内国磯長廟にて授戒。
建長六年（一二五四）正月	太子講式作成。
康元元年（一二五六）三月	法隆寺東院にて菩薩戒を授く。
正嘉元年（一二五七）十月	四天王寺にて授戒。
同　二年（一二五八）十月	河内国磯長廟参詣。
文永五年（一二六八）夏	四天王寺にて攘夷の祈祷。
文永十一年（一二七四）十二月	四天王寺にて勅による仁王会。
建治元年（一二七五）七月	四天王寺参詣。（この前後に伊勢大神宮・石清水八幡宮などへも参詣）
弘安五年（一二八二）十月	和泉国久米田寺供養。
弘安七年（一二八四）九月	四天王寺別当に補せらる。
弘安八年（一二八五）三月	一旦固持した別当職を拝命、四天王寺入堂。

（おもに『感身学生記』に拠りつつ、松尾剛次編『叡尊・忍性』〈吉川弘文館〉を参照した。）

が、いつもながら無住の記しとどめた逸話の断片には、ことの本質を鋭く突いている可能性を認め得るのであります。

慶政や道家と叡尊あるいは律宗との関係については、叡尊の自誓受戒後の海竜王寺（隅寺）止住や、海竜王寺には道家の帰依した泉涌寺俊芿の弟子の定舜が入り、北京律が行われていた点などからも注意しておく必要があると思われます。

また、右の年譜に示すように、律僧叡尊こそは、もっとも太子信仰を中心に据えた僧侶でもありました。

6■太子信仰を背景とした勧進・修造

次に、「夢告」と「託宣」を鍵語として、太子信仰を背景とした勧進・修造事業の在り方について確認しておきたいと思います。

醍醐寺本『聖徳太子伝記』に拠れば、中宮寺修造の方便の太子への祈請に対して、尼衆によって為されるべしとの太子からの夢告があったことにより、叡尊は信如を長老としたといいます。

また、九条家本『金堂本佛修治記』では、慶政が亡き東福寺禅定太閤すなわち道家から夢の告げを得るのでありますが、その内容は、「金堂本佛修治のために行如と計るべし」とのことで、実際に行如が忽然と現れたといいます。また夢に現れた禅僧は、「聖徳太子御計にて」信一という者を遣わして瑪瑙を送ったと語ります。

いずれも「太子の夢告」や「太子の御計」が、ものごとをうごかす原動力として機能していることが看て取れるわけです。

九条家本『橘寺本願推古天皇御託宣』は、菩提寺（すなわち橘寺）の塔修理の終わった四月二十六日に、橘寺勧進所の下僧が頓病を受けた際に、病者に憑いて下された託宣の内容を問答として記すもので、所の勧進所の僧が直接的に、勧進に励むべき由を本願聖皇推古天皇より下されるという、勧進文として喧伝され得る体裁を有した象徴的なものであります。この託宣の記が内包する太子信仰をめぐる問題点については、既に発表の機会を持ちましたが、ここで注目したいのは、「今ノ修造、ノチハイカニ候ハムスルソ」という問いに対して、

答曰、今ノコトク人イテキタマフヘシ、コンスナハチ西山聖人ノ御房カソノ因縁ヲハ、ヲホセラレス、密シタマフ、

とする点で、橘寺の勧進修造と「西山聖人ノ御房」慶政との関わりまでもが、託宣の詞として明確に刻印されていることであります。顕真『古今目録抄』中に、慶政を指して「西山聖人」と称していることからも、『橘寺本願推古天皇御託宣記』の記す「西山聖人ノ御房」を慶政と見ることに問題はなかろうと思われます。

三井寺流唱導の祖定円の手になる仁和寺蔵『橘寺勧進帳』の託宣は、「彼ノ嘉禎ニ、有ニ本願霊主之霊託一」と、九条家本『橘寺本願推古天皇御託宣記』に記しとどめられた託宣を勧進帳中に引用しています。定円については井上宗雄氏の御論「真観をめぐって―鎌倉期歌壇の一側面―」（『和歌文学研究』第四号　一九五七年八月）もあり、和歌研究の立場からは、藤原光俊の子といったほうが通りがいいでしょうか。

慶政の入滅の年文永五年（一二六八）からすると、弘安元年（一二七八）成立の定円『橘寺勧進帳』そのものへの慶政の関与は否定されることとなりますが、晩年の慶政と青壮年期の定円とに交流のあったことは十分に考えられます。『沙石集』巻九「証月房上人遁世事」に、「三井ノ流ヲ受テ三密ノ

行タケ」とすることからも、寺門派三井寺という場は、太子信仰をめぐる慶政と定円との接点として重要であり、両者の交流の必然性を考え得るものであります。

また、定円は、信如尼によって発見された天寿国繍帳の解読作業に従事しており、慶政と信如との勧進を機縁とした交流は、のちに信如と定円との交流にも結ばれることとなるのです。

従来あまり検討されることはなかったように思いますが、慶政と道家を中心とする九条家、あるいは南都仏教や天台寺門派などとの関係は、勧進・修造の場としてのみならず、縁起や託宣が形成されたり持ち出されたりする「現場」と深く結びついている点において、極めて重要な意味を持っていると考えられます。

7■慈円から慶政へ——太子信仰の視点から——

さて、慶政をめぐる「人」と太子信仰をめぐる勧進・修造の「現場」をいくつかの視点から眺めてきましたが、ここで問題提起をもかねて、「慈円から慶政へ」といったながれを、太子信仰という側面から考えてみたいと思います。

慈円と太子信仰に関する主な事象としては、以下のようなものが指摘できます。

こうした年譜をも勘案するに、以下の箇条書きに記すような点において、慈円の遺産ともいうべきものを、やはり慶政は引き継いでいると考えられるように思います。

イ、西山隠棲
→山本一氏『慈円の和歌と思想』第十一章・第十二章（和泉書院　一九九九年）、「『発心集』『閑居友』から『撰集抄』へ」（池上洵一編『論集　説話と説話集』所収和泉書院　二〇〇一年五月）。

ロ、太子信仰の和歌
→石川一氏「慈円と太子信仰―『難波百首』」（『慈円和歌論考』所収　笠間書院、一九九八年）。
山本一氏『慈円の和歌と思想』第十四章「『難波百首』とその和歌思想」（同前）
太子法楽和歌、太子素意和歌等。

ハ、聖徳太子の夢告
〔貞応三年（一二二四）正月「聖徳太子願文」〕
建保四年（一二一六）正月の、慈円への日吉新宮の本体についての夢告。
→山本一氏『慈円の和歌と思想』第十六章「慈円思想へ

【慈円と太子信仰】


文治四年（一一八八）九月　四天王寺にて如法経供養。後白河院・兼実等臨席（『玉葉』）。

建久三年（一一九二）九月　「秋日詣住吉社百首和歌」。四天王寺での如法経供養（『校本拾玉集』）。

建久五年（一一九四）八月　「南海漁夫北山樵客百番歌合」（跋文）。大乗院供養との関連（山本一氏）。

承元元年（一二〇七）十一月　四天王寺別当補（初度）。

承元二年（一二〇八）一一月　四天王寺別当辞。

承元三年（一二〇九）夢想記（奥書）。

建暦三年（一二一三）九月　四天王寺別当補（二度）。

建保三年（一二一五）道家主催「内大臣家百首」出詠（『拾玉集』）。

建保四年（一二一六）一月　太子の夢告（貞応三年〈一二二四〉「聖徳太子願文」）。

建保六年（一二一八）二月　四天王寺空印への太子の夢告。

建保七年（一二一九）一月　「難波百首」（太子の霊夢等の記事）。

元仁元年（一二二四）四月　四天王寺絵堂再建。

嘉禄元年（一二二五）九月　入滅。入滅まで四天王寺別当。

の一視覚」（同前）

二、四天王寺を介した太子信仰との連関

〔慈円の四天王寺別当補任〕

承元元年（一二〇七）十一月三十日～承元二年（一二〇八）十一月五日

建暦三年（一二一三）九月十二日～嘉禄元年（一二二五）九月二十五日入寂

慶政の「西山隠棲」は、慈円を意識したものであったと考えられており、「太子信仰の和歌」や「太子の夢告」なども、慈円のみならず慶政にも見出せるものでした。ただし、「太子の夢告」の在り方については、慈円のそれに比して慶政のそれは、勧進修造の営みの中に戦略的に織り込んだものとさえ言い得るものと考えられます。

慈円が、太子信仰を信仰の主要な部分に据えるにあたって重視したのは、四天王寺別当職でありましょう。慈円が二度目の四天王寺別当職補任後、終生その職を手放さなかったことからも、そうした意識は窺えると思います。しかしながら、慈円が初度の四天王寺別当職に補された承元元年（一二〇七）が、兼実死去と同じ年であり、それ以後建保四年の太子の夢告に象徴されるように、太子に保証された九条家の隆盛といった方向へと慈円の太子信仰が傾斜し、その延長線上に『愚管抄』が著されるとすれば、あえて誤解を恐れずにいえば、慈円の太子信仰は、基本的には九条家という閉じられた方向へとはたらくものではなかったでしょうか。『愚管抄』に説かれる神祇説を含む歴史認識についても、そうした視点からの検証が必要かと考えます。

【四天王寺別当職の推移―山門派・寺門派の軋轢―】

五十二	慈円	山	
五十三	真性	山	
五十四	慈円	山	
五十五	尊性	山	
五十六	良快	山	九条兼実息・寛喜三年（一二三一）十二月十二日
五十七	尊性	山	
五十八	慈源	山	九条道家息・仁治三年（一二四二）三月十日
五十九	仁助	寺	
六十	円助	寺	
六十一	叡尊		西大寺・弘安七年（一二八四）九月二十七日

それでは、慶政の太子信仰の問題はどう捉えられるでありましょうか。左上に掲げる四天王寺別当職の推移をご覧下さい。

四天王寺別当職は、慈円を経て、尊性をはさみながら、兼実息である良快、道家息である慈源へと受け継がれていきます。九条家を出自として山門に入った者にとっても主要なポストであったことが窺えますが、この四天王寺別当職に関して、より正当意識を有していたのはむしろ寺門派でありました。

『寺門伝記補録』第二十「四天王寺別当職事」の、

鳥羽院四天王寺別当職、寺門八代相続功為美。即以此職永附平等院門跡之由、下宸筆訖。

といった記事や、同書第二十に引かれる、

園城寺学頭等誠惶誠恐謹言
請被特蒙 天恩且任累代補任之理且任鳥羽院宸筆之状、天王寺別当職永附当寺状
養和二年正月十七日

との「四天王寺別当職訴詔奉状」が示すように、寺門派にとって四天王寺別当職は、鳥羽院の宸

筆状によって保証された、寺門派によって相承されるべき職であり、鎌倉時代初頭における山門派による専横は快からぬものがあったのであります。換言すれば、そうした事情があったからこそ、慈円や山門の九条家子息たちは、たやすく四天王寺別当職を手放すわけにはいかなかったと考えられるわけです。

こうした状況の中で、九条家を背後に意識しながら、寺門派の僧としての立場を有した慶政がいかなるスタンスに立ち、どのような感覚を抱いたのかという問題は、なかなか把握しにくい類の問題ではありますが、さきに確認したように、三井寺流唱導を担う定円の太子信仰との交差は、慶政について考える際に、寺門派三井寺僧としての側面からの視点を保持する必要性を思い起こさせます。慶政は、太子信仰の場の勧進・修造に中心的な位置を占めて携りながら、存命中に四天王寺別当職が土御門院御子である寺門派の仁助へと推移するのも、実際に見届けております。

もちろん、別当職がいずれにあるかはともかく、慈円にしても慶政にしても、広く影響力を持った『四天王寺御手印縁起』が、その太子信仰の根底にあり、御手印縁起そのものに仏法興隆の功徳とそのための太子の転生があたかも未来記のように綴られていることが、慈円をして太子の御寺の興隆に駆り立てた要因であったでありましょうし、慶政に至っては、太子の御寺のみならず九条家本諸寺縁起集に見出される仏法の道場の勧進・修造へと向かわしめたように思われます。太子信仰が、必然的に仏法興隆といった大義に下支えられた汎仏教的な思考への展開を導く要因として機能するのであれば、それは、鎌倉時代初頭から中期へかけての、慈円から慶政への太子信仰の展開としても捉える必要があるように思われるのです。四天王寺別当職の推移において、山門・寺門の軋轢の末に、別当職が、戒律復興を掲げる律僧西大寺叡尊に委ねられることも由なしとしません。

こうした太子信仰の在り方については、一方で相対化する試みも経ておく必要があるように思われます。治承の回禄の後に東大寺大勧進職に就いた俊乗房重源の『南無阿弥陀仏作善集』には、東大寺の縁起に関わる聖武天皇・行基菩薩の旧跡への作善とともに、

・太子廟安阿弥陀佛建立御堂
・天王寺御塔奉修復之　奉修造法華寺御堂一宇塔二基
　奉修復丈六一躰并脇士〈或人夢想云光明皇后令来給被仰悦云々〉
・天王寺御舎利供養二度〈大法会一度　小供養度々
　於西門満百万遍度々

など、太子関係の作善が少なからず指摘できます。これは、『東大寺記録』（真福寺蔵）「一、本縁表示事」に、

太子佐保河北御遊之日誓白、吾来世為帝王此河南立精舎、可弘佛法。凡我生此国三度、其名同可有聖字云々。聖徳・聖武・聖宝是也。

とされたり、同書「一、四聖同心草創事」に、

本願聖武天皇者是救世観音之一化也。
本願天皇聖徳太子再誕、故観音也。

とあるなど、東大寺再建のための縁起として、本願聖武天皇がしばしば聖徳太子の再誕と意識されたことや、その聖武天皇が、東大寺の荒廃と国家の荒廃とを結びつけた「御記文」（あたかもこの「御記文」の構造は、『四天王寺御手印縁起』に置き換えられる等価のものとして機能したはずでありま す。）による再興のための論理立てが、比較的単純（スムーズ）に運んだことも要因でありましょう。しかしながら、重源の浄土門・真言などの立場を勘案したときに、必然的に指向される汎仏教的な思考が、そこには介在しなかったでありましょうか。

『平家物語』における南都焼亡後の「仏法破滅」記事を検じますと、延慶本は、聖武天皇の「御記文」を引いた後に、園城寺・興福寺の尽滅を説きながら、

八宗流レ雖異、一如ノ源ト是レ同ジ。尋本願者、魚水之契リ是深シ。謂本仏者、釈迦慈尊之毗ヒ不浅。昔日之芳縁惟レ馨、当世之値遇又切也。山階ト与園城如乳水、法相ト与天台同兄弟。

のように、八宗の流れを一如の源と説く汎仏教的な視点に立った記述となっています。また、『源平盛衰記』においては、東大寺の主要な縁起を綴った後に、三国における「仏法破滅ノ人」を列挙したうえで、本朝の記述は、以下のように記されます。

我朝ニハ如来滅後一千五百一年ヲヘテ、第三十代帝欽明天皇御宇、十三年〈壬申〉十月十三日ニ、百済国ノ聖明王ヨリ始テ金銅ノ釈迦像并経論等ヲ渡シ給ケル。同日ニ阿弥陀ノ三尊浪ニ浮テ、摂津国難波浦ニ著給ヒタリシヲ、用明天皇ノ御子聖徳太子仏法ヲ興セントシ給シニ、守屋大臣我国ノ神明ヲ敬ハンガ為ニ、教法ノ貴事ヲ不知シテ是ヲ破滅セントセシカ共、終ニ太子ノ御為ニ誅セラレケリ。

『日本書紀』等に記される仏教伝来記事に基づく、欽明天皇御宇に百済聖明王より伝えられた金銅釈迦像のことにつづいて、『源平盛衰記』では、傍線部のように、「金堂釈迦像伝来と同日に阿弥陀三尊が浪に浮かび、摂津国難波浦に着いた」

という、仏教伝来最初の像という点から併立する、善光寺如来の縁起が結びつきながら、太子と守屋との合戦への言及に引き継がれるものとなっております。善光寺如来の縁起が聖徳太子伝と深く交差しながら展開することはよく知られておりますが、仏教伝来最初の像をめぐる二つの縁起が、聖徳太子を求心力として、ここに結びつき、それが阿弥陀信仰をも内包した汎仏教的な縁起叙述となっている点において、『源平盛衰記』の「仏法破滅」記事は注目すべきでありましょう。『平家物語』の「仏法破滅」記事が、「破滅」を説くにあたり「始源」であるところの縁起を記し、仏教伝来における太子のはたらきといった、汎仏教的・汎宗派的な記述を有することは、太子信仰の言説を考える上で示唆的ではないでしょうか。

実は、慈円が『平家物語』の生成と関わるのか否かという問いかけや、慶政の『閑居友』と『平家物語』の建礼門院章段とが関わりを有するといった現象も、こうした問題意識と連動して考えるべき点があるような気がいたします。

問題提起をかねたシンポジウムということもあり、話題が拡散しすぎたかもしれません。よろしくご教授くださいませ。

〔おもな参考文献〕

①平林盛得氏「釈慶政略伝」(『書陵部紀要』第一〇号　一九五八年十月)
②川岸宏教氏「四天王寺別当としての慈円」(『四天王寺学園女子短期大学研究紀要』Ⅵ　一九六四年)
③永井義憲氏「信如尼とその周辺」(『日本仏教文学研究』第二集　豊島書房　一九六七年)
④平林盛得氏「慶政上人伝考補遺」(『国語と国文学』第四十七巻第六号　一九七〇年六月)
⑤橋本進吉氏「慶政上人の事蹟」・「慶政上人伝考」(橋本進吉博士著作集第十二冊『伝記・典籍研究』所収　岩波書店　一九七二年)
⑥堀池春峰氏「法隆寺と西山法華山寺慶政上人」(『南都仏教史の研究』下〈諸寺篇〉法蔵館　一九七二年)
⑦平林盛得氏「九条家文書に見る慶政関係資料」(『中世文学　資料と論考』笠間書院　一九七八年)
⑧間中冨士子氏「慈鎮和尚夢想記に就て」(『佛教文学』第三号　一九七九年三月)
⑨原田行造氏「慶政上人と仏画―『閑居友』所収説話から明恵上人の信仰圏へ―」(『説話文学研究』第十四号　一九七九年六月)
⑩桜井好朗氏「慈円と太子信仰」(『中世日本文化の形成』所収　東大出版会　一九八一年)
⑪細川涼一氏「鎌倉時代の尼と尼寺」(『中世の律宗寺院と民衆』所収　吉川弘文館　一九八七年)
⑫平岡定海氏「興福寺の法隆寺への進出」(『日本寺院史の研究　中世・

近世編』所収　吉川弘文館　一九八八年）
⑬小林保治氏「慶政」（岩波講座『日本文学と仏教』第一巻所収　一九九三年）
⑭新日本古典文学大系『宝物集　閑居友　比良山古人霊託』各書解説（岩波書店　一九九三年）
⑮藤井由紀子氏「中世法隆寺と聖徳太子関連伝承の再生―法隆寺僧顕真と調子丸、法華山寺僧慶政と太子御影―」（佐伯有清編『日本古代中世の政治と文化』所収　吉川弘文館　一九九七年）
⑯阿部泰郎氏「中世における〝日本紀〟の再創造―『春秋暦』から『秋津嶋物語』へ―」（『中世文学』第四二号　一九九七年六月）
⑰尾崎勇氏『愚管抄の創成と方法』（汲古書院　二〇〇四年）

〔本報告と関わる拙稿および発表〕
①「廃滅からの再生―南都における中世の到来―」（『日本文学』二〇〇〇年七月）
②「『和州橘寺勧進帳』解題・翻刻」（名古屋大学比較人文学研究年報二〇〇二年『仁和寺資料』第三集【縁起篇】所収　二〇〇三年三月）
③「中世初頭南都における中世的言説形成に関する研究―南都再建をめぐる九条兼実と縁起―」（『日本古典文学史の課題と方法―漢詩和歌　物語から説話　唱導へ―』所収　和泉書院　二〇〇四年三月）
④「九条家と縁起をめぐる環境―慶政とその周辺における勧進・修造など―」（平成十六年度仏教文学会大会発表　二〇〇四年六月六日於立正大学）

〔補記〕本報告においては、論旨の都合上、④の発表内容と重なる点にも言及したが、その詳細については、別稿に譲ることとする。

慈円の住房

パネリスト■山岸常人

■要旨

叡山における籠山修行の後の慈円の生活や活動の拠点は、三条白川房であった。承元元年（一二〇七）に西山に隠棲するが、その後も叡山・三条白川房・四天王寺など、その役職の必要性から各地を移動しその職責を果たした。こうした慈円の生活の場の内の三条白川房は、仁安二年（一一六七）慈円に譲渡され、慈円はここで出家したが、元久二年（一二〇五）に後鳥羽に進上され、最勝四天王院となった。これに替わって吉水房が設けられ、貞応元年（一二二二）再び三条白川房の地が返付され、慈円はここに堂舎を営んだが程なく没する。三条白川房については『門葉記』所収の指図がありその堂舎構成がよく知られているが、この図は慈円の生きた時代の状況を示さない。慈円の時代の形態を復原しつつ、その空間の持った意味、変化の状況等を考察したい。

山岸常人（やまぎし　つねと）　■1952年、北海道生れ。東京大学大学院工学系研究科修士課程修了、工学博士。現在、京都大学大学院工学研究科助教授。
主著：『中世寺院社会と仏堂』（塙書房）、『中世寺院の僧団・法会・文書』（東京大学出版会）、『塔と仏堂の旅』（朝日選書）

山岸■叡山西麓の三条白川房は、仁安二年（一一六七）に慈円に譲渡され、慈円はここで出家した。叡山における籠山修行を終えて後の慈円の生活や活動の拠点もここに置かれたが、承元元年（一二〇七）には西山に隠棲する。その後も叡山・四天王寺など、その役職の必要性から各地を移動しつつ、その職責を果たした。三条白川房は、元久二年（一二〇五）に後鳥羽上皇に進上され、最勝四天王院となった。これに替わって吉水房が設けられ、こちらが本拠となる。貞応元年（一二二二）、再び三条白川房の地は返付され、慈円は三条白川房の再興に取りかかるものの、程なく没し、青蓮院門主を継いだ良快・慈源によって復興され、以後青蓮院門跡の本所として使われる。しかし鎌倉時代後期には、三条白川房は徐々に退転し、十四世紀前期には青蓮院門跡の本所は十楽院へ移る。

　最勝四天王院造営以前の三条白川房を前期三条白川房、返還後の三条白川房を後期三条白川房と呼ぶことにする。前期三条白川房・吉水房・後期三条白川房・十楽院はいずれも青蓮院門跡の使用する里房であり、門跡の住房であると共に顕密の法会の空間として極めて重要な施設であった。しかも本尊以下の仏像・曼荼羅などを移したり、同じ本尊や堂舎名を用いるなど、一貫して三条白川房の名跡を継ぐ施設として位置づけられたと見てよい。

三条白川房については『門葉記』所収の指図があり、その堂舎構成がよく知られている。しかしこの図は慈円の生きた時代の状況を示さず、後期三条白川房を描く。本稿では、慈円の住房の一つであった三条白川房・吉水房の施設の実態を、建物平面形式が比較的明瞭な後期三条白川房・十楽院と比較しつつ復原的に理解する事を目的とし、それらの空間の持った意味、変化の状況等を考察したい。

三条白川房については、古く福山敏男［1］・杉山信三［2］の研究があり、概ねその沿革については明らかにされている。しかし三条白川房の堂舎の空間の機能や性格、特質などは藤井恵介［3］によって初めて論じられた。また十楽院については、杉山の研究の他、伊藤瑞恵［4］が、『門葉記』所収でありながら大正新修大蔵経に翻刻されていない指図を紹介している。

これらの先学の研究成果をふまえつつ検討してゆきたい。

1■三条白川房・吉水房・十楽院の沿革
後期三条白川房

三条白川房・吉水房・十楽院の略沿革を、主に『門葉記』巻第百二十八門主行状一と、同第百三十四寺院四（以下、『門葉記』の引用は「門」と巻数、大正新修大蔵経図像の頁で略記する）に依って整理すると、表のようになる。

後期三条白川房の全体を示す指図は門百三十一寺院一に収められており、それを福山が合成して提示していて、三条白川房の施設や建物の構成が明確となり（図1）、また前期三条白川房や吉水房の状況を知る上でも参考となる。嘉禎三年に造営されたとされる堂舎の書き上げ（門百三十四寺院四313）には、後期三条白川房に熾盛光堂・懺法院・懺法堂・小御所・透中門・十五間対屋・十間対屋があったと記す。指図もほぼこれと合致した建物が描かれている。

2■前期三条白川房

三条白川房は仁安二年（一一六七）に覚快から慈円に附属された。多賀宗隼によれば、慈円による前期三条白川房の造営は、建仁二年（一二〇二）の座主辞任の頃から進められていたと推定されている［5］。そして、大成就院（熾盛光堂）を後鳥羽上皇の御願となして阿闍梨二口を申請した元久元年（一二〇四）十二月三十日（門百二十八242）までには、概ね完成していたと見られる。しかしその四ヶ月後の元久二年四月には三条白川房の地は後鳥羽上皇に進上され最勝四天王院が建立されることになった(門百三十四312)。そしてその二ヶ月後には、吉水房で大懺法院の棟上が行われ（門百二十八・百三十四）、慈円は八月に移住して、吉水房が慈円の活動拠点となった。

三条白川房・吉水房・十楽院略沿革

仁安二年（一一六七）	三条白川房、慈円に譲渡さる	門百三十四
建久五年（一一九四）	青蓮院焼亡	門百二十八
元久二年（一二〇五）	三条白川房を後鳥羽に進上、最勝四天王院建立さる	門百二十八・百三十四
元久二年（一二〇五）	吉水房大懺法院上棟	門百二十八・百三十四
建永元年（一二〇六）	熾盛光堂完成	門百二十八
承元元年（一二〇七）	慈円、西山に籠居	門百二十八
承元二年（一二〇八）	吉水房大懺法院供養	門百二十八・百三十四
建保四年（一二一六）	吉水房焼失	門百二十八・百三十四
建保四年（一二一六）	吉水房熾盛光堂上棟	門百二十八・百三十四
承久二年（一二二〇）	吉水房焼失	門百二十八・百三十四
貞応元年（一二二二）	最勝四天王院跡地、慈円に返付	門百二十八
貞応元年（一二二二）	大懺法院再興願文	伏見宮御記録
嘉禄元年（一二二五）	慈円、東坂本トモ、小島房にて死去	門百二十八
嘉禎二年（一二三六）	慈源、三条白川房に熾盛光堂建立	門百二十八
嘉禎三年（一二三七）	三条白川房完成、大成就院灌頂開始	門百三十四・百三十七
徳治二年（一三〇七）	慈道、十楽院に移徙、以後再興	門百三十四
正中二年（一三二五）	三条白川房熾盛光堂破壊	門百三十七

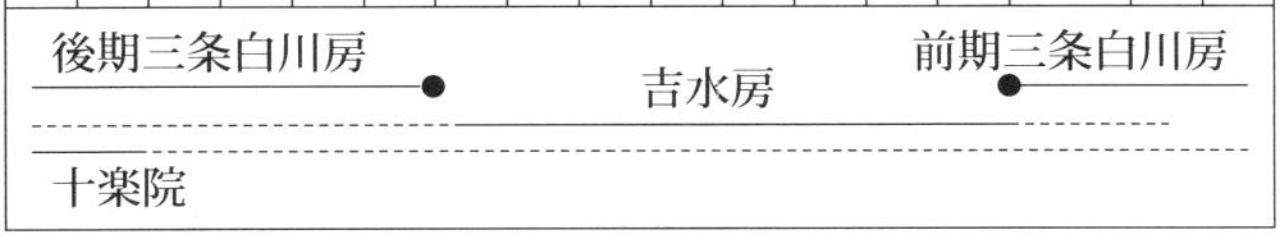

　前期三条白川房の堂舎については、その全体像を知る史料はない。吉水房完成翌年の建永元年（一二〇六）に草された大懺法院条々起請事（門九十一―8）は吉水房について述べているが、吉水房の仏像は前期三条白川房の旧像だったらしく、吉水房造営が短期間なされていることから、建物も前期三条白川房から吉水房へ移建された可能性がある。大懺法院条々起請事末尾の記載から、院内には顕教堂と真言堂があったことが知られる。

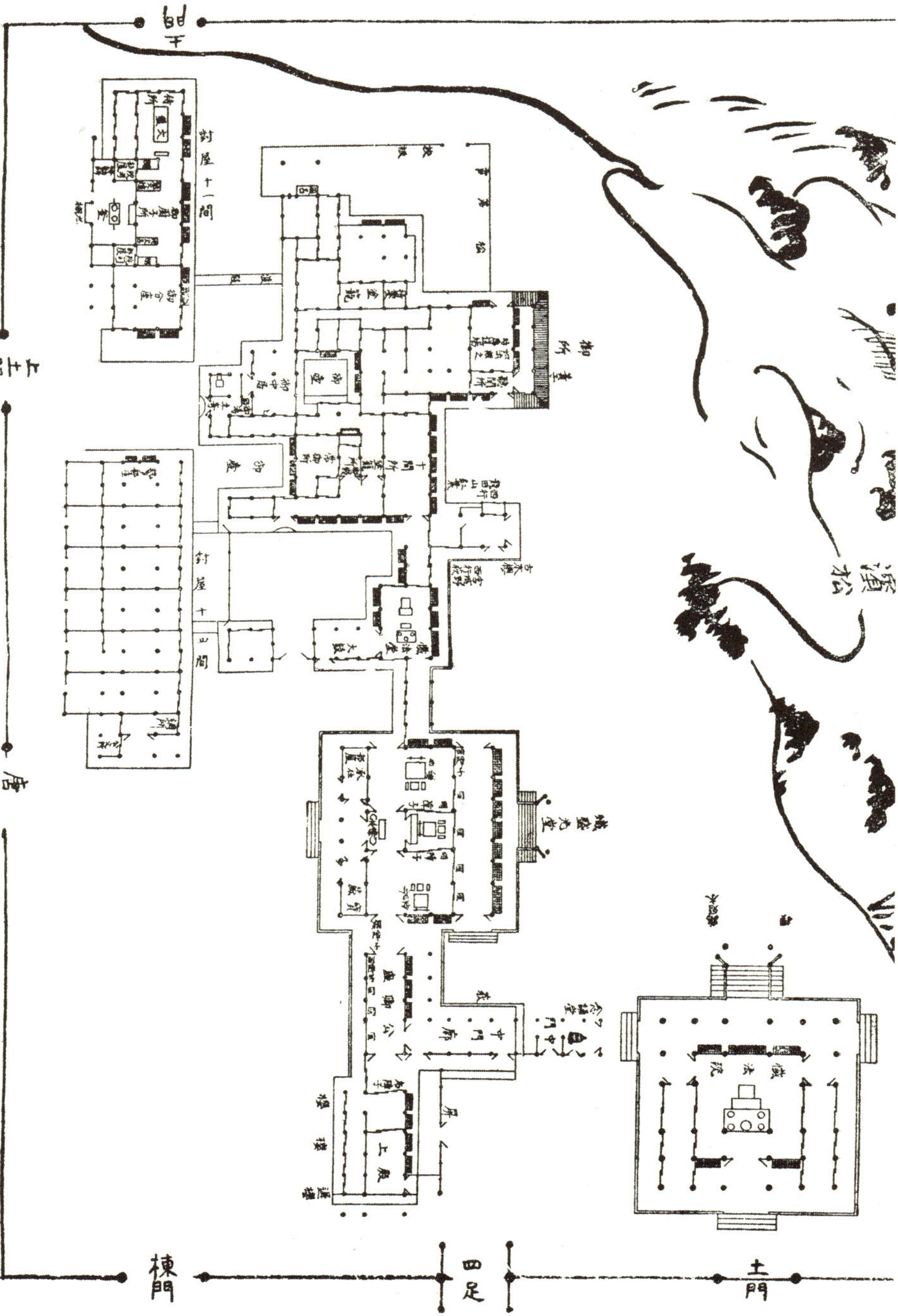

【図１】 後期三条白川房指図（門百三十一292～296　福山敏男による合成図）

承元二年（一二〇八）に行われた吉水房供養の御願文（門百三十四313）によれば、大懺法院には三間四面の阿弥陀堂と、真言堂にあたる三間三面の熾盛光堂があった。これらの堂宇が前期三条白川房から移築されたのであれば、前期三条白川房にはほぼ同規模・同形式の建物が建っていたことになる。

慈円は寿永元年（一一八二）に全玄から伝法潅頂を受けた（門百二十八門主行状一239）。その記録である「受法之間雑日記」（門百二十一潅頂一178）には、

三摩耶戒道場甘露王院也〈南向堂也、〉、自中門廊次第経縁入堂、（〈 〉は割註　以下同様）

とあり、三昧耶戒は甘露王院で行われた。また潅頂は小寝殿（門百二十二180では西御所と記す）で行われている。この潅頂の指図が門百二十二潅頂二に収められ（図2・3）、わずかに前期三条白川房の建物の状況の片鱗を伺わせる。図2は甘露王院、図3は小寝殿の平面を示している。上記史料により甘露王院近くに中門廊があったことが知られる。甘露王院は三条白川房全体を指す呼称ともとれるが（門八十二如法経四1062）、ここでは阿弥陀堂を指している。三条白川房と十楽院

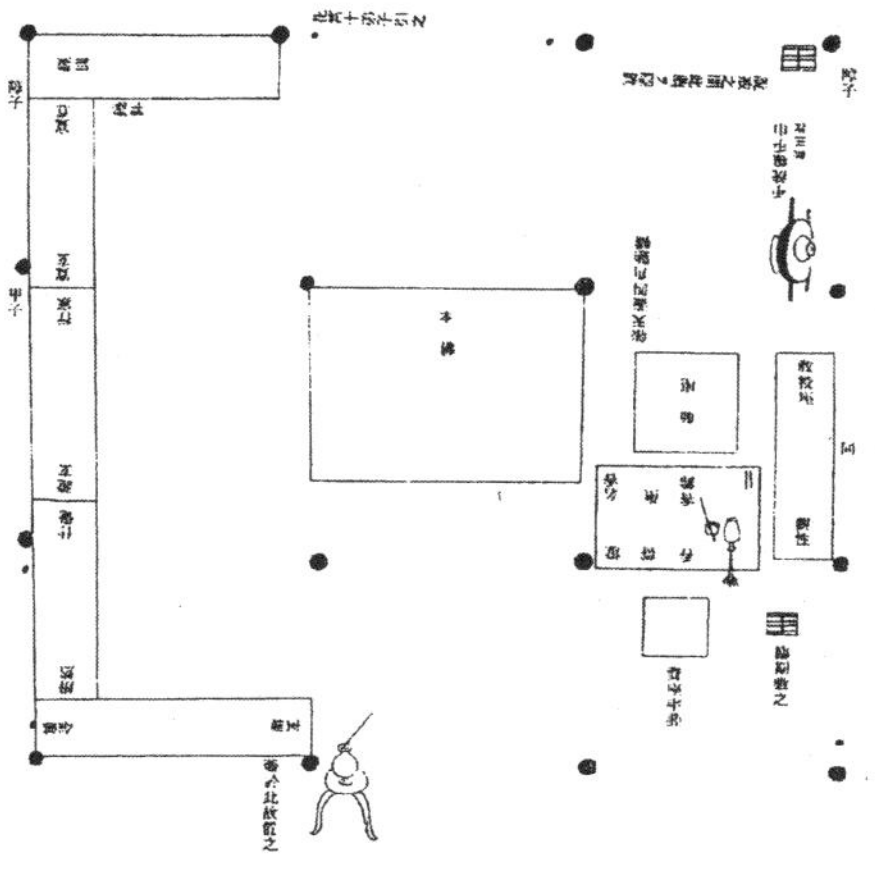

【図2】　寿永元年伝授許可潅頂道場荘厳指図
（慈円受法　前期白川房西御所　門百二十二180）

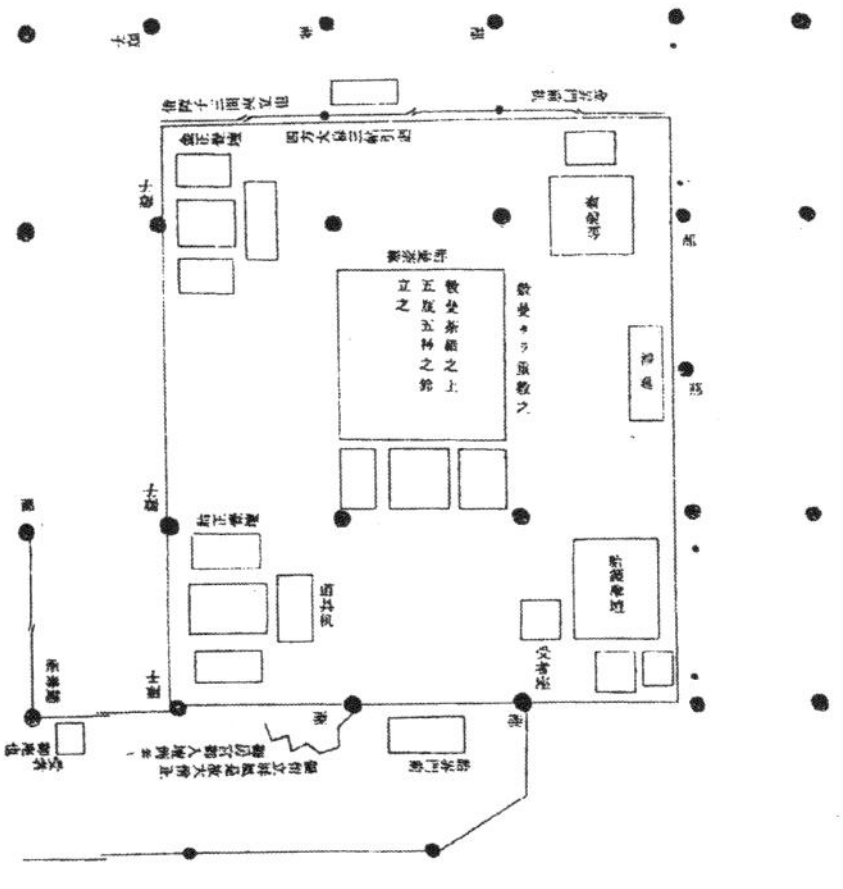

【図3】　寿永元年伝授許可三昧耶戒道場指図
（慈円受法　前期白川房御堂　門百二十二180）

の中の大懺法院は甘露王院と号したとも記すので（門九十勤行一5）、後述のように顕教法会の為の阿弥陀堂が甘露王院であり、それがこの伝法潅頂では三昧耶戒道場に使われたのである。

図2・3共に、建物全体を描いているか否か定かではないが、甘露王院は方三間の堂で、両側面南端間と北面中央間は妻戸、両側面の他の二間は格子で、この点は後期三条白川房懺法院の平面と一致する。異なるのは、後期三条白川房が、方三間の外側に柱が立ち、全体として方五間の堂であること、内部は四天柱が立たず、来迎柱二本のみでその前に須弥壇が設けられること、東向きの堂である点である。しかし図2の阿弥陀堂も、承元二年供養御願文と同様、三間四面、即ち方五間であった可能性は高い。一方、小寝殿は二箇所に妻戸を設けているのが目立つ以外、特徴を持たない。

最勝四天王院が福山敏男の想定するように一町規模であれば［6］、最勝四天王院建立以前の前期三条白川房は、甘露王院・西御所を含む相当な規模であったろうが、これは推測の域を出ない。

前期三条白川房の法会については後期三条白川房の項で検討する。

3■吉水房の堂舎構成と法会

吉水房の造営に際しては、前項でも述べたように、前期三条白川房の堂舎を移建した可能性がある。具体的には建永元年（一二〇六）の「大懺法院条々起請事」と承元二年（一二〇八）の「供養御願文」によって、その様相がある程度知られる。

吉水房の堂舎　まず「大懺法院条々起請事」によれば、吉水房には大懺法院があり、顕教堂とも呼ばれている。また真言堂があり、これは熾盛光堂を指すと見てよい［7］。ただし同起請には真言堂に関する記事が殆ど無く、仏事も顕教堂に関わるものだけが記載されている。建永元年七月十五日には熾盛光堂が完成し、大熾盛光法を修しているが（門一426）、同年の起請のほうには日付が無く、前後関係を確定できない。いずれにせよ、この起請は、すでに完成している（とはいえ供養会は執り行われていない）顕教堂に関して「小僧門徒必止住当寺堅可守」き規定として作成されたと考えられる。

同起請事の第六項には、

一、僧坊事

右、毎月十箇日当番之間、為勤朝暮行参住之輩又常住人、定其間々所令寄宿也、東対一宇、北上下地各二宇、皆十間師庇屋也、其中西二宇者為下寝殿、一具雖非供僧同宿之輩為隔屋町、其外三宇之内二宇者、更中付成功所令新造也、

とあって、参住・止住の僧侶の寄宿の場として東対一宇、上下地各二宇の計五宇の僧坊があった。この内二宇は下寝殿と称された。別の二宇は新造と記されているので、慈円が移住する以前の吉水房の僧坊に増設したものであろう。

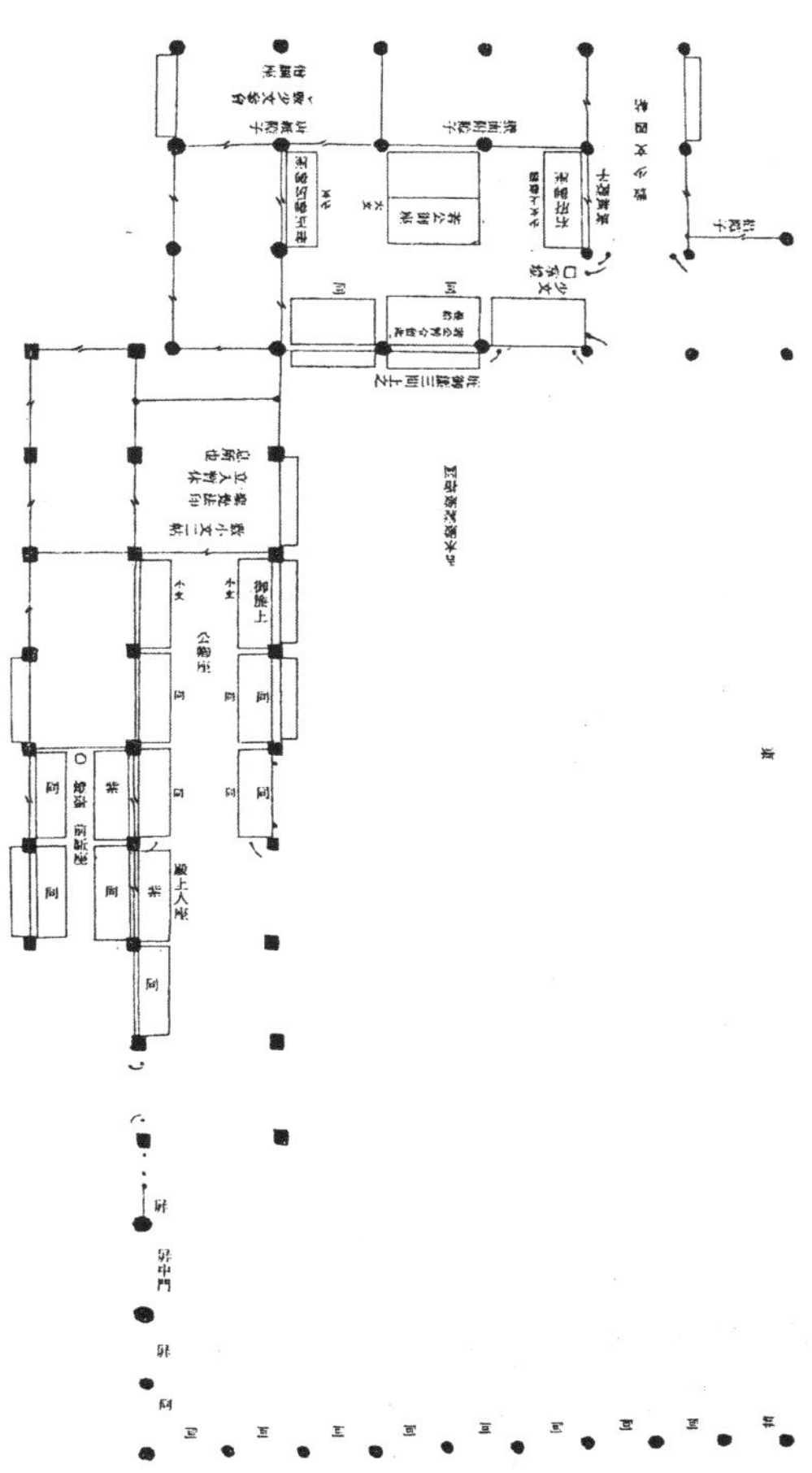

【図4】　安貞二年入室指図（吉水房寝殿　門百71）

　このほか、吉水房には寝殿があり、寝殿には中門廊が取り付いていた。安貞二年（一二二八）慈源入室の記録（門百71　図4）、宝治二年（一二四八）除目歳末御修法の記録（門百五十九470　図5）には指図もあり、寝殿の具体的な形態が判明する。また房内には御念誦堂があり、そこで建保五年（一二一七）に仏眼法を行っており（門四十一仏眼法一805）、やや降るが寛喜□年に吉水北御所があり、寺家社家朝拝が行われ（門百七十三604）、建長三年（一二五一）に小御所があった（門百二十八門主行状一慈源の項249）。

熾盛光堂と寝殿の規模　総供養である大熾法院供養が行われた際の「供養御願文」には、既に述べたように三間四面の阿弥陀堂と、三間三面の熾盛光堂が記載されている。

　この熾盛光堂については、建永元年の大熾盛光法の指図があり（図6　建永元年大熾盛光法指図　門二426）、平面や内部の舗設が明らかで

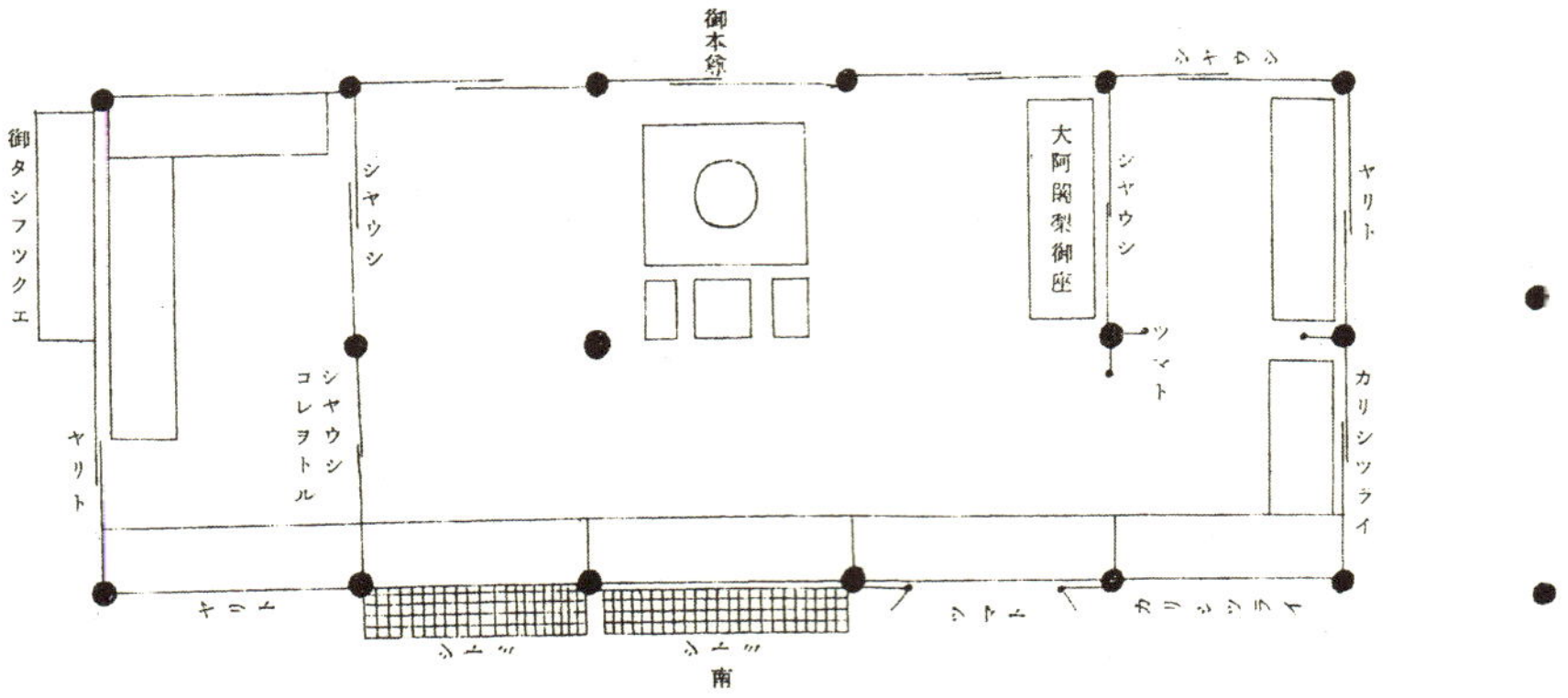

【図5】 宝治二年公家歳末御修法指図（吉水房寝殿　門百五十九471）

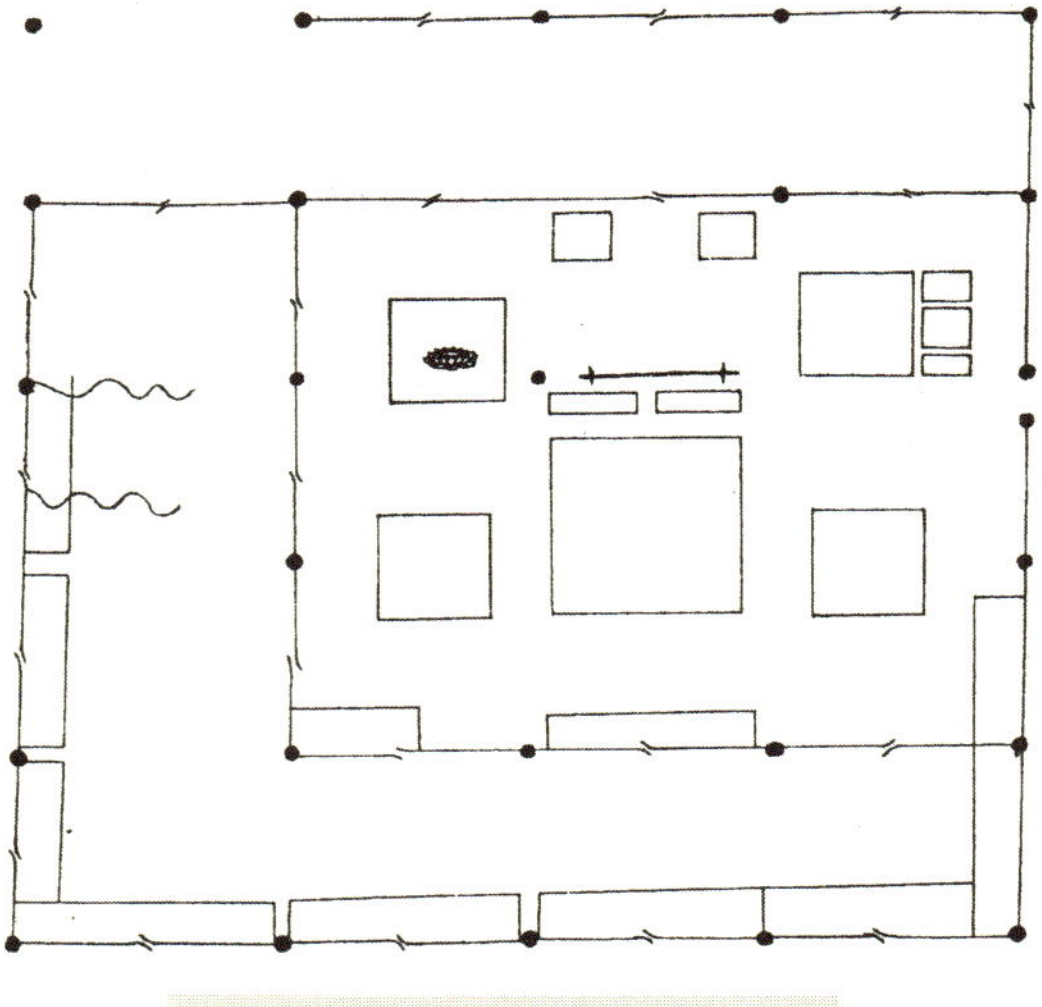

【図6】 建永元年大熾盛光法指図
（吉水房熾盛光堂　門二10）

ある。同指図によれば、方三間の身舎の三方に庇が付き[8]、中央に熾盛光曼荼羅を前にした大壇、その四周に息災・増益・敬愛・降伏の四種護摩壇、北に聖天壇と十二天壇が設けられ、四種護摩壇は護摩壇阿闍梨が左続して並ぶような向きに配列される。藤井によれば[9]、慈円によって大熾盛光法が最初に修された建仁二年（一二〇二）の平等院本堂（桁行七間）で同様の壇の配列が見られ、慈円は大熾盛光法開始当初から吉水房熾盛光堂のような正方形の空間を構想していたとする[10]。

しかし、後期三条白川房の熾盛光堂が正面側通りで七間、入側では柱間の広い五間の堂であり、これを用いた延応元年の大熾盛光法の指図（『葛川明王院史料』五九八[11] 図7）では、大壇の両脇の四種護摩壇との間は一間通りの空間がある事と対比するならば、吉水房熾盛光堂は大熾盛光法勤修のための最小限の空間を用意したものと見ることができる。平等院での大熾盛光法開始当初からの構想であれば、遡って前期三条白川房にも同様な規模や平面の熾盛光堂が建てられた可能性があるが、この点は史料の欠如から比較することはできない。

そして最小限の空間との想定は吉水房の寝殿においても見られる特質である。まず安貞二年の指図（図４）では寝殿の規模が最大で五間しかなく、東端の一間四方は廊状の建物と見られる[12]。また中門廊は東西の廊を間に挟むことなく直接寝殿に取り付いている。このような構成や規模は後期三条白川房・十楽院などと比較して極めて簡略なものである。

そして慈源入室の際、

山上御門徒七十余人参集中門之南、於屏外奉拝見、各皆平伏、御所中依無便宜所、以蓮光院明暹法眼之房、為山住者之宿所、

と、充分な宿所のないことが記されている（門百71）。

康元元年（一二五六）の伝法潅頂は「吉水殿寝殿南面六間」（六間は面積による表示）で行われている（門百二十三191）。この際の道場について、

吉水殿寝殿南面六間有之、可狭之故壁二間取破被広之、

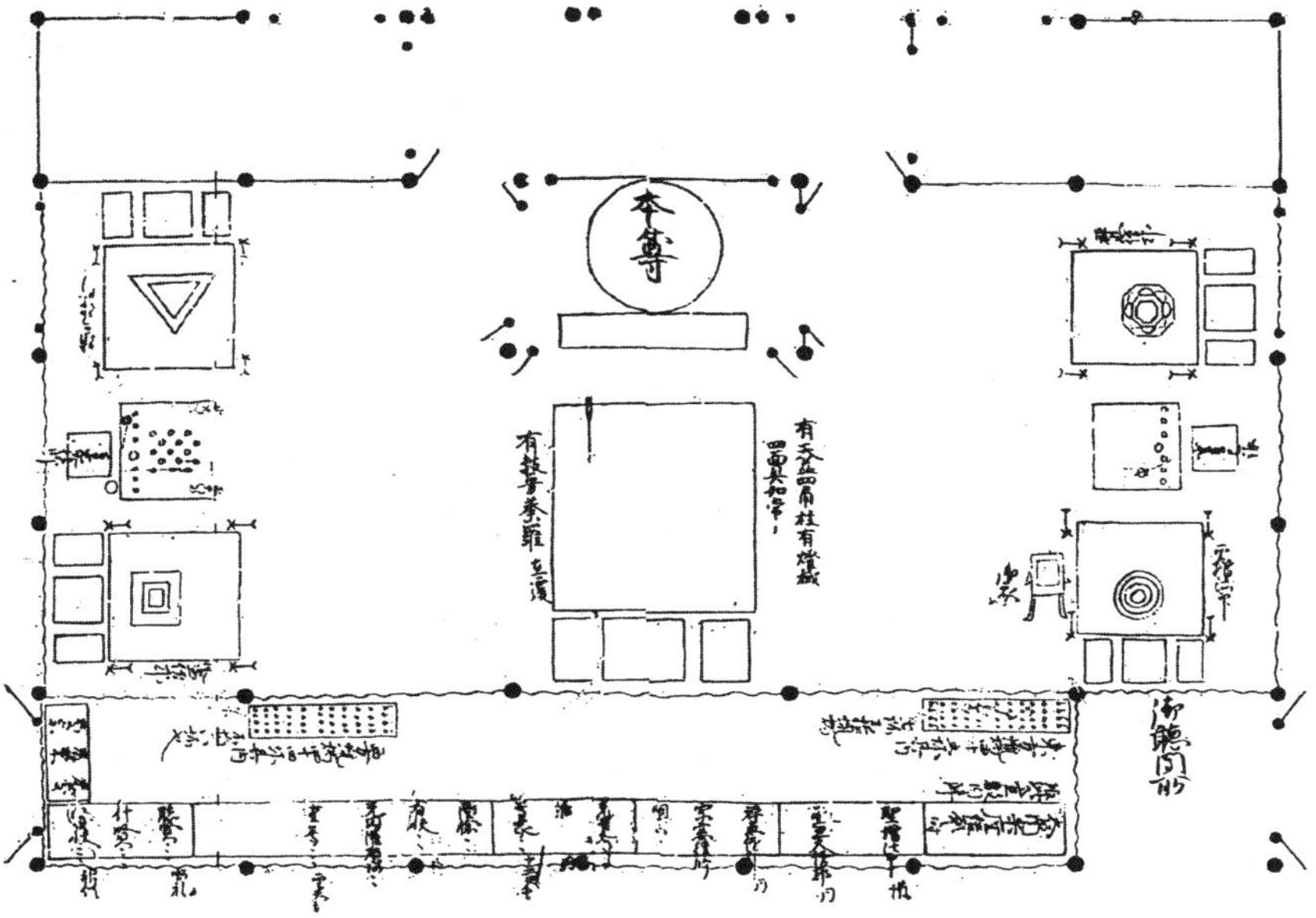

【図７】 延応元年大熾盛光法指図
（葛川明王院史料五九八 後期三条白川房熾盛光堂 葛川明王院史料五九八）

と記している。この寝殿南面については、宝治二年公家歳末御修法（門百五十九470）の指図（図5）に、安貞二年の指図に描かれた寝殿の南二間分を描き、両者ほぼ一致している。寛喜□年の寺家社家朝拝（門百七十三604）は吉水北御所で行われているが、これについても、

中門廊三間垂御簾、敷少文六帖〈南北行向合〉為三綱座〈以北為上〉、西綱所五間敷紫端十帖〈南北行向合〉為所司座〈以南為上〉、依座席狭、西縁敷仮板敷、為座、内西軒懸簾、

と記す。

これらの史料は吉水房の寝殿・中門廊周辺の施設が狭隘であることを示している。即ち、吉水房では阿弥陀堂以外の寝殿など居住施設は規模が小さく狭隘なものであった。これは三条白川房地を最勝四天王院として献上して後に緊急に造営したためか、あるいは吉水房自体の敷地規模に限界があったなどの要因がしからしめたものと推察される。

吉水房の法会　承元二年（一二〇八）の「大懺法院供養願文」（門百三十四寺院四313）には吉水房で行われる予定の法会が記載されている。それを整理すると以下のようになる。

大懺法院：三間四面阿弥陀堂
- 長日之勤　①朝行法華懺法夕行西方懺法、②新仏開眼・経典開題、
- 毎月之勤　二十四日山王講、晦日衆集行法
- 毎年之勤　九月阿弥陀護摩、⑲舎利報恩会

大成就院：三間三面熾盛光堂
- 長日之勤　⑨（カ）熾盛光・一字金輪・仏眼・薬師・法華等行法・不動護摩等
- 毎月之勤　⑫朔日七十天供、⑬晦日山王供
  ⑪薬師・金輪・仏眼・不動等四壇護摩各七箇日
  七日間奉供北斗、三日慈恵大僧正講
- 毎年之勤　★大熾盛光法・法華法各七箇日

（番号及び記号は後述の法会との対比のために付す。同じ法会は同番号・同記号を付した。）

両堂において顕密の法会が重層的に勤修されることが予定されていた。

4 ■ 後期三条白川房の堂舎構成と法会

既に述べたように最勝四天王院は承久二年（一二二〇）に取り壊され、貞応元年（一二二二）にはその跡地が慈円に返

付された（門百三十三寺院四312）。慈円は貞応元年に「大懺法院再興願文」［13］を草して、再興の方針と旨趣を述べたが、実現しなかった。慈円の跡を襲って良快・慈源が青蓮院門主となり、慈源が嘉禎三年（一二三七）に後期三条白川房の復興を終えた（門百三十四寺院四313）。ただし慈源は吉水房を使

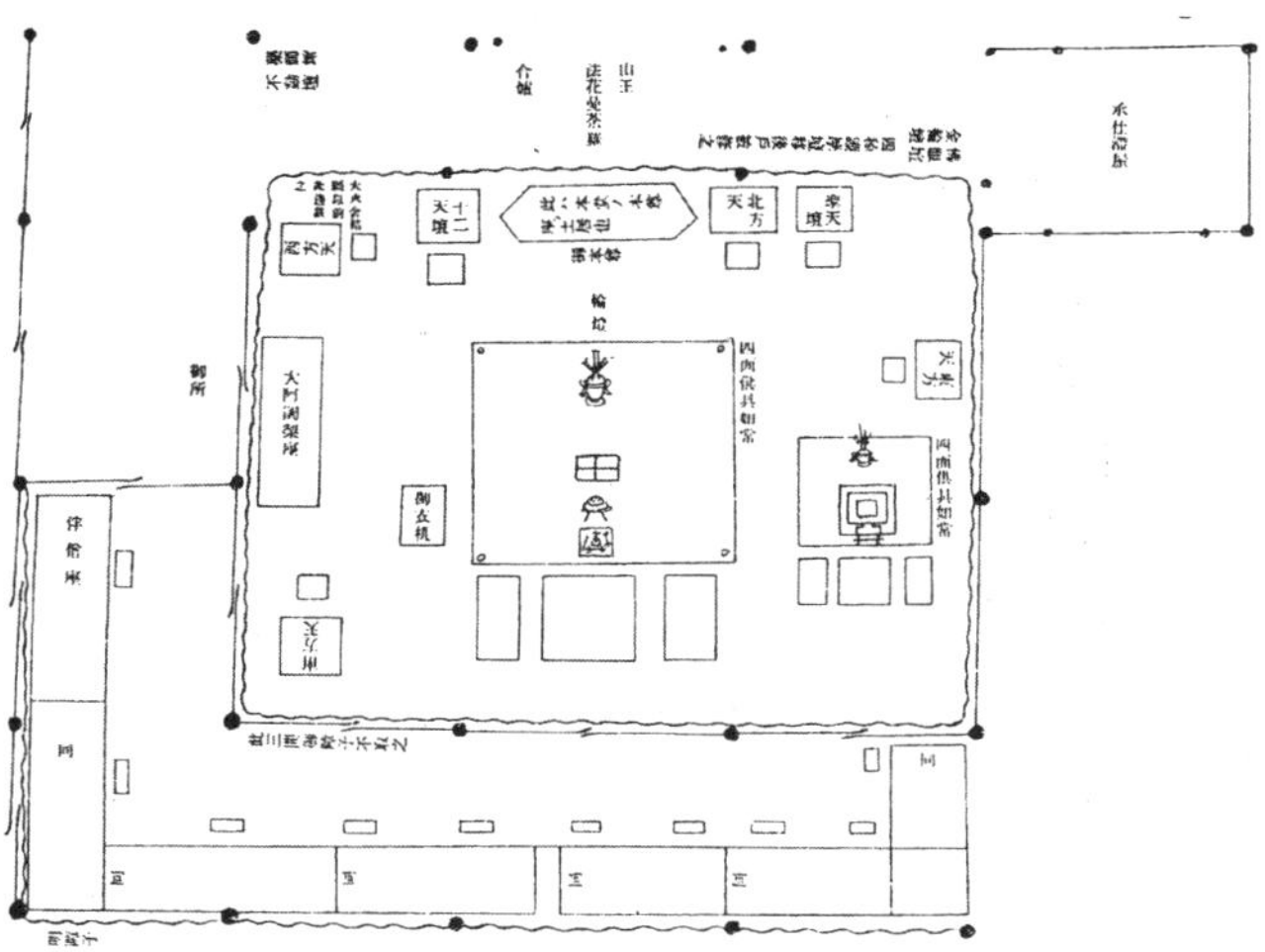
【図8】 承元四年普賢延命法指図
（吉水房熾盛光堂　門二十一228）

い続けたらしく建長七年に没したのも吉水房においてであった（門百二十八門主行状一249）。

後期三条白川房の熾盛光堂は、桁行七間、梁間五間で、入側通りでは柱間寸法を広くして桁行五間にしている。中央後方寄りの方一間に本尊熾盛光曼荼羅の種子を置く。大熾盛光法を修する時は正背面一間通りを除いた桁行五間、梁間三間の空間の中央に大壇、その周囲に四種護摩壇等を配する（図7）。

慈源は嘉禎三年から五口の阿闍梨を定めて、慈円の十三年御遠忌を期して、結縁灌頂を開始し、大成就院灌頂として恒例となった。この結縁灌頂は本尊の両脇にある間口二間、奥行三間の空間を用いて、胎蔵界は東側のそれを、金剛界は西側を、それぞれ用いた。三昧耶戒は正面の一間通りの空間を用いた。伝法灌頂の場合も、結縁灌頂と同様に金胎の空間を分けて使用した。

以上のことから、藤井は後期三条白川房の熾盛光堂は、大熾盛光法と灌頂の舗設に対応できるような建物として建てられたと推定しており［14］、首肯される。

貞応元年の「大懺法院再興願文」は、前期と後期の三条白川房の堂舎・法会を対比的に述べている。前半では前期三条白川房の法会を記す。その内容［15］は以下のようにまとめられ

る。

大懺悔之道場　毎日　①法華弥陀之三昧、⑩秘密瑜伽之行法、②開眼開題

熾盛光之壇場　長日　⑨ヵ行法六座（金輪・仏眼・薬師・不動・熾盛光・法華）、護摩二壇（不動降伏護摩・四尊四種護摩）、

毎月　⑪四七日金輪・薬師・仏眼・不動、⑫月朔七十天供、

毎年　★修法二壇（熾盛光法と法華法）

吉水房のそれより少ないのは願文であるために法会を網羅していないからか、法会が行われていないためか定かではないが、基本的には吉水房とほぼ共通していると言えよう。

　願文の後半［16］は、返付後の三条白川房再興の際の慈円の計画である。基本的には前期のそれを再興する事を表明している。再建する堂宇とその法会は以下のように整理できる。

懺法堂　①両箇三昧、②開眼開題

熾盛光堂　⑨ヵ仏眼等法、⑪ヵ薬師護摩

一道場　記載なし

明記せず　★熾盛光行法、⑲毎年舎利講

懺法堂の開眼開題（②）は十五尊の画像の開眼と法華経・阿弥陀経を讃嘆する法会で、両箇三昧は法華弥陀之三昧に該当し、前期以来継続している。なお、本尊には不動・毘沙門を加えている。

　熾盛光堂の仏眼等法は長日の行法六座に、薬師護摩は四壇護摩に該当すると見られる。一道場には大相国、即ち西園寺公経の持仏であった千体如意輪小像を安置した。

　熾盛光行法は熾盛光堂の修法二壇の内の一つの恒例修法、毎年舎利講は懺法堂の恒例行事であろう。

　願文には「此外臨時毎月自善共行不遑毛挙」とあるので、すべての仏事が書き上げられているわけではない。既に多賀が指摘しているように、願文後半では西園寺公経の為の堂を加え、承久の乱後の政治情勢を反映して、九条家出身の将軍を中心に、公武双方に対する祈祷を謳っている。

　しかし前期・後期のいずれも、門九十二（勤行三）に記載されている承元二年（一二〇八）から開始された大成就院修正や、その翌年始修された懺法院修二月、嘉禎三年（一二三七）に慈円追善のために始められた大成就院結縁潅頂は記載されていない。修正・修二月は承久三年（一二二一）以来断絶し、後期三条白川房の再興から三十年も経った座主慈源晩年の建長三年（一二五一）になってようやく再興され勅願と

なった（門九十二・百二十八門主行状一249）。

吉水房の法会を記した大懺法院条々起請には、修二月・仏名・二季彼岸等の教団通有の法会が明記されており、さらに供僧の器量の選択と、僧侶の僧坊への止住を強く規定している。これらのことを勘案すると、前期三条白川房・吉水房では、僧侶の確保、その僧侶の能力の質的向上をふまえて、僧団の法会と、世俗権力のための祈祷が勤修されたのに対し、後期三条白川房の復興当初には、公武の世俗権力のための祈祷のみが重視され、青蓮院門徒僧団の修学活動の比重が弱まったと見ることができる。

5■十楽院の堂舎構成と法会

十楽院は座主忠尋が造った里坊であり、建長頃に回禄した後、慈道が徳治三年（一三〇八）に再興造営して、青蓮院門跡の本坊として使われた（門百三十門主行状三269）。

堂舎構成　十楽院の施設の状況については、やはり門百三十一に、ほぼ敷地全体の配置と各建物の平面図が収められている（図9、図10も参照）。さらに大正新修大蔵経には翻刻されていない貞和三年大熾盛光法指図（門第七　熾盛光法七所収）は門百三十一の図の不備を補うことができる［17］。

図9・10によれば、敷地西南部に中門廊があり、その東に寝殿がある。寝殿は熾盛光堂とも呼ばれ（門五十一891）、中門廊とは渡殿（門二十六680）と二棟で繋がれている。二棟には持仏堂があり（門百二十四200）、その北に小御所がある。寝殿の東に受用弥陀院があり、東南に中門廊が延びる。小御所の北に西から一対、二対、御厨子所・侍所などのある建物（仮に三対と称することにする）、東対の四棟の僧坊が並ぶ。受用阿弥陀院と東対の間に御影堂があり、天台座主慈道の真影を安置していた（門九十6）。敷地の東寄りに御塔と十禅師社がある。この塔と十禅師社だけは建長の回禄を逃れ、それ以前の建物が残っていた（門百三十四314）。

熾盛光堂は桁行七間、梁間五間で、桁行中央の三間分と、両脇の二間分に区切られ、梁間は前三間分と後方の二間分に区切られている。中央部前半に方三間の空間が作られ、その後寄りに本仏が安置されている。この空間の区切り方は後期三条白川房熾盛光堂と似ているが、中央部の空間が相対的に大きいこと、背面側の空間が細分されていること等に差がある。

一対には縁が描かれていないが、貞和三年大熾盛光法指図には縁が描かれており、床張りであることがわかり、三対には土間との書き込みのある部分もあるから、僧坊は四棟とも

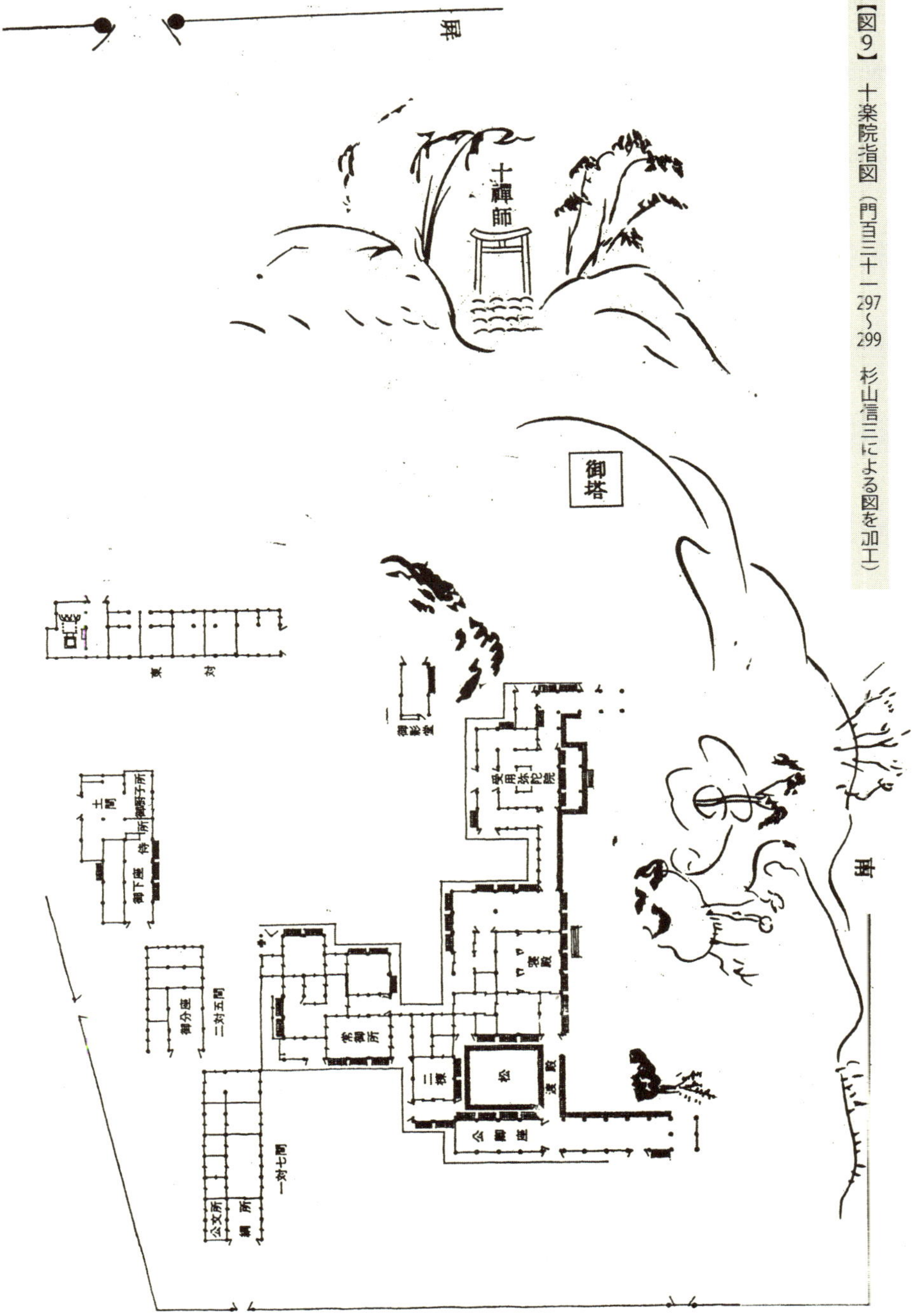

【図9】十楽院指図（門百三十一297〜299 杉山信三による図を加工）

床張りであったと推定される。貞和三年大熾盛光法指図では寝殿の東北には別の建物があるが、一部のみが描かれ、全容は判明しない。

門九十勤行一の白河本坊の項は、その末尾の注進状の年号が観応二年（一三五一）であるから、実際には十楽院の堂舎・法会・仏聖燈油等支配が記載されていると見てよい。十楽院の堂舎として大成就院熾盛光堂・大懺法院（甘露王院）・受用弥陀院・御影堂・粟田口十禅師社・十禅師社・本房が掲げられている。この内の大懺法院は十楽院指図には明記されていない。平面形式の上では、受用弥陀院は後期三条白川房の懺法院と極めて似てはいるが、門葉記勤行の項の記載では、大懺法院と受用弥陀院の法会や供僧供料を負担する荘園が異なり、両者は組織としては別である。大懺法院は十楽院指図に描かれなかったのか、描かれた堂舎のいずれかが大懺法院に充てられていたのかは定かではない［18］。

十楽院は、大成就院熾盛光堂が独立した建物となっておらず、寝殿と兼用であること、大懺法院の位置や規模が明確でなく、他の堂舎と兼用された可能性もあることから、必ずしも三条白川房の堂舎構成を厳密に継承したものではなく、門九十勤行一に記載されたいわば帳簿上の「白河本坊」に完全に対応した堂舎構成とはなっていなかったと考えられる。

鎌倉時代中・後期の青蓮院門跡相論の過程［19］で、文永八年（一二七一）に道玄は門跡を管領することを辞して後期三条白川房を退去し、三条白川房の諸堂の勤行が断絶した（門百二十九門主行状二256）。降って、伏見上皇が仲介した正和三年（一三一四）の門跡和談では、慈道は門跡管領の後、尊円に青蓮院・桂林院・十楽院を譲ることとなった。この和談は、実際には更に二十年後の建武三年（一三三六）にようやく実現し、門跡をめぐる相論は終結する。ここで譲られる青蓮院と桂林院は山上の院家であるから、京都の里坊は十楽院のみで、青蓮院門跡の本所は十楽院に固定している。

三条白川房が放棄され、代わりに十楽院が選択された要因を論ずる準備はないが、慈道が十楽院の再興を行った徳治三年（一三一〇）には彼は青蓮院門主ではなく、門跡和談が企画された正和三年頃には「門跡衰微、仏法之陵夷」（伏見上皇書状案　門百四十九雑決補六）といわれる状況であったことから、十楽院に完備した堂宇を備えうる状況にあったとは言い難い。目録と指図に相違があるのもそのことを示しているのではなかろうか。十楽院の施設の充実度は、懺法院・熾盛光堂・寝殿を完備した後期三条白川房には及ばなかった。

法会　十楽院の法会は門九十勤行一の白川本坊の項によって全貌が把握できる。それを整理すると以下のようになる。

大懺法院　本名甘露王院　供僧三口

長日勤事　①阿弥陀行法、②新仏開眼行法・法花三十講（開眼開題）、③法花経転読、④仁王講

毎月勤事　⑤十五日二十五三昧

毎年勤事　⑥二月一日修二月、⑦九月二十五日八講（慈円報恩）、⑧十一月五日曼荼羅供（青蓮院大僧正行玄報恩）

大成就院　熾盛光堂　供僧三口

長日勤事　⑨熾盛光法、⑩両界諸会行法、⑪金輪・薬師・仏眼・不動各護摩各七日

毎月勤事　⑫七十天供、⑬山王供、⑭曼荼羅供（行玄正月忌）、⑮阿弥陀経四十八巻（月輪禅閤報恩）

毎年勤事　⑯正月晦日修正、⑰九月二十日曼荼羅供・法華経摺写供養（公円遠忌）、⑱九月二十五日結縁潅頂（慈円報恩）

受用弥陀院

長日勤事　阿弥陀行法、法花経一品転読、法華行法一座

御影堂　青龍院二品親王慈道真影

長日行法、毎月十一日光明真言行法一座・影供一座

十禅師社

長日神供、毎夜御燈

毎月二十四日十禅師講

五月供華并法花経転読

本房

長日　法華懺法・西方懺法・不動護摩

毎月　勤事　寿命経不断転読并行法十二座、追善法要（略）、山王講・舎利講

毎年　勤事　追善法要（略）、仏名、⑲舎利報恩会

三条白川房以来の法会を継承し、青蓮院門跡の法会の場としての位置を保持しているが、熾盛光法の勤修が欠落している点は重要である。藤井［20］は熾盛光堂（寝殿）に注目し、大熾盛光法の際の舗設は、四種護摩壇を大壇の四方に配する形ではなく、大壇の両脇に配して、壇が一列に並ぶ形になっており、潅頂の舗設ともうまく対応せず、慈円の創始した吉水房・前期三条白川房の密教空間の特質を放棄したもので、後期三条白川房に創り出された天台密教空間が十楽院で終焉すると評価している。しかし潅頂の舗設は三昧耶戒に使われる前一間通りの空間、金剛界・胎蔵界の道場は両脇の空間が

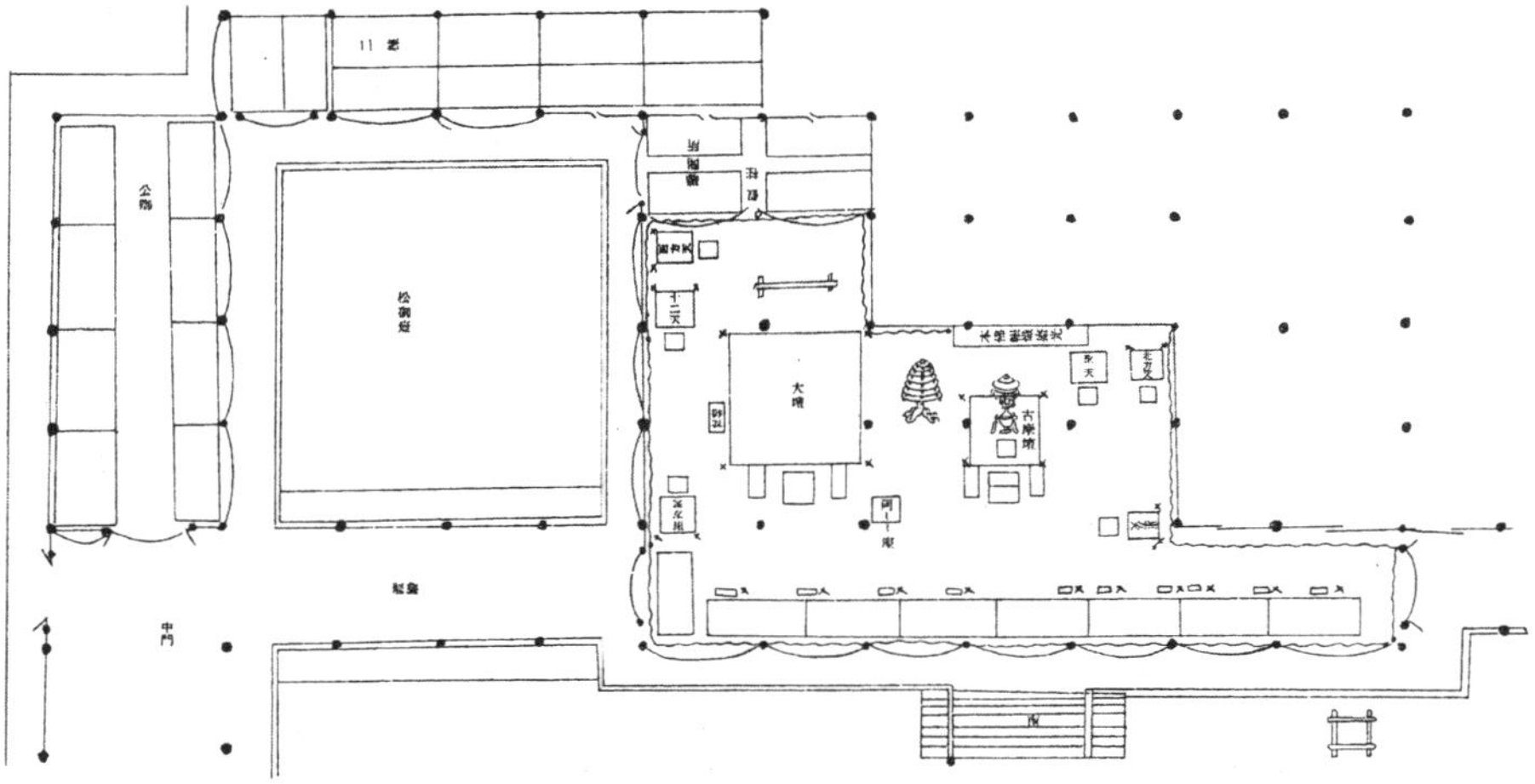

【図10】 明徳四年普賢延命法指図
（十楽院寝殿　門二十七264）

使われ、うまく対応せずという評価は必ずしも妥当ではない。また熾盛光法については承久の乱以後退転し、文永二年（一二六五）に院宣に依って再開はされるが、率爾たるにより大法は行われず（門七熾盛光法七492）、門跡本所が十楽院に移ってからも上述のように恒例の法会とはなっていない。熾盛光法や大熾盛光法を十楽院で行う機会が極めて少ないという事態が十楽院熾盛光堂の空間構成に反映したのである。とはいえ長日の密教法会は行われていて、熾盛光堂が密教法会のための空間でなくなったわけではない。青蓮院門跡の執行する法会の体系が変化した事によると見るべきである。

6■吉水房の歴史的意義

以上のように、三条白川房・吉水坊・十楽院の施設構成とそこで行われる法会を比較してみると、まずは青蓮院門跡本所としての同質性が維持されていたことは当然である。懺法堂と熾盛光堂が対になって存在し、特に熾盛光堂は法華総持院の伝統を継承していると見てよかろう。総持院の堂宇構成は『叡岳要記』上[21]に

　檜皮葺多宝塔一基、安置胎蔵五仏
檜皮葺五間堂一宇〈潅頂堂也、塔東〉、安置胎蔵大曼荼羅

一楨
同方五間堂一宇〈真言堂也、塔西〉、安置熾盛光大曼荼羅
一楨

とあり、二宇の五間堂を併せた安置仏と機能が熾盛光堂に該当しよう。

しかし、他方、時々の社会状況と関わって、青蓮院門跡の本所が変質している点も見逃せない。総じてそこでの法会は密教修法が減じ、追善法会が充実してゆく。とりわけ大法である大熾盛光法・熾盛光法の年中行事としての勤修の断絶は、重大な変質である。後期三条白川房の「大懺法院再興願文」に謳われていながら、実現はせず、十楽院の熾盛光堂の内部空間の構成にも影響を与えることにもなっている。門流が継続すれば先師が増え、その追善法会が増大するのは当然とは言え、そちらに重点を置くことは当面の宗教活動の推進とは相容れないであろう。慈円が「大懺法院条々起請事」を草して、吉水房での法会の隆盛と門徒の修学の研鑽、器量の向上を謳った状況から比すれば、衰退したと見るべきであろう。

吉水坊に注目するならばその規模の狭小な点が特質としてあげられる。熾盛光堂は大熾盛光法のための必要最小限の空間を確保し、寝殿及びその周辺も狭隘であった。慈円の西山移住は吉水房移住後の翌年であり、吉水房の狭隘なることと関わるのではないかと想定される。

一方後期三条白川房は、慈源が青蓮院門跡となった時期に造られるが、慈源の父である九条道家が四条天皇の母の父、将軍は慈源の兄弟、関東申次の西園寺公経が慈源の祖父等と、縁者は権力の絶頂にある時期であって、そのような背景が充実した施設を完成させる背景にあったことは疑いない。これに対し、十楽院の施設は後期三条白川房に近いが、兼用の堂宇があるなど完備していないことは、門跡相論と関わっていた。

以上、慈円及び青蓮院門跡の住房の変遷とその法会について、瞥見した。当初意図した慈円の、あるいは歴代門跡の日常的な生活の様態を伺う史料はこれまでの作業では見いだしえなかった。他日を期したい。

1福山敏男「最勝四天王院とその障子絵」(『日本建築史の研究』昭和十八年、復刻版昭和五十五年　綜藝社)
2杉山信三「白川房—特に聖護院と青蓮院について」(『院家建築の研究』昭和五十六年　吉川弘文館)
3藤井恵介「三条白川房の熾盛光堂について」(『建築史論叢』昭和六十三年　中央公論美術出版)
4伊藤瑞恵「『門葉記』所収　貞和三年十楽院指図」(『建築史

学』第四十号 平成十五年)
5多賀宗隼『慈円の研究』(昭和五十五年 吉川弘文館) 第十六章
6前掲註福山敏男「最勝四天王院とその障子絵」論文
7「大懺法院条々起請事」の跋文では顕教堂と真言堂を併せて大懺法院と呼んでいる。承元二年供養御願文の記事も顕教堂(同願文では阿弥陀堂)と真言堂(同願文では熾盛光堂)を併せた施設の供養として大懺法院供養と称している。
8図8 承元四年普賢延命法指図(門二十一)では東側に方一間の張り出し部がある。
9前掲註[3]
10藤井は、平等院本堂では窮屈な壇の配置であったが、吉水房の熾盛光堂で正方形平面を採用し、壇がきちんと配列されたと言うが、平等院本堂が窮屈で、吉水房熾盛光堂はそうでないとはいえない。むしろ窮屈かどうかという主観的な問題ではなく、大熾盛光法の大壇・四種護摩壇が、配列方法に対応した専用の正方形平面であることに意味がある。
11村山修一編『葛川明王院史料』(昭和三十九年 吉川弘文館)所収の史料番号を示した。
12寛喜二年の慈源出家の記録(門百入室出家受戒記一72)によれば、寝殿の東面には御学問所があった。
13多賀前掲書第二十七章に依った。
14前掲註[3]
15一者大懺悔之道場、毎日不退法華弥陀之三昧、日々供養秘密瑜伽之行法、図絵十五尊、一月二幅、模写大乗経年中数部、毎日開眼、長日開題、亦加以一座開眼行法、以此修善一向資怨霊雅器之授苦、致国土安穏之祈請、二者熾盛光之壇場、長日行法六座、金輪・仏眼・薬師・不動・熾盛光・法華是也、長日護摩二壇、一者不動降伏護摩、二者四尊四種護摩、毎月四七日金輪・薬師・仏眼・不動、息災増益、敬愛降伏如次、毎年修法二壇、熾盛光・法華也、以月朔有七十天供、四種護摩之智火、焼自他罪障之薪、三部三密之梵風、払仏法王法之霊、
16仍懺法堂本仏三尊、祖師大和尚本尊、加不動毘沙門像、於此道場上件開眼開題両箇三昧、以此作善、重須祈怨霊之得脱、除天下之災難、捨邪帰正之水、澄両宗之加持、遮悪持善之法、期勤行之薫修、次就熾盛光堂祈前摂政殿下之佳運、以仏眼等法祈将軍少人宿運、以薬師護摩、凡怨霊之追孝懺悔之修善、祈天下之静謐者、即所帰摂籙 一門御本懐者也、次又卜一道場、大相国発願持仏、如意輪千体小像、中尊一搩手半像、更安置此観音宜祈念彼悉地、於熾盛光行法并毎

年舎利報恩会者、廻向聖朝安穏御願、祈請国土泰平本願、願念之大概如此、

17 前掲註［4］

18 前掲註［4］では懺法堂は受用弥陀院だとしているが、根拠が明確でない。

19 この相論については下記の論考がある。特に平論考は相論の過程を詳細に論ずる。本稿の以下の記述も平論考に依るところが大きい。
平雅行「青蓮院の門跡相論と鎌倉幕府」（『延暦寺と中世社会』法蔵館　平成十六年）
稲葉伸道「鎌倉期における青蓮院門跡の展開」（『名古屋大学文学部研究論集』一四六（史学四九）名古屋大学文学部　平成十五年）
稲葉伸道「青蓮院門跡の成立と展開」（『延暦寺と中世社会』法蔵館　平成十六年）

20 前掲註［3］

21 山門堂舎記もほぼ同じ記載で、潅頂堂には胎蔵混合曼荼羅一楨を安置するとある。

※当日の発表を原稿化されたものを、掲載いたしました。

第4分科会を終えて

山本■第四分科会ではコメンテーターを設けず、フロアとパネリストとが自由な質疑応答をする形を取りました。そのようになった事情はいくつかありますが、基本的には、コーディネーターの私が、シンポジウムの形としてその方が望ましいのではないかと考えたからです。私の知る限り、学会のシンポジウムでは質疑の時間が不足になりがちで、不完全燃焼感が残る場合もままあります。時間が本当にたっぷりあればいいのですが、限られた時間の中で、パネリストの報告に加えてコメンテーターに発言をお願いすると、残り時間が窮屈になると感じられたのです。さて、実際に蓋を開けてみると、三人のパネリストは、たいへん充実した、しかも分科会の狙いに即して十分に刺激的な報告を、しかもほとんど予定時間を超過することなくおこなって下さいました。自由討議の時間は十分に確保できたのですが、討議が本当に盛り上がったかというと、どうもそこまでは行かなかった感があります。もちろん、フロアからは多くの発言があり、各報告に対する鋭い質問があったのですが、それらが互いに関連し合って、当初の狙いのようにさまざまな分野の関心が交流するということは、すくなくとも目に見える議論の形では起こりませんでした。ひとつには、パネリストの報告が従来の研究からさらに踏み込んだ問題提起を含んでいたために、それを受け止め、咀嚼するのに少し時間が必要だったということがあるでしょう。また、私の司会の不手際もありました。それぞれの報告の間に潜在的に共通するテーマがいくつかあったにもかかわらず、それをうまく掘り起こすような進め方ができず、むしろ余計な発言をして流れを止めてしまった場面もあったように思います。以下では、そのあたりの反省を込めて、質疑が発展する可能性がどこにあったかを考えながら、分科会を振り返っておきたいと思います。

一番目の田渕句美子氏の報告は、後鳥羽院歌壇における慈円の位置に関わるものだったのですが、特に注目されたのは、和歌所の実務を行う歌人たちとは異なる立場にいながらも「和歌所寄人」に任じられていること、院の「近臣」ではないが近臣のあり方とも重なるような院との個人的親密さが見られること、逆に順徳院歌壇と慈円との関係が薄いのは、右のことの裏返しとして理解できるのではないか、などの問題提起でした。質疑においては、これを受け止めて、この独特の「親密さ」の性質や、寄人としての立場を考える間接的史料として使われた、『拾玉集』巻五所収の文章の署名(「前和歌所寄人」)の性格などが問題になりました。もしここでさらに問題を広げて、たとえば『愚管抄』研究の観点から見た場合の、後鳥羽院と慈円との関係のメンタリティや、あるいは和歌研究の側からでも『最勝四天王院障子和歌』などに、議論が及んでいれば、山岸氏の報告が含んでいた問題との接点が見えてきたのではないかと思われます。また、後鳥羽院歌壇と順徳院歌壇との間で歌壇活動を始めていた九条道家を問題にすれば、近本氏の報告との関連性も見えてきたことでしょう。司会の側から、もう少し積極的にそうした議論を促すべきだったように思います。

近本謙介氏の報告は、慶政の活動を検討しつつ慈円をより広い視野の中に位置づける可能性を探るというもので、たいへん内容豊富で多岐にわたる問題提起を含んでいました。九条家の仏教者としての共通性はありながらも、勧進という活動形態をとった点で、慶政には慈円とは異質な、いわば九条家の外側へと向かっていく面があること、また、慶政が関わっていたような、南都を含む宗派を越えた交流のあり方が、中世文学の思想的基盤を考える上で重要であるという指摘など、特に首肯できるものでした。近本氏との質疑応答はおもに史論・軍記関係の研究者との間で交わされましたが、ほぼ右の問題提起を確認する内容であったといえます。

山岸常人氏の報告は、慈円の住房であり、宗教活動の拠点でもあった三条白河房と吉水房について、吉水への移転時期を挟んで、前期三条白河房・吉水房・後期三条白河房と区分を設けた上で、限られた資料からどこまでその変遷に迫れるかを問うものでした。慈円が三条白河房に大懺法院を設けた直後に、後鳥羽院の命でこの地を院に献じて、代替地の吉水に移り、白河には後鳥羽院が最勝四天王院を設けたこと、最勝四天王院が解体された後、慈円がその跡地に復帰したことは、よく知られています。しかし、この不可解な点のある二度の移転の意味について、慈円の伝記研究の側で十分追求されてきたとは言えません。山岸氏は、資料の比較検討により、吉水の地が、慈円が考えた堂舎の規模と配置にとって、十分な広さを持っていなかった可能性のあることを指摘されました。このことは、吉水大懺法院が、慈円の理想を十全に実現するものではなかった可能性を示唆します。慈円と後鳥羽院の関係を考える上でも、大懺法院の機能を考える上でもきわめて重要な指摘であり、今後、慈円研究の側からさらに考究する必要があることを強く感じた報告でした。

このように振り返ってくると、三氏の報告がそれぞれ重要な問題提起を含んでいたことはもちろん、相互に関連する部分もあったことが改めて理解されます。実は、パネリストの三氏は、それぞれの専門分野のスペシャリストであることはもちろんですが、いずれも学際的な関心のもとに研究を進められてきた方々です。このことは、分科会冒頭の私の紹介では特に強調こそしませんでしたが、パネリスト人選の際に念頭に置いた点でもありました。そういう意味では、三氏相互に質問や意見を交わしていただく、パネルディスカッション的な要素も取り入れればよかったと思います。開始前にはそういうことも考えてはいたのですが、実際に討議に入ってみると、機会を作れないまま時間になってしまいました。道家の宗教活動と和歌活動について近本氏と田渕氏、最勝四天王院との関連で田渕氏と山岸氏、そして慶政の寺院造営と慈円の住房造営との比較などについて山岸氏と近本氏に、それぞれ意見を交わしてもらうこともできたはずで、それが実現していれば冒頭に述べた分科会の狙いを、もうすこし手元にたぐり寄せられたかもしれません。

振り返ると、私は四半世紀ほどの研究者生活の中で、ずいぶんさまざまなシンポジウムをさまざまな立場で経験してきました。そして、シンポジウムとは一場の夢のようなものだといつも思います。周到に準備し、予測をたて、期待を持って開催するのですが、本番はあれよあれよという間に終わってしまいます。では後に何も残らないかというと、もちろん決してそんなことはありません。よい夢に余韻が残るように、参加者の意識の中に何かが沈殿し、後日それがそれぞれの人の研究の中に活かされていくのがよいシンポジウムなのではないでしょうか。今回の「慈円とその周辺」も、そうした深い「余韻」を残してくれた、こう言うとコーディネーター兼司会の自己弁護になってしまうかもしれませんが。

※「第4分科会を終えて」は、シンポジウム開催後に振り返って執筆されたものです。

全体討論を終えて

シンポジウム全体討論の司会を務めさせていただいて●菊地仁

全体のまとめに代えて●三角洋一

シンポジウム全体討論の司会を務めさせていただいて

菊地 仁

まったく思わざることから、シンポジウム「中世文学研究の過去・現在・未来」の全体討論の司会を、三角洋一氏とともに務めさせたいただくこととなった。

準備途中から加わったこともあって、三角氏やコーディネーターの皆さんとは、主にEメールなどによる意見交換が多くなった。そのような事情もあってか、私も担当した午後の全体討論はやや盛り上がりに欠ける気味なしとしなかったが、学会に参加していただいたおおぜいの方々のご協力もあり、なんとか大過なくシンポジウムを終えることができほっとした。

三角氏とは、午前の分科会場を手分けして見て回ることとし、私は第一分科会「中世文学研究と資料学―学問注釈と文庫をめぐる」と第二分科会「中世文学とメディア・媒体―絵画を中心に」とを覗かせていただいた。もとより、駆け足でつまみ食い的に見て回った両分科会場の詳細は、それぞれのパネリスト・コーディネーターの皆さんの原稿に委ねることにして、ここでは全体会との関係において必要な範囲で言及しながら雑感を記しておきたい。

第一分科会「中世文学と資料学―学問注釈と文庫をめぐる」のキーワードは、コーディネーターの阿部泰郎氏が、全体会で述べた言葉を利用させていただくならば、「変遷」「流動」「変化」ということになるであろうか。「文庫」のような「場」に伝存してきた「資料」が、決して固定的なモノではありえず、物理的な問題も含んださまざまな条件下で文化現象として「変容」せざるをえない―そのような具体例についての報告が、聖教（法文）類を中心とする第一分科会のひとつの柱であった。こと「資料」なるもの全般に及ぶものである以上、この問題は後述するように第二分科会「中世文学とメディア・媒体―絵画を中心に」にも関わってくる。

菊地　仁（きくち　ひとし）
1950年、宮城県生れ。国学院大学大学院博士課程単位取得退学。現在、山形大学人文学部教授。
主著：『職能としての和歌』（若草書房）

「資料学」という学術用語がいつごろから意識されるようになってきたのか、私は寡聞にしてあまり詳しくないのだが、網野善彦氏の「中世資料学の課題」（『中世資料論の現在と課題』一九九五）によれば、おおよそ一九七〇年代ごろと考えられるようである。ちなみに、「資料学」「史料学」の表記については、「座談会・資料学とは何か」（『列島の文化史』一九九〇・九）が参考になる。石上英一『日本古代史料学』（一九九七）や永村真『中世寺院史料論』（二〇〇〇）などの出版も相次いだのち、二〇〇二年には文化資源学会、そして二〇〇四年には日本アーカイブズ学会が設立された（現在、「文書館学」「史料管理学」関係の講座を設ける大学は増えつつある）。雑誌『国語と国文学』が、二〇〇〇年十月号で「《文化資源》としての国文学」を特集していることも無縁ではない。

このような関心の高まりの背景には、「資料」と呼ばれる研究対象の飛躍的な拡大があげられよう。歴史学の領域においては、絵画・考古・民俗関係の「史料」への関心の高まりが顕著であり、その影響は紙背文書が木簡と同様の「考古資料」と捉える見方（前記「中世資料学の課題」）などでも確認される。一方、中世の日本文学研究においては、言うまでもなく「学問注釈」的な世界の裾野が大きく広がってきた事実を指摘できよう。阿部泰郎氏が「趣旨」に述べられた「正典化とその注釈および再創造」である。

「資料学」というタームが定着し始めた一九七〇年代とは、中世文学研究において、片桐洋一氏の『中世古今集注釈書解題』が刊行され始め、それと連動する形で伊藤正義氏の〈中世日本紀〉論が展開された時期と重なる。それまで、文学史の脇役に過ぎなかった〈古今伝授〉のたぐいがまったく新しい側面から「資料」として据え直され、鵜鷺系定家仮託の〈偽書〉群が再評価されるという状況を惹起したのである。〈偽書〉への関心は、近年に至るも『「偽書」の生成―中世的思考と表現』（二〇〇三）から『日本古典偽書叢刊』全三巻（二〇〇四・三、二〇〇四・八、二〇〇五・一）と続いており、それは〈偽文書〉を「史料」として明確に位置づけようという網野善彦『日本中世史料学の課題』（一九九六）あたりの問題意識とも無関係ではあるまい。

まったく我流に曲解するところ、第一分科会「中世文学と資料学―学問注釈と文庫をめぐる」のテーマの背景には、上述のような研究史的な文脈が作用しているように感じられるのである。

少し長々と第一分科会の「資料学」にふれたのは、全体討論で話し合われた問題とも密接に関わってくると思われるからである。

中世における「学問注釈」世界への注目は、陸続する「（新）資料」に対する絶えざる文献学的な実証と、その「（新）資料」群がもたらす幻想体系への神話学的分析とを、同時に要請してくるものである。その点では、「資料」の即物的な把握がそのまま「文学」の発生を問い直すことになる、という、ある意味、理想的な研究状況がそこにはあった。その点では、「資料学」を問題化する意義は、平安時代や江戸時代ではなく、まぎれもなく中世においてこそ重要であったと言えるかもしれない。実に、「学問注釈」に関する「（新）資料」が文学研究にもたらしたものは、量的という以上に実に質的な大転回だったわけである。

シンポジウム後半、午後の全体会ではコーディネーターによる分科会報告を踏まえ、質問票を用いてフロアからの意見を募ったが、思いの外（予想どおり？）反響は決して多くはなかった。しかし、その数少ないなかでも特に議論を呼んだのは藤巻和宏氏からの問題提起である。

藤巻氏の発言は、今回のシンポジウムがジャンルの横断・解体・相対化をねらったものとしての一定の意義を認めつつも、日本文学の研究方法が基本的に時代別・ジャンル別という発想のうえに固定化し、それが学会や大学教育の組織のなかにまで影響するという現状の枠組みを今後とも維持・死守してゆくべきなのか、というきわめて根本的な問いかけであった。このすぐれて近代的な管理された学問システムは、たとえば文系の数少ない競争的外部資金導入の方途として昨今どこの大学でも組織をあげて獲得に奔走する、科学研究費補助金のようなもののあり方にまで波及してくるがため、ことはいっそう切実で今日的な側面を持っていると言えるかもしれない。

今回のパネリストには、文学や語学のみならず、歴史・美術・建築など「異業種」の方々も抜擢されたが、それは決してかつて「学際的」と呼ばれたものの延長線上に位置するがゆえだけの現象ではなかろう。旧来の学問体系にとらわれぬ積極的な相互干渉があらたな研究領域を開拓してゆく様相は、以下に見る第二分科会「中世文学とメディア・媒体―絵画を中心に」でも明らかである。人文諸科学の再編過程が緩やかにしかし確実に進行しつつある現在、藤巻氏が自身のホームページ「相承・密奏・顕現」で、たとえば中古文学会において『聖徳太子伝暦』や『御遺告』の発表が行なわれたなら…、といささか挑発的に述べる発言を、単なる風変わりな思いつき程度として黙殺するような研究状況であってはほしくないと願う。

以上、主に第一分科会「中世文学と資料学―学問注釈と文庫をめぐる」を手がかりとして、シンポジウムを私なりになぞり直してみた。もっとも、「資料学」の問題は人文系諸科学の研究それ自体の根幹にふれる性格のものである以上、当然それは第二分科会のテーマ「中世文学とメディア・媒体―絵画を中心に」とも大きく関わってこざるをえない。

絵画との相関についての問題意識は、第二分科会コーディネーターの小峯和明氏も概括されたように、屏風絵と和歌・お伽草子と奈良絵本（絵巻）などといった形のアプローチで、古くから文学側にもそれなりの研究史的な蓄積が存在していた。しかるに、一九八〇年の絵解き研究会や一九八一年の葛川絵図研究会の誕生によって、口承文芸や人文地理の分野から「絵画を読む」営為それ自体に根本的な再検討が始まった。時あたかも、「奈良絵本国際研究会議」が断続的に開催された直後のことでもあった。こうした流れが、やがてたとえば網野善彦氏の社会史や黒田日出男氏の「絵画史料論」のような、きわめて豊饒な展開を見せたことは、もはや旧聞に属することがらであろう。

中世文学会の関係から言えば、今回のシンポジウムでもたびたび話題になった三十周年記念出版『中世文学研究の三十年』（一九八五）には「中世注釈研究と動向」の項目があっても「絵画」関係のそれはなかったが、一九九七年の春季大会において「絵画と中世文学」のシンポジウム（村上學氏の司会、パネリストは石川透・黒田日出男・榊原悟の各氏）が催された事実はきわめて示唆的と言えよう。まさしく、その一九九〇年代とは、第二分科会パネリストの徳田和夫氏も執筆された『イメージ・リーディグ叢書』や、同じくコメンテーター太田昌子氏も担当された『絵は語る』などの叢書があいついで出版された一時期でもあった。もっとも、第二分科会が主題を「メディア」と銘打って、「絵画」を副題にまわしたことから想起したのは、この中世文学会でかつて開催されたもうひとつのシンポジウムである。

中世文学会では、一九九九年春季大会に「中世文化と源氏物語」というシンポジウムが行われた。司会は今回と同じ三角洋一氏、パネリストが伊井春樹・三田村雅子・松岡心平の各氏というメンバーであった。題名からすると、『源氏物語』の「影響」「享受」を確認するだけと受け取られがちだが、特に三田村・松岡両氏の発表は四辻善成や足利義満を手がかりとして『源氏物語』の文化的な「再生」の意味を問うというものであり、そこにはすでに『源氏物語絵巻』の伝来が必然的に孕みこんでゆく政治性への視点も明確に自覚されていた。

そのような観点からの室町絵画の再定位は、『室町王権と絵画―初期土佐派研究―』（二〇〇四）を出版された今回のパネリスト高岸輝氏や、『表象としての美術、言説としての美術史・室町将軍足利義晴と土佐光茂の絵画』（二〇〇三）を上梓された亀井若菜氏の仕事などとも通底してくるにちがいない。要は、権力関係のなかでの「絵画」なる「資料」の文化史的な位置づけを再確認するという点で、結局は第一分科会の問題意識とも呼応してくることになるわけである。

私が午前中に聞いた範囲、「資料」の保存管理も話題であった第一分科会と、「絵画」の意味読解を中心とした第二分科会とでは、いささか会場の雰囲気にも温度差が感じられたが、後者のコメンテーター太田昌子氏の発言は両会場をつなぐものと注目されよう。事実、午後の全体討論においても、コーディネーター小峯氏が太田発言には特に注意を喚起したことで若干の議論を呼んだ。

大西広氏とともに『国宝と歴史の旅（朝日百科・日本の国宝）』でコラム「絵の居場所」を連載された太田氏は、絵画がどのような「環境」に置かれるかで「イメージの浸透力」が「変容」する、という、まさしく「資料」の「変遷」「流動」「変化」に言及された（逆に「資料」の暴走が「環境」に影響すれば中世のいわゆる「宝蔵」のような「イメージ」になってくるのだろう）。上述の足利政権下における絵画史の問題にも連なってゆく視点と言えよう。太田氏はその「居場所」を「空間の問題」のみならず人が関わる形での「メディアの問題」として捉え直し、現代のわれわれが絵画を博物館などで鑑賞するという現実や、美術書で簡単に複製を見られるという今日的状況を、前近代の絵師たちがまったく予期しえなかった事態だったはずだ、と敷衍し根本的な問題を提起した。文字どおり、印刷出版革命が視覚媒体に不特定多数読者の誕生という「環境」の一大変化を惹起したわけである。「イメージの浸透力」の「変容」が意味するものとは、まさに「メディアとはメッセージである」というテーゼにほかならない。

この点をめぐっては、絵巻などの公開性についていくつかの発言が交わされた。結局のところ、どの程度の公開性（むしろ非公開性）があったのかはなお不明であるが、われわれが複製を簡単に見られるようなもので毛頭ないことは言うまでもない。しかしながら一方、いくつかの絵巻同士に部分的な構図の対応が見られることも以前から指摘されており、この問題の解決はことほどさように単純ではないようだ。おそらく、そこには粉本や模本の介在も関わってくるものと思われ、ある意味では原本至上主義を相対化するという観点で、第一分科会の「学問注釈」とも無縁ではないと感じられる。本来、厳密であるべき「模写」や「注釈」のなかでこそ、「原本」のなかに押し殺されていた何かが、逸脱的に発現する可能性を充分に胚胎させうるわけだからである。いずれにしても、「公開性」をめぐっての議論は具体的な事例にそくした今後の研究をなお期待したい。

そもそも、絵巻に内在する「文学」と「絵画」という問題設定の枠組み自体、考えてみれば「メディアミックス」（小峯発言）的なものである。さらに『源氏物語絵巻』のような原典を持つ場合は、その様相はさらに複雑となってこよう。だから『フィクションとしての絵画』（一九九一）のような美術史（千野香織氏）と建築史（西和夫氏）との両面からのアプローチも、混合物を単純に分離するというより、化合物を単体に還元するようなおもしろさがあるものと思われる。

さて以上、第一・第二の両分科会場の空気も折り込みながら、シンポジウム全体に関わる問題をきわめて恣意的にまとめてみた。しかしなんといっても、多くの方々から寄せられた「各分科会場をすべて聞いてみたかった」という不満は、企画の一端に携わった者としてもいささかの悔いの残ったところではあった。各分科会の中身については、それぞれテープ起こしに基づく原稿が本書にも掲載されるので、さきの不満はいくぶん解消していただけるかとも思う。

この同時進行の分科会方式には、コーディネーターの間でも複数会場への移動を認めるかどうかで若干の異論がなくもなかった。だが、大会出欠の返信ハガキの内実は（当然ながら？）分科会の複数登録が多く、会場校の佐伯真一氏によればその件に対する問い合わせもいくつかあったとのことである。時代やジャンルを問わない研究・教育者の集まりとは違い、中世文学会という枠内では必ずしもこの方式が成功したとは確かに思われない。しかしながら、だからこそ全体討論では各分科会の次元を超えた観点からの発言を期待したのであったが、それぞれ他分科会の議論を知りえない不安からか、質問票の集まりはすこぶる低調という結果になった。司会側の能力不足も、一因であることを率直に反省したい。

しかし、午前中の分科会だけで帰った会員も少なくなかったことこそ、前述した藤巻氏のような苛立ちが決して根拠のないものではない事実を逆に物語っているにちがいない。このことは全体討論で、磯水絵氏が「まず中世とはいったいどこからどこまでかはっきりさせるべきだ」という形で提起された問題とも深く関わってくるであろう。この発言は、一見これまでもしばしば繰り返されてきた議論の蒸し返しと誤解されるかもしれない。もちろん、文学史において、擬古物語は平安時代の作品と捉えるべきか鎌倉時代のそれと扱うべきか、明らかに中世の成立と判明する作品でも江戸時代後期の版本しか存在しない場合はどうなのか、などなど一方で技術的即物的な問題も確かに存在する。しかし、磯氏の意図は、まず「中世」という時間帯をはっきりと限定し、その範囲内での「異業種」研究者の相互交流から「中世」なるものの全体像を明らかにすべき、という提言と伺った。

確かに通時性を追求するあまり、文学・言語・歴史・美術などの「業界」がそれぞれ独自なタコツボ型の「日本文化像」を提供してきた一面は否めまい。であるからこそ、今回のようなシンポジウムが企画されたわけでもある。それでも「異業種」の方の目には、分科会の括り方自体が一種の「文学」帝国主義と映ったとすれば、それは「中世文学会」の企画であった以上しかたがないとお許しいただくしかない。より本質的な問題は、研究ジャンル（領域）という形で、この通時性に基づく閉鎖体質が文学研究の内部にも存在し、それはすでに藤巻発言で言及されていたことでもあった。もちろん、阿部泰郎氏が言われたように、「単なる反動」としての近世国学への「先祖がえり」であってはならないが、通時性よりむしろ共時性に着目した、たとえば雑誌『国文学』の「編年体古典文学一三〇〇年史」特集（一九九七）のような試みがもっとあってもよいものと考える。

今回のシンポジウムの企画を担当した我々五十代のスタッフは、世に言う「学園紛争」をなんらかの形で経験した世代でそれなりの後遺症も残ったが、同時にまだまだ文系学科の新設も続いていてその恩恵に浴しえた世代でもある。しかし、現在の若手研究者が置かれた状況は激変した。今回のシンポジウムの模索したものが、その現状の閉塞を少しでも打破する一助とでもなれば幸いである。

全体のまとめに代えて

三角　洋一

本企画は、中世文学会の五十年のあゆみをいたずらに後ろ向きに回顧することにはなく、研究の今後の展望を前向きに提示することがねらいであるが、だからといって、振り返るなということでもあるまい。はじめに、私の中世文学会とのかかわりをお話して、五十年という時間の長さを実感することにしたい。会員諸氏それぞれに中世文学会との付き合いの歴史がおありのはずで、まずは振り返るよすがとしてくださ い。

私が中世文学会に入会したのはたぶん修士一年の時、昭和四十五年春で、すでに創立して十五年も経っていたことになる。創立三十周年の折には記念に『中世文学研究の三十年』（中世文学会編、昭和六十年十月）が刊行されており、私も一会員として配布を受け勉強させていただいた。もちろん素養を身につけるために、文学史、講座物の類や文学史論に学ぶことも多かったが、二、三十代には東京大学中世文学研究会編『中世文学研究入門』（東大出版会、昭和四十年）にあたることからはじめ、四十歳代になってから今まではもっぱらこの『三十年』をとっかかりにしている。今回の五十周年記念シンポジウムの成果が今後、長い期間にわたって研究の指針になることを願ってやまない。

　さて、私が中世文学会の委員、常任委員となって大会の講演やシンポジウムなどの企画に参画しはじめたのは、元号がかわって平成元年度からのようである。事務局がわの動員による要員の一人として常任委員会に陪席し、委員の方々の意見や情報をメモし、具体化に向けて裏方をつとめた。そこで学んだことは、さすが常任委員ともなると中世文学研究の動向をよくとらえ、じつに魅力的なシンポジウムのテーマを思いつくなあということで、ただただ感心するばかりであった。今回の記念シンポジウムもこのような毎年の斬新な企画の積み重ねのうえに成り立っていることを思い、これまで運営にたずさわってこられた方々に感謝の意を表したい。

　回顧の弁はこの辺で閉じることにして、さっそく当日午前の分科会の聴講記へと話を進める。

三角洋一（みすみ　よういち）
1948年、岩手県生れ。東京大学大学院博士課程中途退学。現在、東京大学教養学部教授。
主著：『鎌倉時代物語集成』全八巻（共編、笠間書院）、『源氏物語と天台浄土教』（若草書房）、『最新全訳古語辞典』（共編、東京書籍）など。

　午前中、私（三角）が拝聴したのは、第三分科会「中世文学と身体、芸能―世阿弥以前、それ以後」と、第四分科会「中世文学の人と現場―慈円とその周辺」である。かならずしも四分科会をくくる展望を示す必要はないかもしれないが、第一分科会「中世文学研究と資料学―学問注釈と文庫をめぐる」と第二分科会「中世文学とメディア・媒体―絵画を中心に」が、たんに研究領域を拡大していくというのでなく、資料学またメディア論という方法的内省にもとづく見晴らしを表明したものであったとすれば、第三・第四分科会のほうは、世阿弥とか慈円といった巨峰にいどみ、頂上にせまる新しいルートを開拓する模索であったと評せようか。

　第三分科会ではコーディネーターの小林健二氏のもと、焦点を能楽の世阿弥に合わせながらも、社会的、文化的に文節化したり交錯し合っていた芸能史の視点とか、表現媒体としての身体論といった切り口とか、研究方法を更新していく方向を示そうというにとどまらず、まさにいま史資料をより深く読み込んで視界を広げていくのだという意気込みを感じさせるパネラーの方々の発表がつづいた。

第四分科会のねらいは、さまざまな顔をもつ慈円の占める位置をどのように考えればよいか、というところにあったようである。摂関九条家を出自とし天台座主に昇った貴僧として、『新古今和歌集』の歌人として、歴史書『愚管抄』の作者として、『平家物語』を誕生させたパトロン的存在としてなど関心は尽きないが、これらを重ね合わせた像が容易に思い描かれるものでもない。コーディネーターの山本一氏は問題をちょっとずらして、研究のすすんでいる和歌史・歌人研究のがわから、同じ九条家の出の慶政上人のがわから、文字通り慈円の居所である住房について建築史のがわから、実証的な発表を依頼したという。私は前半は第三分科会、後半は第四分科会にうかがって聴講し、それぞれに刺激的で教えられるところ多く、たちまち午前の部が終了してしまった。

午後からの全体討議に移る。フロアから、全体討議にふさわしい質問をしてくださった方が何人かいらして、たとえば、

・現行の研究・教育の制度的・組織的な枠組みの中で研究をつづけていってよいのかどうか。

・実学志向や社会への還元を求める風潮が強いからというのでなく、外部の眼で国文学研究を見つめなおす必要があるのではないか。

・文学・美術・音楽・歴史にわたる問題においては、中世はいつからいつまでを指すとの共通理解が成り立ったうえでないと、生成の現場にまで踏み込んだ議論にはならないのではないか。

ということが話題にのぼった。意見が飛び交ったわけではなかったが、参加者の皆さんそれぞれに受けとめてくださったことと思う。

いうまでもなく、午前中の分科会で質問できなかったことで、ぜひ確認しておきたかったこと、パネリストの方々相互の展望のつきあわせなどにからめた質問書もいただいていたが、これらについてはコーディネーターがまとめに盛り込んでくださったことと思う。

全体討議で痛切に反省させられた点は、あらかじめ資料論、メディア論、身体論、人と現場のようなキーワードでも、

もっと抽象的に、たとえば「対象と方法」でも「開拓と集約」でも、何か全体討議の柱となりそうな方向性をもたせたほうが、よりいっそう議論を展開させられたかもしれないということである。後刻、こういう趣旨の感想を洩らされた方がいらしたが、たしかにその通りであると思った。なるべく午前中の分科会の具体的な議論をそこなわないで、午後の討議に持ち越されるようにとしか考えず、思いいたらなかったのは残念である。

全体のまとめに代えて私が述べたかったことは、中世文学研究の現在・未来は過去の方法や成果を振り捨てて前進することにあるのではなくて、それらを吸収・消化したうえで、組み替え、更新していくところにあるということであった。舌足らずの発言をテープ起こしした原稿で見ると、大略次のように述べている。私たち五十歳を越えた年代の者は、これまでの仮名文中心主義、あるいは大作家、大作品主義の見方からは自由であるが、私たちよりやや上の世代の方々は大作家、大作品を解明するためにどんな史資料をも見逃さず、注釈や伝記研究に活用していたわけで、いわばその雑学的、博学的なところが今日では本格的な学問分野として私たちにも見えてくるようになった、ということではないのか。書き写すと、ありきたりな言いぐさであるが、これが当日の感想であった。学会創設五十周年記念（通算第九十八回）大会に参加され、大いに盛り上げてくださった中世文学会会員、非会員の諸兄姉に心より御礼申しあげます。

最後になったが、この創立五十周年記念の特別企画が常任委員会の議題にのぼったのは、さかのぼれば筑波大学（犬井善寿、稲垣泰一各氏）が事務局の折で、続く慶応義塾大学（関場武、石川透各氏）の折に分科会と全体討議の大がかりなシンポジウムを行うことが決定され、全会員に分科会のテーマについてのアンケート調査までした末、青山学院大学（廣木一人、佐伯真一各氏）のもとで、このようなかたちで具体化したものである。また、各分科会のコーディネーターの諸氏には、分科会内部での了解や全体討議への展開のさせかたにわたって、メールのやりとりにより意見交換されたほか、何度かコーディネーター会議も開き、最終的には全分科会の発表資料の資料集（8頁）も間に合わせられた。有意義な実り多い時間を過ごすことができたことについて、あらためて関係各位に感謝申しあげる次第である。

※本稿はシンポジウム開催後に執筆されたものです。

第Ⅱ部● 中世文学会、50周年に寄せて

今は未来

バーバラ・ルーシュ（Barbara RUCH）

米国フィラデルフィア市生れ。コロンビア大学大学院博士課程修了、文学博士。現在、コロンビア大学名誉教授、中世日本研究所所長。
主著・主要論文：『もう一つの中世像』（思文閣）、「中世の遊行芸能者と国民文学の形成」『室町時代・その社会と文化』（豊田武、J・ホール編、吉川弘文館）、「中世文学と絵画」『岩波講座日本文学史』、Various English publicationなど。

二〇〇六年が中世文学会の五十周年記念の年に当たると聞いて、私は本当に驚いている。ということは、創立の年が一九五六年ということになり、考えてみると、それは私自身が日本の中世文学と文化史を学び始めるわずか二年前のことであった。当時私は、中世文学は学問分野として少なくとも五十年は存在していたに違いないと考えていた。その理由はアメリカの図書館で手探りで勉強を始めた際に、今泉定介、畠山健、平出鏗二郎、藤井乙男といった明治時代の学者が遺した御伽草子や近古小説に関する書物を読んでいたからであった。

周知のごとく、日本における近代的な大学は十九世紀後半に創設され、欧米と同じような学部が設けられた。当然のことながら、国文学には多くの学者が引きつけられ、とくに古代と近世、つまり奈良・平安時代、そして元禄時代以降の文学の研究に多くの学者が関心を抱いた。しかし、両者の間の約五百年間、つまり鎌倉・室町時代に開花した文学については当時の人たちはあまり興味を覚えなかったようだ。

学び始めてしばらくすると私は、国文学において中世文学は孤児あるいは継子であるように感じた。もちろん、一九三〇年代、いわゆる室町時代小説の重要性を認識し、これに関心を抱き始めた学者もいた。野村八郎や藤村作のような学者がそうであるが、彼らは、現存する中世文学の文献の所在を確かめ、収集することが一番重要なことであると認識していた。横山重や、のちに松本隆信などがこの分野において第一級の貢献をなした。

早くには野村八郎が、そしてその後、市古貞次が中世の物語の収集を超える仕事に着手した。彼は、物語の内容、著者の種類、さらにはそれ以前の他の文学ジャンルとの関係などに基づいて中世小説を整理し、分類化したのである。信じられない感じがするが、これらのことは中世文学会が誕生する以前に行われたのである。大学院の学生であった私にとって、これらの明治、大正、昭和の学者たちの研究は実に貴重な存在であり、良い意味でも悪い意味でも大きな影響を受けた。とくに、現存する資料を捜し求め、整理し保存するといった仕事に対して、その重要性をはっきり認めることができた。これらの作品は、いわばタイムカプセルのようなものであり、作品がつくられた時代に関していろいろ具体的な状況を教えてくれる。

再来年に四十周年を迎えることになったが、一九六八年、私はアメリカに中世日本研究所を設立した。それは日本においても海外においても同様に、鎌倉・室町時代の文学と文化史がほとんど評価されていない状況を何とかしたかったからである。目的の一つに、海外に流出した作品の調査があった。当時、ほと

今は未来

バーバラ・ルーシュ（Barbara RUCH）
■コロンビア大学名誉教授・中世日本研究所所長

んど知られていないことであったが、十九世紀から二十世紀初頭にかけて、絵巻や奈良絵本の形で残っている多くの中世文学作品が外国のコレクターによって収集された。これらの作品の多くが実に美しくチャーミングであり、十分鑑賞する価値があるという理由で海外に流出したのである。

その後、設立から十年を経て、中世日本研究所は一九七八—七九年、欧米に流出した奈良絵本や物語絵巻をテーマとして初の国際奈良絵本研究会議をロンドン、ダブリン、ニューヨーク、東京そして京都で開催した。以来、同研究所は、いろいろなプロジェクトを実施し、鎌倉・室町時代の文学・文化史の領域において軽んじられてきたテーマと取り組んできた。とくに最近においては女性の作家・詩人、尼僧の歴史、彼女たちの文化面における貢献などの研究について力を入れている。

このような調子で昔話をはじめると、あっという間に制限の枚数を超過してしまいそうなので、以下では「中世文学研究の過去・現在・未来」のうち、主に未来を考える際に参考になることを中心にして語りたい。過去五十年の歴史の中で活躍した古参の学者が次の五十年における発展の仕方にあれこれ口を出すのは良くないと思っているが、古参の外国人学者の願いと思って読んでほしい。とくに大学院の学生として中世文学の道に入ったばかりの若者に向かって語りたいと思う。これから述べることは、私自身が直接経験したもの、後知恵的に洞察できたもの、そして自身の失敗と成功に基づいている。若い皆さん方に役立てばという想いからである。

第一に、われわれの世代と若者の世代との間には恐ろしいほどの断絶が存在する。例を挙げてみたい。私が大学院の学生だった頃にはコンピュータは重さ数トン、トラックほどの大きさで、工学系の学部に設置されていたくらいのものであった。われわれが重宝したタイプライターでさえ今日では映画でしか見られなくなったが、五年ほど前からインターネット、チャット、ブログなどが学問の世界に入ってきた。その結果、学問の在り方が根本的に変わりつつあり、大学内の文化にも革命的変化が起こっている。新しい情報の求め方、そしてそれらの交換方法に根本的な革命が起こっていることについて認識する必要がある。

未来を予言することは難しく、学者は預言者ではない。五十年前、われわれの誰が資料をデジタルのスキャナーで取り込み、ニューヨークから京都へ送ったり、またロンドン、ローマ、モスクワ、ソウルの各都市の同僚にあっという間にメールを送ったりして意見を交換するなどとは想像できただろうか。しかし、いまや未来はすでにわれわれと共にある。日本国内の状況については詳しく知らないが、英語を解する学者についていえることは、世界中のいわゆるジャパン・スペシャリストは皆、ネットを介してサイバースペース上の一部屋に集合しているも同然である。H-NET JAPAN, H-NET BUDDHISM, JAHF (Japan Art History Forum)、pmjs (Premodern Japanese Studies) などの研究集団の活動によって、いつ、そしていかにして研究を進めるべきかについて革新的な変化が起こっている。つまり、いまや何時でもわれわれは、極めて高レベルの研究内容の詳細をすぐに交換できるし、研究者同士のアイデアや理論、そして新しい資料に接することが可能となった。もっとも純粋な意味でこれは自由な交換なのである。教授であろうと学生であろうと、距離や時差に関係なく、Q and Aの形で、つまり質疑応答の形で情報がネット上を行き来する。

あえて予言しておきたい。おそらく日本を含めて五年以内に伝統的な発表会はサイバースペース上の、何らかの形の発表会に取って代わられるに違いない。発表会という概念自体が近い将来において根本的な変革を迫られるに違いない。というのは、伝統的なものは、効率が悪いからである。これからは、新資料や新理論のためのワークショップという形で考え直されなければならないだろう。そしてその際、同じ専

今は未来

バーバラ・ルーシュ（Barbara RUCH）
■コロンビア大学名誉教授・中世日本研究所所長

門の学者だけではなく、異なった専門分野や視野をもつ専門家を集めるべきだろう。

第二に、そもそも十九世紀の遺物である、中世文学会や中世日本研究所の「中世」という言葉（英語のmedievalの直訳）を狭義に解釈することをやめることである。従来のような「中世」という概念は、ビクトリア朝時代の思考方法の名残であり、これが日本に輸入され、明治期の学者によって受け入れられたものである。しかし、現在では日本の中世文学作品は、このような人工的な整理箱にはうまく入らないということがわかってきている。過去に無視された作品や作者の見直しから、より優れた概念的枠組みが徐々に形成されつつあり、日本文学史の形は変わって行く必要がある。多くの中世文学作品は、そのルーツは飛鳥時代くらいまで遡ることが可能で、その後も寛永・万治・文政・天保頃まですばらしい色と形の花を実らせ続けた。

中世日本研究所も「中世」といいながら、実質的には明治前日本研究所へと変貌してしまっている。さらには扱う文学作品によっては、単に言葉だけでなく、神仏信仰・音楽・年中行事・美術などもカバーする必要があることが明らかになった。間違った境界をもった、古い時代別のカテゴリーはいまやリストラされるべきであり、代わって新しい、もっと相応しい枠組みが作り上げられるべきであろう。たとえば、尼寺文学分野や公案和歌分野はいったいどこにあるのだろうか、私は不思議に思う。

第三に、学者としての人生のスタートを切った後、すぐに、ジャンル、時代、方法論、テーマ、作者を選ぶことになるだろう。一つ注意すべきことは、いったん選んだら、人工衛星のように定まった軌道上を運行することになり、簡単には別の軌道へと移ることは難しい。しかし、あなた方は、いろいろな素晴しい宝物が目標へと向かう道すがら見つけられると期待する。いや、そういうふうには考えない人もいるかもしれない。というのは、あなた方が研究しているテーマは、指導教授やその恩師たちが学ぶに値すると判断して、あなた方に手渡してくれたものであり、それ以外に宝物は存在しないと思っているからである。

しかし、そうではなく、実際は、多くの文学作品、作家、ジャンルが注目されることなく、まるで絶滅に瀕した生物のように無視されているのである。もし誰かがこれらを見つけ、拾い上げ、その重要性を認識し救い出さなければ、永遠に失われてしまうことになるだろう。文学の研究というのは、謡曲や書道を習う時のように、師の手本を繰り返し見習うことではない。これは繰り返して成就されるものでない。恩師が引退したあと、あなた方はそのあとを継ぐことになるかもしれないが、文学の教育は、師のマネをし、師のクローン人間になることではない。

私が皆さん方にお願いしたいことは、すでに価値が定まったものではなく、未知の価値のものに挑戦してほしいのである。いわゆる中世文学を作ったとされる詩人、作家、画家、伝道師、芸人たちからなる世界については、ほんの一部分しか研究されていない。時には、よく分かっているとされるものでも、未知の部分を含んでいることがある。だから、既存の研究だけで十分であるなどとはくれぐれも考えないでほしい。それはかつてはすばらしい研究であったかもしれないが、新しいデータと比較し、別の枠組みで考え直すと、まったく異なった解釈が可能となるかもしれない。さらに、以前、重要でないとして見過ごされたものが本当に無視してよいものなのかどうかという問題もある。

一九五八年当時、奈良絵本とは私が教えを受けた教授たちによると、文字が読めない女性たちのための、雑なつくりの優雅さを欠いた文学のことであった。しかし私は、奈良絵本を、文化史的に美しく豊かで、感銘を与えるものと評価している。さらにいうと、おなじく私の先生たちによると、一九六〇年当時、絵解きはもはや現存せず、それは日本文学史上、たいした影響を与えなかったものであった。ところが、私は日本国中をいろいろ探しまわって絵解きがまだ健在であることを見つけたし、文学と密接な関係を持っ

今は未来

バーバラ・ルーシュ（Barbara RUCH）
■コロンビア大学名誉教授・中世日本研究所所長

ていたこともわかってきた。現在、奈良絵本への関心が再び高まっていること、また絵解き研究会の活動が盛んになっていることなどを考えると、最初の頃の私の恩師たちは、もちろんそれぞれ素晴しい業績の持ち主であったが、やはり間違っておられたという以外に言いようがない。

日本文学研究の一つの弱点は、鎌倉時代から江戸時代まで日記、和歌、お寺の縁起、あるいは随筆等を書いた女性たちに関する研究書が少ないことである。十九世紀の学者は、女性の著作物には一切研究価値を認めなかった。その後、終戦後になり、新しい資料が見つかった後もこの傾向はほとんど変わらなかった。二十年ほど前のことであるが、ある研究所の所長との会話で私は、この傾向の一端を垣間見た思いがした。この所長に尼寺院の資料調査を提案したところ、研究に値するようなものはほとんどないし、それよりなにより、男は女性について研究するのが恥ずかしいのです、というのが返答だった。

過去数年にわたって、幸運にも、わずかながら現存する京都と奈良の尼門跡寺院を調査するという機会に恵まれ、大変に感謝している。プロジェクトはまだ現在進行形であるが、調査の結果、いままでにわかっただけでも中世初期の皇室と社寺関係の女院と女房がいろいろな役割を演じていたことである。もし彼女たちが奈良の尼寺院に入寺していなかったら、そして後代の、京都と奈良の門跡尼寺がなかったならば、現代の日本人が大変誇りに感じる平安時代の文学や年中行事や文化伝統は、はたして現在われわれが知るような完全なかたちで今日まで伝わったのか、私は疑問に思う。門跡尼寺院の研究が進むにつれて、政治的・経済的・宗教的・歴史的・美術史的・文学史的側面において多くの思いがけない新事実がもたらされると信じている。たとえば、十三世紀の信如尼や十八世紀の只野真葛などの素晴しい作品が再発見されているが、これなどまさしくわれわれに希望を与えてくれる。

新技術の発展や、豊饒の角（コルヌコピアアイ）のような資料群を前にして、中世文学の近代的な研究が始まって以来、私は次の十年がここ百年のうちで最も刺激的な時になるのではないかと思っている。これは中世文学会が直面しているチャレンジでもある。若い世代が率先してこれに取り組むことを切に願いたい。

今は未来

バーバラ・ルーシュ（Barbara RUCH）
■コロンビア大学名誉教授・中世日本研究所所長

プロの気概と腕をもちたい

高橋昌明（たかはし・まさあき）

一九四五年、高知県高知市生れ。同志社大学大学院修士課程修了、博士（文学）。現在、神戸大学文学部教授。

主著：『酒呑童子の誕生』（中公文庫）、『増補改訂・清盛以前─伊勢平氏の興隆』（文理閣）、『武士の成立 武士像の創出』（東京大学出版会）

本書を編集された目利き・手練れにとって、素人や外野席への期待が、精緻で学術的な論であるはずがない。良くて囲碁の傍目八目、せいぜいまぐれ当たりか、実際には枯れ木も山のにぎわいだろう。それでも、頼まれるということは嬉しいことである。

ひるがえって、執筆を応諾したのは、日ごろ味噌や醤油を拝借しているお隣さんに、お礼かたがた不満も申し述べておこう、と思ったから。

不満の一つは、この分野の先端研究が、一種の素材主義に陥っている、と映ることである。表白や聖教類、または中世日本紀の翻刻など、新しい材料の発掘は、一層盛んであるやに見える。それはそれで、大切な学問的営為に間違いない。

周知のことだが、かって中世日本紀について、伊藤正義氏は、文学としては「塵芥」にも等しいものであるが、中世文学はまさに、この「塵芥」を「堆肥」とする土壌の上に咲き出た美しい花なのだ、と述べられた（「中世日本紀の輪郭—『太平記』におけるト部兼員説をめぐって」『文学』四十巻十号、一九七二年）。

至言である。追っかけていいたい。材料発掘が素材提供の次元にとどまっては困る。「塵芥」を後生大事と考える人はいない。そして「堆肥」として活用するには、「塵芥」を「堆肥」に変える研究者の側の錬金術、つまり挫折を許さない熱情と、体系的な思想と実践を兼ね備えた独自な世界解釈の枠組みが要る。

小さな体験を述べる。私は、自分の平家研究の一環として、一昨年「平重盛の四天王寺万灯会について」（『国文論叢（神戸大学文学部国語国文学会）』三四号）という論を公にした。これには史料として、十二巻本『表白集』に収載された「小松大納言於四天王寺修万灯会導師表白」を使った。

十二巻本『表白集』は、いうまでもなく、仁和寺守覚法親王周辺において撰述された表白の類聚で、諸仏事・法会・修法のための表白を集成したもの。成立は鎌倉初・前期と考えられている。小論では、当該表白作者の周辺、製作時期、当時における四天王寺万灯会の開催状況など背景になる諸事実を考察し、あわせてそれが平重盛の人間像にかんする同時代人の認識を示しており、また議論の多い覚一本『平家物語』「灯炉之沙汰」への新たな探求を可能にする、重要資料であるゆえんを論じた。

私はこの表白の存在を、牧野和夫氏の紹介の論で知ったが（「十二巻本『表白集』三種、影印（一）」（『実践女子大学文芸資料研究所年報』第九号、一九九〇年）、そのより徹底した分析のため、十二巻本『表白集』各種テキストの実見から始め、東寺観智院金剛蔵本、早稲田大学図書館蔵本、京都女子大学図書館蔵

プロの気概と腕をもちたい

髙橋昌明（たかはし・まさあき）
■神戸大学文学部教授

本、国立歴史民俗博物館所蔵田中穣氏旧蔵本などの紙焼写真を蒐集した。そして身のほども省みず、表白の釈文、読み下し、はては語釈まで試みている。その際多くの方の教示をえたが、駑馬の手にはあまり、苦労のあげく文字通り「労作」になった。

問題はその先にある。一年以上かかって私のやったこととといえば、十二巻本『表白集』全体二三一首の中の、ただの一首の分析。論文作成中に、同集に収載された数多の表白を横目で見、ここには院政期の政治・社会・文化・信仰にかかわる、多彩できわめて重要な情報が埋もれている、と幾たびも痛感した。なぜ中世文学の研究者は、この沃野もしくは豊饒のジャングルに、本気で分け入ろうとしないのか。

重ねていいたい。いくつかの拠点大学やグループによってはじめられた、これら表白・聖教・中世日本紀などの所在探索、公開が、文学研究にとって、いかに大きな意味をもった仕事であったかと。だが、にもかかわらず、それらのほとんどは、まだ基本的には材料の紹介と集積にとどまり、それをもとにした、見通しを持った深い個別分析や全体的な論が行われるところまでいってないのではないか。

先に牧野和夫氏の該表白についての先駆的言及に飽きたらず、より徹底した分析を試みたと述べた。牧野氏を非難しているのではない。氏の『平家物語』にかんする一連の仕事を一瞥しただけでも、文学的「塵芥」にかんする氏のこだわりが、『平家物語』成立史研究に貴重な貢献をしていることは、明白であろう。氏が他の仕事にかかっておられるあいだに、たまたま私が抜け駆けの一点突破を試みただけの話である。

シャープな問題提起が欲しい。噛みごたえある論が欲しい。彫心鏤骨の叙述が欲しい。研究者がおかれている状況からいえば、手間暇かかるそれらより、新材料の発掘が速効だし、業績もあげやすかろう。また、学際が要求される現在の研究において、日本文学研究者が、日本史など他分野の研究の隅々まで通暁するのは大変なのだろう。

これは、省みて他をいうたぐいである。私が木村茂光氏とともに編集を担当した歴史学研究会・日本史研究会編『日本史講座3　中世の形成』（東京大学出版会、二〇〇四年）では、「院政期文化の特質」の執筆を阿部泰郎氏に依頼した。刊行後知人から、なんで日本文学研究者に頼んだのだ、と非難がましい言があった。しかし、氏の博識と目配りに匹敵する、この方面の歴史研究者を思いつかなかったのが、実情である（このテーマに、歴史だ文学だという垣根があるとは思わなかったのも、事実であるが）。

つまり、いいたいことは、料理にたとえれば、新奇優先の食材調達、慌ただしい下拵えにとどまるのではなく、絶妙・洗練の味付け盛りつけ、そして最後に食卓の快適さを盛り上げる気配りまでして、はじめて一人前の調理人たりえる、ということである。

同じことの延長だが、第二の不満として、文学研究は「文学」学である以上、文学的な感動をともなわねばならないはずだ。ろくに読んでもいないことを棚にあげ、不遜にも、乱暴にも、いま、それが乏しいのではないかといいたい。

たとえば『平家物語』研究。今日は、諸本研究や注釈、あるいは「語り」の実態からせまる研究が主流で、文学論や作品論からのアプローチは、十分でないのだろう。この方面で、つねに念頭にあるのは、石母田正の岩波新書『平家物語』（以下新書平家と略称）である。私は、いまから半世紀前にものされた、この作品に惚れこんできた。その間の事情については、第一章の知盛論を中心に、短いオマージュを捧げたことがある（「『平家物語』と私」石井進編『歴史家の読書案内』吉川弘文館、一九九八年所収）。

もちろん、新書平家には山ほど問題がある。まず、氏が分析対象としたのは覚一本系で、広本（非当道系諸本）、なかでも古態を残すとされる延慶本の成立過程を、どう考えていたのか、明らかでない。当時渥

プロの気概と腕をもちたい

髙橋昌明（たかはし・まさあき）
■神戸大学文学部教授

美かをる・佐々木八郎などの、語り本から増補本（読み本）へというシェーマが、当然と信じられていたからではあろうが。

また、第三章の『平家物語』の増補過程を論ずる個所では、「原平家はおそらく年代記という形式をとった叙事詩であったろう」（一五〇頁）と述べている。今日の研究水準からいっても、原平家が年代記的要素を含むものだったという点が、否定されるとは思われない。しかし、叙事詩と年代記は別個のものである。氏が読みこんでいたヘーゲル『美学講義』に照らしても、である。

この元来質を異にするものを、意識的に混同させることによって、氏は原平家を叙事詩と強弁しえた。また、それにより、新書平家の泣かせどころとして、多くの読者を惹きつけた知盛にかんする叙述なども、『平家物語』の本来的な構成部分に位置づけることができた。運命の人間にたいする支配の問題は、叙事詩の主要なテーマだからである。

実際には、運命の支配とそれへのそれぞれの対応姿勢を語る知盛・重盛論は、原平家は年代記的叙述であると言う主張と不協和音をかなでており、しかも氏は「平家物語の本来の形式（筆者注、年代記）をつきやぶっていった最初のものは、おそらくこの合戦記の種類だったであろう」（一五九頁）という。

これは、氏の前述の主張にもかかわらず、叙事詩部分が増補されたものだというに等しい。加えて、増補の口火が、まず合戦に参加した者、それを見聞した者によって切られたとの推測は、『平家物語』は、武士=在地領主層の関与によって増補が進み、その豊かな達成を見たのだ、という主張を含意している。在地領主制論の立場からする平家成立論、といわざるをえない。

ここにあるのは、氏の（英雄）叙事詩への過剰な思い入れである。その思想上の背景は、彼の民族論あるいは国家形成論（英雄時代論や革命の指導の問題）との関係で、論じられねばならないだろう。が、いまは措く。

このように、新書平家の問題点や混乱は多い。それでも私の同書にたいする愛着は変わらない。他のどんな『平家物語』研究が、あれほどの衝撃と感銘、古典文学を読む喜びを与えてくれたのか、という感慨からである。

文学と文学研究は、もちろん同じものではない。けれど、対象たる作品（群）の喚起するもろもろの魅力や衝撃力の、よってきたるゆえんを解析し、より深めてくれない文学研究に、そも、何の誘惑される喜びがあろうか。専門家は知らず素人が、いや私が、文学研究者にあこがれ、期待するものは、かかってそこにある。新書平家をきびしく批判するのも、新書平家を越える『平家物語』研究を読みたい熱望からに他ならない。

地道な基礎作業の重要を軽んじるのでは、断じてない。しかし、基礎作業は、他日の晴れ舞台のためにこそあり、それ自体が自己目的ではなかろう。

自主トレや練習試合に、入場料を取るプロ野球があるとすれば、そんなものはクソ食らえ。プロ選手は、本番、公式戦でこそ、鍛え抜かれた技量を輝かす。おまけに追試にたえうるサプライズ。学問のプロもそのためにこそ、存在するのだ。

プロの気概と腕をもちたい

髙橋昌明（たかはし・まさあき）
■神戸大学文学部教授

神話創造の系譜

――中世から捉え返す視点――

末木文美士（すえき・ふみひこ）

一九四九年、山梨県甲府市生れ。東京大学大学院博士課程修了、博士（文学）。現在、東京大学大学院人文社会系研究科教授。

主著：『平安初期仏教思想の研究』（春秋社）、『鎌倉仏教形成論』（法蔵館）、『日本仏教思想史論考』（大蔵出版）など。

いわゆる鎌倉新仏教中心史観が批判されるようになって三十年経った。その間、中世宗教をめぐる研究動向は大きく動き、中世の豊かな精神世界が明らかになりつつある。各地の寺院経蔵の調査が進み、新資料が多数発見されると同時に、それまで否定的にしか見られなかった神仏習合や密教、あるいは諸宗兼学などのあり方が、さまざまな可能性を含むものとして再評価されるようになってきている。また、従来は縦割りの研究分野がそれぞれ相互に無関係に研究を進めていたのが、それでは済まなくなって、分野横断的な協力が不可欠となりつつある。

変転する時代状況を背景に、社寺をセンターとして、思想・儀礼・文学・芸能・美術など、さまざまな

神話創造の系譜—中世から捉え返す視点—

末木文美士（すえき・ふみひこ）
■東京大学大学院人文社会系研究科教授

分野が相互に交錯しながら総合的な世界を作り上げ、さらにそのネットワークが縦横に広がっていくさまからは、きわめて躍動的、かつ重層的な中世文化の魅力が伝わってくる。鎌倉新仏教中心史観を批判し、その後の研究をリードした顕密体制論は、その提出者である黒田俊雄の図式を超えて、新たな方向を指示し、いわば顕密文化論ともいうべきものへと発展しつつあるように見られる。

ただここで注意すべきは、鎌倉新仏教中心史観は単に客観的な歴史研究の理論としてでてきたものではなく、明治以後の近代化の中で、どのように日本の仏教を再構築するかという課題に対応する、きわめて実践的な意義を有するものであったということである。そこで、新仏教の合理的な面がクローズアップされることになったのである。それ故、その崩壊はそのまま近代化の行き詰まりと次の段階への模索と対応するものとなる。もちろん、合理的な近代主義が行き詰ったからといって、そのアンチテーゼとして前近代の非合理主義を持ち出すだけでは、単に懐古的な反動にしかならないであろう。中世的な発想の特徴を明らかにしていくことは、単にそれだけを孤立的に取り出して賛美することではなく、それを思想史の流れの中にもう一度戻して、思想史全体の捉え直しに向かわなければならない。

ここでは例として、中世神話がどのように思想史の中に位置づけられるかを見ることにしよう。『大和葛城宝山記』の巻頭の宇宙形成神話は、仏典に基づく中世神話のひとつの典型を示すものとしてよく知られている。

> 蓋し聞く、天地の成意、水気変じて天地と為ると。十方の風至りて相対し、相触れて能く大水を持つ。水上に神聖（かみ）化生して、千の頭二千の手足有り。常住慈悲神王と名づけて、違細と為す。是の人神の臍の中に、千葉金色の妙宝蓮華を出す。其の光、大いに明らかにして、万月の倶に照らすが如し。花の中に人神有りて結跏趺坐す。此の人神、復无量の光明有り。名づけて梵天王と曰ふ。此の梵天王の心

より、八子を生ず。八子、天地人民を生ずる也。此を名づけて天神と曰ふ。亦天帝の祖神と称す。

（『日本思想大系19・中世神道論』の訓読に拠る。ただし、片仮名は平仮名に統一した）

これはすでに知られているように、『雑譬喩経』第三十一話（大正蔵四・五二九中）によっており、そのもととなる神話は『バーガヴァダ・プラーナ』などに見える（上村勝彦『インド神話』、ちくま文庫、二〇〇三、二五八～二六一頁）。それ故、神仏習合というよりも、仏典を通してのインド神話の発見とも言うべきものである。土着の神祇信仰を神道として理論化する過程で、インドの土着宗教であるヒンドゥー神話に着目したのは、中世神道が他方で中国の道教や五行思想に注目していることと考え合わせて納得のいくことである。それ故、単純な神仏習合とはいえないのである。

ところで、『雑譬喩経』と較べて見ると、無視できない相違がある。『雑譬喩経』の冒頭は、以下の通りである。

劫尽き焼くる時、一切皆空なり。衆生の福徳因縁力の故に、十方の風至り、風風相次ぎて能く大水を持つ。水上に一千頭の人、二千の手足なる有り、名づけて違細あり。

即ち、宇宙的な大水の中で違細（ヴィシュヌ）神の営為が始まるのである。それに対して、『宝山記』の冒頭は「天地の成意、水気変じて天地と為る」とあり、天地生成から始まっている。これは明らかに『日本書紀』の天地生成を念頭に置いている。『書紀』本文の冒頭は、以下のようになっている。

古に天地未だ剖れず、陰陽分れざりしとき渾沌れたること鶏子の如くして、溟涬にして牙を含めり。其れ清陽なるものは、薄靡きて天と為り、重濁れるものは、淹滞ゐて地と為るに及びて、精妙なるが合へるは摶り易く、重濁れるが凝りたるは竭り難し。故、天先ず成りて地後に定る。然して後に、神聖、其の中に生れます。（岩波文庫『日本書紀』一の訓読に拠る）

神話創造の系譜―中世から捉え返す視点―

末木文美士（すえき・ふみひこ）
■東京大学大学院人文社会系研究科教授

『書紀』が『古事記』と相違するのは、『古事記』が「天地初めて発けしとき、高天の原に成りませる神の名は、天之御中主神」云々と、天地生成を前提として高天原から始まるのに対して、『書紀』本文は天地生成から始まっていることである。『宝山記』は明らかに『書紀』を継承している。中世には『古事記』がほとんど読まれず、『書紀』が重視されたことを考えれば、これは当然のことである。『書紀』の冒頭が『淮南子』などに拠っていることを考えると、中世神話が仏典に拠り所を求めたとしてもそれほどおかしいことではない。『書紀』に較べると『宝山記』の冒頭はやや雑駁であるが、だからと言って、それほど非合理的で、わけのわからないものとは言えない。神話は古代で完成したものではなく、中世へと継承され、発展し続けたと考えるべきであろう。

口伝や秘儀を通して発展し続けた中世的な思惟は、近世の文献主義によって批判され、終焉を迎えたとされる。近世の文献主義というと、ただちに荻生徂徠や本居宣長が思い浮かべられるが、仏教でも、天台における安楽派や、華厳の鳳潭らによって文献批判の口火が切られ、むしろ徂徠らに先立つともいえる。しかし、神話の展開から言えば、何と言っても宣長による『古事記』研究が大きな画期をなすものであった。文献は公開のものとして検証可能であり、その解釈を通して客観的に古代の発想を明らかにしようという宣長の方法は、中国における考証学や西洋の文献学と軌を一にするものであり、そのまま近代の歴史学・文学研究に継承される。

それでは、中世まで継承された神話の創造は消滅してしまったのであろうか。宣長の方法自体が独断の強いものであることは今日すでに明らかとなっているが、より顕著な神話の創造は、宣長を継承したとされる平田篤胤において見られる。篤胤は『霊能真柱』や『古史伝』において独自の神話を創造する。例えば、『霊能真柱』では図を用いて世界と神々の生成の過程を十段階にわたって述べ、天・地・泉の三層構造と、神々の支配体制を明らかにしている。その第一段階は次のように述べられる。

古の伝に曰く、古天地未だ生らざりし時、天御虚空に成りませる神の御名は、天之御中主神、次に高皇産霊神、次に神皇産霊神、此三柱の神は、並独神なりまして、御身を隠したまひき。（岩波文庫版『霊の真柱』による）

これは一見『古事記』の冒頭に似ているが、『古事記』では、「天地初発之時」の高天原から始まっているのに対して、ここでは「天地未だ生らざりし時」であり、「天御虚空」に神々が生れる。『書紀』でも『宝山記』でも天地がまずできて神々が生れるのに対して、天地以前の神々の生誕を語る点で、特異である。

この「古の伝」について、篤胤は、「こゝに、古の伝に曰くとて挙たるは、予諸古典（いにしえぶみ）に見えたる伝どもを通考（あわせかんが）へて、新たに撰びたる古史の文なり」と述べており、実際にある古典ではなく、さまざまな古典をもとに篤胤自身が再構成したものであると知られる。しかし、それを果たして「古の伝」と称することができるであろうか。宣長から出発して篤胤の研究へと進んだ子安宣邦は、「『霊能真柱』などの篤胤の著作類に初めてまともに接した私は、彼のテクストが見せる異貌と、彼の抱く関心の異様さにまず驚かされざるを得なかった」（『平田篤胤の世界』、ぺりかん社、二〇〇一、六頁）と告白し、「宣長の『古事記伝』を前提にして国学の注釈学を考えていた私にとって当初、篤胤の『霊能真柱』や『古史伝』は紛い物とみなされる異様なテクストに見えたのである」（同、七頁）とさえ言っている。

確かに宣長から篤胤へという流れで見るならば、篤胤の「古の伝」は「紛い物」と見られてもおかしくないかもしれない。しかし、中世神話の流れが明らかになった今日の目で見れば、神話の創造は決して「異様」でも「紛い物」でもない。中世神話は伝承と新たな創造とが分かちがたく一体となっているところに成り立っていたのである。そうとすれば、篤胤の神話への立ち向かい方は、ある意味で中世的な発想を継承したものと言うことができる。宣長が知識人好みでもてはやされたのに対して、篤胤がより草の根的なレベルに浸透したのは、ひとつにはこのように中世から継承した発想が深層にまで届くものを持っていたからではなかっただろうか。

明治以後、宣長的な『古事記』を変容させた神話が国家神話として採用され、教科書を通して国民に強制された。それに対して、自由な神話の創造は新宗教などの異端の世界において生き続けた。国家神話と正面から衝突して弾圧を蒙った大本神話や、また、竹内文書などの偽書に見られる超古代史など、近代の合理主義や国家の強制によっても駆逐されることのないしぶとい伝統が受け継がれている。

このように、中世神話的な発想は決して消えてしまったのではなく、近代のもっとも深いところで今日まで我々を規定している。中世を古代や近代と切り離されて閉じたものと見るのではなく、むしろ中世を起点として古代や近代を捉え返すような視点が必要とされるのではないだろうか。

神話創造の系譜—中世から捉え返す視点—

末木文美士（すえき・ふみひこ）
■東京大学大学院人文社会系研究科教授

祭文研究の「中世」へ

斎藤英喜（さいとう・ひでき）

一九五五年、東京都生れ。日本大学大学院博士課程満期退学。現在、佛教大学文学部教授。
主著：『アマテラスの深みへ』（新曜社）、『いざなぎ流　祭文と儀礼』（法蔵館）、『安倍晴明―陰陽の達者なり』（ミネルヴァ書房）など。

一九七〇年代後半、本地物や寺社縁起、御伽草子などを「中世神話」として読む方法を提示したのは、藤井貞和、長谷川政春、古橋信孝など古代文学の研究者たちであった［1］。沖縄・南島古謡との出会いから、記紀神話の彼方に〈始原としての神語り〉を構想する発生論の方法的射程［2］の中で、「中世神話」は、始原の神語りを様式化しつつ、始原としての古代からの距離として発見されたのである。その方法は柳田国男や折口信夫の「民俗学」の再評価や「反近代主義」という思想的な動向とクロスし、文学研究の流れを発生論がリードした時代を現出させたといえよう。

一方、『文学』一九七二年十月号掲載の伊藤正義「中世日本紀の輪郭」を起爆剤に、八〇年代以降、阿部

泰郎によって、『日本書紀』原典から大きく逸脱した注釈、口伝、独特な物語を派生させていく「中世日本紀」という言説運動を掘り起こす研究が展開し［3］、さらに山本ひろ子、伊藤聡らによる伊勢、叡山、長谷などを拠点とした「中世神道」研究のニューウェーブとも呼応して［4］、「中世神話」研究は、発生論の方法的射程から大きく飛躍していった。ここに中世神話の問題は、中世固有の神話言説と王権儀礼の相関関係、さらに霊知、神学、偽書の探求へと転回していく［5］。その動向は、桜井好朗をして『祭儀と注釈』（一九九三年、吉川弘文館）という著書を一気に生み出させるほどのエネルギーを噴出し、文学、思想、歴史を巻き込む形での「中世」研究における一大ムーブメントとなったといえよう［6］。それが八〇年代以降の「ポストモダン」の時代状況と不可分にあったことは、まちがいない。

かくして一九九八年に、山本ひろ子が岩波新書の一冊として『中世神話』を刊行し、あるいは一九九九年に『解釈と鑑賞』が「日本紀の享受」を特集し、さらに同年、阿部泰郎・山崎誠編『中世日本紀集』、伊藤聡編『両部神道集』が真福寺善本叢刊として出版されるにおよび、「中世神話」研究（日本紀、神道説）はひとつのピークを越えたといえようか。

さて、そうした状況にあって、二〇〇二年、山本ひろ子が注釈・神学・唱導とともに、「祭文」を中世神話のジャンルに加えるべきと提起したことに注目したい［7］。山本によれば民間宗教者たちが神楽や祈禱の場で語る祭文は、祭祀の場での口誦や民間宗教者の管理という性格において南島古謡群と繋がりつつ、中世日本紀などの注釈言説ともリンクしていくというのである。

ところで、従来「祭文」といえば、古代の「祝詞系」「儀式系」のものか近世の「歌祭文」「くずれ祭文」などの芸能化したものしか研究されず、神楽や祈禱の場で誦まれた中世祭文は、「継子あつかい」されてきた——。これは一九七二年に五来重が述べたところなのだが［8］、そこで五来が埋もれた宝庫として注目

祭文研究の「中世」へ

斎藤英喜（さいとう・ひでき）
■佛教大学文学部教授

したのが、早川孝太郎『花祭』「祭文詞章と口伝」に載る奥三河の花祭祭文の膨大な資料群であった。そうした中世祭文の研究は、中国地方の神楽祭文の発掘と解読をすすめた岩田勝の研究によって飛躍的な進展を遂げ[9]、山本ひろ子もそれと呼応するように奥三河の花祭祭文にたいする徹底的な解読を進めた[10]。こうした中世的な祭文を「中世神話」のジャンルに加えることで、中世神話論のあらたな展開を試みたわけだ。

＊

山本論文は、中世神話の系譜に連なる祭文として、安芸、備後、奥三河、土佐物部村などに伝わる「土公祭文」をピックアップし、陰陽道書『簠簋内伝』巻二の「盤牛大王」説話を基点に[11]、中世神道に頻出する「天逆鉾神話」＝中世型「国生み」神話を含みこむ独特な物語世界を解読していく。祭文に分け入ることで、日本紀注釈や神道論、唱導などのテキストとはまた違う、「中世神話」の広がりが発見されたことはたしかだ。

けれども、ここでひとつの疑問を提示したい。山本論文が「土公祭文」を解読するにあたって、「祭文の母胎というべき儀礼・神楽」の現場から祭文を切り離して論じたところだ。「神話」を対象とするために祈禱や神楽の考察をのぞいたというのだが、それは奥三河の「牛頭天王島渡り祭文」を送却儀礼との相関から読み、あるいは「若子の注連祭文」を大神楽・浄土入り儀礼のただ中から解読した山本の祭文研究[12]から見ると、方法的に後退しているのではないだろうか。祭文とは、なによりも太夫や法者、博士といった民間宗教者たちの活動や、祈禱、神楽の現場と密接に成り立つテキストであるからだ。そしてそこにこそ、「祭文」を中世神話に加えることの意義があるはずだ。記紀神話という書かれた神話の枠組みから、祭祀や儀礼の現場との相関、宗教者の身体や声の側へと「神話」を奪還すること。それこそが神話研究にお

祭文研究の「中世」へ

斎藤英喜（さいとう・ひでき）
■佛教大学文学部教授

ける「祭文」の意義であった。

山本論文が、「祭文」を中世神話のジャンルに加えるべきという注目すべき提言をしつつ、そこで展開された論では祭文研究の一番重要なポイントがはずされていた。それは「中世神道」の言説を、身体を介在した神秘体験や儀礼的思考から生成することを明らかにした[13]、山本自身の方法的立場さえも裏切ることになろう。

＊

祭文を儀礼との相関のなかで読むとは、「中世神話」論、ひいては神話研究にとって、どのような可能性を孕むのか。以下、物部村いざなぎ流の現場から見てみよう。

いざなぎ流の「大土公祭文」[14]は、いざなぎ流七通りの祭文に入る基本祭文のひとつであるが、さらに「大将軍の祭文」とともに天（てん）の神祭祀における中心祭文となっている。天の神とは、物部村（旧槇山村）における中世惣領制の土居筋によって祭られた最高神で、神聖な竈が神格化されている[15]。竈神と土公神との習合は広く民俗信仰に見られるものだが、陰陽道の根本である暦＝宇宙的時間の起源を語る「大土公祭文」が、村落の最高神＝天の神の祭祀で読誦されるのは、まさしくいざなぎ流固有の儀礼的思考といえよう。

さらに、いざなぎ流の「大土公祭文」は、そこに語られる五人五郎の王子の物語から、「五体の王子」「大五んの乱れ敷（じき）」「五人五郎の王子のうら敷」「五行秘密大古之王子行（おこない）」「五行秘密荒識（あらじき）王子」といった、あらたな詞章が編み出されていく[16]。それらは祭文にたいして「法文（ほうもん）」と区別される詞章で、病人祈禱や調伏儀礼などで用いられたようだ。「大土公祭文」に語られる神々の起源神話をベースに、そこに語られた神を太夫たちが使役する「式王子」（陰陽師の式神の一種）へと転用させていく呪法文といってよい。それは太夫が祭文を独占的に管理していることとリンクしよう。こうした呪法は、鍛冶神の起源を語る「天神の祭文」から「天神血花(ちばな)くづし」「天神九代の行のうら敷」「天神のうら敷上天川」といった法文が派生していくように、いざなぎ流の特徴となっているのである〔17〕。

いざなぎ流の祭文から見える神話と呪術・呪法の関係は、たとえばエリアーデによる「神話」の定義とも通底しよう。

神話の物語る「話」は、…呪術・宗教的力に伴われるためにも秘儀的である「知識」を構成する。なぜなら、物体、動物、植物などの起源を知ることは、それらを意のままに支配、増加、再生産できる魔力を得ることに匹敵する〔18〕。

神話は、たんに神々の起源や祭祀の由来を語るだけではなく、そこに語られる神々の力を自由に操作し、使役する「魔力」と不可分なのだ。神話が語る「起源」の知識を宗教者・呪者が独占的に管理することの理由は、そこにあった。いざなぎ流の祭文は、「神話」の実践的な意味を知らしめてくれるわけだ。

＊

祭文研究における「中世」の可能性は、さらに陰陽道研究の次なる展望ともリンクする。陰陽道研究は、近年の「陰陽師ブーム」の煽りもあってか、「陰陽道」の時代的な特殊性、とくに古代と近世の陰陽道研究はここ数年で飛躍的な進展を遂げたといえる〔19〕。そのなかにあって、中世に関わる研究は、鎌倉幕府や室町幕府と陰陽道との「制度史」的な論点は深められたとはいえ〔20〕、「民間社会」への広がりや「信仰史」的な位置づけなどは、いまだ研究が浅いようだ。

ところで、すでに五来重が指摘したように、祭文は陰陽道研究にとって重要な資料であった〔21〕。それはいざなぎ流の祭文といった「民間バージョン」とともに、たとえば土御門泰継撰『祭文部類』、東坊城和長撰『諸祭文故実抄』に収録された祭文は［22］、中世の信仰史のなかに「陰陽道」をどう位置づけるかというテーマにとって欠かせない資料となる。そのとき、『祭文部類』所載の「呪咀返祭文」や「招魂之祭文」が、いざなぎ流の「すその祭文」、またはミコ神の取り上げ神楽の詞章との接点を垣間見せるなど［23］、中世の「陰陽道」の広がりと深さを測定していくための、多くの可能性が秘められていることが予想されよう。そして、これらの祭文を解読するためには、中世文学研究が蓄積した日本紀注釈や神道説、縁起・唱導を包括する「中世神話」論が重要な方法的武器となることは、まちがいない。

1藤井貞和「御伽草子における物語の問題」、長谷川政春「性と僧坊」（共に『解釈と鑑賞』一九七四年一月号）、古橋信孝「原神話への構想」（『解釈と鑑賞』一九七七年十月号）など。以上、七十年代初出のもの。なお中世プロパーの研究者である徳田和夫「「中世神話」論の可能性」（『別冊國文学・日本神話必携』一九八二年）、福田晃『神話の中世』（一九九七年、三弥井書店）なども「発生論」を射程としている。

2藤井貞和『古日本文学発生論』（一九七八年、思潮社）、古橋信孝『古代歌謡論』（一九八二年、冬樹社）、『神話・物語の文芸史』（一九九二年、ぺりかん社）、三浦佑之『古代叙事伝承の研究』（一九九二年、勉誠社）などが、その代表的な成果である。

3阿部泰郎「中世王権と中世日本紀」（『日本文学』一九八五年五月号、後に補注を加えて、斎藤英喜編『日本神話　その構造と生成』一九九五年、有誠堂に再録）以降の論文。その研究の総括として、「日本紀と説話」（『説話の講座3』一九九三年、勉誠社）、「〝日本紀〟という運動」（『解釈と鑑賞』一九九九年三月号）など。また「中世日本紀」に関する一九九九年までの研究史として、原克昭「〈中世日本紀〉研

祭文研究の「中世」へ

斎藤英喜（さいとう・ひでき）
■佛教大学文学部教授

究史」(『解釈と鑑賞』一九九九年三月号)がある。なお、こうした「中世日本紀」研究の進展は、古代神話研究における「発生論」とは異なる展開ともリンクする。神野志隆光『古代天皇神話論』(一九九九年、若草書房)、津田博幸「日本紀講の知」(『古代文学』37号、一九九八年)、「聖徳太子と『先代旧事本紀』」(古代文学会編『祭儀と言説』一九九九年、森話社)、斎藤英喜「『古語拾遺』の神話言説」(『椙山女学園大学研究論集』30号、一九九九年)など。その研究動向については、斎藤英喜「生成する神話、越境する方法」(『古代文学』41号、二〇〇二年)参照。

4 山本ひろ子「中世伊勢神道論における〈神鏡〉の位相」(『寺小屋語学・文化研究所論叢』一号、一九八二年)以降、『変成譜』(一九九三年、春秋社)、『異神』(一九九八年、平凡社)など。伊藤聡「第六天魔王説の成立」(『日本文学』一九九五年七月号)、「中世神道説における天照大神」(斎藤英喜編『アマテラス神話の変身譜』一九九六年、森話社)、「伊勢灌頂の世界」(『季刊・文学』一九九七年十月号)など。

5 三谷邦明・小峯和明編『中世の知と学』(一九九七年、森話社)、佐藤弘夫『偽書の精神史』(二〇〇二年、講談社)、錦仁・小川豊生・伊藤聡編『「偽書」の生成』(二〇〇三年、森話社)、小峯和明『野馬台詩の謎』(二〇〇三年、岩波書店)、田中貴子『『渓嵐拾葉集』の世界』(二〇〇三年、名古屋大学出版会)など。とくに中世神道と「霊性」との関係を論じた小川豊生「中世神学のメチエ」(『「偽書」の生成』所収)は、重要な論考である。

6 歴史学プロパーでも、義江彰夫『神仏習合』(一九九六年、岩波書店)、井上寛司「中世の出雲神話と中世日本紀」(『古代中世の社会と国家』一九九八年、清文堂出版)、平雅行「神仏と中世文化」(『日本史講座4 中世社会の構造』二〇〇四年、東大出版会)など「中世日本紀」のタームは定着しつつあるようだ。しかし彼ら「イデオロギー系」の歴史学は、伊藤正義「中世日本紀の輪郭」にたいして桜井好朗が、

「この画期的論文の帯びる意味を理解できず、戸惑うた」(「神話テキストとしての〝中世日本紀〟」『国文学』一九九四年五月号)と「自己批評」を書かざるをえない立場とは、おそらく無縁であろう。なお、歴史学プロパーからの、即位法と中世神話との関係を論じた新しい成果として、松本郁代『中世王権と即位灌頂』(二〇〇五年、森話社)がある。

7 山本ひろ子「神話と歴史の間で」(『歴史を問う1　歴史と神話の間で』二〇〇二年、岩波書店)

8 五来重編『日本庶民生活史料集成　第十七巻　民俗芸能』(一九七二年、三一書房)「解説」

9 岩田勝『神楽源流考』(一九八三年、名著出版)、岩田勝編『中国地方神楽祭文集』(一九九〇年、三弥井書店)

10 山本、前掲書[4]。山本「神楽の儀礼宇宙」(『思想』一九九五年十二月号〜一九九七年十月号)。

11 一般的に『簠簋内伝』は「陰陽道書」と呼ぶが、その意味の再検証は、中世の陰陽道の定義とともに今後の課題となろう。その点を論じた鈴木一馨「『簠簋内伝』の陰陽道書としての位置付けに関する検討」(『駒沢大学　文化』第二十三号、二〇〇五年)がある。

12 山本ひろ子、前掲書[4]『異神』「行役神・牛頭天王」、前掲書[4]『変成譜』「大神楽と「浄土入り」」

13 山本ひろ子「至高者たち」(『日本の神1』一九九五年、平凡社)、「霊的曼荼羅の現象学」(『宗教への問い3　「私」の考古学』二〇〇〇年、岩波書店)など。

14 オリジナルテキストは、斎藤英喜・梅野光興編『いざなぎ流祭文帳』(一九九七年、高知県立歴史民俗資料館)。

15 梅野光興「天の神論」(『高知県立歴史民俗資料館紀要』第四号、一九九五年)参照。

16 高木啓夫『いざなぎ流御祈禱の研究』(一九九六年、高知県文化財団)

祭文研究の「中世」へ

斎藤英喜(さいとう・ひでき)
■佛教大学文学部教授

17この点については、斎藤英喜『いざなぎ流　祭文と儀礼』（二〇〇二年、法蔵館）で詳しく論じた。
18ミルチャ・エリアーデ『神話と現実』（中村恭子訳、一九七三年、せりか書房）
19単著としてまとめられた成果としては、古代に関して山下克明『平安時代の宗教文化と陰陽道』（一九九六年、岩田書院）、繁田信一『陰陽師と貴族社会』（二〇〇四年、吉川弘文館）。近世に関しては林淳『近世陰陽道の研究』（二〇〇五年、吉川弘文館）がある。
20佐々木馨『日本中世思想の基調』「武家王権と陰陽道」（二〇〇六年、吉川弘文館）、柳原敏明「室町政権と陰陽道」（『陰陽道叢書2　中世』一九九三年、名著出版）など。
21五来、前掲書［8］
22『祭文部類』は村山修一編『陰陽道基礎史料集成』（一九八七年、東京美術）に収録。『諸祭文故実抄』は東大史料編纂所所蔵謄写本、神宮文庫所蔵本。なお『諸祭文故実抄』に関しては伊藤慎吾「東坊城和長の文筆活動」（『国語と国文学』二〇〇五年六月号）がある。
23『祭文部類』の「呪咀返祭文」といざなぎ流の「すその祭文」との連関については、斎藤英喜「「いざなぎ流」研究史の整理と展望」（『宗教民俗研究』第十四・十五合併号、二〇〇六年）で触れた。

音声メディアに思う

楊　暁捷（ヤン・ショオジエ）

一九五九年、中国天津生まれ。京都大学文学博士。現在、カナダ・カルガリー大学教授。
主著：『鬼のいる光景』（角川叢書）、「kanaCLASSIC」（コロンビア大学出版会）など。

中世文学会成立五十周年にあたる全国大会に参加しようとする願いはついに適えられなかった。しかしながら、笠間書院関係者の好意により、大会の録音テープから起こした記録が電子メールを通じて送られてきた。普段は本や論文でしか接しない方々の顔や話しかたを想像しながら大会の雰囲気に浸り、知的な刺激いっぱいの発表や討議を文字にて聴講するというありがたい経験ができた。とりわけ中世の画像資料への在来の、アプローチを「メディア・媒体」という切口で迫ったパネルからは、少なからずのものを学んだ。数々の在来の、そして新生のメディアが交差する中で、その恩恵を受け、時にはその発展に振り回されつつ、歴史と文学の古典を見直す有意義なきっかけを確かに垣間見る思いをした。

同パネル討論の中では、メディアというものへの捉えかたが議論され、「情報伝達のためのメディア」とこれを限定したり、あるいは「メディアとしてのジャンル」として、在来の文学研究の伝統に組み入れたりするような、教示に富む指摘があった。ここに見えてくるのは、「メディア」という言葉が中世文学の研究においてあくまでも一つの新しい外来語だという事実だ。この言葉の参加は、ニューメディア、マルチメディア、電子メディアといった、電子の世界が凄まじいスピードをもって広まったここ十数年来の世の中の変化に関連すると言えよう。新しいタイプのメディアの出現、活用、定着への関心は、そのまま在来の伝達手段への観察と再認識へと繋がり、これまでにない電子メディアが脚光を浴びることにより、それに対する印刷メディアの性格が新たに知らされ、そして伝達の方法が異なる文字と絵のあり方への新たな視線が生まれる。言ってみれば、単なる技術の進歩が、物事への考え方、捉えかたに投影するという格好の実例がここにある。

メディアへのアプローチはいうまでもなくこれからの研究課題の一つだろう。それと同時に、メディアからのアプローチが、すでに大きな課題を提出している。初心に立ち戻り、メディアで考える文字と絵を見直せば、これに同列するもう一つのものを忘れることはできない。両者にほぼつねに存在していた音声というメディアだ。

思えば、記録手段における古典と現代の一番の違いは、音声の不在だと言えよう。いつの時代においても、情報伝達や感情表現のために、人間から人間へと声が用いられ、そして先の世代に行われたそれを記憶し、再現しようと努めてきた。しかもほぼすべての場合において、声は文字、絵よりさきに存在していた。日本文学でいえば、古典、とりわけ中世文学のジャンルのいくつかをまたがる「物語」という称呼がまさに象徴的だ。さらに言えば、平家琵琶で一世風靡した覚一がもし電子レコーダーを握っていれば、覚

音声メディアに思う

楊 暁捷（ヤン・ショオジェ）
■カルガリー大学教授

一本というようなものはそもそも存在する理由さえなかったに違いない。音声というメディアを確実に記録する方法がなかったからこそ、文字が次善的な選択として用いられた。そして、その文字資料が今日の文学研究の最大の対象になり、ときには他の資料に対して排他的と思われる傾向さえある。

古典を記録し、過ぎ去った時代における人々の記憶や感動を体験するためには、音声メディアの復活がかならず必要だ。そのためには、音声を記録する手段は昔からなく、音声そのものが伝わっていないということは、新たな研究を始めさせるための理由となっても、それを妨げる要素になってはならない。

以上のような提言への戸惑いは、おそらくまずつぎの二つがあるだろう。一つは昔通りの音と声、文学で言えば語りや朗読を再現することは不可能だ。いま一つは、人間の声というものは、文字や文章以上に個性のあるもので、現在に生きる一人の個人と昔の文学との開きはあまりにも大きい。言い換えれば、古典を記録し、それを同時代やつぎの世代に伝えるためには、必ず昔のままで、かつてあったものをその通りに再現しなくてはならないという考えだ。

しかしながら、古典は昔のままというのは、ただの錯覚にすぎない。われわれが一番安心して読んでいる文字資料からして例外ではない。文章をなす仮名遣い、漢字の使い方は絶えず読む人の知識や習慣に従って変わり、書写と印刷の字体、巻子、冊子と現代書籍の様式といった物理的な形態は時代の移り変わる中で大きく異なる。現代のわれわれが読んでいる古典は、昔の人々に読まれていたものとはかなりかけ離れている。同じことは画像資料についても言える。分かりやすいヒントは、おそらく近年模索されている絵巻の復元といった実例から求められよう。気が遠くなるような膨大な作業の果てに、絵巻は平安時代にかつてあったと思われる姿を見せた。突如として現れた鮮明な色彩や精細な描写から、本物を目にした興奮を感じるのか、はたまた違和感を覚えるのかは、見る人の立場によるものだろう。だが、同じはずの作品が呈示するほとんど異質に近い別の姿は、古典の昔と今の相違の大きさを端的に物語っている。

声の個人的な性格はやや違うことを考えさせる。書写された文字資料が翻刻され、印刷されるというプロセスは、古典作品がかつて帯びていた個人的な面影を無くし、共通にして均質な様相をもたらす。これに対して、音声をもって古典を記録することは、一人の個人をもって昔の別の個人を置き換えようとすることを意味する。しかしながら、どのような作品にせよ、一つしかないような声はかつて存在していたのだろうか。声はいつでも個人的なものだったからこそ、長い時間の中で、伝達と表現が無数の人々により多様に繰り替えされてきた。ここでは、そのような実践の続きを望み、それが記録されることを願うのである。

以上の考えを現実に試みるものなら、どこから始めたらよいのだろうか。絵巻こそ格好の内容ではなかろうかと思う。絵巻の享受には、音声の参加がつねに伴い、音声というメディアの存在は、絵巻そのものに接するために最初から欠かせない一部分である。これまで行われてきた文字資料の翻刻、画像資料の撮影と同様、現代の人々に分かる、楽しめるものを目標にし、目で読む詞書を音声に記録しなおすという「絵巻音読プロジェクト」が実施できないものだろうか。ちなみに、『源氏物語』を平安日本語に復元して読み上げるという試みが行われたが、現代の人を対象とし、今の人々に聞いてもらうことが目的なので、そのようなことがたとえ可能だとしても避けるべきだと付け加えたい。

絵巻の詞書なら比較的に取り扱いやすい理由はいくつも挙げられる。文体として仮名書きが多く、絵の対応があって、しかも文章は短い。だが、それでも紐を解いたらすぐ読み始められるというものではない。人名、地名などの固有名詞もあれば、さほど常用されない漢語もある。それに加えて、声を出して読まないと気付かない課題は数々存在している。たとえ「今日」という言葉を持ち出しても、はたして「けふ」

音声メディアに思う

楊 暁捷（ヤン・ショオジェ）
■カルガリー大学教授

なのか「こんじつ」なのか、決めなければ声に出すことはできない。丁寧な考証を行い、文字資料を翻刻して定本を作るという古典文学研究の経験と知識を生かした、音声の定本を仕あげるという態勢が望まれ、多数の学者や大学院生の参加が期待される。

最後に、近年目まぐるしい発展を続ける電子メディアのありかたに触れておきたい。人々の日常生活に関わりを持ち始めた電子メディアは、文字や画像資料の記録、検索などに続き、音声の分野へようやく大きく関わりを持つようになったと見受けられる。インターネットに登場した「ポッドキャスティング」という音声伝播の方法は、わずか一年あまりで驚くばかりの人気を得て、膨大な数の人々を捉えた。音声を記録するという作業を行うには、ラジカセのテープに吹き込むということは、いまやすでに過去の時代の方法となってしまう。アナログの磁気信号をもって音声をテープに記録するという技術は、内容を正確に記す、簡単に聞ける、という利便を与えてくれたと捉えるならば、音声をデジタル信号に置き換える電子メディアは、この二つの要素を受け継ぎながら、さらにそれを確実に伝えるという可能性をつけ加えた。より低いコストをもって、記録の保存、伝播ができ、しかも製作者、享受者の拡大に伴い、新たな使用への対応、単一のメディアからマルチメディアへの展開が期待できる。

時代が進む中で、古典の作品を目だけではなく、耳を使って接し、これを楽しむという、かつてあった享受のしかたを、あらためて体験できる日はやがてやってくるだろう。そのような可能性を現実のものにし、音声による記録をつぎの世代に残してあげることは、中世研究におけるこれからの課題の一つだと提言したい。

中世絵画を読み解く

米倉迪夫（よねくら・みちお）

一九四五年生れ。東京芸術大学大学院修士課程修了。東京国立文化財研究所を経て、上智大学国際教養学部教授。

主著：『源頼朝像──沈黙の肖像画』（平凡社）など。

1

歴史や文学の研究者が中世絵画の読解に積極的に取り組み始めてから久しいが、それぞれの目的によって対象となる絵画へのアプローチのしかたはまちまちである。しかし絵を見てそこに何が描かれているのか、さしあたってそれを探求しその根拠を求めることに関しては美術史研究者を含めてその方法に大きな差があるとは思えない［1］。

何が描かれているか、この問いかけには個々のモチーフから絵の主題に至るいくつかのレベルが想定されるが、この問いかけは何ゆえある時期にこのような主題が選ばれて、何ゆえこのように描かれたのかについて語る上での大事な基礎作業となるだろう。そのあたりの経緯については「絵を見る、絵を読む、絵を語る」（『美術史論壇』十九号　二〇〇四年）にスケッチとして示したが、誤りを正すべき点もあり中世絵画を中心として再考しておきたい。

2■

何が描かれているかについてのさしあたっての議論は、黒田日出男氏の言葉を借りるならばモチーフへの「名づけ」ということになるだろうが、古代中世の絵画を読み解く上で考慮しておきたい大事な問題がある。それは絵画作品が物理的なモノであることからもたらされる問題である。われわれが見るのは絵画の表面であるが、特に古代中世絵画における絵の表面の現状は極めて複雑である。例えば徳川美術館、五島美術館、東京国立文化財研究所（現・独立行政法人東京文化財研究所）のスタッフによって、徳川・五島両館が所蔵する『源氏物語絵巻』の科学的な調査が行われたが、絵画部分についての科学的調査が明らかにしたことはこの作品がことのほか複雑な表面層をもっていることであった。得られた知見によれば現状をもとに服飾の文様や色を記述し、論じることが極めて困難な作業となるだろうということであった［2］。なかでも上述の調査、ならびにその後継続されている文化財調査において、有機色料の存在が数多く確認されていることは特に注意を要する［3］。その多くは褪色あるいは変色し、現在目視では元の色調の確認が困難な場合が多く、特殊な蛍光撮影法によってその存在が確認されるのである。著名な文化財の

中世絵画を読み解く

米倉迪夫（よねくら・みちお）
■上智大学国際教養学部教授

復元図の多くが既知の無機色料を主としたパレットで構成され、有機色料の情報がとりこまれていないためコントラストの高い色面が出来上がりがちである。過去の画家たちのセンスを考えるには透明度の高い淡い有機色料の存在を頭に入れてかからなければならないだろう。したがってていねいな作品の表面観察、できることならば修理報告書や科学的調査報告書を参照しつつ表面の読み取りを行う必要がある。

さてモチーフへの「名づけ」とは、さしあたって描かれているものが現実世界における何を指示しているか、何を指示しているつもりか、を明らかにすることを目的とする。このレベルの議論で留意されるべきことは、描かれたものが現実をどのように写しているのか、描かれたものと指示対象を結ぶ時代や地域における関係の問題などであろうが、その議論を確かなものにするためには現実に存在するものとの突き合わせが可能なもの、指示対象となるモノについての確かな情報を確認しておく必要がある。例えば細かい話になるが、神護寺の伝源頼朝像に描かれる太刀は「毛抜形」といわれる武官佩用のものであるが、よく見るとその毛抜形の部分は透けていない。本来の毛抜形太刀であればこの部分が透けているから、ここから袍の部分が見えるはずである。これを現実の毛抜形太刀の柄の展開に即してみると、実際に透けていない毛抜形が存在するのである。透けている毛抜形太刀が儀仗化し単なる柄の目貫として残存した太刀がそれである。この儀仗化した太刀がいつから慣用されたのか、その知識が要請され、それを再現しうる環境が存在したのはいつか。これがこの画像制作時期の目安となる。ちなみにこの柄の部分は文官佩用の飾太刀が画像完成直前に改変され、そこに残された桐紋の目貫の一部を消しとって毛抜形としたものである[4]。描かれたものとそれが指示する事物との再現性における問題はしかし誤解を招きやすい。誤解をさけるためには、ここに再現されている太刀が毛抜形を目貫として用いている柄をもっているという読み取りのレベルと、毛抜形太刀の歴史的な展開の様相とのすり合わせ、そしてそれがこの画像に表されている

中世絵画を読み解く

米倉迪夫（よねくら・みちお）
■上智大学国際教養学部教授

意味の検討、これらを混同することなく議論することが肝要だろう。特に肖像画の場合、「絵空事」ではすまされない意味を描かれた事物が持たされていることがしばしばであるから、絵画全体の表現特性を踏まえた上で読み取りレベルを慎重に設定しつつ進める必要がある。

しかし描かれたものと現実に存在する事物との照合がほとんど不可能な場合がある。たとえば『一遍聖絵』第三巻第一段、一遍の熊野参詣場面である。那智瀧の傍らの崖に動物が描かれている。これを「飛瀧権現ないしはその眷属神の御先（みさき）」としての山犬と解釈するむきもあるが[5]、これは馬と考えるべきだろう。理由は静嘉堂本などいくつかの『熊野曼荼羅』に那智瀧の傍らに明らかに馬と断定することのできる描写があるからである。問題はすべての那智瀧が描かれる絵画に馬がかならずしも描かれていないことにある。『熊野曼荼羅』の多くには実は那智瀧に馬は添えられていない。『一遍聖絵』と数本の『熊野曼荼羅』のみなのである。この馬の解釈にひとつの方向を与えてくれたのは黒田日出男氏であった[6]。氏は応永三十四年（一四二七）九月、足利義満女南御所などが行った参詣に際しその先達をつとめた住心院法印権大僧都実意が書き留めた『熊野詣日記』に重要な鍵を見つけたのであった。即ち当日記によれば「三重にみなきり落たる」那智瀧は三国一の瀧であって、この「三重をわかつに、一の瀧ハ千手観音の御形にて、わきの巌にハ二十八部衆あらハれたまふ、二の瀧ハ如意輪にて瀧のすかたも柔和なり、おかむ人ハ涙をおとして、道心堅固のおもひあり、三の瀧ハ馬頭にて瀧のかたちもけハしきなり、下より一二三と申なり、いつれもゝ慈悲深重の御ちかひあり」というのである。黒田氏はこの「三の瀧」の本地である馬頭観音を象徴するものとして馬が描かれたと解く。著者は先にも述べたように[7]学生のレポートに導かれつつ、那智が観音の補陀洛世界の中心と目されていたことに注目し、観音の海難救済譚に出現する白馬をこれにあてたいと考えている。この説話は『法華経』観世音菩薩普門品第二十五品に説かれるもので、すでに『平家納経』第二十五品見返しに当品を代表してこの話が描かれていたり、当品を単独にとりだして経文とともに絵画化したメトロポリタン美術館蔵『観音経絵巻』にも描かれるなど、かなり広範に知れわたっていたことが想像される。さらにこの話の基調が海難救助にあることから、この図像の背景に熊野灘を運行する海運にたずさわる人々の信仰圏を想定してみた（またランドマークとしての那智瀧をそこに介在させることもできるかもしれない）。

ところでこの馬の図像に馬頭観音を見るにしても、観音の海難救助譚を見るにしても、改めて現実に立ち返ってみると、馬が瀧の岩肌に描かれていることを考え直してみることも必要かもしれない。現在の岩肌からは馬の姿は想像しにくいが、ある時期そう見えたことがあったとしたらどうだろう。それが馬の図像に関わる物語を生む根拠となり、ある社会集団に共有されたことも念頭に入れておくべきかもしれない。また野本寛一氏が報告されたように「那智山扇祭」の「扇御輿」の行列に「馬扇」が登場すること［8］をも含めて、ひろく馬頭観音信仰の広がりの問題を考え、熊野・那智の信仰圏における馬の話の痕跡を探索する必要があろう。しかしいずれにしても描かれたものの確実な根拠は私たちの手中に無い。

3

描かれたものの指示対象やその根拠への問いかけについては、上述の些細な事例について限ってみても実にさまざまな研究領域の研究者からの関心が向けられた。描かれたものから何らかの情報を得たいと考える者にとって、この問いかけは研究領域を問わず共通の関心事であろう。ここで想起されるのはかって建築史研究者から発せられた「美術史」は何を明らかにしたいのかという問いかけである［9］。答は美術史研究者の数だけあるかもしれない。今、この問いかけに正面から答える用意はないが、美術史研究の主発点を作品に置くとする考え方からすれば、少なくとも作品の主題は何か、それがなぜ選択されたのかを問い、そして画家が前例を参照しつつ、同時代の観者とのコミュニケーションの確立を要請されながら、しかしながら別のやり方ではなく、このように描いたという表現レベルの話題は避けて通れないだろう。あるプロジェクトが必然的に作品の主題・役割(機能)・フォーマットを決定づけることが通常の時代にあって、工房の、時代の絵画的イディオムや材料を駆使し、独特の視覚的レトリックを展開するという道筋は、画家（あるいはディレクターを含めて）が自覚的に選択したものであろうと考えるならば、これを関心の外に放り出すわけにはゆかないのである［10］。

視覚的レトリックの話題はしばらくおくとしても、主題に関わる問題はあらゆる研究領域の知識を要する作業である。この数十年来の肖像画研究や絵巻研究の活発な動向は、明らかに描かれたものをめぐる諸領域の研究者の交流の所産とみてよいし、美術史研究はそこから多くのものを得た。画家やディレクターが気づきもしなかった彼らを誘導する大きな文化的背景を発見する試みや、作品が果たした役割、機能、そして時代の波に翻弄されさまざまな文脈の中で再解釈されてゆく過程、それは次にくる話題であるがこうした美術史の課題についてもさらに研究交流が進むことを期待したい。

1　日本史における絵画史料の読み取りについては、絵画を歴史史料として位置づけその解読を早くから進めてきた黒田日出男氏の「図像の歴史学」(『歴史評論』六〇六号　二〇〇〇)、またイメージの解読に関わる研究史をふりかえりつつ問題点をまとめあげている藤原重雄氏の「中世絵画と歴史学」(石上英一編『日本の時代史』三〇　歴史と素材　二〇〇四)などを参照されたい。

中世絵画を読み解く

米倉迪夫（よねくら・みちお）
■上智大学国際教養学部教授

2　早川泰弘・三浦定俊・四辻秀紀・徳川義崇・名児耶明「国宝源氏物語にみられる彩色材料について」（『保存科学』四十一号　二〇〇二）

3　城野誠治「可視域内励起光を用いた蛍光反応による物質の識別法」（『月刊文化財』四八七号）二〇〇四。

4　藤本正行「否定された伝武田信玄画像」（『歴史と旅』二三―一五）一九九五、同「束帯画像覚書―伝・頼朝像を中心に―」（『歴史評論』六〇六号　特集／視覚史料と歴史学二〇〇〇）

5　金井清光「『一遍聖絵』の十二名画　四　巻三「那智の滝」」（『一遍聖絵新考』二〇〇五　所収）

6　黒田日出男「仏教文学と絵画史料」（『駒沢大学仏教文学研究』五号　二〇〇二）

7　米倉迪夫「絵を見る、絵を読む、絵を語る」（『美術史論壇』十九号　二〇〇四）。ここで著者は一二三瀧の同定について極めて初歩的な誤りをおかしている。ここに訂正しておきたい。二の瀧、三の瀧については時期は確定できないが早くから那智瀧上流の瀧を指す。『略記』（『神道大系』神社編四三所収。解題によれば当本上巻は永保二年（一〇八二）の記録という）。下巻には「三重の瀧ををゝかみけるに、ことにたふとくおほえて、み業の罪もすゝかる心地しけれは、身につもる　ことはのつみも　あらはれて心すみぬる　みかさねの瀧」などの歌を採録している。またこの三つの瀧は静嘉堂本、和歌山県立博物館本、錦織寺本「熊野曼荼羅」に描かれ、さらに短冊銘でその本地仏を明らかにしている。それらの制作年代はさらに検討が必要であるが、静嘉堂本については一四世紀の制作と考えられており、瀧と本地仏の関係は『熊野詣日記』より先行するだろう。因に上流の瀧を含めて最終的に四十八瀧に展開するのは更に後のことである。なお「熊野曼荼羅」については神奈川県立歴史博物館学芸員梅沢恵氏のご教示を得たことを記してお礼申し上げたい。

8 野本寛一『熊野海山民俗考』（人文書院　一九九〇）。

9 「記念シンポジウム　絵画史料をどう読むか」における藤井恵介氏のコメント（『建築史学』一九号一九九二）。

10 美術史研究の進展をはばむ大きな問題のひとつとして周知の事ながら制作年代の定まらぬ多くの作品をかかえているという事実がある。「美術史は何を明らかにしたいのか」という問いかけに対して、「作品の制作年代を明らかにすることです」というのも率直な答えのひとつではある。

中世絵画を読み解く

米倉迪夫（よねくら・みちお）
■上智大学国際教養学部教授

文学と芸能のはざまで

山路興造（やまじ・こうぞう）
一九三九年、東京都渋谷区生れ。早稲田大学教育学部卒業。芸能史研究会代表委員。
主著：『翁の座―芸能民の中世―』（平凡社）、『日本歴史と芸能』（平凡社）

一九五〇年代から七〇年代にかけて、日本文学の民俗学的研究というのが流行った。折口信夫門下の國學院大學や慶応大学の先生方が牽引された研究方法だったと思う。その初期に学生時代を過ごした私は、文字以外の「心意の伝承」や、民俗の伝承から、各時代の庶民の心に立ち返って解明していくその手法に、共感を覚えたものである。

英語の教授を本業とした早稲田大学の本田安次先生の「芸能研究」（講義題目）の講義を、夢中になって聴いていた都会育ちの私は、幼い頃から接していた古典芸能ではない、民俗芸能という種類の、生活に生きた芸能のあることを知り、古典芸能を繋げた演劇史ではない本当の意味での芸能史の研究を夢見始めていた。

早稲田大学の歌舞伎研究の泰斗である郡司正勝先生には、演劇研究における「感性」の大切さを教えられたが、大学という象牙の塔における学問体系の強固さについては、誰も教えてはくれなかった。私が鈍感であったこともあるが、当時の早稲田という大学の演劇研究が、そのようなことには頓着していなかったともいえる。

未だにそうであると思うが、当時のアカデミズムの世界には、国文学（日本文学）とか歴史学という強固なジャンルがあり、さらにはそのなかに、時代による、または課題別によるがっちりとしたセクトがあったのである。

若い研究者の間には、そこからはみ出して新しい分野を切り開くべく、もがき苦しむ者もいたに違いないが、先の見える研究者は、まず自分の居場所を確定して、それから新しい試みをするという真っ当な方法を知っていたのである。

もちろん早稲田大学を筆頭に、演劇研究や芸能研究という新しい分野の専門家を育てようとした大学もあるのだが、優秀なる一握りの人材は別にして、研究を続けられる就職先は限られていたのである。演劇研究・芸能研究といえども、規定の国文学や歴史学の範疇に籍を置かねば、次ぎに進めないというのが当時の状況であったように思う。仲間内には、そのことを十二分に承知して、大学院は歴史学に進み、文化史学の一領域として芸能史に切り込んで成功した後輩がいて、私も遅蒔きながらそのことに気がついた次第であった。

ある意味で世俗に疎かった私は、民俗芸能調査から得た実感と、中世期の日記や文献史料から得た知識に加えて、国文学を資料として、新しい芸能の歴史が組み立てられないかと考えていた。当時、次々に公

文学と芸能のはざまで

山路興造（やまじ・こうぞう）
■芸能史研究会代表委員

にされていく絵画資料を細かく分析することも忘れなかったつもりである。既成の学問領域を無視して芸能の歴史を具体的に知りたかったのである。本田安次先生に従って民俗芸能の調査から入った私は、先生がそうであったように、対象とする時代領域も定めなかった。

というより、時代領域を繋ぐ「移行期」に興味を持った。そのころ未だ「移行期」という用語はなかったと思うが、平安時代末期から鎌倉時代、戦国期から江戸時代に移行する特異な時代、また江戸時代末期から明治期にかけて。時代が変化するなかで民衆が胎動する時期に興味があったのである。

当時、中世文学に分類される範疇では、「狂言」を民衆の反抗の文学と捉えたり、「田植草紙」に書き留められた歌謡に農民の生な生きる息吹を感じたりする傾向にあった。民衆史観に軸足を置いた歴史学者が、中世文学にその史料的価値を求めてきたのである。国文学の方でも、それに呼応する優れた論文が発表され、われわれも胸を轟かせたのであるが、「伝承文学」を標榜した民俗学派や、字句の校訂に主軸を置いた国文学者は、それには組みしなかったようである。

それでも岩波版の『日本古典文学大系』に「田植草紙」や「能楽論」が入り、東京堂版の『続日本歌謡集成』には、多くの「踊り歌」が収録されたのは、時代の成果であった。また日本歌謡学会（一九六三年）や日本口承文芸学会（一九七七年）が誕生したのも希望を抱かせた。

本田安次先生が、民俗芸能に伝承された民衆の歌謡を、厳しく選んで、『日本古謡集』（一九六二年）として上梓したのは、国文学の新しい資料としての意味を込められたのであるが、受け止める側は、どこまで理解していたのだろうか。

一九六二年、歴史学研究者の間に新しい動きがあった。京都における林屋辰三郎先生を中心にした芸能史研究会の立ち上げである。芸能史を文化史学の一分野に位置づけ、歴史学を専攻する者のみならず、国

文学と芸能のはざまで

山路興造（やまじ・こうぞう）
■芸能史研究会代表委員

文学や民俗学、風俗史学など幅広い分野の研究者を糾合して、学問分野にも、また時代区分にもこだわらない学会を創設したのである。とりあえずは国文学、歴史学を問わず、これまでの古典芸能研究の蓄積を、十巻にまとめて『日本の古典芸能』を刊行したが、十周年記念事業として刊行した『日本庶民文化史料集成』（全十五巻・別巻一冊）は、双方の学徒が未刊行の芸能史料を活字化して共有することを目指し結束した。加えて民俗学の成果が目配りされたことは画期的であったように思う。

十五周年を記念する『日本芸能史』（七巻）は、歴史の移行期を大切にし、古代・中世・近世・近代（現代）の各間に、古代—中世、中世—近世、近世—近代という三巻を設定したことにあった。そのころから歴史研究では、移行期が重要なテーマとなりつつあったのであるが、作品研究が主流であった国文学の分野では、その観点は薄かったようである。

次に企画されていたのが、芸能史の絵画資料集成であった。結局これは出版界の事情によって未だ実現はしていないが、それまでとかくバラバラであった歴史学・国文学・民俗学・絵画史学などの関連諸学が、芸能史研究会という場が出来たことによって、互いに視野を広げ、広い意味での文化史研究を遂行できるようになったといえる。

同時に問題も顕在化した。時代区分に関する問題である。歴史学では通常近世の範囲を、織田信長の京都上洛（一五六八年）から明治維新とするのだが、国文学では徳川幕府の開府（一六〇三年）以降である。様式論を大切にする絵画史では、安土桃山時代が江戸時代の初期まで食い込む。これは一例に過ぎないのだが、それぞれに歴史を持つ諸学の成果を、同じ俎上に載せて論じる場合、齟齬が生じる場合があるのである。

私など、学問領域や時代領域にあまり頓着せず、人間が各時代に営々と生み出し楽しんできた「芸能」

に関心をもち続けてきた人間にとって、関連諸学を自由に行き交うことの出来る芸能史研究会の登場は、何よりも有り難かったのであるが、しっかりした足場を持たぬ自分の脆さに、しばしば暗澹たる思いを味わったものである。

一九六〇年以降は、学会が細分化された時代でもある。時代区分による学会の個別化は早くからあったが、領域別の細分化が進んだのはこの時期である。それだけ学問内容が進化したわけで、芸能史においても、歌舞伎学会、能楽学会、楽劇学会、民俗芸能学会などなど、その数は多い。中世文学関係にても同様であろうが、この学会の細分化の傾向は、同時に学問内容自体が専門化されていったことでもある。

その傾向を受けて芸能史研究会では、その存在自体の終焉を考えた時期がある。代表の林屋先生が身を引かれた九〇年代の後半である。それは細分化の流れのなかで、既存の学問領域を越えた研究会の存在意義を、もう一度考え直すきっかけとなった。結論は細分化される時期だからこそ、領域を越えて討論し、研究のできる場が必要というものであった。

近年は既存の学問領域が揺らいでいる。歴史学の分野でも、もっとも方法論のしっかりした政治史や経済史は人気がない。一見お手軽な文化史が好まれるのである。その点で芸能史も昔から比べると少しは日の当たる時代になってきたといえそうである。中世文学の分野でも、国語学や本文校訂などの基礎的学問は、学生に人気がないのかも知れない。市販されている月刊研究誌の特集をみているとその動向が分かるのだが、歴史学や絵画史の成果を応用した論文に、関心が集まっている。その分野を目指した私としては、嬉しいはずであるのだが、一方ではその学問的軽さが悲しくもある。

結局私は、象牙の塔に入ることなく一生を終わりそうである。今流の言い方ではフリーターの研究者のまま終わることになる。往年の学者からみれば好事家にすぎぬのかも知れない。もちろん芸能史という学問が脚光を浴びてからは、大学からの誘いも受けたのだが、やはり大学はしっかりした足場（基礎）のある者の研究の場である。それのない者は、矜持を保って好事家であるべきであろう。

文学と芸能のはざまで

山路興造（やまじ・こうぞう）
■芸能史研究会代表委員

中世文学研究と日本民俗学

新谷尚紀（しんたに・たかのり）
一九四八年広島県生れ。早稲田大学大学院文学研究科史学（日本史）専攻博士課程単位取得退学。現在、国立歴史民俗博物館民俗研究系教授・総合研究大学院大学文化科学研究科教授。
主著：『ケガレからカミへ』（木耳社、新装版・岩田書院）、『日本人はなぜ賽銭を投げるのか　民俗信仰を読み解く』（文藝春秋）、『柳田民俗学の継承と発展―その視点と方法―』（吉川弘文館）

1■民俗学は広義の歴史学

日本民俗学は柳田國男が主導し創始した学問である。まだ新しいそんな小さな民俗学の分野から、中世文学という巨大な歴史ある学問世界に対して、提言などおこがましいかぎりである。が、せっかくの機会なので少しだけ話題提供をさせていただければと思う。まず、自己紹介である。民俗学とは何か。それは、文字記録を資料とする歴史学（文献史学）と、発掘遺物を資料とする歴史学（考古学）に対して、もう一つの歴史学、つまり生活の中の民俗伝承を資料とする歴史学（民俗学）が必要である、という柳田の認識によって構想され提唱された新しい学問である。私たちはその精神に学びながら、その方法を磨くべき立場にあるのであるが、現実は、言うは易く行なうは難し、の毎日である。ただ少なくとも、広義の歴史研究の方法としての日本民俗学が、日本の中世世界へも深く関わりのある学問であることにまちがいはない。私の場合、とくに研究テーマが神仏と生死をめぐる民俗研究であることからも、日本歴史の通史的世界に関わらざるを得ない立場にある。

2■死を見つめる

私たちが中世の文学に魅かれるのはなぜか。それは中世の文学作品の多くが、死を見すえているからではないだろうか。それも救いがたいほどの矛盾を抱えながら、である。中世の知識人たちがもとめてやまなかった妖艶や幽玄の美の世界、その深層に静かに響く無常の声。「色即是空」の教理に慣れ親しみながらも、情愛の心はげしく揺らぐ人たち。「怨憎会苦、愛別離苦」、眼前の現実と深遠の現実と、その両者を見晴るかしていたように思われる中世知識人たちの生活世界では、仏教はもう一つのかたちを創りあげていたように思われる。それはゴータマも玄奘三蔵も知らない世界、ただしその手のひらの内にはあったであろう、中世日本仏教の独特の世界である。

フランス国立高等研究院教授で、『法華経』の仏語訳の業績もある天台教学の世界的研究者、ジャン＝ノエル・ロベールさんは、私の長い大切な友人である。そのロベールさんによると、『愚管抄』の著者、天台座主慈円の歌はたいへんおもしろいという。たとえば次のような『拾玉集』に収める歌である（二〇〇六

中世文学研究と日本民俗学

新谷尚紀（しんたに・たかのり）
■国立歴史民俗博物館民俗研究系教授、
総合研究大学院大学文化科学研究科教授

年九月二三日、国立歴史民俗博物館での研究発表)。

紫の雲をまつ身は衣にけふ咲かゝる藤の色ぞうれしき

紫の雲待つ宿の西の山かゝれる藤の色ぞ悲しき

かりそめのやどとこそきけ旅の空ながむる末はむらさきの雲

天台本覚の教義によれば、「生死即涅槃」である。生も死もこの世もあの世もすべてを超越してすでに涅槃、それこそが天台の根本教義である。それなのに、慈円はその教学に矛盾して、紫の雲、阿弥陀仏、西方極楽浄土、にあこがれるというのである。このロベールさんの研究発表を聞いて思い出したのは次の二人の言葉であった。一人は比叡山長﨟の葉上照澄さん(一九〇三~一九八九)の言葉である。「死ぬとどうなるのか、だれにもわからない。私にだって実際のところはわからぬ。(中略) 比叡山では極楽は心の中に有るという。人間はみんな弥陀だと。しかし、それだけならどこにでもだれにでもあるということになる。そう言われてもわれわれ一般大衆は困る」(葉上照澄『死ぬための生き方』新潮社一九九一)。もう一人は曹洞禅の祖師道元の言葉である。「ただわが身をも心も、はなちわすれて、仏のいへになげいれて、仏のかたより行なわれて、これにしたがいもてゆくとき、ちからをもいれず、こころも、ついやさずして、生死をはなれ仏となる」、「ただ生死すなわち涅槃とこころえて、生死としていとふべきもなく、涅槃としてねがふべきもなし。このとき、はじめて生死をはなるる分あり」(『正法眼蔵』)。

まさに、道元の言葉の中にこそ、隋の智顗以来の天台本覚の根本教義の精神が伝えられていたことがわかる。この慈円と道元の相違の中に、民俗の思想に関心のある私などは、中世文化の奥深さ、おもしろさを感じるのである。

3■死の文化史

「死は事実ではない、概念である」、といったのは、霊長類学者の水原洋城さんである。ニホンザルの死を前にした行動観察からの指摘であり達見である。たしかに猿人、原人、旧人、新人へと進化する過程で、私たちホモサピエンスの先祖も死を発見したのである。化石人骨への加工痕や赤色マーカーの塗付などから、それはおよそ三万七千～三万五千年前のことであろうといわれている。それは人類の精神世界にとってはまさにビッグバンであった。死の発見は生の発見である。霊魂観念や他界観念の発生であり、それは宗教の誕生を意味した。性は所与の生理でありその行為において文化的な差異は少ないのに対して、死は発見された文化であり、したがってそれに対する対応や処理の方法には文化的に大きな差異が見られる。土葬、火葬、風葬、水葬、鳥葬、等々きわめて葬送の技法や感覚が多彩であるゆえんでもある。

それは歴史的にも言える。日本でも古墳時代と呼ばれているように首長の墳墓が権威の象徴とされていた時代があった。律令国家の時代にも『喪葬令』の陵戸などの諸規定や儒教的な孝養倫理観などにより貴族層の墓地は丁重な監護の対象とされていた。しかし、一〇世紀の大変化は決定的であった。大陸や半島における唐と新羅の滅亡、島国日本でも東西に起こった承平天慶の乱、これらはいずれも東アジア古代の律令国家システムの解体を示すものであった。ちょうどその時期である。源信が『往生要集』を著わし、藤原道長が宇治木幡の墓地に浄妙寺三昧堂を建立した時期である。源信たちの二十五三昧会で実践された臨終行儀の沐浴や焼香散華は、現代にまで伝わる湯灌や焼香などの民俗の起源ともなっている。しかし、その一〇世紀に展開してきていたのはそれ以前の古代社会とはまったく異なる、徹底的に葬送墓地を忌避

中世文学研究と日本民俗学

新谷尚紀（しんたに・たかのり）
■国立歴史民俗博物館民俗研究系教授、
総合研究大学院大学文化科学研究科教授

し放棄してしまう極端なまでの「触穢思想」であった。考古資料や文献資料によれば、縄文・弥生時代以来、死者の遺体は一貫して丁重な宗教的儀礼の対象として処遇されてきたと考えられる。それが一〇世紀を境として完全に忌避と遺棄の対象となってしまったのである。平安時代の墓地考古学が日本では発達せず、貴族文化を伝える副葬遺品が存在しない理由もそこにある。平安時代の有職故実の研究がリアルタイムの実物資料ではなく絵巻物など後世のバーチャル資料しか活用できないという研究者の嘆きの聞かれるゆえんでもある。

そのような中世世界にとってもう一つの大変化は一四世紀、大陸における蒙古の覇権と南宋の滅亡に連動するものであった。その波動としての禅宗と宋学の伝来は、位牌や石造墓塔など現代に伝わる葬送文化の基本要素を導入させた。葬儀の祭壇上の御影、香典、善の綱などの習俗もこの時代の貴族や武家の葬儀から始まったものである。一方、「一所懸命」の気概で戦闘にのぞみ、「手負注文」など身体を賭して所領安堵や新恩給与をもとめた武士たちの場合には、貴族たちとは異なり、戦闘死は穢れであるよりも名誉であり、墳墓は菩提寺とも結びついて家の先祖代々の顕彰装置ともなっていった。「触穢思想」と「一所懸命」、この二つのいわば異種文化が混在している中世世界にまた、奥深さ、おもしろさを感じるのである。

4■身体論からの中世

死の問題はさておき生の問題にも触れておこう。歴史学者の五味文彦さんの『中世の身体』（角川書店二〇〇六）の紹介文でも書いたことであるが、最近の欧米発信の身体論は、ギリシア哲学以来の心身二元論や、キリスト教神学が説くところの、精神が優れ肉体は劣る、とくに性はけがらわしい、などという従来の思考枠組みへの反措定であり、「心身相関」の視点からボディワークやパフォーマンスに注目するものである。しかし、身体論の射程は古く深い。すでに日本中世には「心身一如」の境地が説かれていたのは周知のとおりである。

古代の国家や社会の制度の間隙をぬって生まれてきた中世が、やがて古代の枠組みを脱して独自の展開をみせ、そして次の近世社会へと転換していく。そんなシステム変換の時代の人びとの身体とは何だったのか。身体の所作や礼法のあり方は、古代から現代まで洋の東西を問わず、ハレの儀礼の場においてもケの日常活動の場においても、それぞれの社会における権威と秩序の表象の核心であり基本である。公家に有職故実があり、武家に武家故実があるゆえんである。現代社会のマナーも同じ。では、日本の中世という波乱激動の時代にあって人びとはいかなる身体感覚を、また身体表現を生みだし、かつそれらを共有していったのか。

日本の中世とは、封建制という権力システムを生み出した独自的な創造性と、旧来の念仏と新来の禅宗や宋学を一体化させた内外折衷的な創造性という、二つの創造性が作動しあった日本文化形成の上で画期的で貴重な時代であったといってよい。そんな中世の身体的な創造性とは何か。まず、きわだつのは「亡国の声」と非難された法然門下の念仏である。さらに男女入り乱れて踊り狂う一遍門下の踊念仏の流行である。唱導もまた「変態百出」という状態であり、説教の導師もともすれば卑猥な恍惚の導師に他ならなかった。しかし、新奇の変態は未来の常態である。

はねばはねよ躍らばおどれ春駒の法の道をば知る人ぞ知る　　（一遍）

このような超俗達観こそが革新への自信に他ならない。念仏も唱導も近世社会では誰一人非難せぬ信仰作法として定着していくのである。

中世文学研究と日本民俗学

新谷尚紀（しんたに・たかのり）
■国立歴史民俗博物館民俗研究系教授、
総合研究大学院大学文化科学研究科教授

一方、『徒然草』の著者、卜部兼好は言う。人の習うべきは食・衣・住・医薬である、この四つの養生が欠ければ貧、欠けざれば富、他を求めれば奢りである、と。人は姿・形のよさ、また文武医の道、芸能など才芸の上手が望ましい、しかし何より肝要なのは「慎み」である、と。

一遍と兼好、この二人の一見対照的にも思える身体論にもまた、中世の知識人たちの奥深さとおもしろさを感じるのである。

結局、民俗学という新生の学問がおもしろいと思うのは、一種のパラダイム破壊と新創生である。越境と冒険の学際交流の中から生れるかもしれない新たな知見に対してである。異種格闘技のおもしろさは何もテレビで話題のスポーツの世界だけではない。民俗学の基礎固めのために多分に禁欲的であった柳田國男のあの世からの叱責を感じつつ、妄言ばかり書き連ねた失礼を詫び筆を擱かせていただくこととする。

おもかげある物語
―「もどき」の意味を問うてみて―

ツベタナ・クリステワ（Tzvetana I, KRISTEVA）

一九五四年、ソフィア・ブルガリア生れ。ソフィア大学文学博士、東京大学学術博士。現在、国際基督教大学教養学部教授。
著書：『涙の詩学―王朝文化の詩的言語』（名古屋大学出版会）など。翻訳：『とはずがたり』、『枕草子』など。

中世に作られた王朝物語は驚くほど数多いが、『源氏物語』を始めとする平安時代の有名な物語の陰に隠れていて、注目の光を浴びせられることはめったにない。話題になることがあるのだとすれば、ほとんどの場合、『源氏物語』の役割を裏づけるためだ。確かに、それもそのはずである。『源氏物語』の影響は、王朝びとのすべての文学作品だけでなく、ライフスタイルにまで及び、また、王朝文学のみならず、その「外」にも広まったからだ。言い換えれば、『源氏物語』がモデルテクストとして定着したので、源氏を踏まえなければ「文化的な言葉」として成り立たないという条件が働くようになったわけである。問題は、こうした状況のなかで作られた作品のオリジナリティについてどう判断すべきか、ということにあるのだろう。

1■理論的前提

「作者の直接的な言葉はいつの時代でも可能だというわけではない（中略）。時には、芸術的な課題そのものが、総じて複声的な言葉によってのみ実現可能である」（三八七頁）と指摘したM・バフチンは、「そうした時代、特に条件づきの言葉が支配的な時代には、直接的で、無条件な、屈折化されない言葉は、野蛮で未熟で粗野な言葉とみなされるのである。そこで文化的な言葉とは、権威ある安定した媒体を通して屈折させられた言葉のことなのである」（四〇八頁）と条件づけられた引用行為の特徴に着目している[1]。それに対応して、「条件づき」の時代に作られた作品の価値は、「権威ある」テクストの屈折化そのものにあるということになるのだが、それは『源氏物語』以降の王朝文学の作品にあてはめることができると思われる。

一方、日本においても、本歌取り、もどき、もじりなど、引用行為を通してのテクスト生成過程のパターンが数多く区別されている。しかも、中世の歌論書のなかで徹底的に論じられた本歌取りは、世界最初の「引用行為」理論であり、現代の文学理論と響き合うところが驚くほど多い。しかし、引用行為が細かく分析され、用語が多すぎるからだろうか、それぞれの引用パターンの間の関連性を追究し、それらを結び付けてみる試みはあまり行われていない。バフチンの「テクストの複声性」論を基にしたJ・クリステヴァの「間テクスト性」論に対応して言えば、フェノ=テクスト（現象としてのテクスト）の側面が重視され、ジェノ=テクスト（生成としてのテクスト）の問題、また引用行為全体の一般的な特徴、展開、変化などの問題が問われることはめったにない。

中世の王朝物語に話をもどすと、「擬古物語」と呼ばれるそれらの物語群は、「もどき」などの引用行為の研究が進むにつれて、物語の衰退ないし崩壊の現われと見なされなくなり、「まねる」こと自体に価値が認められるようになった。しかし、「まねる」の積極的な力学に基づいての評価には、微妙に引っかかることがある。こうした評価は、『源氏物語』の批評としての擬古物語の役割に重点をおき、中世の価値観や引用行為の特徴などに対応するそれら物語の特有の意味生成過程を十分に考慮していないのではないかということである。言い換えれば、視線は、中世の「擬古物語」そのものにではなく、それらを媒体として、またも『源氏物語』に向けられているということになる。

確かに、内容からすれば、中世の王朝物語群は、『とりかへばや』などの少数の例外をのぞいて、オリジナリティに欠けているといえる。わりと簡単な構造を持ち、いくつかのパターンに分類できるからだ。また、すべてが『源氏物語』の面影を宿していることにも間違いはない。しかし、理由は、モデルテクストとしての『源氏物語』の働きにありながら、それをさらに超えていると思われる。

そもそも中国文学の周縁に形づくられた仮名文学は、テーマが極めて限られていて、内容は主として感情や恋愛関係に絞られている。平安時代における漢文（真名）と和文（仮名）の使い分けがこうした制限をいっそう強めたと思われる。また、中国など、大陸との直接交流が著しく減少したなか、文化的空間が「みやこ」に集中したので、意味生成過程の内容範囲がさらに縮んできたのである。それゆえ、文学においては早くから自己言及や自己引用の働きが現れはじめ、そして、和文の限られたスペースのすべての次元が満たされると、こうした働きが意味生成過程の中心をなすようになったと思われる［2］。つまり、バフチンが指摘している「条件づきの言葉」の可能性は、和文の場合、必然性となっていったわけである。し

おもかげある物語―「もどき」の意味を問うてみて―

ツベタナ・クリステワ（Tzvetana I, KRISTEVA）
■国際基督教大学教養学部教授

かも、平安時代前半に積極的に行われていたカノン作りの結果として引用の「条件」をめぐる共通の約束が定着してきて、また、平安末期の「本歌取り」論などによって「屈折化」のルールすら決められたのである。

このように内容的に制限されていて、「外」に対しても閉ざされていた文化的空間における意味作用は、極めて特殊的だった。すなわち、意味生成過程の主要な動力は、内容よりも表現のレベルにあったわけである。和歌はともかく、和歌を基にして形式化された物語などの「散文」のジャンルも同様だったといえる。その代表的な例として挙げられるのは、またも『源氏物語』なのだが、光源氏の物語というよりも、宇治十帖であろう。宇治十帖の内容は、主人公などを通して光源氏の物語と密接に繋がっている一方、「宇治」や「橋姫」などに纏わる詩的連想のネットワークと呼応しているからである［3］。

ここで、もう一度、現代の文化論を参考にしたい。バフチンの「複声性」の概念をさらに展開させたものとしてよく知られるのは、J・クリステヴァによる「間テクスト性」論なのだが、それと並行して発展していったもう一つの流れは、M・ロトマンを中心としたタルトゥ・グループの文化論とテクスト論である。そのグループは、文化を「それぞれの集団の非遺伝的なメモリ」と定義し、意味作用のパターンに基づいて「文法志向」文化と「テクスト志向」文化という二つのタイプを区別した。「文法志向」の文化は、自分をルールの組み合わせとして意識しており、「正しいものが存在すべき」という原則に導かれているのに対して、「テクスト志向」の文化においては、ルールは前もって成立するのではなく、代表的なテクストそのものがルールとなり、「存在するものが正しい」という道理が働いている。それに対応して、前者は「内容志向」になり、その最も活発的な分野は科学（理論）であるのだが、後者は「表現志向」になっているので、特有の分野は詩歌なのである［4］。

文化の二つのタイプを区別したタルトゥ・グループも、その分類を自分のコード論のなかに応用したU・エーコなども指摘しているように、文化的実践が極めて多様なので、いずれかのタイプに簡単に絞ることはできない。しかし、古代ギリシャの文化に根を持つ西洋文化圏では「内容志向」の傾向が強いのに対して、古代日本文化、とりわけ仮名文学の世界は、「テクスト志向」ないし「表現志向」文化の模範と呼びうるほど、理論的なモデルの条件を満たしていると思われる。したがって、いわゆる「擬古物語」をも、普段行われている「内容志向」の見地からだけでなく、「表現志向」の見地からも評価すべきであろう。そして、その場合、いまだ厳守されている「韻文」と「散文」の境界を越えて、王朝の仮名文学の一般詩学の立場からのアプローチを応用すべきであろう。つまり、それらの物語群を、『源氏物語』との比較を通してのみならず、「本歌取り」など、中世の引用行為の規準に対応しても分析してみる必要があるということになる。しかし、こうした分析を試みるため、莫大な情報を考慮し多数の用例を踏まえなければならないので、ここでは根拠と問題点を簡単に整理してみることにとどまる。

まず、注目すべきは、「擬古物語」の題名であろう。そのほとんどが歌ことばであり、しかも、七・五文字のものが多い。試しに題名を並べてみると、まるで長歌における歌ことばの流れのように、詩的カノンのネットワークが見えてくる［5］。しのぶ草、流れて早きあすか川、みれどもあかぬ、雲ゐの月、おもかげこふる、水の白波、山路の露、萩に宿かる、しのびね、左も右も袖ぬらす、もとのしづく、風につらなき、いはでしのぶ、秋の夜ながむる、夢の通ひ路、露のやどり、ささわけしあさ、有明の別れ、あさじが露、ちぢにくだくる、花のしるべ、しづくに濁る、海人の刈藻、あだ波、うつせみしらぬ、逢坂、しのぶもぢずり、苔の衣、などである［6］。

おもかげある物語―「もどき」の意味を問うてみて―

ツベタナ・クリステワ（Tzvetana I, KRISTEVA）
■国際基督教大学教養学部教授

また、それらの題名は『風葉和歌集』のなかに挙げられており（勿論、それ以前の物語にかぎって）、それぞれの物語が代表的な歌を通して紹介されている。しかも、こういう命名行為が中世の物語に限られず、『源氏物語』の巻そのものにも及ぶことを考慮すれば、当代びとによる評価の基準は、和歌や歌ことばなど、詩的言語に置いてあったことになる。要するに、テクスト生成の基準は「表現志向」だったわけである。

物語言説における和歌の働きについては、普段「引歌」という用語の範囲で分析されているのだが、こうしたアプローチも、やはり『源氏物語』の注釈書にさかのぼれる。確かに、明示的引用としての「引歌」の役割は極めて重要ではあるが、しかし、王朝文学における引用行為の多様的な働きは、はたして「引歌」だけで説明しきれるのだろうかという大きな疑問がある。なぜなら、規定の詩的表現が、テクストのいたる所に散らばり、本歌取りなど、詩的言語の自己言及の機能の発展につれて、一つの歌に絞られなくなるからである。それは、『源氏物語』についても言えることだが、正しく歌ことばの編み物となっている「擬古物語」の場合は、なおさらであろう［7］。

2■「もどき」としての『松陰中納言』

ここまで簡単に素描したように、中世の「擬古物語」は、『源氏物語』を踏まえながらも、それと異なる意味作用のメカニズムを持っていると思われる。それは、本歌取りの働きと呼応して、また、説話などにも見られる、歌ことばをめぐる再（差異）解釈なのである。言い換えれば、それらの物語言説は、「おもかげある言葉」を新しく作り直した編み物なのである。以下は、詩的伝統の再解釈という視点から、『松陰中納言』に焦点を合わせて、いくつかの例を通して「もどき」の意味について追究していきたい。

（い）主人公の名前と詩的カノン

私たち現代人の常識からすれば、主人公の名前の主な役割は、それぞれの主人公を区別し特徴づけることにある。漢字文化圏では西洋文化圏より名前の意味が重視されるとはいえ、名前が主人公に付けられるものであるという考え方には根本的な差異がないだろう。一方、古代日本文学では、『源氏物語』などに見られるように、主人公の名前は、様々な連想を喚起することによって物語言説のなかに重要な役割を果たしている。しかし、「擬古物語」における名前は、現代人の常識を引っくり返すばかりでなく、『源氏物語』における名前の役割もはるかに上回っている。なぜなら、名前がキャラクターに付けられたのではなく、有名な歌ことばである名前にキャラクターが付けられたという仕組みになっているからだ。

『松陰中納言』は、名前そのものが主人公であるといえるほど、ストーリー全体の流れは主要な主人公の名前によって定められている。山の井と松陰という二人のライバル同士の行動や関係も、詩的言語における「山の井」と「松陰」という二つの歌ことばの意味や連想を反映しているし、藤の内侍と結ばれるのが松陰であることも、それらの表現を詠んだ歌によって根拠づけられている[8]。また、山の井が松陰より先に姿を現すので、失われた巻の仮説もあるのだが、しかし「松陰」という言葉自体が「山の井」より先に登場することを考慮すれば、内容上での問題は表現上では解決されているといえる。

他方、山の井が松陰より先にだけでなく、他のどの主人公よりも先に現れることには、ストーリーの内容や行方に対しての「期待範囲」(horizon of expectations) を作り上げる効果があると考えられる。よく知られているように、「山の井」は、貫之が『古今集』の仮名序のなかで、「戯れより詠」まれたことを高

ツベタナ・クリステワ（Tzvetana I, KRISTEVA）
■国際基督教大学教養学部教授

く評価し、「手習ふ人」のための模範として挙げた「あさか山かげさへ見ゆる山の井のあさき心をわが思はなくに」（『万葉集』巻十六・三八〇七）という歌以来、心や詩的能力を試す手段として定着し、「浅き／浅からぬ心」の「影を見ず／見つ」ための「すべ」となっているのだが[9]、それは『松陰中納言』の内容のエッセンスでもある。

（ろ）歌ことばの「引用のモザイク」としての物語言説

歌ことばの視点から、試しに、「春の空、いと艶に霞みわたれども、はれぬ心の眺めには、『春のあはれ』もむなしく御涙にくらされ、夏のなかばも過ぎ行けば、あつき御思ひのいやまさりつつ、萩吹く秋の初風に、『そよ』とのよすがをもとめ出で給へり」[10]という最初の文章を読んでみよう。一目で分かるように、この文章は、文字通り「歌ことばの引用のモザイク」になっているので、数多くの連想を喚び起こし、数多くの「読み」の可能性を開いているのだが、そのうちの一つを辿ってみよう。

「春の空」も「霞」も、歌によく詠まれる言葉だが、中世の歌においてはその使用率が圧倒的に多い[11]。それと呼応して、二つを同時に詠んだ歌は、平安時代にはほとんど見られず、鎌倉時代を中心とする中世に集中している。そしてなかでは、「面影や春の空にもたちぬらんわけてかすみの色は見えねど」（『藤葉和歌集』）、「今朝よりのながめはそれになりはてて霞もなれぬはつ春の空」（『明日香井和歌集』）など、『松陰中納言』の冒頭文に登場する「影」、「色」、「眺め」などの言葉を詠んだ歌もある。

「はれぬ心」は、どの時代においてもあるのだが、「くらべみよ霞のうちの春の月はれぬ心はおなじながめを」（『十六夜日記』）、「春霞かすみこめたる山里のはれぬ心を人知るらめや」（『拾玉集』）、「あま雲の八重かさなれる空なれや恋も恨みもはれぬ心は」（『新千載集』）などの歌に見られるように、「はれぬ心」を

「霞」と〈春の空〉と結び付けることは、鎌倉時代の歌から始まる中世の独特な発想だったと思われる。

次に登場する「春のあはれ」については、『狭衣物語』の冒頭文や『枕草子』の「春は曙」の段との関連性などが指摘されている。確かに、鎌倉時代に初登場する「春のあはれ」の歌のうち、「山ふかみうつろふ花をみねにみて春のあはれは明ぼのの空」（『拾玉集』）のように、「春のあはれ」を「曙」とする歌もあるのだが、「山もとともこめてしもこそあさ霞春のあはれは色まさりけれ」（『正治後度百首』）、「今宵にや春のあはれをかぎるらん霞に残る明け方の月」（『紫禁和歌集』）、「秋もよしかすみのそこに影ふけて月にこもれる春のあはれは」（『仙洞歌合』）などの歌が示しているように、「春のあはれ」によって何よりもまず連想されるのは、「かすみ」であり、そして、それも、中世の詩的カノンの特徴と見なしうるのである。

「涙にくらされ」とは、歌より語りにおいてよく使われる表現だが、数少ない歌の例として挙げられるのは、『詞花和歌集』、『今昔物語集』、『古本説話集』などに載っている「いにしへを恋ふる涙にくらされておぼろに見ゆる秋のよの月」という公任の有名な歌のほか、「君といへばおつる涙にくらされて恋しつらしとわく方もなし」（『拾遺愚草』）、「あけゆくをあかぬ涙にくらされて心あるよと思ひけるかな」（『万代集』仲綱）など、「涙にくらされ」ることを「秋」に限定していない歌である。他方、表現こそ違うものの、鎌倉時代に抜群に普及した「涙にくもる（にごる）」という同様の発想の表現を詠んだ歌として注目すべきは、「物思へばかはるすがたも見るべきに涙にくもる山の井の水」（『楢葉集』）、また、「いとどしく恋する人に掬ばれて涙ににごる山の井の水」（『拾玉集』）という、「涙にくもる（にごる）」を「山の井」と関連づけた歌である。

そもそも「秋（の）風」が吹くのは、どうやら「萩」よりも「荻」であり、しかも、平安時代の歌よりも鎌倉時代の歌においてだが、「秋の初風」になると、こうした特徴がいっそう明瞭になる。例えば、「袖

おもかげある物語―「もどき」の意味を問うてみて―

ツベタナ・クリステワ（Tzvetana I, KRISTEVA）
■国際基督教大学教養学部教授

にちる荻のうはばの朝露に涙ならはす秋の初風」（『拾玉集』）などの歌に見られるように、「秋の初風」が「荻」の葉を袖に散らすとともに、「露」に「涙」を「ならはす」のだが、『松陰中納言』では、あえて「荻」ではなく「萩」が選ばれたことの意味は何だろうか。答えを「萩」を詠んだ他の歌のなかに探ってみると、「萩の葉のそよその事となけれども露こそおつれ秋の初風」（『御室五十首』）という歌を喚起することによって、「そよ」という山の井の言葉を引き出し、さらに、「秋萩の露もよすがのさがり葉も風吹きたつる色ぞ身にしむ」（『遠島御歌合』）という歌を通して、「『そよ』とのよすがをもとめて」出かける山の井の思いを照らし出す一方、「色」というその次の文章のキーワードの一つに焦点を合わせていると推測できる。

上に試みたように、ごく短い文章でも、文字通り「歌ことばの編み物」であるので、数多くの連想を喚び起こすことによって、ストーリーの内容の展開の可能性を示唆し、読者が物語に参加できるための「余白」を作り上げているのである。したがって、この物語は、平安時代の物語にならって読むのではなく、本歌取りの歌と同様に読むべきであろう。さらに注目すべきは、歌ことばの選択や組み合わせは、鎌倉時代など中世の詩的カノンに対応していることである。つまり、この物語は、『源氏物語』などの平安時代の有名な物語を単に〝真似した〟のではなく、中世の詩的発想や表現を通して再（差異）解釈したということになる。

確かに、取り上げた文章は、冒頭文の最初の文章であるからだろうか、ほとんど歌ことばのみによって組み立てられているのだが、『松陰中納言』の他の文章においても、歌ことばの集中率が抜群に高い。また、『松陰中納言』は、中世の王朝物語の最後の作品の一つであるので、こうした意味作用の特徴が格別明瞭に顕れているのだが、しかし、あるいはだからこそ、この作品は「擬古物語」というジャンルの特徴を顕示したといえる。『言はでしのぶ』も、〈人しれぬ涙に濡れた袖を忍びに絞る〉歌ことばのネットワークを踏まえているし、『白露』のストーリーも、「露」の多様の意味を生かすとともに、「知らず／知らす」という響き合いによる連想に対応して展開しているのである。

ここで試みた考察の説得力を高めるため、他の作品も視野に入れて、徹底的に吟味すべきにちがいない。しかし、この断片的な分析からも分かるように、「もどき」の意味を考え直す必要があることにも間違いはないだろう。「もじり」には、近世における「古典」の再解釈としてのオリジナリティが認められているのと同じように、「もどき」をも、中世に生まれた、平安文学の再解釈のオリジナルなジャンルとして捉えるべきであろう。確かに、歌ことばの「引用のモザイク」としての「もどき」の意味作用のメカニズムを復元してみるため、私たち現代人は、国歌大観のCD-ROMなどを使って、莫大な資料を調べていくしかないのだが、しかし、中世の王朝びとにとっては歌ことばの知識が一般教養だったはずなので、こうした「もどき」の意味合いが容易に伝わっていたのだろう。いずれにしても、もし「もじり」が数多くの読者に通じたのなら、それより限られた読者層を持っていた「もどき」の場合は、なおさらであろう。

(は) 歌のパロディ的な働き

「もどき」としての中世の王朝物語の働きには、もう一つの重要な側面があると思われる。それは、普段見落とされている、説話文学にも見られるようなパロディ的な働きなのである。文化の「自己反射性」のあらわれとしてのパロディは、批評的距離をもって差異づけられた反復であるので、権威あるテクスト、表現、伝統などに焦点をあわせながら、新しい時代の価値観をも反映しているのである。だから、パロディは、笑いや皮肉の効果に伴われるにもかかわらず、パロディの対象を否定するのではなく、むしろ新しい時代におけるその価値を考え直し、新しい表現、発想、テクストの生成過程に取り入れているのであ

おもかげある物語―「もどき」の意味を問うてみて―

ツベタナ・クリステワ（Tzvetana I, KRISTEVA）
■国際基督教大学教養学部教授

る。

『松陰中納言』におけるパロディの代表的な例の一つとして挙げられるのは、「時しあればしられぬ谷の埋もれ木も花にはそれとあらはれにけり」(八八頁)という歌であろう。山の井の邸を訪れた東宮は、まだ山の井が松陰を罠に陥れたことを知らなくて、ただ単に「谷の見下ろさるる所に、埋もれ木のありけるに、花の、かつ咲きそむる」ことに驚いて、この歌を詠んだことになっているので、「ふりはててしられぬ谷の埋木も春は昔の花ぞ朽ちせぬ」(『仙洞句題五十首』俊成卿女)などの歌を連想して、《その(春の)季節になったので、誰にも知られぬ谷に埋もれた木も、花を咲かせて、ここにあるんだよ、とあらわれてきたのだ》と感動を伝えたかっただけであろう。しかし、罪の意識(『続後撰集』など)に追われていた山の井には、東宮の歌が「名とり川春のひかずはあらはれて花にぞしづむせぜのむもれ木」という定家の有名な歌を喚起し、《噂が広がってしまったので、知られぬ谷に埋もれた木のように今まで隠し通してきた秘密も、真実の花が咲いて、表に現れてきたのだ》という意味に聞こえてきたからだろうか、「気色かはり給ひて、顔うち赤めて立ち給へる」ことによって、東宮に怪しまれるきっかけを作ってしまったのである。歌ことばの多様な連想の行き違いから生まれたこのパロディ的状況は、王朝文学の豊かなカノンを促すとともに、物語言説における重要な転換を起こし、読みの快楽を増やしていくにちがいない。

こうしたパロディ的な読みの可能性は、「埋もれ木」の歌に限られず、多かれ少なかれ、『松陰中納言』のすべての歌にあり、語りの部分に散らばっている歌ことばの組み立てにも内包している。ここでは、もう一つの例として、詠み方のモデルを作り上げる「松陰のしらべに通ふ琴の音の我が笛竹にあふよしもがな」(八頁)という山の井が藤の内侍に贈った、物語の最初の歌を取り上げてみたい。歌を「菊(聞く)の花」に付けて、さらに「世にまれなる色香なり」という〝説明書〟をも付け加えた山の井は、藤の内侍に強い印象を与えるため、かっこを付けようとしたのだろう。メッセンジャー役を頼まれた侍従の「まことに色香のつねならぬことよ」というコメントも、こうした狙いを強調しているのだが、しかし一方、あまりにもしつこい繰り返しは、正反対の効果の可能性をも作り出す。そして、歌は、その可能性を見事に実現化することになる。

そもそも、『源氏物語』などの物語に見られるように、また、「琴の音にみねの松風かよふらしいづれのをよりしらべそめけん」（『拾遺集』など、斎宮女御）、「笛竹のあなわづらはし一夜をも来ぬをつらさのふしになせとや」（『永久百首』俊頼）などの歌が示唆するように、「琴」と「笛竹」は、「女」と「男」の記号として働いていたと思われる。そこで、こういう伝統を受け継いだ山の井の歌は、「松（の）風」を「松陰」というライバルの名と置き換え、「逢うよし」を通して、「通ふ琴の音」を「通ふ事の寝」と連想させることによって、こうした意味合いを顕示するという重要な役割を果たしている。他方、歌は、「つねならぬ」ほど、ストレートで間抜けのものに化けてしまうので、山の井の狙いとは正反対のパロディ的な結果になるのである。

3■終わり（もどき）に

この考察は、始めしかなく、終わりはまだまだ見えない。「引用行為」としての「もどき」の本質に焦点を合わせて、「名」の意味づけ、「歌ことばの編み物」としての物語言説の意味作用、歌のパロディ的な効果という三つの特徴について、ごく簡単に取り上げてみることにとどまったからだ。古の言葉の面影を宿し、その連想の連鎖を新しく組み立て直した中世王朝物語を、あらゆる角度から読むことができるし、読

おもかげある物語—「もどき」の意味を問うてみて—

ツベタナ・クリステワ（Tzvetana I, KRISTEVA）
■国際基督教大学教養学部教授

むごとに違う意味の可能性が見えてくるにちがいない。ここで試みた「表現志向」の読み方は、あまりにも短くて断片的なので、「なほ影をとり、風をむすぶが如し」のような結果になったのかもしれない。しかし、「もどき」の「はかなき遊び戯れにつけても、けぢかくやさしく見」つづけると、文化的伝統の基準や流れを追究し、重要な知的遺産としての「もどき」の価値を考え直すとともに、あまりにも〝真面目〟な視線のせいで、見失われそうになっている読みの快楽をも取り戻すことができるのではないかと思われる[12]。

1　引用は、M・バフチンの『ドストエフスキーの詩学』、（望月哲男／鈴木淳一訳、ちくま学芸文庫、一九九五）による。バフチン論を含めて、引用行為については、『涙の詩学・王朝文化の詩的言語』（名古屋大学出版会、二〇〇一）のなかにもっと詳しく考察している（317～320頁など）。

2　平安文化の意味生成過程の特徴については、『涙の詩学』の「平安文化の〈流れ〉の構造」（39～48頁）などにおいてもっと詳しく分析してみた。

3　この問題に関しては、「宇治の橋姫の詩学」（『源氏物語・宇治十帖の企て』、関根賢治編、おうふう、二〇〇五、212～222頁）という論文のなかに取り上げてみた。

4　タルトゥ・グループによる文化のタイポロジーや日本語での文献について、『涙の詩学』のなかにもっと詳しく紹介している（447～448、449～450頁など）。

5　詩的カノンを促すという、平安時代以降の和歌集に登場する数少ない長歌の役割については、『涙の詩学』（73～74頁）、また、注3の「宇治の橋姫の詩学」（219頁）などにおいて考察してみた。

6　ついでに付け加えると、『涙の詩学』などにおいて、八代集における〈袖の涙〉の表現の考察を試み、さらに「泣かれ」の「流れ」を連綿体の墨の流れと結びつけて、〈袖の涙〉を「人の心を種」とした「万の言の葉」のメタ・メタファーとして根拠づけようとした「数ならぬ身」の私にとっては、中世の王朝物語のほとんどすべての題名が〈袖の涙〉と関連していることは、この上もない喜びのことである。

7　現に、あらゆる個別の研究が示しているように、一つの「引歌」を特定することが不可能に近いほど困難であるケースはしばしばある。その代表的な例の一つとして挙げられるのは、『白露』の「命に向かふ思ひに沈み」という表現をめぐっての片岡利博の次の議論である。「作者が、定家の『夜もすがら』詠を意識して書いたのか、『かはれただ』詠を意識していたのか、伏見院詠を意識していたのか、あるいは、後述するところの万葉歌を意識していたのか、そうではなくて、今は伝わらない他の歌を意識していたのか、はたまた、それらのうちの特定の一首ではなく数首を意識していたのか、あるいは、それらの特にどれというわけでもなく、ただなんとなく和歌的な表現として『命に向かふ思ひ』という言い方をしてみたのか、そのいずれであるかを作者以外の誰が断定しえようか」（「『白露』の基礎的研究—早稲田本の成立年代をめぐって—」、『文林』第三一号、一九九七、52頁）。こうした考えは、『白露』に限られず、他の物語の場合においても妥当であろう。そもそも「作者の意図」については、明示的な引用のケースを除いて、断定できないだろうし、おそらくその必要もないだろう。読者の立場になって、テクストそのものに目を向けて、「言葉たちの声」、すなわち意味や連想などを復元し解読してみるしかないだろう。

8　この限られたスペースでは、具体的な分析を試みる余裕がないので、比較の必要性に着目してみることにとどまる。「山の井」と「松陰」は、『万葉集』に初登場し、平安時代の歌においてもよく詠まれた（特に「山の井」）のだが、しかし、あるいは、だからこそ、それらの使用率が最も高いのは、鎌倉時代である。確かに、二つを同時に詠んだ歌は、「れいよりもこよひすずしき嵐かな秋まつかげの山の井の

おもかげある物語—「もどき」の意味を問うてみて—

ツベタナ・クリステワ（Tzvetana I, KRISTEVA）
■国際基督教大学教養学部教授

水」（『拾遺愚草員外』）、「松かげの山井のし水ていくみてなつの日あかずすずみつるかな」（『為家五夜社百首』）など、数少ないが、そこに登場する「影」（また「月」）、「夏」、「水」、「秋」、「手にくむ」（また「むすぶ」）などの言葉は、「山の井」の歌にも「松陰」の歌にもよく使われている。代表的な例の一つとして挙げられるのは、「松陰のいは井の水をむすびあげて夏なき年と思ひけるかな」（『拾遺集』など）という恵慶法師の歌を踏まえた「かげしげみむすばぬさきの山の井に夏なき年と松風ぞふく」（『拾遺愚草員外』）という歌である。『松陰中納言』の作者がこの二つの歌を意識していたかどうかは不明だが、「松陰の岩井の水のむすび（掬び→結び）あげて」と「むすばぬさきの山の井」の対立は、真に興味深い。いずれにしても、藤の内侍と結ばれたのは「松陰」なのだが、それは、「松陰のみどりをそめし池水に紫ふかくかかる藤波」（師頼、『堀河百首』など）という、見事な「色合せ」を描いた歌が例示しているように、「松陰」が「藤」とともに詠まれていたのに対して、「山の井」の歌に姿を現さない（二つを直接に結び付けない長歌を除いて）ことと関連しているのではないかと思われる。

9 「山の井」のこうした役割については、「『こひぢにまどふこころ』・散文と韻文の共通の詩学をめざして」（『国文学』、學燈社、二〇〇一、102〜112頁）のなかに考察してみた。

10 引用は、『松陰中納言』中世王朝物語全集16（阿部好臣 校訂・訳注、笠間書院、二〇〇五）による。ついでに付け加えると、この本が、中世王朝物語に縁遠かった私の関心をかき立てて、勉強のきっかけになったので、この場を借りて、本を贈ってくださった阿部好臣さんにお礼を申し上げたい。

11 見落としたこともあるかもしれないが、登場率のデータは、次の通りである。「霞」→全一一九一例、平安一九〇六例、鎌倉五七五四例、南北朝一三二一例、室町二二八一例：「春の空」→全一四五、平安一七、鎌倉七六、南北九、室町三一。

12 「終わり」の文章のなかに使った引用は、鴨長明の『瑩玉集』（日本国歌大観、第三巻、風間書房）という短くて、しかし、大変興味深い「おもかげあることば」についての歌論書からである。

おもかげある物語―「もどき」の意味を問うてみて―

ツベタナ・クリステワ（Tzvetana I, KRISTEVA）
■国際基督教大学教養学部教授

あとがき●

小峯和明（立教大学文学部教授・中世文学会事務局）

中世文学会が五十周年を迎える記念のシンポジウム直後に事務局を引き継ぐことになり、祭りの後の気楽さとお引き受けしたものの、シンポジウムを一書にまとめる予定があるとは思いも及ばず、気づいた時にはまさに後の祭りであった。三十周年記念の折りは、学会単独で研究の回顧と展望をはかる『中世文学研究の三十年』を刊行、すべての会員に配布できたが、現時点での学会の予算では自前の刊行など及びもつかず、常任委員会の総意にもとづき、しかるべき出版社を探さざるをえなくなった。幸い、笠間書院が刊行を快諾してくださり、編集の実務もお任せすることができた。編集に際しては、シンポジウムのコーディネーター全員と前事務局の佐伯真一氏も加わって編集委員会を構成し、原案をまとめ、現事務局が笠間書院と連携をはかって遂行した。編集委員諸氏と笠間書院編集部とには感謝の念で一杯である。

シンポジウム担当の方々にはテープ起こしをもとにそれぞれ補筆をお願いし、さらに外部の方々にも、学会に寄せて自由にエッセイを書いていただき、何とかここまでこぎつけることができた。お忙しいところシンポジウムとその補正を担当してくださり、またエッセイをお寄せいただいた各位に御礼申し上げる。シンポジウム当日、四つのセッションを同時進行で行ったため、すべてのセッションを聞くことができなかったという苛立ちや不満の声をあちこちで耳にしたが（私自身も同感）、本書によってそのフラストレーションを多少なりとも解消していただけたら幸いである。

また、本書は学会に参加できなかった会員や会員以外の方々、一般の読者にも、中世文学研究の現状と未来を展望していただける一つの手がかりとなることを期待している。中世から日本文化が、そして世界が、どう見えてくるか。本書がその問いに迫る一里塚となれば、事務局としてもおおきな喜びである。

記念大会から間をあけないようにとの一念で刊行を急いだため、多々不備があろうかと思われるが、種々ご批正を頂戴できれば幸甚である。なお、学会誌『中世文学』五一号に『中世文学研究の三十年』以後の二十年間の歩みを掲載したので、併せてご覧いただければと思う。

末筆になったが、刊行をご快諾戴いた池田つや子社長、渾身の編集実務を担ってくださった橋本孝編集長と担当の田口美佳氏、岡田圭介氏に篤く御礼申し上げる。

執筆者一覧（掲載順）

佐伯真一（さえき しんいち）青山学院大学文学部教授
阿部泰郎（あべ やすろう）名古屋大学大学院文学研究科教授
赤瀬信吾（あかせ しんご）京都府立大学文学部教授
西岡芳文（にしおか よしふみ）神奈川県立金沢文庫学芸課長
渡辺匡一（わたなべ きょういち）信州大学人文学部助教授
月本雅幸（つきもと まさゆき）東京大学大学院人文社会系研究科教授
山本ひろ子（やまもと ひろこ）和光大学表現学部教授
小峯和明（こみね かずあき）立教大学文学部教授
徳田和夫（とくだ かずお）学習院女子大学国際文化交流学部教授
斉藤研一（さいとう けんいち）武蔵大学・東京女子大学非常勤講師
高岸輝（たかぎし あきら）東京工業大学大学院社会理工学研究科助教授
太田昌子（おおた しょうこ）金沢美術工芸大学美術工芸学部教授
竹村信治（たけむら しんじ）広島大学大学院教育学研究科教授
小林健二（こばやし けんじ）大阪大谷大学文学部教授
松尾恒一（まつお こういち）国立歴史民俗博物館民俗研究系助教授、総合研究大学院大学文化科学研究科助教授
松岡心平（まつおか しんぺい）東京大学大学院総合文化研究科教授

宮本 圭造（みやもと けいぞう）大阪学院大学国際学部助教授

五味 文彦（ごみ ふみひこ）放送大学教養学部教授

竹本 幹夫（たけもと みきお）早稲田大学文学部教授、同大学演劇博物館長

兵藤 裕己（ひょうどう ひろみ）学習院大学文学部教授

山本 一（やまもと はじめ）金沢大学教育学部教授

田渕句美子（たぶち くみこ）国文学研究資料館文学資源研究系教授

近本 謙介（ちかもと けんすけ）筑波大学大学院人文社会科学研究科助教授

山岸 常人（やまぎし つねと）京都大学大学院工学研究科助教授

菊地 仁（きくち ひとし）山形大学人文学部教授

三角 洋一（みすみ よういち）東京大学大学院総合文化研究科教授

バーバラ・ルーシュ（*Barbara RUCH*）コロンビア大学名誉教授、中世日本研究所所長

高橋 昌明（たかはし まさあき）神戸大学文学部教授

末木文美士（すえき ふみひこ）東京大学大学院人文社会系研究科教授

斎藤 英喜（さいとう ひでき）佛教大学文学部教授

楊 暁 捷（ヤン・ショオジェ）カルガリー大学東アジア研究学科教授

米倉 迪夫（よねくら みちお）上智大学国際教養学部教授

山路 興造（やまじ こうぞう）芸能史研究会代表委員

新谷 尚紀（しんたに たかのり）国立歴史民俗博物館民俗研究系教授、総合研究大学院大学文化科学研究科教授

ツベタナ・クリステワ（*Tzvetana I. KRISTEVA*）国際基督教大学教養学部教授

編集…中世文学会

学会に関する情報はこちらから。

http://wwwsoc.nii.ac.jp/cyuseibu/

中世文学研究は日本文化を解明できるか

中世文学会創設50周年記念シンポジウム

「中世文学研究の過去・現在・未来」の記録

二〇〇六年一〇月一〇日 初版印刷
二〇〇六年一〇月二五日 初版発行

編者…中世文学会

組版…ぱんり社
本文フォーマット・装幀…笠間書院装幀室
会場写真撮影…笠間書院編集部

発行者…池田つや子
発行所…有限会社笠間書院

〒一〇一―〇〇六四
東京都千代田区猿楽町二―二―三
電話 〇三―三二九五―一三三一
FAX 〇三―三二九四―〇九九六
www.kasamashoin.co.jp

印刷・製本…モリモト印刷
落丁・乱丁本はお取り替えいたします。

ISBN4-305-70331-9 NDC 分類:904